Anika Ackermann

Cursed Wings

Fluch und Gabe

Drachenmond Verlag

Drachenmond Verlag GmbH
Auf der Weide 6
50354 Hürth
http: www.drachenmond.de
E-Mail: info@drachenmond.de

Lektorat: Stephan R. Bellem
Korrektorat: Michaela Retetzki
Satz & Layout: Astrid Behrendt & Anika Ackermann

Umschlagdesign: Alexander Kopainski
Bildmaterial: Shutterstock

Druck: Booksfactory

ISBN 978-3-95991-520-5

Für alle, die in der
Dunkelheit nach
Sternen suchen.

KAPITEL 1

Dobrin Emnerun. Wieder und wieder flüsterte ich den Namen des Mannes, der in dieser Nacht sterben würde. Er war der Protokollant des Königs und dieser forderte seinen Kopf. Das und die Tatsache, dass ich es war, die ihn töten würde, war alles, was ich über Dobrin wusste.

Ich saß auf dem Dach eines mehrstöckigen Hauses, unweit der Palastmauer entfernt, und beobachtete das von Wachen flankierte Tor. Über mir brach die Dämmerung herein, die den Tag mit einem Regenschauer fortwischte. Ein Frösteln überkam mich. Grund war nicht das nasskalte Wetter, sondern was mir bevorstand. Als Dienerin der Rabengilde war es meine oberste Pflicht, den Willen des Königs auszuführen. Und dieser führte fast jedes Mal dazu, dass ich das Leben eines Menschen auslöschte.

Zwei Statuen ragten neben dem Tor auf. Man fiel leicht dem Irrtum anheim, sie sollten den königlichen Reichtum repräsentieren. Und auf gewisse Weise taten sie das auch, obwohl sie grobschlächtig und gewöhnlich erschienen. Denn dabei handelte es sich nicht um das Zeugnis der hiesigen Künste, sondern um zwei Bürger Berylls, die zu versteinern König Dorchadas einem der älteren Raben befohlen hatte. Er liebte jene tödlichen Gaben. Meine zählte nicht dazu. Ich beendete das Leben seiner Opfer auf herkömmliche Weise: mit Pfeil und Bogen, Kurzschwert oder einem der Messer, die an meinem Gürtel steckten.

Und doch hatte der König mich in dieser Nacht entsandt, nicht nur, um Dobrin zu töten, sondern um von meiner Gabe Gebrauch zu machen. Es war das erste Mal, dass er sich für das interessierte, was mich zu einem Raben machte.

Mein Herz trommelte in meiner Brust wie der Regen auf das Dach. Als ich am Tor eine Bewegung wahrnahm, setzte es aus. Eine in einen Umhang gehüllte Gestalt gab den Wachen ein Zeichen und verließ das Palastgelände. Sie bewegte sich ungelenk und mit gebeugten Schultern wie jemand, der tagein, tagaus am Schreibtisch arbeitete. Ich verengte die Augen zu Schlitzen und blinzelte gegen den Regen an. Mit dem Saum meines Umhangs wischte ich mir über die Wangen, als wären sie tränennass. Die Gestalt näherte sich, sie hinkte. Ein faltiges Gesicht, das wie ein Halbmond unter der Kapuze hervorschaute, ein müder Blick. Es war Dobrin Emnerun, der das Ende dieser einsetzenden Nacht nicht mehr erleben würde. Diese Gewissheit lag schwer wie ein Klumpen Blei in meinem Magen.

Der Mann, dem der Tod an den Fersen haftete, folgte der Hauptstraße. In breiten Windungen führte sie durch das vornehme Viertel des Adels unterhalb des Palastgeländes. Die Aristokraten lebten im Schatten des Königs, als wäre er ihre Sonne. Und das war er, denn sie beteten ihn an. *Wir* beteten ihn an. Auch ich sollte das tun, obwohl es mir mit jedem Kopf, den ich dem König brachte, schwererfiel.

Beryll war die Hauptstadt unseres Landes und lehnte sich an den Purpurnen Berg, der der Stadt ihren Namen gegeben hatte. Ich folgte Dobrin hinab in jenen Stadtteil, in dem die einfachen Bürger lebten. Hier drängten sich die Häuser dicht an dicht, die obersten Stockwerke ragten über die Straßen hinaus und verdunkelten meinen ohnehin schon düsteren Weg. Obgleich ich am liebsten kehrtgemacht hätte, zwang ich meine Füße, ihren Weg fortzusetzen. Hatten sich die Adligen in ihren Häusern vor dem Regen versteckt, so waren hier einige Fußgänger und Kutschen unterwegs. Wasser tropfte von Hutkrempen und brachte das Fell der Pferde zum Glänzen. Die Straße verwandelte sich in Schlamm, der jeden meiner Schritte erschwerte. Es war, als wollte mich eine höhere Macht daran hindern, auszuführen, was der König mir aufgetragen hatte, obwohl er es war, der in diesem Land die höchste Macht innehatte.

Dobrins Haus lag am Ende einer Gasse in einer Reihe gleich aussehender Gebäude aus rotem Backstein und verwitterten Holzbalken. Es war sehr schmal, maß jedoch drei Stockwerke, über die sich ein eingefallenes Dach spannte. Regen drang als Sturzbach aus einer lädierten Rinne und ergoss sich auf die Straße vor dem Haus. Die Passanten wichen der Pfütze aus, Dobrin schritt direkt durch sie hindurch. Die Sohlen seiner Stiefel hinterließen sich kräuselnde Wirbel in der Wasseroberfläche und lösten mein Spiegelbild auf. Die Tür hieß den Herrn des Hauses knarzend willkommen, als Dobrin durch ihren schmalen Spalt schlüpfte und dahinter verschwand. Ich drängte mich in den Schutz des Nachbarhauses, von wo aus ich das Heim des Todgeweihten im Auge behielt, und fragte mich, was sich König Dorchadas von der Angst seines Protokollanten erhoffte.

Die Zeit verstrich. Der Regen ließ nach, als mein Umhang bereits vollkommen durchnässt und schwer um meine Schultern hing. Mit dem Saum eines Ärmels wischte ich vergeblich über mein Gesicht. Dämmerung hatte sich in Nacht verwandelt. Der flackernde Schein von Kerzen und Öllampen fiel durch die Fenster der Häuser und malte orangefarbene Flecken auf die Straße. Die Pfütze vor Dobrins Haus sah aus wie flüssiges Gold. Es trübte sich, als ein schwerer Stiefel hineintrat. Ich hob den Blick und erkannte Dobrin, der im Schutz der Dunkelheit sein Haus verließ, gerade noch rechtzeitig, ehe er in der angrenzenden Straße verschwand. Ich spürte, wie sich Grauen von meinen Zehen bis zur letzten Haarspitze ausbreitete, denn ich wusste, was mir nun bevorstand. Während ich Dobrin folgte, schloss ich meine Hand fester um den Schaft des Messers an meinem Gürtel. Es fühlte sich falsch an. Trotzdem verstärkte ich den Griff und setzte meinem Ziel nach.

»Guten Abend«, hörte ich, wie Dobrin ein kleines Mädchen grüßte, das sich gegen den Sockel eines Hauses kauerte. Etwas Silbernes blitzte auf, eine Münze wechselte den Besitzer. Meine Hand um das Messer erschlaffte, als ich beobachtete, wie Dobrin dem Kind das Haar zauste und leise vor sich hin summend weiterschlenderte.

Womit hatte dieser Mann den Tod verdient? Die Frage schoss mir unwillkürlich in den Sinn, obwohl ich wusste, dass eine Antwort mich nirgendwohin führen würde. Es spielte keine Rolle, was sich König Dorchadas von Dobrins Tod oder einem jener Männer, die ich zuvor in seinem Auftrag getötet hatte, versprach. Ich war ein Werkzeug des Hofes, dessen einziger Zweck darin bestand, die Willkür des Königs auszuführen. Und nicht, diese zu hinterfragen. Als Kind war ich der Gilde der Raben beigetreten und hatte den Eid geleistet, unserem Herrscher ergeben zu sein. Und das war ich bis heute.

Früher hatten die Raben, wie man die Diener der Gilde im Volksmund nannte, hohes Ansehen genossen. Sie waren es gewesen, die die Herrschaft unseres Volkes über Avendall sicherte. Doch in den letzten Jahren war die Gilde zu einem zweifelhaften Werkzeug des Königs verkommen und tat nichts weiter, als jene Untertanen zu beseitigen, die Dorchadas ein Dorn im Auge waren. Ich wünschte, von mir behaupten zu können, dass ich den Eid nicht geleistet hätte, wenn ich damals gewusst hätte, zu was die Gilde einmal werden würde. Aber die Wahrheit war, dass mich nicht die Überzeugung angetrieben hatte, sondern die Verzweiflung. Als dritte Tochter eines mittellosen Gerbers hatte mein Leben und das meiner Familie aus Armut und Hunger bestanden, ehe jene Gabe in mir erwacht war, die als Eintrittskarte in die Gilde diente: Es war ein trüber Tag im Oktober gewesen. Der Wind hatte an den goldenen Blättern der Bäume gezupft, ehe sie die Straßen wie ein Flickenteppich bedeckten. Damals hatte ich kaum fünf Jahre gezählt. Früh am Morgen begleitete ich meine älteste Schwester Amalie auf den Markt, wo wir ein paar Felle verkaufen sollten. Eine Frau, die mit der Kinderschar an ihrem Rockzipfel wie ein dem Sturm trotzender Baum wirkte, wühlte sich durch unsere Auslagen. Als ich ihr den Unterschied zwischen den Schafs- und Ziegenledern erklären wollte, streifte ich versehentlich ihre ausgestreckten Finger.

Ich sah Feuer.

Rot glühende Flammen leckten an windschiefen Buden aus Holz, Lehm und Stroh. Eine Feuersbrunst walzte die Stadt nieder, wie es eine Armee im Krieg getan hätte. Mein Mund war trocken vor Angst und ich drohte zu ersticken, glaubte, schwelende Glut zu atmen, die mich von innen verbrannte. Ich schrie.

Und dann streifte mich kühle Luft. Ich fand mich am Boden liegend wieder. Über mir erkannte ich meine Schwester und die Frau, deren verängstigte Kinder vor mir zurückwichen. Als sie sich über mich beugte, um mir das Haar aus der verschwitzten Stirn zu streichen, bemerkte ich eine wulstige Brandnarbe, die sich von ihrem Nacken hinab über ihre Schulter zog. Nach dieser Begegnung fürchtete ich das Feuer jahrelang.

Dass ich keinen Anfall gehabt hatte, wurde meiner Familie erst klar, als es ein zweites Mal geschah und ich eine Angst vor Mäusen entwickelte. Fortan entging nichts, was ich tat, dem Blick meines Vaters. Es stellte sich heraus, dass meine Fähigkeiten über reine Empathie hinausgingen. Zwar war meine Gabe schwach, doch je älter ich wurde, umso häufiger zeigte sie sich, bis ich eines Tages niemanden mehr mit bloßen Fingern berühren konnte, wenn ich mich nicht seiner Angst aussetzen wollte. Als meine Gabe stark genug war, um mich für das Wohl meiner ganzen Familie an die Gilde verkaufen zu können, war ich gerade mal neun Jahre alt.

Es gab Raben, die über durchaus nützliche Gaben verfügten. Mór war blind, und doch sah sie mehr als alle anderen. Sie las in der Zukunft wie in einem Buch. Cadan war imstande, Menschen zu manipulieren, eine Macht, die ganze Länder in Schutt und Asche legen konnte, wenn er es darauf anlegte. Und Mairead war mit der Gabe der Heilung gesegnet, die es ihr erlaubte, Wunden binnen Sekunden zu heilen, während die Heilerinnen der Stadt dafür Tage brauchten. Ihre Gaben waren Geschenke und als solche war mir die meine anfangs auch vorgekommen. Sie rettete das Leben meiner Eltern und Schwestern und stellte sie in die Gunst des Königs. Inzwischen hatte sich meine Gabe jedoch in einen Fluch verwandelt. Sie machte mich zu einer Dienerin der Gilde und somit des Königs, einem Mann, der ebenso gnadenlos wie grausam über das Land herrschte.

Als er mich vor ein paar Stunden zu sich befohlen hatte, hatte er mir nicht nur einen Zettel gegeben. Er hatte die Angst und den Kopf jenes Mannes gefordert, dessen Name darauf gestanden hatte. Ich hatte meinen Gehorsam mit dem Zeichen des Königs ausgedrückt, indem ich meine Faust gegen die Brust gepresst hatte. Den Zettel hatte ich zwischen meinen Fingern zerknüllt. Meine Gabe machte mich zu einer Mörderin.

Dobrins Schritte waren zielstrebig, wenn auch nicht so energisch wie die eines Mannes, der sich verfolgt fühlte. Sie führten ihn durch die Eingeweide des Viertels. Wie ein Schatten haftete ich an seinen Fersen. Lautlos bewegte ich mich über die schlammige Straße und wich jenen goldenen Flecken aus, die durch die Fenster fielen und mich unter Umständen sichtbar machen konnten. Dobrin hielt vor dem Laden eines Schusters und betrachtete die Auslagen. Ich blieb in sicherer Entfernung stehen und zückte das Messer. Meine Hand war schwitzig, der glatte Schaft entglitt mir. Mit pochendem Herzen packte ich ihn fester und bewegte mich langsam auf Dobrin zu. In diesem Moment löste er sich von dem Schaufenster und setzte seinen Weg fort. Ich verbiss mir einen Fluch und nahm erneut die Verfolgung auf.

Eilig hatte ich es nicht, denn ich wusste, wie diese Nacht enden würde. Mit Augen, die blicklos gen Himmel starrten, und Blut, das die Straßen tränkte. Allein der Gedanke daran weckte Grauen in mir. Das Gewicht meiner Waffen wog schwerer als an einem Abend, an dem ich sie nicht benutzen musste.

Die Dunkelheit wich, als Dobrin einer von Laternen gesäumten Gasse folgte. Vor einem heruntergekommenen Haus mit vernagelten Fenstern blieb er stehen. Durch die Ritzen der Holzbretter fiel ein schmaler Streifen Licht auf den Weg. Dobrin beugte sich vor und linste hindurch, ehe er in einem ungewöhnlichen Takt gegen die Tür klopfte. Danach senkte sich Stille über die Gasse. Es dauerte einen Moment, bis das dumpfe Geräusch von Schritten auf alten Dielen sie durchbrach. Ich hielt den Atem an und wagte nicht, zu blinzeln. Wenn ich Zeugin dessen wurde, weshalb der König Dobrin zum Tode verurteilt hatte, so würde es mir womöglich leichterfallen, sein Leben zu beenden. Ein Schlüssel kratzte im Schloss, ehe es mit einem Klicken nachgab. Dobrin und der Herr des verbarrikadierten Hauses starrten einander an. Dann schoss der Protokollant des Königs vor und verhinderte mit dem Ellbogen, dass ihm die Tür vor der Nase zugeschlagen wurde. Ich wartete darauf, dass er eine Waffe zückte, um sich Eintritt zu verschaffen. Doch alles, was Dobrin gegen den Mann erhob, war seine Stimme.

»Ihr wisst, was mich herführt. Habt ein Herz, Alastair!«

»Das habe ich, und ich versuche es zu schützen. Ihr bringt Unglück und bisweilen einen Dolch in ebenjenes Herz, das zu haben Ihr mich bittet! Verschwindet von hier, Emnerun, ich kann Euch nicht helfen!«

Dobrin packte die Tür fester und hinderte Alastair, sie zu schließen. »Ihr seid der Einzige, der mir helfen kann! Was für ein Mensch wärt Ihr, wenn Ihr mir meine Bitte verweigert?«

Mit einem Knurren tat Alastair seinen Unmut kund und machte Anstalten, die Tür zu öffnen. Doch als Dobrin sich einen Schritt vorwagte, knallte Alastair sie ihm mit voller Wucht gegen die Stirn, als wäre sie eine Waffe. Dem Protokollanten entfuhr ein Schnaufen. Er wich zurück und schwankte. Mit seiner Rechten tastete er nach der Hauswand und suchte Halt.

»Ich schätze, dass ich das verdient habe«, stöhnte er und rieb sich über die Beule, die alsbald aus seiner Stirn wuchs.

»Ihr verdient noch viel Schlimmeres, wenn Ihr Unheil über mein Haus bringt«, zischte Alastair, packte Dobrins Schulter und zog ihn über die Schwelle. Die Antwort des Protokollanten wurde von dem dumpfen Knall der Tür, die ins Schloss fiel, übertönt. In der plötzlichen Stille dröhnte mein Herz ungewöhnlich laut. Ich blinzelte, dann löste ich mich aus den Schatten, die mir Schutz geboten hatten, und hastete in geduckter Haltung auf das Gebäude zu. Das Licht brannte in meinen Augen, als ich wie zuvor Dobrin durch jenen Spalt in den Brettern spähte. Ich brauchte einen Moment, um mich an die Helligkeit dahinter zu gewöhnen und die Silhouetten von Möbeln und die Gestalten der Männer auszumachen. Hohe Regale fassten den Raum ein und reichten bis zur Decke. Darin fanden sich Einmachgläser, Sträuße von getrockneten Kräutern und mit einer kaum leserlichen Handschrift versehene Holzkisten. Ich warf einen Blick zu dem im Wind schaukelnden Schild, das über dem Eingang hing. Die verblichenen Lettern verkündeten: *Alastairs Apotheke – Kräuter und Tinkturen.* Im Raum stand eine Theke, die zwischen Dobrin und dem Inhaber aufragte. Von der Decke baumelten dicke Bündel getrockneter

Pflanzen. Ich trat dichter an die Scheibe, bis mein Atem sie beschlug. Durch den trüben Schleier beobachtete ich, wie eine kleine Phiole den Besitzer wechselte. Sie verschwand in Dobrins Manteltasche, ehe er einige Silbermünzen in Alastairs hohle Hand warf. Seine Finger schlossen sich darum und ich fragte mich, was so viel Geld wert war.

Gift.

Der Gedanke schoss mir unwillkürlich durch den Sinn. Natürlich war es Gift. Dobrin war im Begriff, ein Verbrechen zu begehen, und ich sollte ihn aufhalten. Die Erkenntnis traf mich wie ein Blitz. Alastairs Widerwillen, mit ihm Geschäfte zu machen, sprach dafür, ebenso die heftige Abneigung, die er Dobrin entgegenbrachte. Ich taumelte und konnte gerade rechtzeitig in die Schatten zurückweichen, bevor Dobrin das Haus verließ.

»Ich hoffe, Ihr wisst, was Ihr tut«, knurrte Alastair ihm hinterher.

Wen wollte Dobrin töten? Den König? Das konnte ich mir kaum vorstellen. Dorchadas wurde stets von einer Traube Königstreuer umgeben. Während ich Dobrin in sicherem Abstand folgte, überlegte ich fieberhaft, welcher Staatsmann für ein Attentat infrage kam. Es gab zu viele, mit denen er sich hätte überwerfen können.

Die Gassen, durch die Dobrin mich führte, wurden dunkler und enger. Immer dichter rückten die Häuser zusammen und tilgten das schwache Licht der Sterne, das sich durch die aufbrechende Wolkendecke stahl. Ein beißender Gestank brannte mir in der Nase, der stärker wurde, je tiefer wir in die Eingeweide Berylls eindrangen.

So prunkvoll die Hauptstadt Avendalls auch war, so heruntergekommen waren jene Viertel, in denen der arme Teil der Bevölkerung hauste. Je weiter wir liefen, umso mehr schrumpften die Gebäude zu windschiefen Hütten aus Lehm und Stroh zusammen. Die Straße verwandelte sich in einen Morast, dem es widerstrebte, meine Füße wieder freizugeben. Ich kämpfte mich weiter vor, aber der Abstand zu Dobrin wuchs. Offenbar kannte er sich hier bestens aus und wich den tiefen Schlammpfützen mühelos aus. Für wen war das Gift bestimmt? Ich konnte mir nicht vorstellen, dass in diesem Teil der Stadt jemand von Wichtigkeit lebte. Oder hatte Dobrin bemerkt, dass er verfolgt wurde, und brachte mich nun auf eine falsche Fährte?

Was auch immer er vorhatte, am Ende dieser Nacht würde er tot sein. Doch was zwischen diesem Moment und seinem Ableben geschehen mochte, war wie die unbeschriebene Seite eines Buches. Es oblag mir, sie mit Worten zu füllen. Und zwar mit jenen Worten, die verhinderten, dass in dieser Nacht mehr als eine Seele starb.

Ich beschleunigte meine Schritte, das Schmatzen des Schlammes um meine Füße wurde lauter. Aber inzwischen war Dobrin so weit entfernt, dass er nicht mehr als ein Schatten war und die Geräusche, die ich machte, kaum würde hören können. Das Labyrinth aus Lehmhütten wurde dichter. Es erinnerte mich an ein Leben, das ich früher geführt und schon längst vergessen hatte. Doch tief in mir schlummerten noch immer Bilder jener Zeit. Bilder von nackten, schlammverkrusteten Füßen, vor Kälte blau angelaufenen Zehen und von Tränen, die helle Spuren auf schmutzigen Wangen hinterließen. Ich blinzelte, um sie zu verdrängen. Erneut tauchte vor mir die Straße auf und mein früheres Leben verblasste wie die Sichel des Mondes hinter einer Wolke. Dobrin verschmolz fast mit der Dunkelheit. Und dann war er fort.

Verdammt!

Ich rannte los. Schlamm spritzte um mich herum auf und sprenkelte meinen Umhang. Als ich die Ecke erreichte, an der Dobrin verschwunden war, fluchte ich. Er war nirgends zu sehen.

Mór hatte vorhergesagt, dass diese Nacht mit dem Tod eines von Dorchadas' Vertrauten enden würde. Bis ich vor den König gerufen worden war, hatte ich nicht gewusst, dass ich es sein würde, die das Leben des Mannes beendete. Und nun hatte ich ihn verloren und fragte mich, ob Mór sich jemals irrte.

Stimmen wurden in der Stille der Nacht laut. Ich fuhr herum. Sie drangen aus einer Lehmhütte unweit von mir entfernt. Was sie sagten, verstand ich nicht, aber ihr Ton war hitzig. Ich erkannte Dobrin, der mit einer Frau stritt. Was um Königs willen tat er hier? Ich spähte durch den mottenzerfressenen Vorhang. In dem spärlich beleuchteten Raum hatte sich eine Frau mit ausgebreiteten Armen vor einem Lager aus Decken aufgebaut. Dobrin knurrte etwas und machte einen Schritt auf sie zu, doch sie hielt ihm stand. Als sie vortrat, erkannte ich, was sie zu schützen versuchte. Es war ein Kind mit glänzender Haut und in der Stirn klebenden Haaren. Die Decken verhüllten seinen schmächtigen Körper, als wären es Leichentücher. Kälte breitete sich in mir aus und eine Vorahnung beschlich mich, als könnte ich wie Mór die Zukunft sehen. Dobrin packte die Frau und stieß sie gegen einen Schrank.

»Nein!«, keuchte sie und streckte noch im Fall die Arme nach ihm aus. Er wirbelte herum und stürzte sich auf das Lager des Kindes. Gefangen in einem Fiebertraum nahm es kaum wahr, was geschah. Es blinzelte, als Dobrin eine Hand an seine Wange legte und mit der anderen die Phiole mit dem Gift entkorkte.

Ich wusste nicht, welche Bedeutung ein Kind aus den Armenvierteln für Dorchadas hatte und ob Dobrin sterben musste, weil er vorhatte, dieses unschuldige Leben zu beenden. In dem Moment, da er die Phiole an die Lippen des Kindes ansetzte, hatte ich nur einen Wunsch: ihn aufzuhalten.

Stickige Luft schlug mir entgegen, als ich die Tür aufriss. Das Haus konnte man kaum als solches bezeichnen. Es bestand aus nur einem Raum mit einer kleinen Feuerstelle, einem klapprigen Tisch, zwei Betten und einem mit einem Vorhang abgetrennten Bereich, wo die Bewohner vermutlich ihre Notdurft verrichteten. An einer der kahlen Wände hing das obligatorische Porträt unseres Königs, das in sämtlichen Haushalten Berylls zu finden war. Als ich über die Schwelle stürzte, kreischte die am Boden liegende Frau auf und Dobrin fuhr herum. Sein Blick glitt über meine verhüllte Gestalt zu dem Zeichen der Gilde an meiner Brust. Es waren ausgestreckte Rabenflügel aus Emaille, die ein runder Kreis miteinander verband. Binnen Sekunden erfasste er die Situation und erbleichte.

»Das ist unmöglich«, krächzte er.

Ich zog mein Kurzschwert und richtete es auf ihn. Die gebogene Klinge glänzte tödlich.

»Was soll das?«, keuchte die Frau und rappelte sich langsam auf. Ihr Blick schnellte von mir zu Dobrin und zurück. »Was geht hier vor?«

»Weg von dem Kind!«, knurrte ich kalt und bedeutete ihm mit dem Schlenker meines Kurzschwertes, beiseitezutreten. Die Phiole in seiner Hand blitzte im Schein des Feuers auf. »Gib das her!«

Dobrin hob die Phiole und ein schmerzerfüllter Ausdruck huschte über sein Gesicht. »Du bist eine Marionette. Aber wenn du die Chance auf ein anderes – ein besseres – Leben gehabt hättest, hättest du sie ergriffen?«

»Es ist seine einzige Chance!«, spuckte die Frau vor Dobrins Füße. Sie schob sich zwischen ihr Kind und den Eindringling. »Und du wirst sie ihm nicht nehmen.«

»Er ist wie sie!«, warf Dobrin ihr vor und wies auf mich. »Er ist gezwungen, sein Leben in den Dienst des Königs zu stellen!«

»Und was ist falsch daran?« Die Frau breitete die Arme aus und wies durch den Raum, dann zupfte sie an ihrer fleckigen Schürze. »Dorchadas entschädigt die Familien der Raben großzügig. Es ist ein kleines Opfer für ein Leben in Wohlstand.«

»Für ein Leben als Sklave!« Dobrin musterte mich abschätzend. »Weißt du, warum sie hier ist?«

Die Frau zuckte zusammen. Der Blick ihrer müden Augen fand meinen und darin las sie eine Antwort, die sie erstarren ließ. Dobrin nutzte den Moment. Er warf sich auf das Kind und öffnete seine Lippen gewaltsam. Doch bevor er ihm das Gift einflößen konnte, schnellte ich durch den Raum und packte ihn am Kragen seines Umhangs. Ich riss ihn zurück, fort von dem Kind. Die Phiole ließ er fallen, sie landete auf dem Lager. Ihr Inhalt ergoss sich auf den Kissen.

»Du weißt nicht, was du da tust!«, knurrte er.

»Das weiß ich sehr wohl«, zischte ich und drückte mein Schwert an seinen Hals. Dobrins Hände schlossen sich wie Schraubstöcke um meine Handgelenke. In seinem Blick lag die wilde Entschlossenheit eines Mannes, der nicht sterben wollte. Zwischen uns erzitterte meine Klinge. Wir waren einander so nah wie zwei Liebende, deren erster Kuss in der Luft hing. Das Weiß in seinen Augen wurde von einem feinen Netz roter Adern durchdrungen und auf seiner Stirn bildeten sich Schweißtropfen. Ich biss die Zähne zusammen und drang mit der Waffe vor.

Vergessen war der Ekel über das Blut, das im Namen des Königs an meinen Händen klebte. Vergessen war sein Befehl, Dobrin ein letztes Geheimnis zu entlocken. Mein Herz raste und begehrte nur eines: zu schlagen, während Dobrins für immer zum Stillstand kam.

Kalte Finger schlossen sich um meine Kehle. Mit der anderen Hand hielt Dobrin mich weiter gepackt.

Ich schimpfte mich eine Närrin, weil ich ihn nicht aus sicherer Entfernung mit einem Pfeilschuss direkt ins Herz getötet hatte. Seit ich ihm gefolgt war, hatten sich mir unzählige Möglichkeiten geboten, seinem Leben ein sauberes Ende zu setzen. Mit meinem Zögern hatte ich dieses unschuldige Kind in Gefahr gebracht – und mich selbst. Kurz fragte ich mich, wessen Blut Mór gesehen hatte. Gehörte es tatsächlich Dobrin? Oder war ich es, die in dieser Nacht ihren Tod finden würde?

Meine Kraft verließ mich, ich bekam keine Luft. Der Griff meiner Finger um das Heft meiner Waffe lockerte sich und Dobrin schaffte es, sie umzudrehen. Dabei schnitt er durch den Stoff meiner Handschuhe. Sofort spürte ich die feuchte Wärme von Blut und den scharfen Schmerz einer Schnittwunde. Der Tod senkte sich auf den Raum und es war ungewiss, wen von uns beiden er mit sich nehmen würde. Doch dann bewegte sich etwas hinter Dobrin und die Frau schlug ihm die flache Seite einer Pfanne auf den Kopf. Seine Augen weiteten sich, sein Griff lockerte sich. Luft strömte in meine Lunge und erlöste mich von dem beklemmenden Gefühl. Ich hob das Kurzschwert und trieb es in Dobrins Brustkorb. Erschrocken starrte er mich an. Das Leben in seinen Augen wurde schwächer, flackerte wie eine vom Wind gepeitschte Flamme. Er röchelte und spuckte Blut, als er ausatmete. Mit einem unsicheren Schritt kam er auf mich zu. Dann schwankte er. Intuitiv streckte ich meinen Arm nach ihm aus und berührte seine Hand. Durch das Loch der Handschuhe nahm ich die Kälte des Todes wahr. Die Berührung von Haut auf Haut erweckte meine Gabe zum Leben. Und bevor ich mich schützen konnte, drangen Dobrins schlimmste Ängste auf mich ein und lähmten mich. Sie begegneten mir als leises Flüstern.

Dorchadas. Sieh dich vor. Dorchadas. Dorchadas. Das immerwährende Echo verwandelte sich in Bilder, die mich unserem König zu Füßen warfen. Sein sonst so schönes und ebenmäßiges Gesicht war zu einer dämonischen Fratze verzerrt. Als er lachte, offenbarte sich eine Reihe spitzer Fangzähne. Er verschlang mich und in der

Dunkelheit seines Leibes fand ich den kalten Körper jenes Kindes, das Dobrin versucht hatte zu töten. Dann schwollen die Bilder an und wurden zu Gefühlen. Eisige Kälte und lodernder Zorn strömten auf mich ein. Ich fühlte mich wie unter Wasser, strampelte und suchte verzweifelt nach der Wasseroberfläche. Doch die Strömung blanker Angst zog mich mit sich in die Tiefe.

Es war erst vorbei, als Dobrin mit einem dumpfen Geräusch auf dem Boden landete. Ich wachte neben ihm auf und erinnerte mich nicht daran, gestürzt zu sein. Und doch lag ich auf den staubigen Dielen und zitterte. Eine Lache aus Blut breitete sich unter Dobrins Körper aus. Seine Augen blickten starr zur Decke. Mórs Vorsehung hatte sich erfüllt, ich hatte meinen Auftrag erledigt. Das Gefühl von Erleichterung blieb aus, denn auch wenn ich das Leben eines unschuldigen Kindes gerettet hatte, so hatte ich einen Menschen getötet.

Über mir raschelten die Laken. Das Kind richtete sich auf und sah sich in der Enge des Hauses um. Sein Blick fand die leblose Gestalt am Boden und es runzelte die Stirn. »Vater«, sagte es zaghaft, als bemerkte es Dobrin erst in diesem Moment. Und dann begann die Frau zu schreien.

KAPITEL 2

Die Schreie der Frau folgten mir in den heranbrechenden Tag. Über Beryll erhob sich die Sonne und ließ die Nebeldecke, die sich hartnäckig an die Dächer der Häuser klammerte, silbern schimmern. Schweiß rann über meine Stirn, als ich Dobrins schweren Leichnam aus dem Haus zerrte. Auf einem schmalen Grünstreifen am Rand der Straße ließ ich ihn liegen und sah auf ihn herab. Mein Befehl lautete, Dorchadas den Kopf des Toten zu bringen. Ich schloss die Faust um meine Waffe, doch noch immer lähmte mich Dobrins Angst und allmählich überkam mich der Ekel, den ich jedes Mal empfand, wenn ich ein Leben im Auftrag des Königs beendete. Es fühlte sich falsch an, obwohl es das Richtige war. Der König war unser Herrscher, sein Wort war mein Gesetz. Doch tief in meinem Innern sehnte ich mich danach, vor ihm und dem, was er von mir verlangte, wegzulaufen.

Meine Faust öffnete sich und das Schwert fiel zu Boden. Mit der Klinge blieb es aufrecht in der feuchten Erde stecken. Ich wich zurück.

»Was soll das?« Die Stimme, die hinter mir erklang, brach. Ich blickte über die Schulter und sah mich der Mutter des Kindes gegenüber, das Dobrin hatte töten wollen. »Wollt Ihr ihn hier etwa liegen lassen?«

»Was schert es Euch?«, fragte ich sie.

»Was es mich schert? Er ist der Vater meines Sohnes!«

»Er wollte Euer Kind töten«, erinnerte ich sie leise.

»Ihn töten?« Die Frau schnaubte. »Er wollte ihn nicht *töten!*« Sie sagte das, als wäre der Tod nicht das Schlimmste, was Dobrin seinem Sohn hätte antun können. Ich richtete mich auf und trat auf sie zu.

»Was meint Ihr damit?«

Die Frau kniff die Augen zusammen, als suchte sie hinter dieser einfachen Frage eine Falle. Ihr Blick glitt über meine für Raben typische Kleidung und blieb an dem Zeichen der Gilde hängen. Sie stieß einen tiefen Seufzer aus. »Mein Sohn ist wie Ihr. Giordyn ist begnadet.«

Begnadet? Oder verflucht, schoss es mir unwillkürlich durch den Sinn. »Wie äußert sich seine Gabe?«, fragte ich.

»Er kann den Menschen Schmerz nehmen, indem er sie berührt«, sagte die Frau leise und blinzelte ein paar Tränen weg. »Ich fürchte, dass er diesen dann selbst empfindet. Er ist ein kränkliches Kind, leidet ständig unter Fieber. Kein Heiler konnte mir helfen. Oder vielleicht wollten sie es auch nicht. Die Heiler scheren sich nicht um unsereins. Jeder, der südlich der neunten Straße lebt, ist in den Augen der Obrigkeit Abschaum.« Die Frau schluckte hart, ehe sie fortfuhr. »Ich wollte ihn den Raben überlassen, ihm zu einem besseren Leben verhelfen. Dobrin war dagegen.« Sie lachte trocken auf. »Stand nie zu seinem Kind und wollte ihm dann auch noch Steine in den Weg legen. Aber töten? Töten wollte er Giordyn nicht.«

Nachdenklich strich ich über das Loch in meinen Handschuhen und betrachtete die blutbeschmierte Haut, die darunter zum Vorschein kam. »Und was, wenn ich Euch sage, dass Dobrin seinem Sohn Gift verabreichen wollte? Ich war Zeugin dieses zweifelhaften Handels.«

»Gift?« Die Frau hob eine Braue und sah mich an, als verstünde ich nichts. »In der Phiole war kein Gift. Zumindest keines, das meinen Jungen getötet hätte. Es hätte ihm seine Gabe geraubt.«

»Was sagt Ihr da?« Meine Zunge war trocken und meine Worte waren nicht mehr als ein Krächzen.

»Dobrin wollte verhindern, dass er sich den Raben verpflichtet.« Die Frau betrachtete den Leichnam des Mannes, der ihr ein Kind geschenkt hatte. In ihrer Miene mischten sich verschiedene Emotionen. Angst. Erleichterung. Misstrauen. Trauer. Ich folgte ihrem Blick und war mir sicher, dass meinem Gesicht nichts anderes als Verwirrung abzulesen war.

»Warum hätte er das verhindern sollen?«, fragte ich.

»Sagt Ihr es mir!«, entgegnete die Frau und sah mich an, als wüsste ich mehr als sie. Doch bevor ich eine Antwort finden konnte, unterbrach uns die von Fieber und Schlaf raue Stimme ihres Sohnes.

»Mutter, warum schläft Vater draußen?«

Ein Lächeln, wie es nur ihrem eigen Fleisch und Blut bestimmt sein konnte, erhellte das Gesicht der Frau. Kaum merklich verblasste ihre Trauer. Im Vorbeigehen nickte sie mir zu, dann verschwand sie mit ihrem Sohn im Haus und ließ mich mit der Leiche seines Vaters zurück.

Mein Befehl lautete, Dorchadas Dobrins Kopf zu überbringen. Doch ich konnte nicht gehorchen, wenn sein Sohn aus dem Fenster sah und mir dabei zuschaute, wie ich die Leiche seines Vaters schändete. Ein paar Straßen entfernt fand ich einen der Soldaten des Königs. Ich meldete ihm Dobrins Tod, verschwieg aber, dass ich diejenige gewesen war, die ihn herbeigeführt hatte. Die Konsequenzen würde ich zweifelsohne tragen müssen. Später.

Die Gilde der Raben zählte zu den ältesten Gemeinschaften des Landes. Seit vielen Jahrhunderten schützten sie den obersten Herrscher unseres Reiches. Es war die größte Ehre, in die Dienste des Königs zu treten. Warum sollte das jemand seinem eigenen Kind verwehren? Noch dazu war Dobrin selbst Teil des Hofes gewesen. Nichts, was in der letzten Nacht geschehen war, ergab einen Sinn.

Fast floh ich vor meinen düsteren Gedanken durch die Stadt. Doch sie ließen mich nicht los und als ich das Badehaus der Gilde betrat, hallten die Schreie der Frau von den Decken wider.

Heiße Quellen speisten die Wannen und sorgten für einen diffusen Nebel in der gesamten Halle. Um diese Zeit waren die meisten Becken leer. Mir begegneten Isla und Shona, zwei Raben, die ihren Eid wenige Jahre vor mir abgelegt hatten. Leise kichernd planschten sie im Wasser. Wenn man sie dabei erwischte, wie sie die reinigenden Quellen für ihre Plaudereien missbrauchten, würden sie für die nächsten Monate zum Küchendienst verdonnert werden. Mir war es gleich, ob sie sich in den heiligen Becken ihrem Glauben oder ihrem Tratsch widmeten, und ging weiter. Ich steuerte auf die Bassins am anderen Ende der Halle zu, wo ich ungestört war. Ich löste die Klammer meines noch immer feuchten Umhangs. Er fiel mir von den Schultern und befreite mich von einer Last, die ich kaum mehr wahrgenommen hatte. Hinter einem der riesigen Pfeiler entkleidete ich mich und trat an den Rand des Beckens. Ich ballte die Hand zur Faust und machte das Zeichen des Königs, indem ich sie gegen meine Brust presste. Dann murmelte ich eines der Gebete der Königstreuen. In meiner Zeit als Novizin hatte mich das Ritual mit Hoffnung auf Vergebung erfüllt. Doch ich hatte begriffen, dass ich niemals Vergebung erfahren würde, weil ich mich selbst für meine Taten verurteilte. Niemand konnte mich von meinen Sünden freisprechen – nicht einmal der König, solange ich mir selbst nicht vergeben konnte.

Ich stieg in das dampfende Wasser. Sofort vertrieb die Hitze die klammernde Kälte der letzten Nacht aus meinen Gliedern. Ich tauchte unter, bis die Erinnerungen an die jüngsten Geschehnisse verblassten und ich einzig die Schwere des Wassers auf meiner Brust spürte. Mit einem der Schwämme wusch ich mir das fremde Blut vom Körper. Ich schäumte mein Haar und massierte ein paar Tropfen Rosenöl hinein, bis der Geruch nach Tod endgültig aus meiner Nase verschwand.

Nach einer Ewigkeit, die ich im Wasser trieb, öffnete ich die Augen und starrte hoch zu dem Gewölbe, das sich über mir spannte wie der pechschwarze Himmel. In dem Badehaus der Gilde herrschte unendliche Nacht. Nach jedem Befehl des Königs suchte ich hier Zuflucht und wusch die Schuld ab, die ich auf mich geladen hatte. Doch was ich auch tat, die Heiligen Quellen hatten auf mich nicht die gleiche Wirkung wie auf andere Raben. Ich fühlte mich beschmutzt.

Resigniert stieg ich aus dem Becken, trocknete mich ab und schlüpfte in eine saubere Tunika und Hosen. Mit dem Bündel blutverschmierter Kleider unter dem Arm verließ ich das Badehaus und trat in den wolkenverhangenen Tag. Nach der Hitze des Wassers kam mir der Wind ungewöhnlich eisig vor. Ich hastete einen Pfad entlang, der sich in schmalen Windungen über den Berg schlängelte.

Das Gelände der Gilde schmiegte sich in westlicher Richtung an den Palast des Königs und umfasste mehrere frei stehende Gebäude.

Um die Raben vor den neugierigen und in den letzten Jahren immer zornigeren Blicken der Bewohner Berylls zu schützen, schirmte uns eine hohe, von Efeu überwucherte Mauer ab. Durch die natürlichen Gegebenheiten des Berges, auf dem Beryll errichtet worden war, war das Gelände durch Gefälle geprägt. Das größte Gildengebäude thronte auf einer vorspringenden Felsformation. Einerseits hatte man von hier aus einen beeindruckenden Ausblick auf die sich ausbreitende Stadt und die darunter liegenden Wiesen und Wälder. Andererseits konnte man es von überallher sehen. Hinter der Fassade aus schwarzem Schiefer und dunklem Holz verbarg sich die große Halle, in der wir uns zu jeder Mahlzeit und für Versammlungen trafen. Es gab einige Unterrichtsräume und die Unterkünfte der vier Ältesten sowie des Maesters, dem Oberhaupt der Gilde. Von außen wirkte es durch mehrere Türme und Anbauten wie die Miniatur eines Schlosses, das zwar im Schatten des königlichen Palastes stand, jedoch nicht weniger imposant war. Wir hatten ihm den liebevollen Namen Rabenhalle gegeben. Nicht weit davon entfernt lagen unsere Quartiere. Ein von wilden Rosenbüschen gesäumter Kiesweg führte mich zu dem Gebäude, das ich mein Zuhause nannte, seit ich als Kind in den Dienst der Gilde getreten war.

Auf halber Höhe begegnete mir Callahan, einer der vier Ältesten der Gilde. Er war ein von den Jahren gebeugter Mann mit dichtem und vollem Bart, sein Kopf war kahl und glänzte. Er begrüßte mich mit dem Zeichen des Königs. Ich antwortete auf gleiche Weise, ballte die Faust und führte sie zur Brust. Dabei bemerkte ich die dunklen Halbmonde unter meinen Fingernägeln. Abrupt blieb ich stehen, öffnete die Hand und starrte sie an. Callahan musterte mich neugierig.

»Geht es dir gut?«, erkundigte er sich.

Erneut ballte ich die Faust. Diesmal schob ich sie in eine Tasche und zwang mich zu einem Lächeln. »Die Nacht war lang und der Tag ist bereits fortgeschritten«, antwortete ich ausweichend.

Doch der Alte nickte, als verstünde er genau, wovon ich redete. Vermutlich tat er das auch, immerhin diente er der Gilde über eine weitaus längere Zeitspanne als ich. »Das spüre ich in den Knochen. Mein Rücken schmerzt. Aber was scheren dich die Beschwerden eines alten Mannes. Geh und ruh dich aus.« Erneut formte er das Zeichen des Königs, dann drehte er sich um und ging.

Ein paar Sekunden war ich wie erstarrt und sah ihm nach, bis er durch die Tür zur Rabenhalle verschwunden war. Dann wirbelte ich herum, verließ den Weg und eilte quer über die Wiese. Zwei der jüngeren Novizen schlenderten vorbei und beobachteten mich. Der Wind trug mir ihr belustigtes Getuschel zu, doch ich schenkte ihnen keine Beachtung. Mein Herz pochte, als wäre ich gerannt. Die dunklen Ränder unter meinen Fingernägeln konnten nichts anderes sein als Blut. Mein Atem ging stoßweise und ich hatte das Gefühl, zu ersticken.

Quer über das satte Grün der Wiese verlief ein sprudelnder Bach, der seine Quelle irgendwo im Gebirge hoch über uns fand. Ich warf mein schmutzverkrustetes Kleiderbündel auf den Boden, ging in die Knie und hielt die Hände ins eiskalte Wasser. Seine Berührung fühlte sich auf meiner Haut an wie die Stiche Tausender Nadeln. Doch nur ein Gedanke trieb mich um: *Wasch dich rein von deinen Sünden.*

Ich pulte die letzten äußerlichen Spuren der vergangenen Nacht unter meinen Fingernägeln hervor und schrubbte meine Haut, bis sie rot und wund war und ich jegliches Gefühl verloren hatte.

»Willst du dich waschen, bis nichts mehr von dir übrig ist? Das wäre ein großer Verlust!« Die Stimme war samtweich und mir so vertraut wie meine eigene. Trotzdem zuckte ich zusammen, denn ich hatte Cadan nicht kommen hören. Ich verlor mein Gleichgewicht, ruderte mit den Armen und suchte nach Halt. Cadan packte meine Schultern und bewahrte mich davor, ein zweites Bad zu nehmen. Er zog mich weg vom Bach, aber auch als ich wieder sicher auf beiden Füßen stand, ließ er mich nicht los. Mein Herz pochte und dort, wo er mich berührte, kribbelte meine Haut.

»Danke«, murmelte ich und umfasste meinen Oberkörper mit beiden Armen. Cadan war der einzige Mensch, nach dessen Gesellschaft ich mich ständig sehnte und dessen Gegenwart ich gleichwohl mied. Ich sah auf und begegnete dem sanften Blick seiner hellen, beinahe farblosen Augen, die in tiefen, umschatteten Höhlen lagen. Seine Züge waren kantig und hart geschnitten, aber seine Miene war weich. Jedes Mal, wenn wir aufeinandertrafen, ließ er mich Dinge fühlen, die mich verwirrten. Cadans Gabe war die der Manipulation. In der Gilde genoss er den Ruf des undurchsichtigen Einzelgängers. Die anderen Raben fürchteten seine Macht, sie hielten sich von ihm fern. Und auch ich fragte mich oft, ob er mit mir spielte oder ob das, was ich in seiner Nähe empfand, echt war.

Ich trat einen Schritt zurück, um mich seiner Wirkung zu entziehen. Doch solange sein Blick auf mir ruhte, nutzte es nicht viel. Seine Augen waren wie flüssiges Sternenlicht.

»Begleitest du mich zum Rabenturm?« Cadan hob einen prall gefüllten Beutel, durch dessen groben Stoff Blut tropfte. Bei diesem Anblick rumorte mein Magen. Ich verzog das Gesicht und wandte mich ab. An die Essgewohnheiten unserer gefiederten Namensgeber hatte ich mich in all den Jahren als Rabe nicht gewöhnt. Trotzdem würde ich Cadans Einladung nicht ausschlagen. Das tat ich nie.

Nach dem ersten Auftrag, den ich im Namen des Königs ausgeführt hatte, war ich im Badehaus zusammengebrochen, wo ich versucht hatte, das fremde Blut von meiner Haut zu waschen. Cadan hatte mich gefunden und mich beschworen, tapfer zu sein. Seine Worte hatte ich nie vergessen: »Du bist nicht die Hand, die das Schwert führt, sondern das Schwert selbst, das tut, was in seiner Natur liegt. Du musst stark sein, wenn du überleben willst, denn du hast den Eid geschworen!« Als ich von meinem zweiten Auftrag in die Gilde zurückkehrte, hatte er mich bereits erwartet. Seitdem linderte Cadan den Schmerz, den mir die Befehle des Königs verursachten.

Cadan, der mein Zögern bemerkt hatte, verringerte den Abstand zwischen uns, bis ich die wohltuende Wärme, die sein Körper ausstrahlte, wahrnehmen konnte. Der Wind zauste sein schulterlanges, helles Haar, das er im Nacken mit einem Knoten bändigte. Lose Strähnen fielen in sein Gesicht und umspielten die Linie seiner Wangen und des Kiefers. »Komm mit!« Er lief ein paar Schritte rückwärts, ohne mich aus den Augen zu lassen. Ich seufzte schwer, dann folgte ich ihm. Wir schlenderten schweigend am Bach entlang, der uns über die Wiesen vorbei zum Rabenturm führte. Durch sein stetes Sprudeln blieb die Stille zwischen uns unbemerkt.

Hinter der Rabenhalle ragte ein runder, aus grauen Steinquadern errichteter Turm auf. Efeu kletterte an ihm empor und obenauf thronte ein von Pfeilern getragenes Holzdach. Zu den Seiten hin war es offen, sodass die Raben ein und aus fliegen konnten.

»Du trägst deine Handschuhe gar nicht«, bemerkte Cadan und brach das Schweigen. Er öffnete die schwere Rundtür zum Turm und der Luftzug, den diese Bewegung auslöste, blies uns Staub und Federn entgegen.

»Sie nützen mir nicht viel, wenn sie zerschnitten sind«, antwortete ich, hob meine rechte Hand und strich mit meinem Daumen über die Kuppen der vier anderen Finger.

»Der Anblick deiner Handschuhe ist mir so vertraut, dass mir der deiner nackten Haut fremd erscheint.«

Diese banale Beobachtung entlockte mir ein Lachen. »Mir geht es ähnlich.« Ich entspannte mich und ließ die Hand sinken. Dann tauchte ich unter Cadans Arm, der die Tür noch immer einen Spaltbreit offen hielt, hinein. Im Innern des hohlen Turmes klang das Krächzen der Raben wie der Vorbote eines Unwetters. Wir stiegen die an der Mauer entlanglaufende Rundtreppe nach oben, wo wir vom leise raunenden Wind und dem Flügelrascheln der Vögel begrüßt wurden. Knapp zwei Dutzend der schwarz gefiederten Tiere lebten hier im Turm. Heute waren die meisten ausgeflogen und nur drei von ihnen näherten sich mit schräg gelegten Köpfen, als Cadan die Schnur um den Beutel löste. Während er ihnen klein geschnittene Scheiben rohen Fleisches zuwarf, beobachtete er mich.

»Für gewöhnlich mag ich dein Lachen«, sagte er. »Aber heute ist es nicht echt. Es erreicht deine Augen nicht. Was beschäftigt dich, Aeryn? War es der Auftrag des Königs?« Er trat so nah zu mir, dass sich unsere Oberarme streiften. Die Welt um mich herum löste sich auf, die schwarzen Federn und das Krächzen der Raben verschwanden. Einzig Cadan blieb, dessen heller Blick bis in mein Innerstes vordrang. Ich zwang mich, mich abzuwenden, ehe ich in seinen Augen ertrank, und entzog mich ihm. Cadan verstand mein Zurückweichen falsch und sagte leise: »Du weißt genau, dass du mit mir darüber reden kannst.«

Ich schüttelte den Kopf. »Das sollten wir nicht tun.« Es war eine Sache, dass Cadan mich jedes Mal auffing, wenn ich mich nach einem Auftrag im freien Fall befand, aber eine ganz andere, wenn ich jene Dinge, die mich über den Abgrund trieben, laut aussprach.

»Was? Ehrlich zueinander sein?« Cadan stieß ein trockenes Lachen aus und lief mit ausgebreiteten Armen um mich herum. »Der König beherrscht unser Leben. Wir sind Marionetten und haben nichts mehr als unsere Gedanken und Gefühle. Darüber kann niemand bestimmen außer wir selbst.«

Ich biss mir auf die Lippe. Cadan war imstande, meine Gedanken mit seiner Zunge in Worte zu verwandeln. Doch es waren Worte, die in einer Welt wie der unseren niemals laut ausgesprochen werden durften. »Das ist Hochverrat«, murmelte ich.

Cadan schnaubte. »Was soll das überhaupt heißen?«

»Unser Eid bindet uns an die Gilde und somit an den König.«

Ich glaubte, Enttäuschung in Cadans Blick zu sehen. »Die Gilde entstammt einer Zeit lange vor dem Königsgeschlecht, aber das wird heutzutage im Unterricht gern unterschlagen. Ebenso die Tatsache, dass unser Kopf mehr als hübsche Dekoration ist.« Vielsagend tippte er sich gegen die Stirn.

Ich widerstand der Versuchung, etwas zu entgegnen. Denn obgleich ich mir eher die Zunge abgebissen hätte, als es laut auszusprechen, wusste ich, dass Cadan im Grunde genommen recht hatte. Das hatte er immer, aber es kam Selbstmord gleich, Zweifel am König zu äußern.

»Ich dachte, wir wären anders«, murmelte er. »Ich dachte, wir würden einander vertrauen.« Seine Stimme nahm eine dunkle Note an, ehe sie sich verlor. Ich hatte ihn enttäuscht, aber Vertrauen war ein großes Zugeständnis, von dem ich nicht wusste, ob ich es erbringen konnte.

Cadan leerte den blutgetränkten Beutel. Corvus, einer der größeren Raben mit zerzausten Federn und Augen so alt wie die Zeit, pickte nach einem Stück Fleisch und verschlang es gierig. Dann breitete er die Schwingen aus, hüpfte auf die Brüstung und stürzte sich in die Tiefe. Cadan lehnte sich mit dem Rücken dagegen und musterte mich, während ich vorgab, Corvus nachzusehen. Als ich seinen Blick nicht länger ertrug, nahm ich neben ihm Platz und erlaubte mir, enger an ihn heranzurücken, als ich es normalerweise getan hätte. Seine Nähe war beängstigend, zugleich beruhigte sie mich. Leise flüsternd erzählte ich ihm, was in der letzten Nacht geschehen war. Er hörte mir mit verschlossener Miene zu, hinter der er seine Gedanken sorgfältig verbarg. »Warum sollte jemand einem begnadeten Kind die Gabe rauben?« Ich schüttelte den Kopf und strich erneut mit dem Daumen über die Fingerkuppen, während sich zu meinen Füßen zwei kleinere Raben um die letzten Stücke Fleisch stritten und lose Federn und getrockneten Vogelmist aufwirbelten.

Cadan streckte seine Hand aus, als wollte er meine umfassen. Ich zog sie zurück und ballte sie zur Faust. Er bedachte mich mit gehobener Braue. »Verstehst du es wirklich nicht?«

Ich verstand es. Natürlich tat ich das. Was würde ich dafür geben, diese schreckliche Gabe ein für alle Mal loszuwerden? Ich dachte an die Phiole und ihren Inhalt. Dobrin hatte seinen Sohn vergiften wollen, wenn auch nicht auf die Art, die ich erwartet hatte. Die Erkenntnis schmeckte bitter, denn der Schutz des Jungen hatte den Mord an Dobrin für mich gerechtfertigt. Dass er ihn auf seine Weise hatte schützen wollen, veränderte alles. Eine Welle eiskalten und schlechten Gewissens überrollte mich. Ich schluckte hart und versuchte, Dobrins Gesicht aus meinen Gedanken zu bannen.

»Wer weiß, ob es ihn wirklich von seiner Gabe befreit hätte, oder ob es ihm den Tod gebracht hätte«, seufzte Cadan und warf mir ein Tau zu, mit dem ich mich aus den Fluten der Reue befreien konnte.

»Ja«, krächzte ich und klang dabei wie einer der Raben im Turm.

Dann sah Cadan mich nachdenklich an. »Wenn es wirklich eine Art Gegenmittel gäbe, würdest du es nehmen?«

Die Frage war gefährlich und die Antwort darauf umso mehr. Ich schwieg.

»Ich würde es tun«, meinte Cadan und las eine Feder vom Boden auf, mit der er gedankenverloren spielte.

»Du?«, fragte ich erstaunt. Cadan zählte zu den mächtigsten Dienern der Gilde. Ja, seine Gabe war gefürchtet, doch zugleich wurde er um sie beneidet. Es gab Gerüchte, denen zufolge er als Nachfolger des Maesters in Betracht gezogen wurde.

»Die Gabe macht mich zu etwas, das ich nicht sein will«, sagte er und der Wind trug seine Stimme hinfort. »Allein.«

Seine Worte schnitten in mein Herz. Meine Hand zuckte und ich musste gegen den Impuls ankämpfen, ihn ohne Schutz anzufassen. Die letzte Nacht hatte mir meine Kraft geraubt. Ich war nicht imstande, mich Cadans Ängsten zu stellen.

»Du bist nicht allein«, widersprach ich, aber meine Worte klangen so leer, wie ich mich fühlte. Trotzdem zupfte ein Lächeln an Cadans Mundwinkeln. Dass ich ihn nicht berühren konnte, hielt ihn nicht davon ab, meine Nähe zu suchen. Kaum merklich verlagerte er sein Gewicht. Die Wärme seines Körpers strömte auf mich ein, als er seinen Oberarm gegen meinen drückte. Er neigte den Kopf und sein Atem streifte meine Wange. Seit wir uns kannten, hatte ich in seiner Nähe niemals von meiner Gabe Gebrauch gemacht. Aber immer wieder stellte ich mir die Frage, ob ich seiner Gabe nicht schon längst zum Opfer gefallen war. Beinahe wünschte ich es mir, denn es ängstigte mich, was Cadans Nähe mit mir anstellte. Bei ihm war ich die Aeryn, die ich womöglich geworden wäre, wäre ich nicht begnadet. Es war einfacher, sich einzureden, dass es Cadan war, der mich so zu fühlen zwang, als mir die Wahrheit einzugestehen. Als Rabe war Gehorsam gegenüber dem König meine oberste Pflicht. Doch mit jedem Blick, jeder Geste und jedem Wort in Cadans Gesellschaft beging ich wieder und wieder Hochverrat. Und das machte mir Angst.

KAPITEL 3

Die gemeinsame Zeit mit Cadan hatte mich meine Sorgen für einen kurzen Moment vergessen lassen. Als wir die Rabenhalle umrundeten, erkannte ich zwei Königstreue, die wie Statuen vor dem Eingang standen. Ich spürte, wie mein Magen rumorte. Nicht vor Hunger, es war die Sorge, die an meinen Eingeweiden nagte. Denn die Königstreuen schienen auf jemanden zu warten.

Auf mich.

Ich verlangsamte meine Schritte, obwohl ich wusste, dass ich dem, was nun folgen würde, niemals würde entkommen können. Der König hatte seine Hunde entsandt, um mich zu holen.

»Aeryn?« Die Frage in Cadans Stimme blieb unausgesprochen. Ich zögerte, suchte nach Worten, die es nicht gab. Dann winkte ich ab. Er konnte nichts tun, ohne sich in eine missliche Lage zu begeben. Ich allein hatte mir diese Suppe eingebrockt, ich allein würde sie auslöffeln müssen. Also straffte ich die Schultern und lief auf die Königstreuen zu, um Fassung bemüht, obwohl mein Herz wild gegen meinen Brustkorb hämmerte.

Als wären sie Marionetten, an deren Fäden jemand zog, sobald ich mich näherte, ruckten die Köpfe der beiden zu mir herum. Ich wagte einen Blick zur Seite, Cadan war stehen geblieben. Mit jedem weiteren Schritt vergrößerte sich der Abstand zwischen uns, bis ich den Königstreuen allein gegenüberstand. Beide trugen sie die ultramarine Uniform, die ihresgleichen von den übrigen Bürgern Berylls abhob. Sie bestand aus einem mit goldenem Ornat ausstaffierten

Gehrock in dem königlichen Blau, der in der Mitte gegürtet und nach unten hin breiter wurde, um sie im Nahkampf nicht zu behindern. Auf Höhe des Herzens funkelte als goldfarbene Brosche das Zeichen des Königs, eine Krone, um die schwarze Flammen loderten. Die Hosen der Königstreuen waren schwarz und mündeten in Stiefeln, auf deren polierter Oberfläche man sich spiegelte.

Ich kannte die beiden, denn nur wenige Männer traten den Dienst als Königstreue an, und als Dienerin der Gilde war ich ihnen näher als den Bürgern der Stadt. Ducan war ein hochgewachsener Mann, dessen Gliedmaßen zu lang für seinen Körper wirkten. Doch er war einer der stärksten Krieger, die ich kannte. Dank seines Talents unterstand er direkt dem König. Sein Begleiter hieß Murtagh. Er hatte dunkelrotes, schulterlanges Haar, das an den Seiten kurz geschoren war. Seine blauen Augen waren so kalt wie die zugefrorenen Bergseen. Er genoss den Ruf eines leidenschaftlichen Kämpfers, während er für gewöhnlich keine Gefühle zeigte. Auch jetzt starrte er mich teilnahmslos an, während Ducan vortrat und mich mit dem Zeichen des Königs begrüßte.

»Der König verlangt nach dir«, sagte er, noch bevor er die Hand sinken ließ. Seine Worte drangen wie Schläge auf mich ein, obgleich ich sie hatte kommen sehen. Ich duckte mich instinktiv weg und erntete Murtaghs missbilligendes Schnauben. Siedend heiße Scham überkam mich, die meine Wangen rot färbte. Ein Rabe zeigte sich nicht schwach. Jedenfalls nicht vor Königstreuen.

Ich musste all meine Kraft aufbringen, um meine Schultern zu straffen und Ducan in die Augen zu sehen, ohne zu blinzeln. »Sobald ich angemessen gekleidet bin, erscheine ich bei Hofe.« Meine Stimme klang ruhig und ließ sich den Sturm, der in mir tobte, nicht anmerken.

»Wir warten hier.« Ich hörte die leise Drohung zwischen Murtaghs Worten. Doch mir blieb nichts anderes übrig, als zu gehorchen. Mit dem Zeichen des Königs verabschiedete ich mich und kehrte den Königstreuen den Rücken zu. Dem Impuls, loszurennen, widerstand ich. Ich zwang mich, gemessenen Schrittes den Weg über die Wiese zu den Quartieren einzuschlagen.

Mit meinen Freundinnen teilte ich mir ein Zimmer in dem mittleren von drei Quartieren. Sie säumten den Hügel, über dem im grellen Mittagslicht der Palast aufragte. Als ich in die Dunkelheit der Eingangshalle tauchte, war ich wie blind. Ich blinzelte, bis meine Netzhaut die Erinnerung an das gleißende Licht vergessen hatte und der Gang vor mir sichtbar wurde. Als mit ihm eine Gestalt erschien, zuckte ich zusammen. Dann erkannte ich Cadan.

Sein Blick war eindringlich, beinahe flehentlich. »Geht es dir gut?«

»Ich muss mich beeilen«, entgegnete ich. »Man lässt König Dorchadas nicht warten.«

Cadan nickte. »Alles wird gut«, versicherte er mir. Ich wollte ihm glauben. Doch seine Worte kamen nicht gegen die Dunkelheit an, die sich in meiner Brust ausbreitete und mit jedem weiteren Herzschlag meinen Körper überwältigte. Nicht nur, dass ich meinen Auftrag nachlässig ausgeführt hatte. Ich hatte den Befehlen des Königs nicht Folge geleistet. In den Augen des Gesetzes war ich eine Verräterin.

»Ich muss mich beeilen«, wiederholte ich.

Aber Cadan machte keine Anstalten, mir Platz zu machen. Er ragte vor der Tür auf, die mich von meinem Zimmer und einem kurzen Moment der Ruhe trennte, und stützte sich mit der Hand am Rahmen ab. »Sei auf der Hut«, sagte er leise. Dabei schien mich sein Blick zu durchdringen. »An sämtlichen Eingängen stehen bewaffnete Soldaten, selbst dort, wo das Gelände der Gilde angrenzt. Etwas geht im Palast vor.«

Ich schluckte. Dann duckte ich mich unter seinem Arm hindurch und floh in mein Zimmer. Das Klicken des Schlosses sperrte nicht nur Cadan aus, sondern auch sämtliche Geräusche, einzig mein hämmernder Puls blieb zurück. Die Dielen knarrten unter meinen Sohlen, als ich den Raum querte und die Truhe öffnete, die am Fuße meines Bettes stand. Als Rabe häufte man keinen Besitz an. Dienst und Glaube waren es, die das Leben erfüllten. Deshalb war die Auswahl möglicher Kleider begrenzt. Ich entschied mich für einen bestickten, ärmellosen Umhang, den ich über die schlichte Tunika und die Leinenhose warf. Dann tauschte ich meine Stiefel gegen ein sauberes Paar und verließ mein Zimmer wieder. Ich hatte erwartet, dass Cadan noch immer draußen stand. Aber er war fort.

Und ich war allein.

Angst war ein Teil von mir. Sie war der Grund, warum ich der Gilde diente. Sie bestimmte mein Leben. Jetzt begleitete sie jeden Schritt, der mich zurück zu den Königstreuen brachte.

König Dorchadas war nicht für seine Gnade bekannt. Und ich hatte seine Befehle missachtet. Das durfte nicht ungesühnt bleiben.

Ducan nickte mir zu und Murtagh begrüßte mich, indem er seinen Blick über meinen Körper wandern ließ und dort länger als nötig verweilte. Dann kräuselten sich seine Mundwinkel und er bedeutete mir mit einer Geste, mich ihnen anzuschließen.

Das Gelände der Gilde lag westlich vom Palast an dessen durch natürliche Begebenheiten des Berges ungeschützten Seite. Ein mit Kies aufgeschütteter Pfad führte zu den königlichen Gärten, in denen im Winter Blüten aus Eis und im Sommer bunte Blumen wuchsen. Unsere Sohlen knirschten auf den Steinen. Eine Weile war dieses Geräusch das einzige, das uns begleitete. Irgendwann ließ Ducan sich kaum merklich zurückfallen. Ich passte mich ihm an, bis Murtagh weit genug entfernt war, dass er unsere geflüsterten Worte nicht hören konnte.

»Was hast du angestellt?«

Ich zögerte. Denn obwohl ich Ducan als wohlwollend kennengelernt hatte, unterstand er noch immer dem König. Seine Gesellschaft war wie das Spiel mit Schatten: Streckte ich die Finger danach aus, entzog er sich mir.

Als ich blinzelte, lief da nicht mehr der ausgebildete Soldat an meiner Seite. Ducan verwandelte sich in meinem Geiste in den Jungen, als den ich ihn kennengelernt hatte. Heute war von dem pausbackigen Blondschopf wenig übrig, aber seinen freundlichen Blick konnte ich unter den buschigen Brauen noch immer ausmachen.

»Nichts«, antwortete ich schließlich und starrte geradeaus.

Ducan schnaubte. »Niemand wird zwei Tage in Folge vor den König zitiert. Es geht das Gerücht …« Er brach ab, als wir einen schmalen

Rundbogen erreichten, der die Ländereien der Gilde mit den Gärten des Palastes verband. Üblicherweise war dieser unbewacht. Immerhin sorgten die Raben mitunter für den Schutz des Königs. Wie Cadan gesagt hatte, flankierten heute zwei bewaffnete Wächter das Tor. Ihre Rüstungen schimmerten im Sonnenlicht. Es schien, als würden sie den König vor der Gilde schützen. Voll dunkler Vorahnungen zog sich mein Magen schmerzhaft zusammen.

Einer der Wächter löste sich aus seiner Starre und versperrte uns mit seiner breiten Statur den Zugang zu den Palastgärten.

»Durch Sturm und Tod dem König«, begrüßte Murtagh den Wächter mit der Parole der Königstreuen.

»Durch Sturm und Tod dem König«, wiederholte der Wächter. Ducans Lippen zuckten, als auch er die Worte stumm formte. Der Gilde bedeutete dieser Spruch nichts. Die Geschichte hatte uns Raben zu freien Dienern gemacht. Doch das hieß nicht, dass uns unser Eid dem König nicht auf Gedeih und Verderb auslieferte.

Murtagh nahm Haltung an und ich fragte mich, was ihm diese Parole bedeuten mochte. Lebte er wirklich, um für den König zu sterben? Und was war mit Ducan und den anderen? Nun, bislang hatten sie das nicht unter Beweis stellen müssen. In den letzten Jahren hatte die Stimmung in den Armenvierteln Berylls zwar gebrodelt, Krieg kannte diese Stadt jedoch nur noch aus Erzählungen. Dorchadas mochte kein gütiger König sein, aber unter ihm herrschte der bislang längste Frieden.

»Der König verlangt den Raben zu sprechen«, teilte Murtagh dem Wächter mit. Dessen Blicke glitten ungerührt über meinen Körper und blieben an den Waffen an meinem Gürtel hängen. »Niemand darf das Palastgelände bewaffnet betreten.« Seine Mundwinkel verzogen sich, als er mit einem rauen Lachen hinzufügte: »Selbst unsere *gefiederten Freunde* nicht.«

Mein Blick schnellte zu Ducan und in meinem Geist formte sich eine einzige Frage: *Warum?* Doch meine zugeschnürte Kehle erlaubte mir nicht, sie laut auszusprechen. Stattdessen starrte ich den Wächter an, als hätte ich ihn nicht verstanden.

»Bist du taub?«, knurrte Murtagh und fuhr zu mir herum. »Leg die Waffen ab!«

»Schon gut«, beruhigte Ducan ihn. »Sie ist keine Gefangene.« Dann wandte er sich an mich. »Ich fürchte, du musst dich entwaffnen.«

Ja, das hatte ich auch befürchtet. Über der Mauer ragte der Palast unheilvoll in den Himmel und schlitzte mit seinen Zinnen die vorüberziehende Wolkendecke auf. Ich fröstelte und ignorierte die leise Bedrohung, die von ihm ausging. Dann öffnete ich den Gürtel um meine Taille und warf ihn mitsamt meiner Waffe auf die Wiese vor dem Rundbogen. Die Tunika, die ich trug, fiel nun wie ein Sack an meinem Körper herab und ich war dankbar für den bestickten Umhang. Unter den anklagenden Mienen der Wachen und des Königstreuen fühlte ich mich wie eine Verbrecherin, die zum Schafott geführt werden sollte. Hätte Mór mich davor gewarnt, wenn mein Tod einem höheren Zweck diente? Oder würde sie ihn in Kauf nehmen, wenn es dem König nützte? Der Gedanke kam mir unwillkürlich und sosehr ich ihn zurückdrängen wollte, so überwältigend war er. Tief in mir brannte meine Angst wie Feuer. Je mehr Zündstoff sie fand, umso weiter würde sie sich ausbreiten, bis ich vollständig in Flammen stand.

Der Wächter gab uns den Zutritt noch immer nicht frei. Er schnaubte und unter seinem Helm klang das Geräusch dumpf. »Netter Versuch«, verhöhnte er mich. »Die Stiefel!«

Ich hatte keine Ahnung, woher der Wächter von den versteckten Waffen der Raben wusste. Widerwillig bückte ich mich und zog ein flaches, aber langes Messer aus dem Stiefelschaft, das ich ebenfalls im Gras neben meinem Waffengürtel zurückließ.

Ich fühlte mich nackt. Schutzlos. Den Königstreuen und Dorchadas selbst ausgeliefert.

Der Wächter zögerte einen letzten Moment, als wollte er die Demonstration seiner vermeintlichen Macht auskosten. Ducan knurrte und er trat beiseite. Daraufhin setzten wir den Weg fort, als hätte der Wächter uns nie aufgehalten. Sobald wir außerhalb seiner Reichweite waren und Murtagh weit genug vorauslief, legte Ducan kurz eine Hand auf meine Schulter und drückte sie. Die Geste war freundschaftlich und sanft, obgleich er sie sofort wieder zurückzog. Mit seinem geflüsterten Versprechen hallte sie noch lange in mir nach: »Dir wird nichts geschehen!«

Die königlichen Gärten erstreckten sich über mehrere gepflegte Terrassen unterhalb des Palastes. Kieswege schlängelten sich über die Anhöhe durch üppige Blumenbeete und zurechtgestutzte Büsche. In gleichmäßigen Abständen wehte die Standarte des Königs und machte ihn allgegenwärtig.

In meinem Innern breiteten sich die Flammen rasend schnell aus.

Murtagh führte uns zu dem weitläufigen Hof vor den Toren des Palastes. Büsche säumten ihn und in der Mitte erhob sich die von Blumen umrankte Skulptur eines ehemaligen Königs. Moos bedeckte seinen kunstvoll gehauenen Mantel.

Überall wimmelte es nur so von bis an die Zähne bewaffneten Königstreuen und Wächtern, als erwarteten sie einen Angriff, von dem ich wusste, dass er niemals kommen würde. Beryll war für die Ewigkeit gebaut. Die Lage hoch oben am Berg schreckte sämtliche Angreifer ab.

Die Soldaten waren also nichts weiter als eine Demonstration von Macht. Aber für wen?

Eine breite Treppe aus weißem Marmor führte zu einem reich verzierten Portal. Auf jeder zweiten Stufe war ein Wächter abgestellt worden. Die beiden, die einander ganz oben gegenüberstanden, hielten Fahnen, die im Wind flatterten und das Zeichen des Königs trugen.

»Durch Sturm und Tod dem König«, sagte Ducan auf der ersten Stufe.

»Durch Sturm und Tod dem König«, wiederholten sämtliche Wächter in einem eigenartigen Chor. Meine Nackenhärchen richteten sich auf.

Im Palast war es dunkel und kühl. Nach dem hellen Sonnenlicht im Freien kamen mir die Schatten in den Ecken ungewöhnlich schwarz vor. Der Winter, der Beryll in den letzten Monaten fest im Griff gehabt hatte, war noch nicht gänzlich aus dem Gemäuer gewichen. Ich fror in meinem ärmellosen Umhang und widerstand dem Impuls, meinen Oberkörper mit beiden Armen zu umfassen.

In angemessenem Abstand folgte ich Ducan und Murtagh. Hier in der Gegenwart der Königstreuen ließ Ducan sich seine Sympathie für mich kaum mehr anmerken. Ich konnte es ihm nicht verdenken.

Wir liefen durch die labyrinthartigen, aber inzwischen vertrauten Gänge des Palastes. Statuen und Gemälde, die uns auf dem Weg begegneten, nahm ich kaum mehr wahr, weil ich sie so häufig gesehen hatte. Einige von ihnen waren von Leirds Gabe versteinerte Menschen und starrten mich mit jenem Grauen an, das sie im Augenblick ihres Todes durchlebt hatten.

Als ich dem König das erste Mal vorstellig geworden war, hatte ich meinen Kopf von einer Seite zur anderen gedreht und sämtliche Eindrücke wie ein Schwamm aufgesogen. Ich war in Armut aufgewachsen. Mit meinen Eltern und den beiden Schwestern hatte ich in einem Haus gelebt, das dieses Titels kaum würdig gewesen war. Ähnlich wie das von Giordyns Mutter hatte es nur aus einem einzigen Raum bestanden, das, wenn es in der Eingangshalle des Palastes gestanden hätte, sehr verloren gewirkt hätte. Die weitläufigen, leeren Gänge der Königsresidenz hatten mich damals in Ehrfurcht und zugleich in Schrecken versetzt. Während meine Ehrfurcht irgendwann verblasst war wie die Sichel des Mondes bei Tag, überkam mich der Schrecken, sobald ich die Schwelle des Portals übertrat. Denn das, was in den prachtvollen Räumen des Königs begann, endete jedes Mal mit Blut und Tod.

An der Kreuzung zweier Gänge schlugen Ducan und Murtagh einen Weg ein, der mir wohl bekannt, nicht aber vertraut war.

»Was geht hier vor?« Meine Stimme klang mutiger, als ich mich fühlte. Das Echo der hohen Wände trug sie durch den Gang und brachte Ducan und Murtagh zum Stehen.

Die beiden wandten sich um. Während Ducans Miene ausdruckslos blieb, verzog Murtagh das Gesicht. »Du bist nicht in der Position, Fragen zu stellen, Mädchen«, knurrte er und bedeutete mir mit einer groben Kopfbewegung, ihm zu folgen.

Ducan und Murtagh geleiteten mich zum Thronsaal. Auch das war neu und schürte meine Angst. Jeder Schritt fühlte sich bedrohlicher an als der vorangegangene. Ich zählte die Abstände zwischen den Wachen und suchte die Reihe bodentiefer Fenster nach einem Fluchtweg ab, obwohl ich wusste, dass es für mich kein Entkommen gab. Und selbst wenn ich nicht im Dienst des Königs gestanden hätte, so hätte der steil abfallende Berg an der Ostseite des Palastes eine Flucht vereitelt.

Mit seiner sechseckigen Form und den gläsernen Wänden zählte der Thronsaal Berylls zur außergewöhnlichsten Architektur des ganzen Landes. Er war vom Palast losgelöst und krönte eine scharfkantige Felsformation aus rotem Gestein. Von dort oben genoss der König den Blick über sein gesamtes Reich, das sich von Beryll bis zum Horizont erstreckte.

Ein Gang mit einem gewölbten Dach aus Glas führte über eine schmale Gesteinszunge zum Thronsaal. Als ich das erste Mal hier gewesen war, war mir schwindelig geworden. Auch heute spürte ich ein flaues Gefühl im Magen, aber ich konnte nicht mit Gewissheit ausschließen, dass es nicht doch an meiner Angst lag, die mit jedem Schritt wuchs.

Wachen flankierten das doppelflüglige Tor zum Thronsaal. Sie machten das Zeichen des Königs, als sie meine Eskorte erkannten. Stumm öffneten sie die Türen.

In dicken goldenen Bündeln fiel das Licht der Sonne durch die gläsernen Wände. Es schimmerte auf dem weißen Marmorboden und blendete mich. Vor den Fenstern breitete sich Avendall aus. Der Thronsaal markierte den höchsten Aussichtspunkt Berylls und erlaubte einen Blick von Nord nach Süd, während sich der Palast östlich des Gebirges erhob. In weiter Ferne glitzerte ein silbernes Band, von dem Cadan mir früher einmal erzählt hatte. Sein Großvater kam ursprünglich aus einem kleinen Fischerdorf am Meer, das sich von einem schmalen Streifen Sand bis zum Himmel erstreckte. Ich träumte davon, es eines Tages mit eigenen Augen zu sehen. Die kurzweilige Aussicht aus dem Thronsaal, die stets von Angst begleitet wurde, genügte mir nicht.

Ducan und Murtagh blieben stehen, verbeugten sich vor dem Mann auf dem Thron, dann zogen sie sich wortlos zurück. Ihre Bewegungen waren wie einstudiert, synchron und wie von einem Puppenspieler befohlen, der an unsichtbaren Fäden zupfte. Und ich fühlte mich, als würden sie mich einem Berglöwen zum Fraß vorwerfen.

»Ich entdecke jedes Mal, wenn ich hinaussehe, etwas Neues.« Die Stimme des Königs war weich, beinahe zärtlich. Trotzdem gefror mir das Blut in den Adern, als er sie an mich richtete. Er musste meine Blicke hinaus auf sein Reich bemerkt haben, obwohl ich sie hinter meiner Eskorte versteckt hatte. Ich fühlte mich ertappt.

Der König lächelte, doch seine schieferschwarzen Augen blieben kalt wie das Gestein der Gebirge. Er saß auf einem im Vergleich zu der Welt, die sich vor den Fenstern erstreckte, schlichten Thron aus gebürstetem Gold. Sein Gesicht wirkte gemeißelt wie das seiner versteinerten Untertanen. Ich versuchte, ihren leblosen Blicken auszuweichen, doch es war schwer, ihnen zu entkommen. Sie waren allgegenwärtig. Der König trug eine dunkelrote Tunika mit goldenen Quaddeln und Schärpe. Auf seinen weizenblonden Locken saß eine Krone. Das Licht fing sich in den kostbaren Edelsteinen, die in ihren Spitzen verarbeitet waren, und streute bunte Punkte auf den Boden.

Das Gewicht seiner dunklen Augen drückte mich nieder und ich verneigte mich. Sekunden verstrichen, in denen der König meine Geste der Ergebenheit auskostete. Schließlich schnippte er mit den Fingern und bedeutete mir, mich zu erheben. »Warum so förmlich? Sind wir nicht langsam Freunde?«

Seine Worte mochten freundlich klingen, doch seine Zunge war gespalten wie die einer Schlange. Ich wählte meine Antwort mit Bedacht. »Ich danke Euch, Eure Majestät, aber diese Ehre gebührt mir nicht. Ihr seid mein König.«

Obgleich Dorchadas nicht der direkte Thronfolger des vorherigen Königs gewesen war, hatte er die Krone schon fast zwei Jahrzehnte inne. Sein älterer Bruder Filipas, der legitime Nachfolger, war aus der Erbfolge ausgeschieden, nachdem sein Vater ihn für unwürdig erklärt hatte. Unwillkürlich fragte ich mich, was für ein Monster der längst verstorbene Prinz gewesen sein musste, wenn ihr Vater Dorchadas auf dem Thron bevorzugt hatte. Aber vielleicht waren es die Umstände gewesen, die den König in das verwandelt hatten, was er heute war. Denn bei einem tragischen Unfall verlor er nicht nur seinen Bruder, sondern auch seine Eltern, und in einem Alter, das viel zu jung für die Bürde eines Königs war, hatte Dorchadas den Thron bestiegen.

Er seufzte tief, als hätten meine Worte ihn getroffen, und ich suchte in seinem Gesicht den Jungen, der er damals bei der Krönung gewesen war. »Warum willst du nicht mein Freund sein?«

»Eure Majestät?« Meine Zunge klebte an meinem trockenen Gaumen. Ich räusperte mich. »Es ist keine Frage des Wollens, sondern eine Frage der Hierarchie.«

»Das halte ich für eine Ausrede«, sagte Dorchadas. Er warf seinen drapierten Umhang zurück und stand mit einer geschmeidigen Bewegung auf. Einmal mehr erinnerte er mich damit an eine Schlange. Stufe für Stufe kam er auf mich zu und blieb erst stehen, als ich seinen süßlichen Atem riechen konnte. Ich wich zurück wie ein in die Enge getriebenes Tier. In den Augen des Königs blitzte es und ich witterte die Gefahr. Ich erstarrte.

»Du *willst* nicht mein Freund sein«, säuselte Dorchadas und fuhr mit einem seiner langen Fingernägel über mein Kinn. »Freunde sind füreinander verantwortlich. Freunde reden miteinander. Du willst nicht mit mir reden, nicht wahr, Aeryn? Du willst deine kleinen Geheimnisse hüten wie einen Schatz.«

»Majestät …«

»Obacht, mein Kind.« Der Druck seines Nagels auf meiner Haut wurde stärker. Diesmal hielt ich ihm stand. Meine Furcht vor dem, was geschehen würde, wenn ich mich ihm ein zweites Mal entziehen würde, war größer als die, die ich in diesem Moment empfand. »Du bist ein Rabe. Besitztümer stehen dir nicht zu. Ebenso wenig wie Geheimnisse. Verrate mir also, was in der Nacht geschehen ist, in der du Dobrin Emnerun töten solltest.«

Ich erlaubte mir zwei gehetzte Atemzüge, ehe ich antwortete: »Ich tötete ihn.«

»Das hast du«, schnurrte der König. »Und dennoch hast du dich meinem Befehl widersetzt. Ich forderte seinen Kopf und bekam stattdessen die Meldung eines treuen Gefolgsmannes, dass der Mord im Armenviertel einen Aufruhr ausgelöst hat. Wüsste ich es nicht besser, müsste ich Zweifel an deiner Loyalität hegen.« Er ließ mich los, aber dort, wo er mich berührt hatte, brannte meine Haut.

»Ich …«

Mit einem einzigen Blick ließ er mich verstummen. »Ich erwarte von meinen Königstreuen und der Gilde nichts Geringeres als absoluten Gehorsam.« Er umrundete mich. Sein Umhang schleifte hinter ihm her und wickelte sich um meine Beine.

Wie eine Schlange.

Ich schluckte hart.

»Was sagte Dobrin Emnerun in seiner letzten Nacht zu dir?«

Bilder des Mannes, den ich getötet hatte, entstanden vor meinem geistigen Auge. Ich dachte an seinen Sohn und drängte den Gedanken aus Furcht zurück, der König könnte ihn mir vom Gesicht ablesen.

»Wir haben nicht miteinander gesprochen«, sagte ich. Es war eine Ausrede, die der König witterte wie ein Hund die Spur seiner Beute. Seine Nasenflügel blähten sich.

»Ich entsandte dich, um mir den Kopf und die Angst eines Verräters zu bringen. Zuerst verweigerst du mir seinen Kopf und nun auch seine Angst?«

Welche Rolle spielte es, wovor sich ein toter Mann gefürchtet hatte? Aber ich brachte nicht genug Mut – oder Wahnsinn – auf, um diese Frage laut auszusprechen. Ich schwieg. In den Augen des Königs blitzte etwas, das ich als Bedrohung empfand. Es verdunkelte seinen Blick wie Unwetterwolken den Himmel. »Erzähl mir, was geschehen ist.« Es war keine Bitte, sondern ein Befehl. Ein Befehl, der mein Blut in den Adern gefrieren ließ.

Stockend und ohne ihn anzusehen, berichtete ich dem König, wie ich Dobrin durch die Stadt gefolgt war. Ein Schatten, mehr nicht. Er hatte mich nicht wahrgenommen und das Einzige, was er vor seinem Tod zu mir gesagt hatte, war: »Nein!« Ich spann Wahrheit um Lüge, verwob beides miteinander zu einem Faden, meiner neuen Wahrheit.

Die Miene des Königs glich einem Buch in einer fremden Sprache. Es war unmöglich für mich, sie zu entziffern. Aber die letzten Worte, ehe er mich entließ, waren beißend und kalt wie der Wind, der zur Winterzeit um die Bergspitze Berylls fegte: »Ich kann deinen Ungehorsam nicht dulden, Aeryn. Erwarte deine Strafe!«

KAPITEL 4

Dunkle Wolken zogen auf, aber die Sonne stand inzwischen so tief, dass sie ihr Licht unter ihnen hindurchschickte. Dass die Stadt golden funkelte und sich die Strahlen in Fenstern und Fassaden brachen, nahm ich kaum wahr, als ich am bewachten Nebentor meine Waffen zusammenklaubte und vor der Erinnerung an den König floh.

Zu dieser Zeit strotzte das Gelände der Gilde nur so vor Leben. Novizen und Raben schlenderten in kleineren Grüppchen über die Wiesen und ihre Plaudereien mischten sich mit dem hartnäckigen Klopfen eines Spechts, der in einem der Bäume hoch über ihnen seinem Tagewerk nachging. Eine Gruppe hatte sich um Dyarmad gebildet, der mit geschlossenen Augen im Schneidersitz im Gras saß und mehrere Messer, einen klimpernden Beutel und ein paar Würfel schweben ließ. Wie ein Mobile tanzten die Gegenstände um seinen Kopf. Die anderen versuchten, ihn der Konzentration zu entreißen, aber scheiterten. Dyarmad war einige Jahre älter als ich und beherrschte seine Gabe wie atmen, gehen oder sprechen. Sie lag ihm im Blut.

Ich sehnte mich nach einem Moment der Ruhe, doch dieser war mir nicht vergönnt.

»Aeryn.« Meinen Weg zu den Quartieren schnitt mir der Maester höchstpersönlich ab. »Auf ein Wort.« Wäre ich zunächst ihm und danach dem König begegnet, hätte ich meinen Morgen mit der Redewendung »Vom Regen in die Traufe« nicht treffender beschreiben können. Doch nun hatte ich mich aus der Traufe gehievt und war in den Regen geraten.

Ich verlangsamte meine Schritte und blieb in höflichem Abstand vor dem Maester stehen. Meine Hände zitterten bei dem Versuch, das Zeichen des Königs zu formen, und ich presste sie als geballte Fäuste an meinen Körper.

Der Maester war hochgewachsen mit inzwischen ergrautem, schulterlangem Haar. Als ich ihn vor vielen Jahren kennengelernt hatte, war es haselnussbraun gewesen. Noch immer durchsetzten einige Strähnen dieser Farbe seinen dichten Bart. Er war ein Mann mittleren Alters. Ein dunkler Umhang wehte um seine drahtige Statur und mit der rechten Hand hielt er einen aufwendig geschnitzten Stab, der in einer täuschend echten Rabenfigur mündete. Er hatte die Flügel dicht an den Körper gelegt und sah mich aus rubinbesetzten Augen an. Der Stab war ein Erbstück längst vergangener Gildenoberhäupter, den zu tragen nur dem Maester gestattet war.

»Wie kann ich Euch dienen, Maester?«, fragte ich. Das Zittern meiner Stimme konnte ich jedoch kaum verbergen.

Der Maester ließ sich nichts anmerken und tätschelte gedankenverloren das Haupt des Raben auf seinem Stab. »Ein sonderbarer Tag, nicht wahr?« Sein Blick wanderte über den feuchten Boden hin zu der golden schimmernden Stadt unter uns und zu den schwarzen Wolken darüber. »Als ob sich das Wetter nicht zwischen Sonne und Sturm entscheiden könnte.«

Sicherlich wollte der Maester nicht mit mir über das Wetter plaudern. Ich schwieg und wartete, bis er fortfuhr.

»Wie geht es dir?«

Seine Frage traf mich wie ein Schlag und ich taumelte rückwärts. »Gut«, antwortete ich nach einem kurzen Moment, in dem ich mich fangen musste.

Ein schwaches Lächeln zuckte um die Mundwinkel des Mannes und kräuselte seine Wangen. »Das war keine Floskel, Aeryn. Ich frage dich, weil mir dein Wohlergehen am Herzen liegt.«

Meine Lippen teilten sich, ohne dass mir eine Antwort auf der Zunge lag. Ich schüttelte den Kopf und wich seinem durchdringenden Blick aus, der meine vorgetäuschte Gelassenheit mühelos durchschaute. Unbehaglich wich ich ihm aus und sah sehnsüchtig über die Wiese, wo Dyarmad die schwebenden Gegenstände aus der Luft einsammelte und sich die anderen Raben inzwischen zerstreuten.

»Lass uns ein Stück zusammen gehen«, schlug der Maester vor. Der Saum seines Umhangs schleifte über den Kiesweg, die Steine knirschten leise.

Ich schloss zu ihm auf und lief schweigend neben ihm her. Kurz gab ich mich der Hoffnung hin, dass wir die Quartiere oder die Rabenhalle erreichten, bevor er das Gespräch erneut aufnehmen konnte. Doch sie verflüchtigte sich, als er eine Abzweigung wählte, die sich von ebenjenen rettenden Gebäuden entfernte.

»Du wirkst, als würde dich etwas beschäftigen«, wagte der Maester einen erneuten Vorstoß, während wir unter den tief hängenden Zweigen eines Apfelbaums hindurchschritten. Grüne Knospen an den wintergegerbten Ästen kündeten vom Erwachen des Frühlings. Aus dem Augenwinkel nahm ich eine Bewegung wahr. Ich hob den Blick und erkannte Cadan, der sich hinter einem der Bäume versteckte. Doch als ich erneut hinsah, war er verschwunden und ich fragte mich, ob ich mir das nur eingebildet hatte.

»Ich habe versagt«, sagte ich schließlich. Denn das wusste der Maester ohnehin bereits. Auch wenn er es niemals aussprechen würde.

»Du urteilst hart über dich selbst«, bemerkte er langsam. »Aber ist das auch gerecht?«

»Spielt das eine Rolle? Ich hatte einen Auftrag und ich habe ihn schlampig ausgeführt.«

»Vermutlich liegt das im Auge des Betrachters.«

Ich verhedderte mich in einem Zweig, der mich förmlich zu Boden zog. Mit beiden Armen rudernd, konnte ich mich gerade noch rechtzeitig davor bewahren, der Länge nach vor dem Maester hinzufallen. Sein Blick war weiterhin geradeaus gerichtet, als hätte er nicht bemerkt, dass ich nicht nur außerstande war, die Aufträge des Königs ordnungsgemäß auszuführen, sondern auch, anständig von meinen Füßen Gebrauch zu machen.

»Wie meint Ihr das?«, fragte ich, als ich mich gefangen hatte. Hoch über mir saß ein schwarz gefiederter Rabe im Geäst des Baumes und krächzte, als wollte er mich auslachen. Ich glaubte, Corvus zu erkennen.

»Wir alle widmen unser Leben einem einzigen Mann.« Ich vermochte es nicht mit Gewissheit zu sagen, aber in seinen Worten hörte ich eine Spur von Bitterkeit heraus. Mit angehaltenem Atem lauschte ich, als der Maester fortfuhr: »Manchmal unterscheidet sich das, was rechtens ist, von dem, was richtig ist. Dann obliegt es uns, eine Entscheidung zu treffen.«

»Wollt Ihr damit sagen ...« Die Worte, die mir auf der Zunge gelegen hatten, schluckte ich hinunter. Sie laut auszusprechen war Hochverrat: *Wollt Ihr damit sagen, dass Ihr die Entscheidungen des Königs infrage stellt?* Doch ich musste sie nicht an den Maester richten, um die Antwort darauf in seinen Augen abzulesen. Endlich sah er mich an. Für einen kurzen Moment. Und ich erkannte die Zweifel in seinem Blick.

Dann räusperte er sich, wandte sich ab und fragte mit belegter Stimme: »Warum Dobrin Emnerun?«

Diesmal verbarg der Maester seine Gedanken vor mir. Ich zögerte. »Er ist der König und ich bin das Werkzeug. Ich habe seinen Befehl nicht hinterfragt.«

»Dorchadas ist niemand, der sich dazu herablassen würde, seine Befehle zu erklären«, stimmte der Maester mir zu.

»Wozu auch?«, sagte ich. »Er ist der König.«

Der Maester machte ein Geräusch, das wie eine Mischung aus einem traurigen Lachen und einem vorgetäuschten Husten klang. »Hast du eine Vermutung, was den König dazu bewogen haben könnte, über Emneruns Ende zu entscheiden?«

Die Frage mochte banal klingen. Nach dem, was ich über Dobrin Emnerun in Erfahrung gebracht hatte, witterte ich jedoch Gefahr. Ich schwieg.

»Du hast Emnerun eine ganze Nacht lang verfolgt. Warum?«

Weil ich nichts mehr fürchte als den Tod. Es war die Wahrheit, aber dann dachte ich an das, was ich in jenen Stunden beobachtet hatte. Dobrin Emnerun war ein Mann mit Geheimnissen gewesen. Den Tod hatte er jedoch nicht verdient. Ich schluckte die Wahrheit hinunter wie bittere Galle und gab dem Maester eine Antwort, wie sie in einem unserer Lehrbücher hätte stehen können: »Es bot sich kein geeigneter Zeitpunkt. Die Straßen waren voller Menschen und ich wollte keine Aufmerksamkeit erregen.« Eine Halbwahrheit.

»Und trotzdem hast du seinen Leichnam an einer viel benutzten Straße im Armenviertel zurückgelassen.« Sein Blick war so durchdringend, dass ich mich unter ihm vollkommen nackt fühlte. Ich schwieg. »Hast du vor seinem Tod mit Dobrin gesprochen?« Der Maester ließ die Frage beiläufig klingen. Dass mehr dahintersteckte, erkannte ich an dem zweifelhaften Umstand, dass der König mir dieselbe Frage gestellt hatte, an dem kaum wahrnehmbaren Vibrieren seiner Stimme und an seinen Fingern, die sich fest um seinen Stab schlossen. Ich wunderte mich, dass die Figur des Raben nicht die Flügel ausbreitete und gen Himmel floh. Als er meinen Blick bemerkte, lockerte er seinen Griff und lächelte entschuldigend.

»Da war keine Zeit für Unterhaltungen«, log ich. »Die Nacht war lang und Dobrin geschickt darin, mich abzuwimmeln. Am Ende konnte er mir nicht mehr entkommen, aber nachdem ich ihm durch die halbe Stadt gefolgt war, war ich unkonzentriert.« In meiner Zeit als Novizin, in der sich Mórs Bruder Tyriq ständig in Schwierigkeiten gebracht hatte und von uns gedeckt werden musste, hatte ich gelernt, dass sich das Oeuvre einer guten Lüge nur dann entfaltete, wenn man ihr einen Hauch von Wahrheit beimischte. Ich musste dem Maester eine Geschichte erzählen, die ihn davon überzeugte, dass nicht mehr dahintersteckte. Dass es ein Auftrag wie jeder andere gewesen war. Er durfte nicht von meinen Zweifeln erfahren. Und auch nicht von dem Mittel, das uns Raben unserer Gabe beraubte und uns zu gewöhnlichen Menschen machen konnte, wenn ich Dobrin Glauben schenkte. Also reckte ich das Kinn und fuhr fort: »Ich habe versagt, denn Dobrin hätte mich beinahe getötet. So weit hätte ich es nicht kommen lassen dürfen.« Ich schüttelte den Kopf, um meiner Geschichte Nachdruck zu verleihen. Dann hob ich meine Hand zum Kragen. Das Zittern musste ich nicht einmal vortäuschen. Ich zeigte dem Maester den roten Fleck an meiner Kehle, eine Erinnerung an Dobrin. »Es tut mir leid.«

Mit der Rechten fuhr sich der Maester durch den Bart. Der Rubin seines Siegelringes funkelte im Licht der Sonne, die sich durch die Wolkendecke brach und goldene Streifen durch das lichte Blätterdach der Bäume auf den Boden malte. »Ich möchte nicht, dass du mit einem der Raben über das sprichst, was letzte Nacht geschehen ist. Zu deinem Schutz und zum Schutz des Kindes, das Dobrin zurückgelassen hat.«

Das Kind. Der Maester wusste von ihm. Mein Herz pochte laut, als wollte es mich verraten. Ich bemühte mich um einen neutralen Gesichtsausdruck und fragte fast schon beiläufig: »Dobrin hatte einen Sohn?«

»Er ist begnadet und wird sich der Gilde beizeiten anschließen. Es ist besser, ihn über die Identität des Mörders seines Vaters in Unkenntnis zu lassen, wenn er gemeinsam mit ihm dienen wird. Eines Tages wird er es verstehen, aber heute werden ihn Trauer und Zorn leiten. Davor müssen wir euch beide schützen.«

Zu mehr als einem Nicken fühlte ich mich nicht imstande. Dobrins Sohn legte den Eid ab. Natürlich würde er das tun, seine Mutter hatte darauf gedrängt. Jedes Mal, wenn er mir künftig auf dem Gelände der Gilde begegnete, würde er mich an das erinnern, was ich getan hatte. Der Junge hatte mich gesehen. Was, wenn er mich erkannte? Wenn die Wahrheit ans Licht kam, dass in dieser Nacht mehr geschehen war als die schlichte Ausführung eines Auftrages?

»Aeryn?« Die Stimme des Maesters riss mich aus meinen Gedanken. Ich blinzelte.

»Hm?« Ich errötete und korrigierte mich: »Wie bitte?«

»Wir sollten die Ereignisse hinter uns lassen.«

Der Ruf der Gilde hatte in den letzten Jahren erheblichen Schaden genommen, denn alles, was wir taten, beschränkte sich auf den Mord an Personen, die dem König ein Dorn im Auge waren. Unserem Maester war sehr daran gelegen, Schadensbegrenzung zu betreiben. Ständig hielt er uns dazu an, diskret vorzugehen. Nun, einen Toten auf offener Straße liegen zu lassen war keineswegs diskret. Und das wollte er nun einfach hinter sich lassen? Hatte ich mich verhört?

Dann dachte ich an meine Audienz beim König und der Funken von Glück, der in meiner Brust aufgeleuchtet hatte, verwandelte sich zu kalter Asche. Auch wenn der Maester es auf sich beruhen lassen wollte, der König würde es nicht vergessen. Er war nachtragend, dessen war ich mir bewusst.

Der Kies knirschte, als ich mit den Sohlen scharrte. In mir tobte ein Sturm verschiedener Gefühle und ich sehnte mich danach, ihnen freien Lauf zu lassen. Der Maester musste meine Unruhe spüren, denn er sagte: »Ich habe deine Zeit lange genug in Anspruch genommen. Verzeih einem alten Mann seine Redseligkeit.« Er tätschelte meine Schulter, eine Geste, die zweifelsohne eine beruhigende Wirkung haben sollte. Doch sie bewirkte das Gegenteil und jagte Unbehagen durch meinen Körper. Ich entzog mich seiner Reichweite. Zum Abschied ballte ich die rechte Hand zur Faust und machte das Zeichen des Königs, das der Maester stumm und mit steinernen Gesichtszügen erwiderte. Dann wandte ich mich um und kämpfte gegen den Impuls an, davonzurennen, ehe er noch tiefer in mich eindringen und nach der Wahrheit suchen konnte. Als ich mich ein paar Schritte entfernt hatte, räusperte der Maester sich. Ich erstarrte.

»Ach, Aeryn?«

Ich fuhr herum und wartete, während er mich von Kopf bis Fuß musterte. Dann bemerkte er: »Ich sagte nicht, dass es ein Junge ist.«

»Du bist spät«, stellte Mairead fest, als ich mich zwischen sie und Tyriq auf die Bank quetschte und an der langen Tafel Platz nahm, an der die ausgebildeten Raben gemeinsam speisten. Obgleich es in der großen Halle verboten war, Gebrauch von unseren Gaben zu machen, herrschte rege Betriebsamkeit. Raben eilten mit wehenden Umhängen zwischen den Tischen umher, sprachen, stritten oder lachten miteinander. Besteck klirrte und Schüsseln wurden weitergereicht. Der Geräuschpegel hier war höher als in der Arena, wo wir unsere Gaben und Kräfte schulten.

Mairead ließ die Gabel sinken und formte zur Begrüßung das Zeichen des Königs. Ich erwiderte die Geste, während mir die anderen nur stumm zunickten und sich über ihr Essen hermachten.

»Ich sagte doch, dass sie noch kommen würde«, meinte Mór, die Mairead gegenüber saß. Auf ihren Lippen lag ein überlegenes Lächeln. Sie blickte nicht auf, während sie mit dem Löffel eine Schale auskratzte. Doch sie hätte mich ohnehin nicht gesehen. Zumindest nicht auf die Art, wie meine anderen Freunde Mairead und Tyriq mich ansahen und nach Hinweisen darauf suchten, womit ich die letzten Stunden verbracht hatte. Mór war blind, doch sie sah mehr als wir anderen zusammen. Ich war sicher, dass sie wusste, was geschehen war. Vermutlich hatte sie es gewusst, noch bevor ich ausgezogen war, um Dobrin zu töten.

»Das Leben ist so unspektakulär, wenn du immer verrätst, wie es ausgeht«, brummte Tyriq.

»Gegen ein bisschen Langeweile hätte ich nichts einzuwenden«, murmelte ich und versuchte die Angst zu vergessen, die an mir haftete wie der Geruch einer Jauchegrube.

Mór überging mich und sagte voller Empörung zu ihrem Bruder: »Das sagst du jetzt, nachdem ich dir die Ergebnisse der Abschlussprüfung verraten habe. Damals war das nicht *unspektakulär!*«

Dass die beiden Geschwister waren, erkannte man nicht an ihrem Aussehen. Mór war klein, zierlich und hatte langes, blondes Haar, während Tyriq uns alle überragte und seinen dunklen Schopf im Nacken zu einem Zopf zusammenfasste. Nein, ihre Verbindung äußerte sich durch die Art und Weise zu sprechen, durch ihre Neckereien und den leicht schräg gestellten Kopf, wenn sie etwas abwogen. Und nicht zu vergessen durch ihre Gaben, die einander erschreckend ähnlich und zugleich vollkommen fern waren: Vergangenheit und Zukunft. Denn Tyriq war in der Lage zu sehen, was längst geschehen war, während Mór wusste, was kommen würde.

»Immer diesche Erbschenzählerei!«, murrte Tyriq mit vollem Mund und spuckte zerkaute Hähnchenstücke über den Tisch.

»Was sind das für schlechte Manieren!«, maßregelte Mairead ihn und rümpfte die Nase. Dabei kräuselten sich die Sommersprossen auf ihrer Nase. Sie war hübsch mit den rosigen Wangen und dem kastanienroten Haar, das sie sich jetzt hinter die Ohren klemmte.

Aber ihr Blick war unnachgiebig, als sie Tyriq erklärte: »Das ist ekelhaft!« Sie zückte ihre Serviette und wischte mit spitzen Fingern über die raue Oberfläche des Tisches.

»Gut, dasch du misch drauf hinweischt«, brummte Tyriq und versenkte die Zähne in seinem Hähnchenschenkel. Als ihm das Fett über Kinn und Finger lief, verzog Mairead das Gesicht und ihr lieblicher Ausdruck schwand. Davon ließ er sich nicht beeindrucken und fragte mich mit nicht weniger vollem Mund: »Wasch 'at disch aufge'alten, Aeryn?«

»Das geht dich nichts an«, antwortete Mór an meiner Stelle.

Tyriq hob die Brauen und schluckte geräuschvoll, sodass die nächsten Worte deutlich vernehmlich aus seinem Mund drangen. »Das lässt sich leicht sagen, wenn man es schon weiß. Du spielst mit unlauteren Mitteln!«

Mór zuckte gelassen die Schultern und pickte ein paar Erbsen mit erstaunlicher Treffsicherheit auf die Gabel. Ihre Gabe war wie ein sechster Sinn, der alle anderen übertraf. Und während mir die Welt, in der wir lebten, grau und kalt erschien, musste ihre aus einem Meer aus Farben bestehen.

»Ich bin ihr Freund. Genau wie du!«, fuhr Tyriq fort und gebrauchte sein Messer wie einen Zeigestock.

Mairead schnalzte mit der Zunge und legte die Hand auf seine, dann drückte sie sie herunter. »Nicht dass du jemandem ein Auge ausstichst«, seufzte sie.

»Habe ich nicht recht?«, wandte er sich Hilfe suchend an sie.

»Wir sind Freunde«, stimmte Mairead zu. »Wenn Aeryn uns braucht, sind wir für sie da. Aber wenn sie nicht reden will, zwingen wir sie auch nicht dazu.«

Tyriq stieß ein ungehaltenes Stöhnen aus, während ich Mairead ein dankbares Lächeln schenkte. Doch so schnell gab Tyriq nicht auf. »Klar, dass du das sagst«, knurrte er. »Wahrscheinlich teilt ihr all eure Geheimnisse im Dunkel des Schlafsaals miteinander.«

»Bist du eifersüchtig?«, neckte Mairead ihn.

Bevor Tyriq etwas erwidern konnte, lenkte ich ein: »Es steckt kein Geheimnis hinter meiner Verspätung. Ich habe lediglich die Zeit vergessen.« Erst jetzt bemerkte ich die Schatten unter seinen Augen und die Art, wie er sie zusammenkniff, sobald der Geräuschpegel in der Halle anstieg. Er litt häufig unter Kopfschmerzen, Nachwirkungen seiner Gabe. Wenn auch nicht die schlimmsten. Sie suchten ihn selbst dann heim, wenn er sie nicht benutzte. Das kam ohnehin so gut wie nie vor.

»Geht es dir gut, Ty?«, fragte ich leise.

Wir tauschten einen jener Blicke, die keiner weiteren Erklärung bedurften, und ich nickte ihm aufmunternd zu. Er antwortete mir mit einem kaum sichtbaren Lächeln, und doch wusste ich, dass es da war, so vertraut war mir sein Gesicht nach all den Jahren.

In dem Moment öffnete sich die Flügeltür. Trotz der Gespräche ringsum nahm ich das Geräusch der knarrenden Scharniere wahr. Oder lag es an dem Mann, der die Rabenhalle in diesem Moment betrat? Wie magisch zog Cadan meine Aufmerksamkeit an. Ich musterte seine breiten Schultern, den schmaler werdenden Rücken mit seiner attraktiven Rückseite und die Kontur seiner muskulösen Beine. Er fuhr sich durch das lange Haar, als wollte er es bändigen, doch einige Strähnen entkamen seinem Griff. Bei der Vorstellung, wie sie sich in meinen nackten Fingern anfühlten, rieselte mir ein Schauer über den Nacken. Cadan schien mein Starren zu spüren und wandte sich zu mir um. Unsere Blicke begegneten einander und die Geräusche im Saal verklangen. Es war, als wären wir vollkommen allein. Mein Herz schlug laut in dieser sonderbaren Stille.

Cadan nickte knapp, seine Miene blieb ausdruckslos. Dann wandte er sich ab und schritt die Tafel in entgegengesetzter Richtung davon. Schamesröte schoss mir in die Wangen, bis sie wie Maireads Haar leuchteten, und ich ging hinter Tyriq in Deckung. Diesen Trick, sämtliche Gefühle hinter einer Maske zu verstecken, musste Cadan mir unbedingt beibringen. Denn auf meinem Gesicht waren Enttäuschung und Sehnsucht nur allzu gut abzulesen, das erkannte ich an Tyriqs Miene, über die ein Schatten huschte.

»Der?«, knurrte er. »Immer noch? Ich dachte, diese Schwärmerei hätte endlich ein Ende gefunden!« Tyriqs Stimme klang so wie die seiner Hündin, die stets an seiner Seite war. Ich lehnte mich zurück und schielte unter den Tisch, wo seine flauschige Begleiterin saß und mit großen blauen Augen an dem Hähnchen klebte, das auf Tyriqs Teller lag. In einem unbeobachteten Moment klaute ich etwas von dem Fleisch und schob es dem grau-schwarz-weiß gescheckten Tier, das auf den Namen Emma hörte, zu. Gierig schmatzend verschlang sie es.

»Und genau aus diesem Grund verraten wir dir nicht all unsere Geheimnisse!«, fauchte Mairead und sah mich mitleidig an. »Ignorier den Idioten einfach. Niemand verurteilt dich, weil du beim Anblick dieser Muskeln anfängst zu sabbern!«

»Ich sabbere nicht!«, protestierte ich.

»Nicht im wörtlichen Sinn«, säuselte Mairead. »Ich kann es dir nicht verdenken. Die meisten Frauen hier würden gern einmal über seine Oberarme streichen und herausfinden, ob sie wirklich so fest sind, wie sie aussehen.« Sie klang, als gehörte sie nicht dazu, und kehrte sich von mir ab.

Aber ich schenkte ihr keine Beachtung. *Sie sind wirklich so fest,* dachte ich und erinnerte mich, wie Cadan mich festgehalten hatte. Doch was auch immer zwischen uns sein mochte, um seine Muskeln ging es dabei nicht.

»Er ist der Willensbrecher!«, rief Tyriq so laut, dass sich ein paar Köpfe zu uns umdrehten.

»Nenn ihn nicht so!«, sagte ich leise, aber eindringlich.

Willensbrecher. Diesen Spitznamen hatten die anderen Raben Cadan gegeben, als sie das erste Mal Zeuge seiner Fähigkeiten geworden waren. Zuerst hatte ihm Ehrfurcht angehaftet, dann Neid. Und inzwischen gebrauchten sie den Namen als Beschimpfung. So wie Tyriq.

Mein Blick schweifte durch den Raum. Die Tische in der Rabenhalle orientierten sich an der Rangordnung der Gildenmitglieder. Dem Maester stand der Platz am Kopf eines halbrunden Tisches zu. Im Moment war er verwaist, als hätte er beschlossen, nach unserem Gespräch noch einen Spaziergang zu machen. Um ihn herum saßen die vier Ältesten, die uns erzogen hatten, als wir Kinder waren, und uns unterrichteten, solange wir der Gilde dienten. Während die Novizen sämtliche Fächer belegten, besuchten die ausgebildeten Raben in der Regel nur noch den Kampfunterricht, den Olias gab. Er war der stämmigste unter den Ältesten. Callahans Platz war leer, vermutlich litt er noch immer unter seinen Rückenschmerzen. Und Aryanwen und Deirdre waren in ein Gespräch miteinander vertieft. Das honigfarbene Haar verdeckte einen Teil von Aryanwens Gesicht, während Deirdre mit einer Gabel eine Strähne ihres kinnlangen, schwarzen Haars aufzwirbelte und bedächtig nickte. Es gab immer vier Älteste, die den Maester unterstützten. Aryanwen und Deirdre zählten kaum zehn Jahre mehr als ich. Aber nachdem zwei der Ältesten von uns gegangen waren, hatten sie ihre Plätze eingenommen, weil sie mit außergewöhnlichen Gaben gesegnet waren. Aryanwen lebte wenige Herzschläge in der Zukunft. In der Vergangenheit hatte das bei Zusammenkünften der Raben für den einen oder anderen sonderbaren Moment gesorgt, machte es sie doch zu einer ungewöhnlichen Kriegerin. Deirdre trug aufgrund ihres dunklen Haars und der Gabe, höher zu springen, als es einem Menschen möglich war, den Spitznamen *kleiner Rabe.*

Die Ältesten überblickten zwei unterschiedlich lange Tafeln. Links speisten die Novizen zusammen. Inzwischen gab es mehr leere Plätze als Novizen, da wir erst kürzlich die Ausbildung abgeschlossen und noch keine neuen Anwärter aufgenommen hatten. Ich erinnerte mich noch gut daran, wie gewaltig der Rabensaal von diesem Platz aus wirkte. Am längeren Tisch auf der rechten Seite kamen die ausgebildeten Raben zusammen. Der Architekt hatte den Raum so gestaltet, dass die Anordnung der einzelnen Tische von oben aus an den Querschnitt eines Raben erinnerte. Und an den Wänden standen Skulpturen unserer gefiederten Namensgeber.

Tyriq schnaubte und rang den Skulpturen meine Aufmerksamkeit ab. »Sein Ruf eilt ihm voraus. Wer weiß, ob deine Gefühle für ihn echt sind oder ob er dich dazu zwingt!«

»Das geht dich nichts an.« Ich war überrascht, wie scharf mir diese Worte über die Lippen kamen.

»Ach ja?« Tyriq leckte sich die fettigen Finger ab. »Ist er der Grund für deine Verspätung?« Der Beiläufigkeit dieser Frage widersprach sein aggressiver Ton, mit dem er sie stellte. Als er seine Hand wie zufällig zu meiner bewegte, funkelte ich ihn warnend an. Während seine Schwester die Zukunft sehen konnte, las er die Vergangenheit. Doch eine ernsthafte Gefahr ging nicht von ihm aus, denn inzwischen gebrauchte Tyriq seine Gabe nur noch äußerst selten. Der Preis war zu hoch.

»Das geht dich nichts an!«, wiederholte ich.

Die Spannung zwischen uns war zum Greifen nah, als Mairead sich vernehmlich räusperte. »Wie auch immer«, meinte sie. »Habt ihr vom Tod des Protokollanten gehört?« Ihr Blick fiel auf mich. Sie sprach es nicht aus, aber ihre Gedanken waren so laut, dass ich sie kaum überhören konnte. Ich wollte sie nicht in Schwierigkeiten bringen, also sagte ich nichts, wie ich es mir in der letzten Zeit angewöhnt hatte.

»Alle sprechen davon«, meinte Tyriq knapp. »Der Rabe, der ihm den Garaus gemacht hat, hat ihn einfach liegen lassen!«

»Fraser? Oder Bryan?« Mein Versuch, von mir abzulenken, scheiterte im Schweigen meiner Freunde. Vermutlich hatten sie am Vortag mitbekommen, dass ich zum König zitiert worden war. So etwas machte unter den Raben schnell die Runde. Ich gab auf und suchte unter dem Tisch nach Emmas tröstlich warmem Fell. Als wäre meine Geste eine Erlaubnis gewesen, schoss sie vor und stibitzte sich ein Stück Fleisch.

»Böses Mädchen!« Das amüsierte Grinsen auf Tyriqs Lippen strafte seine Worte Lügen.

Ich knetete meine behandschuhten Hände im Schoß und heftete den Blick auf den leeren Teller vor mir.

»Du bist so blass«, bemerkte Mairead und musterte mich. Kaum merklich zog sie ihre Brauen zusammen. »Hör nicht auf den Unfug, den Ty von sich gibt. Er meint es nicht so. Nicht wahr, Ty?«

»Du solltest etwas essen, Aeryn. Du siehst aus, als könntest du es gut gebrauchen«, sagte Tyriq in versöhnlichem Ton. Die Schüsseln auf dem Tisch waren fast leer. Aber Mairead beugte sich vor und sammelte ein paar Kanten Brot und ein Stück Käse ein, dann stahl sie ein paar Brocken Fleisch von Tyriqs Teller und schob mir das Essen hin.

Emma beobachtete uns mit feuchten Lefzen und glänzenden Augen. Sie war ein wahrer Feinschmecker.

»Danke.« Ich zwang mich zu einem unverbindlichen Lächeln, doch unter Maireads forschendem Blick fiel es in sich zusammen. Mór wusste, dass ich die Stümperin gewesen war, die Dobrins Leichnam zurückgelassen hatte. Davon war ich überzeugt. Denn sie beschäftigte sich ungewöhnlich intensiv mit ihrer leeren Schale. Mairead konnte nichts darüber wissen, aber so wie sie mich jetzt ansah, schöpfte sie vielleicht Verdacht. Ich musste meine Freunde vor der Wahrheit schützen, dufte sie nicht in das hineinziehen, was unweigerlich auf meine Tat folgen würde. Also zwang ich mich, etwas zu essen und so zu tun, als wüsste ich nicht, wovon die anderen sprachen.

»Entschuldigt ihr mich?«, fragte ich und erhob mich.

»Isst du das nicht mehr?«, wollte Tyriq wissen. Bevor ich antworten konnte, kippte er meine Reste auf seinen Teller und begann, das Fleisch zu verschlingen. Emma winselte und zwickte ihn in den Oberschenkel. Tyriq gab nach und teilte mit seiner vierbeinigen Freundin das Hähnchenfleisch.

»Geht es dir nicht gut?«, fragte Mairead. Sie schmückte ihre Frage mit einem Lächeln, aber ich spürte ihr Misstrauen.

»Mach dir keine Gedanken«, sagte ich. »Ich glaube, ich habe mir den Magen verstimmt.«

»Glaub mir«, sagte Mór. Der Blick ihrer milchigen Augen traf mich, als könnte sie mich tatsächlich sehen. »Auch das vergeht.«

KAPITEL 5

Als hätte ich erwartet, dass sich sämtliche Köpfe zu mir herumdrehten, hämmerte mein Herz hart gegen meine Rippen. Aber keiner außer meinen Freunden störte sich daran, dass ich vorzeitig die Rabenhalle verließ. Das Summen der Gespräche übertönte meine hastigen Schritte auf dem polierten Boden, tarnte meine Flucht. Doch bevor ich verschwinden konnte, traf mich der Blick beinahe farbloser Augen wie eine Pfeilspitze mitten ins Herz. Er nagelte mich an die Wand und ich war unfähig, mich zu bewegen.

Cadan stand auf. Wie ein Schatten glitt er durch die Gasse zwischen den beiden Tafeln auf mich zu. Niemand schenkte uns Beachtung, niemand außer Tyriq, der sich ebenfalls erhob und Cadan mit einem wütenden Blick bedachte. Mairead packte seinen Arm.

Bevor Cadan mich erreichte oder Tyriq etwas Dummes tun konnte, schlüpfte ich durch die schwere Flügeltür. Als sie sich mit einem Klicken hinter mir schloss, erstarben die Stimmen. Stille umfing mich wie ein Mantel, den ich abstreifte, als ich eiligen Schrittes auf die Tür nach draußen zulief und die Sohlen meiner Stiefel in gleichmäßigem Takt auf dem Boden aufschlugen.

Kühle Abendluft begrüßte mich. Zwei Raben, die auf der Wiese vor der Halle um einen Wurm kämpften, krächzten empört und schwangen sich mit weit ausgestreckten Flügeln in den Himmel. Ich stand auf der obersten Stufe, als Cadan meinen Namen rief. Ich atmete tief ein, dann wandte ich mich ihm zu. Binnen weniger

Herzschläge war er bei mir. Eine helle Strähne fiel ihm ins Gesicht, der Wind zupfte daran, als wollte er mich locken, es ihm gleichzutun.

Ich ballte die behandschuhten Hände zu Fäusten.

Cadans Blick flackerte, als er prüfend über mein Gesicht glitt. Mit dem Daumen zeichnete er die Linie meines Kinns nach. Seine Berührung, so zart sie auch sein mochte, löste ein Kribbeln in meinem Bauch aus, das meine Sorgen schwinden ließ. »Gib gut auf dich acht, Aeryn«, murmelte er, ehe er sich zurückzog.

Und dann ging er, ließ mich mit meinen tosenden Gefühlen und den erneut aufflammenden Sorgen stehen und verschwand in der einsetzenden Dämmerung.

Den Gedanken, in die Enge unseres Schlafsaals zurückzukehren, ertrug ich nicht. Ich streifte ziellos über das Gelände der Gilde, während das Abendessen beendet wurde und Raben und Novizen über die Wege schlenderten. Im Schatten eines weit verästelten Baumes ließ ich mich nieder und beobachtete von Weitem, wie Mairead, Mór und Tyriq die Halle verließen. Emma hüpfte um sie herum und bellte die Raben an, die sich in dem knorrigen Geäst eines Baumes niedergelassen hatten. Ich zog die Beine dicht an meinen Körper und legte den Kopf auf die Knie. Eine Weile verharrte ich reglos. Das Licht des Tages schwand, bis der schmale Streifen zwischen Horizont und Wolkendecke orange leuchtete. Meine Gedanken schweiften ab, der König tauchte vor meinem inneren Auge auf und mit seinem Anblick überkam mich eine stille Angst, die mich lähmte. Gestern war ich bereit gewesen, die Konsequenzen zu tragen. Nun schimpfte ich mich eine Närrin. Der König war nicht bekannt dafür, zu vergeben.

Kälte kroch mir über die Beine und den Rücken empor. Und als sich die Dunkelheit der Nacht über Beryll senkte, erhob ich mich mit steifen Gliedern. Ich wünschte, ich hätte meine Sorgen hier unter dem Baum zurücklassen können, doch sie folgten mir wie Schatten. Mit gesenktem Blick und in den Taschen zu Fäusten geballten Händen lief ich über die geschlungenen Wege zu den Quartieren, wo Novizen und Raben sich drei Gebäude teilten. Ähnlich wie die Rabenhalle bestanden sie aus schwarzem Schiefer und dunklem Holz, aber sie waren weniger prachtvoll und beschränkten sich auf einfache architektonische Formen. Die einzige Besonderheit waren die aufwendig geschnitzten Giebel, die den imposanten Flug wunderschöner Raben zeigten. Durch die Sprossenfenster fiel goldenes Licht ins Gras und die von Tau feuchten Spitzen glänzten.

Als ich das Quartier betrat, in dem der Schlafsaal lag, den ich mir mit Mairead und Mór teilte, hieß mich eine wohlige Wärme willkommen. Da erst merkte ich, wie klamm meine Kleider waren. Ich schüttelte die Kälte ab und eilte durch den von Kerzen erhellten Gang. Leise Stimmen drangen durch die geschlossenen Türen, doch aus meinem eigenen Zimmer am Ende des Erdgeschosses erklangen hitzige Worte. Ich platzte in einen Streit zwischen Mairead und Mór. Manchmal fragte ich mich, ob wir auch dann Freundinnen geworden wären, wenn wir uns nicht gemeinsam die Nächte um die Ohren geschlagen hätten. Mairead kam aus einer frommen Familie von Königstreuen, während meine Familie mehr mit dem Überleben beschäftigt gewesen war, als unserem König zu huldigen. Mór war vermutlich die größte Frevlerin von uns allen, obgleich sie und ihr Bruder Tyriq aus einer gutbürgerlichen Familie stammten. Ihre ungewöhnliche Gabe der Vorsehung kam nicht ohne einen Preis: Mór war hochmütig und weigerte sich, einen Menschen anzubeten, auch wenn sein Haupt eine Krone schmückte. Sie diente einzig und allein dem Schicksal.

Fast erwartete ich eine ihrer Diskussionen über den rechten Glauben, aber Mairead und Mór standen auf einem Teppich aus Scherben und Wasser und blitzten einander an. Blut tropfte aus ihrer Nase, wie so oft, wenn sie von ihrer Gabe Gebrauch machte.

»Was ist geschehen?«, fragte ich. Meine Sohlen knirschten auf dem Mosaik gesprungenen Glases.

»Sie konnte der Zukunft wieder einmal nicht widerstehen. Und dabei ist mehr kaputt gegangen als nur dieses Glas.« Mairead wies anklagend auf die Blutspur auf Mórs Gesicht.

Mórs bleiche Haut wurde feuerrot. Sie presste die Lippen aufeinander. Ihre Stimme zitterte, als sie sagte: »Das ist meine Gabe! Es liegt in meiner Natur, in die Zukunft zu sehen.«

»*Diese Gabe* zerstört dich!« Mairead trat auf die Scherben, die unter ihrem Gewicht knirschten. »Sie macht dich krank.« Sie suchte meinen Blick, deutete auf Mór und schüttelte den Kopf. Ich ging nicht auf die Geste ein, denn ich hasste es, wenn Mairead mit mir stumme Unterhaltungen über unsere blinde Freundin führte.

»Ist dir das etwa gleich?«, fuhr Mairead mich an. »Ständig dieses Nasenbluten, immer wieder Schwächeanfälle. Das ist nicht normal!«

Ein Gefühl von Beklommenheit überkam mich, als ich an Tyriq dachte. Seine Gabe war der seiner Schwester sehr ähnlich und auch sie forderte einen hohen Preis. Was, wenn Mórs Gabe das ebenfalls tat und sie die Folgen bisher unterdrückt hatte?

Ich tat einen großen Schritt über die Scherben und nahm Mórs Hände. »Hat sie recht?«

»Die Gabe gibt, die Gabe nimmt«, gab sie zu. »Aber das ist nichts, womit ich nicht fertigwerden würde!«

»Du solltest sie nicht ständig einsetzen. Nimm dir ein Beispiel an deinem Bruder!«

»Mein Bruder muss für den Blick in die Vergangenheit eine Erinnerung opfern!«, brauste Mór nun auf. Nie zuvor hatte ich sie so erlebt. »Ich bekomme lediglich Nasenbluten!«

»Du bist süchtig nach der Macht, die sie dir verleiht!«, schnappte Mairead. Die Härte ihrer Stimme brach wie das Glas am Boden. Sie bückte sich und sammelte ein paar Scherben ein. »Es ist nur eine Frage der Zeit, ehe Schlimmeres geschieht.« In der Röte ihrer Wangen waren ihre Sommersprossen beinahe unsichtbar. Sie wandte sich ab, um ihre Gefühle vor mir zu verbergen.

Mórs Gabe war ihre einzige Möglichkeit, zu sehen. Nicht im Geringsten konnte ich mir vorstellen, in einer Welt ewiger Dunkelheit zu leben, die nur dann und wann vom Licht einzelner Visionen durchbrochen wurde. Wäre ich an ihrer Stelle gewesen, hätte ich vermutlich auch nach den Bildern gegiert, die diese Gabe schenkte.

»Komm«, sagte ich und strich über Mórs Wange. »Wir müssen dich waschen.« Ich hakte mich bei ihr unter und manövrierte sie um den Teppich aus Scherben herum.

»Ich mache hier sauber«, sagte Mairead kleinlaut und wischte sich mit dem Ärmelsaum über die Augen. »Geht ihr nur!«

Ich nickte und brachte Mór aus dem Zimmer. Sie beschleunigte ihre Schritte. Auf einmal war sie es, die mich führte und energisch in einen leeren Korridor zog. Das Kerzenlicht steckte ihr helles Haar in Brand, es leuchtete rot wie Glut. »Ich wäre äußerst dankbar, wenn ihr nicht ständig so tun würdet, als wäre ich ein hilfloses Kind«, schnappte sie und wischte sich das Blut an ihrem Hemd ab.

»Mai ist in Sorge um dich. Und ich auch«, versuchte ich die Wogen zu glätten. »Nimm uns das nicht übel.«

»Lass uns nicht weiter darüber sprechen. Wir haben nicht viel Zeit«, würgte Mór mich mit einer ungehaltenen Geste ab. »In ein paar Minuten werden Elayne und Isla hier auftauchen. Ich will nicht, dass sie uns belauschen. Sie sind Tratschtanten.«

»Woher …« Ich beendete die Frage nicht, weil Mór mich mit erhobenen Brauen musterte. Natürlich, sie hatte *gesehen,* wie die beiden Raben nach einem abendlichen Spaziergang in den Schoß ihres Quartiers zurückkehrten und unser Gespräch störten. Der Beweis dafür kam in Form eines roten Rinnsals aus ihrer Nase. War Maireads Sorge berechtigt?

»Ich hatte eine Vision«, sagte sie.

»Noch eine?«

Sie überging mich, ihre Miene wurde ernst. »Ich weiß, was in der Nacht geschehen ist, in der Dobrin Emnerun sein Ende fand. Und ich weiß, dass das erst der Anfang ist, Aeryn. Du musst vorsichtig sein, hörst du?«

»Wie meinst du das? Es ist erst der Anfang?« Auf einmal war mein Mund trocken und mein Herz schlug schneller.

Aber Mór schüttelte den Kopf. Blonde Strähnen rutschten aus dem dicken Zopf, den Mairead ihr bis zum Rücken geflochten hatte. »Dunkelheit greift nach dir.«

Ich musterte Mór, wartete, dass sie etwas hinzufügte. Sie schwieg. »Ist das alles? Vielleicht hast du den Einbruch der Nacht beobachtet.«

Mór schnaubte. »Ich kann die Schwärze der Nacht sehr wohl von jener des Todes unterscheiden, Aeryn. Du musst vorsichtig sein, versprich es mir!« Sie verstummte, denn in diesem Augenblick öffnete sich die Tür. Zwei Gestalten formten sich aus der Nacht draußen und nahmen Gestalt an. Es waren Elayne und Isla, wie Mór es vorhergesagt hatte. Der kalte Gebirgswind hatte ihre Wangen rot gefärbt und ihr Haar zerzaust. Sie lachten miteinander und als sie uns sahen, verstummten sie und kamen auf uns zu.

»Es ist schon spät, was macht ihr hier?«, fragte Elayne.

»Nasenbluten.« Mór kräuselte wie zum Beweis die Nase.

»Igitt«, bemerkte Isla. »Du Arme!«

»Halb so schlimm«, beschwichtigte Mór sie, denn obgleich Elayne und Isla gern tratschten, so besorgt waren doch ihre Mienen. »Aeryn wollte mir helfen, mich zu waschen.«

»Der Zuber ist dort drüben!«, sagte Isla und maß uns mit misstrauischen Blicken. Bildete ich es mir nur ein oder verharrten sie auf mir länger als auf Mór?

»Tatsächlich?«, sagte diese und hob die Brauen. »Ich dachte, ich wäre rechts abgebogen.«

»Ich bringe dich hin«, murmelte ich, ohne Elayne oder Isla anzusehen.

Mir war eiskalt.

Ein leises Klopfen riss mich aus meinen Träumen. Um mich herum lauerte finstere Nacht. Gerade als ich mich fragte, ob ich mir das Geräusch nur eingebildet hatte, ertönte es erneut. Mairead stöhnte und wälzte sich auf ihrer Matratze. Erst als sich ihr Atem beruhigte, schlug ich die Decke zurück und tappte auf leisen Sohlen zum Fenster. Auf der anderen Seite stand eine von Dunkelheit umhüllte Gestalt. Wenn ich die weißen Haarspitzen, die unter der Kapuze hervorlugten, nicht bemerkt hätte, hätte ich mich vermutlich zu Tode erschrocken und eine Manifestation aus Mórs Prophezeiung in der Gestalt gesehen.

Ich öffnete das Fenster einen Spaltbreit und flüsterte: »Was willst du hier? Es ist mitten in der Nacht.«

Cadan drehte den Kopf zum Himmel und runzelte die Stirn. »Wirklich?«, brummte er. »Das ist mir gar nicht aufgefallen!«

Ich schnaubte und war im Begriff, das Fenster wieder zu schließen, als er seine Hand dazwischenschob und mich eindringlich ansah. »Ich muss mit dir sprechen.«

Zögernd blickte ich zu meinen schlafenden Freundinnen. Mairead schnarchte leise, Mór war ganz ruhig. Zu ruhig. Ich war mir sicher, dass sie uns belauschte.

»Kann das nicht bis morgen warten?«

»Wenn es das könnte, hätte ich bis dahin gewartet«, zischte Cadan.

Ich seufzte. Neugier verwischte die Grenze meiner Vernunft. »Gib mir einen Moment. Ich komme nach draußen!«

Cadan nickte, dann trat er zurück und wurde eins mit der Schwärze der Nacht. Eine Gänsehaut überkam mich und ich dachte an Mórs Warnung. Ich schalt mich eine Närrin, denn sie hatte Cadan mit keinem Wort erwähnt. Meine Nerven waren bis zum Zerreißen gespannt, seitdem ich vom König den Auftrag erhalten hatte, Dobrin zu töten. Cadan war ein Freund. Er würde mir nichts antun.

Ich zog meine Handschuhe an, warf mir einen Mantel über mein Nachthemd und verließ das Zimmer mit angehaltenem Atem. Auf Zehenspitzen schlich ich durch den dunklen Korridor.

Draußen hießen mich eisige Nachtluft und ein breit grinsender Cadan willkommen. Ich verschränkte die Arme vor der Brust und funkelte ihn an. »Was soll das? Was tun wir hier?«

Cadan trat näher an mich heran. Seine Wärme strömte auf mich ein und schmolz die eisige Wut in meiner Brust. Wenn er die Dunkelheit wäre, die mich einmal umfangen würde, dann würde ich sie freudig willkommen heißen. In seiner Nähe war die Angst, die sich zu jeder Zeit an mir labte, wie betäubt. Dieses Gefühl machte mich süchtig. Süchtig nach ihm.

Kraftlos ließ ich die Arme sinken und fragte mich nicht zum ersten Mal, ob er in meiner Gegenwart von seiner Gabe Gebrauch machte. War ich wirklich so schwach?

Cadan legte die Hand an meine Wange und sah mich an, als wollte er etwas sagen. Dann wanderte sein Blick über mein Gesicht und blieb an meinen Lippen hängen. Ich öffnete sie wie eine stumme Einladung. Seine Miene verwandelte sich in eine gequälte Grimasse. Er wich zurück und entzog mir seine Wärme. Die Abfuhr entzündete heiße Scham. Erneut schlang ich meine Arme um den Oberkörper.

Mit einem knappen Nicken bedeutete Cadan mir, ihm zu folgen. Die Sehnsucht nach seiner Nähe zwang mich, ihm zu gehorchen, auch wenn meine Empfindungen in seiner Nähe verrücktspielten. Unsere Schritte waren beinahe lautlos, als er mich über das Gras führte. Einzig der Schrei einer Eule durchbrach die Stille der Nacht. Ich fragte mich, ob er mich aus Lust an einem Spaziergang zu dieser Stunde aus dem Bett geholt hatte, denn es machte nicht den Anschein, als wollte er reden. Die Gebäude der Gilde schrumpften immer weiter zusammen, bis ich sie in der Finsternis nicht mehr ausmachen konnte. Mein Brustkorb brannte, aber ich beschwerte mich nicht. Stattdessen biss ich die Zähne zusammen und folgte Cadan nach oben. Unter unseren Füßen verwandelte sich das taufeuchte Gras in eine Decke getrockneter Nadeln. Bäume ragten rings um uns auf wie finstere Wächter der Berge.

Erst als Cadan stehen blieb, bemerkte ich, wo er mich hingeführt hatte. Wir standen in der Mitte eines Hains. Vor uns breitete sich eine von Sternenlicht überströmte Wiese aus, auf der winzige weiße Blumen wuchsen.

»Ich wusste nicht, dass es diesen Ort gibt«, bemerkte ich und bückte mich, um mit der ausgestreckten Hand die Blüten zu berühren.

»Das dachte ich mir, denn sonst wären wir hier einander sicher mal begegnet.«

»Du kommst öfters her?«

Cadan zuckte die Achseln. Er lief auf die Mitte der Lichtung zu. In dem hohen Gras hinterließ er eine Schneise, der ich folgte. Über die Schulter sagte er: »Wann immer ich das Bedürfnis habe, der Gilde zu entfliehen.«

»Und warum bringst du mich jetzt hierher?«, wollte ich wissen und blieb stehen.

Cadan drehte sich zu mir um. Wieder näherte er sich mir, wieder spielte mein Körper verrückt. Ich atmete schneller und entlockte ihm damit ein leises Lächeln. »Ich schenke dir diesen Ort.«

»Wie bitte?« Ich schnaubte. »Diese Lichtung gehört dir nicht. Demnach kannst du sie auch nicht verschenken ...« Meine Stimme erstarb, als er die Hand hob und über meine Wange strich. Sein Daumen hinterließ eine Spur prickelnder Hitze auf meiner Haut.

»Ich bin hier nie jemandem begegnet«, murmelte Cadan. Sein Gesicht näherte sich mir und mein Herz schlug bis zum Hals. »Wenn ich der Erste war, der sie entdeckt hat, gehört sie mir. Und wenn ich will, kann ich sie dir schenken!«

Ich fuhr mir mit der Zunge über die Lippen. Cadan blinzelte. Die Sterne färbten sein Haar silbern und brachten seine Augen zum Glitzern, als bestünde er aus dem Licht der Nacht. Mit dem sanften Druck seines Fingers zeichnete er die Form meines Mundes nach. Als er hart schluckte, hüpfte sein Kehlkopf. Ich verlagerte mein Gewicht, lehnte mich an ihn, bis nichts mehr zählte außer seine Wärme, die auf mich einströmte. Seine Nähe raubte mir vollends den Verstand und verwandelte meine Welt in die wundersamer Empfindungen.

Cadan strich mir das dunkle Haar und die Feder, die darin steckte, zurück und erkundete mit Augen und Fingern mein Gesicht. Sein Atem streifte meine Wange, als er seine Stirn gegen meine lehnte und die Lider schloss, als würde er sich ebenso in unseren Berührungen verlieren, wie ich es tat. Allein von dieser Vorstellung schwirrte mir der Kopf und mein Puls beschleunigte sich.

»Wir könnten uns diesen Ort auch einfach teilen«, flüsterte ich.

»Das wird nicht nötig sein«, entgegnete er.

Ich hatte keine Zeit, mir über die Bedeutung seiner Worte klar zu werden. Denn in diesem Moment überwand er auch den letzten Abstand zwischen uns und küsste mich. Unter mir brach der Boden auf und ich stürzte mich in seine Umarmung. Zwischen uns dehnte sich die Zeit aus, schrumpfte wieder zusammen und verlor an Bedeutung. Alles, was zählte, war er. Nur er.

Ich öffnete meine Lippen und lud ihn ein, meinen Mund mit der Zunge zu erkunden. Er kam meiner Aufforderung nur allzu gern nach und gab ein leises, zufriedenes Stöhnen von sich. Sehnsucht und Verlangen prallten aufeinander und erschütterten meine Welt. Es war, als hätte ich mein Leben lang auf diesen Kuss gewartet. Doch bevor ich mich vollends darin verlieren konnte, verlangsamte Cadan ihn. Meine Emotionen bäumten sich auf, als er sich zurückzog und mich aus schweren Lidern ansah. Der Abstand zwischen unseren Lippen war viel zu groß, er quälte mich. Aber Cadan machte keine Anstalten, ihn erneut zu überwinden.

»Ich habe viel Zeit vergeudet«, bemerkte er und stimmte meinen inneren Aufruhr mit seinen Worten versöhnlich. »Das hätte ich schon viel früher tun sollen.«

»Ja«, bestätigte ich. Die Wärme in meiner Brust löste in mir ein Kichern. »Das hättest du. Aber wir haben immer noch so viel Zeit.«

Ich glaubte, eine Spur von Bedauern in seinem Blick zu erkennen. Als ich die Stirn runzelte und genauer hinsah, war sie verschwunden. Cadan schenkte mir ein Lächeln, dann umfasste er meine behandschuhte Hand und zog mich zu Boden. Er streckte sich auf der Wiese aus, legte einen Arm in den Nacken. Mit dem anderen umfasste er meine Taille und zog mich dicht an sich, während sich sein Blick in der funkelnden Schwärze über uns verlor.

Ich schmiegte mich an ihn und atmete seinen Duft ein, der sich mit dem der Blüten um uns herum mischte.

»Wusstest du, dass all die Sterne über uns Götter sind?«, fragte er mich nach einer Weile einvernehmlichen Schweigens.

»Götter?«, wiederholte ich und versteifte mich in seiner Umarmung. In unserer Welt gab es nur einen einzigen Gott. Und der saß auf einem Thron nicht weit von uns entfernt. Ich war sicher, dass man bei Tag die Zinnen des Palastes von der Lichtung aus sehen konnte. Was Cadan da sagte, würde ihn den Kopf kosten, wenn der König oder einer seiner Treuen je davon erführen.

»Sterne sind alte Götter und leben in der schwarzen Finsternis des Universums. Sie wachen über uns. Es sind Abermillionen. Wir nennen sie Hoffnung, Mut und Zuversicht. Manche von ihnen verglühen als Sternschnuppen, wenn irgendwo jemandes Hoffnung stirbt oder ein Krieger den Mut verliert. Sie verschwinden für immer, wenn niemand mehr an sie glaubt. Aber solange noch so viele von ihnen über uns funkeln, ist es nicht allzu schlecht um uns bestellt.«

»Cadan«, flüsterte ich und legte ihm einen Finger auf die Lippen. Seine Worte hatten mich fasziniert und zugleich zu Tode erschreckt. Meine Stimme war rau, als ich sagte: »Der alte Glaube ist verboten.«

Cadans Brust vibrierte, als er ein Lachen ausstieß. Ich spürte das Zucken seiner Muskeln, als ich mich mit der Hand auf ihm abstützte und ihn streng ansah. »Muss ich mich etwa davor fürchten, dass du mich verpfeifst?«, neckte er mich.

»Du weißt, dass ich das niemals tun würde«, zischte ich. »Aber einmal ausgesprochen, sind die Worte in unserer Welt. Was, wenn sie jemand hört, für dessen Ohren sie nicht bestimmt sind?«

»Niemand kommt hierher. Wir sind vollkommen allein«, versuchte Cadan mich zu beruhigen.

»Du weißt nicht, was in der Dunkelheit der Bäume um uns lauert«, entgegnete ich und suchte die schwarzen Silhouetten nach einer Bewegung ab.

»Ich sagte doch schon, niemand weiß von diesem Ort.«

Überzeugt war ich nicht, trotzdem lehnte ich mich zurück in seine Umarmung und musterte ihn von der Seite. Unwillkürlich fragte ich mich, wer Cadan wirklich war, dass er so sorglos über jene Dinge sprach, die für unsereins den Strick bedeuteten. Vielleicht war er mehr, als er vorgab zu sein. In seinen Augen glänzte das Licht der Sterne, jenes Licht, das er für die alten Götter hielt. Was verband ihn mit ihnen?

Cadan malte mit dem Daumen Kreise auf meinen Rücken und beobachtete das Funkeln über uns. Ich wagte nicht, seinem Blick zu folgen und betrachtete stattdessen die silbern schimmernden Blumen um uns herum, die Sternen nicht unähnlich waren. In Cadans Nähe verlor die Nacht an Kälte und Schrecken. Eine Weile lauschte ich dem gleichmäßigen Pochen seines Herzens. Aber irgendwann verlagerte er sein Gewicht, sodass er mich ansehen konnte.

»Du hast den Maester heute gesprochen«, sagte er unvermittelt.

Ich runzelte die Stirn. »Du warst da«, bemerkte ich und dachte an den Moment, da ich ihn gesehen hatte. Kurz darauf war er verschwunden und ich hatte geglaubt, Opfer meiner eigenen Fantasie geworden zu sein. »Du hast mich beobachtet.«

»Was wollte der Maester von dir?«

Ich zögerte, denn die Sanftheit war aus Cadans Stimme gewichen. »Kannst du dir das nicht denken?«, entgegnete ich. »Er wollte wissen, was in der Nacht von Dobrins Tod geschehen ist.«

»Du hast ihm doch hoffentlich nichts gesagt!«

Die Schärfe seiner Worte ließ mich innehalten. »Hast du mich deshalb aus dem Bett geholt?«, fragte ich. »Weil du herausfinden wolltest, was ich mit dem Maester besprochen habe?« Ich dachte daran, dass Cadan nachgesagt wurde, auf die Nachfolge des Maesters zu spekulieren, und verkrampfte in seiner Umarmung. Hatte er meine Zunge lockern wollen, um an Informationen zu kommen? Was war echt? Und was fühlte ich, weil Cadan es mich fühlen lassen wollte?

»Ich habe dich hierhergebracht, weil du mich seit Wochen nachts heimsuchst und um den Schlaf bringst.« Sein Ton war gefährlich und seine Augen blitzten, als er mich mit einem einzigen Griff auf den Rücken drehte und sich über mich schob. »Ich habe meine Gründe, nach dem Maester zu fragen, aber keiner davon hat damit zu tun, wie sehr ich mich nach dir sehne.« Bevor ich eine Antwort formulieren konnte, versiegelte er meine Lippen mit einem Kuss. Er war so zärtlich, dass sich all meine Zweifel im Wind der Nacht auflösten. Ich schlang meine Arme um Cadan und zog ihn an mich, bis ich seinen wilden Herzschlag zwischen meinen Brüsten spüren konnte. Wir küssten uns wieder und wieder, bis sich das Licht um uns herum veränderte und die Sonne im Osten aufging.

»Jetzt habe ich dich um eine weitere Nacht gebracht«, flüsterte ich gegen seine Lippen.

»Ich vergebe dir«, erwiderte Cadan mit einem grollenden Lachen. Er hauchte einen Kuss auf meine Stirn, ehe er sich zurückzog. »Ich wünschte, ich könnte die Zeit anhalten, um für immer hierzubleiben«, murmelte er mit sehnsüchtigem Blick auf den orangefarbenen Streifen am Horizont, der das Ende unserer Nacht brachte, je heller er wurde.

»Dann lass uns einfach bleiben, die Welt außerhalb dieses Hains vergessen und vergessen, wer wir waren«, seufzte ich.

Cadan grub das Gesicht in mein Haar und atmete tief ein. »Nie war ein Vorschlag so verlockend. Aber ich vermute, dass man noch vor dem Frühstück einen Suchtrupp nach dir aussenden würde.«

»Du meinst nach uns.«

»Ich denke nicht, dass mich die anderen vermissen würden.«

»Du hast ihnen nie die Möglichkeit gegeben, dich kennenzulernen«, sagte ich behutsam und dachte an meine Freunde. Wenn sie Cadan ein wenig besser kennen würden, würden sie ihn vielleicht nicht so mögen, wie ich es tat, aber sie würden ihn als einen der ihren akzeptieren. »Du solltest öfter lächeln«, meinte ich. »Und du könntest dich zum Essen zu uns gesellen.«

Cadan zupfte gedankenverloren an dem Haar in meinem Nacken und ließ die Strähnen durch seine Finger gleiten. »Das könnte ich«, murmelte er leise. Und obwohl er meine Einladung weder angenommen noch abgelehnt hatte, klopfte mein Herz bei der Vorstellung, ihn öfter in meiner Nähe zu wissen.

Der Himmel wurde stetig heller, unsere gemeinsame Zeit glitt mir aus den Händen. Schließlich seufzte ich. »Wir sollten wirklich gehen. Spätestens nach dem Frühstück würde Mairead nach mir suchen. Und wenn sie mich hier findet, dann müsste ich mir einen Vortrag über Tugenden anhören, ehe sie alle Details der letzten Nacht aus mir herauskitzeln würde.«

»Ja«, Cadan lachte, »das passt zu Mairead.«

»Wir können heute Abend wiederkommen«, schlug ich vor und verfluchte mich dafür, wie flehentlich meine Stimme klang. »Heute Abend, morgen Abend und an jedem weiteren Abend unseres Lebens.« Wieder glaubte ich einen Schatten auf Cadans Gesicht zu sehen, doch so schnell er gekommen war, so schnell war er verschwunden, bis ich mir nicht mehr sicher war, was ich überhaupt gesehen hatte.

»Das klingt nach einem schlaflosen Leben«, sagte er.

»Ich brauche keinen Schlaf«, meinte ich und bedeckte seinen Kiefer mit einem Band aus Küssen. »Ich habe mich noch nie so wach gefühlt wie nach dieser Nacht.«

Cadan gähnte demonstrativ. »Wir werden sehen, ob du das nach der Kampfübung heute Morgen auch noch sagst!«

Auf dem Weg zurück hielt Cadan meine Hand. Und je näher wir der Gilde kamen, umso fester wurde sein Griff. Ich sagte nichts, erwiderte ihn nur und versuchte, das mulmige Gefühl in meinem Innern zu verdrängen. Im Schatten jenes Hauses, in dem ich wohnte, blieb Cadan stehen und zog mich fest an sich. Seine harten Muskeln waren wie eine Antwort auf meinen weichen Körper. Mit beiden Händen nahm er mein Gesicht und sah mich lange an. Fast hätte ich mich in seinem Blick verloren, wenn er mich nicht unwillkürlich losgelassen hätte.

»Willst du dich etwa verabschieden?« Es sollte ein Scherz sein, aber meine Stimme klang wie das Krächzen eines Raben.

Cadans Miene war unergründlich, aber er antwortete: »Nicht, wenn es nicht unbedingt nötig ist!«

KAPITEL 6

Die Tage vergingen und schon bald kam mir meine Nacht mit Cadan wie ein Traum vor, von dem ich nicht wusste, ob er Wirklichkeit war oder nicht. Mehr und mehr verblasste die Erinnerung an den Druck seiner Lippen auf meinen. Ich hatte ihn kaum gesehen und jedes Mal, wenn wir einander begegnet waren, war sein Gesicht ausdruckslos, als hätte ich mir alles, was zwischen uns gewesen war, nur eingebildet.

Am frühen Nachmittag des fünften Tages verließ ich die Arena nach einer anstrengenden Kampfübung mit unserem Meister Olias. Das Haar klebte mir in Stirn und Nacken, die Tunika am Körper. Ich sehnte mich nach einem heißen Bad, um meinen geschundenen Gliedern Erholung zu gönnen. Auf halbem Weg zwischen Arena und Badehaus entdeckte ich einen weißblonden Schopf. Ich blieb so plötzlich stehen, dass Tyriq, der hinter mir lief, nicht mehr ausweichen konnte und mit mir zusammenstieß. Ich stürzte, und als ich das nächste Mal aufsah, war Cadan verschwunden und die Welt verschwand in einem Wirbel aus Grau, Weiß und Schwarz. Eine raue Zunge leckte über mein Gesicht und ich quietschte, als mich Emmas Schwanz traf. Sie antwortete mit einem begeisterten Bellen und wollte sich ein zweites Mal auf mich stürzen, ehe Tyriq sie am Halsband packen und zurückziehen konnte.

»Entschuldige, Aeryn«, sagte Tyriq und bot mir seine Hand. Ich ließ mich von ihm auf die Beine ziehen und tätschelte Emmas Kopf. »Hast du dich verletzt?« Prüfend musterte er mich.

»Ich habe nicht aufgepasst«, sagte ich ausweichend. »Es ist nichts passiert.«

»Du hast wohl geträumt«, neckte Tyriq mich und legte einen Arm um meine Schultern. Dann erstarrte er. Eine Falte bildete sich zwischen seinen Brauen.

Ich folgte seinem Blick. Dort, wo zuvor noch Cadan gestanden hatte, bewegten sich die beiden Frauen aus dem Ältestenkreis in ihren dunkelroten Festtagsroben über den Weg. Die mit Silberfäden gestickten Muster schimmerten im Sonnenlicht. Aryanwen lief ein paar Schritte vor Deirdre und hob den Arm, noch ehe über ihr die dunkle Gestalt eines Raben aufgetaucht war und sich auf ihr niedergelassen hatte.

»Was hat das wohl zu bedeuten?«, fragte Tyriq.

»Lass uns nach Mai und Mór suchen«, schlug ich vor. »Vielleicht wissen die beiden mehr als wir.«

»Mór weiß garantiert mehr als wir«, grummelte Tyriq. »Die Frage ist nur, ob sie auch mit uns darüber sprechen will.« In seinen Worten klang der bittere Hauch altbekannter Geschwisterrivalitäten. Mór und Tyriq hatten seit Erwachen ihrer Gaben um Wissen gebuhlt, doch stets hatte die Schwester gewonnen, galt das Wissen um die Zukunft als weitaus mächtiger als das um längst Vergangenes. Hinzu kam, dass Tyriqs Gabe keineswegs alltagstauglich war.

Vergessen war mein Wunsch nach einer heißen Dusche, als wir unser Ziel änderten und dem Weg in Richtung der Schlafsäle folgten. Die ganze Zeit über spürte ich das Gewicht von Tyriqs Arm auf meinen Schultern. Seine vertraute Nähe beruhigte mein hämmerndes Herz. Der Anblick der Festtagsroben hatte in mir eine dunkle Vorahnung geweckt.

Mairead und Mór saßen auf der Wiese in der Nähe der Quartiere. Auf Maireads Schoß lag ein bespannter Stickrahmen, aber sie schenkte ihm keine Beachtung. Stattdessen tuschelte sie leise mit Mór, die die Augen geschlossen und die Hände im Schoß gefaltet hatte. Als wir uns näherten, hob sie das Kinn. Ein kaum merkliches Lächeln zeichnete sich auf ihren Lippen ab und sie begrüßte Emma freudig. Die Hündin winselte und stupste den Kopf sachte gegen Mórs Oberarm.

»Um des Königs willen, Aeryn!« Mairead verzog das Gesicht, als ich mich ihr näherte. »Du riechst, als hättest du dich stundenlang mit den Jungs im Sand gewälzt!«

»Genau genommen habe ich das auch!« Ich warf Tyriq einen kurzen Seitenblick zu, der breit grinste. Er hatte mich kurz zuvor im Zweikampf fertiggemacht, ein Umstand, den ich seinem verbissenen Ehrgeiz in den letzten Jahren verdankte. Denn es war noch nicht allzu lange her, da ich diejenige gewesen war, die ihn besiegt hatte. Tyriq war ein schmächtiger Junge gewesen, dem seine Gabe zugesetzt hatte. Denn auch wenn sie Macht verhieß, forderte sie viel von ihm. Wenn Tyriq in der Vergangenheit eines Menschen las, als wäre diese ein Buch, büßte er Erinnerungen ein. Die Lücken in seinem Gedächtnis verursachten ständige Kopfschmerzen. Es hatte gedauert, bis er sich die Schwäche seiner Gabe eingestanden und es mir gleichgetan hatte, den eigenen Körper zu schulen und in die Waffe zu verwandeln, die uns unsere Gaben nicht sein konnte.

»Du solltest ein Bad nehmen!«, bemerkte Mairead.

»Ich war schon auf dem Weg ins Badehaus, aber dann …« Tyriq und ich sahen uns an. Er nickte knapp und fuhr fort: »Habt ihr Aryanwen und Deirdre gesehen? Was geht hier vor?«

Mairead legte den Kopf schief. »Das würde mich auch interessieren.«

Wir wandten uns an Mór, die drei Augenpaare auf sich ruhen spürte und seufzte. »Es ist der Junge. Giordyn Emnerun. Er wird heute Abend in den Kreis der Gilde aufgenommen.«

»Oh!«, rief Mairead aus. »Warum hast du nichts davon erzählt?«

Ich hörte ihren Vorwurf an Mór kaum. Meine Ohren rauschten. Als ein Wind aufzog und über meine feuchte Haut strich, fröstelte ich. Oder lag das an der Tatsache, dass der Sohn des Mannes, den ich getötet hatte, schon sehr bald Teil meines Alltags sein würde?

»Ich sollte ein Bad nehmen«, sagte ich mit rauer Stimme und drehte mich um.

»Vor allem, da heute ein Fest stattfindet!«, rief Mairead mir nach.

Wie fremdbestimmt lief ich auf das Badehaus zu, den Blick auf die Füße gerichtet. Ich ignorierte den Gruß, den mir Shay, ein rothaariger Mann mit grauen Strähnen und der Gabe der Schnelligkeit, zurief. Wie so oft spürte ich das wachsende Gefühl von Angst in meinem Innern. Es betäubte mich. Je größer es wurde, umso schneller lief ich, als ob ich davor fliehen könnte. Es war albern, denn ich wusste, ich würde meiner Gabe und all den Schrecken niemals entkommen können. Früher oder später holten sie mich ein. Wie Dobrin Emnerun und sein Sohn.

Beruhigte ein heißes Bad normalerweise meine Nerven, so fand ich heute keine Entspannung. Die Ältesten hatten mit ihren Festtagsroben große Aufmerksamkeit auf sich gezogen und viele der Raben waren in Erwartung auf ein besonderes Ereignis ins Badehaus geströmt. Ein lautes Summen vieler verschiedener Stimmen schlug mir mit der heißen Luft entgegen. Die Becken waren voll und das Bad wurde zur Tortur. Am Ende hielt ich es gerade einmal so lange aus, dass ich Schmutz und Schweiß fortwaschen konnte.

Als ich in unser Zimmer zurückkehrte, saß Mór auf einem Schemel. Mairead beugte sich über sie und ließ sich Mórs blonde Strähnen durch die Finger gleiten.

»Was nützt mir das, wenn ich die Blumen nicht sehen kann?«, seufzte Mór und zuckte zusammen. »Das ziept!«

»Wer schön sein will, muss leiden«, sagte Mairead. Aber in Anbetracht der Sanftmut in ihrem Tonfall klangen diese Worte hohl.

»Mir ist es vollkommen gleich, wie ich aussehe«, stöhnte Mór und zappelte unter Maireads Griff.

Ich ignorierte mein Herz, das noch immer laut gegen meinen Brustkorb schlug, und setzte mich zu meinen Freundinnen. »Ich lasse dich sehen«, sagte ich Mór und drückte kurz ihre Hand. »Der Zopf beginnt oben auf deinem Kopf. Bis zu deinem Nacken ist er stramm geflochten, dann wird er breiter. Schon in den ersten Strähnen sitzen kleine violette Blumen. Sie reichen vom Scheitel bis zur letzten Haarspitze.«

»Wie sah Violett noch gleich aus?«

»Wie der Übergang von Tag zu Nacht«, antwortete ich.

»Wie das Veilchen, das du Ty einmal verpasst hast«, kicherte Mairead und steckte die letzten Strähnen fest.

»Wie eine reife Pflaume.«

Mór lächelte. »Ich glaube, ich mag Violett.«

Als Kinder hatten Mairead und ich Mór das erste Mal durch unsere Augen sehen lassen. Stundenlang waren wir mit ihr über das Gelände der Gilde gestreift und hatten ihr alles, was wir sahen, in sämtlichen Einzelheiten beschrieben, bis Mór ein eigenes Bild von ihrem Umfeld hatte.

»Und ich mag Violett an dir«, meinte Mairead und zupfte an Mórs Zopf. »Das steht dir ausgezeichnet!«

»Danke!«, sagte sie würdevoll und erhob sich in einer fließenden Bewegung. Sie trug ein Kleid von Mairead, bodenlang und weiß mit einem mit silbernen Blüten bestickten Saum.

»Soll ich dir auch die Haare flechten?«, fragte Mairead. Ein vielsagendes Grinsen erschien auf ihren Lippen, als sie hinzufügte: »Cadan würde das sicher gefallen.«

»Mir ist nicht daran gelegen, Cadan zu gefallen!«, behauptete ich kühl. Der Gedanke an ihn versetzte mir einen Stich und ich fragte mich, ob er an dem feierlichen Ritus teilnehmen würde. Ich hatte keine Ahnung, wie ich ihm nach unserer Nacht auf der Lichtung begegnen sollte, nachdem er mich zuletzt ignoriert hatte. Bereute er etwa, mich geküsst zu haben?

»Natürlich nicht. Trotzdem könnte ich …« Mairead zupfte an den Spitzen meiner schwarzen Strähnen und betrachtete mit gerümpfter Nase mein kurzes, fransiges Stirnhaar. Seit ich es geschnitten hatte, drängte sie mich, es zurückzustecken, bis es wieder gewachsen war. Ich ließ ihre Worte an mir abprallen. Ich mochte es, wie es war, denn beim Kampf behinderte es nicht länger meine Sicht.

Wenn ich ablehnte, würde sie den ganzen Abend schmollen. Also versuchte ich es mit einer anderen Taktik. »Was wirst du anziehen?«

Mairead strahlte über mein Interesse und öffnete ihre Truhe. Sie zog zwei Kleider hervor, ähnlich dem, das sie Mór ausgesucht hatte. Ich deutete auf eines der beiden, obgleich es sich nicht nennenswert von dem anderen unterschied.

»Bist du sicher?«, fragte Mairead zögerlich. »Das ist nicht so tief ausgeschnitten und es spricht doch nichts dagegen, zu einem solchen Anlass ein paar Kurven zur Schau zu stellen.«

»Du hast recht«, stimmte ich ihr zu, denn es war das, was sie hören wollte.

»Und was ziehst *du* an?« Sie betrachtete mich eingehend.

Ich hob die Brauen, dann machte ich eine Geste und wies über die lockere Tunika und die bequemen Hosen, die ich trug.

»Unmöglich!«, rief sie aus und entlockte Mór damit ein Kichern.

»Was ist falsch an meiner Kleidung?«

»Du siehst jeden Tag so aus!«

»Und warum sollte ich dann heute anders aussehen?«

»Aeryn!« Mairead klang, als müsste sie ein Schluchzen unterdrücken. »Darf ich wenigstens etwas mit deinen Haaren machen?«

»Was stimmt mit ihren Haaren nicht?«

Wir fuhren herum, als Tyriq den Kopf durch die Tür steckte. Er trug ein Hemd und hatte die Hosenbeine in Stiefel gesteckt. Eine ebenso unspektakuläre Kleiderwahl wie die, die ich getroffen hatte. Emma drängte sich an ihm vorbei und stob ausgelassen durch den Raum. Sie sprang auf mein Bett, dann zerwühlte sie Maireads Laken und hinterließ staubige Pfotenabdrücke darauf. Mairead scheuchte sie mit einer Geste herunter und funkelte Tyriq wütend an.

»Wie oft habe ich dir schon gesagt, dass du diesem Tier beibringen sollst, nicht mehr auf unsere Betten zu springen.«

»Jedes Mal, wenn sie auf dein Bett springt«, antwortete Tyriq ungerührt. »Aber da du die Einzige bist, die sich daran stört, sah ich bislang nicht die Notwendigkeit, mit Emma zu üben.«

Mairead knirschte mit den Zähnen. »Wärst du so gut, einen Augenblick draußen zu warten, damit ich mich umziehen kann?« Demonstrativ zog sie an der Schnürung an ihrem Ausschnitt.

Tyriq machte einen erschrockenen Laut und hielt sich mit beiden Händen die Augen zu, ehe er durch die Tür auf den Gang verschwand.

Ich ergriff die Gelegenheit, sprang auf und eilte ihm mit Emma im Schlepptau nach. »Du hättest keinen besseren Zeitpunkt wählen können«, raunte ich ihm zu, während ich die Tür hinter mir schloss.

Er lächelte mich an. »Mai weiß nicht, was sie sagt«, bemerkte er leise. »Du siehst schön aus!«

Ich verbarg den Hauch von Röte auf meinen Wangen, indem ich mich von ihm abwandte. »Lass uns gehen, Ty. Mai wird beide Kleider anprobieren, keines für gut befinden und sich etwas von Mór leihen. Das kann noch dauern.«

Wir schlossen uns den anderen Raben an, die sich auf das Tor des Gildengeländes zubewegten. Tyriq plauderte unablässig über sein eigenes Aufnahmeritual und die erste Zeit als Novize im Dienste der Raben. Hin und wieder nickte ich, um ihm das Gefühl zu geben, ich würde ihm zuhören. Aber das Blut rauschte laut in meinen Ohren und übertönte ihn. In diesem Moment war ich aufgeregter als an jenen Tagen, da ich in den Kreis der Gilde aufgenommen worden war. Denn ich wusste nicht, was Giordyns Vereidigung für mich bedeutete.

Tyriq verstummte abrupt, als sich die Menge teilte und Platz für die kleine Prozession, angeführt vom Maester, machte. Auch er trug sein Festtagsgewand und eine feierliche Miene. Jeden seiner Schritte begleitete das dumpfe Geräusch seines Stabs, als würde dieser ihm seinen Rhythmus vorgeben. Heute hatte die Figur des Raben die Schwingen weit ausgebreitet und ähnelte mit dieser Geste dem Zeichen der Gilde, das an unseren Kragen pinnte.

Hinter dem Maester erkannte ich Tamlyn und Yule, zwei Novizen, die Fackeln trugen. Der Schein des Feuers streifte die ausgemergelte Gestalt, die ihnen folgte. Giordyn war älter, als ich ihn geschätzt hatte. Er musste mindestens vierzehn Jahre zählen, aber sein Körper hatte das Kindesalter noch nicht gänzlich überwunden. Er trug eine zerknitterte Kutte. An den Schultern war sie zu groß und der Saum schleifte über den staubigen Boden. Schon bald würde die Uniform der Raben keinen Aufschluss mehr über seine Herkunft geben. In der Gilde waren wir alle gleich. Es spielte keine Rolle, wie vermögend unsere Familien waren, es zählte nur eines: die Gabe und wie bereitwillig wir lernten.

Die Flammen der Fackeln machten die Angst in den Augen des Jungen sichtbar. Gehetzt zuckte sein Blick vom Rücken des Maesters über die unbekannten Gesichter der Raben, die sich zu beiden Seiten des Weges aufgestellt hatten. Als er unsere Höhe erreicht hatte, schob ich mich hinter Tyriqs breiten Rücken und wartete mit angehaltenem Atem darauf, dass sich die Prozession weiterbewegte. Erst als die Ältesten und zwei Repräsentanten des Königs in klassischem Blau an uns vorbeikamen und ich zischend um Luft rang, merkte ich, dass ich nicht geatmet hatte. Die schaulustigen Raben schlossen sich der kleinen Prozession an und wir folgten ihnen den Weg hinauf.

»Er sieht älter aus als wir damals«, meinte Tyriq.

»Das ist er auch«, sagte ich. »Dobrin hat die Gabe seines Sohns geheim gehalten, um Zeit zu schinden.« Furchen bildeten sich auf Tyriqs Stirn und ich räusperte mich. »Das habe ich zumindest so gehört.« Bevor er nachhaken konnte, erreichte die Prozession ihr Ziel. Wir versammelten uns um ein großes Feuer auf der Wiese hinter der Rabenhalle. Aus dem Turm drang das Krächzen seiner Bewohner und das Rascheln ihrer Flügel mischte sich mit dem Knacken der brennenden Holzscheite.

Die Sonne neigte sich dem Horizont und tauchte die Berghänge um uns herum in rotes Licht. Die Raben bildeten einen Kreis um den Maester, Giordyn und die Ältesten, Aryanwen, Deirdre und Olias.

»Da seid ihr ja!« Maireads blumiger Duft hüllte mich ein, als sie zu uns trat. Mór hielt sie an der Hand und zog sie hinter sich her. Mairead trug ein dunkles Kleid, das wie flüssige Nacht ihren Oberkörper einhüllte und in einen weiten Rock überging. Das rötlich schimmernde Haar hatte sie hochgesteckt, sodass es den Blick auf ihren schneeweißen Nacken freigab. Sie sah bezaubernd aus. »Was haben wir verpasst?«

»Formalitäten«, lautete Tyriqs knappe Antwort, ehe er mit dem Kinn auf die Ältesten deutete. »Wo ist Callahan?«

Erst jetzt bemerkte ich, dass Callahan erneut an der Seite der anderen Ältesten fehlte. Wann immer er über seinen vom Alter gebeutelten Rücken klagte, zog er sich in die Einsamkeit seiner Gemächer zurück, aber seine Abwesenheit bei diesem Ereignis war ungewöhnlich.

»Er ist alt«, sagte Mairead nachdenklich. »Wahrscheinlich erholt er sich von den Strapazen seines Alltags.«

»Er hat nicht nach dir geschickt?«, wollte Tyriq wissen.

Mairead schüttelte den Kopf. Ihre Gabe ermöglichte es ihr, Wunden zu verschließen. Darüber hinaus hatte sie in ihr das Interesse an Heilkunde geweckt. Inzwischen wurde Mairead jedes Mal gerufen, wenn sich einer der Raben krank fühlte. Oft behandelte sie auch den König oder seine Getreuen. Deshalb erstaunte es mich, dass ausgerechnet sie nichts über die vermeintliche Erkrankung des Ältesten wusste.

»Heute heißen wir Giordyn Emnerun als Novizen in unserem Kreis willkommen«, hallte die Stimme des Maesters über den Platz und brachte das leise Getuschel und meine Gedanken zum Verstummen. »Er wird sich der dreiteiligen Prüfung unterziehen, die darüber entscheidet, ob er sich dieser Ehre als würdig erweist.«

Mein Blick schweifte ab und wanderte über die Umstehenden. Ich suchte nach einem Fleck hellen Haars, aber Cadan war nirgendwo zu sehen. Die Stimme des Maesters erhob sich über der Menge. Ich erinnerte mich an jenen Tag, da ich in der Mitte der Raben gestanden und seinen Worten gelauscht hatte. Damals war ich vor Angst wie gelähmt gewesen, und hatte wie heute nach einem vertrauten Gesicht zwischen den Umstehenden gesucht. Ein Junge mit fast weißem Haar und ernster Miene hatte meinen Blick aufgefangen und kaum merklich genickt. Und da hatte ich gewusst, dass ich nicht allein war.

»Mut, Begabung, Weisheit. Aus diesen Elementen speist sich die Kraft der Raben. Darin wird Anwärter Giordyn die Prüfung ablegen.« Die Augen des Maesters richteten sich auf den kaum merklich zitternden Jungen. Aber Güte und Verständnis, die darin lagen, konnten ihn nicht beruhigen. Giordyn zog den Kopf ein, als hätte man ihn geschlagen. Ich konnte es ihm nicht verdenken.

Der erste Teil der Prüfung sollte die Anwärter aussortieren, die dem Druck nicht gewachsen waren. Seit ich der Gilde diente, war ich ein einziges Mal Zeugin geworden, dass ein Anwärter zusammengebrochen und vor den Toren der Gilde zurückgelassen worden war. Tief in meinem Innern wünschte ich mir, dass es Giordyn ebenso ergehen mochte, damit ich ihm hier nicht ständig begegnen würde.

Doch ich wurde enttäuscht. Er bestand die Mutprobe. Damals hatte ich mit zitternden Beinen an der Felskante gestanden, mir dem Abgrund unter meinen Füßen und der fremden Blicke in meinem Rücken deutlich bewusst. Callahan hatte einen Strohvogel hinabfallen lassen und ich hatte gebetet, er möge nicht zu weit fliegen. Er landete auf einem Felsvorsprung unter mir und der einzige Grund, weshalb ich die Mutprobe erfolgreich bestanden hatte, war meine Angst, in der Tiefe den Tod zu finden.

Giordyn kletterte weiter hinab als ich, brauchte jedoch nur halb so lange. Die Angst hatte ihn nicht gelähmt, sondern war ihm Ansporn und seine drahtige Statur und die schlanken, sehnigen Finger waren von Vorteil.

Im zweiten Teil der Prüfung musste der Anwärter seine Gabe vorführen. »Es heißt, du seist in der Lage, anderen Menschen den Schmerz zu nehmen«, sagte der Maester, und obwohl er leise sprach, war seine Stimme in der angespannten Stille bis weit über den Platz zu hören. Selbst die Vögel schienen zu lauschen und abzuwarten.

Giordyn war kreidebleich. Die Angst, die ich vor der Mutprobe vergeblich in seinen Augen gesucht hatte, ging nun in Wellen von ihm aus und rollte über uns hinweg. Schweiß glänzte auf seiner Stirn und ich wusste, dass er wie ich war: Er fürchtete seine Gabe.

Mit einer Geste winkte der Maester Hardin herbei, den ich insgeheim um seine Gabe beneidete: Er war ein Spiegelbild meiner eigenen Gabe, denn er hatte keine Angst. Niemals. Hardin trug einen Dolch, dessen Klinge im Schein des Feuers orange glühte. Seine Miene war gelassen, als er die Waffe hob. Auf einen Wink des Maesters hin hieb er sie sich in den Oberschenkel. Sein Schrei gellte über unsere Köpfe hinweg. Giordyn zuckte zusammen und wich vor Hardin zurück. Dieser kippte mit dem Messer tief im eigenen Fleisch auf die Knie.

Der Maester trat näher und legte ihm eine Hand auf die Schulter. »Hast du Schmerzen, Hardin?«

»Ja«, antwortete er mit gefletschten Zähnen. Er presste die Kiefer zusammen und an seiner Schläfe trat eine Ader hervor. Sein Körper bebte.

Der Maester nickte, bevor er das Messer noch tiefer in Hardins Fleisch bohrte. Hardins Schrei gellte über den Platz und mischte sich mit denen jener, die den Anblick nicht ertragen konnten. Über unseren Köpfen erhoben sich schreiend unsere geflügelten Namensgeber und verschmolzen mit dem dunklen Himmel. Ich verbot mir, einen Laut von mir zu geben, doch ich konnte nicht verhindern, dass Übelkeit in mir aufstieg. Einzig Tyriqs Hand auf meiner Schulter hinderte mich daran, dem, was sich vor uns abspielte, zu entfliehen. Hardins Schreie katapultierten mich zurück in jene Nacht, in der die Gilde mich aufgenommen hatte. Auch damals hatten Schreie die Stille erfüllt, aber es waren meine eigenen gewesen, als der Maester mich gezwungen hatte, die Ängste seiner Novizen zu ertragen. Ich erinnerte mich an tiefe Abgründe, Dunkelheit und Tod.

»Nimm ihm den Schmerz!« Der harte Befehl des Maesters riss mich aus meinen Gedanken. Seine Miene war unleserlich, seine Augen auf Giordyn gerichtet. Der Junge war wie erstarrt. Sein Blick zuckte zu Hardin, der fluchte. Sekunden verstrichen. Sekunden, in denen ich eine unsichtbare Macht anflehte, sie würde Giordyn dazu bringen, auf dem Absatz kehrtzumachen und vor den Raben zu fliehen. Aber der Junge trat vor, die Lippen zu einem Strich zusammengepresst. Dann beugte er sich über Hardin. Seine Hände zitterten, als er sie an dessen Wangen legte. Die umstehenden Raben traten näher, begierig darauf, zu erfahren, wie sich Giordyns Gabe äußerte. Ich beobachtete seine sich weitenden Augen. Im nächsten Moment entspannten sich Hardins Muskeln, er schnaufte, während Giordyn ein Stöhnen entfuhr. Er taumelte, presste sich beide Hände auf das Bein. Ein Schmerz rang ihn nieder, der nicht sein eigener war. Um mich herum brach leises Getuschel aus. Es wurde lauter, als Hardin leichtfüßig aufstand, obwohl der Blutfleck auf seinem Oberschenkel immer schneller wuchs und den Stoff seiner Hose tränkte.

»Mairead!« Der Maester winkte meine Freundin nach vorn. Sie schlüpfte durch die Zuschauer und trat in den Kreis, den sie gebildet hatten. Mit dem Zeichen des Königs erwies sie dem Maester ihre Ehrerbietung, bevor sie sich um Hardin kümmerte und die Wunde mit ihrer Gabe heilte. Als das Blut verschwand und Haut, Muskeln und Sehnen zusammenwuchsen, keuchte auch Giordyn erleichtert auf. Er wischte sich den Schweiß von der Stirn und sah sich um, als wüsste er nicht, wie er in unserer Mitte gelandet war. Als sein Blick in meine Richtung wanderte, ging ich erneut hinter Tyriq in Deckung.

Die letzte Prüfung sollte Giordyns Weisheit auf die Probe stellen. Ich kannte niemanden, der dabei je versagt hatte, obwohl jedem Prüfling dieselbe Frage gestellt wurde und jeder eine andere Antwort gab.

Lautlos bewegten sich meine Lippen mit, als der Maester sie an Giordyn richtete: »Wer entscheidet über Leben und Tod?« Eine Stille senkte sich über die Versammlung, die jeden der Anwesen in Gedanken vermutlich an diesen Punkt der eigenen Vergangenheit führte. Wie viele vor ihm, blinzelte Giordyn überrascht. Innerhalb der Gildenmauern wurde das Geheimnis um die dritte Prüfung strengstens bewahrt. Eltern, die ihre Kinder in die Obhut der Gilde geben wollten, lehrten sie die Geschichte Berylls und des Königshauses. Doch am Ende entschied eine Frage über die Eignung des Anwärters, auf die es mehr als eine Antwort gab.

Giordyn räusperte sich und in der Stille klang es wie das entfernte Grollen eines Donners. Die Flammen des Feuers malten Flecken auf sein Gesicht, seine Augen schwarz umschattet.

»D-der König«, brachte er heraus und sah sich in unserer Mitte um wie ein Reh, das von einem Raubtier durch den Wald gehetzt worden war.

Meine Mundwinkel zuckten verräterisch. Die Antwort war nicht falsch, aber sie war weit weg von der, die ich damals gegeben hatte: »Das Schicksal.« Daraufhin hatte der Maester anerkennend den Kopf geneigt.

Vor Giordyn blieb er mit erhobenem Kinn und kaum merklich zusammengekniffenen Augen stehen. »Sprich mir nach.« Jeder Rabe kannte den Eid, obgleich wir alle ihn nur ein einziges Mal aufgesagt hatten. Aber die Worte brannten sich unwiderruflich ins Gedächtnis und so bewegte ich lautlos die Lippen, als Giordyn der Gilde ewige Treue gelobte.

Raben, so hört meinen Schwur
Ich beuge das Knie vor der Gilde
Kämpfe mit tödlichem Schwert
und schützendem Schilde
Ich gelobe Gehorsam und Treue
Meine Gabe lege ich in Rabenhand
Verpflichte mich mit meinem Leben
Und beschütze das ganze Land
Ehre als einz'ges Bestreben
Von heute an bis in den Tod

Giordyns Stimme brach bei den letzten Zeilen und er wiederholte sie leise flüsternd. Danach herrschte Stille, bis der Maester nickte und ein einziges Wort sprach: »Willkommen.« Es fühlte sich an, als würde dies unser aller Schicksal besiegeln. Kälte überkam mich, während die anderen applaudierten. Ich war nicht in der Lage, mit einzustimmen, konnte den Schein nicht wahren. Meine Hände zitterten und ich ballte sie zu Fäusten. In dem Moment stieß die Figur auf dem Stab des Maesters einen Ruf aus, dem die Raben aus dem Turm antworteten. Ein Dutzend Raben flog auf Giordyn zu und wirbelte um ihn herum. Ein paar von ihnen pickten an seinem Umhang, andere fuhren mit den Krallen durch sein Haar. Emma bellte aufgeregt und sprang auf den Hinterbeinen in die Höhe, um einen der Raben zu schnappen. Gelächter ertönte, als sie erfolglos auf allen vieren landete und den Kopf schüttelte. Sobald sich die Wolke schwarzen Gefieders aufgelöst hatte, blieb eine einzige Feder zurück. Ich hob die Hand und berührte mein Haar, in dem jene Feder steckte, die ich damals zur Aufnahme in die Gilde bekommen hatte. Sie hatte eine goldene Spitze.

»Aeryn.« Tyriqs sanfte Stimme ließ mich aufhorchen. Sein Gesicht erschien dicht vor meinem, die Miene ernst, als er meine weißen Knöchel bemerkte.

»Was sagtest du?«, fragte ich, um ihn davon abzulenken.

Er musterte mich, aber als ich ihm mit einem Lächeln begegnete, antwortete er: »Die anderen gehen in die Rabenhalle. Begleiten wir sie?«

»Natürlich.« Ich drehte mich nicht noch einmal zu Giordyn um, aber das beklemmende Gefühl folgte mir durch die junge Nacht. Mórs Worte und ihre Warnung hallten in meiner Erinnerung wie ein Echo. Sie verklangen erst, als ich an Tyriqs Seite die Rabenhalle betrat, wo sich bereits einige Raben eingefunden hatten. Gelächter und Gespräche übertönten jeden meiner Gedanken und die vertraute Wärme linderte die unbestimmten Sorgen, die an meinen Eingeweiden nagten.

Mairead und Mór saßen bereits auf unserem üblichen Platz. Überflüssigerweise winkte Mairead, als sie uns entdeckte.

»Wir haben euch im Dunkeln verloren«, entschuldigte sie sich. Ihre Wangen glühten. »Was sagt ihr zu dem Jungen?«

»Er hat Angst«, meinte Tyriq. »So wie wir alle am Anfang.«

»Er ist ein leeres Blatt Pergament, dessen Geschichte erst geschrieben werden muss«, sagte Mór.

»Kannst du nicht konkreter werden?«, neckte Tyriq sie.

»Das ist kein Grund, ihre Gabe zu gebrauchen.« Mairead musterte ihn aus verengten Augen.

In dem Moment betraten die Ältesten die Halle. Der Maester folgte ihnen, dicht gefolgt von Giordyn, dem er einen Platz am Tisch der Novizen zuwies. Mit gesenktem Blick ließ sich der Junge auf die Bank gleiten, bis ich ihn über die Köpfe hinweg nicht mehr sehen konnte.

»Seine Gabe ist faszinierend«, murmelte Tyriq, der den Hals reckte, um den jüngsten Novizen in unserem Kreis zu betrachten.

Ich stieß ihm meinen Ellbogen in die Rippen.

»Was denn?«, protestierte Tyriq und rieb sich die Stelle. Ich konnte ihm die Neugier nicht verdenken, denn ich wusste, wie sehr er sich nach einer anderen Gabe sehnte. Eine Gabe, die brauchbarer war als die, die ihm in die Wiege gelegt worden war und mit der er seine Schwester niemals schlagen konnte.

»Seine Gabe ist eine Bürde«, sagte Mairead und schüttelte den Kopf. »Habt ihr gesehen, wie er unter den Schmerzen gelitten hat?«

»Er wird lernen, damit umzugehen«, knurrte Tyriq ohne Mitleid in der Stimme. »Das mussten wir alle auf die ein oder andere Weise.«

Mairead schnaubte. »Er ist hier, um dem König zu dienen. Er wird entscheiden, wie Giordyn seine Gabe gebrauchen wird.«

Bevor einer von uns etwas erwidern konnte, beendete der Maester das Gespräch, indem er auf das Podium vor der Tafel der Ältesten trat und mit seinem Stab auf den Boden klopfte. Inzwischen hatte der schwarze Rabe darauf die Flügel wieder angelegt. Er machte das Zeichen des Königs und ließ seinen Blick über unsere Gesichter wandern. »Nie zuvor in der Geschichte der Gilde zählten wir so wenige Mitglieder. Umso glücklicher macht es mich, Giordyn nun in unserem Kreis willkommen zu heißen. Ich verspreche dir, dass dein Leben hier nicht immer leicht sein wird, aber du wirst mit Abstand das beste Essen in Beryll bekommen.« Vereinzelt ertönte Gelächter und der Maester ließ sich zu einem Schmunzeln herab. »Ich will euch nicht länger warten lassen. Esst. Trinkt. Amüsiert euch an diesem Abend!« Er neigte den Kopf und nahm den Applaus seiner Raben entgegen, ehe er selbst Platz nahm.

Mehrere Dienerinnen trugen reich gefüllte Tabletts in den Saal und verteilten sie auf den Tischen. Der Duft nach gebratenem Fleisch und gedünstetem Gemüse erfüllte die Luft. Eine Zeit lang erstarben die Gespräche. Die einzigen Geräusche waren das Kratzen von Besteck und das Klirren von Gläsern. Ich ertappte mich dabei, wie ich immer wieder den Blick hob und im Saal nach Cadan suchte. Schon den ganzen Abend war er verschwunden. War er im Auftrag des Königs in Beryll? Oder hatte seine Abwesenheit einen anderen Grund? Jedes Mal, wenn sich die Tür öffnete, hoffte ich, dass er es war, der verspätet zu unserer Gesellschaft stieß. Ich war eine Närrin, doch ich konnte nicht verhindern, dass mir die Enttäuschung die Kehle zuschnürte, als der Abend verstrich, ohne dass er auftauchte.

KAPITEL 7

Es sollten noch zwei weitere Tage verstreichen, bis ich Cadan wiedersah. Unsere gemeinsame Nacht hing mir wie ein Traum nach, die Erinnerungen an seine Hände auf meiner Haut waren da, verblassten jedoch mehr und mehr. Ich klammerte mich daran fest, obwohl ich um mein Herz fürchtete.

Giordyn begegnete mir zweimal auf dem Gildengelände. Ich konnte seinem Blick knapp entgehen, indem ich eine andere Richtung einschlug. Ich war nicht bereit, ihm gegenüberzutreten.

Diesen Morgen färbte ein feiner Nieselregen grau. Mit hochgeschlagener Kapuze und schlammbespritzten Stiefeln eilte ich auf die abgelegene Arena zu, wo Kampfmeister Olias Remun eine Lehrstunde für die älteren Raben gab. Das Gebäude bestand aus nicht mehr als einer Konstruktion aus Holzbalken, zwischen die Stoffbahnen gespannt worden waren, um den Sandplatz vor dem Wetter abzuschirmen. Am Rand lagen mehrere Baumstämme, wo bereits ein paar Raben saßen. In ihrer Nähe stand Cadan. Er lehnte mit vor der Brust verschränkten Armen und finsterer Miene gegen einen der Holzbalken. Als sich unsere Blicke trafen, blieb ich abrupt stehen. Zuletzt waren seine Augen voller Wärme gewesen. Jetzt waren sie so eisig und kalt wie die Wintermonate in Beryll. Jeder Muskel in meinem Körper spannte sich an. In meinem Innern regte sich ein Gefühl von Frustration. Hatte ich mir das zwischen uns nur eingebildet?

»Hast du vor, den Unterricht zu halten?« Ich zuckte zusammen. Neben mir tauchte Olias Remun auf. Polierte Lederplatten bedeckten seinen breiten Oberkörper und an seiner Hüfte baumelte ein Langschwert, dessen Griff er liebevoll tätschelte. Weil sich all meine Sinne auf Cadan konzentriert hatten, hatte ich ihn nicht bemerkt. Bevor er mich dazu nötigen konnte, ihm bei der ersten Übung zu assistieren, schlüpfte ich durch den schmalen Gang zwischen den Baumstämmen und quetschte mich zwischen Mairead und Mór in die hinterste Reihe.

»Mach es dir nicht zu bequem«, knurrte Olias und klatschte in die Hände. »Aufwärmen!«

Jeder Rabe hatte eine andere Gabe. Doch eines hatten wir alle gemein: Wir waren stark. Und das verdankten wir Olias' hartem Unterricht. Er bildete uns aus und lehrte uns, wie wir die Aufträge des Königs überlebten. Mitleid kannte er nicht und so scheuchte er uns auf und trieb uns an, Runden um den Sandplatz zu laufen.

Nicht jede Gabe war in einem Kampf nützlich. Während Cadan seine Gegner manipulieren und sie dazu zwingen konnte, die Waffen niederzulegen, nutzte es nicht viel, wenn man sich wie ich gemeinsam mit dem Gegner fürchtete. Seit ich den Eid abgelegt hatte, verlangte ich meinem Körper alles ab. Der Nahkampf war seit jeher meine größte Schwäche. Dobrin hätte keine Chance gehabt, wenn er in jener Nacht Mairead oder Tyriq begegnet wäre. Beide hatten einen hervorragenden Schwertarm. Doch ich war eine der Schnellsten auf dem Platz.

Heute erreichte ich meine gewöhnliche Form nicht. Und das hatte nur einen einzigen Grund: Cadan lief vor mir, durch die Bewegung seiner Arme beim Laufen spannten sich seine Rückenmuskeln unter dem Hemd an. Die Erinnerung an das Gefühl seines Körpers so dicht an meinem entzündete Hitze in mir. Mein Herz pumpte, mein Brustkorb brannte, als wütete darin ein Feuer. Die anderen zogen nach und nach an mir vorbei und der Abstand zu Cadan wuchs. Doch meinen Blick konnte ich nicht von ihm abwenden.

»Konzentration!«, ermahnte Olias mich, als ich auf seiner Höhe war. »Das kannst du besser, Aeryn. Lauf!« Ich biss die Zähne zusammen und schloss mit wenigen Schritten zu den anderen auf. Tyriqs breites Kreuz verhinderte, dass Cadans Rücken meine Augen erneut in Versuchung führen konnte. Mit gesenktem Blick und gleichmäßigem Tempo hielt ich mich hinter ihm, bis Olias uns zwei Runden später mit einem Klatschen zu sich rief. Wir versammelten uns in einem Kreis um ihn herum und ich achtete darauf, genügend Abstand zwischen Cadan und mich zu bringen.

Olias' Unterricht konzentrierte sich auf den Zweikampf, bei dem wir unsere Kräfte schulten. Es war erlaubt, physische wie psychische Fähigkeiten einzusetzen. Und das war der Grund, warum ich diesen Teil des Unterrichts verabscheute. Ein einziges Mal vor langer Zeit hatte ich den Fehler begangen, meine Handschuhe auszuziehen. Olias hatte mich beschworen, meine Gabe als Waffe zu nutzen, aber als ich den Ängsten der anderen gegenübergestanden hatte, war ich geflohen. Die anderen waren mir im Zweikampf überlegen, denn sie verfügten über zwei Waffen, während ich mich nur auf die in meiner Hand verlassen konnte. Doch jedes Mal, wenn ich sie zückte, sah ich diejenigen vor mir, deren Leben ich bereits damit ausgelöscht hatte. Es war mir ebenso zuwider, Gebrauch von ihr zu machen, wie von meiner Gabe.

»Wer fängt an?« Olias blickte in die Runde, als Mór mit einem breiten Lächeln vortrat. Niemand hatte damals, als wir als frisch vereidete Novizen die Arena das erste Mal betreten hatten, auf sie gesetzt. Sie war nicht besonders groß, hatte schmale Schultern und eine hagere Statur. Doch als weitaus bedeutenderer Nachteil war uns ihre Blindheit erschienen. Tatsächlich war diese ihre Stärke und machte sie zu dem härtesten Gegner, mit dem ich es je aufgenommen hatte. In den langen Jahren unserer Ausbildung und auch in der jüngsten Zeit als Raben war es mir nie gelungen, Mór zu besiegen. Sie liebte es, sich jedes Mal wieder im Zweikampf zu beweisen.

Mairead, die unweit von mir entfernt stand, ballte die Hände zu Fäusten. »Warum tut sie das nur immer wieder?«, stieß sie zwischen zusammengepressten Zähnen hervor. Niemand außer mir hörte sie – oder vielleicht schenkten die anderen ihr keine Beachtung.

»Wer möchte sich heute von unserer Mór fertigmachen lassen?«, fragte Olias mit einem seltenen Hauch von Stolz in der Stimme und schnaubte, als sich niemand meldete. »Ihr seid ein Haufen Feiglinge!«

»Oder vielleicht sind wir müde, uns eine Geschichte anzusehen, deren Ende wir bereits kennen«, entgegnete Ean, einer der Raben, mit denen Tyriq sich den Schlafsaal teilte.

Die Falten auf Olias' wettergegerbtem Gesicht kräuselten sich, als er breit lächelte. »Wie ich sehe, haben wir einen Freiwilligen!«

Ean verzog das Gesicht, trat dennoch vor. Das Ende des Kampfes mochte vorhersehbar sein. Aber es war jedes Mal faszinierend, dabei zuzusehen, wie Mór ihre Gegner ausschaltete. Die beiden bezogen Stellung auf dem Sandplatz und formten das Zeichen des Königs. Dann wichen sie bis an den Rand einer im Sand gezogenen Linie zurück und warteten auf Olias' Signal. Jeder Muskel in Eans Körper war gespannt, das Gesicht vor Konzentration verzerrt. Mór hingegen legte den Kopf schief und wackelte mit den Knien.

In dem Moment ertönte die Glocke, die den Beginn des Kampfes einläutete. Das Geräusch war noch nicht verklungen, da wurde es von einem dumpfen Knall abgelöst. Ean landete auf dem Boden. Ein paar Sekunden verstrichen, in denen er schwerfällig Luft holte. Dann rappelte er sich schnaufend und mit hochroten Wangen auf. Er funkelte Mór wütend an, ehe er eine Flamme beschwor. Wie eine Schlange zischte sie auf Mór zu, diese wich jedoch mit einer eleganten Drehung aus. Rauch kringelte sich dort, wo das Feuer im Sand gelandet und erloschen war.

Tyriq stand mit verbissener Miene und geballten Fäusten in der ersten Reihe und blinzelte keinen Augenblick, während vor ihm der Kampf tobte. Seit Jahren suchte er eine Möglichkeit, Mór zu schlagen. Die Einsicht, dass ihre Gabe weitaus mächtiger – und sehr viel nützlicher – war als seine eigene, nagte an ihm. Blanker Ehrgeiz gipfelte in ihrer Geschwisterrivalität.

»Rechts, Ean!«, brüllte Tyriq und schlug mit der Faust in die flache Hand, als Mór schneller war. Sie machte eine Drehung und wischte sich beinahe beiläufig mit dem Handrücken über die Nase.

»Das kann ich mir nicht ansehen«, stieß Mairead hervor.

»Das ist doch nur Nasenbluten«, brummte Tyriq. »Ein kleiner Preis, wenn man bedenkt, wie viel Macht diese Gabe ihr verleiht.«

»Klar, dass du das herunterspielst«, fauchte Mairead. »Was ist denn schon ein bisschen Nasenbluten gegen den Verlust einer Erinnerung.

An deiner Stelle wäre die Sorge um meine Schwester größer als mein Selbstmitleid!« Sie fuhr herum und schob sich durch die Zuschauer, ehe sie die Arena verließ.

Pfeifend atmete Tyriq aus und fuhr sich durch das lange Haar. »Was hat sie denn schon wieder?«

Statt eine Antwort zu geben, konzentrierte ich mich auf Mór. Der Anblick des Blutes weckte auch in mir Unbehagen, aber sie schien nicht geschwächt zu sein. Im Gegenteil. Sie spielte mit Ean. Gerade umkreiste sie ihn in einem weiten Bogen. Feuer leckte an Eans Fingern. Meine Freundin ließ sich jedoch nicht von ihm verbrennen. Sie bewegte sich schnell und war geschickt im Umgang mit dem Kurzschwert, das wie ein silberner Schweif um sie herumwirbelte, während Eans Flammen immer wieder zu ersterben drohten. Mit hochrotem Kopf und verzerrter Miene versuchte er, gegen Mór anzukommen. Er täuschte einen Angriff vor, dann zog er sich zurück und preschte in einem Moment auf seine Gegnerin zu, der in einem echten Kampf seinen Tod bedeutet hätte. Applaus brandete auf, als Mór die Klinge an seine Kehle drückte und den Sieg für sich beanspruchte. Sie wischte sich das Blut aus ihrem Gesicht und verbeugte sich, als wäre die Arena ihre Bühne und wir anderen ihr Publikum.

»Alles in Ordnung?«, fragte Tyriq seine Schwester. Maireads Ausbruch schien doch Sorge in ihm geweckt haben. Aber Mór zerschmetterte sie mit einer abwinkenden Geste.

»Kümmere dich lieber um Ean, dem geht es schlechter als mir«, kicherte sie.

»Ean?« Tyriq bedachte ihn mit gehobener Braue.

»Wie ich schon sagte«, knurrte Ean. »Eine Geschichte, deren Ende längst erzählt worden ist.« Als er sich mit schmerzverzerrtem Gesicht die Seite rieb, klopfte Tyriq ihm auf die Schulter.

»Du hast dein Bestes gegeben«, versicherte ich ihm, aber Ean schnaubte und ließ sich auf einen der Baumstämme fallen.

»Hat er nicht«, sagte Olias erbarmungslos. »Seine Beintechnik war stümperhaft, seine Bewegungen schwerfällig. Wenn du der Meinung bist, dass diese Leistung gut war, würde dir ein Zweikampf nicht schaden. Auf den Platz mit dir!«

Ich spürte die Blicke der anderen auf mir ruhen und mein Magen verkrampfte sich.

»Worauf wartest du noch?«, knurrte Olias, als ich mich nicht rührte, und machte eine Handbewegung, um seine Aufforderung zu unterstreichen. »Wer tritt gegen Aeryn an?«

»Ich mache es!«, sagte Tyriq und schenkte mir ein kleines Lächeln, das ich mit einem kaum merklichen Nicken erwiderte.

»Das wirst du nicht!«, rief jemand schräg hinter mir. Die anderen traten beiseite, um Cadan Platz zu machen, der sich mir wie ein Raubtier näherte. »*Ich* werde gegen sie kämpfen.«

»Nein!« Das Zittern meiner Stimme konnte ich nicht verhindern. Wenn ich gegen Cadan antrat, bedeutete das, dass ich ihm erneut nahekommen würde. Ich war mir nicht sicher, ob der Teil in mir, der Enttäuschung über die Mauer aus Eis empfand, die er zwischen uns errichtet hatte, die Oberhand gewinnen würde – oder der andere Teil, den Unverständnis und Wut antrieben. So oder so. Cadan war nicht der richtige Partner für einen Zweikampf.

Unser Lehrer sah das allerdings anders. »Nein?« Er lachte kalt. »Wir machen das nicht zum Spaß. Ihr vertretet die Gilde in den Straßen Berylls. Ihr übt Gerechtigkeit im Namen unseres Königs.« Ein paar der Raben machten sein Zeichen. »Ich erlaube nicht, dass ihr einander in den Zweikämpfen schont. Aeryn, Cadan, auf den Platz!«

Wütend funkelte ich Cadan an, als wir über den Sand liefen. Er schenkte mir keine Beachtung. Was war seit jener Nacht geschehen? Wo war der sanfte Mann hin, der mich in seinen Armen gehalten und mit seinem Körper gewärmt hatte?

Ich erstarrte, als Cadan das Hemd über den Kopf zog und es achtlos in den Sand warf. Mit nacktem Oberkörper baute er sich vor mir auf. Während wir das Zeichen des Königs formten, hing mein Blick an den definierten Muskeln, die unter seiner Haut spielten. Cadan dagegen schien kaum von mir Notiz zu nehmen. Er band sich das Haar zusammen, dann zückte er ein Kurzschwert. Hatte er wirklich vor, gegen mich zu kämpfen? Auch wenn ich meine Gabe nicht einsetzen würde, so war es ihm gestattet, und es wäre ihm ein Leichtes gewesen, den Kampf zu beenden, ehe er überhaupt begonnen hatte.

»Was ist?«, fragte er mich herausfordernd, als ich mich noch immer nicht rührte.

Ich presste die Lippen aufeinander und zog meine Waffe.

»Mach ihn fertig!«, feuerte Mór mich an. Aus ihrem Ton versuchte ich herauszuhören, ob ich eine Chance hatte oder mich in wenigen Sekunden auf ganzer Linie blamieren würde.

»Ja«, knurrte Cadan, »mach mich fertig!« Ein überhebliches Grinsen zeichnete sich auf seinem Gesicht ab, das die Wut in mir entfesselte.

»Das hättest du wohl gern!«, spuckte ich ihm entgegen und straffte die Schultern. Er war mir überlegen, das wusste ich. Einerseits war er ein begnadeter Schwertkämpfer, andererseits war meine Gabe im Kampf unbrauchbar. Ich musste ihn auf andere Weise schlagen, wie etwa durch Intelligenz oder Schnelligkeit.

Der Gong ertönte und ich stand wie vom Donner gerührt da. Cadan kniff die Augen zusammen, musterte mich, als wartete er auf meinen Angriff. Als ich mich nicht rührte, trat er vor. Ruhig, gelassen. Gelächter drang von außerhalb des Ringes, in dem wir uns bewegten, an meine Ohren und riss mich aus meiner Starre.

Cadans Waffe prallte mit voller Wucht auf mein Kurzschwert und schleuderte es mir aus der Hand. Schreie ertönten, als es in der Mitte unserer Zuschauer landete.

»Was sollte das denn werden, Aeryn?«, knurrte Olias und schritt an der Linie des Feldes auf und ab. »Konzentrier dich!«

Tyriqs hochgewachsene Gestalt schälte sich aus den Zuschauern. Er kam auf mich zu, in den Händen mein Schwert. Als er es mir gab, nickte er. Ein warmes Gefühl loderte in meiner Brust auf und ich erwiderte die Geste mit einem Lächeln. Ich packte den Griff meiner Waffe fester.

Cadan und ich umkreisten einander wie Raubkatzen. Leise knirschte der Sand unter meinen Füßen und der Wind trug das Tuscheln der anderen Raben, die uns zusahen, an meine Ohren. Ich wählte jeden meiner Schritte mit Bedacht und Cadan reagierte darauf, als würden wir im Herzen der Arena tanzen. Unter seinen zusammengezogenen Brauen wirkte sein Blick finster. Ich suchte darin nach einem Hinweis, dass uns noch immer eine Freundschaft verband.

Doch in seinen Augen fand ich nichts anderes als schwelenden Zorn, den ich mir nicht erklären konnte.

Zu spät bemerkte ich, dass Cadan angriff. Er stürzte sich auf mich. Sein Schwert blitzte auf und prallte auf meine Klinge, die mir wieder entglitt.

»Du willst es auf die klassische Weise?«, knurrte Cadan und warf seine Waffe von sich. Dann sprang er. Im nächsten Moment blickte ich nicht mehr in seine Augen, sondern gen Himmel. Der Aufprall und Cadans Körper auf meinem pressten mir die Luft aus der Lunge und ich biss die Zähne zusammen. Ich spürte das Beben seines Brustkorbs und seine angespannten Muskeln. Diesmal erlag ich dem Gefühl seiner Nähe nicht: Ich packte seine Schultern und stieß ihn von mir. Gleich darauf saß ich rittlings auf ihm, ergriff eine Faust voll Sand und schleuderte sie ihm ins Gesicht. Cadans Husten mischte sich mit Olias' empörten Rufen. Aber es war mir gleich. In einem Kampf um Leben und Tod würde ich jedes Mittel nutzen, um als Sieger hervorzugehen.

Schwer atmend stemmte ich mich hoch. Sand rieselte aus meinen Haaren und von meiner Kleidung. Ich klopfte mich ab.

»Aeryn!«, hörte ich Mórs Schrei. »Pass auf!«

Eine Hand schloss sich um meine Fessel und riss mich erneut zu Boden. Ich wand mich aus seinem Griff, dann wälzten Cadan und ich uns durch den Sand, der um uns herum aufstob und uns vor den Blicken der anderen verbarg.

»Du kämpfst unehrenhaft«, knurrte ich, als Cadan mich niederdrückte.

»Du auch«, entgegnete er und spuckte Sand aus.

Ich lachte. Doch es verebbte, als mich sein Geruch unvermittelt traf. Er roch nach Schweiß, aber auch nach Cadan. Mein Herz zog sich zusammen und bedeutete mir, Abstand zwischen uns zu bringen, ehe es sich verlor. Ich riss meinen Ellbogen hoch, traf ihn hart am Kinn. In dem Moment, da er fluchend zurückwich, krabbelte ich auf allen vieren über den Boden, bis sich mein Herz entspannte.

Das Geräusch von Schritten und das lauter werdende Gemurmel unserer Zuschauer weckte meine Aufmerksamkeit. Der Maester trat in Begleitung eines Königstreuen ein. Murtagh.

Neben mir stand Cadan auf und klopfte sich den Sand von der Hose und dem nackten Oberkörper. Aber sein Blick klebte an dem, was der Uniformierte in den Händen hielt: eine versiegelte Schriftrolle.

Unauffällig trat er an meine Seite. »Steh auf!«, zischte er mir aus dem Mundwinkel zu. Ich hatte keine Kraft in den Beinen. Sie zitterten. Selbst wenn ich ihm hätte gehorchen wollen, ich hätte es nicht gekonnt. Als ich seinem Befehl nicht Folge leistete, bohrte er seine Finger in meinen Oberarm und zerrte mich hoch. »Reiß dich zusammen, Aeryn«, knurrte er und ließ mich los.

»Was geht hier vor?« Olias' erzürnte Stimme fegte durch die Arena. Er drängte sich durch die Traube seiner Schüler und schritt mit finsterer Miene auf den Maester zu, der ihm mit einem gelassenen Ausdruck begegnete. »Ihr stört meinen Unterricht!«

»Hütet Eure Zunge!«, knurrte Murtagh und zückte die Schriftrolle. »Ich bringe Botschaft des Königs!«

Mir wurde eiskalt. Ich trat einen Schritt an Cadan heran, der mich mit einer Mischung aus Erkenntnis und Furcht ansah. Er legte die flache Hand zwischen meine Schulterblätter. Wie ein Funken ging seine Wärme auf meinen Körper über. Mein Herzschlag verlangsamte sich und die Angst, die in meinem Innern schwelte, ließ nach. Unwillkürlich beneidete ich Cadan um seine Gabe, die nicht nur Schrecken beschwor, sondern auch Gutes bewirkte. Ich schenkte ihm ein kleines Lächeln. Er nahm es nicht mehr wahr, weil er die zu Schlitzen verengten Augen auf Murtagh gerichtet hatte, als könnte er ihn allein mit einem zornigen Blick töten.

Olias schnaubte und baute sich vor dem Königstreuen auf. »Richtet dem König aus, dass seine Befehle nur ausgeführt werden können, wenn meine Raben vorbereitet sind!«

»Richtet es ihm selbst aus, wenn Ihr am Galgen steht, weil Ihr Euch widersetzt, Narr!«, knurrte Murtagh.

Olias machte einen Schritt vor und setzte an, seinen Unmut kundzutun.

»Genug!« Der Maester hob die Hand und brachte den Ältesten zum Verstummen. »Wenn der König ruft, erhören wir ihn«, erinnerte er den Lehrer seiner Schützlinge und verneigte sich vor den versammelten Raben. Ean und einige der älteren erwiderten die Geste, während Mór stocksteif stehen blieb und den leeren Blick mit erschreckender Klarheit auf Murtagh gerichtet hatte. Blut sammelte sich unter ihrer Nase. Was sie wohl sah?

Wie aus einem Mund antworteten Ean und die anderen: »Ehre dem König!« Cadan und ich stimmten nicht mit ein und verbeugten uns auch nicht. Ich fühlte mich nicht in der Lage, mich zu bewegen. Die Wärme, die Cadan mir kurz zuvor noch geschenkt hatte, erlosch, als er die Hand sinken ließ. Wir beobachteten, wie Murtagh umständlich das Siegel brach und die Rolle entfaltete. Das Pergament knisterte. Ich suchte Halt und fand ihn in der Umarmung meines eigenen Oberkörpers. Angespannt verfolgte ich jede seiner Bewegungen. Sein Blick huschte über die Zeilen, die darauf geschrieben waren.

»Der König appelliert an den Gehorsam der Gilde und ruft einen der euren zu sich«, verkündete er und hob den Blick. Mein Körper begann zu kribbeln, als er mich traf. »Aeryn Earraigh!«

KAPITEL 8

Ich hatte mich von Dobrins Leiche weggedreht und war gegangen, obgleich ich mir der Konsequenzen bewusst gewesen war. Wenn sich meine Entscheidung nur auf mich ausgewirkt hätte, so hätte ich meine Strafe willkommen geheißen. Doch wenn ich mich dem König widersetzte, wäre womöglich nicht ich diejenige, die leiden würde. Es würde meine Familie treffen.

Nachdem ich den Eid abgelegt hatte, hatte der König meiner Familie ein stattliches Haus in einem der wohlhabenderen Viertel zur Verfügung gestellt. Er zeigte sich den Eltern dankbar, die ihre Kinder in seine Obhut schickten. Ich musste an Giordyns Mutter denken, die ihren Sohn der Gilde um jeden Preis hatte überlassen wollen. Verdenken konnte ich es ihr nicht. Ein begnadetes Kind war in Beryll der einzige Weg, sich aus der Armut zu befreien. Doch wenn das Kind nicht zu einem gehorsamen Raben heranwuchs, schwebte seine Familie in tödlicher Gefahr.

Meine Hände zitterten, sodass ich sie zu Fäusten ballte, um meine Angst zu verbergen. Der König hatte mir mit einer Strafe gedroht. Nun würde ich sie empfangen, und ich hoffte, dass sie mich traf und nicht meine Familie.

»Aeryn«, wiederholte Murtagh. In seiner Stimme schwang der Hauch von Vorfreude auf etwas, das mich frösteln ließ. Ich regte mich nicht.

»Ich nehme ihren Platz ein!« Neben mir straffte Cadan die Schultern und trat vor. Fast konnte ich spüren, wie die Blicke der anderen von mir abließen und ihn durchdrangen. Doch es fühlte sich falsch an. Das konnte Cadan nicht tun.

Nein. Mein Einspruch formte sich in meinen Gedanken, aber ich war wie gelähmt und unfähig, ihn laut auszusprechen. Nein, er konnte sich nicht freiwillig melden. Nicht nach unserer gemeinsamen Nacht und nicht nachdem er in den letzten Tagen diese Mauer zwischen uns errichtet hatte, die mich an allem zweifeln ließ, was zwischen uns gewesen war.

Murtaghs Lippen kräuselten sich wie die Oberfläche eines Teiches, in den man einen Stein geworfen hatte. »Wie lautet dein Name?«

»Als ob du meinen Namen je vergessen könntest, nachdem ich es war, der dir die Nase gebrochen hat«, entgegnete Cadan herausfordernd. »Ich bin mir sicher, dass mein Name dich bis in deine Albträume verfolgt!«

»Tritt vor den König, wenn du Aeryn heißt!«

Neben dem Königstreuen schüttelte der Maester warnend den Kopf. Cadan beachtete ihn nicht. »Wenn es für seinen Befehl erforderlich ist, diesen Namen zu tragen, kannst du mich gern die nächsten Stunden so nennen.«

Vereinzelt erklang Gelächter. Auf Tyriqs Gesicht entdeckte ich einen Funken Anerkennung. Das Grinsen des Königstreuen wurde breiter als das einer Katze, die zum Sprung ansetzt, um eine Maus zu fangen.

»Ob dein Großvater sich auf seine alten Tage an deinen neuen Namen gewöhnen kann, *Aeryn?*« Die Frage klang fast beiläufig, aber die unterschwellige Drohung schwebte wie ein Echo über unsere Köpfe hinweg. Wie eine Maske fiel der überhebliche Ausdruck von Cadans Gesicht ab. Darunter kam blanker Hass zum Vorschein.

»Cadan«, murmelte ich. »Schon gut!«

»Ich versuche es noch einmal«, sagte Murtagh mit einem Zähnefletschen. »Aeryn?«

Mein Instinkt riet mir, zu fliehen, aber mein Verstand fesselte mich an den Boden. Selbst wenn ich es gewollt hätte, ich hätte mich keinen Schritt bewegen können.

»Nun geh schon, Aeryn«, zischte Tyriq mir zu, laut genug, dass auch alle anderen ihn verstehen konnten.

»Hör auf deinen Freund«, sagte Murtagh und rollte das Pergament endgültig zusammen, ein Zeichen, dass seine Geduld am Ende war.

Ich dachte an Dobrins leere Augen, an die Männer und Frauen, die ich in den letzten Jahren auf Geheiß des Königs getötet hatte, dachte an meine Familie, an Cadan, seinen Großvater und an meine Freunde. Dann straffte ich die Schultern und zwang mich, vorzutreten. Wieder spürte ich Cadans Hand zwischen meinen Schulterblättern. Ich erlaubte mir einen Blick zurück. Er nickte mir zu. Und wenn ich ganz genau hinsah, fand ich ein Lächeln, das an seinen Mundwinkeln zupfte. Gut verborgen, aber dennoch da. Nur für mich. Es schenkte mir Mut und bewog mich, auf den Königstreuen zuzugehen. Murmelnd wichen die anderen vor mir zurück. Mór streckte die Hand nach mir aus, eine Geste, die mir Trost spendete und mir ein wenig der Angst nahm. Meine Freundin würde mich nicht gehen lassen, wenn sie das, was mich bei dem König erwartete, als Bedrohung empfinden würde. Ich musste darauf vertrauen, dass sie wusste, was geschehen würde, und es für harmlos befand.

»Wir sehen uns später«, sagte ich leise zu ihr. Eine beiläufige Bemerkung, aber Mór verstand, was dahintersteckte.

Ihr Nicken linderte meine Angst. »Bis später!«

Die Sonne durchstieß die Wolkendecke, als wären ihre Strahlen Speere. Sie malte breite goldene Streifen auf den Sand, der unter meinen Füßen knirschte. Das war das einzige Geräusch, das ich hörte, denn Murtagh und der Maester hüllten sich in Schweigen, während sie mich aus der Arena führten.

Murtagh wählte einen Pfad, der unmittelbar zum Palast führte. Ich räusperte mich. Er warf einen ungeduldigen Blick über die Schulter, als er bemerkte, dass ich stehen geblieben war.

Ich zupfte an meinem Hemd, aus dessen Falten Sand rieselte. Mein Haar war zerzaust und ich roch nach Schweiß. »Ich kann unmöglich vor den König treten, wenn ich aussehe, als hätte ich mich im Dreck gewälzt«, sagte ich. »Ich sollte mich vorher frisch machen!«

Murtaghs kalte blaue Augen verengten sich und sein Blick wanderte über meinen Körper. »Der König wünscht nicht, mit dir zu Mittag zu essen«, knurrte er schließlich. »Es spielt keine Rolle, dass du aussiehst wie eines dieser Gossenkinder. Der König schickt nach dir. Diese Angelegenheit duldet keinen Aufschub!«

»Aber …«

Er hob die Hand und schnitt mir das Wort ab. »Keine Widerrede. Du tust, was man dir befiehlt. Und zwar in Robe, Lumpen oder gar nackt. Das ist mir gleich.« Er beendete die Diskussion, indem er weiterlief, und schnippte mit den Fingern, als wäre ich ein Hund, der seinem Herrn ergeben folgte. Wut keimte in mir auf. Aber ehe ich Worte finden und mich in größere Schwierigkeiten bringen konnte als die, in denen ich ohnehin schon steckte, legte der Maester eine Hand auf meine Schulter. Seine Miene war gelassen, aber seine Augen verrieten die Unruhe, die ihn umtrieb.

»Vergiss nicht, was wir besprochen haben«, mahnte er mich eindringlich und bohrte die Fingerkuppen in meine Haut, um seinen Worten Nachdruck zu verleihen.

Als ich nickte, ließ der Maester mich los und wich ein paar Schritte zurück. Mein Herz hämmerte hart gegen meinen Brustkorb und ich war außer Atem, als ich zu Murtagh aufschloss, obwohl ich mich kaum hatte anstrengen müssen, um ihn einzuholen. Die Wolken hatten sich während der Unterrichtszeit verzogen. Über uns spannte sich ein klarer Himmel, der mir angesichts dessen, was vor mir lag, unangemessen erschien.

Vor dem Tor, das das Gildengelände mit dem des Palastes verband, nahm Murtagh mir meine Waffen ab. Seine groben Hände, die mich nach verborgenen Messern abtasteten, verweilten einen Augenblick länger als nötig auf meinen Hüften. Auf seinem Gesicht lag ein gieriges Grinsen.

Mór hätte mich gewarnt. Meine Freundin würde nicht zulassen, dass sie mir etwas antaten. Oder doch? Ich hatte den König verraten. Den König, dem wir alle Treue geschworen hatten. Meine Gedanken zogen immer größere Kreise. Die Ungewissheit, was mich erwarten würde, war schrecklicher als meine Angst.

Der Weg über das schwer bewachte Palastgelände erschien mir endlos. Und doch verstrich die Zeit viel zu schnell. Denn als ich vor den verschlossenen Türen des Thronsaals stand, wusste ich noch immer nicht, wie man den König Avendalls um Gnade anflehte.

Mein Herzschlag übertönte das Hallen meiner Schritte auf dem polierten Boden. Vor dem Thron fiel ich in eine Verbeugung. Als ich mich erhob, sah ich meinem Schicksal in die Augen. Ich brauchte nicht Mórs Gabe, um zu wissen, dass ich in die Dunkelheit stürzen würde. Sie war längst über mich gekommen.

»Du siehst aus, als lägen ein paar harte Tage hinter dir.« Dorchadas' Worte heuchelten Besorgnis, aber ich hörte seine unterdrückte Genugtuung zwischen jeder einzelnen Silbe.

Der König saß aufrecht auf dem Thron, beide Hände auf die Lehnen gelegt. Das helle Haar passte nicht zu der Schwärze, die in seinem Blick lauerte.

»Das täuscht, Eure Majestät«, beschwichtigte ich ihn und bemühte mich um ein Lächeln. »Olias' Unterricht ist bisweilen anspruchsvoll. Gerade rang ich mit einem anderen Raben um den Sieg eines Zweikampfes, als mich Euer Diener abrief.«

»Wer war dein Gegner?«, wollte der König wissen. Die Frage schien beiläufig, aber sein Blick brannte auf mir, während er sie stellte. Er war eine Schlangenzunge, liebliche Worte, die jeden vergiften konnten, der sie hörte.

Ich presste die Lippen aufeinander, weil es mir widerstrebte, Cadans Namen vor dem König auszusprechen. Doch ich konnte dem Herrscher unseres Landes, dem zu dienen ich einen Eid geschworen hatte, keine Antwort verweigern, ohne eine Strafe fürchten zu müssen. Nicht nachdem ich bereits einen seiner Befehle verweigert hatte. »Es war Cadan Castair«, sagte ich nach einem kurzen Moment der Stille und hoffte, dass Cadan mir verzeihen mochte. Aber dann erinnerte ich mich daran, wie er mich in den letzten Tagen behandelt hatte. Wie Luft.

Dorchadas zögerte kurz. In seinen Augen blitzte etwas auf, das ich nicht zu benennen vermochte. »Wer hätte gewonnen?«

Ich suchte nach einer Falle in seinen Worten, nach dem Gift, das meinen schleichenden Tod bedeuten würde. Ich konnte es nicht finden. Also zuckte ich die Achseln und wählte meine Antwort mit Bedacht: »Es sah gut für mich aus, aber wenn Cadan von seiner Gabe Gebrauch gemacht hätte, hätte es womöglich noch anders ausgehen können.«

»Ich hörte von deinem Ehrgeiz, das, was deine Gabe dir im Kampf nicht bietet, mit Geschick wettzumachen. Dies ist eine Eigenschaft, der auch ich habhaft bin.«

»Ich danke Euch!« Mein Lächeln war nichts weiter als eine Maske, hinter der ich meine Angst verbarg. Ich wartete darauf, dass mir der König eine unsichtbare Klinge an die Kehle setzte und endlich verkündete, wie er mich für meinen Ungehorsam bestrafen würde. Das tat er nicht. Stattdessen gab er einer der Wachen ein Zeichen, die sich mit einer Verbeugung aus ihrer Starre befreite und auf den Thron zuschritt.

»Ich bat dich heute aus einem bestimmten Grund hierher«, sagte Dorchadas, obwohl wir beide wussten, dass er mich nicht gebeten hatte. Er hatte es mir befohlen und ich hatte keine andere Wahl, als zu gehorchen, weil er andernfalls meiner Familie etwas antun würde.

»Wie auch immer meine Strafe ausfallen mag, ich werde sie mit Würde annehmen«, versicherte ich ihm und kam mir nicht weniger wie eine Schlangenzunge vor.

Eine Braue des Königs zuckte und als er den Kopf schräg legte, rutschte seine schwere Krone vor. »Strafe?« Sanft klang das Wort auf seinen Lippen, süß wie Honig.

Ich schluckte. Hatte er etwa vergessen, was ich getan hatte?

»Sprich!«, forderte er mich auf, als ich nicht reagierte.

»Dobrin. Mein Versagen«, flüsterte ich, und trotzdem waren meine Worte in der Stille bis ans andere Ende des Thronsaals zu hören. Sie auszusprechen fühlte sich an, als hätte ich mein eigenes Todesurteil unterzeichnet.

Der König überraschte mich und winkte ab. »Würde ich jeden Untertan bestrafen, der meine Befehle mit Missachtung gestraft hat, würde ich über ein totes Land herrschen.«

Und doch entsandte er die Raben als Todesboten, forderte Leben um Leben.

»Warum bin ich hier, wenn nicht, um meine gerechte Strafe zu empfangen?«, fragte ich vorsichtig.

Der König winkte seinen Diener zu sich heran, dessen Rüstung leise quietschte, als er die Stufen zum Thron emporschritt. Mit seiner beringten Hand griff er in den Ausschnitt der Tunika und zog eine winzige Pergamentrolle hervor. Sofort erkannte ich das Königssiegel.

Ich brauchte nicht die Gabe der Vorsehung, um zu wissen, was nun geschehen würde. Wenn ich die Pergamentrolle entfaltete, würde ich darin einen Namen finden. Den Namen eines Todgeweihten. Ich würde auf die Jagd gehen, den Besitzer des Namens aus dieser Welt entfernen und mich wie nach jedem Mord ein wenig mehr hassen. Die Schuld, die ich auf mich laden würde, konnte ich schon jetzt deutlich spüren. Das war sie also, die Strafe, die Dorchadas sich für mein Versagen ausgedacht hatte. Er zwang mich, das zu tun, wobei ich zuletzt versagt hatte. Es war eine elegante Methode, eine Strafe und gleichzeitig auch nicht.

»Die Ausführung dieses Auftrages bedarf größter Verschwiegenheit«, sagte der König und wies seinen Diener an, mir die Schriftrolle zu überreichen. Ich nahm sie an mich. »Ich hoffe, dass du diesmal gewillt bist, meine Befehle zu befolgen.«

Da war sie, die messerscharfe Erinnerung an meinen Ungehorsam. Wenn das alles war, was der König dazu zu sagen hatte, so konnte ich durchaus damit leben. Ein weiterer Mord. Ein weiteres Stück meiner Seele, die ich für diesen Mann opferte. Doch Ekel und Reue würden vorübergehen und von den Gefühlen überlagert werden, die die Zukunft für mich bereithielt. Ich konnte das tun, ich konnte ihm dienen. Immerhin hatte ich den Eid abgelegt.

Also nickte ich.

»Dieser Auftrag ist von höchster Wichtigkeit.« Mit seiner Schlangenzunge verschleierte Dorchadas den Mordbefehl an einem seiner Untertanen. Auftrag. Das war es, was er mir mit auf den Weg gab. Und Mord war es, was ich in seinem Namen ausführte.

Meine Hände schloss ich fester um die Schriftrolle, bis das Pergament knisterte. Ich fragte mich, ob dieser Auftrag etwas mit dem omnipräsenten Wachpersonal zu tun hatte, das Dorchadas um die Palastmauern, am Eingang des Palastes und in den Korridoren abgestellt hatte. Meine Zunge klebte am trockenen Gaumen. Ich war nicht imstande, zu sprechen. Doch die Neugier wuchs. Nach wessen Tod verlangte der König? Mit den Fingern strich ich über das Siegel, ehe ich es brach. Ich entrollte das Pergament, in dessen Mitte ein einziger handschriftlich festgehaltener Name stand.

Cadan Castair.

KAPITEL 9

»Cadan«, flüsterte ich. Meine Stimme brach. Die Schriftrolle entglitt meinen zitternden Fingern. Blut rauschte in meinen Ohren und ich fühlte mich, als hätte Dorchadas mich aus dem Fenster den Steilhang hinabgestoßen: wie im freien Fall.

Ich tat einen Schritt, taumelte und der Boden unter meinen Füßen drohte zu kippen. Wie unter Wasser nahm ich ein Geräusch wahr und als ich bemerkte, dass sich die Lippen des Königs bewegten, wusste ich, dass er mit mir sprach. Ich kämpfte gegen den Sog der Tiefe an und hob den Kopf.

»Aeryn?« Dorchadas saß auf der äußersten Kante seines Throns und musterte mich aus verengten Augen. Keine meiner Reaktionen entging seinem Blick, dessen war ich mir bewusst.

Ich zwang mich, ihn anzusehen. Hob das Kinn. Straffte meine Schultern. Setzte eine gleichgültige Miene auf, hinter der ich meine tosenden Gefühle sorgfältig verbarg. Wie aus weiter Ferne hörte ich mich fragen: »Verzeiht mir, Eure Majestät. Was sagtet Ihr?«

Ein selbstgefälliges Grinsen zeichnete sich auf dem Gesicht des Königs ab. Es verschwand so schnell, wie es gekommen war, doch ich war Zeugin seiner Existenz geworden. Ein Schauer rann über meinen Rücken, als mich die Erkenntnis traf: Dorchadas spielte mit mir.

»Ich fragte mich, ob etwas mit dem Namen nicht stimmt«, entgegnete der König. »Es ist das erste Mal, dass du so blass wirst, wenn ich dir einen Befehl erteile.«

Mein Blick fiel erneut auf die geschwungenen Buchstaben, die Cadans Tod bedeuteten. Ausladende Lettern, schräge Schrift. Erschreckend, wie elegant ein Todesurteil sein konnte. Es war das erste Mal, dass ich mein Opfer näher kannte und sogar Gefühle dafür hegte. Ich schüttelte den Kopf, obwohl es mich meine ganze Kraft kostete.

»Es erscheint mir beinahe ironisch, dass du an diesem Morgen einen Kampf mit ihm ausgetragen hast«, meinte der König. »Nun bekommst du die Gelegenheit, ihn zu Ende zu bringen.«

Noch ironischer erschien es mir, dass ich jene Nacht mit Cadan verbracht hatte. Warum wünschte der König seinen Tod? Was hatte Cadan getan? Ich wagte nicht, danach zu fragen, denn tief in mir kannte ich die Antwort. Cadan war ein Ketzer. Als er mir die Geschichte über die Götter und die Sterne erzählt hatte, die Relikte eines uralten, längst verbotenen Glaubens waren, hatte ich gewusst, dass es Cadan den Kopf kosten würde, wenn er diese Dinge laut aussprach. Ich hatte ihn gewarnt, aber er hatte die Gefahr, in die er sich begab, wenn er seine Gedanken in Worte verwandelte, ignoriert.

»Wie ich bereits sagte: Ich weiß nicht, wer von uns beiden in einem Zweikampf als Sieger hervorgehen würde«, sagte ich.

»Einen Sieg erringt nicht derjenige, der reich an Muskeln ist, sondern derjenige, der stark im Geist ist. Kurz vor seinem Tode nützte es meinem Bruder nichts, dass er sich als guter Kämpfer hervorgetan hatte. Denn in dem Moment, da wir dem Hirsch gegenüberstanden, zählte nur eines.« Der König tippte sich sanft gegen die Stirn. »Mein Verstand rettete mich, während mein Bruder …« Er schüttelte den Kopf. »Du wirst gewinnen.«

Ich sprach es nicht laut aus, aber ich wusste, dass ich diesen Auftrag keineswegs siegreich beenden könnte. Wenn ich Cadan tötete, würde ich ihn verlieren. Weigerte ich mich, dem König zu gehorchen, würde Dorchadas die Menschen, die mir etwas bedeuteten, töten lassen. Meine Familie. Meine Freunde. Cadan. So oder so: Er war ein toter Mann. Die Frage war nur, wie viele Menschen mit ihm sterben würden.

Die Sonne schien, aber der Tag kam mir trüb und trostlos vor. Nachdem Dorchadas mich entlassen hatte, hatte Murtagh mich mit einem Grinsen zurück zur Gilde geleitet, als wüsste er, was im Thronsaal geschehen war. Meine Hände bebten, als ich meine Waffen im Gras auflas.

Ich würde Cadan töten.

Eher würde ich mich selbst töten, als Cadan etwas anzutun.

Ich würde ihn töten.

Ich würde es nicht tun.

Meine Gedanken tosten um mich herum wie ein Sturm. Sie rissen mich in eine Richtung, dann in eine andere. Ich war wie ein Rabe im Wind, den Naturgewalten ausgeliefert. Machtlos.

Was, wenn ich dem König gehorchte? Würde er dann als Nächstes von mir verlangen, Mairead oder Mór zu töten? War das die Strafe für meinen Ungehorsam? Oder steckte mehr dahinter, als ich in diesem Moment ermessen konnte?

»Die Zeit der Raben ist vorbei«, flüsterte mir Murtagh zum Abschied zu und strich mir mit einer beinahe liebevollen Geste über die Wange. Aber dort, wo er mich berührt hatte, brannte meine Haut wie Feuer.

Eine Weile stand ich auf der Anhöhe und blickte hinab auf die Gebäude der Gilde. Ich beobachtete die Schemen von mit Holzstöcken übender Raben. Das *Klonk* ihrer provisorischen Waffen, wenn sie aufeinanderprallten, hallte über die Dächer hinweg. Einer von ihnen war Tyriq, ich erkannte ihn an seinem ausgelassenen Lachen. Emma hüpfte um ihn herum und bellte seinen Gegner an. Es war Ean, der mit seiner Gabe kleine Flammen erblühen ließ. Ein Lächeln zupfte an meinen Mundwinkeln, doch ehe es sich auf meinem Gesicht ausbreiten konnte, brannten heiße Tränen auf meinen Wangen. Ich folgte dem unter meinen Füßen knirschenden Weg um eine Biegung, bis mich die Wachen am Tor zwischen Gilde und Palastgelände nicht mehr sehen konnten. Am Stamm eines knorrigen Baumes sackte ich unter der Last meiner Aufgabe zusammen.

Die strahlende Sonne hoch über mir empfand ich als blanken Hohn. Der Himmel sollte Cadans Todesurteil beweinen. Hagel, Regen und Sturm erschienen mir angemessen, doch keine einzige

Wolke trübte mehr diesen Tag. Um mich herum erwachte der Frühling. Vögel zwitscherten, Kinder lachten, Bienen summten. Beryll war voller Leben, während ich den eiskalten Atem des Todes allzu deutlich in meinem Nacken spüren konnte.

Ich starrte stumpf vor mich hin, ohne wirklich etwas zu sehen. Die Stunden verstrichen. Über mir neigte sich die Sonne immer tiefer, bis sie dicht über dem Horizont schwebte. Die Schatten wurden länger und Beryll tauchte in ein abendliches Licht. In der Ferne hörte ich den Gong, der Novizen und Raben zum Essen rief. Ich fragte mich, ob meine Abwesenheit Mairead, Mór und den anderen inzwischen aufgefallen war. Ich stellte mir vor, wie Mairead aus dem Fenster nach mir Ausschau hielt, dann zur Tür marschierte und den Gang nach mir ausspähte, während Mór mit auf der Brust gefalteten Händen im Bett lag und ganz genau wusste, was vor sich ging.

Ein überwältigendes Gefühl von Zorn regte sich in meinen Eingeweiden. Mór hätte mich warnen müssen. Sie war meine Freundin und hatte es nicht getan. Oder hatte sie geglaubt, es würde genügen, wenn sie mir von einer Dunkelheit erzählte, die nach mir griff? Inzwischen war es so schwarz um mich herum, dass ich nicht sehen konnte, wohin mich mein nächster Schritt führte.

Jedenfalls nicht zurück zur Gilde. Ich fürchtete mich davor, Cadan zu begegnen. Wie konnte ich ihm in die Augen sehen? Und was würde er in meinen lesen? Nein, in die Gilde konnte ich vorerst nicht zurück. Damit würde ich nur uns beide in Gefahr bringen. Der Befehl des Königs hatte mich zu einer Abtrünnigen gemacht.

Ich konnte nicht länger hierbleiben und riskieren, dass mich einer der Raben fand, obwohl ein kleiner, egoistischer Teil von mir sich genau danach sehnte. Schwerfällig stand ich auf und klopfte mir ein paar Halme vom Hosenboden. Hinter mir schien es, als hätte die untergehende Sonne den Palast in Brand gesteckt. Unwillkürlich wünschte ich mir, dass er tatsächlich bis auf seine Grundmauern niederbrennen würde. Erschrocken vor meinen eigenen Gedanken, machte ich das Zeichen des Königs, bat stumm um Vergebung und verließ das Gelände der Gilde. Jeder Schritt fühlte sich wie eine Flucht an. Falsch. Doch es gab keinen Weg zurück.

In den verwinkelten Straßen der Stadt glaubte ich mehr als einmal, Cadan zu sehen. Ich erkannte sein Profil unter der Kapuze eines Fremden, der einen Karren zog. Dann tauchte sein Gesicht in der Dunkelheit einer Nische zwischen zwei eng beieinanderstehenden Häusern auf. Selbst wenn ich die Lider schloss, sah ich ihn. Cadan beherrschte meine Sinne und spukte in meinen Gedanken.

Ich wählte Gassen abseits der gut besuchten Hauptstraßen und hoffte, niemandem aus der Gilde zu begegnen, solange ich nicht wusste, was ich tun würde.

Cadan töten.

Ihn nicht töten.

Meine Füße trugen mich zum Markt im Herzen der Stadt. Im schwindenden Tageslicht verrammelten die Händler nach und nach ihre Buden. Wo tagsüber das blühende Leben herrschte, vor ein paar Stunden noch laute Rufe und Geschwätz über den Platz gehallt waren, regierte nun eine eigentümliche Stille.

»Scher dich fort!«, zischte einer der Händler, als ich mich jenen Auslagen näherte, die er noch nicht in Kisten verpackt hatte. Mit dem zerzausten Haar und der schmutzigen Tunika sah ich aus wie ein Straßenkind. Hätte ich die Kleidung der Gilde und ihr Zeichen an meiner Brust getragen, hätte der Mann niemals gewagt, derart mit mir zu sprechen.

Um meine guten Absichten zu verdeutlichen, hob ich die Hände und wich ein paar Schritte zurück. Die Kiste, die mich im nächsten Moment zu Fall brachte, hatte ich nicht bemerkt. Ich stolperte, ruderte mit den Armen. Schrilles Gackern ertönte. Eine Wolke aus Federn und Staub stob um mich herum. Dann landete ich hart auf dem Boden und spürte gleich darauf einen scharfen Schmerz im Rücken. Hinter mir knackte etwas. Mir entfuhr ein Fluch, der jedoch ungehört blieb, weil über mir das Gejammer des Händlers losbrach, dem der Stand gehörte. Es mischte sich mit dem aufgeregten Gackern mehrerer Hühner, in deren Käfige ich gestürzt war. Eines der Tiere hatte sich befreit. Sein Flügelschlag traf mich überraschend hart im Gesicht.

»Du kleine Barbarin!« Über mir ragte ein Riese von einem Mann. Er hatte buschiges Haar und einen wilden Blick. Trotz seiner massigen Statur bewegte er sich erstaunlich flink und packte das entflohene Huhn. An den Füßen hielt er es hoch, während sich das Tier kreischend wehrte. Es ließ Federn und zappelte. Der Händler sperrte es zurück in seinen Käfig. Dann baute er sich vor mir auf und funkelte mich an. Finger, dick wie junge Baumstämme, schlossen sich unnachgiebig um meinen Arm und zerrten daran. Ich wehrte mich gegen seinen Griff, aber der Mann war stark. »Das wirst du bezahlen! Das wirst du bezahlen!«, grollte er und wies mit der freien Hand auf die Kiste, die ich umgestoßen hatte. Der Deckel war abgesprungen. Davor breitete sich eine Pfütze aus rohen Eiern aus.

»Das war nicht meine Absicht«, murmelte ich und versuchte erneut, mich von dem Händler zu befreien. Er hielt mich, als wäre ich eines seiner Hühner, und in seiner Hand musste ich auch so aussehen. Ich fand nicht die Kraft, mich zu wehren. Die hatte der König mir zuvor vollkommen geraubt.

»Ach nein? Der Schaden übersteigt die Einnahmen eines ganzen Tages«, knurrte der Mann und packte noch fester zu. »Dafür wirst du geradestehen!« Sein Gesicht war puterrot und glänzte wie die glibberige Masse der Eier auf dem Boden.

»Lass das Mädchen los, du Narr!«

Hinter uns ertönte eine schneidende Stimme, die das Gegacker der Hühner übertönte. Mir war sie unbekannt, aber die Röte verschwand von den Wangen des Händlers. Er ließ mich los.

Eine vom Alter gebeugte Frau humpelte auf uns zu. Unter den tiefen Falten um ihre Augen blitzte der Zorn hervor. Sie stützte sich auf einen Stock, doch als sie dem Händler damit ein paar gepfefferte Hiebe verpasste, schien es nicht, als wäre sie auf ihn angewiesen. »Weißt du eigentlich, wer das ist, du Dummkopf?«, schalt sie ihn.

»Wer soll das sein?«, knurrte der Mann und betrachtete mich mit zusammengekniffenen Augen. »Sie hat ein Allerweltsgesicht und ihre Kleidung wirkt auch nicht unbedingt, als würde darunter jemand stecken, dem man Respekt zollen sollte.«

»Sie ist ein Rabe«, sagte die Alte schlicht und sah mich mit einem selten gewordenen Ausdruck aus Ergebenheit und Ehrerbietung an. Vermutlich erinnerte sie sich an jene Zeiten, da die Gilde im gesamten Reich hohes Ansehen genossen hatte, ehe sie zur Marionette des Königs verkommen war.

Der Mann, der diese Zeiten offensichtlich nicht mehr in Erinnerung hatte, schnitt eine Grimasse. »Sie ist nichts weiter als ein Henker des Königs, der nach Belieben den Tod über unser Volk bringt.«

»Womöglich ist sie hier, um einem Ketzer wie dir die Kehle durchzuschneiden. Und alles, was dir wichtig ist, sind ein paar zerplatzte Eier.«

»Ich werde niemandem die Kehle durchschneiden!«, warf ich ein und bekräftigte meine Worte, indem ich die behandschuhten Hände hob.

Dann wandte sich die Alte an mich. »Ich muss mich für meinen Sohn entschuldigen. Man könnte meinen, er hätte nur Eidotter im Kopf.« Sie schnalzte mit der Zunge und wies auf die Pfütze am Boden.

»Was sagst du da?«, begehrte der Händler auf und lief erneut rot an. »Ob sie nun ein Rabe ist oder ein Huhn, das ist mir gleich. Sieh, was sie angerichtet hat!«

»Was erwartest du, wenn du die Kisten mitten auf der Straße stehen lässt!«, fauchte seine Mutter und drohte ihm erneut mit ihrer Krücke. Der Mann wich vor ihr zurück und schnitt eine Grimasse. »Mach deine eigene Dummheit nicht zum Schaden anderer!«

»Wen nennst du hier dumm?«

»Dich!« Die Alte schnaubte und drohte ihm erneut mit der Krücke. Zähnefletschend wich der Händler zurück, warf mir einen letzten wütenden Blick zu und machte sich daran, seine Kisten aufzustapeln.

»Ich wollte Euch keinen Schaden zufügen«, sagte ich, aber er schenkte mir keine Beachtung mehr.

»Früher war es mein sehnlichster Wunsch, den Eid abzulegen«, sagte die alte Frau und gewann damit meine Aufmerksamkeit.

»Ihr seid begnadet?«, horchte ich auf.

»Nicht genug, dass ich der Gilde damals mein Leben hätte schenken dürfen«, sagte die Alte mit leisem Bedauern. »Aber wenn ich es mir recht überlege, hätte ich Dorchadas nicht die Treue schwören können. Schon damals, als er gekrönt wurde, wusste ich, dass dieser König Unheil über unsere Stadt bringen würde. Und was ist geschehen?« Sie schnalzte mit der Zunge, wartete aber nicht auf meine Antwort. »Möchtest du einen Tee?«

Ich blinzelte, so sehr überraschte mich ihr Angebot. Ein Rabe war niemand, den man kurzerhand auf einen Tee einlud. Die Menschen fürchteten sich vor uns, unseren Gaben und unserer Nähe zum König. Doch in den Augen der Alten konnte ich keine Angst erkennen. Stattdessen fand ich darin die Neugier einer Frau, die die alten Zeiten noch nicht vergessen hatte.

Also willigte ich in ihre Einladung ein. Ich wusste ohnehin nicht, wohin ich gehen sollte. Fort von der Gilde. Das konnte überall sein. In einem verlassenen Haus, außerhalb der Stadt oder in der Stube der Frau. Die tiefen Falten ihres Gesichts gerieten in Bewegung, als sich ihre Lippen zu einem breiten Lächeln verzogen. »Eine andere Antwort hätte ich auch nicht akzeptiert«, bemerkte sie.

»Nenn mich Caoimhe«, sagte die Alte, als sie mich in eine windschiefe Kate führte.

»Es freut mich, Euch kennenzulernen, Caoimhe«, erwiderte ich und meinte es ehrlich. »Ich heiße Aeryn.«

Caoimhe winkte ab. »Warum so förmlich, Mädchen? In diesen vier Wänden gibt es keine Etikette und keinen Gehorsam. Glaub mir, bei meinem Sohn habe ich mein Bestes gegeben, aber du siehst ja, wo es hingeführt hat.«

»Er war zornig, weil ich ihn um die Einnahmen eines Tages gebracht habe«, nahm ich ihn in Schutz. Das schlechte Gewissen überkam mich. Die Kate, in der Caoimhe und ihr Sohn lebten, sah aus, als könnten sie die Einnahmen vom Markt gut gebrauchen.

»Carson hat maßlos übertrieben«, behauptete die Alte und schenkte mir ein zahnloses Lächeln. »Mach dir keine Gedanken darüber.« Sie setzte Teewasser auf und bot mir den Platz auf einem Sessel an, der eine Staubwolke ausspie, als ich mich darauf niederließ. Sie selbst setzte sich auf einen dreibeinigen Schemel vor der Feuerstelle, auf der sie das Wasser erhitzte. Dampf kringelte sich über seiner Oberfläche und waberte in dem spärlich eingerichteten Raum.

»Es gab eine Zeit, da glaubten meine Eltern, ich sei wie du«, erzählte sie. »Begnadet. Das wünschen sich alle Mütter und Väter aus diesem Teil der Stadt für ihre Kinder.«

»Ich weiß«, sagte ich leise. »Mein Elternhaus liegt nur wenige Straßen von hier entfernt.«

Caoimhe nickte wissend und strich sich eine Strähne weißen Haars zurück, als sie sich über den dampfenden Kessel beugte. »Sie erhoffen sich eine bessere Zukunft für ihre Kinder. Und für sich selbst.« Sie lachte rau. »Meine Eltern waren schwer enttäuscht, als sich herausstellte, dass ich nicht begnadet war, sondern einfach sehr sensibel gegenüber meinen Mitmenschen. Weißt du, warum ich dir das erzähle?«

Ich schüttelte den Kopf. Caoimhe nahm eine Kelle und füllte zwei Becher mit Tee. Einen davon reichte sie mir. »Diese Fähigkeiten habe ich mein ganzes Leben lang geschult. Und auch wenn sie nicht magischer Natur sind, so sind sie durchaus nützlich.« Sie beugte sich auf ihrem Schemel vor und berührte mit einer schwielenbesetzten Hand mein Kinn. »Ich sah dich, wie du heute Abend über den Markt gestreunt bist wie ein verlorenes Kätzchen, und wusste, dass du eine Tasse Tee gegen die Sorgen vertragen könntest, die dich umtreiben.«

Ich konnte ihre Berührung nicht länger ertragen und wich zurück. Dann gab ich vor, an meinem Becher zu nippen. Der Tee war viel zu heiß und ich verbrannte mir meine Zunge. Tränen schossen mir in die Augen und ich blinzelte sie fort. Caoimhe tätschelte mir das Knie.

»Schon gut, du musst nicht weinen«, sagte sie.

Ich machte mir nicht die Mühe, sie darauf hinzuweisen, dass es nicht der Kummer war, der mich zum Weinen brachte. Denn meine Tränen tropften unaufhörlich weiter. Auch als der Schmerz der verbrannten Zunge längst verebbt und nur noch ein pelziges Gefühl zurückgeblieben war.

»Du kannst einfach hier sitzen und deinen Tee trinken. Oder du erzählst mir, was dich quält.«

»Ich darf nicht darüber sprechen«, brachte ich hervor. »Mit niemandem.«

»Gilt das auch für eine alte Frau niederen Standes?«, fragte Caoimhe. »Mein ganzes Leben lang war ich unsichtbar für jene, die sich in teure Stoffe kleiden und im Schatten des Palastes leben.«

»Ich möchte dich nicht in Gefahr bringen«, sagte ich eindringlich.

»Mein Leben ist beinahe verwirkt«, sagte Caoimhe. »Für mich gibt es keine Gefahren mehr, die es bedrohen könnten.«

»Wenn du dich da nicht täuschst«, seufzte ich und starrte auf die trübe Oberfläche meines Tees. »Es gibt viele Arten von Gefahren. Eine davon wäre sicher, dir einen Dolch an die Kehle zu halten. Eine andere wäre, ihn auf deinen Sohn zu richten.«

Der Schleier des Dampfes lag zwischen uns, aber ich war sicher, in Caoimhes Augen Erkenntnis zu begegnen. »Im Leben ist nichts geschenkt. Es wundert mich nicht, dass die Güte des Königs gegenüber den Eltern der Raben an Bedingungen geknüpft ist. Der Preis, den Eid abzulegen, ist hoch, nicht wahr?«

Eine Antwort auf diese Frage erschien mir ungefährlich, eigentlich konnte Caoimhe sie sich auch selbst beantworten. Also nickte ich knapp.

»Im Grunde genommen stutzt der König seinen Raben die Flügel.«

»Er beherrscht unsere Leben«, gestand ich dem Tee, denn ich brachte nicht die Kraft auf, Caoimhe anzusehen. Ich beneidete sie darum, dass sich ihre Gabe damals als Irrtum herausgestellt hatte und ihr ein Leben in Gefangenschaft erspart worden war. Wäre es mir ähnlich ergangen, hätte ich mein Herz niemals an Cadan verloren und müsste ihn nicht töten. »Der König verlangt einen Dienst von mir, den zu erbringen mir unmöglich ist.«

»Dorchadas verlangt von uns allen Dinge, die wir nicht erbringen können«, seufzte Caoimhe. »Er verlangt von uns unmenschliche Steuern, bis wir gezwungen sind, wie die Tiere im Dreck zu hausen, und behandelt uns auch nicht anders als solche. Uns, sein Volk. Er mag zwar unser König sein, aber unserer Anbetung ist er nicht würdig.«

Mein Herz schlug schneller. Ihre Worte erinnerten mich an Cadan und die Schwierigkeiten, in denen er nun steckte. Ich flüsterte: »Das ist Hochverrat!« Der nächste Name des Menschen, den zu töten der König mir auftragen würde, sollte nicht Caoimhe lauten.

»So wie ich das sehe, musst du dich entscheiden, Kind, wen du verraten willst: deinen König oder dich selbst!«

»Das ist nicht so einfach«, widersprach ich, aber Caoimhe schüttelte den Kopf.

»Es ist einfach, solange du auf dein Herz hörst!«

KAPITEL 10

Caoimhes Rat war banal, aber so einfach war es nicht. Mein Herz wollte meine Familie schützen und gleichzeitig wollte es Cadan um keinen Preis der Welt töten.

In dieser Nacht kehrte ich nicht in die Gilde zurück. Ich schlief auf dem bequemsten Stück Boden, das ich in Caoimhes Haus finden konnte, und rollte mich unter einer zerlumpten Decke zusammen. Als das Feuer fast niedergebrannt war, öffnete sich die Tür und die riesenhafte Gestalt Carsons zwängte sich hinein. Unter dem Arm trug er einen Käfig, darin gackerte ein Huhn. Er knurrte unwillig, als er mich auf dem Boden entdeckte, aber ich gab vor zu schlafen, und er ließ mich in Frieden.

Die Stunden bis zum Morgengrauen währten ewig. Mein Rücken schmerzte. Cadan und der König verfolgten mich bis in meine Träume, die blutgetränkt und vom Tod überschattet waren. Ständig wachte ich auf und stellte fest, dass sich noch immer ein pechschwarzes Firmament über Beryll ausdehnte. Das Porträt des Königs beobachtete mich.

Sobald die ersten Sonnenstrahlen durch die Vorhänge fielen, verließ ich mein Lager, entzündete ein Feuer und setzte Wasser auf, das ich aus einer Regentonne draußen vor dem Haus schöpfte.

»Du siehst aus, als hättest du in dieser Nacht kein Auge zugetan«, begrüßte Caoimhe mich. Carsons Huhn gackerte zustimmend. Sein Käfig stand auf dem Esstisch, darum herum lagen lose Federn verteilt. Mit einem Handgriff las Caoimhe sie auf. Dann legte sie sich eine Schürze um und stellte ein paar Schüsseln neben den Käfig.

Ich hob die Brauen, betrachtete das Huhn und die Schüsseln. »Das wird doch nicht unser Frühstück?«

»Bridget?« Caoimhe lachte rau. »Carson würde eher mich in die Suppe werfen als dieses Tier. Sie ist seine Lieblingshenne, legt die dicksten Eier und lebt inzwischen mit uns im Haus.«

»Wehe, du rührst Bridget an!« Auf einmal stand Carson im Raum und sah mich unter seinen wuchernden Brauen anklagend an, als hätte ich vorgeschlagen, seine Henne zu rupfen. Schützend nahm er den Käfig in seine massigen Arme und murmelte dem Huhn beruhigende Worte zu. Bridget gackerte. Sie pickte nach Carsons Finger.

Statt Hühnchen gab es einen undefinierbaren Brei aus Hafer und Wasser zum Frühstück, der mich an das einfache Mahl erinnerte, das meine Mutter meinen Schwestern und mir morgens bereitet hatte. Er hatte kaum Geschmack, sättigte aber für ein paar Stunden.

Es war mir unangenehm, auch noch mit Caoimhe und Carson zu essen. In der Gilde war ich gut versorgt, aber die beiden hatten kaum etwas zum Leben und teilten es trotzdem mit mir. Weil Caoimhe darauf bestand, aß ich ein paar Löffel und gab vor, keinen Hunger mehr zu haben.

»Ist dir wohl nicht fein genug«, brummte Carson und sah mich finster an. Ich fragte mich, ob er durch die tiefen Höhlen, in denen seine Augen lagen, und die buschigen Brauen immer so aussah, oder ob er mich einfach nicht mochte. Vermutlich ein bisschen von beidem.

Ich legte meinen Löffel nieder und zwang mich zu einem Lächeln. »Ich danke euch für eure Gastfreundschaft«, sagte ich und fügte mit einem Blick auf den grimmigen Händler hinzu: »Wobei ich wohl nicht in den Genuss gekommen wäre, wäre es nach dir gegangen, nicht wahr, Carson?«

»Bestimmt nicht«, knurrte er, beugte sich über den Tisch und schnappte sich meine kaum angerührte Schale. Dann setzte er sie an die Lippen und leerte sie in einem Zug.

»Ich bitte dich, Carson«, schnappte Caoimhe und knallte die flache Hand auf den Tisch. Empört breitete Bridget die Flügel aus, schlug gegen ihren Käfig und gackerte schrill. Wut loderte in

Caoimhes Augen, die erlosch, als sie sich an mich wandte. »Du bist hier jederzeit wieder willkommen, Aeryn. Es war mir eine Freude, dich kennenzulernen.«

»Die Freude war ganz meinerseits«, erwiderte ich und meinte es ernst. In Caoimhes Haus hatte ich der Wirklichkeit für ein paar Stunden entfliehen können. Und auch wenn ich noch nicht herausgefunden hatte, welchen Weg ich einschlagen würde, hatte ich doch genug Kraft gesammelt, um mich ihr nun zu stellen.

»Was wirst du jetzt tun?«, fragte die alte Frau und begleitete mich hinaus.

Die kalte Luft des Morgens belebte meine Sinne und brannte in meinem Brustkorb. »Ich weiß es nicht«, gab ich zu und ließ den Blick über die vom Nebel verhangenen Dächer schweifen. Der Schleier aus Silber und Tau verbarg die Türme des Palastes und gab mir ein Gefühl von fadenscheiniger Sicherheit.

»Gib gut auf dich acht«, sagte Caoimhe und nahm mein Gesicht in beide Hände, »und vergiss nicht, was ich dir gesagt habe.«

»Das werde ich nicht«, versprach ich ihr, ehe ich mich von ihr löste und auf die Straße trat. In den letzten schlaflosen Stunden hatte ich reichlich Zeit gehabt, mir zu überlegen, was es als Nächstes zu tun gab. Ich hatte nicht vor, Cadan einen Pfeil in den Rücken zu schießen. Noch nicht. Erst musste ich herausfinden, ob mehr dahintersteckte als seine ketzerischen Geschichten über alte Götter.

Und dazu musste ich ihn finden.

Es war eine Sache, einen gewöhnlichen Bürger zu verfolgen, aber eine ganz andere Herausforderung, Cadan zu beschatten. Er war wie Rauch, den ich mit bloßen Händen zu fassen versuchte. Ein unmögliches Unterfangen.

Das Gelände der Gilde war abschüssig und bot an einigen Stellen durch dichte Büsche und knorrige Bäume hervorragende Deckung. Zwei Stunden lang lag ich unter einem Strauch und beobachtete, was sich zwischen den Toren und dem dahinterliegenden Platz abspielte. Tyriq drehte mit Emma eine Runde. Die Hündin kläffte einen Mann an, der einen schwer bepackten Esel hinter sich herzog. Das Tier iahte und stemmte sich gegen den Strick um seinen Hals. Ich musste schmunzeln, als Tyriq dem Mann erklärte, er sollte seine Habe selbst tragen, anstatt das arme Tier damit zu quälen. Ich widerstand dem Impuls, mein Versteck zu verlassen und ein paar Worte mit ihm zu wechseln. Stattdessen wartete ich, bis er und Emma verschwunden waren. Von Cadan gab es keine Spur, obgleich er sich tagsüber häufig in der Stadt aufhielt und jenen Geschäften nachging, die ihm König oder Maester auftrugen.

Die Zeit zog sich und die schlaflose Nacht auf dem Boden in Caoimhes Wohnzimmer rächte sich. Meine Augen fielen zu und ich kämpfte gegen den Sog der Müdigkeit an. Er ließ jedoch schlagartig nach, als sich hinter mir jemand näherte.

»Lass das bloß niemanden sehen, sonst schmeißen sie uns noch raus!«

Ein Kichern, dann eine gequälte Stimme: »Das würden sie doch nicht tun, oder?«

Vier Novizen steuerten ausgerechnet die Büsche an, unter denen ich mich verkrochen hatte.

»Du weißt genau, dass wir die Gabe nicht außerhalb des Unterrichts verwenden dürfen. Wenn sie uns erwischen, bekommen wir Ärger.«

»Niemand wird uns erwischen!«

Ich wandte meinen Kopf, bis ich die Novizen erkennen konnte. Es waren Bonnie, Fiona, Ninian und Padraig, die man stets als Quartett antraf. Obwohl sie kaum mehr als zwölf Jahre zählten und damit jünger waren als Giordyn, waren sie seit zwei Jahren vereidet. Ich kannte sie nur flüchtig, denn den Alltag bestritten Novizen und Raben getrennt voneinander. Dennoch hatte ich schon von Fionas Gabe gehört, den Wind zu rufen. Um mich herum raschelten die Blätter, die Umhänge der Novizen bauschten sich auf und ich begriff, dass ich unfreiwillige Zeugin wurde, wie Fiona Unerlaubtes tat. Sie beschwor einen Windstoß von solcher Kraft, dass er den protestierenden Padraig von den Beinen riss. Als er unsanft auf seinem Hinterteil landete und laut stöhnte, musste ich ein Kichern unterdrücken, indem ich mir eine Hand vor den Mund presste.

»Was war das?«, fragte Ninian, der kleinste unter ihnen. Er hatte flachsblondes Haar und rosige Wangen.

»Was war was?«, entgegnete Bonnie. Von ihrem Haaransatz über die Braue hinweg zog sich eine rot schimmernde Narbe und entstellte ihr kindliches Gesicht.

»Ich habe etwas gehört.«

»Du hörst immer etwas«, neckte Fiona ihn. Sie mochte recht haben, denn Ninians Gabe war ein überaus feines Gehör. Und ich begriff, dass es mir zum Verhängnis werden würde, als er sich dem Busch näherte, unter dem ich mich versteckt hielt.

Als Ninian mich erblickte, machte er einen erschrockenen Satz zurück. »Da ist etwas!«, rief er. Padraig wagte sich vor und schob ein paar Äste beiseite, bis er mich erkannte.

»Du bist Aeryn«, bemerkte er mit gerunzelter Stirn. »Was machst du da?« Sein Blick glitt über meine ungewöhnliche Erscheinung, während ich unter den Ästen hervorrobbte. Ich spürte auch die Blicke der anderen Kinder auf mir.

»Ich verrate niemandem, dass ihr eure Gaben ohne Aufsicht gebraucht, wenn ihr nicht verratet, dass ihr mich hier gesehen habt«, schlug ich ihnen vor und zupfte mir ein paar Blätter aus den Haaren.

Die Novizen zögerten und sahen einander verunsichert an, bis Fiona vortrat. »Einverstanden!«

Inzwischen hatte sich der Nebel verzogen. Das Gelände der Gilde ragte über den umstehenden Häusern auf, darüber funkelten die Zinnen des Palastes. Es galt nun, meine Frage beiläufig zu stellen, ohne sie unbedeutend klingen zu lassen. Ich schenkte den Novizen ein schmales Lächeln. »Ich suche jemanden«, sagte ich und tastete mich vor, »vielleicht könnt ihr mir weiterhelfen.«

Neugierde blitzte in den Augen der Kinder auf. Bonnie und Fiona tauschten einen Blick, wie ich es mit Mairead getan hätte. »Wen suchst du denn?«, wollte Fiona wissen.

»Einen Freund«, sagte ich langsam, »vielleicht kennt ihr ihn. Großgewachsen, weißblondes Haar und eine grimmige Miene.«

»Oh!« Bonnie stupste Fiona mit dem Ellbogen an. Die Mädchen kicherten. »Du meinst Cadan!«

Natürlich kannten sie seinen Namen. Cadans Ruf eilte ihm voraus. Wobei sein Aussehen in diesem Fall vermutlich eine nicht minder bedeutende Rolle spielte. Ich setzte eine undurchsichtige Miene auf und nickte. »Habt ihr ihn heute schon gesehen?«

»Nein«, antwortete Fiona mit leisem Bedauern in der Stimme.

»Ich schon«, sagte Ninian und trat vor. »Nach dem Frühstück ist er mir auf dem Weg zur Arena begegnet. Das ist ein paar Stunden her. Sicher ist er längst woanders.« Ich zwang mich zu einem Lächeln und winkte ab.

»So wichtig ist es nicht«, meinte ich und ging ein paar Schritte rückwärts, denn in diesem Moment war mir eine Idee gekommen. »Ihr solltet eure Gaben wirklich nicht ohne Aufsicht benutzen«, erinnerte ich sie.

Die Novizen neigten die Köpfe, dann wandten sie sich um und rannten über die Wiese von dannen. Ich verharrte einen Moment dort, wo ich stehen geblieben war, bis sie verschwunden waren.

Ich kannte Cadan. Oder zumindest hatte ich geglaubt, ihn zu kennen, bis er eine Maske gegen eine andere getauscht hatte. Ich vermochte nicht zu sagen, welche davon echt war. Meine Gedanken wanderten zu der Nacht auf der Lichtung, in der ich ihm so nah wie nie zuvor gekommen war. Mein närrisches Herz klopfte bei der Erinnerung an seine Lippen auf meinen und ich fragte mich, ob ich dem echten Cadan je begegnet war. Wer war er, dass der König seinen Kopf forderte?

Selbst wenn ich Zweifel hatte, den echten Cadan je kennengelernt zu haben, so wusste ich nach vielen gemeinsamen Jahren im Dienst der Gilde um seine Gewohnheiten.

Ich kam mir wie eine Verräterin vor, als ich die Tür zu dem Badehaus aufstieß und von einer wabernden Dampfwolke eingehüllt wurde. Mit einem Nicken begrüßte mich der diensthabende Bader und wies mir ein Becken zu. Ich schenkte ihm ein Lächeln, obwohl mir vor Aufregung das Blut in den Ohren rauschte und ich kein Wort von dem verstand, was er zu mir sagte.

Das Badehaus war gut besucht, nachdem der Unterricht am Vormittag stattgefunden hatte. Leises Gemurmel mischte sich mit dem sanften Plätschern von Wasser. Ich hielt mich im Schutz der Arkaden, die sich entlang der Wände spannten und das gewölbte Dach trugen. In einem der mittleren Becken erkannte ich Mairead, die sich mit geschlossenen Augen im Wasser treiben ließ. Instinktiv sah ich mich nach Mór um, die Einzige, die mein Vorhaben vereiteln könnte. Doch in dem dichten Dampf konnte ich sie nirgends erkennen. Ich lief weiter, suchte mit den Augen jedes Becken ab. Schweiß rann über meinen Rücken. Alsbald strömte er über meine Schläfen und tränkte meine Tunika.

Und dann erhaschte ich einen Blick auf einen weißblonden Schopf, der im Wasser eines der hinteren Becken trieb. Ich schob mich in den Schutz einer breiten Säule und spähte an ihr vorbei. Im nächsten Moment war Cadan verschwunden. Ich blinzelte und versuchte angestrengt, das Halbdunkel zu durchdringen. Dann tauchte sein Kopf aus dem Wasser auf. Wie von flüssigem Silber überzogen glänzten sein Haar und der Streifen nackter Haut, der über die Oberfläche ragte. Als Cadan ein paar Schwimmzüge tat, spannten sich seine Muskeln. Wie gebannt beobachtete ich das Schauspiel. Ich war unfähig, mich abzuwenden. Mein Körper war wie erstarrt und reagierte auf seinen Anblick mit einem Kribbeln in der Magengrube, das mich an jene Gefühle erinnerte, die mich in der Nacht auf der Lichtung bewegt hatten. Ich fragte mich, wie sich seine Haut unter meinen bloßen Händen anfühlen mochte, und krampfte meine Finger zusammen, denen eine direkte Berührung so gut wie fremd war.

Wasser schwappte, als Cadan sich im Becken drehte und in meine Richtung sah. Ich duckte mich hinter die Säule und wartete ein paar Herzschläge, in denen ich auf ein Zeichen lauschte, dass er mich entdeckt hatte. Als ich sicher war, dass er mich nicht gesehen hatte, trat ich den Rückzug an. Im Schutz des Halbdunkels schlich ich durch das Gewölbe und verließ das Badehaus. Sobald die Wärme des Wasserdampfes von mir abließ, fröstelte ich. Der Wind kam mir ungewöhnlich kalt auf der Haut vor. Ich suchte mir ein geschütztes Versteck in halbhohem Buschwerk und wartete darauf, dass auch Cadan das Badehaus verließ.

Meine Zähne klapperten, als er endlich mit geröteten Wangen und feuchtem Haar ins Freie trat. Er hatte die dunklen Gewänder der Gilde angelegt, lange Hosen, die in halbhohen Stiefeln steckten, ein dunkles Leinenhemd und einen Brustharnisch aus weichem Leder. Ein langer Umhang mit dem Zeichen der Gilde hüllte seine Gestalt ein. Halbmondförmige Epauletten verliehen ihm eine markante Silhouette.

Dass er Letztere ebenfalls trug, konnte nur eines bedeuten: Cadan würde ausziehen, um seine Pflicht als Rabe zu erfüllen.

Mir schnürte sich die Kehle zu, als ich begriff, dass ich ihm womöglich dabei zusehen musste, wie er jemanden tötete. Wollte der König ihn etwa in Sicherheit wiegen, bis ich sein Leben beendete? Ich verließ mein Versteck und folgte Cadan durch das Tor hinaus in die Stadt. Um den Umhang, der hinter ihm herwehte, beneidete ich ihn, aber schon bald sorgten Cadans große Schritte dafür, dass mir warm wurde.

Ich fragte mich, welchen Namen der König Cadan gegeben hatte. Als ich an den Moment zurückdachte, da ich die Pergamentrolle entfaltet und begriffen hatte, wen ich als Nächstes töten würde, wurde mir erneut eiskalt. Vor ein paar Tagen noch hatte ich meinen Kopf auf Cadans Brust gebettet, heute sollte ich ihm eine Klinge hineinrammen. Ich folgte Cadan, um Zeit zu schinden, aber ich wusste, dass mich am Ende genau das erwarten würde. Ich war dazu verdammt, den Mann zu töten, zu dem ich mich hingezogen fühlte. War das die Dunkelheit, in die Mór mich hatte stürzen sehen? Würde mich Cadans Tod zerstören?

Angst brannte in meinen Eingeweiden und ich verlangsamte meine Schritte, wollte Cadan verlieren und das schreckliche Ende meines Auftrags hinauszögern. Doch dann beobachtete ich, wie er über eine breite Brücke schritt, die in die Purpurstraße führte.

Im Namen des Königs hatte ich viele Männer getötet. Enge Untergebene, wie Dobrin es gewesen war. Aufrührer, die unter den Armen für Unruhen sorgten. Kaufmänner, die den König um Steuern betrogen. Deshalb stutzte ich, als Cadan jene Straße betrat, in der die Familien der Königstreuen lebten, jenes engsten Kreises um unseren

Herrscher. Nie zuvor hatte ich davon gehört, dass er einen von ihnen hatte töten lassen.

Die Standarte des Königs säumte den Eingang der Straße, rote Blumen flankierten sie links und rechts. Der Abstand zwischen den Wohnhäusern war nirgendwo in der Stadt so groß wie in dieser Straße, die so breit war, dass zwei Kutschen bequem nebeneinander vorbeifahren konnten. Ich ließ mich zurückfallen. So belebt Beryll auch war, so leer war die Purpurstraße. In einem Vorgarten schnitt ein Diener eine Hecke, sonst begegneten wir niemandem.

Vor einem stattlichen Haus mit heller, in der Sonne leuchtender Fassade blieb Cadan stehen. Er griff in die Innentasche seines Umhangs und zog eine Pergamentrolle hervor, die derjenigen, die sein Todesurteil gefällt hatte, zum Verwechseln ähnlich sah. Er entrollte sie und weckte in mir den dringlichen Wunsch zu erfahren, welcher Name darauf geschrieben stand. War es der Name des Hausherrn? Oder der eines seiner Diener? Cadan rollte das Pergament wieder zusammen und ließ es verschwinden. Dann rieb er sich mit einer erschreckend verletzlichen Geste über die Augen, ehe er den Weg zum Haus entlanglief. Seine Schritte waren schwerer, als kostete ihn jeder einzelne davon Überwindung. Mit angehaltenem Atem beobachtete ich im Schutz eines riesigen Baumes, wie Cadan an der Tür läutete, als würde er dem Hausherrn beim Abendessen Gesellschaft leisten und ihn nicht töten wollen.

Eine Dienerin mit weißem Häubchen öffnete und es dauerte nicht lange, da verschwand Cadan in dem Anwesen. Ich wartete. Gerade als ich mir sicher war, dass er nicht allzu schnell zurückkehren würde, nahm ich aus dem Augenwinkel eine Bewegung wahr. Bewaffnete Königstreue tauchten in der Straße auf und postierten sich um das Haus. Mein Magen krampfte sich zusammen und mich überkam eine dunkle Vorahnung. Cadan war in Gefahr. Fast hätte ich laut aufgelacht.

Natürlich war er das.

Die Königstreuen zogen immer enger werdende Kreise um das Anwesen, in dem er verschwunden war. Ich verließ mein Versteck und wagte mich weiter vor, bis ich mich in den Schutz einer vorspringenden

Mauer vor unerwünschten Blicken retten konnte. Dann tat ich es den Königstreuen gleich und starrte das Haus gegenüber an. Nichts geschah. Die Zeit verstrich und die Minuten wurden länger.

Ich fragte mich schon, ob Cadan nicht durch einen Hinterausgang geflohen war, als ein Schrei ertönte. Es klang, als würde etwas Großes zu Boden fallen, dann ertönte das Klirren von Scherben. Im Innern des Hauses fand ein Kampf statt. Obwohl die Königstreuen angestrengt zu lauschen schienen, waren sie wie zu Statuen erstarrt. Selbst als sich die Haustür öffnete und jene Dienerin kreischend die Flucht ergriff, die Cadan zuvor eingelassen hatte, regte sich keiner von ihnen.

Viel zu spät begriff ich, dass das eine Falle war.

Cadan trat ins Freie, das Haar zerzaust und mit blutiger Wange. Ich musste gegen den Impuls ankämpfen, mein Versteck zu verlassen und ihn zu warnen. Im nächsten Moment gab einer der Königstreuen den anderen Männern ein Zeichen.

Sie skandierten den Schlachtruf des Königs: »Durch Sturm und Tod dem König! Durch Sturm und Tod dem König!« In geschlossener Formation griffen sie an. Stahl blitzte in der Spätnachmittagssonne auf. Schreie zerrissen die friedliche Stille. Die Purpurstraße verwandelte sich in den Schauplatz eines Kampfes auf Leben und Tod.

Ich zog mein Schwert, doch an diesem Tag schien mich sein Gewicht zu Boden zu ziehen. Wie erstarrt beobachtete ich Cadan, der wie ein dunkler Schatten zwischen den Königstreuen umherfegte. Er schwang seine Waffe und wehrte seine Angreifer ab. Wann immer er einen von ihnen zu packen bekam, benutzte er seine Gabe. Er machte jene Männer, die Seite an Seite kämpften, zu erbitterten Gegnern, die einander bis aufs Äußerste attackierten. Meine Angst, dass Cadan überwältigt wurde, war ebenso groß wie die, dass er überlebte.

Reglose Körper säumten den Weg hinauf zu dem Anwesen. Vier Gegner hatte Cadan bereits mithilfe seiner Gabe ausgeschaltet, drei umkreisten ihn, als wollten sie ihn zum Tanz auffordern. Und in gewisser Weise taten sie das auch. Ihre Bewegungen waren wie einstudiert. Gleichzeitig rückten sie vor und drängten Cadan immer weiter zurück, dessen Schritte langsamer, schwerfälliger wurden. Ein wütender Schrei gellte gen Himmel. Blut spritzte.

Und dann war der Kampf vorbei. Denn im nächsten Moment nahmen die Königstreuen ihre Waffen und töteten einander gegenseitig. Mit einem dumpfen Geräusch landeten ihre Körper auf dem Boden. Cadan stand da und starrte sie an. Als er zu begreifen schien, was geschehen war, wirbelte er herum und floh mit wehendem Umhang über die Purpurstraße. Ich wollte ihm folgen, konnte es aber nicht. Meine Angst lähmte mich und meine Beine verweigerten mir den Gehorsam. Blut sickerte in schmalen Rinnsalen über die Pflastersteine, bis sich eine Pfütze bildete. Ich sah hinein und entdeckte darin die Spiegelung eines Mannes. Er trat aus dem Haus, in dessen Vorgarten das Blutbad angerichtet worden war. Sein Blick glitt über die toten Männer. Dann traf er mich.

Die dunkelblaue Uniform, die sich über seinen Bauch spannte, zeichnete ihn unverkennbar als Königstreuen aus. In der Hand hielt er einen einzigen Koffer. Wie ein Band riss der Blickkontakt zwischen uns, als er sich abwandte und in die Richtung ging, in die Cadan verschwunden war. Ich hegte den unerklärlichen Verdacht, dass dieser Mann sein Heim für immer verließ.

KAPITEL 11

Die Erkenntnis strömte wie eiskaltes Wasser durch mich hindurch. Cadan hatte einem Mann das Leben geschenkt, das er ihm eigentlich hätte nehmen müssen. Dies geschah womöglich nicht zum ersten Mal und war dem König nicht verborgen geblieben. Lag darin sein Todesurteil begründet oder steckte noch mehr dahinter?

Ich war müde und meine Gedanken verloren sich wieder und wieder. Gern wäre ich dem Königstreuen gefolgt und hätte Beryll verlassen. Doch meine Füße trugen mich die Straßen hinauf zurück zur Gilde.

Die Sonne stand tief, als ich die Anhöhe erklomm und zwischen den Häusern hindurchlief. Mein Blick wanderte unruhig über das Gelände, aber Cadan konnte ich nirgends entdecken. Einige wenige Novizen und Raben eilten zwischen den Gebäuden umher, doch die meisten würde ich zu dieser Stunde in der Rabenhalle finden. Umso überraschter war ich, als ich in dem Zimmer, das ich mir mit Mairead und Mór teilte, auf meine Freunde stieß. Tyriq lag ausgestreckt auf meinem Bett. Die gescheckte Hündin kuschelte sich mit halb geschlossenen Augen an ihn. Mór saß im Schneidersitz auf ihrem eigenen und Mairead schritt zwischen den Betten auf und ab. Als mich das Knarren der Tür ankündigte, fuhr sie herum und starrte mich mit offenem Mund an. Tyriq erhob sich in eine halb sitzende, halb liegende Position und Emma schoss schwanzwedelnd auf mich zu. Auf Mórs Lippen lag ein kaum merkliches Lächeln.

»Da bist du ja endlich!«, schnappte Mairead. Der ungläubige Ausdruck auf ihrem Gesicht wandelte sich binnen weniger Sekunden zu brennendem Zorn. Sie stemmte die Hände in die Hüften und funkelte mich an. »Wir haben uns Sorgen gemacht!«, feuerte sie.

»*Du* hast dir Sorgen gemacht«, korrigierte Mór sie. »Ich habe dir wieder und wieder gesagt, dass das unnötig ist.«

»Du hättest dich irren können!«

»Ich irre mich nie.« Mórs blicklose Augen richteten sich auf Mairead, doch ihre Worte galten mir, das spürte ich.

»Ich fürchtete, etwas Schlimmes sei geschehen – du warst fast zwei Tage fort!« Mairead sah mich anklagend an. Dann schüttelte sie den Kopf und ließ sich auf ihr Bett sinken, als hätte die Kraft sie verlassen.

»Wo warst du?«, wollte Tyriq wissen und entschied sich für eine sitzende Position. Er rieb sich über die Schläfen, als plagten ihn wieder einmal die Nachwehen jener Tage, in denen er von seiner Gabe häufig Gebrauch gemacht hatte. Sein schwarzer Pferdeschwanz fiel ihm dabei über die Schulter, die Haarspitzen kringelten sich.

»Das ist eine lange Geschichte«, wich ich ihm aus und gab vor, mich mit Emma zu beschäftigen. Sie leckte mir das Gesicht und peitschte mir mit dem Schwanz gegen Schulter und Rücken, während sie um mich herumwuselte.

»Wenn ich schon das Abendessen verpasse, dann kann es sich auch lohnen«, meinte er und klopfte auf den Platz neben sich. »Sprich mit uns, Aeryn, wir sind deine Freunde!«

Freunde, die ich auf keinen Fall in Gefahr bringen wollte.

Bei diesem Gedanken wurde mein Herz schwer. Mein Blick wanderte zu dem Porträt des Königs, das in jedem der Schlafsäle neben der Tür hing und über die Bewohner wachte. Ich öffnete den Mund und schloss ihn wieder. Emma jaulte und zwickte mir sanft in meine im Schoß gefalteten Hände. Ich kraulte ihre Ohren. Dann fasste ich meinen Mut zusammen und sagte allen besseren Wissens zum Trotz: »Der König gab mir einen Auftrag, den ich unmöglich ausführen kann.« Auf meine Worte folgte eine Stille wie nach einem Donnerschlag. Selbst Emmas Winseln verstummte. Ich spürte ein Knistern in der Luft, als sich zwischen Tyriqs Brauen eine steile Falte bildete und Mairead zischend einatmete.

»Es gibt keinen Befehl, den ein Rabe nicht ausführen kann.« Ihre Stimme war hart. Niemand sagte dazu etwas und ich bereute, dass ich die Worte laut ausgesprochen hatte.

»Bist du dir da sicher?«, fragte Tyriq plötzlich. Das Lächeln, das an seinen Mundwinkeln zupfte, galt mir. Ich erwiderte es. »Wir haben bei unserem Leben geschworen, dem König zu dienen. Doch sind wir kaum mehr als seine Henker. Die Anzahl der Männer und Frauen, die wir in seinem Namen töten, häuft sich. Es scheint, als wollte er sämtliche Untertanen loswerden. Was nutzt es ihm, wenn er eines Tages ein totes Land regiert?« Er ignorierte Maireads empörtes Schnauben und fuhr fort: »Ich habe ihm mein Leben geschenkt, meine Seele bekommt er jedoch nicht. In der Vergangenheit habe ich viele unaussprechliche Dinge getan, die ich auch in Zukunft noch tun werde. Doch wenn er mir eines Tages einen Befehl erteilt, dessen Ausführung ich nicht mit meinem Gewissen vereinbaren kann, dann werde ich meine Waffen niederlegen.«

»Was für ein Befehl könnte das sein?«, wollte Mairead wissen und streifte mich mit einem Blick.

Tyriq zuckte die Achseln. »Mór zu töten oder Aeryn. Oder dich, Mai.«

»Wenn der König meinen Kopf verlangt, dann sollst du ihn ihm bringen! Was macht einen Bäcker, einen Rebellen oder einen Vertrauten des Königs besser als einen von uns?«, schnappte sie. »Nichts, nur dass wir eine persönliche Verbindung zueinander haben. Willst du etwa das Urteilsvermögen unseres Herrn anzweifeln?« Mit jedem Wort wurde ihre Stimme schriller. »Das ist Königslästerung!«

»Meine Güte, Mai«, stöhnte Tyriq und rieb sich über die Lider. »Dorchadas stinkt beim Scheißen genauso wie wir anderen.«

Mairead sog die Luft scharf ein und verlor sämtliche Farbe im Gesicht, als würde sie ohnmächtig werden. Sie presste die Lippen aufeinander und schüttelte den Kopf.

»Als König respektiere ich ihn«, fuhr Tyriq ungerührt fort, »aber er hat keinerlei magische Fähigkeiten. Er ist kein Gott, sondern ein manischer alter Kerl, der glaubt, er könne sich hinter seinen Getreuen verstecken.«

»Das war der Todesstoß«, murmelte ich ein paar Minuten später, nachdem Mairead mit tränenüberströmtem Gesicht das Zimmer verlassen hatte.

»Du hast recht«, sagte Mór an Tyriq gewandt und schnitt eine Grimasse. »Aber du hättest es auch sanfter ausdrücken können. Du weißt, wie fromm sie ist.«

»Sie wird darüber hinwegkommen«, seufzte Tyriq, doch sein Blick flackerte unsicher zu seiner Schwester, während er Halt suchend beide Hände im seidigen Fell seiner Hündin vergrub. »Oder?«

Mór kämmte sich mit gespreizten Fingern das lange blonde Haar und starrte vor sich hin. »Wahrscheinlich.«

»Lassen wir Mairead schmollen. Sie beruhigt sich schon wieder. Im Augenblick haben wir andere Sorgen. Aeryn?«

Ich entspannte mich, weil er meinen Kummer wie selbstverständlich als seinen annahm. Vielleicht war unsere Freundschaft tatsächlich mehr wert als der Eid, der uns an die Gilde und somit den König band. Ich stellte mir eine Welt vor, in der wir frei waren, zu tun und zu lassen, wonach es uns beliebte. Eine Welt ohne Gewalt. Ohne die Gilde. Doch in dieser Welt wäre ich meinen Freunden nie begegnet. Und auch Cadan nicht.

Der Gedanke an ihn trübte meine Stimmung. »Habt ihr früher einmal davon gehört, dass ein Rabe entsandt wurde, um einen Königstreuen zu töten?«, fragte ich.

»Du sollst jemanden beseitigen, der den König anbetet?« Die Neugier in Tyriqs Augen verwandelte sich in Fassungslosigkeit. »Mir scheint, der alte Mann will mit seinem Stab aufräumen. Erst der Protokollant. Jetzt das.« Wie er wohl reagieren mochte, wenn ich ihm sagte, dass es sich nicht nur um irgendeinen Königstreuen, sondern um einen Raben handelte? Aber das konnte ich nicht tun, ohne Cadans Namen zu nennen. Und wenn ich das tat, würde Tyriq sich in seinem Misstrauen gegenüber dem Willensbrecher bestätigt sehen. Etwas in mir sträubte sich gegen diese Vorstellung und so hielt ich das Gespräch vage.

»Jemanden, der dem Land gute Dienste erwiesen hat.«

»Womöglich hat der König seine Gründe«, sagte Mór vorsichtig. Sie spielte mit den Spitzen ihres hellen Haars und kaute auf ihrer Unterlippe.

»Die hat er gewiss«, schnaubte ich.

»Sei einfach vorsichtig, Aeryn. Ich habe dich vor der Dunkelheit gewarnt«, sagte Mór leise. Der Blick ihrer blinden Augen traf mich. Seiner Last fühlte ich mich nicht gewachsen. »Du solltest abwägen, ob eine Verweigerung des Befehls die Sache tatsächlich wert ist.«

Mit fahrigen Fingern glättete ich die Falten der Bettdecke. »Vielleicht sollte ich doch nach Mai sehen«, sagte ich ausweichend und stand auf. Auch Tyriq erhob sich, aber ich hob abwehrend die Hände. »Schon gut, ich gehe allein!« Das Tuscheln der Geschwister folgte mir hinaus auf den Gang und das Echo ihrer Stimmen klang in mir nach, bis ich nach draußen trat.

Regen hing in der Luft und die Kälte brannte in meiner Nase. Ich folgte dem Weg, der von den Quartieren zur Rabenhalle führte, verließ ihn aber irgendwann, um das weiche, nachgebende Gras unter meinen Sohlen zu spüren. Über mir ließen sich die Raben mit ausgestreckten Flügeln im Wind treiben und beobachteten mich.

Obgleich ich nach Mairead nur halbherzig Ausschau hielt, lief ich auf sie zu, als ich sie nahe des Rabenturmes entdeckte. Ein winziges Lächeln zupfte an ihren Lippen, das über die Traurigkeit in ihrem Blick nicht hinwegtäuschen konnte. Die vom Wind aufgebauschten Haare steckte sie im Nacken mit einer Nadel zusammen. Eine einzelne Strähne blieb, die ihr schönes Gesicht umspielte.

»Tyriq wollte dich nicht verletzen«, sagte ich sanft. »Du weißt, wie er ist.«

»Du meinst königslästerlich und respektlos?« Auf ihre scharfen Worte folgte eine kurze Stille, dann lachten wir. »Er ist unverbesserlich.«

»Das stimmt«, pflichtete ich ihr bei und hakte mich bei ihr unter. Wir schlenderten um den Turm herum, während der Wind an unserer Kleidung spielte.

»Ich vertraue auf das Urteil der Krone«, sagte Mairead irgendwann. »Manchmal mögen uns die Motive des Königs verborgen bleiben, aber all sein Tun dient einem höheren Zweck.«

Wenn überhaupt, dann dienten die Befehle des Königs einzig und allein seinen eigenen Zwecken. Das sprach ich jedoch nicht laut aus. Maireads Glaube war zu tief verwurzelt, er würde jeder Kritik am König trotzen wie ein Baum im Sturm.

»Vielleicht solltest du auch ein wenig mehr Vertrauen schenken.« Mairead löste sich von mir. »Ich kann Tyriq weiterhin grollen oder ich erfriere hier draußen. Erinnere mich nächstes Mal, dass ich mir eine Jacke mitnehme, wenn ich einen solchen Abgang hinlege.«

»Das werde ich«, versprach ich ihr und genoss die Leichtigkeit, die unser gemeinsames Lachen in mir heraufbeschwor. Doch sie verschwand, als sich ein Fleck hellen Haars in den Büschen vor uns bewegte.

Cadan.

Mit einem Schlag kehrte die Bedrohung, die von dem Befehl des Königs ausging, in meinen Geist zurück. Mein Lächeln erstarb.

»Kommst du?«, fragte Mairead mich und blieb stehen.

Ich zögerte, unfähig, den Blick von dem Punkt abzuwenden, wo ich Cadan zu sehen geglaubt hatte. Beobachtete er mich? Oder spielte mir mein Unterbewusstsein einen Streich?

»Geh schon vor«, murmelte ich. »Ich verschwinde noch kurz ins Badehaus.«

»Na schön!« Mairead schien die Veränderung meiner Stimmung verborgen zu bleiben. Sie hob die Hand zum Abschied, dann kehrte sie mir den Rücken zu und floh vor der Kälte dieses Tages.

Ein Gefühl von Wut wuchs indes in meinem Innern. Ich ballte die Hände zu Fäusten und marschierte auf die Büsche zu. Aber als ich sie erreichte, war Cadan bereits fort. Ich entdeckte ihn auf dem Weg zu den Quartieren. Eine leise Stimme warnte mich davor, etwas Unüberlegtes zu tun. Doch sobald ich mich in Bewegung setzte, verstummte sie im Pfeifen des Gegenwindes.

Cadan bewohnte ein Zimmer in dem hintersten der drei Backsteinbauten. Obwohl ich ihn dort nie zuvor besucht hatte, wusste ich, dass es in einem der oberen Stockwerke lag. Lange hatte er es mit Ennis geteilt, der vor zwei Jahren an den Folgen seiner Gabe gestorben war. Seitdem lebte Cadan allein.

Im Erdgeschoss stand eine der Türen offen, leises Gemurmel drang auf den Gang. Es war mir nicht verboten, hier zu sein, trotzdem schlich ich auf Zehenspitzen auf die Treppe zu. Cadans Zimmer fand ich in der Mitte des ersten Stockes. Ich erkannte es, weil gegenüber ein riesiger, weit verästelter Baum stand, in dessen Krone wir als Kinder geklettert waren. Ein angespanntes Prickeln lief über meinen Körper, als ich die Hand hob und gegen die Tür klopfte. Ich erhielt keine Antwort, versuchte es erneut. Hilfe suchend sah ich den Gang auf und ab, aber ich war allein. Also legte ich die Hand auf die Klinke und drückte sie nach einem kurzen Zögern nach unten.

Wohin auch immer Cadan verschwunden war, hier war er nicht. Der Raum war verlassen. Unschlüssig blieb ich stehen. Dieselbe Stimme, die mich zuvor davon abhalten wollte, ihm zu folgen, forderte mich nun dazu auf, umzukehren. Meine Neugier siegte und ehe ich es mir anders überlegen konnte, trat ich über die Schwelle und zog die Tür hinter mir zu.

Mein Herz klopfte und mein Atem ging rasch, als wäre ich gerannt. Cadans Zimmer war kleiner als der Schlafsaal, den ich mir mit Mairead und Mór teilte. Es gab nur ein einziges Fenster und durch die Zweige des Baumes drang nur spärliches Licht hinein. Meine Haut prickelte, während ich mich in der fremden Umgebung umsah. Anhand der Einrichtung hätte ich nicht mit Gewissheit sagen können, dass es sich hierbei um Cadans Zimmer handelte. Aber sein vertrauter Duft hing in der Luft. Und als ich den Deckel der Truhe am Fuße seines Bettes anhob, erkannte ich darin seine fein säuberlich gefaltete Kleidung. Doch abgesehen davon entdeckte ich keine persönlichen Gegenstände. Das Zimmer wirkte, als plante Cadan, es in absehbarer Zeit zu verlassen.

Meine Finger zitterten vor Aufregung und schlechtem Gewissen, als ich an den Schubladenknöpfen einer alten Kommode zog. Neben ein paar in einer unleserlichen Schrift bekritzelten Pergamentbögen fand ich einen prall gefüllten Beutel. Er klimperte, als ich ihn öffnete. Raben besaßen keinen weltlichen Besitz. Mit unserem Dienst an der Gilde und dem König verdienten wir einen nicht nennenswerten Obolus, der für Kleider auf dem Markt oder allemal für neue Sohlen unserer Stiefel reichte. Aber niemandem war ein Vermögen wie dieses gestattet, das Cadan in einer Kommode versteckte.

»Hast du gefunden, wonach du suchst?«

Als die kalte Stimme hinter mir ertönte, blieb mein Herz für einen Augenblick stehen. Ich fuhr herum und ließ dabei den Beutel fallen. Münzen klirrten zu Boden und kullerten in alle Richtungen über die Dielen.

»Beim König«, keuchte ich und stieß gegen die Kommode. Ein paar Sekunden verstrichen.

Geschickt stoppte Cadan eine der Münzen mit der Stiefelspitze. Er stand mitten im Raum und starrte mich an. Dunkelheit und Gefahr gingen von ihm aus, strichen mir wie ein Luftzug über die prickelnde Haut.

»Cadan, ich …«, begann ich, bevor ich wusste, wie meine Entschuldigung aussehen würde. Es gab nichts, was mein Verhalten erklärte. Außer den Befehl des Königs, doch ich verbot mir den Gedanken daran.

Um ihm auszuweichen, ging ich in die Hocke und las die Geldstücke auf. Die Dielen knarrten, Cadan näherte sich mir. Hastig warf ich ein paar Münzen in den Beutel und hielt inne, als er mein Handgelenk umschloss und mich zwang, ihn anzusehen. Sein Gesicht war wie gemeißelt, als hätte Leird ihn just in dem Moment versteinert, da er mich in seinem Zimmer erwischt hatte. Enttäuschung und Wut auf ewig in seinem Blick. Er verstärkte seinen Griff und zog mich auf die Beine.

Ich scheiterte an dem Versuch, Cadan eine Begründung zu liefern, die meine Gegenwart in seinem Zimmer erklärte. »Warum hast du den Königstreuen laufen lassen?« Das war keineswegs das, was ich hatte sagen wollen. Doch ich konnte die Worte nicht aufhalten, ebenso wenig den Vorwurf kaschieren, der in jeder Silbe mitschwang. Wenn Cadan sich an die Regeln gehalten hätte, wären wir jetzt nicht hier. Dann würde mir nicht die Aufgabe obliegen, ihn zu töten.

Cadans Miene war hart und unleserlich, aber sein Augenlid zuckte verräterisch. »Ich weiß nicht, was du meinst«, log er.

»Das glaube ich kaum. Ich war da, Cadan. In der Purpurstraße. Ich habe dich gesehen. Habe *ihn* gesehen, wie er sich davongestohlen hat, obwohl er längst hätte tot sein sollen.«

Cadan packte mich fester, in seinem Blick lauerte eine leise Gefahr, deren Gegenwart mir immer bewusster wurde, je unnachgiebiger er mir begegnete. »Du weißt nicht, was du gesehen hast!« Er ließ mich los, dann streckte er die Hand aus und schob die Schublade quälend langsam zu. Sie knarzte leise, als sie sich endgültig schloss. »Erst beobachtest du mich und jetzt brichst du in mein Zimmer ein, um meine Sachen zu durchwühlen!«

»Ich bin hier nicht eingebrochen!«, widersprach ich. »Die Tür war nicht abgeschlossen.«

»Verzeih mir diesen Irrtum.« Sein Lachen war wie ein eiskalter Schauer. Er riss mir den klirrenden Beutel aus den Händen, dann ließ er von mir ab und brachte den größtmöglichen Abstand zwischen uns, den die Räumlichkeiten erlaubten.

»Cadan!« Es bedurfte nur eines Blickes in seine Augen und mein Herz zog sich schmerzlich zusammen. Es hatte eine Zeit gegeben, da ich ihm näher gewesen war als meinen Freunden. Und nun schien es, als hätten wir alles verloren, was uns einst verbunden hatte. Es fühlte sich an, als wären wir Fremde.

»Cadan«, wiederholte ich, diesmal flehentlicher. Es gab so vieles, was ich hätte sagen können. Die Wahrheit. Aber ich konnte nicht. Stattdessen streckte ich in einem hilflosen Versuch, die Wogen zwischen uns zu glätten, die Hand nach ihm aus. Im letzten Moment zuckte ich zurück. Ich wagte es nicht, ihn zu berühren.

Mein Befehl war eindeutig. Ich sollte Cadan töten.

Und das würde ich tun. Ich musste es.

Das Flackern in seinen Augen ließ meinen Entschluss schwanken. Es war unmöglich. Wie könnte ich je dabei zusehen, wie das sternengleiche Licht aus diesen Augen für immer verlosch?

Cadan musterte mich mit zusammengepressten Lippen, bis nicht mehr von diesem sinnlich weichen Mund übrig war als eine schmale Linie. Als er schluckte, bewegte sich sein Adamsapfel. »Aeryn«, sagte er schließlich und fuhr sich mit der Hand über die gefurchte Stirn.

KAPITEL 12

Auch in dieser Nacht plagten mich Albträume. Ich wälzte mich in einem Zustand zwischen Wachsein und Schlaftrunkenheit im Bett und gab mich meinen quälenden Gedanken hin. Sobald ein Streifen trübes Grau durch die Vorhänge in unser Zimmer fiel, befreite ich mich aus den verschwitzten Laken. Leise zog ich mich an und stahl mich auf den Korridor, den noch immer die nächtliche Stille heimsuchte. Schatten sammelten sich in den Ecken, die außerhalb der Reichweite der heruntergebrannten Kerzen lagen. Sie schienen wie Schlangen auf mich zuzukriechen, sich an meinen Beinen emporzuwinden und mich fesseln zu wollen. Ich floh vor dem unheimlichen Schauspiel von Licht und Dunkelheit und trat hinaus ins Freie. Die kühle Luft brannte in meinem Brustkorb, trotzdem sog ich sie begierig ein und genoss das Prickeln, das sie auslöste. Dieses Gefühl klärte meinen Geist und ließ die Albträume der letzten Stunden verblassen wie den nächtlichen Himmel hoch über mir. Cadans Worte und seine Geschichte über Sterne, die in Wahrheit Götter waren, kamen mir in den Sinn und zeichneten ein zartes Lächeln auf meine Lippen. Die Vorstellung, dass dort oben jemand über uns wachte, ohne meinen Gehorsam zu verlangen, hatte etwas Tröstliches, denn die drohende Gegenwart des königlichen Palastes war allgegenwärtig. Für einen Moment wollte ich so tun, als gäbe es ihn nicht, als wären der verbliebene Schimmer der Sterne und ich allein auf dieser Welt, bis sich am Horizont die Morgenröte ankündigte.

Das Gelände der Gilde lag verlassen unter einem letzten Rest von Dunkelheit gemischt mit einem grauen Nebelschleier da. Ich glaubte die Einzige zu sein, die zu dieser Stunde bereits wach war, als ich eine Gestalt bemerkte, die aus Richtung der Übungsplätze kam. Neugier zupfte an meinen Sinnen, aber ich hielt diesem Verlangen stand. Ich wollte nicht riskieren, dass man mich um diese Zeit hier entdeckte. Also schlug ich den taunassen Weg zum Rabenturm ein, wo ich mit leisem Flügelrascheln und aufgeregtem Krächzen begrüßt wurde. Um meine Hände zu beschäftigen, füllte ich die leeren Schalen mit Körnern, auf die sich die Raben sogleich stürzten, und fegte den Boden. Ein Flügel streifte mich, als wollte mich sein Besitzer zur Wachsamkeit ermahnen. Als ich aufsah, erkannte ich Corvus, der mich mit klugem Blick musterte.

»Nun sieh mich nicht so an«, seufzte ich und klopfte mir den Staub, den die Tiere in ihrem Eifer aufgewirbelt hatten, von meinem Mantel. »Ich weiß, dass das nicht meine Aufgabe ist.« Genau genommen sollte ich nicht einmal hier sein. Die Novizen würden nach dem Sonnenaufgang einen Rundgang machen und die Tiere füttern, während ich mich um meine Befehle kümmern sollte. Der Gedanke daran lag mir schwer im Magen, war er doch der Grund, der mich aus dem Bett getrieben hatte.

Hinter mir gab die Tür ein leises Knarren von sich. In Erwartung, einem der Novizen gegenüberzustehen, fuhr ich herum. Und blinzelte. Denn es war keiner von ihnen. Es war …

»Murtagh«, fauchte ich den Namen des Königstreuen, der mich mit dem Ausdruck einer Raubkatze kurz vor dem Sprung bedachte. Er schien nicht überrascht, mich hier anzutreffen. Vielmehr *erfreut.* Wie von selbst tastete meine Hand zu meinem Schwert und ich erstarrte. Ich hatte den Schlafsaal ohne meine Waffen verlassen, denn auf dem Gelände der Gilde rechnete ich nicht mit einem Angriff. Sofort regte sich das dumpfe Gefühl von Angst in mir.

»Aeryn.« Fast hätte Murtagh freundlich geklungen, wäre da nicht sein diabolisches Grinsen gewesen. »Ich hatte gehofft, dich unter vier Augen sprechen zu können.«

»Dann sollten wir nach draußen gehen«, gab ich zurück und wies mit einem Kopfnicken auf die Raben, deren schwarz glänzende Augenpaare auf uns gerichtet waren.

»Das wird nicht nötig sein«, erwiderte Murtagh nach einem prüfenden Blick auf unsere Zuschauer. Vermutlich hielt er das Risiko, das von ihnen ausging, für nichtig. Er trat näher und ich wich unwillkürlich einen Schritt zurück. »Sag nicht, dass du dich fürchtest«, säuselte er und sein Grinsen wurde breiter.

»Du hast hier nichts zu suchen!«, fuhr ich ihn an. Mein verräterisches Herz klopfte, aber meine Stimme ließ mich nicht im Stich. Hinter mir krächzten die Raben bestätigend.

»Ebenso wenig wie du«, entgegnete Murtagh aalglatt. »Denn weißt du, wer mir heute Nacht begegnet ist? *Lebend?*«

Mein Schweigen war ihm Antwort genug. Er spuckte mir vor die Füße und kam noch näher. Ich stolperte über den Besen, mit dem ich eben noch sauber gemacht hatte, und packte den Stiel wie eine Waffe.

Murtagh lachte rau. »Jetzt sei nicht albern!« Dann schoss er vor und teilte den Besen mit seinem Schwert in zwei Hälften. Eines der Bruchstücke fiel klappernd zu Boden, das andere lag schlaff in meiner Hand. »Der König gab dir einen Befehl«, erinnerte er mich. »Möchtest du etwa, dass ich mich dem hübschen Cadan annehme? Oder sollte ich gar einmal deine Eltern besuchen?«

»Du Monster!« Ich reagierte blitzschnell. Als Murtagh mit dem Schwert ausholte, duckte ich mich weg und schnappte mir den zweiten Teil des Besenstiels. Ich richtete die zersplitterten Enden auf Murtaghs Herz.

»Damit verletzt du dich doch nur selbst«, spottete der Königstreue.

»Wage es nicht, so mit mir zu sprechen!«, fauchte ich. »Ich bin ein Rabe!«

»Als hätte ich das nicht bemerkt«, sagte Murtagh gelassen. »Krähst hier herum, als hättest du etwas zu sagen!«

Meine Nasenflügel blähten sich, als ich die Luft ausstieß und ihn anfunkelte. Die Überraschung, die er mit seinem plötzlichen Erscheinen ausgelöst hatte, wich brodelnder Wut. »Wie kannst du es wagen!« Während ich sprach, drehte ich mich, bis ich die Tür im Rücken hatte. Dann richtete ich den Blick auf die Dunkelheit hinter Murtagh und rief: »Corvus, jetzt!«

Der Schrei eines Raben erklang, kurz darauf das Sirren von Flügeln, die durch die Luft schnitten. Mehrere Vögel schossen auf Murtagh zu, rissen an seiner Kleidung und pickten in seine Haut. Ich wich zurück, erstarrte jedoch, als seine Klinge eines der Tiere traf und ein schwarzer, blutbesudelter Körper mit dumpfem Geräusch auf dem Boden aufschlug.

Murtaghs wilder Blick bohrte sich durch mich hindurch und ich stürzte auf die Tür zu. Dann traf mich etwas im Rücken und schleuderte mich gegen die Wand. Schmerz durchfuhr mich und vor meinen Lidern tanzten Sterne. Als ich wieder klar sehen konnte, ragte Murtagh über mir auf. Noch immer umkreisten die Raben ihn. Aber jetzt, da er mich überwältigt hatte, blieben sie auf Abstand. Murtagh beugte sich vor und kam mir nun so nah, dass ich seinen schlechten Atem riechen konnte.

»Entweder bist du sehr mutig oder sehr dumm«, bemerkte er und kniff abschätzend die Augen zusammen. »Womöglich bist du auch beides.« Er lachte über seinen eigenen Witz. Das Geräusch scheuchte über uns ein paar Raben auf. Kreischend und flügelschlagend erhoben sie sich in den Turm, bis sie mit der Dunkelheit verschmolzen. Ich stellte mir vor, wie sie den Sternengöttern Kunde von dem überbrachten, was auf der Erde vor sich ging, und fasste neue Hoffnung. Vielleicht hatte Cadan recht und sie wachten über uns.

»Ich gebe dir einen gut gemeinten Rat«, sagte Murtagh und strich sich eine Strähne des dunkelroten Haars aus dem Gesicht. »Tu, was man dir befiehlt, oder lebe mit den Konsequenzen!« Die in seine Worte gewobene Drohung traf mich mitten ins Herz.

»Das entscheidest nicht du«, flüsterte ich.

»Ich helfe dir gern, dich an deinen Eid zu erinnern, Aeryn.« Murtaghs Worte waren so scharf wie die Messer an seinem Gürtel. Sie klirrten leise bei jeder seiner Bewegungen. »Du wirst mir dankbar dafür sein, denn ich bewahre dich vor einem wahrhaft traurigen Schicksal.« Er holte aus. Seine Faust traf mich mit unvermittelter Härte im Gesicht und riss meinen Kopf zurück. Ich sah die Schatten über mir, kreisende Raben, den nächsten Schlag und dann nichts mehr.

Mein Körper stand in Flammen. Schmerzen quälten Stellen, von denen ich nicht einmal gewusst hatte, dass sie existierten. Mit jedem Atemzug rasselte mein Brustkorb und im Mund hatte ich einen schalen Geschmack von Blut. Ich versuchte, meine Augen zu öffnen, aber meine Umgebung war zu dunklen, verschwommenen Flecken verkommen und meine Lider klebten aneinander.

Der Boden unter mir war hart und zugleich weich. Ich krampfte die Hände zusammen und fuhr darüber. Die Handschuhe raubten mir den Tastsinn. Ich zog sie aus und berührte etwas, das mich an Stroh erinnerte.

Der Rabenturm. Murtagh.

Das Quietschen einer Tür dröhnte in meinem Kopf. Schritte. Jemand blieb abrupt stehen, keuchte. Dann ertönte ein spitzer Schrei. Die Schritte entfernten sich eilig und ich spürte, dass ich wieder allein war.

Mit einem Ruck riss ich meine Augen auf. Sofort füllten sie sich mit Tränen, ehe mich ein greller Schmerz erfasste, der sich im nächsten Moment in Licht und dann in ein Stück des Himmels verwandelte, den ich durch die geöffnete Tür erkennen konnte. Die Sonne hatte sich kaum über dem Horizont erhoben. Seit meiner Begegnung mit Murtagh konnte nicht viel Zeit vergangen sein. Bei dem Gedanken an ihn entflammte in meinem Innern lodernder Zorn, der meine Angst verbrannte.

Ich richtete mich auf und verbiss mir ein Stöhnen. Dreck, Federn und Staub rieselten von meiner Kleidung, die an manchen Stellen zerrissen war. Mairead würde nicht begeistert sein, wenn ich sie schon wieder darum bäte, meine Hosen zu flicken.

»Aeryn?«

Ich drehte den Kopf auf der Suche nach demjenigen, der mich gerufen hatte. Dann hörte ich ein aufgeregtes Bellen. Emma stürzte sich auf mich und leckte mir mit ihrer rauen Zunge über das Gesicht.

»Aeryn!« Entsetzen brachte Tyriqs Stimme zum Beben. Er stürzte hinter seiner Hündin in den Turm und fiel vor mir auf die Knie. »Bonnie kam mir entgegen und faselte etwas von einer Leiche im Rabenturm. Beim König, ich bin froh, dass du lebst!« Ungeachtet meiner Verletzungen zog er mich in eine feste Umarmung. »Wer hat dir das angetan?«, presste er schließlich hervor und löste sich von mir. So hart sein Blick war, so weich waren seine Hände auf meiner Haut.

Ich seufzte unter seiner Berührung und widerstand dem ersten Impuls zu lügen, zu behaupten, dass ich es nicht wüsste oder dass es Bürger Berylls gewesen waren, die ihren Zorn an einem Raben ausgelassen hatten. Es hatte eine Zeit gegeben, da hätte ich es nicht gewagt auszusprechen, was geschehen war. Doch seitdem war viel geschehen. Die Gilde verlor an Macht und mit ihr würde auch der Glaube an den König schwinden.

»Königstreue«, sagte ich über meine aufgeplatzten Lippen hinweg. »Murtagh.«

»Murtagh?«, wiederholte Tyriq. Falten der Verwirrung furchten seine Stirn. »Warum hat er das getan?«

»Weil er mich an etwas erinnern wollte«, knurrte ich.

»Dieser Scheißkerl!« Tyriq schüttelte den Kopf. »Du siehst aus, als würde dir dein ganzer Körper wehtun. Ich weiß nicht, wo ich dich anfassen kann!«

Ohne zu überlegen, streckte ich meine Hand aus. Tyriq ergriff sie. Ich bemerkte meinen Fehler erst, als es zu spät war: Meine Handschuhe lagen im Stroh neben mir, ich berührte Tyriq mit der bloßen Haut meiner Hände. Ein heißes Gefühl stob durch meinen Körper und löschte den Schmerz aus, den der Königstreue mir zugefügt hatte.

Lachen hallte in meinem Innern, ehe ich mich an der Seite meiner Freundinnen wiederfand. Ich war Tyriq und neben mir liefen Mór, Mairead und ich selbst. Tyriqs Vorstellung von mir war frei und unbefangen. Emma tollte um mich herum, bellte und sprang ausgelassen in die Luft. Ich warf den Kopf in den Nacken und lachte, bis es mir in der Kehle stecken blieb. Auf meiner Kleidung bildete sich ein Fleck. Aber es war kein Blut, sondern etwas anderes. Es war das Nichts, das mich verschlang, danach Mairead, dann Emma und schließlich Mór, bis Tyriq allein in einer Umgebung zurückblieb, die sich nach und nach auflöste. Und dann verschwand auch er und der gleichmäßige Atem eines Körpers, den der Geist längst verlassen hatte, war das Letzte, was ich wahrnahm, ehe ich in die Gegenwart zurückgerissen wurde.

Das, was Tyriq am meisten fürchtete, war die Kehrseite seiner Gabe, der Preis, den er zahlen musste, sobald er sie einsetzte. Meine Schultern begannen zu beben, ich schluchzte. Tyriq, der nicht minder erschrocken wirkte, wie ich mich fühlte, wich zurück. Er war blass um die Nase und das stets gegenwärtige Leuchten seiner Augen war erloschen. Sie sahen nackt und stumpf auf mich herab.

»Was ist da geschehen?«, krächzte er und starrte auf meine Hände. Ich folgte seinem Blick, dann beugte ich mich vor, nahm meine Handschuhe und streifte sie über.

»Es tut mir leid«, flüsterte ich, unfähig, ihm noch einmal in die Augen zu sehen. »Ich wollte nicht … ich …«

»Schon gut.« Tyriq nahm meine Hände in seine und schloss sie zu Fäusten. »Es ist nichts geschehen.«

Ich blinzelte ihn an. »Du wirst uns nicht vergessen«, sagte ich und er nickte zögerlich. Die Spitzen seines Pferdeschwanzes fielen über seine Schultern. Das Band, mit dem er seine Haare zusammenhielt, löste sich und einzelne Strähnen tanzten um sein Gesicht. Nie zuvor hatte er so verletzlich gewirkt wie jetzt. Mit meinen behandschuhten Händen berührte ich seine Wangen. »Und wenn ich dich jeden Tag erinnern muss, du wirst uns nicht vergessen!«

»Es ist albern«, winkte Tyriq ab. »Ich habe schon lange keinen Gebrauch mehr von meiner Gabe gemacht. Seit dem Moment, da ich …« Sein Kehlkopf hüpfte auf und ab, als er schwer schluckte. Ich rückte dichter an ihn heran. Er musste den Satz nicht beenden, denn ich wusste, was geschehen war. In einem sinnlosen Kräftemessen mit Mór hatte Tyriq die Erinnerungen an ihre Eltern geopfert. Jene Eltern, die ein paar Jahre zuvor gestorben waren.

Mein Herz hämmerte laut gegen meinen Brustkorb. »Nicht der Eid legt uns in Fesseln. Es ist die Liebe, deren Klauen wir niemals entkommen können. Ob du es glaubst oder nicht: Ich habe dieselbe Angst.«

»Wirklich?«

Ich seufzte schwer. »Die Angst, jemanden zu verlieren, der mir etwas bedeutet, macht mich verletzlich.« Die zahlreichen Blessuren meines Körpers erinnerten mich auf schmerzliche Weise daran. Tyriq folgte meinem Blick und zog die Brauen zusammen.

»Es geht um den Befehl, den du verweigerst«, bemerkte er und ich nickte. »Wen sollst du töten?«

»Ich möchte dich nicht in Gefahr bringen, indem ich es dir sage, Ty«, sagte ich nachdrücklich. »Du hast schon zu viel gesehen!«

»Seit wann traust du mir nicht mehr?«, seufzte er.

»Ich verrate es dir nicht, weil ich dir nicht vertraue«, widersprach ich. Ich verrate es dir nicht, weil ich *ihm* nicht mehr vertraue.« Ich sah hinauf zum Palast. »Wir leben in gefährlichen Zeiten. Und ich möchte nicht auch noch Angst um dich oder die anderen haben müssen.«

Tyriq nickte. »Ich bedränge dich nicht weiter. Aber du sollst wissen, dass du auf mich zählen kannst.« Emma jaulte zustimmend und rieb ihren Kopf an meiner Schulter. Ungeachtet des Schmerzes musste ich lachen und kraulte sie hinter den Ohren. »Und jetzt lass mich dich zu Mai bringen, um deine Wunden zu versorgen.«

»Es ist …«

Tyriq machte eine Geste ähnlich der von Murtagh und ich verstummte. »Spiel nicht die Heldin, Aeryn«, tadelte er mich. »Du siehst schlimm aus und ich vermute, dass sich das auch so anfühlt!« Corvus, der über uns auf einem Balken saß, krächzte zustimmend.

KAPITEL 13

Mairead hatte die Gelegenheit nicht ungenutzt gelassen, mir einen Vortrag darüber zu halten, besser auf mich achtzugeben. Sorge schwang in ihrem Zorn mit und so ließ ich ihre Predigt wortlos über mich ergehen.

Ich lag auf meinem Bett, trug kaum mehr als meine Unterwäsche, während sie um mich herumhuschte und jene Stellen meines Körpers berührte, die unter Murtaghs Schlägen besonders gelitten hatten. Äußere Verletzungen heilte sie in der Regel mit ihrer Gabe. Für körperliche Leiden wie die Kopfschmerzen, die Tyriq häufig plagten, verwendete sie konventionelle Methoden, die sie in der Heilkunst erlernt hatte.

Der Heilprozess ging mit Schmerzen einher, aber allein durch die Sorge meiner Freundinnen fühlte ich mich besser. Mór saß mit überkreuzten Beinen am Ende meines Bettes. Ich stupste sie mit dem Zeh an, bis ich ihre Aufmerksamkeit gewonnen hatte.

»Du hättest mich vorwarnen können«, meinte ich, »dass dieser Tag schmerzvoll für mich wird.«

»Wenn du glaubst, ich sei ständig damit beschäftigt, in den Untiefen eurer Zukunft herumzuwaten, dann täuschst du dich«, entgegnete sie milde lächelnd.

»Welchen Vorteil hat es, eine Hellseherin zur Freundin zu haben, wenn sie sich weigert, in die Zukunft zu schauen?«, neckte ich sie.

Maireads Berührungen wurden rauer. »Den Vorteil, dass diese Freundin ihrer eigenen Macht nicht zum Opfer fällt«, warf sie scharf ein und der Schmerz in meiner Brust flammte einen Moment auf, als ginge die Gabe der Heilung mit ihrem emotionalen Zustand einher. Ich verbiss mir ein Stöhnen, denn die Stelle reagierte mit einem Brennen auf ihre Finger.

»Du musst still halten«, schalt sie mich und drückte mich zurück in die Kissen.

Ich seufzte, biss die Zähne zusammen und zwang mich, die Behandlung zu erdulden. Es war schmerzhafter als jeder Schlag oder Messerstich. Mit ihren Berührungen, so sanft sie auch sein mochten, stimulierte Mairead die verletzte Haut. Die Antwort meines Körpers war das, was schrecklicher in mir wütete als ein Feuer. Er wehrte sich gegen den unnatürlichen Einfluss von Magie, kämpfte dagegen an und unterlag. Irgendwann gab er auf und der Schmerz ließ nach.

Obwohl meine Wunden dank Maireads Unterstützung rasch heilten, fühlte ich mich elend. Das Abendessen konnte ich nicht bei mir behalten. Ich wälzte mich im Bett und war in einem Zustand zwischen Schlaf und Wachsein gefangen. Manchmal hörte ich Maireads beruhigende Worte, dann spürte ich eine warme weiche Hand auf der Stirn, die Mór gehörte. In meinen Träumen jagte ich Cadan nach. Sein Gesicht schwebte wie eine Mahnung an den Befehl des Königs vor mir. Aber seine Augen sahen mich kalt und leblos an. Und dann kippte sein Kopf zur Seite und überall war Blut, in dem ich zu ertrinken drohte. Eine Hand zog mich aus den roten Fluten. Es war die meines Vaters. Hinter ihm stand der König und richtete die Spitze eines Schwertes auf seine Brust. Meine Mutter lag tot zu seinen Füßen. Die einzige Flucht aus diesen Albträumen war Angst, die mich schreien ließ und mit einem Ruck in die Wirklichkeit zurückholte. Die Laken des Bettes klebten an meiner schweißnassen Haut, obwohl das Fenster angelehnt war und eisige Luft hineinströmte. Ich zitterte, und das nicht vor Kälte. Eine Erkenntnis überwältigte mich, fast schlimmer als die Träume, die mich quälten.

Ich musste mich entscheiden.

»Und was genau gedenkst du zu tun?« Maireads scharfer Ton ließ mich zusammenzucken. Der Umhang, den ich mir hatte anlegen wollen, glitt zu Boden. Hinter Mairead tauchte Mór auf, schritt durch das Zimmer und lief über das Kleidungsstück, als wäre es ein Teppich. Ihre Sohlen hinterließen Spuren grauen Staubs auf dem Stoff. Ich grunzte unwillig und klopfte ihn aus.

»Ich habe dich etwas gefragt!«, fauchte Mairead und stemmte die Hände in die Hüften.

»Und Aeryn will dir offensichtlich nicht antworten«, bemerkte Mór und öffnete die kleine Kommode, in der sie ihre wenigen Habseligkeiten aufbewahrte. Sie verschwand hinter den Türen, während ich mich Mairead gegenübersah.

»Natürlich will ich dir antworten«, sagte ich. »Ich brauchte nur Zeit, um mir zu überlegen, was ich dir antworte.« Ich sah sie zerknirscht an.

»Schuhe«, sagte Mairead und streckte den Daumen in die Höhe. »Waffengürtel.« Sie hob den Zeigefinger. »Umhang.« Der Mittelfinger beendete ihre Aufzählung. Sie schnaubte wütend. »Du dachtest, du stiehlst dich davon, während wir weg sind.«

»Ich wusste nicht, wann ihr wiederkommen würdet«, wehrte ich mich. Tatsächlich hatte ich eine Zeit lang auf die beiden gewartet. Aber als sie nicht vom Abendessen zurückgekehrt waren, hatte ich mich angezogen, um in die Stadt aufzubrechen. In der Einsamkeit unseres Zimmers waren meine Gedanken laut geworden wie ein Sturm. Sie hatten mich aus dem Bett gedrängt und würden erst zur Ruhe kommen, wenn ich tat, was ich nicht vergessen konnte.

»Ich habe dich nicht geheilt, damit du dich gleich wieder in Schwierigkeiten bringen kannst!«

»Ach, Mai«, seufzte ich und ging auf meine Freundin zu. Vor Wut waren ihre Wangen gerötet, sodass ihre Sommersprossen unsichtbar waren. Ich nahm ihre Hände in meine und drückte sie sanft. »Ich verspreche dir, dass ich mich nicht in Schwierigkeiten bringe.«

Mairead zögerte, ehe sie die Geste erwiderte und ihre Finger mit meinen verflocht. »Wenn du möchtest, bete ich für dich.« Sie löste sich aus meinem Griff und formte das Zeichen des Königs. Ich erwiderte es stockend. Für sie. Nicht für mich. Dann zwang ich mich zu einem Lächeln.

»Wartet nicht auf mich, es könnte spät werden«, bat ich sie. »Und macht euch keine Sorgen!« Ich warf mir den Umhang um die Schultern und verließ das Zimmer.

Der Himmel über Beryll war an diesem Abend kobaltblau. Rote und violette Streifen mischten sich zwischen die Wolkenfetzen am Horizont. Hoch über mir blitzten die ersten Sterne auf. Unwillkürlich dachte ich an Cadan. Diese eine gemeinsame Nacht konnte ich einfach nicht vergessen. Meine Schritte knirschten auf dem Kies, wurden energischer, als wollte ich meiner Erinnerung an ihn entkommen.

Auf dem Weg hinab zum Tor begegnete ich Tyriq. Ich war ihm dankbar, dass er mir geholfen hatte. Und ohne ihn würde ich nicht tun, was ich im Begriff war zu tun. Doch diesen Moment wollte ich für mich haben.

Ich drängte mich in den Schutz eines knorrigen Baumes und wartete, bis er und Emma verschwunden waren. Dann lief ich weiter.

An einem gewöhnlichen Tag war Beryll um diese Zeit bereits wie leer gefegt. Aber heute schien kein gewöhnlicher Tag zu sein. Königstreue patrouillierten auf den Straßen und ich fragte mich, was ihre Präsenz zu bedeuten hatte. Hoch über mir verschwanden die Türme des Palastes in der Dämmerung, doch Dorchadas war allgegenwärtig. Ich fröstelte, wandte mich ab und drang tiefer in die Eingeweide der Stadt ein.

Die Befehle des Königs hatten mich in den letzten Jahren in jeden Winkel geführt. Einen Teil Berylls hatte ich jedoch gemieden. Als ich den Eid abgelegt hatte und in den Dienst der Gilde getreten war, hatte der König meiner Familie ein für die Eltern eines begnadeten Kindes angemessenes Haus überlassen. Ich selbst hatte nie einen Fuß über die Schwelle gesetzt, denn mit meiner Ausbildung zur Novizin musste ich meinem früheren Leben endgültig entsagen. Es gab Raben, denen das leichterfiel. Ich gehörte nicht dazu. Mórs und Tyriqs Eltern waren tot und Maireads Familie so fromm, dass es für sie die höchste Ehre war, ihre Tochter der Gilde zu überlassen.

Nach all den Jahren würde ich an diesem Abend eines der Gebote der Gilde brechen. Ich würde meine Eltern wiedersehen.

Als ich in die Straße einbog, in der ihr neues Haus lag, wusste ich, dass sie es in meiner Abwesenheit gut gehabt hatten. Die Gebäude waren keineswegs so prächtig wie die Häuser der Königstreuen. Doch anders als in den Armenvierteln, wo sich die Häuser nahezu übereinandertürmten, wurde hier jeder Bau von einem schmalen Grünstreifen eingefasst. Mauern und Dächer bestanden nicht aus Lehm und Stroh, sondern aus rotem Backstein und Ziegeln.

Vor einem Haus, das von Rosen umrankt wurde, blieb ich stehen. Im Innern brannte Licht. Es warf lange goldene Streifen auf den gepflegten Rasen. Ich erkannte es als das Heim meiner Eltern, weil jemand mit bunter Farbe ein Bild auf einen Teil der Fassade gemalt hatte. Es zeigte Sonne, Mond und Sterne und silberne Blumen, die ihre Köpfe den Himmelskörpern entgegenstreckten. Der Anblick dieses Bildes erwärmte mein Herz und weckte eine Erinnerung an meine Mutter, die schon damals gern gemalt hatte. Eines Tages hatte Vater von dem Erlös zweier besonders schöner Schafsfelle einen Pinsel und drei Töpfchen Farbe gekauft, mit denen Mutter den einzigen Raum in unserer Kate verschönert hatte.

Abseits des schmalen Kiesweges schlich ich lautlos über den Rasen und näherte mich einem der Fenster. Drinnen hingen Vorhänge, aber sie waren nicht gänzlich zugezogen, sodass ich einen Blick in das Innere eines schlicht eingerichteten Wohnzimmers erhaschen konnte. Es gab ein Sofa, auf dem ein einzelnes Kissen verloren herumlag. Gegenüber stand ein Sessel, in dem eine Gestalt saß, den Kopf zur Seite gekippt. Mein Vater. Wärme überkam mich und ich kämpfte gegen aufsteigende Tränen an. Sein Haar war schütterer und sein Gesicht voller, aber die markanten Züge von Angus Earraigh hatten sich kaum verändert. Obgleich er die Lider im Schlaf geschlossen hatte, erinnerte ich mich auf einmal an seinen weichen Blick und das sanfte Lächeln um seine Mundwinkel.

Er war nicht allein. In der Ecke des Wohnzimmers stand eine Staffelei. Eine Frau saß davor und malte auf einer Leinwand. Ihr schwarzes Haar fiel ihr bis zur Taille. Silbern schimmernde Strähnen durchsetzten es, aber die kräftigen Bewegungen, mit denen sie den Pinsel führte, ließen sie deutlich jünger wirken, als sie inzwischen war.

Ich wünschte mir, dass sie sich umdrehte, doch meine Mutter war zu sehr in ihre Arbeit vertieft. Und so sah ich eine Weile dabei zu, wie auf der Leinwand vor dunklem Grund zarte Blumen erblühten.

Ich war nicht hergekommen, um in ihr Leben einzudringen. Schon vor langer Zeit hatten wir unterschiedliche Pfade eingeschlagen. Ich würde nicht an ihrer Tür klopfen. Doch tat es gut, sie von Weitem zu sehen, zu wissen, dass sie wohlauf waren. Ich fragte mich, wo meine Schwestern Amalie und Agatha steckten, und hoffte, dass es auch ihnen gut ergangen war. Ob sie inzwischen verheiratet waren und eigene Familien gegründet hatten?

Ein kalter Wind pustete mir in den Nacken und ich zog die Kapuze hoch, um mich vor ihm zu schützen. Wenn ich Cadan verschonte, würden meine Eltern sterben. Danach würde der König über meine Schwestern richten. Über ihre Ehemänner und Kinder, wenn sie denn welche hatten. Er würde meine gesamte Familie auslöschen, weil ich mich ungehorsam gezeigt hatte. Ich schluckte schwer, denn wenn ich abwog, bedeuteten viele Leben mehr als eines.

Im Haus meiner Eltern klapperte etwas. Meine Mutter hatte die Farben beiseitegestellt und war aufgestanden, um ihr Werk aus größerer Entfernung zu betrachten, als würde sie dadurch mehr sehen. Auch ich blickte mit Abstand auf den Weg, der vor mir lag. Er gabelte sich und ich musste mich für eine Richtung entscheiden. Sobald ich den ersten Schritt tat, würde es kein Zurück mehr geben.

Als spürte meine Mutter meine Gegenwart, trat sie auf einmal an das Fenster und legte eine Hand gegen die Scheibe. Ihr Blick wanderte durch die Nacht. Die Schatten hießen mich willkommen, als ich vor ihr zurückwich. Ich wollte ihr nicht das Herz brechen, indem ich ihr offenbarte, dass aus ihrer jüngsten Tochter eine skrupellose Mörderin geworden war. Eine Mörderin, die bereit war, den Mann zu töten, für den sie insgeheim Gefühle hegte. Dass ich es für meine Familie tun würde, machte es nicht besser.

Ich brauchte Kraft, um den Befehl des Königs auszuführen. Um mich von jeglichen Gedanken und Gefühlen zu befreien, kehrte ich in die Gilde zurück und suchte das Badehaus auf. Zu dieser Stunde war niemand mehr hier, sodass ich die Becken für mich allein hatte. Ich vollzog das Ritual der Reinigung, noch bevor ich mich mit meiner Tat überhaupt beschmutzt hatte. Es nützte nichts. Angst, Ekel und Scham ließen sich nicht abwaschen.

Nach dem Bad machte ich einen Bogen um unseren Schlafsaal. Stattdessen schlich ich zu dem Quartier, in dem Cadan lebte. Die meisten Fenster spiegelten die schwarze Nacht, hinter einigen wenigen brannte Licht. Ich wagte nicht, mich durch die Flure zu schleichen, sondern kletterte auf den buckligen Baum, der gegenüber dem Haus aufragte. Von dort aus schielte ich in das Zimmer, in dem ich Cadan vermutete. Es war leer.

Mit der Gewissheit, dass Cadan irgendwo in der Stadt herumschlich, steuerte ich auf das Haupttor zu. Fast hatte ich es erreicht, als ich vor mir eine Gestalt ausmachen konnte. Klein, hager und nervös. Immer wieder sah sie über die Schulter. Der Schein einer Straßenlaterne offenbarte ihren Versuch, sich aus der Gilde zu stehlen. Ich erstarrte, als sich unsere Blicke begegneten. Giordyns Augen verengten sich. Er erkannte mich, dessen war ich mir sicher. Sekunde um Sekunde verstrich und ich wartete darauf, dass er sich auf mich stürzte. Auf die Mörderin seines Vaters. Stattdessen wandte er sich um und verschwand in einer Seitengasse, die sich hinauf zum Palast schlängelte.

Mein Herz pochte, aber ich hatte keine Zeit, das, was ich gesehen hatte, zu verarbeiten. Ich musste Cadan finden. Tun, was ich tun musste.

Wie ein Schatten, der mit der Dunkelheit verschmolz, verließ ich das Gelände der Gilde. Die Nacht trug mich durch die Straßen und schützte mich vor unerwünschten Blicken.

In Beryll gab es drei Tavernen. Es war nicht abwegig, dass einer ihrer Besucher Cadan in der Stadt über den Weg gelaufen war. Das war meine erste Anlaufstelle. *Der Goldene Storch*, eine Wirtschaft, die besonders gern von Königstreuen und bisweilen auch von den Ältesten der Gilde besucht wurde, stellte sich als Sackgasse heraus. Ein Schild, das im Nachtwind leise klapperte, hing vor der Tür: geschlossen.

Zum Einsamen Ochsen und *Im Gläsernen Haus* waren gut besucht, doch von einem Mann mit silbrig-weißem Haar gab es keine Spur. Ich fragte die Wirte der beiden Tavernen und ein paar ihrer Gäste, aber keiner von ihnen wusste mit meiner Beschreibung etwas anzufangen. Ob sie Cadan nicht kannten oder der Alkohol ihre Erinnerung ausgelöscht hatte, vermochte ich nicht zu sagen.

Ich war gewillt, meinen Befehl auszuführen. Aber das Schicksal stellte sich schützend vor Cadan. Ich schickte einen Fluch gen Himmel und vermutete, dass er die Gunst der Sternengötter genoss, die ihn vor mir verbargen. So schnell würde ich nicht aufgeben. Beryll war nicht groß genug, um untertauchen zu können. Was auch immer Cadan tat, bis zum Ende der Nacht würde ich ihn finden.

Mit neuer Zuversicht durchkämmte ich die Straßen. Auch jetzt begegneten mir immer wieder Königstreue. Man hätte leicht glauben können, dass sie durch die Tavernen zogen. Doch sie waren bewaffnet und marschierten in Formation durch die Stadt, als suchten sie etwas.

Oder jemanden.

Was, wenn sie Cadan zuerst fanden? Was, wenn sie mir zuvorkamen und ihn töteten? Wäre mein Befehl vom König damit hinfällig oder unerfüllt? Hatte ich zu lange gewartet?

So weit durfte ich es nicht kommen lassen. Ich musste Cadan finden.

Der Mond wanderte über den Himmel, während ich durch Berylls Straßen streifte. Müdigkeit trübte meine Sinne und erschwerte jeden meiner Schritte. Ich fragte mich, ob es allmählich Zeit wurde, aufzugeben und in die Gilde zurückzukehren. Womöglich lag Cadan längst im Bett, während ich mir die Nacht um die Ohren schlug.

Eine trügerische Ruhe hatte die Stadt ergriffen, die einzig und allein von der Melodie der Stiefelsohlen von Königstreuen gebrochen wurde. Aber da war auch etwas anderes. Ein Schrei gellte durch die Nacht, daraufhin wurden Rufe laut. Die Geräusche kamen aus einiger Entfernung. Ich zögerte, folgte dann aber einem Impuls und lief auf die Geräusche zu, die sich, je näher ich kam, in eine hitzige Diskussion verwandelten.

Als ich Cadans Stimme hörte, wanderte mein Blick unwillkürlich zu den Sternen. Ich packte mein Kurzschwert und schlich im Schutz der Dunkelheit auf ein paar Gestalten zu. Mit erhobenem Schwert stand Cadan in ihrer Mitte, an seiner Seite ein vom Alter gebeugter Mann, den er fest gepackt hielt. Führte er etwa einen letzten Befehl des Königs aus? Der Gedanke schien mir absurd, passte aber zu dem Bild, das ich von Dorchadas hatte. Diese Art der Ironie würde ihm gefallen.

»Lass ihn los!«, rief eine der Gestalten und richtete drohend einen Holzknüppel auf Cadan. Wusste er nicht, dass dieser ihn mit seinem Schwert zu Brennholz verarbeiten konnte? Ich trat dicht an die Gruppe heran, ohne gesehen zu werden.

»Cadan, beruhige dich!«, flehte der Mann, den Cadan gepackt hielt. Sein Schopf leuchtete ebenso hell wie der des Raben.

»Sei endlich still, du Narr!«, zischte Cadan.

»Beryll ist mein Zuhause!«

»Darüber sprechen wir später. Du wirst mich jetzt begleiten!«

»Das wird er nicht!«, warf ein anderer der Männer ein. »Von einem Raben lassen wir uns nichts sagen. Verschwinde von hier! Du bist hier nicht erwünscht!«

Cadan lachte kalt. »Womöglich lasst ihr euch von einem Raben nichts sagen, aber vielleicht von Coinneachs Enkel.« Eine elektrisierende Stille folgte auf seine Offenbarung, die Cadan gleich darauf mit weiteren Worten füllte. »Alles, was ich will, ist, meinen Großvater in Sicherheit zu wissen!«

»Er ist in Sicherheit«, warf der Mann mit dem Holzknüppel ein. »Zumindest war er das, ehe du ihn mit deinem Schwert aus seinem Heim gezerrt hast!«

»Wäre er sicher, wäre ich niemals hergekommen!«, rief Cadan.

»Und wovor willst du ihn schützen?«

Cadans Schultern sackten zusammen, und als das Licht des Mondes sein Gesicht berührte, wirkte er um Jahre gealtert. »Vor dem, was Beryll bevorsteht. Wollt ihr mir wirklich erzählen, ihr hättet nicht bemerkt, was in der Stadt vor sich geht? Königstreue an jeder Ecke. Blut, Tod und Verrat. Ein Sturm zieht auf und bevor er über uns zusammenbricht, will ich meinen Großvater weit weg von hier wissen. Und wenn es euch irgendwie möglich ist, verlasst auch ihr diesen verfluchten Ort, ehe es zu spät ist!«

Eine Gänsehaut breitete sich auf meinem Körper aus, Furcht brannte in meinen Eingeweiden.

»Ist es wirklich so ernst?«, fragte Cadans Großvater.

»Ja«, antwortete sein Enkel.

Coinneach nickte. »Lass die Waffe sinken, Reidy!«

»Bist du dir sicher?«, fragte der Mann mit dem Holzknüppel, der auf den Namen Reidy hörte. Unsicherheit schwang in seinen Worten mit und er sah von dem Alten zu Cadan. Ich fragte mich, warum dieser nicht seine Gabe gegen die Männer einsetzte. Es wäre so einfach, sie davon zu überzeugen, ihn mit seinem Großvater gehen zu lassen. Stattdessen hob er das Schwert und versuchte, sie mit Worten für sich zu gewinnen.

»Er ist mein Enkel«, sagte Coinneach schlicht und legte eine vom Alter gezeichnete Hand auf Cadans Schulter.

»Und ein Rabe«, warf der Mann mit dem Holzknüppel ein, aber sein Widerstand begann zu bröckeln. Er ließ die Waffe sinken.

»Glaubst du, ein Rabe kennt keine Ehre?«, fragte Cadan.

»Ich habe noch nie einen getroffen«, antwortete der Mann.

Cadan lachte. Dann schob er sein Schwert zurück in die Scheide. »Das wundert mich nicht. Aber sei versichert, dass ich diese Werte hoch schätze.« Er machte eine Pause und sah in die angespannten Gesichter. »Es ist mir ernst mit meiner Warnung. Verlasst Beryll, solange ihr noch könnt.«

Betretenes Gemurmel brach zwischen den Männern aus, das Cadan nutzte, um seinen Großvater aus ihrem Kreis zu führen. Angst und Unsicherheit drängten ihren Zorn zurück. Ich konnte es ihnen nachsehen, denn auch in mir hinterließen Cadans Worte ein mulmiges Gefühl. In den letzten Tagen hatte ich den stärker werdenden Wind auf meiner Haut gespürt, womöglich ein Vorbote des Sturms, von dem Cadan sprach: die Verstärkung der Wachen, die ständige Präsenz der Königstreuen, der Befehl des Königs an mich, einen der meinen zu töten, die Königstreuen, die Cadan angegriffen hatten.

Bevor Cadan und sein Großvater in einer der von Dunkelheit beherrschten Gassen verschwinden konnten, folgte ich ihnen. Die Stimmen der Männer erstarben, als ich um eine Ecke bog und mich zwischen zwei sich dicht an die Straße drängende Reihen von Häusern wiederfand. An ihrem Ende entdeckte ich die Gestalten von Cadan und Coinneach. Ich hob den Bogen, legte einen Pfeil auf und griff in die Sehne. Aber die Gefahr war zu groß, mein Ziel zu verfehlen. Die beiden bewegten sich rasch durch die Nacht, als wäre der König selbst ihnen auf den Fersen. Ich wandte mich um, versuchte die Schatten zu durchdringen, die um mich lauerten, denn womöglich war der König wirklich hinter ihnen her.

Der König.

Oder ich.

Mein Magen krampfte sich zusammen und meine Füße begannen zu kribbeln, als ich mich daran erinnerte, warum ich Cadan verfolgte. Meine Schritte wurden zögerlicher, bis der Abstand zu Cadan erneut wuchs. Und als er das Ende der Straße erreichte, ließ ich den Bogen wieder sinken.

Ich konnte es nicht tun, solange ich seinen Großvater nicht in Sicherheit wusste. Das war alles, was ich für Cadan tun konnte: ihn zu Ende bringen lassen, was ihn in dieser Nacht hergeführt hatte.

Unser Weg durch die Stadt endete nicht am Tor der Stadtmauer, sondern an einer von den natürlichen Begebenheiten des Berges geformten Grenze der Stadt. Scharfzüngige, von Moos bewachsene Felsnaben ragten wie Scherbensplitter aus dem Boden.

»Ist es wirklich sicherer, sich im Dunkeln das Genick zu brechen, als in dieser Stadt zu bleiben?«, fragte Coinneach und ich musste ihm im Stillen zustimmen. Für einen alten Mann, wie er es war, war dieser Weg eine tödliche Falle. Was hatte Cadan vor?

»Glaubst du, ich würde dich aus deinem Leben reißen, wenn es nicht unbedingt notwendig wäre?« Cadan legte die Finger an die Lippen und stieß einen Laut aus, der mich an den Ruf einer Eule erinnerte. »Die Tore der Stadt sind bewacht. Das ist der einzige Weg hinaus.«

Eine Gestalt trat aus der Dunkelheit und gewann an Kontur, als der Mond hinter einer Wolke hervorbrach und sein silbriges Licht zur

Erde schickte. Sie führte einen gesattelten Maulesel an einem Strick, dessen Hufe leise auf den Steinen klapperten.

»Du meinst das ernst«, bemerkte Coinneach.

Cadan trat auf ihn zu. Er nahm sein Gesicht in beide Hände und lehnte die Stirn gegen die des Alten. »Dein Leben ist in Gefahr, Großvater.«

»Das ist es auch ohne die Königstreuen«, seufzte Coinneach. »Ich bin ein alter Mann, Cadan. Jeden Tag verringert sich mein Vorsprung zum Tod. Es wird der Moment kommen, da er mich einholen wird.«

»Möchtest du lieber vom Alter besiegt werden oder mit einer Klinge im Herz sterben, Großvater?«

Coinneach seufzte, tätschelte seinen Enkel und löste sich von ihm.

»Wir sollten aufbrechen«, sagte der in einen Umhang gehüllte Mann. Cadan reichte ihm ein Säckchen mit klimperndem Inhalt und den Beutel seines Großvaters. Er trat zurück und beobachtete, wie Coinneach in den Sattel stieg. Ein letztes Mal berührten sie die Hände des anderen, dann gab der Mann seinem Tier ein Zeichen und der Maulesel betrat an seiner Seite das unwegsame Gelände.

Erst als das ungewöhnliche Gespann vollends im Dunkel verschwunden war, wandte Cadan sich ab. Er steuerte zielstrebig auf den Mauerspalt zu, in dem ich mich verbarg. Er war so schnell, dass ich keine Zeit hatte, zu reagieren. Mit blitzenden Augen und geblähten Nasenflügeln baute er sich vor mir auf und nahm mich zwischen den Armen, die er links und rechts von meinem Kopf gegen die Mauer stützte, gefangen.

»Du kriegst wohl nicht genug von mir!«, knurrte er und sein Atem streifte meine Wange. Wie in jener Nacht, die ich mit ihm auf der Lichtung verbracht hatte, reagierte mein Körper darauf. Ich bekam eine Gänsehaut, aber diesmal nicht aus Verlangen, sondern aus Furcht. Cadan war ein Rabe – einer der besten noch dazu. Ich hätte wissen müssen, dass ich ihm nicht so leicht folgen und ihn hinterrücks töten konnte.

KAPITEL 14

»Das hättest du wohl gern«, antwortete ich und verfluchte mich für das Beben in meiner Stimme.

Cadan schnaubte. »Du kannst mir nichts vormachen, Aeryn.«

»Ich weiß«, fauchte ich. »Denn was immer ich sage, du musst mich nur zwingen, die Wahrheit auszusprechen.«

Cadans Blick wurde hart. »Glaubst du wirklich, dass ich das tun würde?« Er stieß sich von der Wand ab und trat ein paar Schritte zurück, als könnte er meine Nähe nicht länger ertragen.

Mit meiner Hand tastete ich mich unauffällig an meinem Waffengürtel entlang, bis ich den Schaft eines Messers zu fassen bekam. »Ich weiß nicht, was du bereit bist zu tun, Cadan! Du bist nicht der, den ich zu kennen geglaubt habe!«

»Ach nein?« Cadan lachte. »Wen glaubtest du zu kennen? Einen heuchlerischen, königstreuen Schwachkopf, der alles tut, was man von ihm verlangt?«

»Du hast den Eid abgelegt«, erinnerte ich ihn. »Wie wir anderen auch.«

»Der Dienst für die Gilde bedeutet nicht, den eigenen Verstand nicht mehr zu gebrauchen. Manchmal glaube ich, dass ich der einzige Rabe bin, der das noch tut.«

Der unterschwellige Vorwurf prallte an mir ab. Ich packte das Messer fester.

»Ich bezweifle, dass dein Verstand schärfer ist als der von uns anderen, Cadan! Du spielst mit Leben und Tod, wenn du dich dem König widersetzt. In meinen Augen ist das dumm.«

»Und in meinen ist es ehrlich!« Erneut schoss er auf mich zu. Diesmal reagierte ich blitzschnell. Die Klinge meiner Waffe schimmerte im Mondlicht, als ich sie in die weiche Haut seines Kinns drückte. Überraschung trat auf Cadans Gesicht. Seine Augen weiteten sich.

»Wie ich sehe, kenne auch ich dich nicht so gut, wie ich gedacht hatte.«

»Offensichtlich«, zischte ich und zwang ihn, einen Schritt zurückzutreten. Er gehorchte, sodass ich uns drehen konnte, bis er mit dem Rücken zur Wand stand.

»Was hast du vor?«, wollte er wissen.

Ich antwortete nicht. Mondlicht spiegelte sich in seinen Augen, bis sie fast weiß waren. Er blinzelte und ich suchte darin nach Angst. Ich fand sie nicht. Cadan sah mich an, als wäre er derjenige, der mir eine Waffe an die Kehle hielt. Meine Hand zitterte.

Er witterte mein Zögern wie ein Hund, packte meine Hand und schleuderte mich gegen die Wand des Hauses. Meine Faust öffnete sich und ich verlor das Messer. Klirrend landete es auf dem Boden. Im nächsten Moment zückte Cadan sein Schwert. Ich tat es ihm gleich und zog mein eigenes aus der Scheide. Schwer atmend standen wir einander gegenüber und funkelten uns an. Ich fühlte mich an unseren Kampf in der Arena zurückerinnert und an die Worte des Königs. Mit seiner breiten Statur, seiner Gabe und seiner Erfahrung war Cadan mir zweifelsohne überlegen. Doch ich hatte nicht vor, zu verlieren.

Ich griff an.

Funken stoben, als unsere Klingen aufeinanderprallten. Mit beiden Händen musste ich mein Schwert festhalten, um es nicht zu verlieren. Der Aufprall vibrierte durch meinen ganzen Körper. Dann wich Cadan zurück und begann, einen Kreis um mich zu ziehen. Ohne ihn aus den Augen zu lassen, imitierte ich seine Bewegungen, passte mich seinem Rhythmus an, ohne ihm den Rücken zuzuwenden. Ich wartete auf die Härte seiner Waffe. Sie kam nicht. Alles, was er tat, war, mich zu umkreisen.

War das eine Taktik? Wollte er mich verunsichern?

Erneut brach ich aus meiner Linie aus und riss das Schwert hoch. Ehe es ihm gefährlich werden konnte, wehrte er mich ab. Ich prallte gegen seine Brust, wurde zurückgeworfen und landete auf dem Boden. Kurz sah ich Sternchen, dann rappelte ich mich auf, bevor er meinen Schwachpunkt ausnutzen konnte. Allerdings wirkte Cadan nicht, als hätte er das vor. Er war zurückgewichen, betrachtete mich.

Ich stemmte mich auf die Beine und spuckte aus. Mit zitternden Schultern und schweren Armen wandte ich mich ihm zu. Die Waffe lag unsicher in meinen Händen, aber sie war der einzige Schutzschild, den ich meiner Familie zu bieten hatte. Ich rannte los, das Schwert ausgestreckt. Mühelos wich Cadan mir aus und entlockte mir damit einen Fluch. Wieder und wieder stürmte ich auf ihn ein, wieder und wieder drehte und wand er sich, entging meiner Klinge, wagte selbst aber keinen Vorstoß. Es kam mir vor wie ein Tanz, bei dem er mich auf Abstand halten wollte.

Mein Hemd klebte an meiner schweißnassen Haut. Mit dem Handrücken wischte ich mir das Haar aus der feuchten Stirn. Mein Brustkorb brannte vor Anstrengung und in meinen Armen hatte ich jegliches Gefühl verloren.

»Was hast du vor, Aeryn?«, wiederholte Cadan die Frage, deren Antwort ich ihm noch immer schuldig war. Seine Stimme klang kein bisschen angestrengt, das Schwert hielt er locker in der Hand, als wäre seine Waffe nicht zweimal so groß wie meine.

Die Erkenntnis traf mich wie ein Schlag. In einem Zweikampf würde ich Cadan niemals besiegen. Zudem hatte ich das Moment der Überraschung verspielt. Wenn er mich in diesem Kampf nicht tötete, würde er fortan auf der Hut vor mir sein. Ich würde kaum mehr die Möglichkeit bekommen, ihm einen Pfeil zwischen die Schulterblätter zu schießen.

»Du willst es mir nicht sagen?« Nun bebte Cadans Stimme vor unterdrückter Wut. Er schleuderte sein Schwert von sich und machte einen Satz auf mich zu. Obwohl er unbewaffnet war, entging er meinem Hieb und warf mich zu Boden. Sein Gewicht drückte mich nieder. Ich spürte seinen wummernden Puls an meiner Brust. Er atmete schwer, jedoch nicht vor Anstrengung. Seine Augen brannten vor Zorn.

»Lass mich raten, wessen Namen du gezogen hast!«

Ich biss mir auf die Lippen und drehte das Gesicht von ihm weg, wollte die Wahrheit vor ihm verbergen. Hilflose Tränen verrieten mich. Sie zogen eine heiße Spur über meine Wangen und versengten meine Haut.

Cadan lachte rau. Er packte mein Kinn und zwang mich, ihn anzusehen. Die Berührung hatte jegliche Zärtlichkeit verloren, die er mir einst entgegengebracht hatte. »Du hast meinen Namen gezogen«, stieß er hervor. »Du hast meinen Namen gezogen und ziehst los, um mich zu töten.« So plötzlich er sich auf mich gestürzt hatte, so schnell rollte er sich von mir. Mit einer eleganten Bewegung stand er auf, während ich im Staub liegen blieb. Ich fand keine Kraft, um aufzustehen. Die Wahrheit war schwerer als die Last seines Gewichtes auf meinem Körper. Sie drückte mich nieder.

»Und du tust, was er dir befiehlt, als wärst du nichts weiter als sein dressiertes Hündchen.« Mit beiden Händen raufte Cadan sich das Haar. Es löste sich aus dem Knoten in seinem Nacken und tanzte um sein Gesicht. Er stiefelte vor mir auf und ab, bedachte mich hin und wieder mit bösen Blicken, ehe er sich abwandte, als könnte er meinen Anblick nicht ertragen.

»Was würdest du an meiner Stelle tun, Cadan?« Meine Stimme war dünn und so leise, dass der Wind sie hinforttrug.

Aber Cadan hatte mich ganz genau verstanden. Er presste die Zähne aufeinander und musterte mich wie ein Tier, das sich seiner Beute gewiss war. Eine Hand schob er durch den Spalt seines Umhangs. Er suchte etwas in der Tasche seines Hemdes. Ein Rascheln sagte mir, dass er es gefunden hatte. Er zog ein zerknittertes Stück Pergament hervor und warf es mir zu. Seine Miene war dabei wie in Stein gemeißelt. Unleserlich. Eiskalt. Wie eine Statue, die im Winter draußen verweilte und Eis und Schnee ausgesetzt war.

Eine dunkle Vorahnung beschlich mich, als ich das Pergament an mich nahm und es entfaltete. Die Schwärze der Nacht machte das, was darauf stand, unleserlich. Aber als wären die Sternengötter hoch über uns Cadan freundlich gesinnt, schickten sie einen silbrigen Lichtstrahl durch die Wolken.

Aeryn Earraigh.

Da stand mein Name.

Aeryn Earraigh.

In einer fein säuberlichen Handschrift.

Aeryn Earraigh.

Cadan trug mein Todesurteil in seiner Brusttasche mit sich. Ich fühlte mich, als stürzte ich in einen Abgrund. Wie war das möglich? Und was hatte das zu bedeuten?

Ich war eine Närrin. Der König wusste, dass ich Cadan nicht gewachsen war. Er hatte mir eine Strafe angekündigt und hatte sie gewählt. Und ich war dumm genug gewesen, um zu glauben, dass meine Strafe darin bestand, ihn zu töten. Dabei war alles nur auf diesen einen Moment hinausgelaufen. Der König hatte nicht Cadans Todesurteil gefällt, sondern meines.

Cadan packte das Stück Pergament und zerriss es in kleine Stücke. Der Wind erfasste sie und trug sie hinfort, als würde das meinen baldigen Tod verhindern. Mir war elend zumute und ich umfasste mit beiden Armen meinen Bauch. Cadan kniete sich neben mich.

»Geht es dir gut?« Die Schärfe war aus seiner Stimme verschwunden. Er streckte die Hand nach mir aus, überlegte es sich dann aber anders und strich sich eine Strähne hinter das Ohr.

»Warum?«, würgte ich hervor und kämpfte gegen die aufsteigende Übelkeit an.

»Ich weiß es nicht. Die Königstreuen sind nicht sonderlich gesprächig.« Cadan seufzte. Er warf einen Blick über die Schulter und versuchte mit angespannter Miene, die Dunkelheit zu durchdringen. »Wir sollten von hier verschwinden, Aeryn. Patrouillen ziehen durch die ganze Stadt. Früher oder später werden sie uns entdecken. Und wenn sie uns beide zusammen und noch dazu lebend finden, wird es für keinen von uns ein gutes Ende nehmen.«

»Und wo sollen wir hin?«

Cadan reichte mir erneut eine Hand, die ich zögerlich ergriff. Mit einem Ruck zog er mich auf die Beine. Dann bückte er sich und hob mein Schwert auf. Er legte den Kopf schief und musterte mich. »Wirst du versuchen, mich zu töten, wenn ich es dir zurückgebe?«

»Wenn ich dich töten will, nehme ich einfach eine der anderen Waffen, wenn du mir mein Schwert nicht zurückgibst«, entgegnete ich.

Cadan schnaubte, überließ es mir aber dennoch. »Waffenstillstand?«, fragte er mich.

Ich zögerte. »Für den Moment«, willigte ich schließlich ein und erntete ein Lächeln, das mir sonderbar echt vorkam.

Nachdem Cadan auch sein Schwert zurück in die Scheide gesteckt hatte, bedeutete er mir mit einem Nicken, ihm zu folgen. Ich fühlte mich wie unter Wasser, taumelte mehr, als dass ich ging, und bekam kaum mit, wohin er mich führte. Ohne Cadan wäre ich den Königstreuen direkt in die Arme gelaufen, denn zweimal hörten wir sie ein paar Straßen weiter grölen. Irgendwann setzte ein dichter Nieselregen ein und durchnässte meine Kleidung binnen kürzester Zeit. Mir war eiskalt und meine Zähne klapperten. Trotzdem setzte ich einen Fuß vor den anderen und folgte Cadan. Meine Stiefel wirbelten Pfützen auf und hinterließen schlammige Spuren auf der Straße, die der Regen alsbald fortwischte.

Die Ruhe der Nacht währte, bis wir eine Straße erreichten, an deren Ende eines der drei Wirtshäuser lag.

»Ist es nicht offensichtlich, wenn wir uns in einer Taverne verstecken?«, fragte ich.

»Es gibt andere Orte, an denen sie mich zuerst suchen würden. Außerdem ist es nur für eine Nacht«, sagte Cadan, »und dann sehen wir weiter.«

Ein betrunkener Mann torkelte uns entgegen. Er grüßte uns mit einem seligen Lächeln und tippte sich an den Hut. Ich vermutete, dass er so viel getrunken hatte, dass er uns nicht als Raben erkannte. Andernfalls hätte er die Flasche, die er in der Hand hielt, womöglich nicht an die Lippen gesetzt, sondern nach uns geworfen.

Der Einsame Ochse war selbst zu dieser späten Stunde zum Bersten gefüllt. Hitze, lautes Stimmengewirr und der Geruch nach Bier schlugen mir entgegen, als Cadan die Tür öffnete und ich nach ihm eintrat. Wie selbstverständlich schob er sich durch die Gäste auf die Theke zu, als wäre er bereits Dutzende Male hier gewesen. Mit meiner Vermutung, ihn hier anzutreffen, hatte ich also gar nicht so falschgelegen.

»Was kann ich für dich tun, Cadan?«, begrüßte der Wirt ihn wie einen alten Freund.

Cadan warf einen Beutel auf den Tisch und sagte mit einem anzüglichen Grinsen in meine Richtung: »Ein Zimmer und deine Verschwiegenheit. Oh, und natürlich den besten Wein, den du im Hause hast!«

Der Wirt lachte schallend und ließ den Beutel verschwinden. Ich war sicher, dass er bis zum Rand mit Münzen gefüllt war. Anders konnte ich mir nicht erklären, warum zwei Raben hier willkommen waren. Erneut fragte ich mich, wie Cadan an so viel Geld gekommen war.

»Dann zeige ich euch Turteltäubchen mal euer Zimmer für diese Nacht.« Der Wirt grinste, während Cadan mir einen Arm um die Schultern legte und mich an sich zog. Ich prallte gegen seine Brust und atmete seinen Duft ein, der mich sofort an die Zärtlichkeiten erinnerte, die wir miteinander geteilt hatten. Ich versuchte mich aus seiner Umklammerung zu befreien, aber er hielt mich umso fester.

»Tu einfach so, als wärst du glücklich verliebt«, zischte er mir zu, ehe er auf ein Zeichen des Wirtes reagierte und mich erneut durch die Menschen lotste, die sich die Nacht in dieser Taverne um die Ohren schlugen.

»Ich bin keine sonderlich gute Schauspielerin«, entgegnete ich.

»Das sehe ich«, knurrte Cadan, löste die schraubstockartige Umklammerung meiner Schultern und legte mir eine Hand auf den Rücken. Seine Berührung sandte ein Gefühl von Wärme durch meinen eiskalten Körper. Und obwohl ich wusste, dass das falsch war, genoss ich es.

Der Wirt führte uns durch ein Hinterzimmer, in dem mehrere Ohrensessel um ein Feuer standen. Ich sehnte mich danach, mich an den Flammen aufzuwärmen, aber Cadan drängte mich weiter. Wir stiegen eine schmale Treppe empor, deren Stufen unter jedem unserer Schritte knarzten. Im ersten Stock hielt der Wirt vor einer von drei

Türen. Er stieß sie auf und entzündete in dem dahinterliegenden Zimmer ein paar Kerzen.

»Ich hoffe, das ist zu deiner Zufriedenheit, Cadan«, sagte er und machte eine ausladende Geste durch den Raum.

»Vollkommen«, bestätigte der Rabe.

Das Zimmer war nicht besonders groß. In seiner Mitte stand ein einfaches Bett mit hellen Laken, links und rechts daneben zwei Nachttische. Gegenüber befand sich eine niedrige Kommode, auf der eine Schale mit Wasser stand. In einer Ecke lehnte ein hoher, angelaufener Spiegel, davor stand ein dreibeiniger Schemel.

»Macht es euch bequem, ich bringe den Wein«, sagte der Wirt und drängte sich an mir vorbei nach draußen.

»Murphy!«, hielt Cadan ihn auf.

Der Wirt wandte sich um und legte abwartend den Kopf schief.

»Bringst du uns noch ein paar Decken?« Cadan zupfte an seinem Umhang, der ebenso nass war wie meiner.

»Selbstverständlich.«

Sobald sich die Tür hinter dem Wirt geschlossen hatte, nahm Cadan die Wasserschale von der Kommode und stellte sie auf den dreibeinigen Schemel. Dann schob er die Kommode vor die Tür. Ich beobachtete mit hochgezogenen Brauen, wie er zum Fenster eilte, es öffnete und hinausspähte.

»Es ist nicht sonderlich hoch«, meinte er. »Glaubst du, du könntest hinausspringen?«

»Warum um alles in der Welt sollte ich das tun?«, fragte ich und umfasste meinen Oberkörper mit beiden Armen.

»Für den Fall, dass die Königstreuen uns hier finden«, sagte Cadan.

Ich trat neben ihn ans Fenster und sah hinaus. Die Gasse draußen war schmal und glitzerte in dem strömenden Regen. »Für den Fall, dass sie uns hier finden, würde ich auch aus dem zweiten Stock springen«, versprach ich.

KAPITEL 15

Es klopfte und Cadan erstarrte, als verlangte der Tod nach uns. Das tat er zweifelsohne. Aber nicht er war es, der in diesem Moment auf der anderen Seite der Tür stand. Cadan durchmaß den Raum und blieb hinter der Kommode stehen, die erzitterte, als jemand versuchte, sich Zutritt zu verschaffen.

»Wer ist da?«, fragte Cadan scharf.

»Murphy!«, drang es gedämpft durch die Tür. »Ich bringe Decken und Wein!«

Cadan schob die Kommode beiseite und nahm Murphy einen Stapel kratzig aussehender Wolldecken und eine dunkle Flasche ab.

»Du weißt, wo du mich findest, falls du etwas …«

Cadan ließ Murphy nicht aussprechen, da knallte er die Tür bereits wieder zu und schob die Kommode zurück.

»Ich wünsche euch einen angenehmen Aufenthalt«, hörte ich Murphy auf der anderen Seite rufen, ehe seine Schritte im Flur verklangen.

Auf einmal wurde mir bewusst, dass ich allein mit Cadan war. Er sollte mich töten. Der Gedanke vergiftete meinen Geist und trübte meine Wahrnehmung. Wenn ich meinen Blick auf Cadan richtete, war mir der Mann, den ich sah, fremd. Der Mann, mit dem ich aufgewachsen war. Der Mann, in den ich verliebt war. Ich horchte in mich hinein, suchte nach Spuren meiner romantischen Gefühle für Cadan, aber da war nichts weiter als Furcht und Misstrauen. Ich erforschte diese Empfindungen, versuchte sie zu verstehen. Cadan hatte Geheimnisse, zu viele Geheimnisse.

»Es wird Zeit, dass du aus den nassen Sachen rauskommst«, bemerkte er und warf die Decken auf das Bett. »Zieh dich aus!« In diesem Zimmer wirkte er riesig. Oder lag es daran, dass das Zimmer so klein war? Er schien jede Ecke davon auszufüllen.

»Wie bitte?«, krächzte ich. Er hob einen Mundwinkel, bevor er mich der Frage überließ, ob er sich über mich lustig machte.

Er kehrte mir den Rücken zu. »Besser so? Zieh dich aus und wickle dich in die Decken ein.« Ich zögerte, aber als er begann, am Korken der Weinflasche herumzunesteln, streifte ich meinen Umhang von den Schultern. An meiner Tunika öffnete ich einen Knopf nach dem anderen, ehe ich sie auszog. Meine Haut war eiskalt. Ich zitterte, als ich mich auch der Hose entledigte und mich mit einer Decke einwickelte.

»Fertig«, sagte ich und setzte mich auf die Kante des Bettes.

Cadan reichte mir die Weinflasche. Ich wollte ablehnen, aber als er begann sich auszuziehen und ich einen Blick auf die wohlgeformte Rundung seines Hinterns erhaschte, kniff ich die Augen zusammen und nahm einen großen Schluck.

Erst als ich Cadans Gewicht auf dem Bett spürte, hob ich die Lider. Er hatte sich auf der anderen Seite niedergelassen, eine Decke über den Schultern, doch unter dem Schlitz blitzte seine nackte Brust hervor.

Mein Blick wanderte über seinen Körper. Früher hatte ich Cadan oft heimlich beobachtet. Ich erinnerte mich an mein schneller schlagendes Herz und die Röte, die mir jedes Mal über die Wangen kroch, wenn ich mich dabei ertappte. In diesem Moment fühlte ich mich trotz des Anblicks seiner wohl definierten Muskeln leer. Es war, als wäre ein Teil von mir einfach erloschen wie eine Flamme im Wind.

Ich stand auf und stieß dabei den Schemel um. Er kippte und Cadan und ich streckten gleichzeitig die Hände danach aus. Für den Hauch eines Augenblicks berührten sich unsere Fingerspitzen. Die Zeit schien stillzustehen und die Luft um uns herum veränderte sich, flimmerte. Hitze brannte auf meinen Wangen, aber es war nicht meine Schamesröte, sondern Cadans Angst. Sie war gleißend hell und unerträglich heiß. Ihre Flammen züngelten um meine Finger und wanden sich wie Schlangen um meine Arme. Sie war überwältigend.

Der Moment verstrich und Cadan riss die Hand zurück. Die Hitze ließ von mir ab, ehe ich darin etwas sehen konnte, das zu verstehen ich imstande war. Cadan sah mich an, als hätte ich ihm einen Dolch zwischen die Rippen geschoben. Seine Schultern bebten, sein Blick glühte.

Ich wich zurück, räusperte mich. Cadan ließ die Augen nicht von mir. Sie durchbohrten mich wie die Waffe eines Mannes, der noch im Sterben zum letzten Schlag ausholte. Es war nicht meine Absicht gewesen, in seinen Ängsten zu lesen.

Als wäre nichts geschehen, hob ich das Kinn und schob mich an Cadan vorbei. Dann umrundete ich das Bett und hielt vor dem Schemel, auf dem die Schale stand. Mit beiden Händen schöpfte ich mir Wasser ins Gesicht. Die Luft war schwer von ungesagten Worten. Ich versuchte mir meine Unruhe nicht anmerken zu lassen. Aber mit jedem Wimpernschlag, der verstrich und den ich mit Cadan eingesperrt in diesem Zimmer verbrachte, wuchs mein Misstrauen. Ich nahm einen großen Schluck Wein direkt aus der Flasche. Der süßlich herbe Geschmack füllte meinen Mund und rann meine Kehle hinab. Wärme breitete sich in meinem Brustkorb aus und beruhigte mein hämmerndes Herz. Ich nahm noch einen zweiten Schluck, ehe ich mich durch den engen Gang an Cadan vorbeischob und mich auf dem Bett zusammenkauerte.

»Wann hast du den Befehl erhalten?«, wollte ich schließlich wissen. Ich sah meinen Namen in der geschlungenen Handschrift vor mir, die ich bereits von Cadans Todesurteil kannte.

Er zog die Decke enger um die Schultern, sodass sich der Spalt vor seiner Brust schloss, und schwieg.

»Wann?«, wiederholte ich mit Nachdruck.

Cadan seufzte schwer und sah mich eindringlich an. »An dem Tag, als ich dich am Bach gefunden habe.«

Seine Worte trafen mich mit unvermittelter Härte. Das war, bevor ich den Befehl vom König erhalten hatte, Cadan zu töten. Noch vor unserer gemeinsamen Nacht auf der Lichtung.

»Ich wusste, dass ich es nicht tun konnte«, sagte Cadan leise. Seine Schultern zuckten unter einer unsichtbaren Last.

»Stattdessen hast du mich nachts aus dem Bett geholt und mir diese Küsse gestohlen!«, fauchte ich. Doch es war nicht das, was mich wütend machte. Die Erkenntnis, dass er stark genug gewesen war, dem Befehl des Königs zu widerstehen, und ich nicht, war Ursache meines Zorns. Was hätte ich getan, wenn ich erfahren hätte, dass Cadan mich verschont hatte, nachdem ich ihn getötet hatte?

»Ich wollte mich verabschieden«, gestand Cadan. »Denn ich wusste, dass ich eine Missachtung des Befehls nicht überleben würde.«

»Das war der Grund, warum dich die Königstreuen in der Purpurstraße überfallen haben«, stellte ich fest. Und wahrscheinlich hatte der König nicht daran geglaubt, dass ich ihm gehorchen würde.

Cadan musterte mich und die Erinnerung an unsere Begegnung in seinem Zimmer schwebte zwischen uns, als ich dieses Thema zum ersten Mal angesprochen hatte. »Einen Angriff auf dem Gelände der Gilde haben sie nicht gewagt, aber jedes Mal, wenn ich es verlassen habe, klebten sie mir an den Fersen.«

»Ich wollte dich an diesem Tag töten«, gab ich zu, weil ich keinen Grund mehr sah, es zu leugnen. Vor Scham senkte ich den Blick. Ich konnte es nicht ertragen, ihn anzusehen, denn ich hatte mich dem Befehl des Königs beugen wollen. »Cadan … warum das alles? Warum will der König, dass wir uns *gegenseitig* töten? Warum müssen wir uns hier verstecken und aus dem Fenster springen, falls sie uns finden? Glaubst du, es liegt daran, dass ich seinen Befehl verweigert habe? Ist das meine Strafe?«

Cadans Blick verfinsterte sich. »Ich weiß es nicht«, sagte er zerknirscht. »Ich habe versucht, etwas darüber herauszufinden. Doch sobald mich die Königstreuen angegriffen hatten, wurde es schwieriger, sich frei in der Stadt zu bewegen. Sie sind überall.«

»Sie haben den Palast in eine Festung gewandelt. Niemand darf das Gelände ohne Einladung betreten. Was geht da vor, Cadan? Und warum ausgerechnet jetzt?«

Cadan rieb sich die Lider. Er sah so müde aus, wie ich mich fühlte. »Diese Frage stelle ich mir, seit ich den Befehl erhalten habe, dich zu töten.«

»Deshalb hast du deinen Großvater fortgeschickt«, bemerkte ich. »Wegen mir!«

»Ich konnte nicht riskieren, dass sie ihm etwas antun, um mich zu bestrafen.«

Ich nickte. Vermutlich verstand ich ihn besser, als er sich vorstellen konnte. Auch ich hatte meine Familie davor schützen wollen, als Druckmittel missbraucht zu werden.

»Wir müssen herausfinden, was da draußen vor sich geht, damit wir entscheiden können, was als Nächstes zu tun ist«, sagte Cadan. »Aber heute Nacht bleibt uns nichts anderes übrig, als abzuwarten. Du solltest ein wenig schlafen, Aeryn!«

Das Bett war groß genug für ein Liebespaar, nicht aber für Cadan und mich, die wir das, was wir gehabt hatten, verloren hatten. Er bemerkte meinen Blick und erhob sich von der Bettkante. »Du kannst hier schlafen«, bot er mir an.

»Und was ist mit dir?«

»Ich suche mir das weichste Fleckchen Boden«, scherzte Cadan. Aber als ich eine Braue hob, fügte er hinzu: »Ich werde nicht schlafen.« Er stand auf, stellte den Wasserkrug zurück auf die Kommode, ehe er es sich auf dem dreibeinigen Schemel bequem machte und aus dem Fenster sah. »Mir geht zu viel im Kopf um, außerdem muss einer von uns beiden Wache halten.«

»Weck mich in ein paar Stunden«, sagte ich. »Dann tauschen wir.«

Cadan lächelte. »Schlaf gut, Aeryn.«

Ich zögerte. Aber als er nichts hinzufügte, machte ich es mir auf den Kissen bequem und schloss die Augen.

Sehr schnell stellte ich fest, dass der Schlaf in dieser Nacht auf sich warten lassen würde. Meine Gedanken kamen nicht zur Ruhe und mein Herz pochte. Ich nahm Cadans Nähe überdeutlich wahr und die Angst vor dem, was in den Straßen Berylls geschah, nagte an mir. Ich dachte an meine Familie, die ich nach so langer Zeit endlich wiedergesehen hatte, und um die ich nun mehr bangte als je zuvor. Sie schwebten in Lebensgefahr, solange ich mich den Befehlen des Königs widersetzte. Erneut stand ich vor dem Haus meiner Eltern und spähte durchs Fenster. Meine Mutter malte, der Pinsel flog über die Leinwand. Plötzlich stieß sie mit dem Ellbogen gegen einen Farbtopf. Karmesinrot breitete sich auf dem Boden aus. Dann erkannte ich, dass es keine Farbe war, es war Blut. Der Oberkörper meiner Mutter kippte. Sie rutschte von dem Hocker und schlug mit dem Kopf auf.

Ich schrie. Im nächsten Moment legte sich eine raue Hand auf meine Lippen und erstickte jegliches Geräusch. Ich blinzelte und war zurück in dem kleinen Zimmer im *Einsamen Ochsen*. Cadan stand über mir und bedeutete mir, still zu sein. Ich nickte und die Decke, die auf mir lag, raschelte. Er zog sich zurück.

»Du hast schlecht geträumt«, stellte er fest. Die Welt ergraute, die Nacht wich zurück.

»Du solltest mich doch wecken!«, schimpfte ich und richtete mich auf. »Hast du überhaupt geschlafen?«

Da erst bemerkte ich den aschfahlen Ton seiner Haut. »Was ist geschehen, Cadan?«

Er zögerte und blickte aus dem Fenster, als sähe er dort etwas, das mir verborgen blieb. Mein Herz pochte wild. Ich rückte dichter an ihn heran, bis unsere Knie sich durch den rauen Stoff unserer Decken berührten.

»In der letzten Nacht wurde die Gilde angegriffen«, sagte er.

»Was?«, entfuhr es mir. Ich rückte von ihm ab. »Woher willst du das wissen?«

Cadan deutete auf den Wasserkrug auf der Kommode. »Ich war kurz unten im Schankraum, um den Krug wieder aufzufüllen, als ich das Gespräch zweier Männer mithörte, die Zeuge eines Angriffs geworden sind.« Er machte eine Pause, in der ich Zeugin der Verzweiflung seines Blickes wurde. »Drei Raben sind tot, heißt es.«

»Nein«, flüsterte ich. Meine Stimme brach. Ich dachte an Mairead, Mór, Tyriq und Emma und all die anderen. Angst schnürte mir den Atem ab und ich fürchtete, zu ersticken. »Wer?« Ich wusste nicht, ob ich die Antwort auf die Frage verkraften konnte. »Und warum?«

Cadan schüttelte den Kopf. »Ich weiß es nicht. Aber ich nehme an, dass es die Königstreuen waren.«

Die Zeit der Gilde war vorbei. Das hatte Murtagh gesagt. Meine Hände zitterten, meine Schultern bebten. Ich versuchte, zu atmen, glaubte jedoch zu ersticken. Was, wenn Mór etwas geschehen war? Oder Mairead? Oder Ty? Ich schloss die Augen und kämpfte gegen die aufsteigenden Tränen an. Sie waren in Sicherheit. Ich musste daran glauben, denn Mór hätte gewusst, wenn ihnen eine Gefahr drohte. Sie hätte sie beschützt.

»Wo ist der Maester? Was hat er dagegen unternommen?«

»Es heißt, die Gilde sei verlassen. Sie seien alle fort.«

Ich blinzelte. »Fort? Was soll das bedeuten?«

»Nach dem Angriff sind die Raben ausgeflogen«, sagte Cadan tonlos.

Nun lief mir eine brennende Träne über die Wange. Ich wischte sie fort, zog die Knie an und umfasste sie mit beiden Armen. »Was sollen wir denn jetzt machen?«

»Wir müssen sie finden!«

»Nein!«, rief ich und schüttelte den Kopf. »Wir müssen fliehen, Cadan! Der König will unsere Köpfe. Was, wenn das alles zu seinem Plan gehört?«

»Es schmeichelt mir, dass du mich für so bedeutsam hältst, Aeryn, aber ich fürchte, dass es nicht länger um uns beide geht. Der Angriff auf die Gilde war keine Rache für den Ungehorsam zweier Raben. Das ist ein abgekartetes Spiel, dessen Regeln wir nicht kennen. In den letzten Tagen haben sie ihre Spieler positioniert. Heute Nacht haben sie den ersten Zug getan.«

Drei Raben hatten ihr Leben verloren. Wer war als Erstes aus dem Spiel ausgeschieden? Einer meiner Freunde oder Lehrer? Einer der Novizen? Meine Kehle schnürte sich zu bei dem Gedanken, jemanden verloren zu haben.

»Was schlägst du vor?«, fragte ich Cadan.

»Allein auf Berylls Straßen werden sie uns über kurz oder lang erwischen. Ich vertraue Murphy – bis jemand meinen Preis überbietet. Wir müssen die anderen finden und uns ihnen anschließen. Nur gemeinsam sind wir stark.«

»Die Gilde zählt zurzeit knapp fünfzig Köpfe«, sagte ich. »Wo sollten sich so viele Menschen verstecken können?«

Cadan rieb sich die Lider. Jede seiner Bewegungen war angespannt und ruckartig wie die eines Tieres auf der Flucht. Schatten lagen unter seinen Augen. »Ich kann es nicht mit Gewissheit sagen, aber ich vermute, dass der Maester bereits vor ein paar Tagen einen Verdacht gehegt hat.«

»Er war überaus interessiert an dem, was der König von mir wollte«, stimmte ich ihm zu.

»Womöglich hat er eine Flucht vorbereitet.«

»Und wie sollen wir das herauskriegen?«

Cadan zögerte, aber der Blick, den er mir zuwarf, war entschlossen. »Wir gehen nach Hause.«

KAPITEL 16

Alles in mir schrie, Beryll so schnell wie möglich den Rücken zu kehren, um dem Schicksal zu entgehen, das die Gilde ereilt hatte. Aber die Angst um meine Freunde war stärker. Sie zwang mich vorwärts, Schritt für Schritt. Und mit jedem weiteren Herzschlag wurde sie gewaltiger und trieb mich an. Die Zinnen des Palastes ragten bedrohlich über den Dächern auf und die Fenster kamen mir wie Augen vor, die uns beobachteten.

Im Morgengrauen hatten wir den *Einsamen Ochsen* verlassen. Seitdem streiften Cadan und ich durch die Stadt und zogen immer engere Kreise um die Gilde, über deren Gebäude Rauchfahnen aufstiegen. Mir schnürte sich die Brust zu.

Die Stadt war in Aufruhr. Mehr Menschen als üblich strömten durch die Gassen, die Köpfe in Richtung der sich kringelnden Rauchsäulen gedreht. Wieder und wieder lösten Königstreue Gruppen Herumstehender auf und scheuchten sie fort. Der Gleichklang ihrer Schritte tönte durch ganz Beryll.

»Die Gilde ist gefallen«, murmelten die Leute einander zu.

»Wenn die Gilde fällt, fällt auch die Stadt.«

Von der offenen Ablehnung der Bewohner gegenüber den Raben war nichts mehr zu spüren. Stattdessen beherrschten Angst und Unbehagen die Straßen. Um nicht erkannt zu werden, drängten wir uns mit hochgeschlagenen Kapuzen durch sie hindurch. Ich versuchte, in jedes einzelne Gesicht zu sehen. Suchte nach Maireads Sommersprossen, Mórs scharfen Gesichtszügen und Tyriqs warmen Augen.

Sie waren nicht unter den Menschen, die die Straßen überfluteten, und ich fürchtete, sie in der Gilde zu finden. Tot.

Ich wollte beten. Doch ich wusste nicht, an wen ich mich wenden sollte. Der König erschien mir nicht länger würdig, aber ich wusste nicht, ob die Sterne, die bei Tag in dem hellen Blau des Himmels verschwanden, tatsächlich Götter waren. Würden sie mich überhaupt erhören?

Cadan drängte mich in die Nische eines Hauses, als ein Trupp Königstreuer vorbeimarschierte. Ich spürte seinen Herzschlag durch den Lederharnisch hindurch. Seine Miene war angespannt, sein Blick ruhelos. Darin lagen Fassungslosigkeit und Zorn.

»Und du glaubst nicht, dass es in der Gilde nur so von Soldaten wimmelt?« Ich beugte mich vor, wollte um die Ecke sehen, aber Cadan drängte mich mit sanfter Gewalt zurück.

»Doch«, antwortete er knapp und beobachtete über meinen Kopf hinweg die Straße. Ein Königstreuer lief dicht an uns vorbei. In den Händen hielt er einen Stock, mit dem er jene Menschen in die Kniekehlen schlug, die die Straße zur Gilde blockierten. Es war Murtagh. Übelkeit stieg in mir auf. Schreie säumten seinen Weg, verhaltene Flüche folgten ihm.

»Wir laufen ihnen direkt in die Arme, wenn wir einfach so in die Gilde marschieren«, bemerkte ich.

Cadan lachte, als hätte ich einen Witz gemacht. Wütend funkelte ich ihn an. »Damit ist es mir ernst!«, knurrte ich.

»Mir auch«, behauptete er. »Ich weiß, wie man sich ungesehen über das Gelände bewegt.«

»Auch wenn hundert Königstreue auf dem Gelände abgestellt sind?«

Ungeduldig schnalzte Cadan mit der Zunge. Sein konzentrierter Blick riss von der Straße ab und traf mich. »Ich will genauso wenig von den Königstreuen erwischt werden wie du, Aeryn. Vertrau mir, wenn ich dir sage, dass ich weiß, was ich tue.«

»Das fällt mir zugegebenermaßen etwas schwer«, brummte ich, aber Cadan legte einen Finger auf die Lippen. Er zog mich aus der Nische und schlenderte im Strom mit den Menschen gemächlich auf das Tor der Gilde zu. Schon von Weitem entdeckte ich die blauen

Uniformen der Königstreuen. Cadan, der sie auch bemerkt zu haben schien, wich von seinem Kurs ab und beschrieb einen Bogen durch die Menschen. Vor uns brach zwischen zwei Männern ein Streit aus, ihre Rufe erhoben sich über die Köpfe hinweg. Königstreue lösten sich aus ihrer Reihe und kamen direkt auf sie – auf uns – zu.

»Lauf«, zischte Cadan mir aus zusammengebissenen Zähnen zu und deutete mit dem Rucken seines Kopfes die Richtung an. Vor uns lag ein efeuumranktes Gebetshäuschen. Davon gab es viele in Beryll. Hinter einem schmiedeeisernen Tor hing das Porträt des Königs, manchmal fand man darin auch seine Büste. Tagsüber legten die Menschen Blumen und Opfergaben vor den Häuschen nieder, entzündeten Kerzen und beteten. Heute waren da nur die welken Pflanzen vom Vortag.

Cadan stieß das verwitterte Tor des Gebetshäuschens auf. Es quietschte verräterisch, aber das Geräusch ging in den Rufen und Schritten der versammelten Menschen unter. Niemand beachtete uns, als wir in das enge Häuschen schlüpften und das Tor hinter uns zuzogen.

Dicht an Cadan gedrängt, fiel es mir schwer, mich zu bewegen. »Und was jetzt?«, schnappte ich. Ich fühlte mich wie in einem aufrecht stehenden Sarg und war unfähig, mich zu bewegen.

Cadan lachte leise, dabei streifte sein Atem mein Ohr und ich atmete seinen Duft ein. Eine Gänsehaut überkam mich und ich erstarrte, als er seine Hände um meine Taille legte. Er war mir so nah wie in jener Nacht auf der Lichtung. Ich spürte den sanften Druck seiner Hände und wollte protestieren, als er mich näher an sich zog. Hinter mir klickte etwas und die Wand kippte zurück. Eine Tür. Sie öffnete sich knirschend. Nur mit Mühe konnte ich einen erschrockenen Aufschrei unterdrücken. Staub wirbelte auf und brannte in meinen Augen und der Nase. Die Wand wich zugunsten eines dunklen, spinnwebverhangenen Ganges zurück, der sich mir wie der Schlund eines Ungeheuers entgegenreckte.

»Du wusstest davon«, murmelte ich entsetzt.

Cadan ließ mich los, aber das Gefühl seiner Hände auf meinem Körper ließ nicht von mir ab. In geduckter Haltung trat er in den Gang.

»Da setze ich keinen Fuß rein!«, verkündete ich und erinnerte mich an einen schrecklichen Moment als Novizin, da ich die Angst eines anderen Mädchens erspürt hatte. Finola fürchtete sich vor Spinnen und hatte mich damit angesteckt. Ich hatte gesehen, wie sie die Luke eines Dachbodens geöffnet hatte und Hunderte Spinnen auf sie hinabgepurzelt waren. Nein, ich hatte es am eigenen Leib gespürt. Auf gar keinen Fall würde ich einen Schritt in diese ungewisse Dunkelheit setzen.

»Du kannst mich entweder durch den Gang begleiten«, meinte Cadan, »oder du findest einen Weg vorbei an den Königstreuen.«

Draußen herrschte noch immer Aufruhr. Dorchadas' Lakaien schlugen die Bewohner Berylls zurück. Flüche gellten über die Köpfe hinweg und die trampelnden Schritte der Soldaten wurden lauter, weil immer mehr von ihnen den Platz stürmten. Ich fletschte die Zähne, aber Cadan lachte bloß, schob mich beiseite und trat in den Gang. Eine gute Sache würde der Weg durch die spinnengespickte Dunkelheit haben: Danach würde ich Cadan vermutlich weniger anziehend finden. Ich stellte ihn mir mit Spinnweben im Haar vor und kämpfte gegen eine neuerliche Gänsehaut.

»Kommst du?«, rief er mir über die Schulter zu, während er eine Kerze aus der Wandhalterung nahm und den Gang ausleuchtete. Er schien tief in die Erde zu führen und soweit ich das von dem Gebetshäuschen aus beurteilen konnte, hatte er kein Ende. Ich tauschte einen Blick mit dem Porträt des Königs, der mich mit gerecktem Kinn beobachtete. Mir fiel eine Reihe unflätiger Flüche ein, die ich ohnehin niemals über die Lippen gebracht hätte, und folgte Cadan in die Dunkelheit. Sobald ich mich ein paar Schritte hineingewagt hatte, schloss sich hinter mir die Tür und ließ uns in völliger Finsternis zurück, die lediglich die flackernde Kerze durchbrach. Ich hoffte, dass Cadan wusste, wohin dieser Gang führte und dass wir nicht für immer hier unten gefangen wären. Doch ich wagte nicht, den Mund zu öffnen, aus Angst, Spinnweben oder Schlimmeres einzuatmen.

Schweigend liefen wir durch den Gang, der, je tiefer wir eindrangen, feuchter wurde. Wasser tropfte von den unebenen Wänden und auf dem Boden bildeten sich Pfützen. Feuchtigkeit hing in der Luft, die immer stickiger wurde. Irgendwann stieg der Gang sanft an und machte eine Kurve.

Ich hielt es nicht mehr aus und fragte schließlich: »Wie weit ist es noch?«

Cadan blieb stehen und drehte sich zu mir um. »Wir sind bald da. Ich weiß nicht, was uns in der Gilde erwartet. Die Königstreuen haben aufgerüstet. Wir müssen damit rechnen zu kämpfen. Bist du bereit dafür?«

Ich nickte und legte die Hand an den Knauf meines Kurzschwertes. »Wo endet dieser Gang?«

»Unmittelbar unter der Rabenhalle«, antwortete Cadan. »Die gesamte Gilde ist unterhöhlt. Es ist ein Labyrinth aus Tunneln, die in den letzten Jahrzehnten in Vergessenheit geraten sind. Sie verbinden Palast und Gilde mit verschiedenen Orten in der ganzen Stadt.«

»Wie ein unterirdisches Spinnennetz.« Mir entging die Ironie meiner Worte nicht.

Cadan nickte. »Ich bin vor ein paar Jahren darauf gestoßen, als ich mir in der Küche etwas zu essen klauen wollte. Die Tür zu den Kellergewölben war nur angelehnt. Die Neugierde trieb mich hierher und bis ans andere Ende der Stadt.«

»Ich höre heute das erste Mal davon.«

»Du warst anscheinend nicht abenteuerlustig genug.«

»Das bin ich auch jetzt nicht.« Ich seufzte und machte einen Bogen um ein dicht gesponnenes Netz, in dessen Mitte eine haarige Spinne saß. Erneut überkam mich eine Gänsehaut. Diesmal aus Ekel.

Der Gang mündete in schmalen Treppenstufen, die steil nach oben führten. Cadan bedeutete mir, vorzugehen. Er selbst hielt sich dicht hinter mir, um zu verhindern, dass ich abrutschte. Als die Stufen flacher wurden, zog er sich zurück. Der Gang ging ohne weitere Tür in die Kellergewölbe der Rabenhalle über. Hohe Regale, in denen Kartoffelkisten, Einmachgläser und getrocknetes Fleisch lagerten, wurden zu einem Labyrinth, in dem unsere Schritte von den Decken widerhallten. Das waren die einzigen Geräusche hier unten. Von Königstreuen gab es keine Spur.

Cadan übernahm erneut die Führung und steuerte zielstrebig durch die Regalreihen. Als wir durch die runde Tür in jenen Gang traten, an dessen Ende die Küche lag, veränderte sich der abgestandene Geruch in der Luft und erhielt eine beißende Note.

»Rauch«, sagte Cadan und kniff die Augen zusammen.

»Glaubst du, sie brennen alles nieder?«

»Ich will es nicht hoffen.«

Eine Schneise der Zerstörung zog sich durch die Gänge. Wandteppiche hingen in Fetzen von den Wänden, Skulpturen waren enthauptet worden. Ihre Köpfe starrten wie gefallene Krieger zur Decke. Durch eines der Fenster entdeckte ich den eingestürzten Rabenturm. Rauch stieg zwischen den Quadern auf, von seinen Bewohnern war nichts mehr zu sehen. Mein Magen krampfte sich zusammen, je weiter wir liefen. Die Gilde war mir über all die Jahre ein Zuhause gewesen. Und nun lag sie im Sterben. Ein Schleier aus Tränen senkte sich vor die Zerstörung. Ich dachte an meine Freunde und hoffte, dass sie es rechtzeitig geschafft hatten.

Durch einen Seiteneingang schlüpften wir in die große Halle. Die langen Tafeln waren wie Bäume gefällt worden. Holzsplitter bedeckten den Boden. Mein Herz schnürte sich bei dem Gedanken zusammen, dass ich hier so viel Zeit mit meinen Freunden verbracht hatte. Mairead hatte sich ständig über das Essen beklagt und Tyriq hatte sich jedes Mal über meine Reste hergemacht, ob ich nun fertig gewesen war oder nicht.

»Warum haben sie das getan?« Ich wusste, dass Cadan keine Antwort auf meine Frage kannte. Aber er war der Einzige, dem ich sie hätte stellen können. Wir tauschten einen fassungslosen Blick, dann ließ uns das dumpfe Geräusch nicht allzu weit entfernter Schritte zusammenzucken.

»Sie sind hier«, formte Cadan lautlos mit den Lippen und nickte zu dem großen Rundbogenportal, das die Rabenhalle mit dem Eingang verband. Er packte mich und zog mich in den Schutz einer Säule, ehe das Portal aufriss und dichter Rauch und eine Handvoll Königstreue hineinströmten. »Sie legen Feuer«, knurrte Cadan dicht an mein Ohr. Zwei Königstreue hielten Fackeln und steuerten auf die hölzernen Skelette der Speisetafeln zu.

»Sie werden alles zerstören«, wisperte ich mit rauer Stimme.

»Und uns gleich mit, wenn wir nicht ungesehen entkommen können«, bemerkte Cadan.

Die Königstreuen johlten ausgelassen, als die Fackelträger das Feuer auf die Überreste der Tafeln niedersenkten. In dem Moment gab Cadan mir ein Zeichen und verließ den Schutz der Säule. Ich schickte ein Stoßgebet gen Himmel, flehte irgendjemanden um Hilfe, der mich hören mochte, und folgte ihm in geduckter Haltung auf das geöffnete Portal zu. Der Rauch gab uns Deckung. Er quoll aus der Eingangshalle herein. Ich bedeckte Mund und Nase mit einer Hand, in der anderen hielt ich meine Waffe. Im Laufschritt querten wir die Halle. Das Portal schien so nah, als hinter uns empörte Rufe laut wurden.

»Da ist jemand!«

»Haltet sie!«

»Verdammt!«, rief Cadan und ließ sich auf meine Höhe zurückfallen. Er packte mein Handgelenk und zerrte mich hinter sich her. »Lauf, Aeryn!«

»Was denkst du, was ich tue?«, schnappte ich, als wir durch das Portal in eine dichte Wolke aus Rauch schlitterten. In den alten Balken, die die Decke trugen, glommen Glutnester. Das Feuer war fast erloschen. Rote Linien, die die Maserung des verkohlten Holzes nachzeichneten, und der Rauch, der durch die Korridore waberte, zeugten von seiner Zerstörungswut. Die Balken knackten. Funken regneten auf uns nieder. Cadan stieß mich beiseite, bevor sie mich verbrennen konnten. Hinter uns dröhnten die Stiefel der Königstreuen.

»Hier entlang!«, rief Cadan überflüssigerweise, weil er mich noch immer gepackt hielt. Ich hatte keine andere Wahl, als ihm zu folgen, selbst wenn ich den Königstreuen hätte in die Arme laufen wollen.

Der Korridor, den Cadan wählte, führte uns fort aus dem beißenden Rauch. Weil auch hier die Gemälde von den Wänden gerissen worden waren, erkannte ich nicht sofort, wo wir waren. Eine der Türen stand halb offen. Dahinter lag eines der Unterrichtszimmer, wo Callahan uns die Geschichte der Gilde gelehrt hatte.

»Cadan!«, rief ich und lehnte mich gegen seine Bewegung.

Er zog mich unerbittlich weiter.

»Cadan, halt an! Wir laufen in eine Sackgasse!«

Cadan wurde langsamer, schaute über die Schulter. Sein Blick versteinerte. Auch ich wandte mich um und sah am Ende des Ganges die ersten Königstreuen.

»Wir haben keine andere Wahl«, knurrte Cadan.

Der Korridor mündete in jener breiten Wendeltreppe, die hinauf in die Gemächer des Maesters führte. Mein Herz hämmerte mehr vor Angst als aus Anstrengung. Und dennoch wuchs der Abstand zwischen Cadan und mir mit jedem Schritt. Er genoss durch seine langen Beine einen entscheidenden Vorteil.

»Aeryn!« Die Dringlichkeit seiner Stimme sowie die lauter werdenden Geräusche der Königstreuen ließen mich schneller werden.

Endlich erschien vor uns die Tür, die in die Gemächer des Maesters führte. Cadan riss sie auf, schubste mich hinein und warf sie hinter uns zu. Dann räumte er mit einem einzigen Handgriff den Nippes von einer Kommode, der klirrend zu Boden fiel, und blockierte damit die Tür. Schwer atmend und mit bebenden Schultern stützte er sich auf der Kommode ab.

»Flucht bedeutet wegzurennen. Nicht stehen zu bleiben!«, bemerkte er. Der Schalk verschwand aus seinem Blick, noch bevor ich ihm eine bissige Antwort geben konnte. Ich drehte mich um. Auch vor dem Büro des Maesters hatten die Königstreuen nicht haltgemacht. Der Schreibtisch war umgestürzt, Papier und Pergament bedeckten den Boden. Viele der Bücher waren aus den Regalen gerissen worden und häuften sich nun vor unseren Füßen.

»Derjenige, der den Raum verwüstet hat, muss ziemlich wütend gewesen sein«, murmelte ich und umfasste meinen Oberkörper mit den Armen, als könnte ich mich so vor dem Anblick der Zerstörung schützen.

»Oder er hat etwas gesucht«, warf Cadan ein.

Ich zog die Brauen zusammen. »Und was sollte das gewesen sein?«

»Wenn ich das nur wüsste.« Cadan hob ein paar Bücher auf, blätterte darin und stellte sie zurück ins Regal. Von draußen drangen Schreie durch die Fenster. Unten auf dem Gelände marschierten Königstreue.

»Sie bekommen Verstärkung«, bemerkte ich.

In dem Moment krachte etwas von außen gegen die Tür zu unserem Versteck. Cadan fluchte, als die kleine Kommode unter dem Aufprall zusammenzuckte. Er stakste durch die Habseligkeiten des Maesters, die am Boden lagen, und kippte eines der Regale um, um die Blockade der Tür zu verstärken.

»Wir sitzen in der Falle«, flüsterte ich. »Wir sitzen in der Falle!« Von Anfang an hatte ich gewusst, dass es eine törichte Idee war, herzukommen. Jetzt würden wir uns entweder bei dem Sprung aus dem höchsten Turm der Gilde das Genick brechen, in dem Rauch jener Flammen ersticken, die die Königstreuen legten, um das Gebäude zu zerstören, oder wir würden mit einer Klinge im Herz sterben, nachdem die Soldaten den Raum gestürmt hatten.

»Beruhige dich, Aeryn«, sagte Cadan gelassen, nachdem seine Konstruktion vor der Tür einem neuerlichen Angriff durch die Königstreuen standgehalten hatte.

Ich wollte ihm Angst und Unmut entgegenspeien, aber ein Knacken lenkte meine Aufmerksamkeit von ihm ab. Wir fuhren beide herum, aber der Raum des Maesters war leer. Wir waren allein. Cadan ließ den Blick misstrauisch durch die dunklen Ecken streifen. Zwischen seinen Brauen bildete sich eine steile Falte. Seine Hand wanderte zum Schwertknauf, ich tat es ihm gleich, sah in jedem Schatten einen Königstreuen.

»Hier ist niemand«, flüsterte ich, mehr um mich selbst davon zu überzeugen.

»Als dein Lehrer enttäuscht es mich, dass du nicht all deine Sinne beisammen hast. Als jemand, der ungesehen bleiben will, erfreut es mich ungemein.« Es dauerte kurz, bis ich erkannte, zu wem diese Stimme gehörte. Die Luft flimmerte und vor uns erschien die Gestalt des Maesters. Cadan riss sein Schwert hoch, doch es war zu spät. Der Maester war schneller. Er hatte Cadan viele Jahre Erfahrung voraus und hielt ihm das Ende seines Stabs wie eine Waffe ans Kinn. Der Rabe breitete ruckartig die Flügel aus und zeichnete eine rote Linie in die empfindliche Haut über Cadans Adamsapfel. »Fallen lassen!«, befahl der Maester und deutete mit einem Nicken auf das Schwert in Cadans Hand.

Dieser reagierte nicht. Der Maester verstärkte den Druck seines Stabs. Ein Tropfen Blut rann wie eine einzelne Träne an seinem Hals hinab und verlor sich in dem Kragen seines Umhangs.

»Ich bitte Euch, Maester«, sagte ich und trat vor. Meine Waffe zitterte in der Hand, unfähig, sie gegen das ranghöchste Mitglied jener Gilde zu erheben, der ich nun mehr als mein halbes Leben lang gedient hatte. »Lasst die Waffe sinken!«

»Damit ihr sie gegen mich richten könnt?« Der Maester schnaubte und drückte fester zu. Die Rubinaugen des Raben leuchteten auf. Und ich biss die Zähne zusammen, als wäre ich es, die der Magie dieses jahrhundertealten Reliktes ausgeliefert wäre.

Cadan entfuhr ein Stöhnen. »Aeryn!«, knurrte er. In der Art, wie er meinen Namen aussprach, lag eine Warnung, die er nie hätte in Worte fassen können.

Das Kurzschwert zitterte in meiner Hand und ich ließ es sinken. »Was geht hier vor, Maester?«

Eine weitere Träne aus Blut rann an Cadans Hals entlang. »Aeryn!«, wiederholte er. Seine Warnung verwandelte sich in Zorn, weil ich nicht auf ihn hörte.

»Sei still!«, fuhr ich ihn an und begann, auf und ab zu tigern. Erneut prallte etwas gegen die Tür, die in ihren Angeln zitterte. Kommode und Regal erbebten, aber sie hielten dem Angriff stand. Durch das Fenster beobachtete ich, wie eine Gruppe von Königstreuen in Formation über die Wiese marschierte. Sie näherten sich der Rabenhalle, die von Rauch umwabert wurde. Der Wind trug ihn hoch hinaus, bis er durch die Fenster in den Raum des Maesters eindrang.

»Ich verstehe das alles nicht.« Ich fuhr herum und der Maester zuckte kaum merklich zurück, sodass der Druck auf Cadans Kehle nachließ, der krächzend Luft holte. Mein Blick blieb an dem Oberhaupt der Raben hängen. »Die Gilde ist dem König treu ergeben. Warum sollten uns die Königstreuen angreifen? Was hat das zu bedeuten?«

Ein leises Lächeln umspielte die Lippen des Maesters. Aber es wirkte gekünstelt und erreichte seine Augen nicht. »Das bedeutet, dass jemand die Spielregeln verändert hat. Die Gilde dient nicht länger dem König und nun lautet die Frage: Wem dient ihr?«

Ich trat vor, ehe Cadan das Wort ergreifen konnte. »Ihr missversteht das«, sagte ich leise. Ich schob die Hand durch den Spalt meines Umhangs und suchte nach der verborgenen Tasche.

»Eine falsche Bewegung und Cadan ist tot!«, warnte der Maester mich.

»Ihr würdet es bereuen, denn ich möchte Euch lediglich das hier zeigen«, sagte ich und zog das Stück Pergament aus der Tasche, auf dem Cadans Name stand. »Der König trug mir auf, Cadan zu töten.« Der Blick des Maesters wurde schmal, während ich sprach. Er zuckte von mir zu dem Stück Pergament und ich hielt es so, dass er die geschlungene Schrift lesen konnte. »Und fast hätte ich es getan.«

Die Stille, die auf meine Worte folgte, unterbrach Cadan mit einem spöttischen Schnauben. Durch die Bewegung bohrte sich die Klinge tiefer in seine Haut. Ein weiterer Blutstropfen rann über seinen Hals. »Du hättest mich niemals besiegt, Aeryn!«

»Aber einem Pfeil im Rücken hast auch du nichts entgegenzusetzen, Cadan!«, knurrte ich.

Als Zeuge unseres Schlagabtausches hob der Maester die Brauen. Erklärend wandte ich mich an das Gildenoberhaupt: »Ich bin nicht die Einzige, die einen solchen Zettel erhalten hat.« Ich bedeutete Cadan mit einer Geste, seinen Teil der Geschichte zu erzählen. Als er schwieg, fuhr ich fort: »Auch Cadan sollte einen Raben töten. Mich.« Ich reichte ihm den Zettel, auf dem der König Cadans Todesurteil niedergeschrieben hatte. Der Maester fuhr mit dem Daumen über Cadans Namen. Dann ließ er die Waffe sinken.

»Ihr solltet einander töten. Und habt euch verschont.«

KAPITEL 17

Etwas Grosses prallte mit voller Wucht von außen gegen die Tür. Ihr Holz ächzte, Splitter stoben durch den Raum. Ich duckte mich, aber etwas traf mich hart im Gesicht.

»Ihr seid nicht die Einzigen, die einander töten sollten.« Der Maester schien den Tumult vor der Tür gar nicht wahrzunehmen. Sein Blick huschte von Cadan zu mir. »Folgt mir!« Er wirbelte herum und steuerte auf das rissige Porträt eines seiner Vorgänger zu, das neben dem des Königs hing. In einem komplizierten Muster strich er mit seinem Stab über den Firnis, bis das Gemälde beiseiteschwang. Mein Herz blieb stehen, als ich die Dunkelheit des Ganges dahinter bemerkte. Doch diesmal war die Aussicht auf noch mehr Spinnen verlockender als die Gesellschaft der Königstreuen. Das Letzte, was ich wahrnahm, ehe ich in die Schwärze eintauchte, war der weit entfernte Schrei eines Raben.

»Wusstest du von diesem Geheimgang, als du uns hergebracht hast?«, fragte ich Cadan, der die Nachhut bildete.

»Nicht mit Gewissheit«, gestand er. »Aber ich hatte eine Vermutung, weil unser Maester bisweilen das zweifelhafte Talent an den Tag gelegt hat, überall dort zu erscheinen, wo ich Unsinn ausgeheckt hatte.«

»Ein Maester sollte seine Schäfchen kennen«, bemerkte dieser und leuchtete den Weg mit einer Kerze. Wir folgten den steilen Windungen einer Treppe, bis die Rufe von draußen vollends verklangen und ich uns tief unter der Erde glaubte. Es roch modrig und die Dichte der Spinnweben nahm mit jedem Schritt zu.

»Wie hast du es gemacht, Graeme?«, fragte Cadan.

»Wie habe ich was gemacht?«

»Als wir dein Arbeitszimmer betreten haben, war es leer. Darauf würde ich mein Leben schwören.«

Cadan hatte recht. Der Maester war wie aus dem Nichts aufgetaucht. Und soweit ich wusste, bestand seine Gabe darin, einen fremden Geist zu befallen. Er konnte nicht einfach auftauchen und verschwinden, wie es ihm beliebte.

»Ich habe mich eines einfachen, aber dennoch äußerst wirkungsvollen Mittelchens bedient.« Der Maester griff in seinen Umhang und zog ein kleines Fläschchen hervor. Es war leer, aber am Boden kringelte sich der Rest eines dunklen Rauches.

»Was ist das?« Cadans Stimme war misstrauisch.

»Der Dienst eines alten Bekannten. Schattenserum. Es macht nicht unsichtbar, aber es erlaubt dir, dich in die Schatten deiner Umgebung zu hüllen.«

Cadans Lippen zuckten und ich war sicher, dass es ihn drängte, mehr darüber zu erfahren. Doch der Maester hatte uns bereits wieder den Rücken zugewandt und erweckte nicht den Eindruck, als wollte er uns mehr davon erzählen.

»Wohin führt Ihr uns?«, wollte ich wissen, während ich mich unter den silbrig schimmernden Netzen hinwegduckte, die von der Decke hingen.

»Zu den anderen«, antwortete der Maester knapp.

Zu den anderen, wiederholte ich in Gedanken und fügte hinzu: Zu denen, die noch übrig waren. Ich war nicht imstande, die Frage laut auszusprechen, aber Cadan schien zu erahnen, was in mir vorging.

»Wer ist tot, Graeme?«, wollte er wissen. Erneut fiel mir auf, dass er den Maester beim Vornamen nannte und nicht seinen offiziellen Titel gebrauchte. Ich selbst hätte seinen Namen niemals über die Lippen gebracht.

Im Schein der Kerze sackten die Schultern des Maesters nach unten. Seine Schritte verlangsamten sich. »Bonnie und Alven.«

Mein Herz krampfte sich zusammen und ich dachte an das Mädchen, das mich mit seinen Freunden dabei erwischt hatte, wie ich Cadan aufgelauert hatte.

»Wer noch? Es heißt, es wären drei Tote.«

Ich fürchtete die Antwort auf Cadans Frage, denn das Gesicht des Maesters zog sich schmerzerfüllt zusammen.

»Es ist Olias«, sagte er mit schwerer Stimme.

»Beim König«, stieß ich aus Gewohnheit hervor, biss mir jedoch auf die Lippen. Der König, den ein ganzes Land anbetete und in dessen Hände die Gilde ihr Leben gelegt hatte, hatte uns verraten.

»Mit seinem Tod fing alles an.« Die Worte des Maesters ließen grauenhafte Bilder von Blut und Tod vor mir aus dem Nichts erstehen.

»Wer war es?«, wollte Cadan wissen.

»Einer der jüngeren Novizen«, sagte der Maester. »Sein Name ist Ninian.«

Bei der Erinnerung an den schmächtigen Jungen, der so unschuldig gewirkt hatte, wurde mir eiskalt. Dabei war ich nicht besser oder schlechter als er. Ich war ebenso ein Mörder wie er, obwohl meine Opfer Fremde gewesen waren.

»Wie konnte er ausgerechnet Olias töten?«, fragte Cadan fassungslos. »Olias ist dreimal so groß, dreimal so schwer und zehnmal so erfahren wie dieser Bursche.«

»Es war ein feiger Anschlag. Olias war im Badehaus, als Ninian ihm ein Schwert in den Rücken rammte.«

»Was ist mit den Mördern geschehen?«, fragte Cadan.

»Wir haben sie vorerst festgenommen«, antwortete der Maester.

Die Treppe endete abrupt und der Gang, der sich vor uns ausbreitete, erinnerte mich an den, der uns von dem Gebetshäuschen in die Gilde geführt hatte. Voller Dunkelheit und niemals enden wollend. Ich hatte keine Ahnung, wohin uns der Maester führte, und folgte seinen beständigen Schritten ins Ungewisse. Immer wieder wanderten meine Gedanken zu den Raben, die ihr Leben verloren hatten. Und zu jenen, die zu Mördern ihres eigenen Fleisches geworden waren. Fast hätte ich mich zu ihnen gezählt, wenn ich Cadan tatsächlich getötet hätte. Verstohlen blickte ich mich über die Schulter nach ihm um und stellte fest, dass er mich beobachtete. Der Schein der Kerze, die der Maester hoch über dem Kopf hielt, um uns den Weg zu leuchten, flackerte in seinen Augen und malte goldene Punkte auf seine Wangen.

Ich glaubte, Bedauern und Sehnsucht in seinem Blick zu lesen, doch ehe ich genauer hinsehen konnte, stolperte ich über eine aus dem Boden ragende Wurzel. Nachdem ich mich mit den Armen rudernd gefangen hatte, begegnete ich das nächste Mal dem Schalk in seinem Blick. Ich errötete, kehrte ihm endgültig den Rücken zu und sah mich nicht mehr um, ehe wir das Ziel des Maesters erreicht hatten.

Es dauerte noch einige quälend lange Minuten, ehe sich zu dem Kerzenschein eine weitere Lichtquelle gesellte. Mein Herz schlug schneller, als wir uns dem Ende der spinnenverhangenen Dunkelheit näherten. Der Gang öffnete sich in einem unterirdischen Raum mit gewölbten Decken. Wasser sickerte an den Wänden hinab und zog tiefe Rillen in den Boden. Vor einer schlichten Holztür mit Eisenbeschlägen blieb der Maester stehen. In einer Halterung ragte eine Fackel, die uns mit lodernder Flamme willkommen hieß. Sie spiegelte sich in einer Pfütze und tauchte den Raum in goldenes Licht.

Um die Tür herum waren Symbole in einer mir fremdartigen Schrift geritzt. Ich trat näher heran und zeichnete sie mit dem Finger nach. »Was ist das für ein Ort?«, wollte ich wissen.

»Das«, sagte Cadan dicht neben mir, »ist ein Ort, an den der Maester uns zu gewöhnlichen Zeiten niemals geführt hätte.« Seine Augen leuchteten, als auch er die Symbole untersuchte. »Das sind die Zeichen der alten Götter«, fügte er mit vor Ehrfurcht gesenkter Stimme hinzu.

Ich legte den Kopf in den Nacken und betrachtete sie. Verschlungene Symbole und zarte Linien, die miteinander verschmolzen. »Eine andere Sprache?«

»Die alte Sprache«, bestätigte der Maester hinter mir. »Dorchadas' Vorgänger ließ sie endgültig verbieten und sämtliche Zeugnisse der alten Zeit zerstören. Dies ist einer der alten Tempel, die der Hybris unserer Könige zum Opfer fielen.«

»Was ist ein Tempel?«, wollte ich wissen und fragte mich unwillkürlich, was mich hinter der schlichten Holztür erwarten würde.

»Ein Gebetshaus«, antwortete Cadan. »Nur viel größer.«

Der Maester stieß die Tür auf. Ich wusste nicht, was ich erwartet hatte, aber sicher nicht das, was sich vor mir erstreckte. Wir betraten ein riesiges unterirdisches Gewölbe mit Arkadengängen, die um die sechseckige mittlere Halle verliefen, figürlichen Balustraden und vorspringenden Galerien, auf denen Marmorbildnisse standen. Rosenranken aus Stein umschlangen die breiten Säulen und das Gewölbe, das der Schein Dutzender Fackeln ausleuchtete, war von einem dunklen Blau, auf dem mit Silber aufgemalte Sterne blitzten. Auch die Wände der Arkadengänge zeigten Bildnisse von Sonne, Mond und Sternen. Doch der überwältigendste Anblick in dieser unterirdischen Halle waren nicht die Relikte des alten Glaubens, es waren die Raben, die auf Bänken in der Mitte versammelt waren und leise miteinander tuschelten. Als das Quietschen der Tür uns ankündigte, verstummten sie. Knapp fünfzig Köpfe fuhren zu uns herum. Mein Blick wanderte über mir fast mein ganzes Leben lang vertraute Gesichter. Einige von ihnen lächelten, andere schauten unter der Last der vergangenen Erlebnisse ernst.

Und dann entdeckte ich sie. Maireads Schopf war wie eine Fackel inmitten der anderen. Ihre Miene wurde weich, als sie mich sah. Neben ihr stand Mór mit einem geheimnisvollen Lächeln auf den Lippen und dahinter ragte Tyriq auf, eine Hand auf Mórs Schulter, die andere auf Emmas Kopf. Mit einem breiten Grinsen begrüßte er mich, das auch dann nicht erlosch, als sein Blick zu Cadan an meiner Seite zuckte.

»Schon vor ein paar Tagen gab es die ersten Anzeichen für einen Bruch des Königs mit der Gilde.« Der Maester sprach leise, die letzten Stunden hatten Spuren hinterlassen. Doch in dem unterirdischen Tempel war es totenstill und ich war sicher, dass jedes seiner Worte bis ans andere Ende der Halle drang.

»Die Palastwachen«, murmelte Ean, der nun vortrat.

»Dorchadas hat sich von uns abgewandt«, bestätigte der Maester. Eine unheimliche Ruhe senkte sich auf den Tempel, denn wir alle wussten, was dann geschah.

Raben fielen vom Himmel.

»Es war kurz nach Mitternacht, als Deirdre mich über das sonderbare Verhalten unserer Vögel im Rabenturm informierte. Noch war es ruhig, aber unsere gefiederten Freunde ahnten bereits, dass Gefahr drohte.« Der Maester seufzte tief. »Nicht umsonst gaben sie uns unseren Namen.« Er massierte sich die Nasenflügel mit Daumen und Zeigefinger und fuhr fort: »Wir wussten von dem Angriff, ehe die Königstreuen das Gelände der Gilde betreten hatten. Und bevor sie ihre Waffen ziehen und Feuer legen konnten, hatten wir bereits mehr als die Hälfte der Raben in die Tunnel geschleust.«

»Habt Ihr Callahan gefunden?«, fragte Deirdre mit sorgenvoller Miene.

»Das hat er nicht«, antwortete Aryanwen, die den Maester mit leerem Blick ansah. »Callahan ist verschwunden.« Sie schnaubte, bevor dieser überhaupt zu einer Erwiderung angesetzt hatte.

»Ich bin überzeugt davon, dass er sich versteckt hält. Callahan ist ein kluger Mann«, sagte der Maester schließlich.

Drei Tote und ein Vermisster. Ich fragte mich, ob Callahans Verschwinden etwas mit dem Angriff zu tun hatte, hatte er sich doch in der letzten Zeit äußerst rar gemacht.

»Wo waren Aeryn und Cadan?«, fragte Deirdre und ihr Blick zuckte zu uns herüber. Über Nacht schien sie um Jahre gealtert. Ihre pfirsichfarbene Haut hatte jegliche Farbe verloren und das Haar hing schlaff um ihr Kinn.

»Sie waren in der Stadt, als es geschah«, antwortete Aryanwen, ehe Cadan oder ich es tun konnten. »Dem König sei Dank ist euch nichts passiert«, flüsterte die Älteste. Ihre Worte waren wie ein Donnerschlag in der Stille. Sie räusperte sich und fügte hinzu: »Eine Redewendung, nichts weiter. Natürlich ist es nicht dem König zu verdanken, dass ihr wohlauf seid.«

Cadan nickte. »Tatsächlich war es Dorchadas, der dafür gesorgt hat, dass wir in dieser Nacht nicht auf dem Gildengelände waren. Aber das ist eine andere Geschichte.« Er trat einen Schritt vor, legte den Kopf in den Nacken und ließ den Blick über das sternenbemalte Gewölbe des Tempels wandern. Die Kerzen brachten die silberne Farbe zum Schimmern und mit ein bisschen Fantasie sah der Blick nach oben aus wie der echte Himmel. »Ist es ratsam, sich in einem unterirdischen Tempel zu verstecken, der über Tunnel mit dem Ort verbunden ist, an dem wir gesucht werden?«

»Der König glaubt, dass die Relikte der alten Zeit vollkommen zerstört worden sind«, antwortete der Maester. »Er weiß nichts von den unterirdischen Gängen oder diesem Tempel. Hier sind wir vorerst sicher.«

»Vorerst«, wiederholte Cadan. »Es wird schwierig, hier unten knapp fünfzig Raben zu versorgen.«

»Sei unbesorgt«, sagte Deirdre. »Ihr alle. Uns stehen ausreichend Mittel zur Verfügung, um uns hier eine Weile zu versorgen. Der Tempel war im Falle … schwieriger Zeiten seit jeher als Rückzugsort vorgesehen. Wir hatten zwar mehr mit einem Angriff der Nachbarländer und nicht mit der Entmachtung der Gilde gerechnet, aber das ändert nichts daran, dass wir vorgesorgt haben. Es gibt Decken, Wasser und Essen.«

»So lange, bis wir wissen, wie der nächste Schritt der Gilde aussieht, kommen wir zurecht«, versprach der Maester und glättete die Falten seines Mantels. Blut und Ruß besudelten ihn, aber die anderen sahen nicht besser aus. Ein paar Raben hatten offensichtliche Wunden von der Flucht oder von einer Begegnung mit einem Königstreuen davongetragen. Wir konnten von Glück reden, dass so viele es unbeschadet geschafft hatten. Und mein Herz schmolz, als ich mir bewusst machte, dass es meinen Freunden gut ging.

Ich murmelte eine Entschuldigung und warf Cadan einen letzten Blick zu. Er nickte knapp, ehe ich durch die Raben auf meine Freunde zulief. Diejenigen, die um die Arkaden herum versammelt standen, wichen mir aus. Einige nickten mir zu, andere starrten mich an, als wäre ich ein Geist.

»Aeryn!« Maireads Schrei hallte von den Wänden wider. Sie schubste zwei jüngere Mädchen aus dem Weg, dann warf sie sich um meinen Hals. Ihre Schultern bebten, als sie ihr Gesicht in meinem Haar vergrub. »Ich dachte, du seist tot.«

»Ich sagte dir, dass sie am Leben ist«, knurrte Mór.

»Ach ja?«, schnappte Mairead und löste sich von mir. »Hast du nicht eben noch gesagt, dass etwas mit deiner Gabe nicht stimmt? Warum hast du den Angriff auf die Gilde nicht vorhergesehen?« Sie funkelte unsere Freundin an, die den Umstehenden trotz ihrer Blindheit geschickt auswich und sich zu uns gesellte.

»Ich sehe Knoten in einem bestimmten Muster«, erklärte Mór. »Wenn der König einen dieser Knoten öffnet und andere Fäden zusammenführt, bin ich einen kurzen Augenblick lang blind. Was geschehen ist, war eine Möglichkeit der Zukunft, nicht aber eine, die in Stein gemeißelt war.«

Mairead schnaubte und rieb sich die Hände an der blutbefleckten Schürze ab, die sie trug. »Nicht umsonst warne ich dich seit Wochen vor deiner Gabe!«

»Mai«, raunte ich leise, aber meine Freundin schenkte mir keine Beachtung.

»Der König hat versucht, die Gilde zu vernichten. Erlaube ihm nicht, uns auch zu entzweien, Mai. Wir sind alles, was wir noch haben.« Tyriqs Stimme war wie Honig, süß und warm. Und sein Blick war es ebenso. Trotzdem funkelte sie ihn wütend an, ehe sie sich an mich wandte: »Wie geht es dir, Aeryn? Bist du verletzt? Kann ich irgendetwas für dich tun?«

»Es geht mir gut«, versicherte ich ihr, obgleich mir meine Worte in Anbetracht dessen, was geschehen war, hohl vorkamen. »Ein paar blaue Flecken und einige Stunden Schlafmangel, nichts weiter.«

»Sag, wenn du etwas brauchst.«

»Mach dir keine Gedanken!«

Mairead lächelte. »Na schön. Entschuldigst du mich?« Um sich zu erklären, hob sie die Hände. »Ein paar der Raben haben sich bei der Flucht verletzt. Ich heile sie. Und trockne Tränen, wo es nötig ist.«

»Natürlich, Mai!«, versicherte ich ihr. Ich spürte, wie der Stolz auf meine Freundin mich von innen wärmte. Manchmal war sie ein schwieriger Mensch. Aber im Grunde ihres Herzens meinte sie es gut.

Zum Abschied machte sie das Zeichen des Königs. Ich erstarrte und brachte es nicht über mich, es zu erwidern. Sie schien es nicht zu bemerken und verschwand zwischen den umstehenden Raben, um ihrer Gabe nachzugehen.

»So schnell kann Mai wohl nicht aus ihrer Haut«, meinte Tyriq. Mit einem schrägen Grinsen schloss er mich in seine Arme. Sein vertrauter Duft hüllte mich ein, erinnerte mich an unsere Kindheit und viele unschuldige Momente. Ich lehnte mich gegen ihn und vergrub mein Gesicht an seiner Brust. Als wir uns voneinander lösten, begrüßte ich Emma, die aufgeregt um uns herumhopste. In dem diffusen Licht der Kerzen wirkte ihr Fell wie Marmor, aber es war weich und vertraut, als ich meine behandschuhten Hände hindurchgleiten ließ.

»Es tut gut, euch wiederzusehen«, seufzte ich und tätschelte Emma. »Ich hatte Angst, euch verloren zu haben.«

»So schnell wirst du uns nicht los, Aeryn«, meinte Tyriq und zauste mir liebevoll das Haar. Ich löste mich von ihm und umarmte meine beste Freundin.

»Ich habe mir keine Sorgen gemacht«, gestand sie. Obgleich sie ihn unmöglich hätte sehen können, drehte sie den Kopf und richtete ihre blinden Augen auf Cadan. »Du warst in guten Händen. Aber ich bin froh, dass du wohlbehalten zu uns gefunden hast!« Ich bemühte mich, Mórs Blick nicht zu folgen, um herauszufinden, ob Cadan zu uns herübersah. Ich wusste nicht, wo wir standen, seitdem ich herausgefunden hatte, dass er mein Mörder hätte werden sollen und diese Rolle strikt abgelehnt hatte, während ich …

Ich fragte mich, ob dieses Monster schon immer in mir gehaust hatte, oder ob mich erst der König dazu gemacht hatte.

»Was ist geschehen?«, wandte ich mich erneut an meine Freunde. Diesmal klang meine Stimme weniger rau.

Tyriq gab mir ein Zeichen und führte uns aus der Mitte der Menge heraus. Wir suchten uns eine ruhige Nische in einem der Arkadengänge. Er ließ sich auf dem Sockel einer Statue nieder, die einen aus einer Muschel strömenden Wasserfall darstellte. Emma kauerte zu seinen Füßen. Mór und ich setzten uns neben ihn. Den anderen wandten wir die Rücken zu, aber ich spürte, dass sie uns beobachteten. Dass sie *mich* beobachteten.

Und dann erzählte Mór, was sich in der Nacht des Angriffs zugetragen hatte.

Vollkommene Dunkelheit umgab Mór. Sie hatte geschlafen. Tief und traumlos. Weit nach Mitternacht war die Dunkelheit aufgebrochen. Sie sah Flammen, die an den Gebäuden der Gilde leckten. Rot wie Feuer. Rot wie Blut. Sie kannte diese Farbe. Sie verhieß nichts Gutes. Die Augen hinter ihren geschlossenen Lidern brannten.

»Mai«, flüsterte sie in die Stille der Nacht, die sich mit einem Mal mit Schreien füllte. »MAI!« Mór strampelte sich aus den Laken und rutschte über die Kante ihres Bettes.

Mairead antwortete nicht. Mór tastete sich über den Boden und zog sich am Bett ihrer Freundin hoch. Es war verlassen.

»Mai«, murmelte Mór und durchsuchte die Bilder in ihrem Kopf nach ihr. Das allzu vertraute Gefühl warmen Blutes kitzelte sie unter der Nase. Sie wischte es mit dem Handrücken beiseite und ignorierte das dumpfe Pochen in ihrem Hinterkopf, das wie so oft damit einherging. Doch bevor sie einen Hinweis auf sie gefunden hatte, krachte die Tür gegen die Wand. Das Geräusch des Aufpralls lähmte Mór. Sie war blind, sah nicht, wer kam. Aber im selben Moment hörte sie die vertraute Stimme ihres Bruders. Sanfte Arme schlangen sich um ihren Rumpf und zogen sie auf die Beine.

»Mór, alles gut?«, fragte Tyriq und gleich darauf spürte Mór die Hitze von Emmas Atem im Gesicht.

»Etwas geschieht«, sagte Mór. Die Dielen knarrten und sie nahm eine weitere Person im Raum wahr.

»Das wissen wir.« Das war Ean.

»Hast du es nicht kommen sehen? Wir werden angegriffen!«, sagte ihr Bruder.

Mór durchsuchte die Dunkelheit, aber da war nichts als ein kaltes Gefühl von Angst. »Wo ist Mai?«

»Nicht hier. Wir müssen verschwinden!«, sagte Ean eindringlich.

»Nicht ohne Mai!«, beharrte Mór. »Wir können sie nicht zurücklassen!«

»Verdammt«, knurrte Tyriq. »Sie hat recht.«

»Also schön. Ty, du nimmst deine Schwester«, sagte Ean, »ich gehe voraus.«

»Ich kann selbst gehen!«, wehrte Mór sich, als sich zwei Arme um ihren Körper schlangen.

»Schluck deinen Stolz herunter, Schwester«, knurrte Tyriq. »Wir müssen uns beeilen!«

Sie setzten sie auf Tyriqs Rücken, als wäre er ein Pferd und sie sein Reiter. Mit beiden Händen klammerte sie sich an seinen Schultern fest, dann hörte sie, wie Ean das Schwert zog und auf den Korridor trat. Das Gewirr von Stimmen schlug ihnen entgegen.

»Wir werden angegriffen!«

»Versammelt euch in der Rabenhalle!«

»Der Maester ruft nach uns!«

»Feuer! Das Badehaus steht in Flammen!«

»Wo ist Mai?«, brüllte Tyriq gegen die aufgeregten Schreie der anderen an.

»Ich weiß es nicht!«, antwortete Mór. Sie spürte den dumpfen Aufprall seiner Schritte auf den Dielen, die sich mit ihrem zusätzlichen Gewicht auf seinem Rücken schwerer anhörten als sonst. Jemand stieß gegen Tyriq und streifte ihr Bein. Sie klammerte sich fester. Dann peitschte ihr eisige Nachtluft ins Gesicht. Von fern erklang das Knacken von Holz, an dem ein Feuer leckte. Der Wind zog an Mórs Haaren und durchdrang den dünnen Stoff ihres Nachthemdes, bis ihre Zähne klapperten. Vor ihr spaltete sich die Dunkelheit. Zuerst waren da Licht und einzelne Farben, dann formten sie sich zu Bildern und zu der Wirklichkeit, wie sie sie vermutete.

»Mai!«, flüsterte sie. Obgleich sie es nie gesehen hatte, erkannte sie das angespannte Gesicht ihrer Freundin, das in ihrer Vorstellung in warmen Farben strahlte und von einer makellosen Haut überzogen wurde. Denn wann immer sie Mai berührt hatte, hatte es sich zart angefühlt. Das, was Mór sah, speiste sich aus dem, was sie sich durch ihren Tastsinn zusammenreimte, und dem, was ihre Gabe ihr schenkte. Und manchmal war das ein bisschen mehr als Farbe und Licht. Jetzt sah sie Mais volle Lippen, die sich zu einem Hilferuf öffneten.

»Wo ist sie?«, wollte Ean wissen.

Gras, das in der Nacht anders aussah als bei Tag. Hohe Bäume, die wie stumme Riesen über der Szene aufragten. »Oben auf dem Hügel«, antwortete Mór, sobald sie sich sicher war.

»Was hat sie dort zu suchen?« Ean fluchte.

»Wir müssen sie holen!«, flehte Mór. »Womöglich hat sie keine Ahnung, was hier unten geschieht.«

»Von den Hügeln hat sie eine hervorragende Aussicht auf das Gelände. Sie weiß vermutlich sehr genau, was hier geschieht, und versteckt sich«, meinte Tyriq.

»Also los!«

Die Schritte der Männer raschelten im Gras, als sie den Quartieren den Rücken zukehrten und auf die Anhöhe zuliefen, die Mór in ihrer Vision gesehen hatte. Sie spürte die Steigung an der Art, wie Tyriq sich hielt und atmete. Die Schreie der Raben vermischten sich mit dem Krächzen der Vögel im Rabenturm. Sie wurden leiser, je weiter sie sich von ihnen entfernten.

»Wo ist sie?«, fragte Ean.

»Auf dem höchsten Punkt des östlichen Hügels«, antwortete Mór. »Ich habe einen knorrigen Baum gesehen und einen Felsvorsprung.«

»Ich kenne die Stelle«, sagte Ean. »Ich weiß, wo sie ist.«

Einige quälend lange Minuten klammerte Mór sich an Tyriqs Schultern fest und hoffte, sie würden Mairead rechtzeitig finden.

»Mai!« Der Ruf ihres Bruders wurde vom Wind davongetragen.

»Beim König!« Als Mór die Stimme von Mairead hörte, seufzte sie erleichtert auf.

»Ich sehe sie!« Tyriqs Schritte wurden schneller.

»Mai!«, rief Ean. Sie blieben stehen.

Mór konnte die Gegenwart ihrer Freundin wahrnehmen. Sie rutschte von Tyriqs Rücken und nahm ihre Hände. »Was tust du hier? Die Gilde wird angegriffen!«

»Ich weiß«, antwortete Mairead. Ihre Worte zitterten. Mór trat dichter an sie heran. »Ich konnte nicht schlafen, also wollte ich mir die Beine vertreten, als ich Schreie hörte. Ich wollte herausfinden, was vor sich geht, und bin auf den Hügel gelaufen.«

»Schon gut«, winkte Mór ab. »Wir haben dich ja gefunden.«

»Was machen wir jetzt?«, wollte Tyriq wissen.

»Wir gehen zurück und finden heraus, was vor sich geht«, entschied Ean. »Ich hörte, dass der Maester uns in der Rabenhalle versammeln will.«

Der Weg den Hügel hinab war beschwerlich. Der Wind pfiff ihnen eiskalt um die Ohren. Mórs Zähne klapperten und Mairead klagte über die Kälte.

»Dann zieh dir nächstes Mal etwas Warmes an, wenn du nachts wieder einmal Lust auf einen Spaziergang verspürst«, knurrte Ean, der vorausschritt.

Als sie die Rabenhalle erreichten, war niemand mehr dort.

»Verdammt«, murmelte Ean und wurde mit jeder Silbe lauter. »Verdammt, verdammt, verdammt!«

»Sei still«, warnte Mór ihn, denn erneut lichtete sich das Dunkel, in dem sie lebte. »Sie kommen. Sie kommen!«

Ihre Freunde antworteten nicht und sie vermutete, dass sie einen Blick miteinander tauschten.

»Wer kommt?«, wollte Ean schließlich wissen. »Wer greift die Gilde an?«

»Es ist der König«, flüsterte Mór. »Er will uns alle töten!«

Das Echo von Maireads Schnauben hallte durch den leeren Saal. »Warum sollte er die Gilde angreifen? Wir sind ihm treu ergeben!«

»Ich sehe die Beweggründe eines Menschen nicht, wohl aber seine Taten!«

Auf Mórs Worte folgte ein Ruf, der sich draußen über dem Gelände erhob. Der dumpfe Gleichklang von Schritten ertönte und Ean rief wiederholt: »Verdammt!«

»Was machen wir jetzt?«, fragte Tyriq eindringlich. »Sie sind hier, Mór!«

»Das ist womöglich ein Missverständnis«, mischte Mairead sich ein.

»Welchen Grund haben die Königstreuen, mitten in der Nacht mit gezückten Waffen das Gelände der Gilde zu stürmen?«, gab Ean zu bedenken.

»Sie suchen diejenigen, die uns das antun«, antwortete Mairead prompt.

Eine Weile schwiegen sie, Mór war sich sicher, dass sie aus den Fenstern schauten. Sie selbst sah auch etwas, allerdings nicht das, was draußen vor sich ging.

»Ich sehe sie«, sagte sie leise. »Ich sehe den Maester und die anderen. Sie sind durch einen geheimen Gang geflüchtet, der sie in ein unterirdisches Versteck gebracht hat.«

»Was für ein Versteck?«, fragte Mairead scharf.

»Ich weiß es nicht, ich kenne es nicht«, sagte Mór. »Aber ich weiß, wie wir dorthin gelangen.«

»Mór war großartig.« Stolz schwang in Tyriqs Stimme mit und in seinem Blick lag die grenzenlose Liebe, die nur ein Bruder für seine Schwester empfinden konnte. »Du hättest sie sehen sollen! Sie hat uns durch die Gänge direkt hierhergeführt. Ohne Mór hätten die Königstreuen uns früher oder später gefunden. Sie hat uns das Leben gerettet!«

»So ein Unsinn«, widersprach Mór, aber das Lächeln auf ihren Lippen verriet, wie geschmeichelt sie sich fühlte. Als sie weitersprach, verblasste es allmählich. »Ich hatte keinen Grund, mich um dich zu sorgen, weil ich dich mit Cadan gesehen habe. Ihr wart in einem engen, dunklen Raum, aber in Sicherheit.«

»Was hast du mit ihm zu schaffen, Aeryn?«, wollte Tyriq wissen. »Dieser Kerl ist mir nicht geheuer. Ich habe ihn in den letzten Tagen beobachtet. Etwas stimmt nicht mit ihm.«

Mein Blick wanderte durch den Tempel auf der Suche nach einem weißblonden Schopf. Cadan stand am anderen Ende der Halle und unterhielt sich mit Deirdre. Als hätte er gespürt, dass ich ihn beobachtete, sah er auf. Seine Miene war finster und unleserlich. Sie hatte nichts mehr mit dem Jungen zu tun, für den ich schon vor vielen Jahren Gefühle gehegt hatte. Es war, als stünde ein Fremder vor mir. Ich konnte meinen eigenen Worten keinen Glauben schenken. Ich wusste nicht, wer Cadan war und welche Motive ihn antrieben.

Tyriq kniff die Augen zusammen. »Ich traue ihm nicht.«

Er hatte nichts damit zu tun, wollte ich sagen, aber stattdessen entgegnete ich ausweichend: »Er war genauso entsetzt wie ich, als wir es gehört haben.«

»Du warst die ganze Nacht mit ihm unterwegs?«, wollte Tyriq wissen. »Hat er dich dazu gezwungen?«

»Wir waren nicht auf diese Art zusammen«, beruhigte ich Tyriq, obwohl wir uns in einer anderen Nacht sehr viel näher gekommen waren. Ich zögerte. Mehr aus Gewohnheit als aus Misstrauen. Der König hatte uns verraten. Die Gefahr durch ihn würde nicht weiter wachsen, nur weil ich mich meinen Freunden anvertraute. »Ich wollte Cadan töten«, sagte ich schlicht.

Tyriq starrte mich mit weit aufgerissenen Augen an. Selbst Mór hob eine Braue. »Das wolltest du nicht«, widersprach sie. »Das ist unmöglich.« Die Bestimmtheit ihrer Worte überraschte mich und ich fragte mich, was sie wusste. Doch sie fügte nichts hinzu, und bevor ich sie darauf ansprechen konnte, pfiff Tyriq durch die Zähne.

»Schade, dass du es nicht gemacht hast«, meinte er.

»Halt die Klappe, Ty«, knurrte Mór. »Cadan ist einer von uns. Raben töten keine Raben.« Ich erinnerte sie nicht an die Raben, die dem Ruf des Königs gefolgt waren und an deren Händen das Blut ihrer Brüder und Schwestern klebte.

KAPITEL 18

Ich musste die Ängste der anderen Raben nicht erspüren, ich konnte sie riechen. Wie der Geruch von Angst und Urin hingen sie in der Luft. Ihnen zu entkommen, war unmöglich, solange wir hier unten festsaßen.

»Ich verstehe das nicht.« Fiona, die Freundin der toten Bonnie, kauerte unweit von uns entfernt. Sie hatte die Knie an den Oberkörper gezogen. Getrocknete Tränen glitzerten auf ihrem schmutzverkrusteten Gesicht.

Ich verstehe es auch nicht, dachte ich. Doch ich war unfähig, die Worte auszusprechen. Die Angst lähmte meine Zunge, meinen ganzen Körper. Meine Erinnerungen kamen wie in Wellen über mich, rollten über mich hinweg und begruben mich unter sich. Ich war ihnen hilflos ausgeliefert und fühlte mich wie unter Wasser. Erst als sich an der Wasseroberfläche ein Schatten bewegte, tauchte ich auf.

Es war Cadan, der vor mir in die Hocke ging. Eindringlich sah er mich an, als suchte er in meinem Gesicht nach etwas. »Ich muss mit dir sprechen.«

Bevor ich antworten konnte, sprang Emma auf Cadan zu. Sie stützte die Pfoten auf seinem Knie ab, damit sie nah genug an sein Gesicht herankommen konnte, um ihm über die Wange zu lecken. Cadan ließ sie gewähren, aber Tyriq baute sich drohend vor ihm auf. »Hau ab, Emma! Er ist kein Freund!«

»Tyriq!«, zischte ich, während Emma winselnd von Cadan zu ihrem Herrn sah. Dieser gab ihr ein Zeichen und sie zog sich mit eingeklemmtem Schwanz zurück.

Tyriq strafte mich mit Nichtachtung und ging mit erhobenem Kinn und geballten Fäusten auf Cadan zu. »Was willst du von ihr, Willensbrecher?«

Cadans Augenlid zuckte, als Tyriq ihn mit dieser Beleidigung ansprach, aber er zügelte seinen Unmut. Mit einer geschmeidigen Bewegung erhob er sich und überragte Tyriq um einen halben Kopf, dennoch hielt dieser ihm stand.

»Wir alle haben Angst. Aber wenn wir ihr erliegen, lassen wir den König siegen. Das ist die dunkelste Stunde der Gilde. Wir müssen zusammenhalten, anstatt einander zu bekämpfen«, sagte Mór leise und legte eine Hand auf den Rücken ihres Bruders. Kaum merklich zuckte er zusammen, aber er rührte sich nicht von der Stelle und taxierte Cadan weiterhin.

Ich stand auf und stellte mich zwischen die beiden Männer. »Es ist in Ordnung, Ty. Cadan will nur mit mir reden. Ich bin gleich wieder da.« Dann nickte ich Cadan zu und folgte ihm durch die Arkaden. Die fahlen Gesichter der Raben, die uns entgegenblickten, ließen mich frösteln. Wir hatten alles verloren. Unser Leben. Unsere Hoffnung. Unsere Berufung.

Zwischen der Statue einer nackten Frau mit Blättern in den Haaren und einem kleinen Brunnen, dessen Wasser leuchtete wie blaue Flammen, blieb Cadan stehen. Es warf seltsame Schattenmuster an die Wände und auf uns. Sie verwandelten uns in hohlwangige Geister und färbten Cadans Haar blau.

»Wie geht es dir?« Er trat so dicht zu mir, dass sein Atem einer Liebkosung auf meiner Haut gleichkam. Ich widerstand dem Impuls, die Augen zu schließen und mich gegen ihn zu lehnen. In diesem Moment überkam mich eine überwältigende Erschöpfung, die das dumpfe Echo meiner Angst vollends zum Schweigen brachte.

»Auf diese Frage gibt es so viele Antworten, aber ich kenne keine einzige«, seufzte ich schließlich und erlaubte mir einen Blick in seine hellen Augen. Sie ruhten unverwandt auf mir und weckten ein Gefühl, das ich verloren geglaubt hatte. Es zupfte an meinem Herzen wie die Hände eines Musikers an den Saiten einer Harfe. Aber der einzige Ton, der erklang, war der Rhythmus meines Pulses.

»Ich weiß, was du meinst«, sagte Cadan leise. Mit einem Finger fuhr er über meine Wange und hinterließ eine brennende Spur auf meiner Haut. Ich wich zurück, denn obwohl sich mein Körper nach seiner Aufmerksamkeit sehnte, wusste ich, dass es falsch war. Zu viel stand zwischen uns. Ich hatte ihn töten wollen.

Cadan seufzte und ließ die Hand sinken, als hätte er damit gerechnet. Ein trauriges Lächeln umspielte seine Mundwinkel, als er sagte: »Der König hat uns weitaus mehr genommen als unseren Frieden.«

Er trat einen Schritt zurück und entzog mir seine Nähe, seine Wärme. Schützend schlang ich die Arme um meinen Oberkörper und folgte seinem Blick durch die Halle. »Es ist noch nicht vorbei, Aeryn. Das ist gerade erst der Anfang. Was auch immer den König antreibt, er wollte das Ende der Gilde. Dorchadas ist kein guter Verlierer. Er wird nicht eher ruhen, bis er dieses Spiel für sich entschieden hat.«

»Wir sind hier unten in Sicherheit.« Meine Worte waren hohl, aber sie waren alles, was ich in diesem Moment hatte: eine vermeintliche Sicherheit, obwohl die Gefahr noch immer über uns lauerte.

Cadan hob die Hand, als wollte er mich erneut berühren. Dann schüttelte er den Kopf und ließ sie sinken. Er spürte es genau wie ich: Die kleine Flamme, die zwischen uns geknistert hatte, war erloschen. Da war nichts mehr als kalte Asche. Kalte Asche und das Gefühl, etwas Bedeutendes verloren zu haben.

»Versprich mir, dass du auf dich aufpasst«, wiederholte er. Als ich nickte, trat er einen weiteren Schritt zurück. Dann machte er kehrt und verschwand in der Dunkelheit, die jenseits des blau leuchtenden Brunnens lag.

»Aeryn«, riss mich Tyriqs Stimme aus meiner Starre. Ich fuhr herum und fragte mich, ob er uns belauscht hatte. »Was wollte er?«

»Das weiß ich nicht«, gab ich zu und suchte in der Halle nach Cadan, aber sein heller Schopf war zwischen den anderen verschwunden.

Mein Blick wanderte weiter und blieb an der hageren Gestalt Giordyns hängen, der in der Nähe gegen eine Säule lehnte und das Geschehen mit blassem Gesicht beobachtete. Als könnte er spüren, dass ich ihn ansah, hob Giordyn den Blick. Röte schoss mir in die

Wangen und ich wandte mich ab. Aber mein Herz klopfte, als wäre ich gerannt.

»Aeryn?«, ließ mich Tyriqs Stimme aufhorchen.

Ich blinzelte ihn an. »Wie bitte?«

Seine braunen Augen glänzten im Schein der Kerzen, als er über mich hinwegsah. »Giordyn?«, raunte er mir leise zu. »Was hast du mit dem zu schaffen?«

Meine Antwort bestand aus nicht mehr als einem Achselzucken. Die Gegenwart des Jungen löste ein Unbehagen in mir aus, das tiefer wurzelte als mein schlechtes Gewissen. »Nichts.«

»Das sah nicht danach aus. Du hast ihn angestarrt.«

»Was weißt du über ihn?«

Tyriq rieb sich über die dunklen Stoppeln an seinem Kinn. »Bisher habe ich kein Wort mit ihm gewechselt. Er wahrt Abstand zu den anderen, bleibt lieber für sich. Ich denke, dass er sich erst an sein neues Leben gewöhnen muss. So wie wir alle damals. Du weißt, wie schwer es ist.«

Ich nickte Tyriq kaum merklich zu.

»Oder hast du Grund zur Sorge?«

»Nein, nur Schlafmangel.« Mit einem Knuff in seine Seite verwandelte ich unseren Wortwechsel in eine neckische Plänkelei. Giordyn war wie eine leibgewordene Erinnerung an meine schlimmsten Taten. Selbst wenn ich mich Tyriq anvertraute, würde es sie nicht ungeschehen machen. Also schwieg ich.

Tyriq nahm mich am Arm. »Der Maester versammelt die Raben. Komm!« Ich gab dem Druck seiner Berührung nach und folgte ihm durch die Arkaden in den vorderen Teil der Halle. Mór wartete bereits auf uns. Neben ihr standen Emma und Ean, der mich mit einem knappen Nicken begrüßte.

Unweit von uns entfernt lief der Maester. Er sah nicht aus, als hätte er sich nach unserer Flucht aus der Gilde einen Moment der Ruhe gegönnt. Er stützte sich auf seinen Stab, als hätten die letzten Stunden ihm sämtliche Kraft geraubt. An seiner Seite lief Aryanwen, deren edel bestickte Robe von Rußflecken übersät war. Der Geruch von Feuer brannte in meiner Nase und erinnerte mich an das qualmende Skelett, in das die Königstreuen die Gildengebäude verwandelt hatten. Aryanwen presste ein Stück Pergament an die Brust, als könnte es ihr Halt geben, und tauschte ein paar geflüsterte Worte mit dem Maester aus.

Gemeinsam erklommen die beiden ein Podium in der Mitte der Halle, über ihnen das sternenübersäte Gewölbe. Einst musste dies ein beeindruckender Ort gewesen sein, heute setzten mir die mit Dunkelheit gefüllten Ecken und mit Angst angereicherte Luft zu.

»Meine Raben!« Die Stimme des Maesters hallte durch den Tempel. Die leisen Gespräche der Raben verstummten und auch das entfernte Schluchzen eines Mädchens ebbte ab. Der Maester breitete die Arme aus. Sein Umhang hing in Fetzen an ihm herab. In der Mitte teilte er sich und offenbarte auf seinem Hemd einen roten Fleck. Er war verletzt. Auf dem Weg von der Gilde hierher war mir das nicht aufgefallen. Diejenigen, denen seine Verletzung ebenfalls aufgefallen waren, murmelten leise. Tyriq stupste mich mit dem Ellbogen an, aber ich zuckte die Achseln.

»Was in den letzten Stunden geschehen ist, ist uns allen unbegreiflich«, sagte der Maester. Müdigkeit, die wir alle wahrnahmen, drückte seine Schultern nach unten. Er rieb sich über die Lider. »In den letzten Tagen rief König Dorchadas viele von uns zu sich und erteilte den Befehl, einen Raben zu töten. Wer von euch hat einen solchen Befehl erhalten?«

Ich drehte mich. Viele Hände erhoben sich, nicht die meiner Freunde. »Keiner von euch?«, fragte ich lautlos. Tyriq schüttelte den Kopf, während sich Gregor, ein Rabe, der kaum zwei Jahre jünger war als wir, zaghaft meldete.

»Viele von euch haben im Moment der größten Not besondere Stärke bewiesen. Ich danke euch für eure Loyalität gegenüber der Gilde!«, sagte der Maester. »Umso trauriger ist es, dass einige wenige unserer Kameraden eine andere Entscheidung getroffen haben. Eine Entscheidung, die uns drei Brüder und Schwestern nahm. Olias. Bonnie. Alven.« Stille folgte, in der jeder von uns an die gefallenen Raben dachte. Dann fuhr der Maester fort: »Wir werden sie rächen. Aber bis es so weit ist, ermahne ich euch zur Vorsicht. Die Königstreuen haben keine Kenntnis über unseren Aufenthaltsort. Dabei sollten wir es vorerst belassen. Deshalb ist es umso wichtiger, dass niemand von euch dieses Versteck lässt. Niemand, außer diejenigen, die die Ältesten und ich entsenden. Wir wissen nicht, was König Dorchadas dazu veranlasste, uns den Krieg zu erklären. Doch das werden wir herausfinden. Und dann schlagen wir zurück.«

Unruhiges Gemurmel erhob sich zwischen den Arkaden, aber der Maester hob die Hand und brachte es mit einer Geste zum Verstummen. »Der König hat den mächtigsten Menschen dieser Zeit den Krieg erklärt. Und es wird der Tag kommen, an dem wir uns aus der Asche erheben werden. Die Gilde hat einen Schlag erlitten, aber tot ist sie nicht. Wir sind noch immer hier.«

Ein paar der Raben antworteten mit verhaltenem Applaus auf seine Worte und verlockten Emma dazu, sich ihnen mit ihrem Bellen anzuschließen. Tyriq nickte zustimmend. Ich hingegen konnte mich nicht rühren. Meine Gedanken schweiften in eine gänzlich andere Richtung, bis sie mich schließlich lähmten. Wir waren hier unten vorerst in Sicherheit. Aber was war mit jenen Menschen, die wir für die Gilde, für den König zurückgelassen hatten? Hatte ich meine Eltern zum Tode verurteilt, indem ich mein eigenes Leben gerettet hatte? Ein Schauer eiskalter Angst rann über meinen Rücken und ich erkannte, wie viel Zeit ich verschwendet hatte. Ich war bei ihnen gewesen, ich hätte sie warnen können, das Unheil abwenden. Es war meine Schuld. Ich hatte sie im Stich gelassen.

Als hätte Tyriq meine Gedanken gehört, legte er mir eine Hand auf die Schulter. Die Geste hätte mich trösten sollen, doch sie brach einen Damm in mir. Das Beben meiner Stimme konnte ich nicht verhindern, als ich zu ihm sagte: »Meine Eltern schweben in Lebensgefahr!«

Meine Eltern, an die ich nach so vielen Jahren gar nicht mehr denken durfte, nachdem ich der Gilde die Treue geschworen hatte. Noch vor wenigen Tagen hätte ich diese Worte nicht laut ausgesprochen, hätte mich allein vor dem Gedanken gefürchtet, denn er bedeutete Hochverrat.

Es sprach für Tyriq, dass er mich nicht für meine Worte tadelte, und ich fragte mich, ob ich mich meinen Freunden schon früher hätte anvertrauen können. Ängste verblassten, sobald man ihnen mit dem Klang der eigenen Stimme den Schrecken nahm. Tyriq schob mich in eine Nische zwischen zwei Säulen, während Deirdre durch die Menge ging und die Namen der Überlebenden notierte, um sicherzugehen, dass wir niemanden zurückgelassen hatten.

»Ich weiß, dass das nicht meine Sorge sein sollte«, flüsterte ich. »Die Gilde ist jetzt meine Familie. Aber …«

Tyriq stützte sich links und rechts neben mir an der Säule ab und nahm mich zwischen seinen Armen gefangen. Seine braunen Augen waren alles, was ich in diesem Moment sah, und in ihnen lag die Ruhe, für die ich meinen besten Freund liebte.

»Sie sind deine Eltern«, sagte er schlicht und ich nickte. »Würden meine noch leben, würde ich ebenso empfinden.«

»Wenn er sie tötet, ist es meine Schuld.«

Tyriq löste sich von der Säule und nahm mein Gesicht in seine Hände. Sie waren kühl von dem Stein, wirkten aber ebenso beruhigend wie seine vertrauten Augen. »Er wird sie nicht töten.«

Ich schnaubte. »Du weißt, dass er ein Monster ist.« Ich sprach die Wahrheit, dennoch erschauderte ich vor meinen eigenen Worten. »Vielleicht nicht sofort, aber sobald es ihn langweilt, nach uns zu suchen, wird er sie dazu benutzen, uns zu finden.«

»Das meine ich nicht. Natürlich wird er sie töten, wenn er die Gelegenheit dazu bekommt. Aber was, wenn wir ihm zuvorkommen?«

Ich riss meinen Blick von Tyriq los und ließ ihn durch die Halle wandern. Niemand beachtete uns. Niemand hatte seinem ungeheuerlichen Vorschlag gelauscht. Niemand außer mir. »Was soll das heißen?«

»Dass ich für dich da bin, wenn du mich brauchst!«

Unaufhörlich kreisten meine Gedanken um die Möglichkeit, den Hoffnungsschimmer. Und doch lähmte mir meine Angst die Zunge. Ich wusste, dass Tyriq mich begleiten würde, wenn ich ihn darum bat. Aber ich wusste auch um die Gefahr, in die ich ihn damit bringen würde. Schon einmal hatte ich mich für meine Familie und gegen ein einzelnes Leben entschieden. Ich konnte nicht riskieren, auch Tyriq zu verlieren.

In mir reifte eine Idee. Denn es gab eine Möglichkeit, meine Eltern zu retten, ohne Tyriq zu gefährden. Das einzige Hindernis war meine Angst. Und die würde ich überwinden.

Als ich aufstand, achtete ich darauf, dass Mór schlief. Solange sie nicht sah, was ich vorhatte, konnte ich die Halle unbemerkt verlassen. Auf dem polierten Marmorboden war jeder meiner Schritte lautlos, doch ich fürchtete, dass mich mein hämmerndes Herz verraten würde. Ich schlich durch die Arkaden auf eine der Türen zu, die in die verborgenen Tunnel unter der Stadt führten. Im Tempel herrschte finstere Nacht, obgleich ich nicht sagen konnte, welche Stunde die Uhr tatsächlich schlug. Müdigkeit und Ohnmacht der furchtbaren Ereignisse hatten ihren Tribut gefordert und die meisten Raben kauerten mit ihren engsten Vertrauten in Gruppen beisammen und schliefen.

Fast hatte ich die Tür erreicht, da erregte ein Schatten meine Aufmerksamkeit. Ich fluchte stumm, als ich Tyriq erkannte.

»Was hast du vor, Aeryn?«, zischte er. Es hatte keinen Zweck, ihn zu belügen, denn in seinem Blick lagen Enttäuschung und Wut. »Du gehst ohne mich, richtig? Vertraust du mir nicht?«

»Natürlich vertraue ich dir!«, flüsterte ich. »Aber ich will dich nicht in Gefahr bringen!«

Tyriq schnaubte. »Hast du vergessen, was geschehen ist?«

»Ich könnte mir nie verzeihen, wenn dir etwas geschieht!«

»Ich mir auch nicht«, knurrte Tyriq und öffnete die Tür. Die Bedeutung seiner Worte schwebte unausgesprochen zwischen uns. »Ich komme mit!« Er wackelte auffordernd mit den buschigen Brauen und als ich nicht reagierte, gab er mir einen sanften Schubs in den dahinterliegenden Gang.

Mich empfing der Geruch kalter Erde und eine hinter dem Schein der Fackel liegende Dunkelheit. Ich presste mein Ohr gegen die Tür und lauschte auf ein Zeichen, dass uns jemand beobachtet hatte und den Maester, Aryanwen oder Deirdre weckte. Außer einem regelmäßigen Tropfen von Wasser war alles still.

Ich ließ von der Tür ab und wandte mich zu Tyriq. »Was ist mit Mór und Emma? Willst du sie in dieser Welt wirklich allein zurücklassen, wenn dir etwas geschieht?«

Tyriq lachte. »Netter Versuch, Aeryn, aber wenn mir in dieser Nacht etwas geschehen sollte, hätte meine Schwester mich gewarnt. Auch wenn es manchmal nicht danach aussieht, ist ihre Liebe groß genug, um mich vor Dummheiten zu bewahren.«

»Du weißt selbst, dass sie nicht alles sieht«, hielt ich dagegen, aber er hielt meinem Blick stand.

»Wir sind seit so vielen Jahren Freunde und trotzdem glaubst du, du wärst allein.«

»Jeder von uns ist allein. Dafür hat der König gesorgt.«

»Und jetzt hat er dafür gesorgt, dass wir uns neu formieren, Aeryn. Lass mich das für dich tun!« Tyriq nahm die Fackel aus der Wandhalterung. Seine Augen glitzerten wie früher, wenn wir uns heimlich vom Gildengelände gestohlen hatten, um Abenteuer zu erleben. Aber anders als damals war meine Angst zwar präsent, aber nicht übermächtig. Denn ich wusste, was ich zu tun hatte.

Knapp nickte ich Tyriq zu, dann tauchten wir in einen Tunnel ein, der in die entgegengesetzte Richtung der Gilde und somit des Palastes führte. Hoffentlich brachte er uns zurück in die Stadt.

Uns begleitete ein angespanntes Schweigen und als Tyriq nach meiner Hand griff, wusste ich, dass auch er sich vor dem fürchtete, was uns an der Tagesoberfläche erwarten würde. Durch den dünnen Stoff meiner Handschuhe spürte ich die Kälte seiner Finger. Ich suchte nach Worten, um ihn von seinem Vorhaben abzubringen, obwohl ich wusste, dass nichts, was ich sagen konnte, gegen seinen Willen ankommen würde. Mir wurde warm, als ich erkannte, wie tief unsere Freundschaft wurzelte, und drückte sanft seine Finger.

Auf halbem Weg blieb Tyriq stehen und beendete unseren Fußmarsch mit einem derben Fluch.

»Was ist los?«, fragte ich.

Tyriq beschrieb mit der Fackel einen Bogen. Der Schein der Flammen traf den schmaler werdenden Gang, den Erde und Geröll verschütteten.

»Kommen wir da durch?«, wollte ich wissen und begutachtete das schmale Loch, das auf die andere Seite führte, skeptisch.

»Nicht ohne uns schmutzig zu machen«, brummte Tyriq und rammte die Fackel in den Boden. Dann begann er, mit bloßen

Händen zu graben. Erdklumpen und Steine flogen mir entgegen. Ich duckte mich, ehe ich ihm half, die Erde beiseitezuräumen.

Schließlich grinste Tyriq mich an. »Dir gebührt die zweifelhafte Ehre, vorzugehen und die Lage auf der anderen Seite auszukundschaften!«

»Wolltest du mich nicht eigentlich schützen?«, brummte ich. »Und jetzt schickst du mich vor, um meinen Hals zu riskieren?«

Auf den Ellbogen robbte ich voran. Der Spalt war groß genug, dass ich mit den Schultern hindurchpasste, ohne mich krümmen zu müssen. Vorsichtig zog ich mich hindurch, wagte es kaum zu atmen. Ich blinzelte, als mich auf der anderen Seite ein schmales Bündel Licht traf, das von schräg über mir in den Tunnel fiel.

»Ich glaube, das ist der Ausgang«, rief ich über meine Schulter, zog die Beine nach und stemmte mich hoch. Der Tunnel war hoch genug, sodass ich aufrecht stehen konnte. Hinter einer Biegung trennte mich ein rundes Tor von der Stadt. Vor Aufregung schlug mein Herz schneller. »Wir haben es tatsächlich geschafft!«, rief ich und eilte zurück zu dem Loch, um es von meiner Seite aus zu vergrößern. Tyriq tat es mir gleich, sodass es nicht lange dauerte, bis er hindurchschlüpfen konnte.

Über der Stadt lag eine elektrisierende Stimmung. Ich spürte sie beinahe körperlich, als wir das rostige Tor endlich aufgestemmt hatten und hindurchgetreten waren. Menschen eilten mit gesenkten Blicken an uns vorbei, niemand hielt an, um mit einem anderen einen Plausch zu halten. Dazwischen ertönte der Gleichmarsch der Königstreuen. Über der Szenerie schwebten bedrohlich die Türme des Palastes. Mir wurde eiskalt, obwohl die Strahlen der Sonne tröstlich mein Gesicht streichelten. Wie viel Zeit war seit dem Anschlag vergangen? War es Abend desselben oder des nächsten Tages?

»Wir sollten gehen«, meinte Tyriq, der die Straße wachsam beobachtete.

Der Tunnel hatte uns in eines der oberen Viertel geführt, wo die Häuser prächtiger und die Grundstücke größer waren. Doch waren wir weit genug von der Purpurstraße entfernt, sodass wir nicht Gefahr liefen, unmittelbar einem Königstreuen zu begegnen. Wir hörten sie, während wir durch die Gassen liefen und die Gebäude schrumpften und an Schmuck verloren. Vor einer Abzweigung hob Tyriq den Zeigefinger.

»Hörst du das?«, flüsterte er mit angespannter Miene.

Natürlich. Das Geräusch vibrierte in meinem Innern. Die Königstreuen waren nur wenige Straßen von uns entfernt. Ich fragte mich, ob Tyriq und ich geradewegs in die ausgestreckten Arme des Todes liefen.

KAPITEL 19

Zwei Königstreue begegneten uns in der Straße, in der das Haus meiner Eltern lag. Gerade noch rechtzeitig drängte Tyriq mich in den Schutz eines knorrigen Baumes, der auf einem Grünstreifen zwischen gepflasterter Straße und Gehweg aufragte. Seine Rinde kratzte in meinem Rücken, während mich die Spitzen von Tyriqs Zopf im Gesicht kitzelten. Seine Nähe wirkte beruhigend, fast so, als würden wir wie früher gemeinsam von den Quartieren zur Rabenhalle schlendern.

Er gab mir ein Zeichen. Dann traten wir aus unserem Versteck.

Meine Hand fühlte sich bleischwer an, als ich vor der Tür zum Haus meiner Eltern stand und zaghaft anklopfte. Tyriq hob eine Braue. Er half nach, indem er mit der Faust gegen die Tür hämmerte. Es dauerte nicht lange, da ertönten auf der anderen Seite schlurfende Schritte. Der Schlüssel im Schloss klickte und im Eingang erschien ein Mann, der in meiner Erinnerung viel größer gewesen war. Vielleicht lag es daran, dass ich ihn zuletzt als Kind gesehen hatte, oder aber daran, dass das Alter auf seinen Schultern lastete. Tiefe Falten umspielten seine Augen, deren Blick verwirrt von Tyriq zu mir huschte.

»Ja bitte?«, sagte er. Etwas in seiner Miene veränderte sich, als sein Blick über unsere dunklen Roben glitt. Er öffnete den Mund, schloss ihn wieder. Dann sah er mich an. Durchdringend. »Ailis!«, rief er über die Schulter. »Du glaubst nicht, wer uns besucht. Komm her, Ailis!« Und im nächsten Moment fand ich mich in den Armen meines Vaters wieder, der leise in mein Ohr schluchzte. Tyriq schob uns ohne viel Federlesens in den Eingang und schloss die Tür hinter uns. Ich nickte ihm dankbar zu und er lächelte.

»Ich hätte nicht gedacht, dich eines Tages wiederzusehen, Tochter«, murmelte mein Vater und hielt mich auf Armeslänge von sich. Seine Hände fühlten sich rau auf meinen Wangen an, als er mich sanft tätschelte. Es waren Hände, die ein Leben lang harter Arbeit nachgegangen waren und Leder gegerbt hatten. »Und nun stehst du vor mir. Einfach so.«

»Nein«, widersprach ich. »Nicht einfach so.« Ich holte tief Luft, um Kraft zu sammeln für das, was ich meinen Eltern zu sagen hatte. »Die Stadt ist in Aufruhr, die Königstreuen haben die Gilde angegriffen. Wir sind gekommen, um euch in Sicherheit zu bringen. Denn solange der König die Raben tot sehen will, schwebt ihr in Lebensgefahr.«

Hinter meinem Vater knarrte eine Diele. Und als er beiseitetrat, stand sie vor mir, meine Mutter. Mit großen Augen, die mich an die Farbe dunklen Holzes erinnerte, sah sie mich an. Ihre Lippen teilten sich, aber die Worte blieben unausgesprochen. Sie stieß ein Schluchzen aus, dann überwand sie die Distanz zwischen uns und zog mich in ihre Arme. Ihr Duft war mir fremd und vertraut zugleich. Er erinnerte mich an eine Kindheit, die mir so fern erschien, dass ich glaubte, sie gehöre mir nicht.

»Meine Tochter«, flüsterte meine Mutter in mein Ohr. »Ich habe mir vorgestellt, wie du wohl als erwachsene Frau aussehen würdest. Und so oft bin ich an der Mauer der Gilde entlangspaziert, in der Hoffnung, einen Blick auf dich werfen zu können. Und nun stehst du vor mir.« Sie hob mein Kinn an, blinzelte die Tränen weg und schüttelte ungläubig den Kopf.

»Ich will nicht unhöflich erscheinen, aber die Zeit drängt«, sagte Tyriq. Unruhig glitt sein Blick von meinen Eltern zum Fenster nach draußen. »Die Königstreuen können jederzeit hier auftauchen, um Euch gefangen zu nehmen.«

»Uns?«, fragte meine Mutter. »Welchen Grund hätten sie, das zu tun? Wir sind unbescholtene Bürger.«

»Ihr habt Eure Tochter der Gilde überlassen«, sagte Tyriq ernst. »Sie werden kommen und Euch holen, um Aeryn zu erpressen.«

»Wir hörten von den Unruhen«, sagte mein Vater langsam. »Die ganze Stadt spricht davon. Wir wussten jedoch nicht, dass es so schlimm steht.«

Tyriq trat an eines der schmalen Fenster neben der Tür und sah hinaus, die Schultern angespannt. »Wir sollten aufbrechen.«

»Jetzt?«, fragte meine Mutter und wischte sich die Hände an der Schürze ab. »Ich backe gerade Brot.«

»Und es wird das Letzte sein, was Ihr tut, sobald die Königstreuen hier sind.«

»Er hat recht, Mutter«, sagte ich eindringlich. »Kommt mit uns, bis wir wissen, wie es weitergeht.«

Meine Eltern wechselten einen verunsicherten Blick. Tyriq wertete das als Zusage und öffnete die Tür. »Gehen wir!«, drängte er, nahm einen Mantel von der Garderobe und warf ihn meiner Mutter zu. Dann trat er mit gezückter Waffe nach draußen. Blauer Himmel und wenige Wölkchen spiegelten sich in der Klinge. Die Straße war leer, die Stadt ruhig. Zu ruhig.

Ein mulmiges Gefühl überkam mich. Ich wandte mich an meine Eltern. »Wo sind Amalie und Agatha?«

»Deine Schwestern leben nicht mehr in Beryll«, antwortete mein Vater.

»Das ist gut«, seufzte ich. »Dann sind sie wenigstens vorerst in Sicherheit.« Ich drängte meine Eltern durch die Tür und schloss sie hinter mir. »Lasst uns gehen.«

Obgleich die Sonne strahlte, fühlte sich der Tag trüb und grau an. Das schöne Wetter stand in starkem Kontrast zu der Stimmung, die sich auf das ganze Land herabgesenkt hatte. Nacheinander liefen wir die Straße entlang auf eine Abzweigung zu, die uns in eine engere, geschütztere Gasse führen würde. Mein Herz hämmerte gegen meinen Brustkorb, mein Körper kribbelte.

Und dann traten sie aus ihren Verstecken.

Die Königstreuen.

Ich hatte keine Zeit, sie zu zählen, wusste nur, dass es zu viele waren. Mit gezückten Waffen kreisten sie uns ein. Tyriq blieb stehen und fluchte. Ich sah ihn an und wusste, dass ich ihn in den Tod geführt hatte. Die Angst, die ich in diesem Moment empfand, war übermächtig, doch sie galt nicht dem Weg, der vor mir lag, sondern Tyriq, den ich wie einen Bauern beim Schach geopfert hatte. Meine Mutter gab ein Wimmern von sich.

»Schon gut, Ailis«, murmelte mein Vater, aber auch seine Stimme bebte vor Angst.

»Es tut mir leid«, sagte ich. »Es tut mir so leid.«

Tyriq schüttelte stumm den Kopf, den Blick noch immer voller Wärme und Zuversicht. Er war ein Narr, wenn er glaubte, dass wir dem König entkommen konnten. Er hatte unseren Tod gefordert, er würde ihn bekommen.

»Aeryn und Tyriq!«, rief eine mir allzu vertraute und zugleich verhasste Stimme. Murtagh trat aus den Reihen der Königstreuen, ein selbstzufriedenes Grinsen auf dem Gesicht. »Ich hätte nicht gedacht, euch hier zusammen zu sehen. Aber sei's drum, so mache ich gleich zwei prächtige Fänge. Ich verhafte euch wegen Hochverrat!«

»Nein!«, keuchte meine Mutter. Als die Königstreuen näher kamen, stellte sie sich schützend vor mich.

»Geh aus dem Weg, Weib!«, knurrte Murtagh. »Oder willst du deiner Tochter Gesellschaft im Kerker leisten?«

Obwohl ich meine Mutter mit der behandschuhten Hand berührte, spürte ich ihre Angst, mich erneut zu verlieren, überdeutlich.

»Was wird uns vorgeworfen, Murtagh?«, wollte Tyriq wissen, ohne das Schwert zu senken. Er stand breitbeinig da und blickte Murtagh herausfordernd entgegen wie der Krieger, als der er ausgebildet worden war.

»Ihr habt euch den Befehlen des Königs widersetzt!«, rief Murtagh.

»Dann hat er also tatsächlich den Befehl erteilt, die Gilde zu vernichten? Nun, wenn es darum geht, kannst du es uns nicht verdenken, dass wir an unserem Leben hängen.« Tyriq zuckte die Achseln, als spräche er nicht von unserem Tod.

»Sei still«, zischte ich ihm zu.

Murtagh, der meine Worte ganz genau verstanden hatte, lachte und gab seinen Männern ein Zeichen. Sie zogen einen engeren Kreis um uns, bis ich das blutgierige Blitzen ihrer Augen durch ihre Visiere hindurch erkennen konnte. Ich suchte nach einem freundlichen Blick in diesem Meer aus Hass, suchte nach Ducan oder einem der anderen Königstreuen, die mich in der Vergangenheit mit Höflichkeit und Respekt behandelt hatten. Aber niemand war hier, um uns zu schützen. Einer der Königstreuen packte mich. Seine Finger bohrte er grob in meine Schulter. Ich verbiss mir einen Schmerzensschrei. Diese Genugtuung gönnte ich Murtagh nicht.

Tyriq riss sein Schwert hoch. Seine Klinge schlug eine Wunde in den Arm des Mannes, der mich gepackt hatte. Blut spritzte auf und sprenkelte meine Wangen. Meine Mutter schrie.

»Weg von hier!«, rief ich meinen Eltern zu, während ich selbst mein Kurzschwert zückte und Tyriq Deckung gab. Rücken an Rücken standen wir da, während immer mehr blau uniformierte Königstreue in die Straße strömten und eine Flucht endgültig vereitelten. Das Klirren von Stahl auf Stahl durchzuckte den strahlenden Tag. Im Nacken spürte ich den Atem des Todes. Er war eiskalt auf meiner Haut. Ich wusste nicht, ob ich bereit war, mit ihm zu gehen. Also riss ich meine Waffe hoch, antwortete auf die Angriffe der Königstreuen.

»Ergebt euch, wenn ihr nicht für den Tod dieser unschuldigen Bürger verantwortlich sein wollt!« Murtaghs Ruf traf mich härter als der Angriff der Königstreuen. Sein Grinsen war mörderisch, als er ein Messer an die Kehle meiner Mutter hielt. Meine Hand öffnete sich instinktiv, mein Schwert fiel mit einem Scheppern zu Boden. Der Königstreue, der mir am nächsten gestanden hatte, fluchte und sprang zurück, ehe ihm mein Schwert die Zehen abtrennen konnte.

»Lass sie los, du feiger Bastard!«, zischte ich.

»Na, na«, tadelte Murtagh mich und wandte sich an meine Mutter. »Bei der Ausdrucksweise könnte man meinen, ein Rudel Wölfe hätte dieses Mädchen großgezogen.«

Meine Mutter antwortete nicht, sie wimmerte.

»Ich bitte Euch«, krächzte mein Vater, den zwei Königstreue flankierten, »lasst meine Frau gehen, sie hat nichts Unrechtes getan.«

»Sie hat das Kind zur Welt gebracht, das sich unserem König widersetzt!«, bemerkte Murtagh. »Beharrt Ihr wirklich darauf, sie hätte nichts Unrechtes getan, guter Mann?«

»Bitte«, flehte ich, »lass meine Eltern zufrieden, Murtagh! Das ist eine Sache zwischen uns. Sie haben nichts damit zu tun!«

»Das hättest du dir überlegen sollen, bevor du dich König Dorchadas' Befehlen widersetzt hast!«

Ich dachte an Cadan, die Art, wie er mich angesehen und berührt hatte. Dann reckte ich das Kinn. »Ich würde immer wieder so entscheiden!«, fauchte ich. »Der König hat ein Unrecht begangen, als er uns dazu verdammte, unsere eigenen Leute zu töten!«

»Hochverrat!«, verkündete Murtagh und wies mit dem ausgestreckten Arm auf mich. Triumph zeichnete sich auf seinen Zügen ab. »Dafür wirst du hängen, Aeryn!« Ich empfand keine Angst. Zumindest nicht mehr als ohnehin schon. Hätte er das Urteil nicht laut ausgesprochen, hätte ich es dennoch erwartet. Ich wusste, dass der König auf Verrat nur eine Antwort kannte.

Seine Männer packten mich, drehten mir die Arme auf den Rücken und fesselten zuerst mich, dann Tyriq mit einem groben Seil.

»Bringt sie in die Kerker«, knurrte Murtagh. »Und die beiden …« Er deutete auf meine Eltern. »Die beiden werden dem König vorgeführt. Soll er ein Urteil darüber fällen, was mit denjenigen geschieht, die Hochverräter erziehen!«

»Nein!« Mein Schrei ging in den Jubelrufen der Königstreuen unter. Jemand schlug mir die flache Seite eines Schwertes in den Rücken und zwang mich, mich in Bewegung zu setzen. Ich riss den Kopf herum, suchte zwischen den blauen Uniformen nach meinen Eltern, aber sie waren zwischen ihnen verschwunden.

Tyriq lief in einigem Abstand von mir entfernt. Eine Traube von Königstreuen umgab ihn. Er wehrte sich gegen seine Fesseln und ich wünschte, ich hätte ihm niemals erlaubt, mich zu begleiten. Wieder einmal hatte ich mich meinen Ängsten gebeugt. Ich hatte mich sicher gefühlt, an Tyriqs Seite nach Beryll zurückzukehren, weil er ein begnadeter Krieger und mein Freund war. Weil ich mich gefürchtet hatte, die Stadt allein zu betreten.

»Es war mir immer ein Rätsel, warum begnadeten Kindern die Ehre zuteilwurde, dem königlichen Geschlecht zu dienen. In

Wahrheit seid ihr Dämonen. Endlich ist unser König zu derselben Ansicht gelangt.« Murtaghs Worte begleiteten ein düsteres Lachen.

Ich versuchte, ihm keine Beachtung zu schenken. Meinen Blick richtete ich stur geradeaus auf Tyriqs Hinterkopf. Ich musste Vertrauen haben. Alles würde gut werden. Wenn wir an diesem Tag sterben sollten, hätte Mór uns gewarnt. Sie hätte verhindert, dass wir unseren Unterschlupf überhaupt verlassen, wenn sie gewusst hätte, dass Murtagh uns gefangen nehmen würde. Andererseits hatte sie den Sturz der Gilde auch nicht vorhergesagt.

»Die Gaben machen euch Raben mächtig. Mächtiger als den König. Aber niemand sollte mehr Macht als der Mann auf dem Thron haben«, fuhr Murtagh leise fort. Seine Hand schloss sich wie ein Schraubstock um meinen Arm. Ich kämpfte gegen seine Berührung an, aber er drehte mir den Arm um und zog mir die Handschuhe aus.

»Nicht!«, rief ich.

Murtagh lachte. »Alle Welt spricht von den Begnadeten. Aber wenn du mich fragst, seid ihr eine Laune der Natur, eine Kuriosität.« Er spuckte auf den Boden vor meinen Füßen und ich zuckte zusammen, als hätte er mich geschlagen. Murtagh war mit der Furcht vor dem Unbekannten gestraft, ebenso wie die Bürger Berylls, die uns seit jeher gemieden hatten. Er empfand unsere Gaben als Bedrohung und fühlte sich herausgefordert, etwas gegen diese Anomalie zu unternehmen.

»Du hast genug Menschen mit deiner grausamen Gabe geknechtet«, raunte mir Murtagh ins Ohr. »Es wird Zeit, dass du sie am eigenen Leib spürst!«

Fast hätte ich aufgelacht. Als hätte ich das nicht jeden Tag meines Lebens. Murtaghs Griff war so fest, dass ich ihm nicht entkommen konnte. Er zerrte mich ein paar Schritte vorwärts, bis er die Schulter eines seiner Männer packte und ihn zu uns herumdrehte.

»Kaleb, wovor fürchtest du dich am meisten?«, rief Murtagh und grinste den Königstreuen mit gebleckten Zähnen an.

»Nein!«, keuchte ich und versuchte, mich aus seiner Umklammerung herauszudrehen.

»Schön hiergeblieben, Miststück!«, fauchte Murtagh und riss mich an den Haaren zurück. Ein Schmerz wie Tausende kleine Nadelstiche jagte mir über die Kopfhaut und ich schnaufte.

»Ah … Murtagh! Das kannst du nicht tun!« Ich verachtete mich für meinen panischen, fast schon flehentlichen Ton. Das Gefühl der Hilflosigkeit schnürte mir die Kehle zu. Meine Worte waren kaum mehr als ein Krächzen.

Die Blicke des Königstreuen huschten von Murtagh zu mir und weiteten sich, als er begriff, was sein Kommandant vorhatte.

»Ich habe keine Angst«, meinte er, aber seine zitternde Stimme strafte ihn Lügen.

»Ach, komm schon«, knurrte dieser ungerührt. »Jeder hat vor irgendetwas Angst.« Unwillkürlich fragte ich mich, wovor Murtagh sich fürchtete. Aber ich wollte nicht herausfinden, was es war, das einem Mann wie Murtagh nachts den Schlaf raubte.

Kaleb druckste herum. Als er nicht mit der Sprache herausrückte, packte Murtagh ihn und zwang mich, den Streifen nackter Haut oberhalb der Halskrempe zu berühren. Kaleb riss den Mund auf zu einem Schrei, der sicherlich über die Straße hallte, an meine Ohren drang er jedoch nicht mehr, da meine Gabe mich bereits fortriss. Beryll löste sich um mich herum auf. Ich war ein kleiner Junge, der neben seinem wenig älteren Bruder stand. Vor uns schritt eine Frau auf und ab, lobte den Bruder und tadelte mich. Die Szene löste sich auf, ich war ein erwachsener Mann in Königsblau. Aber mein Bruder hatte bereits den nächsthöheren Rang inne. Murtagh verlieh ihm einen Orden, ich war unsichtbar. Das Gefühl in mir, zu versagen, wurde übermächtig, als ich mich auf einmal einer Frau gegenübersah, die weinend am Boden saß und ihre Finger im blutigen Schoß knetete. Zuerst glaubte ich, ich, Kaleb, hätte sie geschlagen, doch dann begriff ich. Sie sehnte sich nach einem Kind, das zu schenken ich nicht imstande war. Ich war ein Versager.

Dieser Gedanke katapultierte mich zurück in meinen eigenen Körper. Ich zitterte am ganzen Leib, als Kaleb ausholte und mir ins Gesicht schlug. »Das geht dich nichts an, Dämon!«, schrie er und taumelte rücklings, bis ihn die Reihe der Königstreuen verschluckte.

Murtagh lachte aus voller Kehle und das Geräusch ließ in mir die Galle hochkommen. »Hast du die Angst in seinen Augen gesehen?« Begierig leckte er sich die Lippen. »Nein, du hast sie am eigenen Leib gespürt, nicht wahr? Wie ist das, Aeryn? Wie fühlt es sich an?« Er wartete nicht darauf, dass ich ihm antwortete. Stattdessen packte er einen anderen, dessen Ängste er mir aufzwang.

Wieder und wieder spürte ich die unter der Oberfläche brodelnden Ängste der Königstreuen, bis sie zu meinen eigenen wurden. Mero, ein rundlicher Königstreuer, der sich zumeist im Hintergrund hielt, fürchtete sich vor niemand Geringerem als dem König höchstselbst. Ein anderer hatte Angst vor den schuppigen, schillernden Körpern der Bergschlangen, die im Gebirge ihr Zuhause hatten. Wieder ein anderer ängstigte sich vor der Dunkelheit. Ich spürte, wie ihre Ängste zu den meinen wurden, bis ich beinahe starr vor Angst und unfähig war, noch einen weiteren Schritt zu tun.

»Deine Gabe ist etwas Besonderes, Aeryn«, säuselte Murtagh und strich mir betont sanft über die Wange. Ich riss den Kopf zurück, konnte seiner Berührung jedoch nicht entkommen. Ich war seine Gefangene.

Vor uns geriet die Prozession der Königstreuen ins Stocken. Die Männer, die mich wie einen Hund an der Leine führten, blieben stehen und reckten die Hälse. Ich tat es ihnen gleich, verlangte mein Körper ohnehin nach Ruhe. Meine Knie zitterten und drohten unter meinem Gewicht nachzugeben, aber einer der Männer hielt mich gepackt.

An der Spitze des Zuges war erneut Unruhe ausgebrochen. Auf einmal gellte ein Schrei durch die angespannte Stille. Dann folgte das erbarmungslose Aufeinanderprallen von Stahl. Ich zuckte zusammen.

Ein Kampf.

Aber wer griff wen an?

»Was ist da los?«, hörte ich Murtaghs wütendes Gebrüll. Er schubste ein paar seiner Männer aus dem Weg und kämpfte sich vorwärts. Schon bald mischten sich zwischen die blau Uniformierten schwarz gewandete Gestalten, deren Waffen silbern im allmählich schwindenden Tageslicht aufblitzten. Mein Herz schlug schneller.

Diesmal vor Erleichterung, nicht vor Angst. Jemand kam, um uns zu retten. Hatte Mór gesehen, was geschehen würde, und Hilfe geschickt?

Schwarze und blaue Flecken wirbelten durch die Straße, bis sie aus Sicht der Vögel aussehen musste wie ein wogender Fluss. Aber das Zeichen der Gilde trugen sie nicht. Hatten sie es abgelegt, weil es die Gilde nicht länger gab?

Ich begriff nicht, was vor sich ging, als ich einen weißblonden Haarschopf in dem Meer aus Blau und Schwarz erblickte.

Cadan!

Sein Schwert sirrte mit tödlicher Treffsicherheit durch die Luft. Die silberne Klinge pflügte sich einen Weg durch die Königstreuen auf mich zu. Mit der freien Hand packte er die Königstreuen nacheinander und zwang sie mit nur einer einzigen Berührung, ihre Waffen niederzulegen. Ich begriff, wie mächtig er tatsächlich war. Er hätte mich töten können, ohne dass ich je eine echte Chance gegen ihn gehabt hätte. Aber er hatte es nicht getan.

Die Kälte seiner Augen schmolz, als er mich sah. Er steckte das Schwert in die Scheide und nahm mein Gesicht in beide Hände. Einen kurzen verrückten Augenblick fiel ich dem Irrglauben anheim, er könnte mich küssen. Mein verräterisches Herz reagierte auf diese Vorstellung mit einem sehnsüchtigen Ziehen. Doch im nächsten Moment löste Cadan sich von mir und zog aus dem Gürtel ein Kurzschwert. *Mein* Kurzschwert.

»Pass nächstes Mal besser drauf auf!«, rief er und warf es mir zu. Dann nickte er auf meine nackten Hände, mit denen ich das Heft umklammerte, als wäre es ein Anker, der mir Sicherheit in stürmischen Fluten verhieß. »Was hat Murtagh dir angetan? Wo sind deine Handschuhe?«

»Es geht mir gut«, zwang ich mich zu sagen und hob meine Waffe. Meine Hände zitterten.

Cadan durchschaute meine Lüge und schnaubte. Er bückte sich über einen der am Boden liegenden Königstreuen und nahm ihm die Handschuhe ab. Ich protestierte selbst dann nicht, als ich hineinschlüpfte und mir fremdes Blut an den Fingern klebte, solange mich der raue Stoff vor der Berührung von Fremden schützte.

»Was machst du hier, Cadan?«, fragte ich. »Wer sind diese Leute? Woher wusstest du, dass wir hier sind?«

»Das sind ziemlich viele Fragen zu einem sehr ungeeigneten Zeitpunkt!« Cadan riss das Schwert hoch und schlug es dem Königstreuen mit der flachen Seite gegen den Schädel. Dieser taumelte und kippte um wie ein gefällter Baum.

»Wo sind meine Eltern?«, fragte ich und sah mich in dem Tosen aus Blau und Schwarz um. »Wo ist Ty?«

»Komm mit«, sagte Cadan. Er berührte mich nicht, aber die Entschlossenheit seines Blickes wirkte wie eine Hand, die mich führte. Ich folgte ihm auf wackligen Beinen.

Allmählich erstarb das Blau. Das lag nicht daran, dass die schwarzen Gestalten begnadete Krieger waren. Erst jetzt erkannte ich, wie ungelenk manche ihrer Bewegungen, wie improvisiert ihre Waffen waren. Sie waren keine Raben. Und ich hatte keine Ahnung, wer sich unter den Kapuzen verbarg, denn sie trugen schwarze Masken mit Löchern für Augen und Nasenlöcher.

»Ich habe sie!«, bellte Cadan einem der vermummten Kämpfer zu. Er war groß wie ein Riese und ebenso breit gebaut. Seine Bewegungen waren schwerfällig, aber die Schläge, die er austeilte, trafen mit voller Wucht ihr Ziel.

»Rückzug!«, rief er seinen Mitstreitern zu und gab ihnen ein Zeichen. Unter den versiegelten Lippen der Maske klang seine Stimme dumpf und doch glaubte ich, sie schon einmal gehört zu haben.

Ich hatte keine Zeit, darüber nachzudenken. Zwischen zwei schwarz gekleideten Gestalten erkannte ich Tyriq. Er bewegte sich langsam. Er war verletzt. Die Angst der Königstreuen, die mir noch immer nachhing, verwandelte sich in nackte Panik. Blut tränkte Tyriqs Kleidung und das Gewicht seines Körpers schien zu schwer für seine Beine. Er schwankte gefährlich und konnte den Attacken seines Angreifers kaum mehr ausweichen. Stahl blitzte auf, fing das Licht des Tages ein und blendete mich. Einen Moment lang sah ich nichts, dann dröhnte das Geräusch von Klingen, die aufeinanderprallten, in meinem Kopf. Ich blinzelte die Flecken vor meinen Augen weg und sah gerade noch, wie Cadan sich zwischen Tyriq und den

Königstreuen schob und ihn mit gezückter Waffe zurückdrängte, ehe er vorschoss und den Kerl packte. Über den Lärm des Kampfes hinweg klirrte dessen Schwert, als es zu Boden fiel. Dann sah er mit stumpfem Ausdruck zu Cadan auf, der ihn mithilfe seiner Gabe zu unserem Leibwächter machte. Auf seinen Wink hin baute sich der Königstreue schützend vor uns auf und schirmte uns von dem weiterhin tobenden Kampf ab.

Ich löste mich aus meiner Starre und rannte auf Tyriq zu. Sein Blick wurde weich, als er mich traf. Erleichterung glättete seine schmerzverzerrten Züge und er streckte die Hand nach mir aus. »O Ty«, presste ich hervor, denn meine Angst um ihn schnürte mir die Kehle zu. Dass er verletzt war, war meine Schuld.

»Was geht hier eigentlich vor?«, keuchte Tyriq und umfasste seinen Rumpf. Sein Atem ging schwer und stockend. Schweiß perlte auf seiner Stirn.

»Ich rette euren verdammten Arsch!«, knurrte Cadan. Er gab dem Königstreuen, den er seinem Willen unterworfen hatte, ein Zeichen. Mit leerem Blick geleitete dieser uns an den Rand der Straße. Obgleich ich mir Tyriqs Arm über die Schultern gelegt hatte, waren seine Bewegungen steif und widerwillig. Eine Ader trat an seiner Schläfe hervor, die den Schmerz bezeugte, der ihn in diesem Moment quälen musste.

Im Schutz einer niedrigen Mauer standen meine Eltern Arm in Arm und beobachteten das Geschehen mit weit aufgerissenen Augen. »Sieh nur!«, keuchte mein Vater und fasste sich ans Herz. Die Erleichterung, die ihn zu durchströmen schien, war mir fern. Mir war eiskalt, denn ich hatte sie alle erst in diese Gefahr gebracht.

Cadan packte ungeduldig meinen Arm und hob mit der anderen Hand das Schwert, dessen Klinge im Licht inzwischen blutrot glänzte. »Keine Zeit für Freudentaumel. Wir müssen von hier verschwinden!«

»Spielverderber«, murrte Tyriq. »Ich hätte zu gern noch einen der Königstreuen zum Tänzchen aufgefordert!« Dass er angestrengt an meiner Seite humpelte, strafte seine Worte Lügen. Sein Atem ging schwer, rasselnd. Der Blutfleck auf seinem Hemd wuchs wie eine Rose im aufgehenden Sonnenlicht.

»Dieses Mal wirst du wohl aussetzen müssen!« Cadan hielt auf eine Seitengasse zu, die uns von dem Kampf wegführen würde. Doch bevor wir sie erreichten, stellte sich uns einer der Königstreuen in den Weg, an dessen Angst vor Wasser ich mich ewig erinnern würde. Er war noch ein Kind gewesen, das Schabernack im Kopf hatte, als sein Vater ihn zur Strafe in einen Wassertrog geworfen und untergetaucht hatte, bis er geglaubt hatte zu ertrinken.

Das beklemmende Gefühl, das er damals gespürt hatte, machte sich in meiner Brust bemerkbar. Ich atmete tief ein, machte mir bewusst, dass es Luft war, die ich atmete, und nicht Wasser. Vor mir erhoben sich gewaltige Fluten, doch ich wusste, dass es nicht echt war. Es war ein Echo dessen, was seine Ängste in mir ausgelöst hatten.

Der Kampf zwischen Cadan und dem Königstreuen war hart und unnachgiebig. Cadan wirbelte herum. Seine Bewegungen waren fließend und passten sich an eine Melodie an, die nur er hören konnte. Doch allmählich wurde er müde und seine Paraden ließen nach. Er wurde unvorsichtig. Aus dem Nichts tauchte das Schwert eines Königstreuen über ihm auf und traf ihn hart an der Schulter. Blut spritzte. Diesmal das von Cadan. Er stöhnte, seine eigene Waffe erzitterte in seinen Händen. Ich befreite mich von Tyriqs Gewicht auf meinen Schultern und schoss vor. Dann zog ich mein Kurzschwert und wehrte einen neuerlichen Hieb des Königstreuen ab, nicht elegant, aber wirkungsvoll.

»Du wirst ertrinken«, zischte ich. »Deine Lunge wird sich mit Wasser füllen, bis es dir aus der Nase herausläuft.«

Der Mann blinzelte. Dieser kurze Moment reichte mir. Ich holte aus und entwaffnete ihn. Dann drückte ich die Klinge an seine Kehle. Es wäre so einfach. Ich hatte es oft getan. Das Gewicht verlagert, ein Leben beendet. Doch in diesem Moment war ich wie erstarrt. Ich brachte es nicht über mich. »Cadan!« Ich wagte nicht, über meine Schulter zurückzusehen, aus Angst, der Königstreue könnte mir das Schwert entreißen.

»Ich bin hier«, hörte ich ihn, spürte seine Hand an meiner Schulter und seinen Atem im Nacken.

»Er fürchtet sich vor Wasser.«

Es bedurfte keiner Erklärung. Cadan trat an mir vorbei, die Rechte auf die Wunde an seinem Oberarm gepresst. Blut sickerte durch seine Finger. Er packte den Mann mit der Linken und flüsterte ihm etwas ins Ohr. Sogleich begann dieser, wie ein Fisch auf dem Trockenen zu zappeln. Doch ich wusste, dass er zu ertrinken fürchtete.

»Gehen wir«, presste Cadan mit zusammengebissenen Zähnen hervor. Ich nickte, denn ich sehnte mich danach, diesen Ort und die Ängste meiner Feinde hinter mir zu lassen. Ich fühlte mich gedemütigt und verletzlich, obwohl es nicht meine eigenen Ängste waren, die mich verfolgten. Furcht vor Wasser. Dunkelheit. Spinnen. Versagensängste. Enge. Höhe. Die Angst vor dem Tod. Und dazwischen: Murtaghs Augen.

KAPITEL 20

BERYLLS STRASSEN WAREN wie leer gefegt, da sämtliche Königstreue an den Ort berufen wurden, wo der Kampf ausgebrochen war. Die Bürger waren vor dem Lärm der aufeinanderprallenden Waffen in die Häuser geflohen. Als wir die Hauptstraße querten, machte ich hinter den Scheiben der Fenster dunkle Schatten aus, spürte die Blicke der Bewohner auf meinem Rücken. Cadan führte uns durch ein Labyrinth aus Seitengassen zu einem Tunneleingang zwischen mehreren Felsen. Ich begriff, wie weit das Netz unterirdischer Tunnel sich unter der Stadt spinnen musste, denn es war nicht die Stelle, an der wir sie zuvor verlassen hatten. Efeu hing wie ein Vorgang über den rostigen Gitterstäben, die Cadan mit zusammengepressten Zähnen beiseiteschob.

Tyriqs Fluch hallte von den Wänden wider, als wir ihn in den Tunnel hievten. Auf dem kurzen Weg durch die Stadt hatte sein Gesicht sämtliche Farbe verloren, selbst die Lippen waren bleich. Kalter Schweiß glänzte auf seiner Haut, bis ihm das schwarze Haar strähnig im Gesicht klebte.

»Ty!«, rief ich, als er nach vorn kippte. Sein Gewicht, das sich so überraschend verlagerte, riss mich mit sich. Stöhnend krümmte Tyriq sich am Boden.

Cadans Kopf zuckte zum Eingang des Tunnels, wo meine Eltern wie versteinert standen und uns beobachteten. »Wir müssen ihn hier wegschaffen«, murmelte er und zerrte Tyriq zurück auf die Füße. Aber seine Beine knickten sogleich wieder ein.

Mein Vater stabilisierte ihn und mit Blick auf Cadans Wunde fragte er: »Schaffst du das, Junge?«

Cadan presste die Zähne zusammen. Auch ihm stand der Schweiß auf der Stirn, aber er machte einen Schritt vor und mein Vater folgte ihm.

Schier endlos erstreckte sich der Tunnel vor uns. Ich entzündete eine der Fackeln und ging voran. Mein Bauch fühlte sich an, als wäre er mit Steinen gefüllt. Trotzdem zwang ich mich weiter. Und weiter. Und weiter.

Das Geräusch sich nähernder Schritte weckte meine Aufmerksamkeit und ich blieb abrupt stehen. Hinter mir fluchte Cadan und Tyriq gab einen schmerzerfüllten Laut von sich. Meine Warnung fand nicht einmal einen Weg über meine Lippen, da tauchte vor uns eine Gestalt auf. Ich erstarrte. Mein Herz pochte laut in der darauffolgenden Stille.

Und dann erkannte ich sie.

»Mai?« Ungläubig sah ich meine Freundin an, die das rote Haar wie einen Vorhang ins Gesicht fallen ließ und einen Punkt schräg über mir betrachtete, als wollte sie mir nicht in die Augen sehen. »Was tust du hier?«

Es dauerte nur den Bruchteil eines Moments, ehe sie eine Antwort fand, aber mir fiel Maireads Zögern dennoch auf. »Du warst fort. Du und Ty. Und da dachte ich…« Sie verstummte, als ihr Blick zuerst meine Eltern, dann unseren gemeinsamen Freund traf, der halb ohnmächtig zwischen Cadan und meinem Vater hing. Ohne ein weiteres Wort schob sie sich an mir vorbei und beugte sich über ihn.

»Beim König, was ist geschehen?«, hauchte sie.

Hilflosigkeit und Wut packten mich. »Das fragst du besser *deinen König!*«

Mairead zuckte kaum merklich zusammen, ehe sie Tyriqs Gesicht sanft in beide Hände nahm. Er öffnete den Mund, um etwas zu sagen. Stattdessen sammelte sich Blut auf seinen Lippen. »Legt ihn hin!«, befahl Mairead. Jegliche Zurückhaltung war aus ihrer Stimme verschwunden. Mit geschickten Fingern befreite sie Tyriq von seinem Hemd und atmete laut und zischend ein, als sie sich seiner Wunde gegenübersah.

»Wie schlimm ist es?« Ich trat näher, brachte es jedoch nicht über mich, genauer hinzusehen. Aus dem Augenwinkel bemerkte ich lediglich etwas Weißes in all dem Rot. Ein Knochen, der definitiv nicht an diese Stelle gehörte. Das wusste selbst ich mit meinen spärlichen medizinischen Kenntnissen.

»Ich kann ihn heilen«, sagte Mairead nach einem angespannten Schweigen. »Aber dazu brauche ich Hilfe.«

Obwohl ein Gefühl von Übelkeit in mir aufstieg, hockte ich mich neben sie. »Sag mir, was zu tun ist.«

»Nein.« Mairead ließ die Hände sinken.

»Nein?«, fauchte ich. »Was soll das heißen?«

Mairead ging nicht auf meinen scharfen Tonfall ein. Sie erhob sich in einer fließenden Bewegung. »Meine Gabe allein wird Ty nicht helfen können. Er ist schwer verletzt. Das Risiko ist groß, dass ihn die Schmerzen umbringen, wenn ich versuche, ihn zu heilen.«

»Ty wird sterben?«, keuchte ich entsetzt auf. Nein, das durfte nicht sein. Eine Welt, in der einer meiner Freunde nicht mehr existierte, war schier unvorstellbar. Allein der Gedanke war so entsetzlich, dass ich mich innerlich krümmte.

»Nicht wenn ich es verhindern kann«, erwiderte Mairead und linderte damit die aufbegehrende Angst in mir. Sie tauchte in die Dunkelheit ein. Das Letzte, was ich von ihr hörte, waren ihre leiser werdenden Schritte und ein Versprechen: »Ich komme zurück.«

Das Blut sickerte immer langsamer aus Tyriqs Wunde, als wäre sein Körper inzwischen vollkommen leer. Und danach sah er auch aus. Seine Haut war weiß, fast durchscheinend. Er war einem Geist nicht unähnlich. Seine Lider waren halb geschlossen, aber er reagierte nicht mehr auf das, was um ihn herum geschah.

Ich kauerte neben ihm, strich sein Haar zurück, während meine Eltern sich im Hintergrund hielten. Cadan lief ungeduldig auf und ab. Als er abrupt stehen blieb, wusste ich, dass Rettung nahte.

»Es hat ein wenig länger gedauert.« Maireads Stimme bebte vor unterdrücktem Zorn. Sie stieß eine Gestalt in den Schein der Fackel. Ich sprang auf und wich zurück, als ich Giordyn erkannte, der unwillig das Gesicht verzog. »Erst musste ich ihn *überzeugen*, uns zu helfen.« Sie funkelte ihn an, aber er ignorierte sie. Unsere Blicke trafen sich und ich las so viele widersprüchliche Gefühle aus seiner Miene, dass ich nicht wusste, was ich gesehen hatte, sobald er sie glättete. Er rieb sich über die Stirn, dann wandte er sich von mir ab und musterte Tyriq in unserer Mitte.

»Das sieht übel aus«, bemerkte Giordyn. Seine Stimme war leise und eine dunkle Vorahnung schwang darin mit.

»Wenn ich ihn heile, könnte der Schmerz ihn umbringen«, erklärte Mairead ihm. »Du musst ihn auf dich nehmen!«

»Ich? Aber…« Giordyn schluckte. »Was, wenn er mich stattdessen umbringt?«

Mairead schnaubte ungehalten. »Du bist unverletzt«, erinnerte sie ihn scharf. »Dein Schmerz ist nichts anderes als eine Illusion. Seiner ist echt!« Sie packte den Saum seines Umhangs und zerrte ihn zu sich. »Hilf mir!«

»Dir wird nichts geschehen«, versicherte Cadan dem Jungen nun, dessen Augen angsterfüllt geweitet waren. Er legte eine Hand auf seine Schulter und nickte ihm zu.

»D-du bist der, den sie Willensbrecher nennen«, keuchte Giordyn.

Sofort zog Cadan die Hand zurück und bedachte ihn mit einem finsteren Blick. »Mein Name ist Cadan. Und abgesehen davon, dass ich nicht imstande bin, andere Gaben zu manipulieren, würde ich dich nicht dazu zwingen, wenn du nicht willst.«

»Nicht?«, fragten Giordyn und ich wie aus einem Mund. Er klang erleichtert, ich entsetzt.

»Nein«, sagte Cadan mit Nachdruck und taxierte ihn. »Doch ich bitte dich, uns zu helfen. Mit deiner Vereidigung bist du Teil unserer Gemeinschaft geworden. Wir stehen füreinander ein. Und wenn du an seiner Stelle wärst, würden wir alles dafür tun, um dein Leben zu retten.«

Stille folgte auf Cadans eindringliche Worte. Schließlich sackten Giordyns Schultern nach unten. »Na gut.«

Vor Erleichterung füllten sich meine Augen mit Tränen. Wie durch einen Schleier beobachtete ich, dass Giordyn an Maireads Seite

Stellung bezog und auf ihr Zeichen hin beide Hände um Tyriqs Arm legte. Er umklammerte ihn, seine Knöchel färbten sich weiß. Ich war mir unsicher, ob das nötig war oder ob Giordyn ihn so festhielt, um sich daran zu hindern, einfach wieder loszulassen.

Tyriqs Kopf kippte auf seine Schulter. Die Spannung wich aus seinen Gliedern. Giordyn hingegen verkrampfte sich. Eine Ader trat an seinem Hals hervor, seine Haltung wurde steif. Auf einmal atmete er schneller und unterdrückte ein Keuchen.

»Tu es jetzt, Mai!«, rief ich.

Der Schein der Fackel malte die definierten Muskeln von Tyriqs Bauches nach, in deren Falten sich das Blut gesammelt hatte. Mit dem Zipfel ihres Ärmels tupfte Mairead über die Wunde, ehe sie ihre Hände auflegte, um ihn zu heilen.

Giordyn kniff die Augen zu und blähte die Backen auf. Sein Gesicht färbte sich rot vor unterdrücktem Schmerz. Ich erinnerte mich allzu gut daran, wie qualvoll die Heilung durch Maireads Gabe war. Es fühlte sich an, als würde sie erneut einen Dolch in das Fleisch stoßen, obwohl sich die verletzte Haut zusammenfügte.

Maireads Finger glitten über die Wunde, als würde sie ein Instrument spielen. Mal sanfter, dann wieder energischer. Ihre Fingerkuppen glänzten rot, aber dort, wo sie die aufgetrennte Haut berührte, verschloss sie sich. Und je mehr Fleisch sie heilte, umso ruhiger wurde Tyriq. Es wirkte, als fiele er in einen tiefen Schlaf. Doch als Giordyns Schreie durch den Gang hallten, riss er die Augen auf und fuhr hoch. Seine Stirn war noch immer feucht, aber sein Blick war klar.

»Ty«, flüsterte ich und starrte ihn an. Er schien unversehrt. Giordyn dagegen krümmte sich und gab wehleidige Laute von sich, bis der Schmerz auch von ihm wieder abließ. Dann senkte sich Stille über uns, in der Cadan sich mit knirschenden Sohlen näherte. Er reichte Giordyn eine Hand und zog ihn hoch.

»Danke!«

Wie eine Erinnerung schien der Schmerz an dem Jungen zu haften. In mir regte sich ein schlechtes Gewissen, das sich auch auf Maireads Gesicht abzeichnete. Sie berührte Giordyns Kinn, untersuchte ihn.

Äußerlich war er unversehrt. Was diese Gabe in seinem Innern anrichtete, blieb uns verborgen. Aber ich hatte da eine Ahnung.

»Ohne dich wäre Tyriq jetzt tot«, sagte Mairead leise.

Giordyn reagierte nicht. Stattdessen riss er sich von ihr los und stolperte zurück. Die Schatten zwischen Fackelschein und Dunkelheit hießen ihn willkommen. Ich machte einen Schritt auf ihn zu, aber Cadan hielt mich auf.

»Lass ihn«, sagte er, während Giordyn verschwand. »Er braucht Zeit, um sich davon zu erholen.« Ich erinnerte mich, wie er nach der Vereidigung, bei der er von seiner Gabe hatte Gebrauch machen müssen, teilnahmslos hinter dem Maester hergestapft war. Es war viel, was wir von ihm verlangt hatten. Und wäre es um mich gegangen, hätte ich das niemals getan. Doch ohne Giordyn hätte ich an diesem Tag einen Freund verloren. Meine Brust schnürte sich zusammen. Wir hatten alles riskiert und hatten beinahe alles verloren. Das und noch viel mehr.

Meine Beine versagten unter mir und ich stürzte zu Boden. Scharfe Steine bohrten sich in meine Knie und der Schmerz erinnerte mich daran, dass ich es überlebt hatte. Dabei war ich diejenige, die den Tod verdient hatte. Vor mir erschienen bildhafte Erinnerungen an Tyriqs scheußliche Wunde, an den Kampf und die Ängste, denen Murtagh mich ausgesetzt hatte. Sie verwandelten sich in Wurzeln, die aus dem Erdreich um mich herum brachen, meine Beine und Arme fesselten und über meinen Körper krochen. Ich rang nach Atem, versuchte, meinen Brustkorb mit Luft zu füllen, und doch glaubte ich zu ersticken. Es war zu viel. Alles war zu viel.

Dunkle Flecken bewegten sich hinter meinen Erinnerungen, als wären diese transparent. Und auf einmal brach sich ein Gesicht durch sie hindurch und ich spürte den Druck zweier Hände an meinen Schultern.

Cadan sah mich eindringlich an. »Aeryn«, murmelte er. »Alles ist in Ordnung!«

Er wusste nicht, wovon er sprach, denn die Wurzeln würden mich ersticken. Sie würden beenden, was Murtagh begonnen hatte und was ich schon lange verdiente. Ich wand mich unter seinem Griff, kämpfte gegen die Fesseln an, denn auch wenn ich glaubte, ihn verdient zu haben, so fürchtete ich mich vor dem Tod. Wie vor allem. Ich war ein Feigling.

»Aeryn!« Cadans Stimme brach sich erneut in mein Bewusstsein. »Beruhige dich!«

»Was geschieht mit ihr?«, hörte ich meine verängstigte Mutter wie aus weiter Ferne fragen.

»Sie kämpft gegen ihre Gabe an«, antwortete Cadan, ehe er sich wieder an mich wandte. »Aeryn!« Von seinen Händen an meinen Schultern ging Wärme aus, die sich wellenartig in meinem Körper ausbreitete. Ich schnappte nach Luft. Diesmal strömte sie in meinen Brustkorb. Dann riss ich die Augen auf. Vor mir schwebte Cadans Gesicht. Er war mir so nah, dass sein Haar meine Wangen kitzelte, dass sein Atem zu meinem wurde. Sein vertrauter Geruch hielt mich im Diesseits. Er beruhigte mich und betäubte meinen Schmerz. Mit einer zarten Berührung seiner Fingerkuppen schob er mein ausgefranstes Stirnhaar beiseite. »Ich verspreche dir, dass du in diesem Moment in Sicherheit bist, Aeryn. Du, deine Eltern und Tyriq. Nichts von dem Grauen, das dich verfolgt, ist echt.«

Als ich nickte, strich er mit seinen Daumen über meine Wangen. Dann löste er sich von mir und trat beiseite. Die Enge in meiner Brust war verschwunden, die Angst hallte wie ein entferntes Echo in mir nach. Während ich mich unbeholfen auf die Beine stemmte, wandte Cadan sich an meine Eltern: »Ihr geht es gut. Was ist mit Euch?«

»Uns auch«, sagte mein Vater, obwohl seine Stimme zitterte.

»Tyriq?«, wandte Cadan sich an meinen besten Freund, der inzwischen an der gegenüberliegenden Wand lehnte.

»Wie neugeboren«, brummte dieser. »Ich sollte den Tod öfter herausfordern.«

»Untersteh dich!«, zischte Mairead und bedachte uns allesamt mit einem funkensprühenden Blick. Dann wandte sie sich ab und folgte Giordyn in die Dunkelheit.

Der Gedanke, meine Eltern vor einem schrecklichen Schicksal zu bewahren, hatte mich derart beschäftigt, dass ich mir nicht überlegt hatte, wie unsere Rückkehr aussehen würde. Selbst wenn niemandem unser Verschwinden aufgefallen war, so würde ich spätestens dann in Erklärungsnot geraten, wenn ich mit meinen Eltern den Tempel betrat. Aber nachdem Tyriq beinahe gestorben war, war die Furcht vor dem, was mich erwartete, wie ein fernes Echo. Ich spürte es irgendwo in meinem Bauch, doch es war so leise, dass ich es mir womöglich nur einbildete.

Als die Tür mit einem unerträglich lauten Klicken hinter uns ins Schloss fiel, erstarb das Gemurmel in der Halle und ich konnte die Stimme meiner Angst deutlich besser vernehmen. Die Gesichter von Raben und Novizen wandten sich zu uns um, ihre Mienen waren hart. Giordyn stand nicht weit entfernt. Deirdre ragte über ihm auf, eine Hand auf seiner Schulter, als wäre er nach seiner Rückkehr aus dem Tunnel geradewegs in ihre Arme gelaufen. Die Miene der Ältesten war undurchschaubar. Doch ihre Enttäuschung war förmlich spürbar. Niemand sprach ein Wort und unsere Schritte hallten von den hohen Wänden wider. Ohne Zweifel hatte sich unser Verschwinden unter den verbliebenen Raben herumgesprochen und unser Erscheinen löste eine Welle der Empörung aus.

»Benehmen sich, als könnten sie sich alles erlauben …«

»Verräter.«

Das leise Zischen der Raben erstarb, als der Maester aus den Schatten der Arkaden neben Deirdre auf uns zusteuerte. Sein Blick zuckte von Cadan zu meinen Eltern, dann zu mir. Er verbarg seine Gefühle hinter einer Maske, die so viel preisgab wie die unserer unbekannten Retter.

»Erklärt es mir.« Seine Worte waren ruhig, aber unter der Oberfläche brodelte es. Sein Zorn war kurz davor, auszubrechen. Aryanwen legte ihm eine Hand auf den Arm, aber der Maester entzog sich ihr. Sie tauschte einen Blick mit Deirdre, die die Lippen aufeinanderpresste.

Die Versagensängste des Königstreuen blitzten gleißend hell in mir auf. Ich zog den Kopf zwischen die Schultern und kämpfte gegen das Beben an, das durch meinen Körper lief. Erst als Cadan so dicht neben mich trat, dass sich unsere Arme berührten, verebbte es.

Der Maester hob abwartend eine Braue. Als ich nicht antwortete, half er nach: »Ihr habt die Sicherheit der Gilde aufs Spiel gesetzt, um deine Eltern zu retten.«

Meine Lippen teilten sich. Ich fand keine Worte, um ihn zu besänftigen. Also senkte ich den Blick. Aus dem Augenwinkel sah ich, dass Tyriq schwankend vortrat. »Wir haben getan, was wir für richtig hielten«, sagte er freiheraus.

»Erklärt es mir«, wiederholte der Maester und ich hatte keine Ahnung, was er hören wollte. Er sprach mit gesenkter Stimme, aber in der Halle war es so still, dass er bis ans andere Ende zu hören war. Die Raben starrten uns an, als forderten sie ebenso eine Erklärung wie der Maester. Und vermutlich hatten sie diese auch verdient.

Hilflos zuckte ich die Achseln. »Sie sind meine Eltern.« Verstand er nicht, warum ich es getan hatte?

Tyriq setzte an, um etwas zu sagen. Der Maester schnitt ihm mit einer Geste das Wort ab. »Ich verstehe die Sorge um eure Angehörigen. Viele von uns haben Familien in der Stadt, aber ihr wart die Einzigen, die meine Befehle missachtet haben, um sie zu holen. Ihr habt ihr Leben für wichtiger bemessen als das der Raben.«

»Das ist nicht wahr!«, widersprach ich heftig, weil mich die Ungerechtigkeit seiner Worte traf. Zu keinem Zeitpunkt hatte ich das Leben eines Raben riskiert, außer das von Tyriq und mir.

»Graeme«, sagte Aryanwen leise, »das willst du nicht laut aussprechen. Es ist für uns alle eine schwere Zeit.« Sie sah den Maester mit bedeutungsschwerem Blick an, denn sie wusste, was er als Nächstes sagen würde. Ihre Gabe hatte es ihr verraten.

Aber er gab vor, sie nicht gehört zu haben. »Die Wahrheit ist wandelbar. Ich bin überzeugt, dass ihr meine Worte in diesem Moment für ungerecht empfindet. Doch das war es nicht, da ihr den Raben den Rücken gekehrt habt.« Ein leises Echo wiederholte seine Worte, bis grenzenlose Stille herrschte. Er seufzte tief, dann sah er uns einen nach dem anderen an. »Ein Rabe zu sein bedeutet nicht, begnadet zu sein. Es heißt, Teil von etwas Größerem zu sein. Etwas, das ihr an diesem Tag verraten habt. Was wäre geschehen, wenn man euch verhaftet hätte?«

»Wir hätten die Gilde niemals an den König verraten!«, versicherte Tyriq ihm.

Aber er verstummte, als der Maester mit kaltem Blick das Blut betrachtete, das sein Hemd tränkte und die Finger verklebte. Dann sah er zu mir und meinen Eltern. Wie versteinert stand ich da und starrte den Mann an, der mir vor vielen Jahren den Eid abgenommen hatte. Er hatte recht. Ich hatte ihn verraten. Ihn und alle Raben, deren Leben am seidenen Faden hing.

»Wir haben getan, was getan werden musste.« Überrascht hob ich den Kopf. Cadan reckte das Kinn und blickte dem Maester ungerührt entgegen, als hätte er unseren Plan unterstützt und wäre nicht erst im letzten Moment dazugestoßen, um uns zu retten. Warum tat er das? Unwillkürlich fragte ich mich, ob das, was Cadan in der Stadt zu schaffen gehabt hatte, eine schlimmere Bestrafung nach sich ziehen würde als die Behauptung, uns geholfen zu haben.

»Diebstahl und Verrat rechtfertigen selbst die ehrenhaftesten Motive nicht.«

»Diebstahl?«, stutzte ich. »Wir haben nichts gestohlen. Mag sein, dass wir unbedacht handelten, aber wir taten nichts, was man uns vorwerfen könnte!«

»Diebstahl. Verrat. Lügen.« Der Maester klang erschöpft, als raubte ihm jedes Wort ein Stück seiner Kraft. Seine Hand schloss sich fest um seinen Stab und der Rabe sah mich mit unheimlichen Augen an. »Ich glaubte, euch zu besseren Menschen erzogen zu haben.«

Ich war unfähig, mich zu bewegen. Unfähig, zu begreifen, wovon er sprach. Die Ungerechtigkeit dieses Vorwurfs überwältigte mich. Ich war eine Mörderin. Manchmal auch eine Lügnerin. Und den Titel als Verräterin hatte ich mir vermutlich schon lange verdient, auch wenn der Maester nicht wusste, wie sehr ich den König seit jeher verachtet hatte. Aber ich war keine Diebin.

»Wir sollten nicht vorschnell urteilen«, mischte sich nun Deirdre ein und endlich löste der Maester den Blick von uns und sah sie abwartend an. »Aeryn, Cadan und Tyriq sind gewissenhafte und pflichtbewusste Raben. Auch wenn uns das Risiko, das einzugehen sie bereit waren, unbegreiflich ist, so sind uns ihre Beweggründe doch nicht fremd. Sie taten es aus Nächstenliebe, Graeme.«

Der Maester blinzelte, als Deirdre seinen Namen nannte. Dann sackten seine Schultern nach unten und er wirkte wie ein alter Mann, der auf die Stütze seines Stabs angewiesen war. »Deine Eltern dürfen bleiben. Aber verwechsle dieses Zugeständnis nicht mit Großmut, denn es entstammt einzig dem Wunsch, meine Raben zu schützen. Ich kann ihnen nicht erlauben, in die Stadt zurückzukehren, ohne das Leben meiner Schützlinge zu riskieren. Und jetzt geht und kümmert euch um eure Verletzungen. Es sind genug Raben gestorben. Ich will nicht, dass ein weiterer verblutet.«

Einen kurzen Moment verharrte ich reglos, bis Cadan sich an mir vorbeischob und zwischen den Arkaden verschwand. Der Bann war gebrochen und auf einmal erlangte ich die Fähigkeit zurück, mich zu bewegen. Ich wartete auf Tyriq, dessen schwerfällige Schritte von den Strapazen zeugten, denen sein Körper ausgesetzt war. Dann bedeutete ich meinen Eltern, uns zu folgen.

Verständnislosigkeit und Wut lagen in den Blicken der Raben, deren Weg wir kreuzten. Ean begegnete mir mit verschlossener Miene, Isla schüttelte den Kopf und verschränkte die Arme vor der Brust. Ich heftete den Blick auf die Marmorplatten, um ihrer offenkundigen Missbilligung zu entgehen. Aber aus ihrem Gemurmel schnappte ich ein paar Beleidigungen auf. Als wir uns näherten, wandten uns einige den Rücken zu. Ich konnte es ihnen nicht verdenken.

Tyriq und ich führten meine Eltern zu der Nische, wo wir die anderen zurückgelassen hatten. Wir traten durch den verzierten Bogen in die sechseckige Kammer. Inzwischen hatte Mairead die Statuen und Skulpturen nach draußen geschleppt, sodass die Magie des Raumes nahezu verflogen war.

Sie erwartete uns bereits und lehnte mit verschränkten Armen gegen die Wand. Sorgenfalten furchten ihre sonst so glatte Stirn. Mór saß auf dem Boden, eine Decke um die Beine geschlungen, die Hände in Emmas Fell vergraben. Sie wirkte blass, legte aber den Kopf schief, als wir uns näherten. Die Hündin erhob sich, streckte sich und gähnte wie nach einem langen Schlaf. Als sie dabei die Zähne bleckte, wich meine Mutter mit einem angsterfüllten Laut zurück.

»Sie ist harmlos«, beruhigte ich sie. »In Beryll lauern weitaus schlimmere Monster. Emma ist keines davon.« Ich begrüßte Emma, indem ich ihr liebevoll über den Rücken strich. Tyriq stöhnte, als seine Hündin an ihm hochhüpfen wollte, und ich wehrte sie mit einer bestimmten Geste ab. »Ty ist deinem Begeisterungssturm noch nicht gewachsen, meine Kleine!«

Tyriq lachte, aber das Geräusch ging alsbald in ein Röcheln über und er verzog das Gesicht. »*Dieser Giordyn* hat seine Aufgabe nicht besonders sorgsam erfüllt.« Er verstummte, als er Maireads mörderischem Blick begegnete.

»Dieser Giordyn hat dein Leben gerettet!«, fauchte sie. »Was nicht nötig gewesen wäre, wenn ihr auch nur einen Moment lang nachgedacht hättet!«

Tyriq schnitt eine Grimasse »Das sollte ein Witz sein, Mai!«

»Ich kann mich kaum halten vor Lachen!«, schnappte sie.

»Mai«, sagte ich um einen schlichtenden Tonfall bemüht. »Er hat es für mich getan.«

»Das weiß ich«, fauchte sie. »Aber du solltest dich auch nicht in Gefahr bringen!«

Kurz schwieg ich, hielt Maireads aufgebrachtem Blick stand. Die Macht der Erkenntnis durchfuhr mich wie ein Blitz. »Deshalb warst du also in den Tunneln. Du hast nach uns gesucht. Hat Mór dir nicht gesagt, dass es uns gut gehen wird?«, fragte ich, die Stimme vor Scham gesenkt.

Wie ein Geist kauerte Mór in der Nähe. Als ihr Name fiel, blinzelte sie.

»Nein«, antwortete Mairead knapp. Die Art und Weise, wie sie Mór ansah, konnte ich nicht deuten. »Sie ist blind. Sie sieht nichts.«

Ich runzelte die Stirn. »Wie meinst du das, sie sieht nichts?«

»Es ist, als würde etwas meine Gabe blockieren«, murmelte Mór und legte den Kopf in den Nacken, als wollte sie das Gewölbe betrachten. Das Wechselspiel aus Licht und Schatten der Kerzen erweckte die Malereien an Decke und Wänden zum Leben. Sie zeigten üppige Blumenwiesen und nackte Körper, den Sternenhimmel und eine Bergkuppe, die verdächtig nach Beryll aussah.

»Zum Glück wird Mais Gabe nicht von irgendetwas blockiert«, meldete sich Tyriq erneut zu Wort und rieb sich die Stelle, wo sich der Knochen aus seinem Körper gebohrt hatte. Das war seine Art, sich bei unserer gemeinsamen Freundin zu bedanken, aber die jüngsten Ereignisse waren noch zu frisch, um ihr ein Lächeln abzuringen. Stattdessen kniff sie die Augen zusammen und presste ihre Lippen aufeinander, bis nicht mehr als ein Strich übrig war.

Meine Eltern standen unweit entfernt und beobachteten den Schlagabtausch. Ich fragte mich, wie wir auf sie wirken mochten. Vier Raben, die sich um den Tod zankten. Vater hatte einen Arm um die Schultern meiner Mutter geschlungen und zupfte an ihrem langen dunklen Haar, das ihr Gesicht umfloss. Als ich mich ihnen näherte, blinzelte sie.

»Es tut mir leid, dass ich euch in diese Lage gebracht habe«, sagte ich und blieb in gebührendem Abstand stehen. Es war seltsam, doch die Nähe meiner Freunde war mir so viel vertrauter als die meiner Familie. Ich fühlte mich unbeholfen in ihrer Gegenwart, wie ein Eindringling in ihre Privatsphäre. Das schmale Lächeln in den Mundwinkeln meiner Mutter half mir auch nicht, mich besser zu fühlen.

»Nicht doch!« Meine Mutter löste sich von meinem Vater und nahm meine Hände. Ihre Stimme war sanft und trug mich sofort zurück in die Erinnerungen an meine Kindheit. Auch ihr Duft kam mir bekannt vor. »Es ist nicht deine Schuld, Aeryn. Wir waren es, die dich der Gilde überlassen haben. Wir wussten um die Gefahren.«

»Das ist die Bürde der Eltern eines begnadeten Kindes«, sagte mein Vater.

Ich bezweifelte, dass man es als Bürde bezeichnen konnte, als des Königs Günstlinge in einem großen Haus mit Vorgarten zu leben, wenn man dafür nur eine von drei Töchtern abgeben musste, doch ich sprach es nicht aus. Meine Eltern waren nicht verantwortlich für die Regeln der Welt, in der wir lebten. Sie waren ihnen ebenso ausgeliefert wie ich.

»Ich fürchte nur, dass wir hier nicht willkommen sind«, sagte meine Mutter traurig. Unsicher huschte ihr großer dunkler Blick durch den Tempel.

»Das werdet Ihr noch sein.« Mór näherte sich uns mit unsicheren Schritten. Mein Herz schmerzte, als sie die Hände ausstreckte und sich vorwärtstastete. Das Licht in ihrer Dunkelheit schien vollkommen erloschen. Es war beängstigend. Ich löste mich von meiner Mutter und ging Mór entgegen, bis ihre Hände mich fanden. Sie übte sich an einem Lächeln, doch es kam nur schief über ihre Lippen, als sie sagte: »Glaubt mir, ich weiß, wovon ich spreche. Ich sehe die Zukunft.«

Ich wagte nicht, ihr zu widersprechen. Auch wenn ich genau wusste, dass sie im Moment vermutlich so weit in die Zukunft schauen konnte wie ich. Nämlich gar nicht. Stattdessen wandte ich mich Mairead zu: »Würde es dir etwas ausmachen, nach Cadan zu sehen? Er ist auch verletzt, aber ich denke, sein Stolz ist zu groß, um dich um Hilfe zu bitten.«

Nur widerwillig riss Mairead sich von Mór los und nickte knapp. »Ich sehe, was ich tun kann.« Kopfschüttelnd verschwand sie durch den Rundbogen, der in die Arkadengänge führte. Bis auf ihre sich entfernenden Schritte herrschte Stille zwischen uns. Mór war gefangen in Dunkelheit und ich in Ratlosigkeit.

KAPITEL 21

»Unfassbar«, schnaubte Mairead, als sie wenig später zurückkehrte und das einvernehmliche Schweigen zwischen uns anderen zerbrach wie einen Tontopf. Sie schüttelte den Kopf und wischte sich das kastanienfarbene Haar aus dem Gesicht. »Ich bin umgeben von Holzköpfen!« Ihre Stimme vibrierte vor Zorn. Mit der ausgestreckten Hand wies sie auf die anderen Raben, die im Tempel herumlungerten. »Holzköpfe!«

»Was ist geschehen?«, hakte ich behutsam nach.

Mairead schien mich nicht gehört zu haben, denn sie fuhr mit ihrer Tirade fort: »Ich glaube, das eintönige Essen und die ständige Dunkelheit schlagen allen aufs Gemüt. Holzköpfe und Armleuchter, alle miteinander. Sie zerreißen sich das Maul über euch. Aber wie könnte ich es ihnen verübeln? Denn viel besser seid ihr beide nicht!« Erneut schüttelte Mairead den Kopf und ihr Haar peitschte wie Flammen, das die flackernden Kerzen zum Leuchten brachten, um ihr Gesicht. Dann wanderte ihr Blick von mir zu Tyriq, dessen Gesichtsfarbe beinahe wieder normal war. Er teilte sich mit Emma eine Decke und lehnte gegen die Wand. Mit den Fingern massierte er sich die Schläfen, als quälten ihn wieder einmal Kopfschmerzen. Bedauerlicherweise erlaubte es Maireads Gabe nur, Wunden zu heilen, und nicht jene körperlichen Leiden, die natürlichen Ursprungs waren. Damit würde sie ihm nicht helfen können.

Ich legte Mairead eine Hand an die Wange und zwang sie, mich anzusehen. Ihre grünen Augen blitzten. »Hast du ihn geheilt?«, raunte ich ihr zu und bemerkte überrascht den Knoten in meinem Bauch.

Als Mairead nickte, löste er sich. »Ihr hattet Glück, dass er euch zu Hilfe kam.«

»Er hat uns gerettet«, stimmte ich ihr zu.

Tyriq strafte meine Worte mit einem entrüsteten Schnauben. »Es mag vielleicht nicht so ausgesehen haben, aber ich hatte einen Plan!« Er ignorierte meine hochgezogene Braue und das Räuspern meines Vaters, als er sagte: »Findet ihr es nicht seltsam, dass Cadan ausgerechnet dort auftaucht, wo wir von den Königstreuen verhaftet werden? Und wer waren diese tölpelhaften Spinner mit Maske in seinem Schlepptau?«

»Sie haben uns das Leben gerettet«, erinnerte ich ihn. »Glaubst du nicht, dass sie ein wenig mehr Dankbarkeit verdient haben?«

»Darum geht es nicht, Aeryn«, sagte Tyriq. »Ich bin dankbar. Aber ich traue Cadan nicht. Du etwa?«

Die Frage überraschte mich nicht so sehr wie die Tatsache, dass ich keine klare Antwort darauf hatte. Ich erinnerte mich an die zerrissenen Gefühle, die ich gehegt hatte, als wir in Ungewissheit und Misstrauen eine Nacht im *Einsamen Ochsen* verbracht hatten. Seitdem war viel geschehen.

»Ich sollte mit ihm reden«, seufzte ich schließlich.

Tyriq schlug die Decke zurück und Emma knurrte, als er sie darunter begrub. »Ich komme mit.«

»Das halte ich für keine besonders gute Idee«, bemerkte Mór.

»Was siehst du?«, wollte Tyriq wissen, aber seine Schwester schnaubte.

»Ich muss nicht in die Zukunft schauen, um zu wissen, dass eure Begegnung ausarten wird. Du solltest hierbleiben und es Aeryn überlassen, mit Cadan zu sprechen«, sagte sie.

Bevor Tyriq einen Einwand finden konnte, setzte ich mich in Bewegung. »Wo finde ich ihn?«

»Zwischen der Statue mit dem prallen Gemächt und dem Gemälde der Wassernixe«, antwortete Mairead, ohne zu erröten.

»Natürlich«, murmelte ich und wünschte, dasselbe von mir behaupten zu können. Aber meine Ohren brannten, als ich aus unserem Lager floh.

Als etwas in der Dunkelheit aufblitzte, hielt ich inne. Ein Augenpaar starrte mich aus den Schatten an und ein Schauder lief über meinen Körper. Ich trat näher und als die Gestalt, die mich beobachtete, zurückwich, streifte der Schein einer Kerze ihr Gesicht. Ohne zu blinzeln, sah Giordyn mich an. Meine Kehle schnürte sich zu.

Ich öffnete den Mund, denn neben meinem schlechten Gewissen und meinem Misstrauen gegenüber Dobrins Sohn gab es so vieles, was ausgesprochen werden sollte. »Giordyn.« Sein Name war auf meinen Lippen nicht mehr als ein raues Krächzen. Er verklang in dem hohen Gewölbe über uns, aber der Junge hatte mich gehört.

Das Lid unter seinem rechten Auge zuckte, er wich zurück, als hätte die Art, seinen Namen zu nennen, ihn wie einen Schlag getroffen.

Ich fasste meinen Mut und rückte näher an ihn heran wie an ein scheuendes Tier. »Ich möchte dir meinen Dank aussprechen. Du hast meinem Freund das Leben gerettet.«

Verachtung verdunkelte Giordyns Blick. Verachtung für den Menschen, der seinen Vater getötet und ihn in diese Lage gebracht hatte.

»Das habe ich nicht für dich getan. Denn ich weiß, wer du bist«, antwortete er. Seine Stimme war ruhig, obgleich er sie an die Mörderin seines Vaters richtete, die Frau, die sein Schicksal besiegelt hatte.

Zu mehr als zu einem Nicken war ich nicht fähig. Seine Worte waren wie Fesseln, die sich um meinen Körper schlangen. Es kam mir falsch vor, eine Entschuldigung auszusprechen. Denn das wirkte, als würde ich um Vergebung betteln. Doch ich wollte Giordyns Vergebung nicht. Ich hatte sie nicht verdient. Also räusperte ich mich und sagte: »Ich stehe in deiner Schuld.«

»Nein«, widersprach Giordyn mir beinahe gelassen. »Mag sein, dass Tyriq in meiner Schuld steht. Aber nicht du. Uns beide verbindet nichts!« Und mit diesen Worten verschwand er in der Dunkelheit. Mein Herz pochte im Einklang mit seinen sich entfernenden Schritten. Eine Weile war ich wie erstarrt und sah ihm nach. Giordyn war das leibgewordene Sinnbild meiner Ängste und dem Bestreben, den Weg des geringsten Widerstandes zu gehen. Ein beklemmendes

Gefühl regte sich in meinen Eingeweiden und begleitete mich wie ein Schatten auf dem Weg zu Cadan.

Dem prallen Gemächt der Götterstatue schenkte ich keine Beachtung, als ich mich ihm langsam näherte. Mein Herz schlug wild in meiner Brust und in meinem Bauch regte sich ein Kribbeln, das ich der Begegnung mit Giordyn zuschob.

Cadan saß am Boden, ein Bein ausgestreckt, das andere angewinkelt. Mit beiden Händen hielt er es umschlungen, den Kopf in den Nacken gelegt. Seine Augen waren geschlossen, aber er saß viel zu steif da, als dass ich ihm den Schlafenden abgenommen hätte. Mein Blick fiel auf seine sehnigen Hände, von denen ich wusste, wie sie sich auf meiner weichen Haut anfühlten. In dem Moment, da mich eine Gänsehaut überlief, öffnete er die Augen und sah mich schweigend an. Seine faszinierenden farblosen Iriden nahmen mich gefangen. Mit roten Wangen wandte ich mich ab, spürte jedoch, wie er mich weiterhin unverfroren beobachtete.

Zeit verging. Oder womöglich blieb sie auch stehen. Ich verlor jegliches Gefühl dafür.

Cadan löste die vor dem Knie verschränkten Hände und wies auf den Boden neben sich. »Möchtest du dich setzen?« Ich glaubte, dass seine Stimme belegt war. Und als ich neben ihn sank, stellte ich fest, dass seine Pupillen geweitet waren. Ich rückte so nahe an ihn heran, dass ich nur den kleinen Finger nach ihm hätte ausstrecken müssen, um ihn zu berühren.

»Wie geht es dir, Cadan?« Mehr als ein Flüstern brachte ich nicht zustande.

Cadan holte tief Luft. »Mairead hat meine Verletzungen geheilt.«

»Das ist gut.« Meine Worte versiegten wie eine Welle im Sand. Ich erinnerte mich nicht mehr, was mich hergeführt hatte. Seine Gegenwart brachte meine Sinne durcheinander. Mein Verstand warnte mich vor ihm. Er hatte Geheimnisse, die er nicht mit mir teilen wollte. Er hatte eine gefährliche Gabe. Aber mein Herz pfiff darauf und drängte mich, meinen Kopf an seine Schulter zu legen, meine Hände mit seinen zu verschränken, seinen Duft einzuatmen. Er war mir so vertraut, dass es sich falsch anfühlte, ihn nicht zu berühren.

Die Stille zwischen uns dehnte sich aus. Ich zwang mich, ein Stück von ihm abzurücken, und füllte meine Lunge mit der kalten, abgestandenen Luft des Gewölbes.

»Und wie geht es dir?«, unterbrach Cadan sie schließlich. Kurz sah er mich von der Seite an und sein Blick war wie eine zärtliche Berührung meiner Haut. Ich erzitterte kaum merklich.

»Mir?«, wiederholte ich und knetete die Hände im Schoß. »Du und Tyriq wart es, die verletzt worden sind.«

»Körperliche Wunden heilen – besonders schnell, wenn Mairead sich darum kümmert. Seelische Wunden sind hartnäckig. Murtagh hat versucht, dich zu brechen. Ich habe es in deinen Augen gesehen.«

Ich schluckte hart und biss mir auf die Unterlippe. Es kostete mich all meine Kraft, nicht an jene Ängste zu denken, die Murtagh mir aufgezwungen hatte, die mir seitdem die Kehle zuschnürten und wie Schatten an mir hafteten.

»Angst ist deine Bürde, wie Einsamkeit meine ist«, fuhr Cadan fort. »Früher war ich ein Kind mit vielen Freunden. Aber meine Gabe hat mich zum Einzelgänger gemacht. Niemand hält es lange genug in meiner Nähe aus, ohne zu fürchten, dass ich ihn manipulieren könnte. Ich habe gelernt, damit umzugehen. Und das kannst du auch.«

»Meine Gabe ist anders als deine«, widersprach ich ihm.

»Anders, aber nicht weniger mächtig, Aeryn.«

»Sie macht mich schwach!« Vor meinem geistigen Auge blitzten die Szenen auf, die mich seit Murtaghs Übergriff verfolgten.

»Sie macht dich schwach, weil du dich vor ihr verschließt. Du fürchtest dich vor dir selbst. Vor dem, was du tun könntest.«

»Was meinst du damit?«

Eine Weile schwieg Cadan, als suchte er nach Worten oder hätte vergessen, worüber wir gesprochen hatten. Als er schließlich sprach, war seine Stimme sanft. »Deine Angst ist kein Fluch, Aeryn. Sie ist deine stärkste Waffe. Lerne, sie zu führen, und du wirst die ganze Welt beherrschen!«

»Weltherrschaft war nie etwas, was ich für erstrebenswert gehalten hätte«, neckte ich ihn und fügte dann sehr viel leiser hinzu: »Danke, Cadan.« Sein Name schmeckte süß auf meinen Lippen und ich errötete, als er die Augen auf mich richtete. Erneut hielt die Zeit inne, als würde sie uns belauschen. Der Tempel verschwamm um uns herum und ich war mit Cadan allein. Erinnerungen an alles vor dem Moment, da wir einander töten sollten, brachen über mich herein. Dann hob er fragend eine Braue. Es gab viel, was ich ihm verdankte.

Ich räusperte mich. »Für heute. Du hast uns gerettet.« *Und für deine Worte.* Aber das sprach ich nicht aus. Ich würde Zeit brauchen, um das, was er gesagt hatte, zu verarbeiten. Denn bislang war meine *Gabe* nur eines gewesen: ein Fluch.

»Ich weiß.« Ein leises Lächeln umspielte seine Mundwinkel, auf das mein Körper mit einem Kribbeln reagierte. Ich zwang mich, diesem Gefühl keine Beachtung zu schenken

Mit gesenkter Stimme fragte ich Cadan: »Ich kann mir den Vorwurf des Maesters nicht erklären. Du?«

»Welchen Vorwurf meinst du? Es waren einige, die er uns gemacht hat.«

Ich lachte trocken auf. »Ich spreche von dem Vorwurf, dass wir ihn bestohlen hätten.«

»Und?«, fragte Cadan und begegnete mir mit einem unergründlichen Blick. »Habt ihr?«

Ich presste die Zähne aufeinander und starrte ihn finster an. »Natürlich nicht!« Cadan nickte, als hätte er die Antwort bereits gekannt. Trotzdem fügte ich hinzu: »Ich weiß noch nicht einmal, was gestohlen wurde. Aber in Anbetracht der hoffnungslosen Lage kann ich mir vorstellen, dass es auch andere Raben zu verzweifelten Taten treibt.«

»Verzweiflung oder Berechnung«, murmelte Cadan leise.

»Du glaubst, dass mehr dahintersteckt?«

»Ich weiß es.«

Cadan wandte sich ab und bedeutete mir damit, das Thema nicht länger verfolgen zu wollen. Mit Unmut stellte ich fest, dass sich die Stille zwischen uns verändert hatte. Früher war sie einvernehmlich gewesen. Heute lastete sie auf mir und ich suchte krampfhaft nach Worten, mit denen ich sie beenden konnte. Mein Herz zog sich bei der Erinnerung an die einstige Leichtigkeit zwischen uns schmerzhaft zusammen. Mir war bewusst, dass wir uns verloren hatten. Und trotzdem hatte seine Nähe eine beruhigende Wirkung auf mich. Die Dunkelheit um uns herum erschien mir nicht länger undurchdringlich, während sich die Angst, mein ständiger Begleiter, in einen Schatten verwandelte, der blasser wurde, je näher ich Cadan war.

Ich wünschte, wir hätten all das vergessen können, was seit jener Nacht auf der Lichtung zwischen uns vorgefallen war. Wir hatten uns verändert und ich fürchtete die Geheimnisse, die Cadan vor mir hütete.

»Cadan …« Ich war eine Närrin, doch ich genoss seinen Namen auf meiner Zunge. »Was ist heute geschehen? Wie hast du uns gefunden? Und wer waren diese Männer?«

Er schwieg und ich glaubte, er würde mir eine Antwort schuldig bleiben. Dann sagte er leise: »Du weißt, was geschehen ist. Ihr wart in Schwierigkeiten und ich habe euch gerettet.«

Ich wartete darauf, dass er fortfuhr. Aber ich wurde enttäuscht. Cadan hüllte sich in ein eisiges Schweigen. Ich seufzte und fragte leise: »Vertraust du mir?«

Diesmal kam die Antwort prompt. »Nicht genug, um das Leben jener Leute zu riskieren, die heute für dich gekämpft haben.« Das überraschte mich nicht. Cadan hatte keinen Grund mehr, mir zu vertrauen, nachdem ich versucht hatte, ihn zu töten. Und ich hatte kein Recht, auf die Wahrheit zu bestehen. Kurz überwog die Trauer um das, was wir verloren hatten, meine Neugier. Aber dann fuhr Cadan fort: »Ich habe beobachtet, wie ihr euch davongestohlen habt. Und ich hatte kein gutes Gefühl dabei. Also bin ich euch gefolgt, und als ich erkannt habe, dass ihr in eine Falle tappt, habe ich Verstärkung mobilisiert.« Die Art und Weise, wie er mir den Kopf abwandte, verriet mir, dass das alles war, was er mir zu diesem Thema sagen würde.

»Danke«, wiederholte ich kleinlaut. Ich zog meine Beine dicht an den Körper und schlang meine Arme darum, um mich vor der Kälte, die von dem Gemäuer ausging, zu schützen. Jene Kälte, die Cadan ausstrahlte, war jedoch überwältigender. Es dauerte einen Moment, ehe ich begriff, dass er unserem Gespräch nichts mehr hinzuzufügen hatte. Ich lockerte den Griff um meine Beine und wollte aufstehen, als sich eine Hand um meinen Arm schloss. Warm und unnachgiebig. Cadans Blick war es ebenso. Er sagte nichts, aber ich konnte es in seinen Augen lesen. Geh nicht. Mein verräterisches Herz machte einen Sprung und ich sank zurück auf den Boden. Unverwandt starrten wir einander an und ich fragte mich, ob er mit dem Gedanken spielte, mich zu küssen. Doch sein Blick war fest auf meine Augen gerichtet.

Freundschaft. Das war es, was uns einst verbunden hatte. Der Einzelgänger und das Mädchen, das sich selbst im Kreise seiner besten Freunde immer einsam gefühlt hatte. Wir waren anders in einer Welt, der wir ohnehin vollkommen fremd waren. Unsere Gaben machten uns in der Gesellschaft zu Außenseitern und zu Außenseitern innerhalb des Kreises von Außenseitern. Denn die meisten Raben waren stolz auf ihre Gaben. Cadan und ich waren es nicht. Das hatte uns zu Verbündeten gemacht.

Selbst als ich mich wieder neben ihm niedergelassen hatte, ließ Cadan mich nicht los. Klammerte er sich ebenso wie ich an das, was uns einst verbunden hatte? Seine Berührung vertrieb die Kälte. Ich rückte näher an ihn heran, bis sich unsere Schultern und die ausgestreckten Beine berührten. Er sagte nichts, doch wich er mir auch nicht aus. Irgendwann löste er seine Finger um meinen Arm, ließ sie über meinen Handrücken wandern und legte sie dann sanft um meine. Dort, wo er mich berührte, hinterließ er eine Spur aus Hitze. Niemand von uns sprach auch nur ein Wort, aber mein Herz hämmerte in der Stille zwischen uns. Diesmal fühlte sie sich anders an.

Dass ich eingeschlafen war, bemerkte ich erst, als sich eine Hand auf meine Lippen legte und ich ruckartig erwachte. Cadans Gesicht schwebte direkt vor mir. Er bedeutete mir, still zu sein, und ließ von mir ab, als ich unter dem Druck seiner Hand nickte.

Die Kerzen neben der Statue waren niedergebrannt, sodass die Dunkelheit auf unseren Schultern lag wie ein Mantel. Ich begriff sofort, dass wir für diejenigen, die sich in unmittelbarer Entfernung angeregt miteinander unterhielten, unsichtbar waren. Ich reckte den Kopf, um zu sehen, wer da sprach.

»Was geht hier vor?«, zischte ich dicht an Cadans Ohr, damit meine Worte ungehört blieben.

Er zog meinen Kopf zu sich heran und sein Atem kitzelte meinen Nacken, als er flüsterte: »Anscheinend hat der Maester herausgefunden, wer der Rabe war, dessen Tod der König als Erstes gefordert hat.« Einzig die Aufregung, die mich bei dieser Enthüllung überkam, bewahrte mich vor dem Kribbeln, das von der Stelle ausging, an der seine Lippen mich fast berührt hatten. »Es war Callahan.«

»Callahan?« Ich zog die Brauen zusammen. Ich kannte ihn als emsigen, aber in sich gekehrten Mann. Gehorsam. Genügsam. Immerzu höflich. Das letzte Mal hatte ich ihn gesehen, nachdem ich Dobrin getötet hatte. Er hatte sich nach meinem Wohlbefinden erkundigt, als ich ihm auf dem Gelände der Gilde begegnet war. Danach war er mir nur noch durch seine Abwesenheit aufgefallen.

»Er ist verschwunden, bevor die Königstreuen die Gilde angriffen«, raunte Cadan mir zu. »Isla erhielt den Befehl, ihn zu töten. Sie hat sich Graeme anvertraut.«

Der Maester trat einen Schritt beiseite und stand nun so, dass ich ihn sehen konnte. Er hatte uns nicht bemerkt, aber der Blick des Raben auf seinem Stab schienen mich zu durchbohren.

»Glaubst du, Callahan hat etwas mit dem Verrat des Königs an der Gilde zu tun?«, fragte Deirdre. Ihre Stimme zitterte kaum merklich, als fürchtete sie sich vor der Antwort. Insgeheim tat ich das auch.

Der Maester winkte ab. »Für Callahan lege ich meine Hand ins Feuer. Er ist ein frommer Mann, aber kein Verräter. Es muss einen anderen Grund geben, weshalb er verschwunden ist. Ihn zu finden ist nun von größter Bedeutung.«

»Er könnte überall sein«, warf Deirdre ein und strich über die Falten ihres Rockes. Noch immer erinnerten Löcher im Stoff an ihre überraschende Flucht aus der Gilde, aber die Rußflecken hatte sie inzwischen herausgewaschen. »Wir wissen nicht, seit wann er fort ist. Er hat sich in den Tagen vor dem Angriff zurückgezogen, klagte ständig über Rückenschmerzen.«

»Dann trommeln wir unsere besten Raben zusammen und legen diese Aufgabe in ihre Hände. Callahan könnte der Schlüssel zu alldem sein.«

»Wen schlägst du vor, Graeme?«

»Hardin, Leird, Ean und Ceiron. Sie sind diskret und beherrschen ihre Gaben.«

»Hardin? Seine Furchtlosigkeit lässt ihn bisweilen vorschnell handeln. Ich halte das für gefährlich. Was ist mit Cadan?«

Als sein Name fiel, riss ich mich vom Anblick des Maesters los und sah Cadan von der Seite an. Seine Miene war reglos und ließ selbst dann keine Rückschlüsse auf seine Gedanken zu, als der Maester mit kalter Stimme antwortete: »Nicht Cadan. Seine Gabe mag nützlich sein, doch er versteht es am besten, sie für seine eigenen Zwecke zu gebrauchen.« Hätten sich Cadans Knöchel nicht weiß gefärbt, wäre ich dem Irrtum anheimgefallen, er hätte die Worte nicht verstanden.

Sobald sich die Schritte des Maesters und die Deirdres entfernten, entspannte ich mich und sah Cadan an. »Callahan also«, murmelte ich und er nickte.

»Ein paar Tage vor dem Angriff habe ich einige Worte mit ihm gewechselt«, erinnerte er sich und schien dabei zu diesem Moment zurückzukehren.

»Ich auch«, sagte ich. »Er machte nicht den Eindruck, als hätte er vor, die Gilde zu verraten.« Aber wer konnte das schon mit Gewissheit von sich behaupten? Der König hatte mir aufgetragen, Cadan zu töten. Und ich hatte es in Erwägung gezogen. Wir wechselten einen Blick, als ob wir dasselbe dachten. Diese Schuld würde mich niemals loslassen.

Cadan und ich verabredeten, dass wir mehr über Callahan in Erfahrung bringen wollten. Er beschloss, Deirdre und den Maester im Auge zu behalten, während es meine Aufgabe war, Ean unauffällig zu verhören. Tyriq stellte derweil eigene Beobachtungen an. Er verbiss sich regelrecht in die Vorstellung, Cadan könnte Verrat an der Gilde begehen. Einmal wurde er Zeuge, wie dieser sich erneut unerlaubterweise aus dem Tempel stahl. Ich konnte mir Cadans Verschwinden nicht erklären, aber ich verbat mir, ihm erneut mit Misstrauen zu begegnen. Er hatte Tyriq und mir das Leben gerettet.

An einem Abend zwei Tage später – zumindest glaubte ich, dass es Abend war – saß ich mit meinen Eltern in der abgeschiedenen Nische hinter den Arkaden und lehnte mit dem Rücken gegen die kalte steinerne Wand. Ean war vor ein paar Stunden mit ein paar anderen Raben aufgebrochen. Während ich auf seine Rückkehr wartete, verbrachte ich Zeit mit meinen Eltern. Ihre Gegenwart war befremdlich. Ich wusste nicht, wie ich mich verhalten sollte. Aber ich fühlte mich verpflichtet, ihnen Gesellschaft zu leisten. Sie waren meine Eltern, meine Familie waren die Raben. Ihre Nähe löste widersprüchliche Gefühle in mir aus. Ich erinnerte mich an mein vergangenes Leben als jüngste Tochter der Familie Earraigh. Damals hatten meine Schwestern und ich uns in dem winzigen Heim ein Bett geteilt. Mit den Geschichten unserer Mutter im Ohr waren wir abends in den Schlaf geglitten. So bat ich sie auch jetzt, das unangenehme Schweigen mit Worten zu füllen und mir etwas zu erzählen.

»Was möchtest du hören?«, fragte meine Mutter mit einer Stimme, die mir so vertraut, aber zugleich auch fremd war. Der Klang meiner Erinnerung hatte sie verfälscht.

»Wie geht es meinen Schwestern?«, wollte ich wissen.

Ein Lächeln begleitete die Worte meiner Mutter, als sie sagte: »Amalie erwartet ihr zweites Kind.«

»Ich bin Tante?«, fragte ich und richtete mich auf. Es war schmerzlich, zu erfahren, wie wenig ich über meine eigene Familie wusste. Eine Familie, die ich niemals wiedergesehen hätte, wenn der König uns alle nicht verraten hätte.

»Amalie hat vor drei Jahren geheiratet, einen braven Bürger aus Lyncurion. Sie leben zusammen auf dem Gutshof seiner Familie. Stell dir das vor, unsere Amalie als Herrin über einen ganzen Hof. Im Sommer vor zwei Jahren gebar sie ihren Erstgeborenen. Kilian ist ein wunderbares kleines Kind mit dem Haar unserer Familie und den Augen seines Vaters.« Sie strich mir eine Strähne zurück. »Vor ein paar Wochen erreichte uns die Nachricht, dass sie erneut guter Hoffnung ist.«

»Das ist wunderbar.« Ich seufzte und versuchte mir die Frau vorzustellen, die aus der kleinen Amalie geworden war, die mich stets gepiesackt, vor anderen Kindern aber jederzeit verteidigt hatte. »Wie geht es Agatha?«

»Ach, sie hatte schon immer ihren eigenen Kopf«, sagte meine Mutter mit leisem Bedauern, aber mein Vater winkte ab.

»Unsinn, das Kind weiß einfach, was es will!«, warf er ein.

»Sie hat den Antrag eines Kaufmannssohnes ausgeschlagen und besucht inzwischen die Kräuterschule in Albit«, erzählte meine Mutter, nicht ohne einen Hauch von Wehmut in der Stimme.

»Ach, Weib«, neckte Vater sie. »Du bist nur enttäuscht, dass sie dir nicht auch einen Haufen Enkelkinder schenkt!«

»Die Kräuterschule in Albit nimmt nur die begnadetsten Heilerinnen auf«, meinte ich. »Ich hatte keine Ahnung von Agathas Talenten.«

»Nachdem du fort warst, fürchteten wir eine Zeit lang, die Gabe würde uns auch noch ein zweites Mädchen nehmen«, sagte meine Mutter. »Dann stellte sich heraus, dass es Ehrgeiz und Fleiß waren, die Agatha antrieben, und keine Gabe. Sie sieht dir sehr ähnlich, weißt du?«

»Alle drei ähneln sich«, meinte mein Vater. »Dasselbe Haar und derselbe unermüdliche Ausdruck in den Augen, wenn sie sich auch von der Farbigkeit her unterscheiden.«

»Ob ich sie wiedererkennen würde, wenn wir einander auf offener Straße begegnen würden?«, sinnierte ich.

»Ganz bestimmt!«, sagte Vater. »Du hättest das Gefühl, vor deinem eigenen Spiegelbild zu stehen.«

»Ich hoffe, sie eines Tages wiederzusehen.« Tatsächlich war die Erfüllung dieses Wunsches gar nicht so fern. Wir würden nicht ewig in dem Tempel festsitzen. Was sprach dagegen, wenn ich Beryll den Rücken kehrte und meine Schwestern besuchte?

»Das wirst du bestimmt«, versicherte meine Mutter mir. »Wir könnten gemeinsam zu ihnen fahren.«

»Eine schöne Idee, Ailis«, sagte mein Vater. »Amalie und Agatha würden sich sicher freuen, ihre jüngste Schwester wiederzusehen …«

Ob mir die Gegenwart der beiden ebenso fremd vorkommen würde wie die meiner Eltern? Wir waren noch Kinder gewesen, als wir uns verabschiedet hatten, und ich befürchtete es.

Gerade wollte ich etwas erwidern, als sich eine der Türen zu den Tunneln quietschend öffnete und mehrere dunkel gekleidete Gestalten mit ernsten Mienen eintraten. Ich hörte nicht, was meine Eltern sagten. Unter ihnen erkannte ich Ean.

Ich legte meiner Mutter eine Hand auf den Arm, um mich zu entschuldigen, dann erhob ich mich und steuerte durch die Halle auf ihn zu. Gerade verabschiedete er sich von den anderen. Er wirkte müde und abgehetzt.

»Ean.«

Er furchte die Stirn. Aber als er bemerkte, wer ihn ansprach, währte das Misstrauen kaum einen Wimpernschlag und verwandelte sich in ein Lächeln. »Aeryn.«

Ein Moment peinlichen Schweigens verstrich, in dem wir einander früher mit dem Zeichen des Königs begrüßt hätten. Ich wusste nicht, was ich mit meinen Händen anstellen sollte, also verschränkte ich sie hinter dem Rücken. »Warst du draußen?«

Kurz verhärtete sich seine Miene, bis ich nachschob: »Wie spät ist es?«

»Hier unten verliert man schnell jegliches Gefühl für Zeit.« Ean seufzte. »Es ist Nachmittag. Noch ein paar Stunden, ehe die Sonne untergeht.«

Ich nickte und konnte meine Überraschung nur schwer verbergen. »Hier fühlt es sich an wie ewige Nacht.«

Ean antwortete mit einem bedauernden Lächeln. Bevor er sich verabschieden konnte, beschloss ich einen wagemutigen Vorstoß. »Habt ihr ihn gefunden? Callahan?« Ich betonte den Namen des Ältesten, um Ean das Gefühl zu geben, es wäre selbstverständlich, dass ich eingeweiht war.

Er schob die Brauen zusammen. »Woher weißt du davon?«

»Warum sollte ich nicht Bescheid wissen?«, entgegnete ich.

Ean zögerte, als müsste er meine Worte abwägen. »Wir sind ein paar Hinweisen nachgegangen, aber sie alle führten ins Leere. Es ist, als wäre er vom Erdboden verschluckt.«

»So wie wir?«

Er lachte rau, dann klopfte er auf meine Schulter und ließ mich stehen. Gedankenverloren blickte ich ihm nach, bis die Nacht, die in Wirklichkeit keine war, ihn verschlang und vor meinen Augen verbarg. Ich beschloss, Cadan aufzusuchen. Wir hatten den Pakt geschlossen, uns alles zu erzählen, sobald wir etwas Neues erfuhren. Ean hatte mir zwar keine Neuigkeiten geliefert, aber den Umstand, dass sie verschiedenen Hinweisen nachgingen, nutzte ich dennoch als Vorwand, um Cadan zu sehen.

Ich durchquerte die Halle auf dem Weg zu seinem Rückzugsort, als er mir entgegeneilte. Doch bevor wir einander begegneten, bog er ab und hielt auf die Tür zu, durch die Ean gerade zurückgekehrt war. Ich hielt den Atem an, als ich begriff, was er vorhatte, und sah mich in der Halle um. Sorcha und Padraig saßen auf einer der Bänke und waren in ein Würfelspiel vertieft, die anderen Raben hatten sich in die Arkaden zurückgezogen und der Maester besprach sich mit Ean und den anderen, die er entsandt hatte. Der Moment war nahezu perfekt gewählt, um zu verschwinden. Wenn ich nicht gewesen wäre. Ich überlegte nicht lange, ehe ich Cadan folgte.

KAPITEL 22

Ein elektrisierendes Gefühl überwältigte mich, als ich den modrigen Geruch der Tunnel tief einatmete. Hatten sie mir zuletzt noch Angst eingejagt, so hieß ich ihre Dunkelheit nun willkommen, versprachen sie doch Licht am Ende der Finsternis.

Cadan war nicht mehr als ein dunkler Schatten im Schein seiner Fackel. Er war weit genug entfernt, dass er mich nicht bemerkte, aber nah genug, dass mich das Licht durch die Schwärze führte. Während ich ihm folgte, überlegte ich, was ich tun sollte. Mich bemerkbar machen? Oder aus sicherer Entfernung beobachten, was er vorhatte? Ich entschied mich für Letzteres. Denn ich wollte herausfinden, was ihn nach draußen zog.

Der Tunnel schien nicht enden zu wollen und ich fragte mich, wohin er uns führen würde. Als das Licht vor mir irgendwann erlosch, glaubte ich, dass wir das Ende endlich erreicht hätten. Cadans Schritte waren verstummt und ich tastete mich lautlos durch die Dunkelheit. Die Erinnerungen an Angst vor der völligen Schwärze streckten die Hände nach mir aus, aber ich war schnell genug, dass sie mich nicht packen konnten.

Nach einer Biegung erwartete ich, dass sich die Finsternis um mich herum auflöste und in die Stadt verwandelte. Aber nichts veränderte sich, nicht einmal die Luft, die nach wie vor kalt und abgestanden war.

»Aeryn.« Obwohl ich wusste, dass es Cadan war, zuckte ich zusammen. Ich machte einen Satz zurück und prallte unsanft gegen die Tunnelwand. Gleich darauf flammte seine Fackel auf und erhellte die Wut auf seinen schönen Gesichtszügen.

Ich schluckte. »Cadan«, erwiderte ich und klopfte mir den Staub von der Hose.

Er schnaubte. »Was hast du vor, Aeryn?« Mein Name klang hart auf seinen Lippen. Hart und fremd.

»Dasselbe sollte ich dich fragen«, zischte ich. Seine Wut war ansteckend. Ihr Funke ging auf mich über und entzündete ein Flammenmeer. Ich schoss auf Cadan zu, bis mich die Hitze des Feuers daran hinderte, einen weiteren Schritt zu wagen. »Du stiehlst dich davon. Was soll das, Cadan? Hast du vergessen, dass wir zusammenarbeiten wollten?«

Sein Blick glitt von meinen Augen über Nase und Wangen hin zu meinem Mund, als wollte er sich mein Aussehen einprägen. »Ich wollte dich nicht in Gefahr bringen«, knurrte er schließlich und senkte die Fackel. Die Hitze ließ von meinem Gesicht ab, trotzdem brannte es. Aber nicht länger vor Zorn, sondern vor Verlegenheit. Denn mit seinen Worten meldete sich in meinem Innern eine unbändige Sehnsucht.

Ich gab mir einen Moment, um meine Gedanken und Gefühle zu sortieren. Dann fragte ich: »Was hast du vor?«

Cadans Kiefer trat markant hervor, als er die Zähne zusammenbiss und seine Antwort abwog. Seiner Miene konnte ich deutlich ablesen, dass er überlegte, mich mitzunehmen. Als sie weich wurde, wusste ich, dass ich gewonnen hatte. »Die anderen suchen nach Callahan. Und glaub mir, ich hoffe, dass sie ihn finden. Aber wir können nicht mehr auf ihn warten. Je länger wir uns verstecken, umso größer wird die Gefahr, dass die Königstreuen uns finden. Ich will wissen, was hinter all dem steckt. Ich will endlich Antworten.«

Ich witterte die Gefahr, aber an Cadans Seite schien sie weniger bedrohlich. »Gut. Ich begleite dich.«

Cadan zögerte, als müsste auch er eine Entscheidung treffen. Schließlich seufzte er und rieb sich mit der Hand über das Gesicht. »Vertraust du mir?«

Ich musste lachen, denn dieselbe Frage hatte ich ihm vor nicht allzu langer Zeit gestellt. »Nein!«, sagte ich entschieden und entlockte ihm die Andeutung eines Lächelns.

Auch er schien sich daran zu erinnern und sagte: »Es wäre besser, wenn wir damit anfingen, uns zu vertrauen. Sobald wir zurück in der Stadt sind und im falschen Moment zögern, könnte es uns unseren Kopf kosten.«

Der Mann, der geschickt worden war, mich zu töten, reichte mir die Hand. Und ich schlug ein, denn er war auch der Mann, den ich hatte töten sollen und der noch immer lebte. Sobald er sich von mir löste, griff er in eine Tasche seines Umhangs und förderte eine Phiole zutage, die mir sonderbar vertraut vorkam. Weil er sich nicht erklärte, als er den Korken aus dem Flaschenhals zog, fragte ich leise: »Cadan, was ist das?«

Doch er musste nichts sagen, der um sich wirbelnde Rauch im Innern der Flasche war mir Antwort genug. Ich schloss die Augen und schüttelte den Kopf. Diebe und Verräter. Als solche hatte der Maester uns bezeichnet. Und nun begriff ich, warum Cadan sich nicht gegen den Vorwurf des Verräters gewehrt hatte. Auch er hatte den Maester verraten, indem er sich an dessen privatem Vorrat an Schattenserum bedient hatte.

»Ich dachte, das könnte uns dienlich sein, wenn wir in die Gilde einbrechen.«

»Hast du den Verstand verloren? Du hast den Maester bestohlen!«, zischte ich und blitzte ihn an. Ich hatte geglaubt, dass die zarten Bande unserer neuen Komplizenschaft länger als bis zum Ende der Tunnel anhielten. Offenbar hatte ich mich getäuscht.

»Das kann unser Leben retten. Empfändest du es nicht als ganz angenehm, lebend und mit sämtlichen Gliedmaßen zurückzukehren, nachdem wir uns in die Nähe der Königstreuen gewagt haben?« Cadan wartete nicht auf eine Antwort und setzte die Phiole an die Lippen. Er nahm einen Schluck des Rauches, der ihm in winzigen Wölkchen aus den Nasenlöchern entwich. Zunächst geschah nichts, er sah noch immer fest und körperlich aus. Doch dann schlängelten sich Schatten um seine Arme und hüllten ihn ein. Er atmete tief ein, bis sein Umhang über der Brust spannte und durch einen schmalen Spalt das Hemd darunter freigab. Obgleich ich seine Muskeln nur erahnen konnte, errötete ich. Die Kraft, mich abzuwenden, konnte ich nicht aufbringen. Stattdessen folgte ich einem Impuls, hob die Hand und berührte Cadan dort, wo seine Umrisse verschwammen. Sein Arm fühlte sich noch immer fest an, er war also immer noch da, die Schatten hüllten ihn lediglich ein und schützten ihn vor unerwünschten Blicken. Das Schauspiel war so faszinierend, dass ich meine Wut beinahe vergaß.

Auffordernd hielt Cadan mir die Phiole mit dem Rest des Schattenserums hin. »Mach schon, Aeryn. Der König kämpft auch mit unlauteren Mitteln. Warum sollten wir das nicht auch tun?«

»Weil dieser Schlag nicht den König, sondern unseren Maester trifft.«

»Wortklauberei«, knurrte Cadan und wedelte mit der Phiole vor meiner Nase herum. Ich seufzte und nahm sie entgegen. Das Kind war ohnehin schon in den Brunnen gefallen, die Raben hielten mich für eine Verräterin. Was machte es schon, wenn ich auch einen Schluck nahm?

Der Rauch wirbelte in meinem Mund. Er schmeckte bitter und rann mir heiß die Kehle hinab. Doch sobald sich ein Kribbeln in meinen Fingerspitzen und Zehen einstellte, vergaß ich den Geschmack. Es fühlte sich an, als würde der Wind an mir zupfen, aber es war die Dunkelheit. Einmal mehr erinnerte ich mich an Mórs Prophezeiung zurück und überlegte, ob sie diesen Moment meines Lebens vorhergesehen hatte. Gern wollte ich das glauben, aber ich fürchtete, dass mich noch mehr erwarten würde als Schatten, die mich schützend umwaberten.

Als wir die Tunnel verließen, spannte sich über uns ein sternengespicktes Firmament. Eine schmale Mondsichel schickte silbrig glänzendes Licht zur Erde. Der beißende Geruch von erloschenem Feuer hing in der Luft. Mein Herz zog sich bei dem Gedanken zusammen, dass unser Zuhause in Flammen aufgegangen war. Die Zinnen des Palastes waren im Dunkel der Nacht unsichtbar. Doch je näher wir ihnen kamen, umso deutlicher nahm ich ihre Gegenwart wahr.

Es war, als würde sich tief in der Nacht ein Ungeheuer verbergen, das bereit war zuzuschnappen, sobald wir nah genug waren. Ich hob prüfend die Hand, nur um festzustellen, dass mir das Schattenserum noch immer Schutz gewährte.

Von Königstreuen fehlte jede Spur. Vermutlich hatte Dorchadas sie abgezogen, nachdem sie die gesamte Stadt erfolglos nach uns durchkämmt hatten. Ich wertete das als gutes Zeichen. Die Raben waren in Sicherheit.

Schweigend liefen wir über das Gelände der Gilde. Wo einst das prunkvolle Badehaus gestanden hatte, ragte das qualmende Skelett eines niedergebrannten Gebäudes auf. Einige wenige Glutnester verwandelten die Schwärze der Nacht in ein tödliches Feuerrot, das unsere Vergangenheit, die Vergangenheit einer jahrhundertealten Gilde, ausgelöscht hatte.

»Wenn es jemand verdient zu sterben, dann Dorchadas«, zischte Cadan, der mit geballten Fäusten vor den Ruinen stand.

»Das wird er«, sagte ich leise. »Früher oder später wird er das. Indem er sich offen gegen die Gilde gestellt hat, hat er sein eigenes Todesurteil gefällt. Er mag auf dem Thron sitzen, aber wir waren es, die seine Macht gesichert haben. Ohne die Gilde, ohne die Gaben ist er nichts.«

»Solange es uns gibt, nicht. Aus dem Grund wollte er uns alle töten. Um ein neues Zeitalter zu beginnen, in dem alle Macht dem Herrscherthron gebührt.«

»Er ist ein Narr, dass er diesen Krieg begonnen hat. Mit uns als Untergebene hätte ihm die ganze Welt gehören können.«

Wir ließen die qualmenden Überreste des Badehauses hinter uns und liefen abseits der Kieswege den Hügel hinauf. Ich wappnete mich vor dem, was uns auf der Kuppe erwarten würde: die Trümmer der Rabenhalle. Ich wurde überrascht. Als wollte es der Zerstörungswut des Königs trotzen, ragte es stolz in die Nacht. Einige Türme waren zerstört. Holzsplitter und Steinquader bedeckten das Gras wie Wolken den Himmel. Doch die Rabenhalle und die quaderförmigen Anbauten hatten den Angriff durch die Königstreuen überlebt. Mein Herz machte einen wehmütigen Sprung. Aus einem Impuls heraus schoss ich vor, nahm Cadans Hand und drückte sie leicht. Er verflocht seine Finger mit meinen. So liefen wir über die Wiese und ließen die Rabenhalle hinter uns.

Das silbrige Licht des Mondes malte die Silhouette der Quartiere ins Gras. Die meisten der Backsteinanbauten hatten den Angriff ebenfalls unbeschadet überstanden. Einige Fenster waren eingeschlagen. Die Scherben auf dem Boden spiegelten das Licht des Nachthimmels.

»Es sieht aus, als wären die Götter zurückgekehrt«, murmelte Cadan und deutete auf das Mosaik aus gesprungenem Glas. Ich drückte seine Hand fester und wünschte mir, dass seine Worte wahr würden, dass uns eine unsichtbare Macht im Kampf gegen Dorchadas schützen würde.

»Weißt du, wo Callahans Räume liegen?« Ich ließ meinen Blick entlang der verstreuten Gebäude wandern.

Natürlich wusste Cadan das. Er zog mich mit sich und steuerte auf ein abseits gelegenes Haus zu, dessen Eingang von zwei riesigen und weit verästelten Bäumen flankiert wurde. »Ich hatte noch nicht lange den Eid abgelegt, als ich zum Spüldienst eingeteilt wurde«, erzählte Cadan, während er mir die Tür aufhielt und ich in die Stille im Innern trat. Sie verging, sobald er weitersprach. »Anstatt mich meiner Aufgabe zu widmen, habe ich einen anderen Novizen manipuliert, das für mich zu tun. Callahan verdonnerte mich dazu, einen Monat lang seine privaten Gemächer zu putzen. Ich brachte es nicht über mich, einen Ältesten zu manipulieren.«

Ich kicherte. »Es gibt schlimmere Strafen. Zum Beispiel einen Monat lang Spüldienst zu haben.«

»Du wirst deine Meinung ändern, sobald du Callahans Zimmer betrittst«, versicherte Cadan mir und führte mich eine schmale Wendeltreppe nach oben. Die Stufen knarzten leise im Takt mit unseren Schritten. »Danach habe ich jeden Spüldienst mit Freuden erledigt.«

Callahans Gemächer lagen am Ende des dritten Stocks und reichten über zwei Etagen. Hohe Tannen verdunkelten sie bei Tag, bei Nacht boten sie Schutz vor unerwünschten Blicken. Sobald sich die Tür in den Aufenthaltsraum des Raben öffnete, begriff ich, wovon Cadan gesprochen hatte. Der Raum war eine Mischung aus Labyrinth und

Sammelsurium. An den Wänden standen Bücherregale, die zweireihig eingeräumt waren. Die einzelnen Bretter beschrieben ein breites U, sodass Callahan diejenigen Bücher, die er dem Regal nicht mehr hatte zumuten wollen, auf dem Boden gestapelt hatte. Wie Stalagmiten ragten sie in die Höhe und bildeten schmale Gänge, durch die man sich in dem Raum bewegen konnte. An den Schreibtisch war kaum ein Herankommen. Ein in einem Gestell mit Rollen eingefasster Globus stand vor dem hohen Lehnstuhl, der von mehreren Bücherstapeln flankiert wurde. Papiere und Pergamente häuften sich auf dem Schreibtisch und ließen kaum erkennen, aus welchem Holz dieser gezimmert worden war.

Als Cadan eine Kerze entzündete, die den Raum mit einem goldenen Lichtschein erhellte, wurde das ganze Ausmaß von Callahans Sammelleidenschaft sichtbar. In einer gläsernen Vitrine entdeckte ich Schreibfedern. Schwarze. Weiße. Kurze. Geschwungene. Es gab mehrere Gläschen verschiedenfarbiger Tinte, eingerolltes, unbeschriebenes Pergament und Stempel, um den ersten Buchstaben eines Schreibens zu verzieren. Über einem Teleskop hing ein alter Kittel, als ob Callahan ihn eben erst abgelegt hätte. Ich widerstand dem Impuls, mich nach ihm umzusehen, denn ich wusste, dass er nicht hier war. Auf sämtlichen Gegenständen lag eine Staubschicht, die sich nur auf Räume absenkte, die seit einiger Zeit niemand mehr betreten hatte. Unwillkürlich fragte ich mich, ob ich eine der Letzten gewesen war, die Callahan gesehen hatte.

»Wie sollen wir hier Hinweise darauf finden, wohin er verschwunden ist?«, fragte ich und wagte mich einen Schritt tiefer in das Durcheinander. »Wir werden Wochen brauchen, um all das gesichtet zu haben.«

»Stimmst du mir jetzt zu, dass das Putzen seiner Privaträume eine härtere Strafe war als einen Monat Spüldienst?«

»Auf jeden Fall. Und dir gebührt noch dazu meine Anerkennung. Dieses Zimmer zu putzen ist eine größere Leistung, als mich vor den Königstreuen gerettet zu haben. Dir sollte ein Orden verliehen werden!«

»Machst du dich etwa über mich lustig?«

Ich hob eine filigrane Statue hoch, die auf einem der Bücherstapel stand, und wog sie in meinen Händen. »Vielleicht ein bisschen«, gab ich zu. »Das ist aber vielmehr meiner Verzweiflung in Anbetracht dieses Durcheinanders geschuldet. Es wundert mich nicht mehr, dass der Maester niemanden schickt, um hier nach Hinweisen zu suchen.«

»Womöglich liegt es auch daran, dass er die Rückkehr in die Gilde für zu gefährlich hält. Zum Glück hat er uns.«

»Falls wir denn überhaupt etwas finden.«

»Wenn wir nur hier herumstehen und reden, sicher nicht.« Cadan hob die Arme, als würde er durch hüfthohes Wasser waten, und bahnte sich einen Weg durch das Labyrinth aus Büchern.

»Ob er die alle gelesen hat?«, fragte ich mich laut.

»Wohl kaum, sonst hätten wir ihn auch nicht zum Abendessen zu Gesicht bekommen.« Cadan schob den Globus beiseite und stieß gegen einen der Bücherstapel. Er schwankte gefährlich.

»Vorsicht«, mahnte ich ihn, »triffst du einen, triffst du alle!«

Cadan nahm in dem hohen Lehnstuhl Platz und begann, in den Pergamenten zu blättern. »Ich übernehme den Schreibtisch«, sagte er. »Sieh du dich in den Schränken um!«

Zwischen den halbrunden Fenstern ragten wuchtige Schränke mit geschlossenen Türen auf. Bevor ich sie durchsuchen konnte, musste ich mehrere Büchertürme umstapeln, um mir Zugang zu verschaffen. Hinter mir hörte ich das Rascheln von Papier. Der erste Schrank verbarg nichts, was mir einen Hinweis auf Callahans Verbleib geliefert hätte. Ich fand einige Karten von Beryll, Tongefäße mit zu Staub zerfallenen Kräutern und eine alte Decke. Der Inhalt der anderen Schränke fiel nicht interessanter aus. Ich ließ von ihnen ab und las ein paar der Buchtitel, die Callahan gesammelt hatte. Die meisten befassten sich mit der Weltgeschichte, Naturphänomenen und Astronomie. Hinter einem der Stapel entdeckte ich das für jeden Raum obligatorische Porträt des Königs, das ich sogleich wieder zwischen den Büchern verschwinden ließ. Ob es einen Grund gehabt hatte, dass Callahan es abgehängt hatte? Mein Blick wanderte über die Wände, die durch das Bücherlabyrinth weit entfernt schienen. Er blieb an einer kahlen Stelle hängen, wo sich die Wand in rechteckiger Form verfärbt hatte, als hätte hier ein Bild gehangen. Passenderweise hatte es die Größe des Königsporträts. Ich trat näher, sowie es Callahans Sammelsurium zuließ. Etwas an der Wand erregte meine Aufmerksamkeit, doch bevor ich herausfinden konnte, was es war, rief Cadan: »Du wirst nicht glauben, was ich gefunden habe!«

Ich wandte mich von der verfärbten Stelle der Mauer ab und bahnte mir einen Weg zum Schreibtisch, an dem Cadan sich über ein mitgenommen wirkendes Buch beugte. Die Lederecken waren stark bestoßen, als hätte Callahan es häufig mit sich herumgetragen.

Mit zwischen die Zähne geklemmter Zunge blätterte Cadan durch die Seiten, auf denen sich eine fein säuberliche Handschrift ergoss. »Ich habe Callahan ein paar Mal mit diesem Buch gesehen«, meinte Cadan und ich erinnerte mich an eine rechteckige Beule in seinem Umhang. Nie zuvor hatte ich mir Gedanken darum gemacht, was der Älteste dort versteckt haben mochte.

»Wenn er es jetzt nicht bei sich trägt, ist er nicht freiwillig gegangen, so viel steht fest.«

»Glaubst du, die Königstreuen haben ihn getötet?«

»Wer weiß. Vielleicht ist er aber auch in großer Eile geflohen und hatte keine Zeit mehr, das Buch mitzunehmen.«

»Was schreibt Callahan?«, wollte ich wissen und trat dichter hinter Cadan. Sein helles Haar fiel ihm ins Gesicht und verbarg seine angespannte Miene vor mir.

»Er beschreibt Tagesabläufe in der Gilde, verfasst Listen und macht Anmerkungen zu Raben mit Gaben, die ihm besonders erschienen.« Als er die letzte beschriebene Seite erreichte, hielt er inne. Enttäuschung zeichnete sich in seiner Miene ab. »Bloß eine Notiz zu Alastairs Apotheke.«

»Alastairs Apotheke?«, horchte ich auf. »Das ist doch im Armenviertel. Was hatte er da zu suchen?«

»Anscheinend wollte er sich mit dem Inhaber treffen.«

Dunkel regte sich etwas in meiner Erinnerung. Und dann traf mich die Erkenntnis wie ein Lichtstrahl. »Ich war schon einmal dort«, murmelte ich. »In der Nacht, in der Dobrin Emnerun starb.« Eine Gänsehaut überzog meinen Körper, als sich die Szene vor meinem inneren Auge wiederholte. »Alastair war nicht sonderlich begeistert, ihn zu sehen.«

»Die Bewohner dieses Stadtteils sind den Königstreuen nicht unbedingt freundlich gesinnt. In welcher Verbindung stand also der Protokollant des Königs zu einem zwielichtigen Alchemisten?«, fragte Cadan.

»Alastair war es, der Dobrin das Gegenmittel gab, mit dem dieser Giordyn von seiner Gabe befreien wollte. Aber was hatte Callahan mit Alastair zu schaffen? »

Eine Furche erschien zwischen Cadans Brauen. »Das sollten wir schleunigst herausfinden.«

Erneut blieb mein Blick an der sonderbaren Färbung der kahlen Wand hängen. Während Cadan sich über die Schubladen des Schreibtisches hermachte, ging ich darauf zu. Ich schob einen Schaukelstuhl beiseite, auf dessen Sitzfläche ein paar Murmeln eine zerknitterte Karte des Palastes beschwerten. Sie erregte erst meine Aufmerksamkeit, als ich zwischen den schwarzen Linien handgeschriebene Notizen bemerkte, die jemand nachträglich festgehalten haben musste.

»Du sagtest, die Tunnel sind wie ein Netz, das sich unter der gesamten Stadt spannt«, murmelte ich und fuhr mit dem Zeigefinger die Linien nach, die die Grundmauern des Palastes darstellten.

»M-hm«, machte Cadan, der mit dem Kopf unter den Schreibtisch getaucht war. »Sie verbinden sämtliche Knotenpunkte miteinander. Palast. Gilde. Einzelne Stadtteile. Vermutlich waren sie in den alten Zeiten als Fluchtwege gedacht.«

»Und der König weiß nichts davon?«

»Sonst hätte er uns wohl längst im Tempel aufgespürt. Außerdem sind die Tunnel in den Palast blockiert. Einer seiner Vorgänger hat sich wohl davor gefürchtet, dass sie umgekehrt benutzt werden könnten; um nicht vom Palast fortzukommen, sondern hinein.«

»Nicht alle.« Ich beugte mich tiefer über die Karte und zeichnete einen Kreis nach, den Callahan um den Eingang zu einem Tunnel gemalt hatte. Daneben stand ein einziges Wort. *Offen.*

Cadan stieß mit dem Kopf gegen die Kante des Schreibtisches, als er wieder auftauchte. Er fluchte und rieb sich die verletzte Stelle. »Wie meinst du das?«

Ich hob die Karte hoch. »Callahan hat sich anscheinend für die Tunnel interessiert und einen Zugang zum Palast entdeckt.«

»In den Palast? Das erscheint mir merkwürdig. Die unterirdischen Zugänge dorthin sollten verschlossen sein.«

»Wir können nur hoffen, dass das hier noch niemand von den Königstreuen gefunden hat.«

Statt mir zu antworten, beugte Cadan sich erneut über die Schubladen des Schreibtisches.

Ich widmete mich der Wand, strich über den rauen Putz, konnte jedoch nichts Ungewöhnliches feststellen. Dann zog ich einen meiner Handschuhe aus und befühlte die Mauer erneut. Die Oberfläche war rau, an den Rändern war sie jedoch kälter. Ich klopfte dagegen und ein hohles Geräusch antwortete mir.

»Hier ist etwas«, murmelte ich, aber Cadan schien mich nicht zu hören. Mit nackten Fingern suchte ich die Wand ab, bis ich auf eine Kerbe stieß, in die gerade einmal mein Zeigefinger passte. Ich ertastete einen Widerhaken und zog daran. Etwas klickte und die Wand öffnete sich. »Cadan!«, rief ich atemlos. »Sieh!«

Er kam um den Schreibtisch herum, rempelte dabei einen Bücherturm an, der gefährlich schwankte. »Ein Geheimversteck«, murmelte er. Sein Duft kitzelte meine Nase, als er neben mir stehen blieb, und weckte ein allzu vertrautes Kribbeln in meinem Bauch.

Wir sind Komplizen. Nicht mehr, ermahnte ich mich. Aber als Cadan sich vorbeugte, um die Kiste aus dem Verschlag in der Wand zu nehmen, und meinen Oberarm streifte, sog ich scharf die Luft ein. Die Intensität seines Blickes traf mich mitten ins Herz. Seine Mundwinkel zuckten, als wüsste er genau, was in mir vorging, und er sah mich fragend an.

Ich blinzelte und zwang mich, mich auf die Kiste zu konzentrieren. »Ich habe bloß Staub eingeatmet«, log ich und trat so weit von ihm weg, wie es Callahans Habseligkeiten zuließen. Es war mir ein Rätsel, wie der Älteste in diesem Raum hatte arbeiten können.

Cadan legte die Kiste auf den Schaukelstuhl und stemmte den Deckel auf. Aber der begeisterte Ausdruck auf seinem Gesicht erlosch, als er bemerkte, was die Kiste enthielt. »Noch mehr Bücher.« Er seufzte schwer und hob eines mit einem in Gold geprägten Rücken heraus. Die *Avendallsche Geschichte* hatte ich in dem Unterricht in der Gilde schon einige Male in den Händen gehalten. Sie erzählte von großen Schlachten, die unser Land geprägt hatten, und von Königen, die es beherrscht hatten. Es war kein Buch, das Geheimnisse barg. Denn es führte die Chronik unseres Landes.

Anders als dieses Exemplar. Im Innern fanden wir die Initialen des Besitzers.

DE. Ich kehrte in jene Nacht zurück, in der alles begonnen hatte, sah die dunkle Gestalt vor mir, die mich durch die Gassen Berylls und schließlich ins Armenviertel geführt hatte.

Dobrin Emnerun.

In Gedanken wiederholte ich den Namen des Mannes, den ich getötet hatte, wieder und wieder. Ich sah sein Gesicht vor mir, das der Mutter seines Kindes und Giordyns, vor dem nun, da die Gilde gefallen war, eine ungewisse Zukunft lag.

Cadan schlug das Buch zu. Kurz hüllte uns ein grauer Staubschleier ein. Als dieser sich vor mir lichtete, tauchte Cadan dicht vor mir auf.

»Warum sollte der Protokollant des Königs Callahan Bücher ausleihen?«, fragte ich und meine Gedanken wirbelten um das Gefühl von Erkenntnis. Es war zum Greifen nah.

»Callahan wollte Alastair treffen. Dobrin und Alastair machen Geschäfte miteinander. Und zwischen Callahan und Dobrin gibt es ebenfalls eine Verbindung«, fasste Cadan zusammen.

»Das kann kein Zufall sein«, murmelte ich und griff suchend nach Antworten auf Fragen, die zu stellen ich nicht vermochte, in den Verschlag. Ich nahm ein zweites in Leder gebundenes Buch heraus. Der *Königliche Stammbaum.*

Cadan ließ das Geschichtsbuch sinken. »Warum ist das in Callahans Besitz? Dieses Buch gehört zur Sammlung des Palastes. Es ist kein Buch, das man sich einfach so ausleihen kann. Auch nicht, wenn man dem König als Schreiber dient. Es ist einer der am strengsten bewachten Schätze in der königlichen Bibliothek neben ein paar anderen Werken über die königliche Linie.«

»Du meinst, er hat es aus der Palastbibliothek … *gestohlen?*« Aus welchem Grund? Das Buch zählte knapp tausend Seiten und beschrieb sämtliche Familienverhältnisse aller vorangegangener Herrscher. Es war keine sonderlich spannende Lektüre.

»Ich nehme nicht an, dass Dorchadas sich freiwillig davon getrennt hat«, meinte Cadan.

Als ich das Namensregister aufschlug, spie es mir eine Staubwolke entgegen, die mich husten ließ. Ich wedelte mit der Hand, bis sie sich legte, dann beugte ich mich tief über die endlosen Listen von Namen. Der Einband roch nach altem Leder, das Pergament war alt und feucht. Es knisterte, als ich durch die Seiten blätterte. Die Zeit hatte die ersten Seiten bereits stark ausgeblichen. Manche Wörter waren kaum mehr lesbar.

Als ich die Mitte des Buches beinahe erreicht hatte, fiel ein Umschlag in meinen Schoß. Mich überkam eine unerklärliche Aufregung, als ich die Worte auf dem obersten Umschlag las: *An meinen geliebten Bruder.* Ich löste die Kordel, die das Bündel zusammenfasste, und öffnete den Brief. Eine geschwungene Handschrift in tannengrüner Tinte ergoss sich über das Papier und nahm mich mit in eine Zeit vor dem Angriff auf die Gilde.

Mein Bruder,
dass ich zuletzt von Dir gehört habe, liegt lange zurück. In diesen dunklen Tagen sorge ich mich einmal mehr um Deine Gesundheit und hoffe auf Deine rasche Antwort.

Die Tage im Palast sind allesamt gleich. Sie verschwimmen ineinander. Und obwohl nichts Aufregendes passiert, spüre ich, wie eine Dunkelheit aufzieht und sich selbst bei strahlendem Sonnenschein über uns legt wie tiefste Nacht.

Konntest Du bereits mit unserem Freund über das sprechen, was ich herausgefunden habe? Lass mich wissen, wenn Du Neuigkeiten hast.

Ich hoffe auf einen Brief von Dir.

Der Brief endete abrupt und ohne Unterschrift. Trotzdem ahnte ich, wer ihn geschrieben hatte.

»Aeryn.«

»Cadan …«

Wir sprachen gleichzeitig, aber Cadan, der mit dem Finger über einer Zeile des Stammbaums verharrte, bedeutete mir, fortzufahren. Ich reichte ihm den Brief. »Hatte Callahan einen Bruder?«

»Schwer zu sagen. Die wenigsten Raben sprechen nach ihrer Vereidigung über diejenigen, die sie zurückgelassen haben«, antwortete er, nachdem er die Zeilen gelesen hatte. »Du glaubst doch nicht …« Er stockte.

Ich nickte langsam. »Was, wenn Callahan und Dobrin Brüder waren?«

»Und wenn Dobrin etwas über den König herausgefunden hätte, das er mit Callahan geteilt hat«, sagte Cadan. Er drehte den *Königlichen Stammbaum* in seinen Händen, sodass ich besser sehen konnte. Über dem Papier ergossen sich schier endlos lange Listen von Namen. Die letzte Seite, die Cadan aufgeschlagen hatte, endete mit Dorchadas, der eingekreist war. Daneben standen sein Geburtsdatum und einige Merkmale, die ihn auszeichneten.

Fragend hob ich den Blick und Cadan antwortete: »Es ist dieselbe Tinte, mit der dieser Brief geschrieben wurde.«

»Dorchadas verlangte Dobrins Tod«, flüsterte ich. »Callahan ist fort. Der Angriff auf die Gilde. Glaubst du, das hängt miteinander zusammen?«

»Es würde mich wundern, wenn nicht«, antwortete Cadan mit finsterer Miene. »Wir sollten herausfinden, wie Alastair in das Ganze passt. Vielleicht kann er die Sache aufkl…« Er stockte und hob den Kopf. »Hast du das gehört?«

Ich nickte. Wir waren nicht länger allein.

KAPITEL 23

Die Nacht vor den Fenstern wurde von Fackelschein erhellt. Rufe hallten über das Gildengelände hinweg und der Wind trug sie bis in Callahans Gemächer. Cadan und mich umgab eine unheimliche Dunkelheit, der der Geruch nach erloschenen Kerzen und Rauch anhaftete.

»Sie haben uns entdeckt«, keuchte ich und wähnte die Königstreuen bereits draußen auf dem Korridor.

Cadan bewahrte Ruhe. Er lehnte gegen das Fenster und beobachtete mit steinerner Miene, was draußen vor sich ging. »Sie haben allenfalls einen Verdacht. Aber vermutlich wird es nicht mehr lange dauern. Lass uns von hier verschwinden.«

Die Nacht stand auf unserer Seite. Und so gelang es uns, das Gildengelände in ihrem Schutz zu verlassen. Aber die Königstreuen durchkämmten auch die Stadt, als könnten sie wittern, dass wir unser sicheres Versteck verlassen hatten.

Die Wirkung des Schattenserums ließ nach, bis sich nur noch Schlieren um meine Handgelenke kringelten und die Dunkelheit alles war, was uns vor den Augen der Königstreuen verbarg.

Wir entfernten uns von ihren gleichmäßigen Schritten und den gebellten Befehlen, aber auch von der vermeintlichen Sicherheit der unterirdischen Tunnel. Stille wob sich wie der Faden auf einem Webrahmen durch die Stadt und es war, als lägen sämtliche Bewohner in tiefem Schlaf. Wie ein Eindringling kam ich mir vor, obgleich Beryll meine Heimat war.

»Cadan.« Meine Stimme war nicht mehr als ein Flüstern und doch packte der laue Nachtwind sie und trug sie durch die Straße. Sein Kopf fuhr zu mir herum, die Augen blitzten im Dunkeln auf. Er hob den Finger an die Lippen und bedeutete mir, still zu sein. Ich ließ mich nicht von ihm beirren, sondern trat dichter an ihn heran, bis mich sein warmer Atem streifte. Er wich nicht vor mir zurück. »Wohin gehen wir?«

Cadans Lippen öffneten sich zu einer Antwort, als sich hinter uns etwas bewegte. Wir reagierten beide im gleichen Moment, griffen nacheinander und tauchten Hand in Hand in den schmalen Spalt zwischen zweier Häuser. In der Straße tauchte die Silhouette eines Soldaten auf, aber all meine Sinne konzentrierten sich auf Cadan. Meine Linke lag auf seiner Brust und ich spürte seinen hämmernden Herzschlag. Der Aufruhr in seinen Augen verriet mir, dass ihn nicht die Furcht, entdeckt zu werden, umtrieb. Unsere Blicke verhakten sich ineinander und die Welt stand still.

Wir verharrten. Länger als nötig. Der Soldat war schon eine Weile verschwunden, da räusperte Cadan sich leise. Er beugte sich vor, bis seine Lippen mein Ohr streiften und mir einen Schauer über den Körper jagten. »Wir verstecken uns, bis wir ungesehen in den Tempel zurückkehren können.«

Seine Worte waren wie Liebkosungen auf der empfindlichen Haut meines Nackens. Ich erlaubte mir, die Augen zu schließen und mich gegen ihn zu lehnen. Mein Körper verlangte nach mehr, während mein Verstand darauf pochte, mich so schnell wie irgend möglich in Sicherheit zu bringen.

»Cadan …« Als er mit seinen Fingern von meinem Nacken hinab zu meinem Schlüsselbein wanderte, schmolz mein Widerstand. Ich hob den Kopf, suchte nach seinen Lippen, aber Cadan zog sich mit einem kleinen Lächeln zurück. Der plötzliche Verlust seiner Nähe ließ mich frösteln und ich unterdrückte einen sehnsüchtigen Laut.

»Ich bringe dich an einen Ort, an dem wir die Gilde und den König für einen Augenblick vergessen können.«

Auf dieses Versprechen reagierte mein Körper mit Hitze, die von meiner Mitte ausging, und einem Verlangen, das mich stärker zittern ließ als die kalten Berglüfte.

Cadan führte mich tiefer ins Herz der Stadt. Die Gebäude rückten zusammen und der Streifen voller Sterne über uns schrumpfte, bis die Giebel der Dächer sich beinahe berührten. Bei jedem Schritt schlug der Stammbaum des Königs gegen meinen Oberschenkel. Ich hatte ihn in meinem Umhang verborgen. Vor einem Haus, dessen Fassade aus der Reihe zurücksprang, blieb Cadan stehen.

»Wo sind wir hier?«, fragte ich und sah die Straße entlang, suchte nach unsichtbaren Verfolgern. Wir waren allein. Dann betrachtete ich die dichten Stränge aus Efeu, die sich vom Boden bis zum Dach des Hauses vor uns spannten.

»Das ist ein Versteck, in das ich mich geflüchtet habe, wenn ich allein sein wollte«, antwortete Cadan und lief über den von Unkraut gesäumten Weg auf die Haustür zu. Seine Hand schwebte über der Klinke, als er meinen Blick fing und hinzufügte: »Es ist das Haus meiner Eltern.«

Ich öffnete den Mund, suchte nach Worten, um die Information, die er mir über sich gegeben hatte, mit dem Bild des verlassenen Hauses zu vereinen. Wenn es seinen Eltern gehörte – wo steckten sie? Cadan ließ mir keine Zeit, der unausgesprochenen Frage Klang zu verleihen. Er öffnete die Tür. Die Dunkelheit verschlang ihn, als er eintrat, und ich beeilte mich, ihm in ihren sicheren Schutz zu folgen.

Die Luft, die mir entgegenschlug, war abgestanden. Cadan führte mich durch einen Flur in ein dahinterliegendes Zimmer, in dem er Licht entzündete. Vor einem Fenster stand ein Sofa, daneben ragte eine Vitrine auf, die Bücher und private Erinnerungen und Schätze barg. Staub lag über allem, als wäre lange niemand mehr hier gewesen. Als sich eine Spinne vor mir abseilte, wich ich zurück und stieß gegen eine Kommode. Cadans Blick schnellte von dem Tier zu mir, darin lag etwas Lauerndes.

»Welche Ängste quälen dich am meisten?« Er stellte die Frage mit einer Beiläufigkeit, als würden wir uns über das Wetter unterhalten: »Und, Aeryn, was treibt dich vor die Tür? Regen, Sonne oder Schnee?« Eine Diele knarrte unter seinem Gewicht. Das Geräusch entlarvte meine Sprachlosigkeit, indem es die Stille zwischen uns beendete.

Ich suchte nach Halt, fand ihn jedoch nur in der Umarmung meines eigenen Oberkörpers und wiegte mich vor und zurück.

Cadan verharrte so nah neben mir, dass seine Wärme tröstlich auf mich wirkte, aber er wahrte genug Abstand, dass ich mich jederzeit zurückziehen konnte. »Ich habe vor so vielen Dingen Angst«, flüsterte ich und vergrub die Fingernägel in meinen Oberarmen, bis ich sicher war, dass sie halbmondförmige Abdrücke zurücklassen würden.

»Nimm ihnen ihren Schrecken, indem du sie aussprichst«, drang er unbarmherzig auf mich ein.

Ich zierte mich, schüttelte den Kopf und wich zurück. Tränen verbrannten meine Wangen, als sie mir wie ein Zeugnis meiner eigenen Unzulänglichkeit über das Gesicht strömten. Mit den Daumen strich Cadan sie fort und fesselte meinen Blick.

»Sag es mir.« Seine Worte waren nicht mehr als ein Flüstern, aber in der Stille zwischen uns kamen sie mir unerhört laut vor, und in seinen Augen lag ein Versprechen.

Meine Brust schnürte sich zusammen, als ich mich vor meinen Worten wappnete. »Ich habe Angst, dass sie uns hier finden.«

»Das werden sie nicht«, versicherte Cadan mir. »Niemand weiß, dass meine Eltern sich hier einst aufgehalten haben. Vorerst sind wir in Sicherheit.« Er machte eine Pause, sah mich prüfend an. »Wovor noch?«

Ich zögerte.

»Aeryn, wovor fürchtest du dich noch?«

»Vor Spinnen, vor Höhe und vor Feuer. Ich fürchte die Dunkelheit und dass ich versage. In engen Räumen bin ich wie gelähmt. Und ich habe Angst vor Toten, vor der Einsamkeit und …«

»Vergib mir, Aeryn.«

Ein Ruck ging durch meinen Körper, als der Boden unter mir aufbrach. Dort, wo eine Sekunde zuvor noch die alten, staubigen Dielen gewesen waren, klaffte ein Loch und darunter führten steile Abhänge in die Tiefe. Ich ruderte mit den Armen, versuchte Cadans ausgestreckte Hand zu greifen, aber meine Finger waren feucht und ich verlor den Halt. Der Abgrund verschlang mich, eisige Windböen packten mich, rissen an meinen Haaren und schlugen mir ins Gesicht. Mein Herz hämmerte. Schneller, immer schneller. Und dann setzte es aus und alles um mich herum wurde schwarz.

War das der Tod? Angst krabbelte mir in Form Hunderter kleiner Spinnen über die Finger, sie krochen in meine Ärmel, kitzelten meine Haut, bis mich Übelkeit überwältigte. Mein Körper krümmte sich zusammen, krampfte. Überall waren Spinnen. Sie hingen in meinen Haaren, tänzelten über meine Augenlider. Ich wagte nicht zu schreien, aus Angst, ich könnte eine von ihnen verschlucken.

Und dann kippte die Welt erneut. Die Spinnen kullerten über den Boden, ich folgte ihnen, bis aus dem Boden vier Wände schossen, die mich einsperrten. Blitze zuckten über meinen Kopf hinweg, während ich mit der Enge in meiner Brust und der dieser Zelle rang. Ich erstickte. Rang um Atem. Erfolglos. Es war so weit, ich würde sterben. Die Wände rückten immer näher. Es gab keinen Ausweg. Ich kauerte mich auf dem Boden zusammen, den Kopf zwischen den Knien, die Arme darüber, als könnte ich mich vor dem Unausweichlichen schützen.

»Aeryn.«

Eine vertraute Stimme hallte in meinem Geist. Sie hatte keinen Körper, bestand nur aus Erinnerung.

»Sei mutig!«

Und ich begriff. All das war nicht echt. Es war Cadan, der mich manipulierte. Ich spürte seine Gegenwart in meinem Geist, spürte, wie er diese Ängste in mir weckte, eine nach der anderen. Er hatte mich in meinen persönlichen Albtraum geschleudert. Die Fluten meiner Angst begruben mich unter sich. Ich strampelte, aber je mehr ich kämpfte, umso weiter entfernte ich mich von der Oberfläche. Meine ausgestreckten Finger griffen ins Leere. Mehr und mehr verlor ich mich.

Cadan irrte sich. Es gab kein Entkommen. Meine Gabe war mein Fluch. Daran würde auch er nichts ändern, wenn er mich manipulierte und mir eine Wirklichkeit vorgaukelte, die nicht unsere war. Wut flammte in mir auf. Alles verzehrende Wut, die meine Angst verbrannte. Meine Füße berührten Boden, ich ging in die Knie und stieß mich mit jener Kraft ab, die mir meine Wut verschaffte. Und dann schoss ich in die Höhe, näherte mich der Oberfläche meines Bewusstseins, bis ich sie wie die eines Teiches durchbrach und japsend nach Luft schnappte.

Ich fand mich in dem Wohnzimmer von Cadans Elternhaus wieder, vollkommen trocken, wenn man von der Schweißschicht absah, die meine Stirn bedeckte. Meine Hände fanden Halt an einem Tisch, ich zog mich hoch. Blinzelte.

Cadan stand nicht weit entfernt, auch er zitterte, als hätte er jeden einzelnen meiner Angstmomente mit mir zusammen durchlebt. Und vielleicht hatte er das auch.

»Warum tust du das?« Ich keuchte und meine Beine drohten unter dem Gewicht meines Körpers nachzugeben. Es kostete mich all meine verbliebene Kraft, aufrecht stehen zu bleiben und die Tränen auf meinen Wangen wegzuwischen.

»Es gibt nur einen Weg, deine Gabe zu kontrollieren: Du musst dich ihr stellen.«

»Und was interessiert dich das?«, spie ich ihm entgegen und taumelte. Schatten und Dunkelheit wirbelten um mich herum, streckten ihre Klauen nach mir aus, als wollten sie mich mit sich reißen. Einen kurzen Moment war ich gewillt, mich ihnen hinzugeben, aber dann blitzten Cadans Augen auf wie Sternenlicht. Es erlosch, als er blinzelte, und leuchtete auf, als er die Lider wieder hob.

»Weißt du das wirklich nicht? Oder fürchtest du dich vor der Wahrheit?« Sein Ton war barsch, seine Worte erschreckten mich.

Ich antwortete nicht, aber die Dunkelheit löste sich auf, die Schatten verblassten und es war, als stünden wir uns im Licht der Sterne gegenüber. Mein Herzschlag ließ meinen Körper erbeben. Das, was ich in seinem Blick sah, verschlug mir den Atem.

Mit einer verzweifelten Geste fuhr Cadan sich durchs Haar. Er krampfte die Finger zu Fäusten und lockerte sie wieder, als würde er etwas fallen lassen. Seine Maske. »Du bist das Erste, an das ich denke, wenn ich morgens aufwache, und dein Gesicht ist das Letzte, was ich sehe, wenn ich abends zu Bett gehe.« Cadans Stimme zitterte. Er holte tief Luft, versuchte den Sturm, der in seinem Innern tobte, zu bezwingen. Es war ein aussichtsloser Kampf, auch ich hatte ihn längst verloren. »In jedem Moment, den wir nicht gemeinsam verbringen, sehne ich mich nach dir. Und wenn wir zusammen sind, sehne ich mich noch mehr nach dir, weil du vor mir stehst und ich dich nicht berühren kann. Nicht so, wie ich es gern täte.«

Mein Mund war trocken und raubte mir die Fähigkeit zu sprechen. Alles, was ich hervorbrachte, war ein heiseres Krächzen. »Und wie tätest du es gern, Cadan?«

Er legte die flache Hand auf die Brust, genau über jene Stelle, unter der sein Herz pochte. »Ich würde dich gern hier drin berühren.« Er verringerte den Abstand zwischen uns und kam einen Schritt auf mich zu. Diesmal fürchtete ich nicht, dass er mich manipulieren könnte, denn alles, was ich fühlte, war echt: Wut. Sehnsucht. Liebe.

»Und hier.« Im nächsten Moment lagen Cadans Lippen auf meinen. Der Kuss war zart und seine Berührung nicht mehr als der sanfte Schlag eines Schmetterlingsflügels. Aber mein ganzer Körper reagierte darauf, mein Herz schlug und mein Blut rauschte. Hitze und ein sehnsüchtiges Ziehen gingen von meiner Mitte aus und loderten in mir wie ein Feuer. Ich gab mich meinen Gefühlen hin, ließ mich von ihnen treiben, bis Cadan sich von mir löste, um Luft zu holen. Während er seine Stirn gegen meine drückte und mich mit beiden Händen dicht an sich zog, raunte ich in sein Ohr: »Und was wäre, wenn du mich längst berührt hättest?«

Cadans Muskeln wurden hart unter meinen Händen, die auf seinen Armen ruhten. Er schluckte geräuschvoll, und als ich mich so weit von ihm löste, dass ich ihm in die Augen sehen konnte, begegnete ich Begierde, Dunkelheit und Verlangen. »Fürchtest du dich nicht?«

»Mehr als je zuvor. Und du solltest das auch.«

Cadan lachte und das Geräusch vibrierte in meinem Körper. »Du brauchst dich nicht zu fürchten, Aeryn. Deine Gabe ist kein Fluch. Sie ist eine Waffe. Und sie wird dich stark machen. Eines Tages wirst du das verstehen.«

Ich wollte Cadan küssen, ihm meine Klinge an die Kehle halten, um mich für das, was er mir angetan hatte, zu rächen. Wollte jede Stelle seines Körpers mit meinen Lippen liebkosen und ihm wehtun, ihn das spüren lassen, was ich im Angesicht meiner schlimmsten Ängste empfunden hatte. Ich wollte eins mit ihm sein und ihn in Stücke reißen. Ich wollte ihn lieben, ihn hassen, ihn nie mehr loslassen und ihn für immer von mir schleudern. Meine Brust hob sich in dem verzweifelten Versuch, genug Luft zu bekommen, denn Cadans Gegenwart schnürte sie mir ab. Ich erstickte und zugleich hatte ich mich nie zuvor so lebendig gefühlt. Meine Ängste waren noch immer da, aber nun nahm ich sie nicht mehr wahr als ein dumpfes Echo, das allmählich verhallte. Und mit meinen Ängsten schwanden meine Kraft, mein Verlangen und mein Zorn, bis ich mich vollkommen leer fühlte. Ich löste mich von Cadan, schwankte und ließ mich auf das Sofa fallen, das mich mit einer Staubwolke in seinen Polstern willkommen hieß. Ich versank darin wie in schützenden Armen, denn die Sicherheit, die Cadan mir stets gegeben hatte, war verschwunden. Er hatte mich verraten. Verraten und gerettet.

»Ich hasse dich, Cadan«, murmelte ich.

»Und ich liebe dich, Aeryn. Wenn dein Hass der einzige Weg ist, dich von deinen Ängsten zu befreien, bin ich bereit, ihn zu gehen.«

»Das ist nicht deine Entscheidung.«

Cadan seufzte und sank vor mir auf die Knie. »Begreifst du nicht? Deine Angst ist nicht echt, denn sie gehört nicht dir.«

»Aber dir gehört sie auch nicht.«

»Ein bisschen schon.« Er sah auf meine Hände und wir beide erinnerten uns an den Moment in der Wirtschaft, da ich ihn versehentlich berührt hatte. »Wovor fürchtest du dich, wenn du die Ängste aller anderen ausblendest?«

Ich zögerte, ich wusste es nicht. Meine Gabe beherrschte mich seit vielen Jahren und hatte tiefe Narben auf meiner Seele hinterlassen. Einen Ursprung kannten meine Ängste nicht. Es war, als wären sie immer da gewesen. Oder nicht?

»Tief in deinem Innern bist du furchtlos, Aeryn. Und das verdankst du deiner Gabe. Du musst loslassen, um frei sein zu können.« Cadan stand auf und reichte mir seine Hand. Ich zögerte, obwohl mich mein Körper dazu drängte, die Einladung, ihn zu berühren, anzunehmen. Doch ich war misstrauisch.

Ich erhob mich, aber seine Hand nahm ich nicht. Der Schatten eines Lächelns huschte über Cadans Gesicht, ehe er rückwärts ging und mir bedeutete, ihm zu folgen.

»Was hast du vor?«, fragte ich.

»Ich werde es dir beweisen.«

Die Dielen knarzten unter unseren Sohlen, als wir durch einen engen Flur liefen. Cadan schlüpfte durch eine Tür an dessen Ende. Er öffnete eine Dachluke, durch die ein Streifen silbernes Licht in das Zimmer fiel, und kletterte hinaus ins Freie.

»Cadan!« Ein Schwall Nachtluft traf mich mitten im Gesicht, als ich den Kopf durch die Luke streckte. Cadan ließ sich unweit von mir entfernt auf dem Dach nieder. Das Licht von Mond und Sternen machte sein überlegenes Grinsen sichtbar.

»Hast du Angst?«, wollte er wissen.

Ja. Nein. Ich kannte Höhenangst, doch war nicht ich es, die sich davor fürchtete, sondern derjenige, an dem ich sie gespürt hatte. Ich versuchte mich an dieser Erkenntnis festzuhalten.

»Ich habe mich nie so frei gefühlt wie hier oben.« Cadans Stimme klang leise, aber ich hörte jedes Wort. Als ich mich erhob und den Oberkörper durch das Fenster stemmte, verstand ich auch ihre Bedeutung.

Das Band aus Sternen, das ich zwischen den hoch aufragenden Häusern erblickt hatte, verwandelte sich von diesem Dach aus in einen Ozean aus kleinen funkelnden Punkten, die sich um den schimmernden Mond versammelten. Das silberne Licht des Nachthimmels senkte sich auf Beryll, die Berge und die darunterliegenden Täler, deren Silhouetten ich von hier oben deutlich ausmachen konnte. Cadan hatte recht, das war jene Freiheit, nach der ich gesucht hatte.

Ich vergaß die fremde Höhenangst, vergaß, was Cadan mir angetan hatte, vergaß die Last, die mich in den letzten Tagen und Wochen niedergedrückt hatte, ja, auch die, die mich ein Leben lang gelähmt hatte. In diesem einen Moment fühlte ich mich leer und zugleich erfüllt von der Freude, die dieser Anblick in mir auslöste.

Der Wind begrüßte mich, indem er übermütig an meinen Haaren und der Feder darin zupfte. Er war behutsam, als begegnete er einem scheuen Tier. Er würde nicht an meinem Gewand reißen oder mich nicht in die Tiefe ziehen. Er war friedlich.

Ich kroch über die Ziegel zu Cadan. Sein Blick ruhte auf mir, aber ich weigerte mich, ihn zu erwidern. Dass er in meinen Geist eingedrungen war, erschütterte mich. Doch nun wusste ich auch, wie sich seine Gabe anfühlte. Er hatte mich nie zuvor manipuliert. Alles, was ich in seiner Gegenwart jemals gesagt oder empfunden hatte, war echt.

Als ich neben Cadan Platz nahm, achtete ich darauf, dass sich unsere Arme nicht berührten. Ich brauchte Abstand zwischen uns, um der Anziehungskraft seiner Nähe standzuhalten. Die unsichtbaren Mauern zwischen uns mochten wir eingerissen haben, die Trümmer konnte ich aber nicht überwinden. Und während er mich weiterhin ansah, richtete ich den Blick geradeaus auf die in Dunkelheit gehüllte Landschaft. Vor uns zogen Heerscharen von Schatten über Wälder, Wiesen und Felder. Über uns funkelten die Sterne, unter uns versank Avendall in der Nacht. Dann umfasste ich meine Knie und zog sie dicht an den Körper heran.

»Möchtest du wissen, wovor ich mich fürchte?«

Ich war gewillt zu verneinen. Aber diese Lüge ging mir nicht über die Lippen. Was ich erspürt hatte, als wir uns einen kurzen Moment lang in dem Zimmer des *Einsamen Ochsen* berührt hatten, hatte mich verwirrt. Trotzdem schwieg ich, starrte stur in die Nacht und gab vor, ihn nicht gehört zu haben.

Cadans Umhang raschelte, als er ebenfalls die Beine anzog. Aus dem Augenwinkel beobachtete ich, wie er seine Hand zwischen uns legte. Eine stumme Einladung.

Ich schluckte schwer, als ich langsam meinen Handschuh abstreifte und die nackten Finger betrachtete. Feine Linien zogen sich über die Innenseite meiner Finger und spannten sich wie ein Netz über meine Hand.

»Aeryn«, raunte Cadan.

Und als ich mir endlich erlaubte, ihn anzusehen, legte ich meine Hand in seine. Sein Blick flackerte wie die Sterne am Himmel, ehe gleißendes Licht die Nacht verbannte. Flammen züngelten um mich empor und die vertraute Hitze seiner Angst peitschte mir ins Gesicht. Windböen bäumten sich um uns herum auf, drängten mich zurück und fegten mir mit einem leisen Raunen um die Ohren. Eine unsichtbare Macht riss Cadan in die Höhe, wie ein Rabe schwebte er über dem Abgrund. Schwere Ketten fesselten ihn. Eine Stimme wie Donner und Sturm zugleich erhob sich in der Dunkelheit und vibrierte in mir. Sie raunte Cadan Befehle zu, zwang ihn, seine Gabe gegen jene Menschen zu richten, für die er kämpfte.

Cadans Hand entglitt mir, und bevor er mich festhalten konnte, wurden wir auseinandergeschleudert.

Die ganze Zeit über war ich mir der rauen Dachschindeln unter meinem Körper bewusst, spürte die Schwielen in Cadans Hand und die kühle, aber nicht stürmische Luft der Nacht. Als ich die Lider hob, saß ich noch immer neben Cadan, verbunden in einer Berührung, die mich bisher das Fürchten gelehrt hatte. Und nun löste sie ein Prickeln in meinem Brustkorb aus.

»Du bist nicht die Einzige, die ihre Gabe fürchtet. Auch ich musste lernen, mit ihr umzugehen.« Cadan flüsterte, doch jedes seiner Worte brannte sich in meinen Geist. Er ließ mir keine Zeit, etwas zu erwidern. Er löste unsere Hände und in einer fließenden Bewegung erhob er sich. »Wir sollten aufbrechen.«

Am Horizont verblich das Schwarz des Himmels zu einem grauen Streifen und schon bald würde die Nacht in den Tag übergehen. Viel Zeit blieb uns nicht, in den Schutz der Tunnel zurückzukehren.

»Komm!« Cadan kletterte über das Dach auf die Luke zu. Ich zögerte, ehe ich mich erhob. Der Wind erfasste mich, als wollte er mich zum Tanz auffordern, aber die vertraute und allgegenwärtige Angst hatte nachgelassen. Ich war mir dem Abgrund unter mir bewusst, konnte seinem Schrecken jedoch widerstehen, solange ich mich ihm nicht näherte. Ein Gefühl leuchtete in mir auf wie die Flamme einer Kerze. Dass ich etwas Ähnliches empfunden hatte, lag viele Jahre zurück. Ich war noch ein Kind gewesen. Und nun überkam sie mich erneut, die Freiheit, obgleich mich mein Eid gegenüber der Gilde fesselte wie ein Strick.

Bevor ich darüber nachdenken konnte, was ich tat, drehte ich mich um und folgte Cadan. Sein Umhang wehte hinter ihm her und sein helles Haar zeichnete sich wie ein Licht von der schwindenden Dunkelheit ab. Der Streifen im Osten färbte sich orange. Der Morgen lauerte uns auf, überwältigte die Nacht und drängte sie Richtung Horizont.

KAPITEL 24

Meine neu errungene Freiheit war trügerisch. Denn Cadan hatte mir meine Angst nicht genommen. Sie war noch immer da, auch wenn ich verstanden hatte, dass nicht ich ihr Ursprung war. Nicht mehr als ein leises Flüstern war von ihr übrig.

Und in dem Moment, da sich uns ein Königstreuer in den Weg stellte, kehrte sie mit brachialer Gewalt zurück und zerstörte den Eindruck, ich könnte frei von Angst leben.

Auch Cadan hatte den Königstreuen bemerkt. Ich kannte ihn flüchtig, er zählte zu jenen Männern, die dem König am nächsten waren. Er stand Ducan nahe, war aber nicht so freundlich wie dieser.

Mit langen Schritten kam Elric auf uns zu und zog sein Schwert. »Aeryn und Cadan«, stieß er zwischen gefletschten Zähnen hervor.

Cadan zückte seine Waffe, ich tat es ihm gleich. Doch das Gewicht in meiner Hand fühlte sich fremd an, obgleich ich meine Finger in der Vergangenheit so oft um das Heft geschlungen hatte. Jeder Kampf, jeder Tod, den ich herbeigeführt hatte, kam mir wie die Inszenierung des Königs vor. Ich war eine Marionette gewesen, an deren Fäden er gezupft hatte. Nun, da sie durchtrennt waren, war ich Elrics Herausforderung hilflos ausgeliefert. Sein Leben oder unseres.

Schützend schob Cadan sich vor mich, ehe Elric sich auf uns stürzte. Das Geräusch von aufeinanderprallendem Stahl durchschnitt die morgendliche Stille und beendete den Frieden der Nacht. Der Angriff des Königstreuen war überwältigend. Er fegte wie ein Tornado über uns hinweg. Kaum hob ich meine Waffe gegen ihn, da schlug er sie mir aus der Hand und warf mich zu Boden. Staub und Steine fingen mich auf und färbten alles um mich herum grau. Als ich meine Augen das nächste Mal öffnete, beobachtete ich, wie er Cadan niederdrückte, seine Klinge an dessen Kehle. Schweiß perlte auf Cadans Stirn und die Ader an seiner Schläfe trat vor Anstrengung hervor. Mit bloßen Händen hinderte er die Waffe unseres Angreifers daran, sein Fleisch zu durchdringen. Blut fand seinen Weg zwischen seinen Fingern hindurch und tropfte zu Boden.

Ich stemmte mich hoch. Um mich herum drehte sich die Welt. Ich wankte, tastete nach meiner Waffe. Kurz zuckte Elrics Blick zu mir herüber. Diesen Moment hatte Cadan gebraucht. Mit einer Hand ließ er die Waffe seines Angreifers los und bohrte die blutverschmierten Finger in dessen Wange. Und dann senkte Elric das Schwert. Mit glasigen Augen stierte er in das Halbdunkel um uns herum, das der nahende Tag immer weiter wegdrängte. Der Himmel über uns war bereits blau.

Cadan stöhnte, als er sich aufrichtete. Er schob sein Schwert zurück in die Scheide und wischte sich die blutenden Hände am Umhang ab. Schweigend trat ich auf ihn zu. Der Schreck lähmte meine Zunge und ich war unfähig, Worte für das zu finden, was geschehen war. Stattdessen nahm ich seine Hände und drehte die Handflächen nach oben. Die Schnitte waren tief, das Fleisch ausgefranst. Übelkeit stieg in mir hoch.

»Mairead kann dir helfen«, sagte ich mit einer Stimme, die fremd in meinen Ohren klang.

Cadan wischte sich eine weiße Strähne zurück und hinterließ einen Streifen Blut auf seiner Wange. »Das ist nichts«, winkte er ab. Dann berührte er sanft mein Kinn und hob es an. »Ist dir etwas geschehen?«

Ich fühlte mich ihm seltsam verbunden, als ich in seinen Augen versank. Erst mein Blinzeln trennte das Band zwischen uns. »Ich bin wohlauf«, murmelte ich, obwohl mir der Schreck tief in den Gliedern saß. »Was machen wir jetzt?« Wir wandten uns beide dem Königstreuen zu, der halb sitzend, halb liegend am Boden kauerte. Sein Mund war geöffnet, der Blick leer. »Ihn töten?« Meine Stimme schrillte in meinen eigenen Ohren.

Cadan atmete durch zusammengepresste Zähne aus und machte dabei ein zischendes Geräusch. »Er hätte uns getötet, wenn er die Gelegenheit gehabt hätte«, murmelte er, schüttelte jedoch den Kopf. Ich war beruhigt, dass es Cadan fernlag, unserem Angreifer etwas anzutun. Ich selbst hätte die Klinge nicht führen können.

»Wir nehmen ihn mit«, entschied Cadan.

»Ihn mitnehmen?«, wiederholte ich. »Aber warum? Kannst du ihn nicht … wegschicken? Mit deiner Gabe?«

Mit einer Hand wischte Cadan sich über das Gesicht. Er tigerte umher, sein Blick wanderte von Elric zum Ende der Gasse. Dann stieß ein gepresstes Stöhnen hervor. »Das halte ich für keine gute Idee. Sie könnten ihn finden. Meine Gabe ist nicht allmächtig. Sie könnten die Wahrheit aus ihm herausfoltern. Die ganze Stadt ist in Aufruhr. Wenn wir ihn mitnehmen, können wir sicher sein, dass er uns nicht an den König verrät.«

Cadan beugte sich über den Königstreuen und raunte ihm etwas zu, das ich nicht verstand. Daraufhin erhob er sich. Seine Waffe lag vergessen neben ihm.

»Die sollten wir hier auch nicht zurücklassen«, bemerkte ich und bückte mich danach. »Wenn sie ein Schwert ohne seinen Herrn finden, könnten sie misstrauisch werden.« Es fühlte sich fremd an in meinen Händen. Kalt. Tödlich.

»Lass uns gehen, ehe noch mehr von denen hier auftauchen.«

Dann verließen wir die Gasse und traten ins Sonnenlicht. Das Gefühl der wärmenden Strahlen auf meiner Haut weckte Erinnerungen an meine alte Freiheit in mir. Ein Knoten bildete sich in meiner Brust. Mit jedem Schritt wuchs er, bis ich kaum mehr Luft bekam. Mein Leib brannte, als malte die Sonne nicht goldene Lichtflecke auf meine Haut, sondern versengte ihn mit flüssigem Feuer. In der ewigen Dunkelheit des unterirdischen Tempels war mir ihre Gegenwart fremd geworden.

Es war noch immer früh am Morgen, aber das neu erwachte Leben in den Häusern verlagerte sich allmählich auf die Straßen. Erste Karren wurden über die Pflastersteine gezogen, Türen öffneten sich und Frauen, an deren Armbeugen leere Körbe baumelten, verließen ihre Häuser und machten sich auf in Richtung Marktplatz. Dazwischen erklang der Gleichmarsch der Königstreuen.

Cadan dirigierte uns über abgelegene Wege jenseits der Hauptstraße, von der aus der Wind immer mehr Lärm und Stimmen zu uns trug. Als wir endlich ungesehen den Zugang zum Tunnel erreichten, war meine Tunika von Schweiß durchnässt und klebte an meinem Rücken.

»Was hast du vor, Cadan?«, fragte ich. Elric auf dem Weg in das geheime Versteck der Gilde zu wissen, war weitaus furchteinflößender, als mich von ihm und den Königstreuen durch die Stadt jagen zu lassen. Denn am Ende dieses Tunnels warteten der Maester und die Raben.

Cadan trat dicht an mich heran, als fürchtete er, dass Elric uns belauschen könnte. Dieser machte jedoch nicht den Anschein, als würde er uns überhaupt wahrnehmen, und ich vermutete, dass Cadan den Vorwand nutzte, um meine Nähe zu suchen. Ein Schauder überlief meinen Körper, denn sein Atem streifte meine Wange und sein farbloser Blick ruhte auf mir. »Der Kerl ist der Trumpf in einem Spiel, dessen Regeln wir bisher nicht einmal kannten.« Mit einer ruckartigen Bewegung des Kinns deutete Cadan auf Elric. »Er könnte noch nützlich sein, denn er bekleidet unter den Königstreuen einen der höchsten Posten und pflegt regelmäßigen Kontakt zum König. Wir überlassen ihn dem Maester.«

Erstaunt hob ich die Brauen. »Wenn wir das tun, weiß er, dass wir das Versteck verlassen haben.«

Etwas, was ich nicht deuten konnte, lag in Cadans Blick und verschloss seine Miene. »Vertrau mir«, war alles, was er hinzufügte. Doch das fiel mir schwer. Meine Unruhe wuchs mit jedem Schritt, der uns tiefer in die Tunnel führte, und ich fürchtete mich vor dem, was uns am Ende erwartete.

Die leise Melodie Dutzender Stimmen verklang, als wir durch den Spalt der Tür in den Tempel traten. Eine von Angst und Misstrauen durchzogene Stille senkte sich über uns. Dann erhob sich ein Murmeln, das dem wütenden Brummen eines Wespenschwarms gleichkam. Ich senkte den Blick und vermied es, die Umstehenden anzusehen. Wir hatten den Feind in ihre Mitte gebracht. Und noch immer ahnte ich nicht, was Cadan vorhatte.

»Um des Raben willen, was geht hier vor?« Die harte Stimme des Maesters brachte die Wespen zum Verstummen. Sein Zorn ging wie in Wellen von ihm aus und schlug mir mit brachialer Gewalt entgegen.

»Wir haben dir etwas mitgebracht«, sagte Cadan und trat mit erhobenem Haupt vor. Während ich in den Wellen des Zorns unterging, hielt er ihnen mit eiserner Miene stand.

»Wie könnt ihr es wagen?«, zischte der Maester. »Ihr bringt noch den Tod über uns alle!« Hinter ihm tauchten zwei Gestalten auf, eine davon erkannte ich als Tyriq, der meinen Blick kalt erwiderte. Emma an seiner Seite winselte, als sie einen Satz auf mich zu machen wollte, um mich zu begrüßen. Tyriq schoss vor und packte sie beim Halsband, ehe er sie zurückzog.

»Er untersteht meinem Befehl«, sagte Cadan unbeeindruckt. Dann schnippte er vor Elrics Gesicht mit zwei Fingern. »Verneige dich vor dem Herrn der Gilde!«

Mit ausdrucksloser Miene beugte Elric das Knie. Die Lippen des Maesters öffneten und schlossen sich, ein Wechselspiel wie das von Licht und Schatten. Auf seinem Gesicht rangen Abneigung und Neugier um die Oberhand.

»Er ist Sklave deiner Gabe«, stellte der Maester fest und trat einen Schritt auf den Königstreuen zu. »Sprich und erzähl uns, was der König plant.«

Der Königstreue schwieg. Cadan versetzte ihm einen Stoß in den Rücken. »Du gibst dem Maester jede Antwort, die er verlangt.«

»König Dorchadas ist bestrebt, jene zu finden und zu beseitigen, die seine Macht infrage stellen«, sagte Elric. »Er will die Gilde zerstören.«

»Die Gilde hat dem König immer treu gedient«, entfuhr es mir, denn die Wut über Dorchadas' Verrat flammte erneut in mir auf.

»Die Gilde trägt längst nicht mehr die Kämpfe des Königs aus. Sie stinkt nach Verrat und verpestet Beryll.«

»Unsinn«, widersprach einer der umstehenden Raben.

Der Maester brachte ihn zum Schweigen. »Es sind die Worte, die der König ihm in den Mund gelegt hat«, sagte er langsam. »Fahre fort!«

»Seit Jahren trachten die Ranghöchsten der Gilde nach dem Thron des Königs. Er musste seine Macht demonstrieren und Einhalt gebieten, ehe die Raben Beryll ins Chaos stürzen. Dorchadas wird nicht eher ruhen, bis jeder Einzelne von ihnen vom Himmel gestürzt ist.«

»Dorchadas hat keine Ahnung, wo er uns finden kann. Zumindest so lange nicht, bis dieser Schweinehund ihm alles erzählt.« Tyriq spuckte vor die Füße des Königstreuen. »Wir sollten ihn töten. Und dann sollten wir dafür sorgen, dass dies der letzte Ausflug war, den Aeryn und Cadan unternommen haben!« Die Wut veränderte seine Stimme. Ich spürte, wie das dünne Band unserer Freundschaft zum Zerreißen gespannt war.

»Es ist nicht nötig, unsere Hände mit Blut zu beflecken«, sagte der Maester ruhig. Er trat auf Elric zu und strich mit dem Daumen über seine Wange, wie ein Vater es bei seinem Kind getan hätte. Die Geste war erschreckend liebevoll und barg zugleich ein Grauen, das Gestalt annahm, als der Rabe auf dem Stab des Maesters die Flügel ausbreitete und ein Krächzen ausstieß. »Wie lautet dein Name?«

»Elric Gorgon.«

Der Maester nickte. Dann legte er die Hand an die Schläfe des Königstreuen und ich wurde zum ersten Mal Zeugin seiner Gabe.

Amnesie.

Dort, wo er die Haut des Mannes berührte, entstanden weiße Fäden, die sich um seine Finger wickelten. Als wären es Gedanken, die der Maester aus dem Schädel des Königstreuen saugte. Sie zerrissen in dem Moment, da er den Kontakt abbrach. Elric hob die Lider und seine Augen waren schneeweiß. Teilnahmslos starrten sie ins Leere.

»Wie lautet dein Name?«

Elric öffnete den Mund. Und schloss ihn. Er sah aus wie ein Fisch, der den Kopf aus dem Wasser hob. Wie um Halt zu suchen, klammerte ich mich an den Stammbaum des Königs, den eine Falte meines Umhangs vor den anderen verbarg.

»Wie lautet dein Name?« Die Frage hallte im Schatten unseres Schweigens wider. Niemand sagte etwas. »Wem hast du die Treue geschworen? Wo lebst du?«

Ein Stöhnen drang aus der Kehle des Königstreuen. Der Maester nickte zufrieden. Er holte aus und schlug dem Mann mit dem Raben aus Holz auf den Kopf. Dieser blinzelte, ehe er ohnmächtig zusammenbrach. Obgleich er zu den Männern gehörte, die die Gilde angegriffen hatten, zog sich mein Herz aus Mitleid und schlechtem Gewissen zusammen. Der Maester hatte ihm seine Erinnerungen geraubt, aber Cadan und ich hatten sein Schicksal besiegelt.

Der Maester gab Ean und Ceiron ein Zeichen. »Schafft ihn weg von hier und werft ihn in den Graben vor einer Wirtschaft, damit es aussieht, als hätte er sich um den Verstand gesoffen.«

Ean packte Elric, während Ceiron mir das Schwert des Königstreuen abnahm, um es zurück in dessen Scheide zu stecken. Dann drehte sich der Maester zu Cadan und mir um und ich erkannte eine grenzenlose Müdigkeit in seinem Blick.

»Ich kann nicht länger gestatten, dass ihr euch frei im Tempel bewegt. Ihr seid nicht nur eine Gefahr für euch selbst, sondern vor allem für die anderen. Tyriq!«

Sanfte, aber unnachgiebige Hände schlossen sich um meinen Oberarm. Dann wurden wir abgeführt und ich fühlte mich wie eine Verbrecherin.

KAPITEL 25

Die Kerker des Königs waren ein dunkler Ort, an dem sich Albträume manifestierten. Sie verschlangen die Gefangenen und raubten ihnen die Seele, bis sie nichts mehr waren als leere Gestalten. Unter den Raben erzählte man sich viele Schauergeschichten über die in Stein gehauenen Kerker. Niemals hätte ich gedacht, selbst einmal auf der anderen Seite der Gitterstäbe zu landen, wo ich mich doch der Gilde verpflichtet hatte. Aber die Grotten, die die Raben als Zellen benutzten, waren weitaus weniger angsteinflößend, als ich mir ein Gefängnis vorgestellt hatte.

Ich trat an den schmalen Spalt in einer Wand, durch den ich Cadan sehen konnte. Er stand in der Mitte der kleinen Grotte, hatte die Arme vor der Brust verschränkt. Blut verschmierte seinen Umhang, wo er ihn mit den verletzten Händen gestreift hatte. Ich konnte den Blick nicht davon abwenden. Cadan sah mit unleserlicher Miene nach draußen, als lauschte er auf die sich nähernden Schritte eines Raben, der uns aus unserer misslichen Lage befreite. Da konnte er lange warten. Denn mit dem zweiten Mal, da wir uns dem Maester und seinen Befehlen widersetzt hatten, hatten wir das Wohlwollen der anderen Raben unwiderruflich verloren. Der Gedanke an Tyriq und die Art, wie er mich angesehen hatte, versetzte mir einen Stich.

»Warum haben wir ihn hergebracht?« Meine Stimme war nicht mehr als ein Flüstern. Dennoch dröhnte sie laut durch die Stille unserer Zellen.

Ich musste Elrics Namen nicht nennen. Cadan wusste sofort, von wem ich sprach. Das erkannte ich an der Art, wie er die Schultern anspannte.

»Er hat uns gesehen, Aeryn«, murmelte er leise. »Wir mussten etwas unternehmen.«

»Vermutlich hätte sein Tod uns weniger Scherereien bereitet. Und er hätte ihn vor diesem Schicksal bewahrt.« Meine Worte schmeckten bitter. Tränen brannten in meinen Augen, als ich an Elrics leere Hülle dachte, die die anderen abgeführt hatten. Es war unsere Schuld, dass er fort war. Die Last auf meinen Schultern wuchs und wuchs. Ich wusste nicht, wie lange ich ihr noch standhalten konnte.

»Du hättest ihn getötet?« Jetzt spürte ich Cadans ungläubigen Blick auf mir.

Ich hielt ihm unbeirrt stand. »Ich hätte Elric niemals töten können«, sagte ich. »Aber das wäre besser gewesen, als ihm den Geist zu rauben. Warum hast du es nicht getan? Du wusstest, dass wir ihn in Gefahr bringen.«

Cadan knirschte mit den Zähnen. »Ich bin kein Mörder!«

Ich lachte trocken auf. »Niemand von uns ist das.«

Die Art, wie er mich ansah, ließ mich innehalten. Eine Erinnerung schob sich vor sein verbissenes Gesicht und ich kehrte in die Purpurstraße zurück zu jenem Tag, da die Königstreuen Cadan aufgelauert hatten. Er hatte den Mann, dessen Todesurteil der König gefällt hatte, entkommen lassen.

»Ich habe niemals jemanden getötet.«

Die Erkenntnis, dass sich mein Verdacht bewahrheitete, traf mich wie ein Schwerthieb. Einzig die zierliche Statue einer Frau mit blauer Haut verhinderte, dass meine Knie einknickten. Ich lehnte mich gegen sie und starrte Cadan unverwandt durch den Spalt an. »Wie meinst du das?«

»Ich habe Dorchadas niemals gedient. Am Anfang habe ich befürchtet, man könnte mich erwischen. Nach meinem ersten Auftrag wartete ich auf den Raben, der mich richten sollte. Er kam nicht.«

»Während wir anderen zu Mördern wurden, hast du deine Opfer manipuliert und sie aus der Stadt geschickt«, sagte ich tonlos.

Erinnerungen an die Schuld, die ich bis heute mit mir herumtrug, überwältigten mich, und der Neid, den ich Cadan und seiner Gabe gegenüber empfand, war in diesem Augenblick schier unerträglich.

Cadan war der einzige Mensch in einer Welt voller Monster. Und sosehr ich mich auch dagegen gesträubt hatte, war auch ich eines der Monster, die der Welt ihre Schrecken verliehen hatten. Meine Angst hatte mich dazu bewegt, unmenschliche Dinge zu tun. Unschuldige Leben auszulöschen, weil einem einzigen Mann der Sinn danach stand. Ich hatte es hinterfragt, doch ich hatte mich nie getraut, meine Zweifel laut auszusprechen. Cadan war wie ein Spiegel, den mir das Schicksal vorhielt. Jeder Moment, in dem ich ihn ansah, brannte sich schmerzhafter in mein Fleisch und ich sah darin mein wahres Ich, meine Feigheit.

Ich wollte schreien, Cadan entgegenschleudern, warum er mir nicht eher davon erzählt hatte, warum er mich nicht davon abgehalten hatte, einen Weg zu gehen, den er gemieden hatte. Aber die Einsicht schmeckte genauso bitter wie die Erkenntnis, dass er kein Mörder war: Er hatte seine Entscheidung getroffen, ich die meine. Es war nicht seine Schuld, dass ich mich für den einfachen Weg entschieden hatte.

Cadan seufzte leise und ich hörte, wie seine Sohlen auf dem Boden knirschten, als er näher trat. »Aeryn.« Mein Name klang auf seinen Lippen wie eine Liebkosung und ich ballte die Hände zu Fäusten, um ihr Zittern vor Cadan zu verbergen.

»Derjenige, der frei von Schuld ist, werfe den ersten Stein«, sagte er tonlos. »Ich habe mehr Blut vergossen, als du dir vorstellen kannst, Aeryn. Obwohl ich nie auf Befehl des Königs tötete, tat ich es doch wieder und wieder, um mich selbst zu schützen.«

Ich riss den Kopf zu ihm herum. Mein Haar verbarg einen Teil meines Gesichtes vor ihm und ich beobachtete ihn durch die dunklen Strähnen hindurch, bis er den Arm durch den Spalt in der Wand streckte und es beiseiteschob.

»Wovon sprichst du?«, wollte ich wissen.

»Lass mich dir eine Geschichte erzählen«, raunte Cadan. »Eine Geschichte von den Göttern, von Menschen, die dem Irrtum anheimgefallen sind, zu glauben, sie wären welche, und von jenen, die dagegen kämpfen, und eine Geschichte von der Wahrheit.«

Seine Worte jagten mir eine Gänsehaut über den Körper. Ich wusste nicht, ob ich hören wollte, was Cadan zu sagen hatte, aber ich wandte mich nicht ab. Denn gleichzeitig übten sie einen Sog auf mich aus, dem ich mich nicht entziehen konnte. Meine Haut prickelte, ohne dass er mich berührt hatte, und ich trat näher an den Spalt in der Wand, bis alles, was ich sehen konnte, seine Augen waren.

»In einer Zeit, an die selbst unsere Großeltern keine Erinnerungen haben, beteten die Menschen jene Götter an, die die Welt gemeinsam erschaffen hatten. Sie bauten ihnen Tempel wie diesen hier. Wusstest du, dass jeder Gottheit eine dieser Kapellen gewidmet ist?«

Ich blinzelte und sah mich in meinem kleinen Gefängnis um. Die unebenen Wände gingen in eine gewölbte Decke über, deren verblasste Farben an eine einst prächtige Malerei erinnerte. Ich zog einen meiner Handschuhe aus und strich mit den bloßen Fingerkuppen über den rauen Stein, der eine Geschichte erzählte, die ich nicht verstand. Ich begriff, dass Cadan mich ablenken wollte, und ging darauf ein.

»Die alten Götter entsprechen nicht den Lehren der Gilde«, ermahnte ich ihn.

»Du meinst, die Lehren des Königs. Tatsächlich waren es die Götter, die die Gilde einst gründeten«, korrigierte Cadan mich. »Es heißt, dass die Gaben Geschenke von Theonia, Schutzgöttin der Raben, waren.«

»Sie hat uns begnadet? Oder verflucht?«

Bei der Bitterkeit meiner Worte zuckte Cadan kaum merklich zusammen. »Theonia war nicht auf Rache aus, im Gegenteil. Ihr Sohn verirrte sich in den Bergen und geriet in eine Felsspalte, aus der ein paar Schafhirten ihn retteten. Als Dank schenkte Theonia den Männern Gaben, die diese an ihre Kinder weitergaben. Dem Oberhaupt überließ die Göttin den Rabenstab, eine magische Waffe, die in den ersten Feuern geschmiedet wurde. Du weißt, wovon ich spreche.«

Mich überkam eine Gänsehaut, als ich an den Stab des Maesters dachte, der so offenkundig magischer Natur war. Nie zuvor hatte ich den Ursprung der Gaben hinterfragt, und so erschreckend die Vorstellung auch war, dass wir tatsächlich von jenen Göttern abstammten, deren Existenz der König leugnete, so einleuchtend war sie.

»Sie haben uns in die Göttergrotten gesperrt«, sagte Cadan und breitete die Arme aus. Durch das schmale Fenster zwischen unseren Verliesen konnte ich beobachten, wie er sich drehte und den Blick auf eine Büste mit ebenmäßigen Zügen und hohen Wangenknochen freigab. »Meine Grotte wurde Aleko, dem Gott der Kreativität, gewidmet.« Wieder sprach Cadan über die Götter und einmal mehr fragte ich mich, was ihn mit den alten Geschichten verband.

»All das sieht für mich gleich aus. Die Skulpturen, die Bilder, die Schriften.«

Cadan zuckte die Achseln. »Nicht unbedingt. Man muss nur die Symbole lesen.« Als er den Kopf hob und senkte, sich bückte und wieder aufrichtete, um die Malereien in seiner Zelle zu erfassen, fiel ihm eine Strähne ins Gesicht. Mich überkam der heftige Impuls, sie ihm zurückzustreichen, die Linie seines Kiefers nachzufahren und in seinem Blick zu versinken. Einzig der schmale Spalt zwischen uns machte es mir unmöglich, diesem Bedürfnis zu erliegen. Stattdessen schob ich mein eigenes Haar zurück, fasste es im Nacken zusammen und konzentrierte mich auf die Malereien.

»Ich sehe ein blaues Band, das sich um einen grünen Fleck windet. Es gibt Blumen, aber auch etwas, das aussehen könnte wie ein Gebirge.«

»Rivien, der Gott der Quellen«, sagte Cadan sofort.

Ich schnaubte. »Woher weißt du das alles?«

Der Schalk, den ich zuvor noch in seinen Augen hatte aufblitzen sehen, erlosch wie eine Flamme im Wind. Er schluckte so hart, dass sein Kehlkopf unnachgiebig hüpfte. Ich wusste, dass sich etwas zwischen uns verändert hatte, spürte es mit all meinen Sinnen. Dennoch war ich nicht darauf vorbereitet, als er die Achseln zuckte und die Wahrheit sagte: »Meine Mutter hat mir davon erzählt.«

Ich hielt den Atem an, als Cadan sich dem schmalen Spalt näherte. Die Grenzen zwischen uns waren verwischt und endlich schien Cadan bereit, seine Geheimnisse mit mir zu teilen. Vorsichtig fragte ich: »Wer war deine Mutter?«

In diesem Moment fühlte ich mich wie Mór, die etwas kommen sah. Ich wusste, was er sagen würde, ehe er es tat. Trotzdem war seine Antwort wie ein Eimer eiskaltes Wasser, der sich über mir ergoss.

»Eine Rebellin.«

Alles um mich herum nahm ich mit erschreckender Intensität wahr. Meinen Atem. Meinen Herzschlag. Das Blut, das in meinen Ohren rauschte. Staub, der durch meine Bewegungen aufgewirbelt worden war und sich nun wieder herabsenkte. Flackernde Schatten, die die Kerzen im Gang auf den Boden malten. Und ich hatte ihn für den Nachfahren der alten Götter gehalten. Dabei war Cadan der Sohn einer allzu sterblichen Rebellin. Diese Wahrheit war nicht minder gefährlich. Denn Rebellion bedeutete, sich offen gegen den Mann zu stellen, den ein ganzes Land wie einen Gott verehrte. Es war Gotteslästerung. Ein Todesurteil.

Cadan, der Sohn einer Rebellin? Mit diesem Gedanken musste ich mich erst vertraut machen. Und trotzdem erklärte diese schlichte Wahrheit einiges: die Gunst der Rebellen, die Vertrautheit zwischen Cadan und seinem Großvater, den er seit Jahren nicht mehr hätte sehen dürfen, und die unerwartete Unterstützung an seiner Seite, als Tyriq und ich Murtagh und seinen Männern in die Hände gefallen waren.

»Während andere Mütter ihren Kindern abends Geschichten über den großen Dorchadas und seine herrlichen Taten erzählten, erzählte meine Mutter mir von den alten Göttern und unbekannten Helden, die einen Mann zu stürzen versuchten, den alle anderen verehrten. Sie lehrte mich, in den Sternen zu lesen und die Grausamkeiten des Königs zu verstehen, bevor ich meinen Eid ablegte.«

Cadan war ein Kind gewesen, als seine Mutter ihm ihr tödliches Erbe vermacht hatte. Ich stellte mir einen Jungen mit zerzaustem Haar und weit aufgerissenen Augen vor, der sich einer Wahrheit annahm, die alle anderen für eine Lüge hielten. Allmählich musste ich mich fragen, als was ich sie begriff. Wahrheit? Lüge? Oder eine von vielen Möglichkeiten, die uns unser Leben bot?

»Wo ist deine Mutter jetzt?«, fragte ich.

Als wollte er sich von einer Last befreien, straffte Cadan die Schultern. »Meine Eltern sind tot. Kurz bevor ich meinen Eid abgelegt habe, ließ König Dorchadas sie wegen Hochverrats hängen.«

Seine Worte waren wie ein Dolch in meinem Herz, den er wieder und wieder umdrehte. Ich fasste mir an die Brust und versuchte zu begreifen, was er mir da gerade eben gestanden hatte. »Und du hast den Eid trotzdem abgelegt?« Meine Stimme war kaum mehr als ein Flüstern.

»Ich tat es aus genau diesem Grund«, korrigierte er mich.

In Gedanken drehte ich die Zeit zurück in das Jahr, in dem ich der Gilde beigetreten war. Cadan war einer der ersten Raben gewesen, die ich kennengelernt hatte. Schon damals hatte er sich in seine Rolle als Einzelgänger gefügt, hatte sich abseits der Gruppe gehalten und mit niemandem gesprochen. Die anderen Novizen – einschließlich mir – hatten sein Verhalten als Arroganz gedeutet und Abstand zu ihm gehalten. Was, wenn das Fundament der Mauer, die er um sich errichtet hatte, nicht auf Arroganz, sondern auf Angst beruhte?

Ich trat einen Schritt auf den Spalt zu und streckte meine Hand hindurch. Der Stein kratzte an meiner Haut und scheuerte sie auf. Den Schmerz nahm ich kaum wahr. Ich sehnte mich nach seiner Berührung – und wenn sie noch so flüchtig sein mochte. »Cadan«, flüsterte ich und fing seinen Blick auf. Beklommenheit lag darin.

Er lächelte schräg und nahm meine Hand in seine. Ich wagte kaum, mich darin zu bewegen, um die Wunden nicht noch mehr zu reizen. »Und das hast du all die Jahre für dich behalten?« Ich mochte mir nicht vorstellen, was es mit einem Kind machte, sich über den Tod seiner Eltern auszuschweigen und sich demjenigen anzuschließen, der für sein Leid verantwortlich war.

»Meine Eltern haben mir eingeschärft, niemandem zu vertrauen.«

Sanft strich ich mit dem Daumen über seinen Handrücken, da, wo er unverletzt war. »Und warum erzählst du mir davon?«

»Dinge ändern sich«, sagte Cadan langsam. »Meine Eltern kannten nur das alte System. Niemand hat vorhergesehen, dass der König die Gilde vernichten will. Dieses Spiel funktioniert nach Regeln, die meinen Eltern fremd waren.«

»Jetzt stehen wir alle auf einer Seite«, murmelte ich. Die Gilde und die Rebellion gegen den König und seine Getreuen. Und ich befand mich in diesem Krieg mittendrin.

»Nicht unbedingt. Es gibt die Seite des Königs und viele andere. Ich glaube kaum, dass der Maester sich einer Rebellion anschließen würde, die unter dem Schutz der alten Götter steht, nur weil wir denselben Feind haben.«

»Du schon?«

Cadan ließ meine Hand los. Kälte überkam mich, als unsere Verbindung riss. Er kehrte mir den Rücken zu, sodass ich nicht länger in seinen Augen lesen konnte.

»Ich kämpfe für eine Welt, in der jeder von uns einen Platz hat«, sagte er leise. »Es ist mir gleich, ob die Menschen, die in dieser Welt leben, einen König anbeten oder einen Haufen alter Götter, die uns vor Jahrhunderten im Stich gelassen haben. Meinetwegen können sie auch den Sohn des Bäckers verehren oder eine goldene Kuh, solange sie einander mit Respekt begegnen. Ich habe niemals nur für eine Sache gekämpft, aber ich habe den Widerstand gegen den König unterstützt.«

»Gibt es wirklich Menschen in Beryll, die es wagen, sich gegen Dorchadas aufzulehnen?«

»Mehr, als du es zu glauben vermagst.«

»Das ist unmöglich«, sagte ich mit Gewissheit. Doch sie bröckelte, sobald das Echo meiner Antwort verklang. War es das wirklich? Vieles, an das ich geglaubt hatte, hatte sich als Lüge herausgestellt. Womöglich war das Netz aus Lügen um mich herum so dicht gesponnen, dass ich die Wahrheit nicht mehr erkannte. Der König herrschte grausam über Beryll. Wie hatte ich annehmen können, dass die Bewohner sich dem kampflos fügten? Nicht alle waren Feiglinge, so wie ich.

Auf Cadans Gesicht zeichnete sich ein unbestimmtes Lächeln ab und gab mir eine Antwort, nach der ich nicht verlangte. Vermutlich existierten in dieser Welt mehr Geheimnisse, als ich mir vorzustellen gewagt hatte.

In der Eintönigkeit unserer Gefangenschaft verlor ich jegliches Zeitgefühl. Weil Tyriq mir den Stammbaum des Königs abgenommen hatte, als er uns eingesperrt hatte, hatte ich nichts, um mich zu beschäftigen. Ninian, Flyn und Elayne saßen in Zellen am Ende des Ganges und erzählten einander leise geflüsterte Geschichten. Manche handelten vom König, andere von ihren Erlebnissen in der Gilde und wieder andere entstammten ihrer frühesten Kindheit, die sie im sicheren Schoß ihrer Familie verbracht hatten, ehe Dorchadas seine Klauen nach ihnen ausgestreckt hatte. Nach ihnen und ihren Gaben. Cadans ruhige Atmung ließ mich vermuten, dass er entweder eingenickt war oder ihnen ebenfalls lauschte. Ich hing meinen Gedanken nach, die mich zurück in das Haus von Cadans Familie führten. Die Erinnerung an seine Worte in dieser Nacht jagten mir einen wohligen Schauer über den Rücken und ich sehnte mich danach, mich in seine Umarmung fallen zu lassen.

Meine Lider wurden immer schwerer, bis ich schließlich wegdämmerte. Als mich lauter werdende Schritte weckten, vermochte ich nicht zu sagen, wie viel Zeit verstrichen war. Denn das Licht in meinem Kerker hatte sich nicht verändert. Maireads sorgenvolles Gesicht erschien vor meiner Zelle und sie schob eine Decke durch die Gitterstäbe.

»Deine Eltern lassen dich grüßen«, sagte sie und sogleich traf mich die Wucht meines schlechten Gewissens.

»Sag ihnen …« Meine Worte verloren sich angesichts meiner Sprachlosigkeit. Ich hatte ihnen nichts zu sagen, was ihre Lage inmitten misslich gestimmter Raben verbessert hätte.

»Es geht ihnen gut«, versicherte Mairead mir, ehe sie Cadans Zelle mit einem Schlüssel öffnete und hineinschlüpfte, um seine Wunden zu heilen. »Nicht dass das zur Gewohnheit wird«, neckte sie Cadan. Sie strich über die blutverschmierte Haut seiner Hände, mit denen er das Schwert seines Gegners gepackt hatte. Auf diese Geste reagierte mein Herz mit einem heftigen Stechen. Zu gern wäre ich diejenige gewesen, die ihn berührte.

»Danke, Mairead.« Cadan dehnte die Finger und wischte das restliche Blut an seiner Hose ab, sobald sich Mairead erhob. Sie nickte knapp und verzog das Gesicht, als sie die Tür hinter sich zuzog.

»Ihr habt ein Talent dafür, euch in Schwierigkeiten zu bringen.« Kopfschüttelnd kehrte sie zu meiner Zelle zurück und sah mich durch die Gitterstäbe hindurch an. »Immerhin seid ihr hier drin vor euch selbst sicher.«

Ich schnaubte. »Weißt du, wie lange der Maester uns gefangen halten will?«

Mairead schob die Arme durch die Stäbe und nahm meine Hände. Bedauern umspielte ihre Mundwinkel. »Nein, er teilt seine Pläne nur mit den Ältesten und einigen wenigen Raben.«

Nickend nahm ich zur Kenntnis, was ich mir ohnehin hatte denken können. »Wie geht es den anderen?«

»Mór langweilt sich und Ty …« Sie warf einen Blick zu Cadan, der unser Gespräch mit wachsamer Miene verfolgte. »Ty ist wütend.«

»Gib auf die beiden acht«, bat ich sie leise.

Mairead drückte meine Finger fester. »Mach dir keine Sorgen. Sie sind wohlauf.«

»Mór ist so viel ruhiger, seit wir hier sind. Bist du dir sicher?«

Nun ließ sie von mir ab und hob das Kinn. »Mór ist müde, nichts weiter.« Sie klang beherrscht, aber etwas flackerte in ihren Augen, was mich beunruhigte.

»Nichts weiter? Mai, sie ist dabei, ihre Gabe zu verlieren!«

»Ausgerechnet *du* empörst dich darüber? Wenn du mich fragst, ist es das Beste, was ihr passieren kann.«

Maireads Worte trafen mich wie ein Schlag. Ich musterte ihr herzförmiges Gesicht, das dichte rote Haar und die blitzenden grünen Augen. All das war mir so vertraut und doch merkte ich in diesem Moment, wie fremd sie mir geworden war. »Mór ist nicht die Einzige, die sich verändert hat. Ich erkenne dich kaum wieder, Mai!«

»Ach ja?« Mairead lachte höhnisch. »Das sagst ausgerechnet du, die hinter Gittern sitzt? Du warst immer die Zurückhaltende, hast dich hinter deinen Ängsten versteckt. Sieh, was daraus geworden ist. Von uns hat sich nur eine verändert, und das bist du. Wir anderen machen einfach weiter.«

Es fühlte sich an, als bräche in meinem Innern ein Staudamm. Eiskalte Wut strömte durch meinen Körper und spülte jegliche Vernunft mit sich. Maireads Worte waren ungerecht, dass wir in diesem Kerker saßen, war ungerecht. Mit lodernden Blicken taxierten wir einander, doch ich würde nicht nachgeben.

»Wo bist du, wenn du stundenlang verschwunden bist?«, fragte ich mit einer Härte, die meine Stimme fremd klingen ließ.

»Aeryn«, mischte Cadan sich nun behutsam ein, aber ich ignorierte ihn. Das war eine Angelegenheit zwischen Mairead und mir.

»Das geht dich nichts an!« Ihre Kiefer verkrampften sich, sie kniff die Augen kaum merklich zusammen.

Ich erkannte diese Anzeichen von Schwäche und trat so dicht an sie heran, wie es mir diese vermaledeiten Gitterstäbe erlaubten. »Es war nicht die Sorge, die dich in die Tunnel trieb. Es war etwas anderes!«

»Wenn ich nicht gewesen wäre, hättest du nun weitaus größere Probleme!«, zischte sie, das Gesicht weiß vor Zorn. Es war, als würde etwas zwischen uns zu Bruch gehen. Beinahe konnte ich es hören, spüren. Mairead verschloss ihre Gefühle vor mir und verbarg sie hinter einer Maske aus Gleichmut. »Möge sich der König deiner fehlgeleiteten Seele annehmen!«

Und dann drehte sie sich um. Ihren sich entfernenden Schritten schrie ich nach: »Der König ist ein Monster!« Das Echo meiner Worte schlug mir entgegen. Mein Zorn erlosch und gleichzeitig verließ mich meine Kraft. Ich taumelte zurück, meine Beine gaben unter mir nach. In der Mitte meiner Zelle ging ich zu Boden, ohne das Stückchen Wand aus den Augen zu lassen, vor dem Mairead gerade noch gestanden hatte. Was war geschehen?

»Aeryn.« Cadans Stimme drang leise in mein Bewusstsein. Sie klang nachsichtig und voller Mitleid. Das hatte ich nicht verdient. Ich zog die Beine an meinen Körper und versteckte mich hinter den Bruchstücken einer Mauer, die Mairead und ich soeben niedergerissen hatten.

»Hat sie recht?«, fragte ich und blinzelte Tränen beiseite, die in meinen Wimpern hingen. »Habe ich mich verändert?«

»Das haben wir alle, Aeryn«, sagte Cadan sanft. »Das Leben ist ein Mosaik aus immer neuen Momenten, und um diesen gerecht zu werden, *müssen* wir uns verändern. Du und ich. Und Mairead und Mór. Sogar Tyriq, obwohl ich glaube, dass er sich rückläufig entwickelt.«

Damit entlockte er mir dann doch ein kleines Lachen. Ich seufzte. »All die Jahre waren wir zusammen, haben alles miteinander geteilt. Jeden Erfolg, jedes Leid. Ich hätte nicht gedacht, dass wir uns eines Tages voneinander abkehren.«

»Ihr seid älter geworden, habt die Welt aus verschiedenen Augen betrachtet und eure eigenen Schlüsse gezogen. Nur weil sie anders sind, muss keiner davon falsch sein, aber sie führen euch zu unterschiedlichen Punkten in eurem Leben.«

Und während ich mich immer weiter von meinen Freunden entfernt hatte, war ich Cadan unweigerlich nähergekommen. Ich schielte zu ihm hinüber. Er lehnte mit dem Rücken gegen die Wand, beide Beine ausgestreckt. Um ihn herum breitete sich sein Umhang aus wie die Flügel eines Raben. Viele Jahre war ich dem Irrtum anheimgefallen, ich könnte alles haben: meine Freunde und Cadan. Damals hatte ich zwischen ihnen gestanden, die Waagschale war ausgeglichen gewesen. Als ich mich Cadan zugewandt hatte, hatte sich das Gewicht verändert, war gekippt und ich hatte mich mit all meinen Geheimnissen, mit denen ich meine Freunde eigentlich hatte schützen wollen, von ihnen entfernt, ohne es zu bemerken. Diese Erkenntnis schmerzte, denn ich wusste, dass es nie mehr so sein würde wie zuvor.

In der Vergangenheit hatte ich mich häufig gefragt, was es war, das Cadan an mir faszinierte. Ich hatte geglaubt, dass es meine Hilflosigkeit oder womöglich auch der Zufall waren, denen ich seine Gunst zu verdanken hatte. Nie zuvor war mir in den Sinn gekommen, dass er sich selbst sah, sobald er mir in die Augen blickte. Ich war sein Spiegel. Es war unausweichlich gewesen, dass wir uns einander annäherten. Und so war es kaum verwunderlich, dass er mich antrieb, meine Ängste zu überwinden, kämpfte er doch mit denselben Dämonen. Ich verstand nun, was ihn dazu bewogen hatte, mich im Schutze seines Elternhauses zu manipulieren und mir meine Ängste entgegenzuschleudern. Aber was vermochte ich damit anzufangen?

KAPITEL 26

Seit einer Weile beobachtete ich eine Spinne, die in der Ecke meiner Zelle ein Netz spann. Ich erinnerte mich an Finolas schreckgeweitetes Gesicht, als ich in einer von Olias' Übungsstunden ihre Angst erspürt hatte, die seitdem wie eine Flamme in mir züngelte. Aber sie versengte mich nicht länger. Und als ich die Hand nach der Spinne ausstreckte, mit den Fingern einen Käfig formte und sie langsam hochhob, erlosch die Flamme gänzlich. Meine Angst löste sich auf wie Rauchkringel in der Luft.

»Aeryn.« In Cadans Stimme lag eine Warnung, deren Bedeutung ich begriff, als ein Schatten durch die Tür in meine Zelle fiel. Ich schenkte der Spinne die Freiheit, ehe ich aufstand und mich Tyriq gegenübersah.

Die Sanftmut seiner Züge war verschwunden, stattdessen waren sie wie in Stein gemeißelt, sodass ich meinen Freund kaum wiedererkannte.

Ich schluckte hart, trotzdem näherte ich mich ihm, bis uns nur noch das Gitter der Tür voneinander trennte. »Ty.«

»Du hast ihn zu nah an dich herangelassen«, presste er hervor. »Der Willensbrecher ist in deinen Kopf eingedrungen und hat dich zu einem Menschen gemacht, der du nicht bist.«

»Wie meinst du das?«, flüsterte ich.

»Hast du nie daran gedacht, was du deinen Freundinnen antust? Mairead ist nicht mehr sie selbst und Mór ist fast blind.«

Seine Worte trafen mich härter, als ich es hätte zulassen dürfen. Doch ich gönnte ihm die Genugtuung nicht, mich verletzt zu haben. Ich zwang mich, das Kinn zu heben und seinen Blick zu erwidern.

»Das musst du gerade sagen, oder hast du vergessen, dass wir beide auf Bewährung waren?«

»Und im Gegensatz zu dir habe ich meine Bewährung dazu genutzt, der Gilde meinen Wert zu beweisen und Wiedergutmachung zu leisten.«

»Das habe ich auch!«

Tyriq schnaubte. »Sei ehrlich, Aeryn!«

Ich schüttelte den Kopf, denn ich erkannte meinen Freund nicht wieder. Als das Schloss klickte und Cadan erneut meinen Namen sagte, wich ich vor Tyriq zurück.

»Wir waren Freunde«, sagte er. »Und ich frage mich, ob unsere Freundschaft verloren ist.«

Ich erkannte, was er vorhatte. »Wenn du das tust, dann ist sie es«, keuchte ich und wich zurück, bis mich die Wand im Rücken stoppte. Ein Schauer kroch über meinen Körper, aber er hatte nichts mit der Kälte des Steins zu tun, sondern mit jener in Tyriqs Augen.

»Tu das nicht! Du weißt, was geschehen wird! Das ist die Sache nicht wert!«

»Diese Entscheidung liegt allein bei mir!« Der Mann, der fast mein Leben lang ein Freund gewesen war, kam mir vor, als wäre er eine Gefahr.

»Tyriq!« Cadans Stimme drang knurrend durch den Spalt zu uns. Zorn ließ seinen Blick glühen. »Wenn du ihr zu nahe kommst, wirst du es bereuen!«

»Ach ja? Und was wirst du tun, Willensbrecher? Du stehst kurz davor, dass der Maester dir deinen Verstand raubt und dich aus der Gilde verbannt. Ich pfeife auf deine Drohungen!«, schleuderte Tyriq ihm entgegen.

Diesen winzigen Moment der Ablenkung nutzte ich und schoss vor, wollte ihm entfliehen und durch die offene Tür schlüpfen, aber Tyriq hatte mit meinem Fluchtversuch gerechnet. Er packte mich und drängte mich gegen die Wand. Dann berührte er mit seinen bloßen Fingern meine Schläfen. Es war zu spät, um zurückzuweichen.

Das Problem mit Tyriqs Gabe war, dass sie mächtiger war als er. Seit wir uns angefreundet hatten, war ich wenige Male Zeugin geworden, wie er Gebrauch von ihr gemacht hatte. Jedes Mal, wenn das Nichts über ihn kam und ihm eine seiner Erinnerungen raubte, brach Tyriq zusammen und übergab sich. Denn seine Gabe beherrschte ihn. Und nun drang sie in mich ein, so brutal wie ein Speer.

Ich schrie. Aber mein Schrei blieb ungehört, denn meine Lippen waren versiegelt.

Ich weinte. Aber meine Tränen blieben ungesehen, denn meine Augen waren geschlossen.

Tyriqs Gabe war wie eine eisige Hand um meinen Geist. Sie forderte meine Erinnerungen und ich gab sie ihm. Eine nach der anderen erstanden sie vor mir auf wie Lebende von den Toten. Der Weg durch den Tunnel. Die mondbeschienene Gilde. Die Suche in Callahans Arbeitszimmer. Cadan. Immer wieder Cadan. Tyriq folgte meinen Schritten auf Cadans Spuren, durchsuchte Callahans Räume und begegnete Cadans Zärtlichkeiten. Mir wurde übel, als er Zeuge meiner wachsenden Gefühle wurde, und ich zappelte in seinem Griff. Ein dröhnender Schmerz in meinem Kopf stellte sich ein, drohte, ihn zerplatzen zu lassen wie ein rohes Ei. Ich schrie. Diesmal brach das Geräusch von Schmerz und Verzweiflung aus mir heraus und brachte sämtliche Raben im Tempel zum Verstummen. Mein Keuchen, das auf den Schrei folgte, war das einzige Geräusch, bis Tyriq fluchte.

Er stand zitternd vor mir, seine Schultern bebten. Sein Gesicht war aschfahl und es bedurfte nicht der hellseherischen Fähigkeiten seiner Schwester, um vorauszusehen, was geschehen würde. Er wandte sich ab, taumelte wenige Schritte und fing sich an einer der gegenüberliegenden Wand ab. Dann übergab er sich geräuschvoll. Der beißende Geruch seines Mageninhaltes breitete sich in meiner Zelle aus. Ich wusste nicht, was ihn neben seiner Würde der Gebrauch seiner Gabe gekostet hatte, welche Erinnerung er geopfert hatte. Anders als früher empfand ich diesmal kein Mitleid für ihn. Das Stechen hatte noch nicht von meinem Kopf abgelassen und die Bilder der vergangenen Stunden kreisten durch meinen Geist.

»Du hättest mich auch einfach fragen können!«, zischte ich in die Stille hinein.

»Hättest du die Wahrheit gesagt?« Tyriq richtete sich auf und wischte sich mit dem Handgelenk über die Lippen.

»Das wirst du jetzt wohl nie erfahren!«

Tyriqs Miene war schmerzverzerrt, als er aus meiner Zelle floh. Cadan schrie ihm etwas nach, doch es bewegte ihn nicht anzuhalten. Zitternd sank ich in meiner Zelle zusammen, zog die Knie dicht an den Körper heran und umschlang meine Beine mit beiden Armen.

»W-wie konnte er das tun?« Ein Schluchzen verschluckte meine letzten Worte.

Dennoch begriff Cadan, was ich sagen wollte. Nach einer Weile murmelte er: »Tyriq handelt nicht aus Überzeugung. Seine Gefühle leiten ihn.«

»Welche Gefühle? Er hat den Verstand verloren!«

»Für dich, Aeryn. Er empfindet etwas für dich.«

Ich blinzelte, weil Cadan mir eine Wahrheit offenbarte, die keiner meiner Freunde zuvor laut ausgesprochen hatte, obwohl das Wissen darum allgegenwärtig war. Meine Schultern sackten nach vorn und ich vergrub das Gesicht in den Händen, als ob ich mich ihr so noch für eine Weile entziehen könnte. Tyriqs Annäherungsversuche hatte ich stets als freundschaftliche Gesten abgetan. Dass er Mairead und Mór anders behandelt hatte als mich, hatte ich mir mit dem Umstand erklärt, dass eine von beiden seine Schwester und die andere eben Mairead war.

»Ich weiß«, flüsterte ich schließlich. »Aber ich hatte gehofft, dass er es nicht erkennt.«

Cadan lachte trocken. »Eine bizarre Hoffnung, wenn du mich fragst.« Seine Worte schwebten in der Luft, als wollte er noch etwas hinzufügen, aber er schwieg.

»Tyriq mag Gefühle für mich hegen, doch das gibt ihm nicht das Recht, gewaltsam in meiner Vergangenheit zu lesen«, flüsterte ich.

»Er hat eine Grenze überschritten«, stimmte Cadan mir bedauernd zu. Er zwängte eine Hand durch den Spalt, als wollte er nach mir greifen. Aber ich rührte mich nicht. Die Vorstellung seiner Berührung, nachdem Tyriq mich überwältigt hatte, war schier unerträglich. Cadan zog die Hand zurück. Niemand von uns sagte etwas und so gab ich mich allein meinen Gedanken hin, die wie ein endloses Echo von den Wänden meiner Zelle widerhallten. Die Zeit verstrich und entglitt mir vollkommen.

Die Stille lastete schwer auf mir. So lange, bis sich ihr ein Ton beimischte. Und dann folgte ein weiterer. Ich runzelte die Stirn und begriff, dass es Stimmen waren, die in weiter Ferne ein Lied anschlugen. Es dauerte einen Moment, ehe ich die Zeilen erkannte. Sie waren uralt und mir bestens vertraut, denn sie begleiteten unsere Toten in die Nachwelt.

Die Sonne tief am Horizont
Schlaf senkt sich über die Welt
Am schwarzen Firmament der Mond
Auf seiner Reise übers Himmelszelt

Die Seelen der Verstorbenen frei
Spannen sie ihre Flügel aus
Brechen ihr irdisches Gefängnis entzwei
Und fliegen im Mondlicht nach Haus.

In den Armen von Mond und Sternen
Finden sie Erlösung und ewiges Leben
Entschweben in endlose Fernen
Während die Hinterbliebenen Klage erheben.

Cadan und ich tauschten einen alarmierten Blick. »Verabschieden sie die Gefallenen … oder ist jemand gestorben?«, würgte ich hervor. Keiner von uns wusste darauf eine Antwort.

Es dauerte lange, ehe wir erneut Schritte hörten. In dieser Zeit ließ mein wild hämmerndes Herz nicht von mir ab. Unablässig trocknete ich mir die feuchten Handinnenflächen an dem staubigen Stoff meiner Hose. Hatte ich geglaubt, meine Angst besiegen zu können, so hatte ich mich getäuscht. Nun schnürte sie mir die Kehle zu, während ich mich in einem fort fragte, wer gestorben war und niemand auf unsere Rufe reagierte.

Als Tyriq zum zweiten Mal für heute vor der Tür auftauchte, zog ich mich in den hintersten Winkel der Zelle zurück. Die Wunden, die er mir zugefügt hatte, reichten tief. Jahrelang war er mein Freund gewesen und nun hatte er sich in einen unerbittlichen Mann verwandelt. Seine Lippen waren nicht mehr als ein schmaler Strich und seine Augen hart und kalt.

»Der Maester verlangt nach euch«, sagte er tonlos, während er sich am Schloss meiner Tür zu schaffen machte.

Ich warf Cadan durch den Spalt einen alarmierten Blick zu. Sein kaum merkliches Nicken half nicht, meine Angst zu zähmen. Sie bäumte sich in mir auf wie ein scheuendes Pferd.

»Lass dich nicht dazu hinreißen, etwas Dummes zu tun«, warnte Tyriq, als er Cadan aus der Zelle entließ.

»Keine Sorge, Tyriq, im Gegensatz zu dir verwende ich meine Gabe mit Bedacht. Ich benutze sie, um dich das nächste Mal von Aeryn fernzuhalten.«

Die Worte verfehlten ihre Wirkung nicht. Tyriq taumelte, als hätte ihn ein Schlag getroffen. Er wich vor Cadan zurück und ballte die Hände zu Fäusten, bis sich die Haut weiß über seine Knöchel spannte. Ich glaubte, er würde Cadan schlagen. Dann überraschte Tyriq mich, wandte sich um und bedeutete uns, ihm zu folgen.

Ein Augenblick verging, in dem Cadan zu mir trat und mein Gesicht in beide Hände nahm. Er hauchte mir einen tröstlichen Kuss auf die Lippen, ehe er den Arm um mich legte und mich nach oben führte.

Der Maester erwartete uns bereits. Die Augen des Raben, der seinen Stock krönte, funkelten mich an, als wir uns näherten, während die seines Herrn tief umschattet waren. Er wirkte mehr tot als lebendig. Hinter ihm standen Aryanwen und Deirdre. Aryanwen war blass, Deirdre wischte sich mit dem Ärmelsaum verstohlen die Tränen von den Wangen.

»Wir haben Callahan gefunden«, sagte der Maester, während Deirdres Schultern zuckten.

Ich blinzelte und wartete darauf, dass sich die Angst in meiner Brust nach dieser Nachricht löste, aber die Zeilen des Totenliedes hingen mir noch immer nach.

Der Maester sah mich lange an, als suchte er in meinem Gesicht nach einer Antwort. Dann entfuhr ihm ein Seufzen. »Er ist tot.«

Ich hörte seine Worte, doch ich begriff sie nicht sofort. »Nein«, murmelte ich und wich einen Schritt vor ihm, vor der Wahrheit zurück. Als wir in sein Arbeitszimmer eingedrungen waren, hatte es sich angefühlt, als würde Callahan zurückkehren. Er konnte nicht gestorben sein. »Nein«, wiederholte ich im festen Glauben, dass Callahan die Wahrheit mit ins Grab nehmen würde, wenn er wirklich tot wäre. Hatten sie für ihn das Totenlied gesungen?

Die Welt schien stillzustehen. Um mich herum verwandelten sich die umstehenden Raben in reglose Statuen. Ihr angeregtes Flüstern verstummte. Mein Puls hämmerte so laut, dass sein Echo von den Wänden des Tempels dröhnte. Ich taumelte, stieß gegen etwas Hartes. Als ich aufsah, begegnete ich Cadans Blick und begriff, dass es seine Brust gewesen war. Wärme strömte in meinen Körper, als er mir sanft eine Hand auf die Schulter legte und zudrückte.

»Und du hast uns rufen lassen, um uns persönlich von den Neuigkeiten in Kenntnis zu setzen?« Spott färbte Cadans Stimme dunkel.

Die Lippen des Maesters kräuselten sich zu einem freudlosen Lächeln. »Ich ließ euch rufen, weil Tyriq mir von eurer Unternehmung berichtete.«

Ich betrachtete Tyriq mit einem vernichtenden Ausdruck, aber er wich mir aus. Natürlich hatte er dem Maester verraten, was er in meiner Vergangenheit gelesen hatte. Cadan hatte gesagt, dass es nicht nur den König und uns gäbe, sondern den König und viele verschiedene Seiten. Ich verstand nun, was er damit gemeint hatte.

»Dann wisst ihr ja, dass es zwischen Callahan, Dobrin, Alastair und dem König eine Verbindung gab«, meinte Cadan ungerührt. »Eine, die Grund für den Angriff auf die Gilde sein könnte.«

»Wenn Callahan etwas dergleichen gewusst hätte, hätte er uns gewarnt«, widersprach Deirdre.

Der Maester rieb sich nachdenklich das Kinn. »Vielleicht kam er nie dazu.«

Aryanwens Kopf zuckte zu Cadan. Sie wusste, was er sagen würde, noch ehe er es tat.

»Er nicht. Aber möglicherweise kann uns der Alchemist weiterhelfen«, murmelte er. »Aus Callahans Notizen wissen wir, dass er sich mit ihm treffen wollte. Was, wenn dieses Treffen vor seinem Verschwinden stattgefunden hat?«

»Dann könnte Alastair Antworten haben, die wir dringend benötigen«, schlussfolgerte Deirdre.

Während die anderen sprachen, kehrte ich wieder einmal in jene Nacht zurück, in der Dobrin Emneruns Leben ein Ende gefunden hatte. Unwillkürlich fragte ich mich, ob ich den Angriff auf die Gilde hätte verhindern können. Hätte ich Dobrin und Alastair in dieser Nacht belauscht, anstatt wie ein verängstigtes Kind in den Schatten zu lauern und darauf zu warten, dass Dobrin etwas tat, mit dem ich den Mord an ihm rechtfertigen konnte, hätte ich die Wahrheit über die Absichten des Königs vielleicht sehr viel früher erkannt. An meinen Händen klebte Blut. Die Frage war, wie viel Blut. Übelkeit stieg in mir auf.

»Aeryn?« Cadans warme Hand auf meiner Schulter war wie ein Anker, der mich in die Gegenwart zurückriss. Ich blinzelte ihn an.

Der Maester schien nicht bemerkt zu haben, dass mich meine Erinnerungen fortgetragen hatten. Er begann, im Kreis auf und ab zu gehen, sein Umhang bauschte bei jeder seiner Bewegungen auf. »Wenn Alastair mehr über den König weiß, als er sollte, schwebt er in Lebensgefahr.«

»Wir müssen ihn finden, ehe der König dahinterkommt«, sagte Cadan.

»Wen meinst du mit wir?«, knurrte Tyriq. »Doch sicher nicht dich selbst?«

Cadan schenkte ihm keine Beachtung und trat dem Maester in den Weg. »Willst du die Aufmerksamkeit der Königstreuen auf uns ziehen? Ich bin der Einzige, der Alastair unauffällig dazu bewegen kann, sich uns anzuschließen.«

»Du bist der Einzige, der eigene Ziele verfolgt«, zischte Tyriq. »Maester, das kann nicht in Eurem Sinne sein!«

Der Maester hob die Hand und brachte ihn mit einer Geste zum Schweigen. Er verengte die Augen und maß uns mit scharfen Blicken.

Seine Absichten verbarg er hinter einer undurchdringlichen Miene. Kaum merklich nickte Aryanwen ihm zu. Einige Herzschläge lang herrschte Stille, schließlich sagte er: »Ihr bekommt die Gelegenheit, Wiedergutmachung zu leisten. Noch in dieser Nacht werdet ihr ausziehen und Alastair hierherbringen, während wir uns auf einen Krieg vorbereiten.«

KAPITEL 27

Das Gefühl, der Enge meiner Zelle zu entkommen, war berauschend. Sobald wir einen Schritt aus dem Tunnel traten und ich die Luft auf der Haut spürte, atmete ich tief ein und reckte mein Gesicht den Sternen zu. Sie glitzerten am schwarzen Firmament, und je intensiver ich sie betrachtete, umso mehr von ihnen konnte ich sehen. Konnten die alten Götter uns sehen, obgleich wir uns in die Schatten des Serums hüllten?

Lächelnd trat Cadan an meine Seite. Unsere Hände waren sich so nah. Ich verlagerte mein Gewicht, sehnte mich nach seiner Berührung. Dann streiften sich unsere Finger und ein Gefühl breitete sich in meiner Brust aus, brennend und heiß, aber zugleich auch beschützend und wohltuend.

»Wie geht es dir, Aeryn?«, drang Cadans Stimme wie aus weiter Ferne zu mir.

Ich blinzelte, kehrte in die Gegenwart zurück. Aber das sehnsüchtige Gefühl in meinem Herzen blieb. »Ich sollte vor Angst zittern, vor Wut toben und vor Hilflosigkeit zusammenbrechen«, meinte ich schließlich. »Der letzte Krieg in der Geschichte der Gilde liegt lange zurück. Ich hätte mir nie vorstellen können, zu der Generation von Raben zu gehören, die nach Jahrzehnten des Friedens in den Kampf zieht. Trotzdem …« Meine Worte schwebten zwischen uns. Ich holte Luft. »Und trotzdem habe ich mich nie zuvor so vollständig gefühlt.« Ich schielte zu ihm. Obgleich er mir in der Zelle durch den Spalt näher gekommen war als jetzt, erbebte mein Körper im Wissen darum, dass nichts mehr zwischen uns stand. Alles in mir flehte nach mehr, aber bevor ich mich in meinem Verlangen verlieren konnte, beendete Cadan den Moment.

»Kommst du?«, fragte er mit einem leisen Lächeln auf den Lippen, als stünden mir meine Gedanken ins Gesicht geschrieben.

Schatten wirbelten um uns herum und wir begaben uns in Berylls Obhut. Die Stadt lag in gespenstischer Stille, als hätte der König die Suche nach uns aufgegeben. Ich erlaubte mir nicht, mich in Sicherheit zu wiegen. Dorchadas hatte uns schon einmal getäuscht. Vor jedem Ende einer Gasse klopfte mein Herz schneller, weil ich um die nächste Ecke einen Königstreuen erwartete. Doch auf unserem Weg durch die Straßen begegnete uns keine ultramarine Uniform, kein blitzendes Schwert.

Es war eine ähnliche Nacht wie jene vor einiger Zeit, da ich Dobrin durch Beryll gefolgt war. Auf eine sonderbare Art und Weise führte er mich auch heute durch die Gassen. Fast glaubte ich, seine Gestalt im Dunkel vor mir zu sehen. Aber er war nicht mehr als eine Erinnerung, die mein schlechtes Gewissen weckte.

Wir erreichten die Straße, in der der Alchemist lebte, nach einem kurzen, schweigsamen Fußmarsch. Hatten letztes Mal die Laternen Licht und Schatten auf den Weg gemalt, herrschte heute vollkommene Finsternis. Das Haus des Alchemisten schien verlassen. Diesmal drang kein Licht durch die Ritzen der vernagelten Fenster nach draußen. Womöglich hatten wir eine falsche Abzweigung genommen und standen vor dem falschen Haus? Doch als ich näher trat, bemerkte ich das Schild *Alastairs Apotheke*. Außerdem nahm ich den schwachen Duft von Kräutern wahr, der vor dem Eingang in der Luft hing.

»Das ist es?«, fragte Cadan und stieg die Stufen zur überdachten Tür empor.

»Ja«, antwortete ich und sah im Geiste, wie Dobrin die Treppe erklommen und Alastair um Einlass gefordert hatte.

Cadan machte sich an dem Schloss zu schaffen, bis es leise klickte. »Das war einfacher als gedacht«, murmelte er.

»Fast schon zu einfach«, stimmte ich ihm zu.

»Lass uns wachsam bleiben. Möglicherweise hält der Alchemist im Innern noch ein paar Überraschungen für Einbrecher parat.«

»Wir hätten auch klopfen und ihm den Sachverhalt erklären können«, meinte ich.

»Dafür ist es jetzt zu spät. Probieren das beim nächsten Mal aus.« Cadan tastete sich in der Dunkelheit durch einen engen Flur. Auf dem Boden lag ein Teppich, der zwar unsere Schritte dämpfte, aber jedes Mal eine Staubwolke aufwirbelte, die mich zum Husten brachte. Ich erstickte das Geräusch in meiner Armbeuge und blinzelte die Tränen weg.

Hinter der ersten Tür lag jener Raum, den ich damals durch die Ritzen der Bretter erspäht hatte. An den Wänden lehnten hohe Regale, die mit allerlei Sonderlichkeiten gefüllt waren. Einmachgläser mit eingelegten Augäpfeln, verschrumpelte Hände, die am Gelenk abgetrennt worden waren, Sträuße mit getrockneten Kräutern, deren Duft schwer im Raum hing, und bunte Glasflaschen in verschiedenen Formen und Größen, auf denen eine dünne Staubschicht lag.

Ich schlich durch die Regale, las die Etiketten der Flaschen, ohne zu wissen, wonach ich suchte. Mit dem Daumen malte ich eine Schneise in den Staub.

»Es sieht danach aus, als wäre er schon lange nicht mehr hier gewesen«, murmelte ich.

»So sieht es aus«, stimmte Cadan mir zu und duckte sich unter den von der Decke baumelnden Kräutersträußen hinweg.

Meine Aufmerksamkeit erregte eine kleine Phiole, von der ich glaubte, sie schon einmal gesehen zu haben. Auf ihrem schmalen Hals saß ein Korken, aber ihr Bauch war rund und mit einer bernsteinfarbenen Flüssigkeit gefüllt. Ich trat näher an das Regal heran. Ihr Anblick weckte eine dunkle Erinnerung, die sich so schwer fassen ließ wie Rauch in der Luft. Und dann wurde sie heller, als würde irgendwo in meinem Geist die Sonne aufgehen und das, was ich so verzweifelt zu sehen versuchte, beleuchten. Alles, was ich tat, führte mich zurück zu Dobrin. Jeder Schritt, mit dem ich mich von ihm und den schrecklichen Erinnerungen an jene Nacht entfernen wollte, brachte mich unweigerlich zurück zu ihm. Es war das Serum, mit dem Dobrin seinem Sohn die Kräfte hatte nehmen wollen. Eine Gänsehaut überkam mich, als ich mir der Macht bewusst wurde, die der Inhalt dieser

Phiole womöglich ausübte. Einem Impuls folgend steckte ich sie in einem Moment in meinen Umhang, als Cadan mir den Rücken zugekehrt hatte. Ich glättete die Falten des Stoffes, dann trat ich zurück zu ihm. Obgleich der Duft herber Kräuter dominant in der Luft hing, nahm ich seinen Geruch dazwischen wahr. Meine Nackenhaare richteten sich auf und ich beeilte mich, Abstand zwischen uns zu bringen. Auch wenn wir bisher keinem Königstreuen begegnet waren, brauchte ich einen klaren Verstand, wenn ich unversehrt zurück in den Schutz der Gilde gelangen wollte.

»Der Alchemist muss ein sonderbarer Kerl sein«, meinte Cadan und hob eine verschrumpelte Hand hoch, die aussah, als wollte sie nach etwas greifen. Ich blinzelte, weil ich glaubte zu sehen, wie sich die Finger der Hand krümmten. Aber als ich noch einmal hinsah, waren sie reglos. Ich schnitt eine Grimasse und umrundete das Regal, sodass es nun zwischen uns stand.

Cadan legte die Hand zurück. »Fürchtest du dich?« Seine Stimme war leise, samten. Von draußen fiel ein schmaler Streifen silbernes Mondlicht hinein, das sein Gesicht berührte und die Konturen nachzeichnete. Die Schatten, die ihn wie einen Umhang einhüllten, wichen zurück. Sein Haar schimmerte, die Augen lagen in schwarzen Höhlen, aber ich spürte seinen Blick auf mir ruhen. Ich erwiderte ihn, nahm ein Blitzen in der Dunkelheit wahr und kämpfte gegen mein verräterisches Herz an, das wie wild in meiner Brust schlug.

»Nicht in diesem Augenblick«, antwortete ich wahrheitsgemäß.

Ein Lächeln zuckte um Cadans Mundwinkel und mein Verstand, den beizubehalten ich so bemüht gewesen war, löste sich auf wie eine Wolke im Wind. Ich erwiderte das Lächeln und sah den Schatten nicht kommen, der sich auf Cadan stürzte.

Das dumpfe Geräusch von Holz, das auf einen Schädel traf, brach die Stille zwischen uns. Cadan gab ein Stöhnen von sich, taumelte einen Schritt vor. Ehe er sich zu dem Angreifer umdrehen konnte, sackten ihm die Beine weg und er kippte um.

Die Klinge eines Messers und das breite Grinsen eines Mannes blitzten in dem silbernen Mondstrahl auf. Beides erlosch, als sich eine Wolke über den Nachthimmel wälzte und Dunkelheit über die

Welt brachte. Ich klammerte mich an dem Regal fest, um mich in der Schwärze nicht zu verlieren.

»Ich weiß, dass du hier bist, Mädchen«, knurrte eine Stimme, die mir bekannt vorkam.

»Und ich weiß, dass Ihr in Schwierigkeiten steckt, Alastair«, entgegnete ich, obwohl mich das kalte Gefühl von Angst lähmte.

»Pah«, machte Alastair. Ich hörte, wie eine Stiefelspitze gegen ein weiches Hindernis stieß und nahm an, dass er Cadan getreten hatte. »Ich lasse mich nicht von einer Gaunerin bedrohen, die in mein Haus eindringt!«

»Ich bedrohe Euch nicht«, widersprach ich und tastete mich vor.

»Verrate mir eines, Mädchen, wie seid ihr an mein Schattenserum gelangt?« Als ich unwillkürlich aufkeuchte, fuhr Alastair fort: »Ich lasse mich nicht durch etwas täuschen, das ich selbst hergestellt habe. Hältst du mich etwa für einen Narren?«

»Natürlich nicht«, widersprach ich. »Es war nicht unsere Absicht, Euch zu täuschen. Wir wollten es ungesehen hierher schaffen.«

»Was nützt es euch, ungesehen hierherzukommen, wenn ich euch am Ende doch übertölple und an die Königstreuen verkaufe!«

Wie eine Schlange kroch die Angst an meinen Beinen hoch, wickelte sich um meine Taille und fesselte meine Arme an den Körper. Sie schnürte mir den Brustkorb zu, bis ich kaum mehr Luft bekam und das Weiße in den Augen des nahenden Todes sehen konnte. Wenn Alastair uns verriet, würde ich ihm unweigerlich noch näher kommen.

»Ihr begeht einen Fehler«, sagte ich und kämpfte gegen das Zittern meiner Stimme an. Krampfhaft versuchte ich an den Moment zurückzudenken, in dem ich auf einem Dach in Beryll meine Angst verloren hatte. Ich war stärker als meine Angst. »Der Maester schickt uns.«

»Die Gilde ist gefallen. Es gibt keinen Maester mehr«, knurrte Alastair.

Cadan zu seinen Füßen stöhnte kaum hörbar.

»Graeme«, beharrte ich und sprach laut genug, um Cadans Geräusche zu übertönen. »Graeme schickt uns.«

»Und was wünscht Graeme? Schattenserum, weil sich sein Vorrat dem Ende neigt?« Der Alchemist schnaubte.

»Graeme wünscht die Wahrheit über den König.«

Die Stille, die auf meine Worte folgte, war gespenstisch. Es war, als wären sämtliche Geräusche aus der Welt entschwunden. Sie lastete schwer auf mir und verschmolz mit meiner Angst.

»Die Wahrheit ist, es gibt keine Wahrheit!«

Die Wolke schob sich über den Himmel. Gebündelte Lichtstrahlen tauchten durch die Ritzen der verbarrikadierten Fenster, bis ich die Umrisse von Alastairs Gestalt ausmachen konnte. Eine Klinge blitzte in seiner Hand auf. Bevor er sie gegen Cadan richten konnte, der sich am Boden zu seinen Füßen krümmte, warf ich mich gegen das Regal, das uns trennte. Es erzitterte, kleine Fläschchen kippten über den Rand hinweg und zerschellten auf den Holzdielen. Scherben regneten auf Cadan nieder. Trotzdem warf ich mich ein zweites Mal gegen das Regal.

Alastair schrie zornig auf, sprang über Cadan hinweg und versuchte, einige Fläschchen zu retten. »Du dummes Gör!«, tobte er mit einem Arm voll Zaubertränke. Er kannte sich besser in seinem dunklen Laden aus, als ich es tat, und kam zielstrebig um das Regal auf mich zu. Ich wich zurück, bis mich das Fenster stoppte, und zog meine Waffe.

»Damit verletzt du dich selbst mehr als mich«, knurrte Alastair, holte aus und schleuderte etwas vor meine Füße. Glasscherben prasselten gegen meine Stiefel und ein blau schimmernder Rauch waberte um meine Beine. Im Mondlicht glitzerte er. Und bevor ich das Bewusstsein verlor, dachte ich, wie schrecklich schön er aussah.

»Kaum zu glauben«, knurrte Cadan und stemmte sich gegen die Fesseln um seinen Oberkörper. »Ein alter Mann überwältigt uns.«

»Wen nennst du hier alt?«

Wir saßen nebeneinander auf zwei Stühlen, an die Alastair uns gefesselt hatte. Über uns brannte eine Öllampe und malte einen runden orangefarbenen Kreis um uns. Dahinter lauerte Dunkelheit, in der sich eine Gestalt schlurfend bewegte.

Cadan warf mir einen demonstrativen Blick zu, den er danach über die Schatten schweifen ließ. »Bleiben nicht mehr viele übrig.«

»Dafür, dass du unbewaffnet an einem Stuhl festgebunden ist, hast du ein ganz schön großes Mundwerk«, sagte Alastairs Stimme aus den Schatten. Die Dielen knarrten verräterisch unter seinen Sohlen.

Cadans Kopf folgte Alastairs Bewegungen, bis sein Blick auf mir hängen blieb. Er zwinkerte mir zu, verzog das Gesicht und ich begriff. Die Fesseln wanden sich um meinen Oberkörper und banden mich an die Rückenlehne des Stuhls, sie schlangen sich um meine Arme, die auf den Lehnen lagen. Aber meine rechte Hand war nackt. Ich musste meinen Handschuh verloren haben, als ich vor dem Alchemisten zu fliehen versucht hatte. Ich nickte Cadan zu. Sogleich versteckte er seine Aufregung hinter jener gefühlsneutralen Maske, die mir inzwischen so vertraut war. Seine Worte hallten in meinen Gedanken. *Deine Gabe ist kein Fluch, sie ist eine Waffe.*

»Ich fürchte keine alten Männer«, sagte Cadan zur Dunkelheit, in der ein raues Lachen ertönte. Ich bewunderte ihn für die Ruhe, die er ausstrahlte.

»Und trotzdem sitzt du gefesselt vor mir.«

»Vertraut mir, Alastair, wenn ich mich würde befreien wollen, würde ich es tun. Doch ich bin nicht gekommen, um mich mit Euch zu streiten. Wir sind hier, um zu reden.«

»Jemand, der ein Gespräch bevorzugt, bricht nicht in dessen Heim ein, mit dem er es zu führen wünscht.«

»Außergewöhnliche Umstände erfordern außergewöhnliche Maßnahmen«, meinte Cadan leichthin. »Aber wenn Ihr Euch wohler fühlt, wenn wir gefesselt sind, soll es mir recht sein!«

Alastair verließ den Schutz der Dunkelheit und trat vor. Sein fettiges Haar rahmte sein Gesicht bis zum Kinn ein. Graue Strähnen mischten sich in eine Farbe, die mir von heimatlosen Tieren auf der Straße vertraut war. Ein dunkler Bart bedeckte sein Kinn, einzelne Borsten verloren sich auf seinen hohlen Wangen. Seine Augen glänzten im Schein der über uns schwebenden Öllampe ebenso wie seine schweißbedeckte Stirn. Mit dem zerschlissenen Ärmel seines Hemdes wischte er die kleinen Perlen fort. Als er an mir vorbeilief, streifte mich eine Mischung des Geruches säuerlichen Schweißes mit jenem verschiedener Kräuter.

»Ich werde dich knebeln, wenn du deine Zunge nicht hütest«, drohte Alastair und wedelte mit einem fleckigen Lappen.

»An deiner Stelle würde ich auf ihn hören«, raunte ich Cadan zu. »Der Lumpen sieht aus, als würde er damit seinen Abort reinigen!«

»Dachte ich doch, dass du klüger bist, als du aussiehst, Mädchen.« Alastair lachte und warf sich den Lappen über die Schulter. Er beugte sich über mich. Mit rauen, schwieligen Fingern hob er mein Kinn an und zwang mich, ihn anzusehen. Die Farbe seiner Augen flackerte wie grünes Feuer – entschlossen und tödlich, aber ein Feuer konnte man löschen. Während ich seinen Blick mit meinem ablenkte, kämpfte ich mit meiner rechten Hand gegen die Fesseln an. Der Strick scheuerte über meine nackte Haut, aber ich konnte die Finger strecken, bis ich seinen Unterarm berührte.

Ein Kribbeln durchfuhr meinen Körper. Es vibrierte in meinem Innern und kam in Wellen über mich, als der Hinterraum, in dem uns der Alchemist gefangen hatte, vor mir verschwamm und sich in jener Dunkelheit auflöste, die in den Ecken lauerte. Ich fiel in völlige Finsternis, bis diese aufbrach und eine einzige Farbe enthüllte. Ein sattes Ultramarinblau, das sich zu der Uniform eines gesichtslosen Königstreuen formte. Die Klinge einer Waffe blitzte auf und verlieh der Dunkelheit einen Hauch mehr Farbe. Dann hörte ich den gleichmäßigen Takt marschierender Schritte, der alsbald zusammen mit meinem Herz schlug.

Die Bilder des Königstreuen flogen wie Sand im Wind davon. Zurück blieben glühende Augen, die sich brennend durch meinen Körper bohrten. Ich wusste, dass ich die Angst eines anderen empfand, aber sie hätte ebenso gut meine eigene sein können, als König Dorchadas das Gesicht zu einem grauenvollen Lächeln verzog. Blut färbte die Linien des fortschreitenden Alters um sein Kinn, als hätte er seine Zähne in eine Beute geschlagen. In mich.

Lähmende Angst überkam mich. Eine dünne Schweißschicht überzog meinen Körper. Trotzdem war mir eiskalt. Ich zitterte selbst dann noch, als Alastairs Vision der Angst von mir abgelassen hatte.

Ein Keuchen drang aus meiner Kehle. Es klang wie das erstickte Geräusch eines erlegten Hirsches. Alastair wich vor mir zurück, die Augen geweitet. Ich ließ meine Finger sinken und umklammerte damit die Lehne des Stuhls, um in der Gegenwart zu bleiben und mich nicht erneut in der Angst zu verlieren. Mochte Cadan sagen, was er wollte, diese Gabe war ein Fluch. Sehnsüchtig dachte ich an die Phiole, die in den Falten meines Umhangs verborgen war. Was gäbe ich in diesem Moment für einen einzigen Schluck?

»Aeryn«, flüsterte Cadan meinen Namen.

Ich nickte zum Zeichen, dass ich dem Sog meiner Gabe widerstanden hatte, weil ich nicht fähig war zu sprechen. Noch immer spürte ich den Blick des Königs auf mir, der schwerer wog als Cadans. Alastairs Angst verschmolz mit meinen Erinnerungen und suchte mich heim wie ein Geist um Mitternacht.

Der Alchemist floh erneut in die Schatten um uns. Ich hörte das leise Klappern von Glas auf Holz und stellte mir vor, wie er zwischen den Phiolen und Tiegeln nach etwas suchte, was ihm Sicherheit gab.

»Der Ruf eines frommen Mannes eilt Euch voraus«, sagte ich in die Stille hinein. Mein Mund war trocken und meine Zunge rau, aber ich würde vor der Angst nicht länger das Knie beugen.

Die Geräusche verstummten, als ob Alastair innehalten würde. Eine knisternde Spannung senkte sich auf den kleinen Raum, als ich fortfuhr: »Ihr seid dem König treu ergeben, heißt es.«

»Ehre dem König«, erwiderte Alastair, aber seine Worte klangen hohl und entlarvten die Lüge, die sich darin verbarg.

»Ihr lebt in ständiger Angst vor Dorchadas«, meinte ich leise. »Denn Ihr bewegt euch zwischen Licht und Schatten. Ihr dient dem König, aber Ihr dient auch einer Welt, die zu bekämpfen Dorchadas zu allem bereit macht.«

»Nenne mir einen Grund, warum ich euch nicht an die Königstreuen verkaufen sollte!« Alastairs Spucke regnete auf mich nieder, als er sich über mich beugte, die Hände links und rechts auf den Armlehnen meines Stuhls abgestützt. Wut verzerrte seine Züge.

»Weil Ihr sie ebenso fürchtet wie wir. Mehr noch«, zischte ich.

Ein Moment der Stille verstrich, dann füllte sich der kleine Raum mit zornigen Schreien und dem Knirschen von Stuhlbeinen auf rauen Dielen. Cadan tobte auf seinem Stuhl, als Alastair in meinen Nacken griff und meinen Kopf nach hinten riss. Meine Lippen öffneten sich. Ich sah etwas über mir glitzern, doch ehe ich begriff, was es war, hatte Alastair mir bereits ein paar süß schmeckende Tropfen eingeflößt.

Cadan hielt inne und sah mich mit bebenden Schultern an. »Aeryn?«

Ein warmes Gefühl breitete sich dort aus, wo die Tropfen meine Kehle hinabgeronnen waren. Ich hätte vor Angst das Bewusstsein verlieren müssen. Stattdessen entspannte ich mich. Das Grinsen auf Alastairs Gesicht verzerrte sich, bis er eine hintere Zahnlücke offenbarte. Sein Blick lag fest und fordernd auf mir. Er beobachtete, wie sich die Wirkung dessen entfaltete, was er mir eingeflößt hatte.

»Unsereins ist nicht mit Gaben gesegnet, also müssen wir uns selbst helfen.«

»Ich bringe dich um, wenn ihr etwas geschieht«, murmelte Cadan und begehrte ein letztes Mal gegen seine Fesseln auf.

»Es ist kein Gift«, sagte Alastair gelassen. »Zumindest kein Gift, das sie umbringen würde, nicht wahr, Mädchen?«

»Es geht mir gut.« Ich hatte nicht sprechen wollen. Aber etwas an der Art und Weise, wie Alastair sich an mich gerichtet hatte, hatte mir die Worte entlockt.

Das Grinsen verwandelte sich in ein Zähnefletschen. »Gut«, sagte Alastair. Er zog sich einen Schemel heran und ließ sich unmittelbar vor dem Stuhl, an den er mich gefesselt hatte, darauf nieder. »Dann hast du sicher nichts dagegen, wenn ich dir ein paar Fragen stelle.«

»Wir sagen nichts, ehe Ihr uns nicht losbindet, alter Mann!«, knurrte Cadan.

»Das sehen wir anders, oder, Mädchen?«

»Nein, das tue ich nicht«, antwortete ich, weil es der Wahrheit entsprach. Doch ich kam nicht umhin, hinzuzufügen: »Aber ich sage Euch, was immer Ihr wissen wollt.«

»Aeryn!« Cadans Blick schoss von mir zu Alastair. »Was hast du ihr gegeben?«

Alastairs Ausdruck wurde hinterlistig. »Es heißt, dass Alkohol die Zunge lockert. Ich habe Jahre dafür gegeben, die Wirkung zu erforschen und ein Mittel zu entwickeln, das einfach, aber ebenso stark ist.«

»Ein Trank der Wahrheit?«

»Man mag es so nennen.« Obgleich Alastair mit Cadan sprach, klebte sein Blick auf mir. »Derjenige, der es zu sich nimmt, kann sich seinem Sog nicht erwehren.«

»Nein«, stimmte ich ihm zu, denn der Trank verführte meine Zunge und lockte mich zu dieser Antwort.

»Aeryn!«, rief Cadan warnend und stemmte sich gegen die Fesseln um seinen Oberkörper. Aber nichts, was er tat, hätte meine Lippen versiegeln können. Ich gab mich dem Bedürfnis hin, dem Alchemisten alles zu verraten, was er wissen wollte.

»Achte nicht auf ihn«, sagte Alastair liebenswürdig.

In meiner Brust flammte ein Gefühl von Vertrauen auf und ich nickte gehorsam.

»Wie heißt du?«

»Ich heiße Aeryn.« Meine Antwort kam mechanisch.

»Und weiter?«

»Aeryn Earraigh.«

»Wer bist du, Mädchen?«

»Ich bin ein Rabe, Tochter von Angus und Ailis Earraigh.«

Alastairs Lippen kräuselten sich zu einem Lächeln, während Cadan wütend schnaufte. »Die Gilde ist gefallen. Was führt euch her?«

»Der Maester schickt uns.«

»Also ist das die Wahrheit?« Alastairs Lächeln gewann an Härte, bis es von seinem Gesicht fiel.

»Ja.«

»Was ist geschehen?«

»Der König übte Verrat an der Gilde, indem er ihren Mitgliedern befahl, einander zu töten. In einer Nacht vor ein paar Tagen griffen die Königstreuen die Gilde an, sodass wir gezwungen waren zu fliehen.«

Gedankenverloren strich Alastair sich über den Bart an seinem Kinn. »Etwas in dieser Art habe ich befürchtet«, murmelte er und seufzte tief. »Es heißt, dass die Gilde den Sturz des Königs plante.

Diesen Gerüchten habe ich von Anfang an keinen Glauben geschenkt. Welches Interesse sollte einen derartigen Akt der Gewalt rechtfertigen? Wo versteckt sich die Gilde?«

»Aeryn!«, rief Cadan mahnend meinen Namen.

Ich blinzelte ihn an, begegnete seinem scharfen Blick, aber mir erschloss sich nicht, warum ich Alastair nicht antworten sollte. Es war mir ein inneres Bedürfnis, ihn mit meinen Antworten zufriedenzustellen. Und je mehr ich sprach, umso leichter fühlte ich mich. »Der Maester führte uns durch das Tunnelsystem in das unterirdische Haus längst vergessener Götter. Seitdem verstecken wir uns dort.«

Cadan stöhnte. »Für diesen Verrat wird Graeme uns verstoßen!«

»Was plant euer Maester?«

»Er will die Raben schützen«, sagte ich. »Aber ich glaube, dass er auch danach strebt, den König zu entmachten. Dorchadas' Zeit ist abgelaufen. Er hat sein Todesurteil gefällt, als er sich gegen die Gilde stellte.«

Alastair verengte die Augen kaum merklich, dann nickte er. In seiner Hand tauchte die Phiole auf, deren Inhalt er mir eingeflößt hatte. Sie glitzerte im schwachen Schein der Öllampe über uns. Mit einem leisen *Plopp* entfernte er den Korken.

»Lass von ihr ab!«, knurrte Cadan. »Sie sagt dir doch schon alles, was du wissen willst!«

Der Alchemist schenkte ihm keine Beachtung. Er hob die Phiole und ich war bereit, meinen Mund zu öffnen. Ich hätte alles getan, wenn er es von mir verlangt hätte. Ich badete mich in dem Gefühl der Leichtigkeit, das mir das Serum verlieh. Dann setzte Alastair die Phiole an die eigenen Lippen und nahm einen Schluck von dem Wahrheitsserum.

»Ah«, machte er und wischte sich mit dem Handrücken über die Lippen. »Brandy ist nichts dagegen.« Er verkorkte die Phiole und sah Cadan herausfordernd an. »Lass uns reden!«

Cadan antwortete nicht, sondern beobachtete fasziniert, wie die Phiole erneut in Alastairs Ärmel verschwand und dieser auf seinem Schemel die Beine überkreuzte. »Was wisst Ihr über Callahan?«, wollte Cadan schließlich wissen.

Alastair seufzte tief. »Callahan ist tot.« Seine Worte klangen ehrlich bekümmert und ich begriff, dass er es auch so meinte. Das Serum, das in meinen Adern pulsierte, verlockte auch ihn, nichts als die Wahrheit zu sagen. »Er war ein guter Mann, dessen Tod einen Schatten auf das Diesseits wirft.«

»Was hattet Ihr mit Callahan zu schaffen?« Gier trat in Cadans Ausdruck, als er begriff, dass Alastair ihm jedwede Frage beantworten würde.

»Wir kannten uns von früher, hatten in den letzten Jahren jedoch kaum mehr Kontakt als einen höflichen Gruß, wenn wir einander auf der Straße begegneten.«

»Blödsinn!«, unterbrach Cadan ihn.

Alastair blinzelte. »Es ist die Wahrheit. Callahan und ich waren gegen Ende seines Lebens nicht mehr als lose Bekannte. Doch vor einigen Wochen erhielt ich eine Nachricht von ihm. Er bat mich um ein Treffen.«

Das Echo von Aufregung ergriff Besitz von mir. Nicht stark, aber ich spürte ein sanftes Ziehen in der Brust, das mich wie ein Anker an der Gegenwart festhielt. Je weiter Alastair sprach, desto mehr gewannen seine Worte für mich an Bedeutung und ich erinnerte mich, was uns hergeführt hatte.

»Worum ging es bei diesem Treffen?«, hörte ich mich wie aus weiter Ferne fragen.

»Callahan verschwand, ehe es zu einem Treffen kommen konnte. Es ist bedauerlich. Gern hätte ich ihn noch einmal gesehen.« Schmerz färbte die Tonlage des Alchemisten.

»Habt Ihr eine Vermutung, was Callahan zu einem Treffen mit einem Mann, den er kaum mehr kannte, bewegt haben könnte?«, forschte Cadan nach.

»Ich könnte mir vorstellen, dass er an dem Trank interessiert war, den ich regelmäßig für den König braue.«

Alastairs Antwort kappte die letzten Fäden zu dem Wahrheitsserum, das meine Sinne benebelt und meine Zunge gelockert hatte.

»Callahan war nicht der Erste, der sich für meine Arbeit im Dienste des Königs interessierte«, fuhr er fort. »Einige Zeit zuvor empfing ich den Protokollanten des Königs in meinen bescheidenen Räumen.«

»Dobrin Emnerun«, flüsterte ich und nahm den bitteren Geschmack eines schlechten Gewissens in meinem Mund wahr.

Alastair nickte. »Er wurde zu einem treuen, bisweilen lästigen Kunden«, erinnerte er sich und rief in mir die Bilder jener Nacht hervor, in der Dobrin auf Einlass in Alastairs Haus beharrt hatte.

»Dobrin hat herausgefunden, dass Ihr dem König einen ganz bestimmten Dienst erweist«, mutmaßte Cadan und entlockte Alastair damit ein weiteres Nicken. »Was bewirkt Euer Trank?«

KAPITEL 28

ROTE STRIEMEN ZEICHNETEN sich deutlich auf meinen Handgelenken ab. Cadan strich mit den Fingern darüber und hinterließ auf meiner Haut eine brennende Spur, die mich von den Schmerzen ablenkte. Unwillkürlich schlug mein Herz schneller.

»Es war nicht nötig, uns zu fesseln«, knurrte er den Alchemisten an, der durch die Regale stöberte und Flaschen und Phiolen in einen Reisemantel mit unzähligen Taschen verschwinden ließ.

»Vorsicht ist besser als Nachsicht.« Gedankenverloren streichelte er einen auf ein Polster gebetteten Kristall wie eine Geliebte. »Ich wünschte, ich könnte alles mitnehmen.«

»Packt ein, was Schaden anrichtet, wenn es in die Hände der Königstreuen fällt«, beschwor ich Alastair. »Nicht mehr. Wir haben nicht viel Zeit, ehe der Morgen graut und uns unsere Deckung nimmt.«

Alastair überließ Cadan und mir eine Phiole Schattenserum aus seinem privaten Besitz, sodass wir uns ungesehen durch die Stadt stehlen konnten. Ungesehen, aber nicht ungehört. Bei jedem Schritt, den Alastair tat, klapperten die Flaschen in seinen Taschen verräterisch. Sein Mantel war ausgebeult und es wunderte mich, dass er überhaupt aufrecht laufen konnte, denn sein Gewicht schien schwer an ihm zu ziehen.

Wir erreichten das unterirdische Versteck ohne Hindernisse, wenn man davon absah, dass der Alchemist in den Tunneln ständig stehen blieb und die Gesteinsschichten untersuchte, die im Licht von Cadans

Fackel in unterschiedlichen Farben leuchteten. »Wusstet ihr, dass der Staub dieses Gesteins in Verbindung mit den richtigen Zusatzstoffen explosiv wirken kann?« Ein seliges Lächeln lag auf den Lippen des Alchemisten, während wir uns immer weiter auf das Herz der Tunnel zubewegten.

»Ich hatte ja keine Ahnung, dass dieser Ort existiert. Wenn das alles vorbei ist, werde ich das Material hier unten untersuchen. Kaum zu glauben. Da lebe ich jahrelang auf einer Goldgrube und habe keinen blassen Schimmer. Wisst ihr eigentlich, wie schwer es ist, anständige Zutaten einzukaufen? Kein ausländischer Händler verirrt sich ins Gebirge.«

Eine aufgeladene Stimmung beherrschte den unterirdischen Tempel. In der Mitte der Halle wurden jene Waffen ausgebreitet, die die Raben bei ihrer Flucht bei sich gehabt hatten. Viele waren es nicht. Ein paar der Älteren hatten sich mit den Novizen zusammengetan und übten ihre Gaben in einer der Nischen. Der Maester wachte mit ausdrucksloser Miene über das Geschehen. Doch als er uns und den Alchemisten in unserer Mitte entdeckte, kniff er die Augen zusammen und trat aus den Arkaden in die Halle. Aryanwen folgte ihm mit wehendem Umhang und entschlossener Miene, während Deirdre verschlossen wirkte und die Hände vor dem Bauch verschlungen hielt. Tyriq und Ean flankierten den Maester. Sie mussten ihre Waffen nicht offenkundig zur Schau stellen, damit ich begriff, dass sie als Geleitschutz dienten. Mein Blick blieb an dem Jungen hängen, der mir in den letzten Jahren zum besten Freund geworden war. Er sah mich an, als hätte er all das vergessen. Bitterkeit umspielte seine Mundwinkel und drückten sie nieder.

»Hätte nicht gedacht, euch lebend wiederzusehen«, brummte Tyriq.

Cadan setzte zu einer Antwort an. Aber als ich stumm den Kopf schüttelte, schwieg er. Stattdessen legte er die Hand auf meinen Rücken und trat näher zu mir, was Tyriq mit einer Grimasse zur Kenntnis nahm.

»Und ich hätte nicht geglaubt, *Euch* wohlbehalten wiederzusehen«, bemerkte Alastair und trat vor den Maester. »Eine Weile ist es her, Graeme, nicht wahr?«

»Eine Weile ist es her«, wiederholte der Maester langsam, ohne zu blinzeln. Die beiden Männer taxierten sich, und obwohl das Oberhaupt der Gilde einen höheren Rang bekleidete, wich der Alchemist ihm nicht aus. Es mochte an dem Sturz der Raben liegen oder an Alastairs Ruf. Aber nach einem kurzen Moment, in dem ich den Atem angehalten hatte, neigten sie gleichzeitig die Köpfe in gegenseitiger Anerkennung.

Das welke Gesicht des Maesters straffte sich, als er lächelte. »Es freut mich, Euch in guter Verfassung wiederzufinden.«

»Ich wünschte, dasselbe könnte ich von Euch behaupten«, bemerkte Alastair und sah sich in dem Tempel um. »Aber Eure Lage erscheint mir aussichtslos.«

»Aussichtslos, doch nicht ohne Hoffnung«, korrigierte der Maester ihn.

»Schließlich habt Ihr den Weg hergefunden«, fügte Aryanwen hinzu.

Der Alchemist hob die Brauen. »In der Tat, das habe ich. Wenn auch nicht ganz freiwillig.« Er zwinkerte mir zu.

Aryanwen wandte sich mit einem spitzen Lächeln an den Maester und schüttelte kaum merklich den Kopf. »Mit Reichtum könnt ihr diesen Mann nicht ködern, Graeme.«

»So lasst es mich wenigstens versuchen, Aryanwen. Oder haben wir den Alchemisten ganz umsonst hergebeten, wenn Ihr an seiner statt das Gespräch mit mir führt?«

Das Zucken ihrer Augenbraue verbarg Aryanwen hinter einer honigblonden Strähne, aber das Kräuseln ihrer Mundwinkel konnte sie nicht verstecken. »Wäre Alastair nicht zu uns gestoßen, wäre ich nicht imstande zu sehen, was Ihr ihm zu sagen gedenkt.«

»Beachtet sie nicht«, sagte der Maester zu Alastair, legte der Ältesten aber versöhnlich eine Hand auf die Schulter. »Sie ist uns ein paar Momente voraus, denn ihr Kopf steckt im Nebel unserer Zukunft.« Er machte eine Pause und sortierte die Falten seines Umhangs, ehe er fortfuhr: »Ihr werdet für Euren Dienst am Land reich belohnt werden, Alastair, das verspreche ich Euch.«

Der Alchemist winkte ab und legte den Kopf in den Nacken, als wollte er das bemalte Gewölbe betrachten. »Aryanwen hat recht und

Ihr solltet nichts versprechen, was Ihr nicht halten könnt, Graeme«, sagte er. »Verzeiht es mir, aber Ihr seid nicht in der Position, um andere Leute mit Reichtum und Wohlstand zu ködern.«

»Das ist ein vorübergehender Zustand«, tat der Maester die Lage der Raben mit einer Geste ab.

»Ich nehme an, dass ich eine Schlüsselrolle in Eurem Spiel um die Macht innehabe.« Alastair seufzte. »Meine Leidenschaft für Arzneien, Kräuter und Tinkturen ist wie ein Strick um meinen Hals, der sich zuzieht, je mehr Männer von Rang meine Dienste in Anspruch nehmen.«

»Das missversteht Ihr, Alastair«, sagte der Maester. »Ich bin nicht gewillt, Eure Dienste in Anspruch zu nehmen. Ich erbitte nur eines: die Wahrheit.«

»Die Wahrheit hat viele Facetten«, sagte Alastair ausweichend. »Nach welcher verlangt es Euch?«

»Nach der des Königs.«

»Blut und Tod haftet an dieser Wahrheit. Seid Ihr sicher, dass Ihr Euch ihr stellen wollt?«

Aus den Tiefen meines Umhangs zog ich das Fläschchen, das mir der Alchemist anvertraut hatte. Ich legte es in die hohle Hand des Maesters. »Wir sind bereit, Blut und Tod in Kauf zu nehmen, wenn wir dafür die Wahrheit bekommen«, antwortete ich Alastair, der anerkennend mit dem Kopf nickte.

»Was ist das?« Der Maester hob die Glasphiole hoch und hielt sie in den Schein der Kerzen, die überall im Mittelschiff flackerten und den Tempel in ein unwirtliches Licht tauchten. Sein Blick glitt von mir zu dem Alchemisten.

»Das ist ein Trank, den Alastair regelmäßig für den König gebraut hat«, antwortete ich und streckte erneut die Hand danach aus. Er zögerte, als wollte er sie nicht mehr loslassen. Ich entkorkte die Phiole und tauschte einen Blick mit Cadan. Er nickte mir aufmunternd zu, ehe ich die Flasche an die Lippen legte und einen vorsichtigen Schluck zu mir nahm. Der Geschmack erinnerte mich an Blut. Übelkeit überkam mich, aber ich behielt die Oberhand und blieb, mit einer Hand auf den Bauch gelegt, aufrecht stehen. Dann begann meine Kopfhaut zu kribbeln. Aus dem Augenwinkel beobachtete ich, wie ein Leuchten durch mein schwarzes Haar ging.

»Was hat das zu bedeuten?«, murmelte der Maester. Es wurde still in der Halle und ich spürte, wie sich ein paar Raben, die in den Seitenschiffen flanierten, näherten. Auf die Stille folgte ein Flüstern, dessen Echo von den hohen Decken widerhallte. Strähne um Strähne färbte sich mein schwarzes Haar in einen goldenen Blondton, bis meine Feder dunkel herausstach und ich aussah, als wäre ich die Tochter des Königs. Dann wandte ich mich an den Alchemisten. »Würdet Ihr es erklären?«

Verunsichert durch die Aufmerksamkeit, die ihm alle Versammelten nun schenkten, riss Alastair den Kopf herum. Seine Augen rollten in den Höhlen und suchten Halt. Sie fanden mich und es war, als wären wir zurück in der Dunkelheit seines Hinterzimmers. »Ich erinnere mich daran, am Morgen nach der Krönung des Königs Konfetti und Luftschlangen auf dem Boden vor meinem Laden zusammengefegt zu haben, als drei Gestalten in der Gasse auftauchten und mit schweren Schritten auf mich zukamen. Ich glaubte, mein letztes Stündlein hätte geschlagen, doch sie überbrachten mir eine Einladung des Königs. Noch am gleichen Tag holte mich einer seiner Diener in der Dämmerung ab und führte mich in den Palast. Er sorgte dafür, dass uns niemand sah, und mich überkam das mulmige Gefühl, dass das, was der König von mir verlangen würde, nicht rechtens wäre. Dorchadas war ein junger Mann mit einem strahlenden Lächeln, hinter dem er die Schlange zu verbergen suchte, die in ihm wohnte. Er bettete seine Forderung in schmeichelhafte Worte, doch konnten sie den Befehl darin nicht verbergen. Mein guter Ruf, den ich mir seit meiner Ausbildung erarbeitet hatte, war mir vorausgeeilt und Eagor Mallan, der der Familie des Königs seit Jahren als Alchemist diente, war bereits ein alter Mann. Sein Dienst barg ein gewisses Risiko, also willigte ich ein. Eine Wahl hatte ich ohnehin nicht, oder wie hätte ich den in eine Bitte verpackten Befehl ausschlagen sollen? Kurz darauf starb Mallan und ich braute fortan einen Trank für den König, der die Farbe seines Haars veränderte. Eine Weile gehorchte ich, ohne Fragen zu stellen, erschien mir mein Auftrag doch harmlos. Aber je regelmäßiger er den Trank forderte, umso besorgter wurde ich. Eines Tages äußerte ich meine Bedenken. Dorchadas zerstreute sie. Weil er das Leben meiner Familie bedrohte, wurde aus mir ein königsfürchtiger und frommer Mann.«

Zwischen den Brauen des Maesters bildete sich eine steile Falte. »Ich verstehe nicht«, murmelte er.

»Das habe ich zuerst auch nicht«, sagte ich und kämmte mir mit den Fingern durch die blonden Strähnen. Alastair hatte mir versprochen, dass die Wirkung nicht lange anhalten würde, sofern ich nur eine geringe Menge der Tinktur zu mir nahm. Ich wandte mich an Tyriq, der mich mit einer Mischung aus Ekel und Faszination betrachtete. »Wo ist das Buch?«

»Welches Buch?«, entgegnete er, aber der Maester hob die Hand und gebot ihm mit einer Geste, dem unausgesprochenen Befehl zu gehorchen. Tyriq nickte und entfernte sich. Es dauerte nicht lange, da kehrte er mit dem Stammbaum des Königs, den ich aus Callahans Räumen hatte mitgehen lassen, zurück in unsere Mitte. Ich nahm es an mich und blätterte hastig durch die Seiten. Dann zeigte ich dem Maester, was ich zwar bemerkt, aber nicht für bedeutend befunden hatte. Neben dem Namen des Königs fanden sich ein paar Anmerkungen zu seinem Geburtstag, der Statur und dem Aussehen.

»Laut dem Stammbaum hat der König von Geburt an blondes Haar.« Mit dem Fingernagel tippte ich auf das Papier und untermalte die Bedeutung meiner eigenen Worte. »Aber was, wenn das Haar unseres Königs nicht hellblond wäre? Was, wenn er sich die Haare färben würde, um so auszusehen, wie der König aussehen muss, weil er in Wahrheit gar nicht der rechtmäßige König ist.«

Die Stille, die sich auf meine Anschuldigungen hin über die Halle senkte, erinnerte an jene auf einem Friedhof. Und womöglich hatten wir wirklich einen Tod zu betrauern: den unseres Königs.

»Wenn es stimmt, was du sagst«, sagte der Maester langsam, »wer ist dann der Mann, der auf dem Thron sitzt und unser Land regiert?«

Auch auf diese Frage hatte ich eine Antwort, nachdem ich den Stammbaum studiert hatte. »Es heißt, die königliche Familie wäre bei einem Jagdunfall ums Leben gekommen. Was, wenn es nicht der ältere Bruder war, der damals starb, sondern der jüngere? Der, den der alte König als Thronfolger bestimmt hatte, weil der ältere sein Geburtsrecht forderte?«

»Willst du etwa behaupten, Filipas hat den Platz von Dorchadas nach dessen Tod eingenommen?« Die Stimme des Maesters war kaum mehr als ein Flüstern, doch sie hallte durch den gesamten Tempel und füllte sie bis auf den letzten Winkel aus. »Warum hätte er das tun sollen? Nach dem Tod seines Bruders wäre ihm die Krone ohnehin zugefallen.«

Ich wappnete mich vor den Worten, einer weiteren Anschuldigung, die mich den Kopf kosten konnte, sobald ich sie ausgesprochen hatte. »Weil der Tod der königlichen Familie kein Unfall war.«

Die Gilde würde in den Krieg ziehen. Dieser Gedanke löste gemischte Gefühle in mir aus. Einerseits überwältigte mich eine elektrisierende Euphorie bei der Vorstellung, dem unterirdischen Tempel zu entkommen. Andererseits nagte eine hartnäckige Angst an meinen Eingeweiden, noch mehr zu verlieren.

Viele Raben bereiteten sich auf die bevorstehenden Ereignisse vor, ein weitaus kleinerer Teil, der nicht kämpfen wollte, zog sich zurück. Ich fühlte mich keiner dieser beiden Gruppen angehörig, bewegte mich in den Schatten und beobachtete.

»In der Bibliothek des Palastes werden die Aufzeichnungen über den Jagdunfall und den Tod des alten Königs, seiner Gemahlin und deren Erstgeborenem aufbewahrt«, sagte der Maester und lief auf und ab. »Wenn wir sie uns irgendwie beschaffen könnten, um mehr über das herauszufinden, was damals wirklich geschah …«

»Ich gehe!«, rief Tyriq und trat vor.

»*Ich* gehe!«, rief auch Cadan.

»Das halte ich für keine gute Idee«, sagte der Maester zu ihm. »Du warst die ganze Nacht wach. Es wäre waghalsig, dich erneut auszuschicken. Aeryn und du habt uns einen großen Dienst erwiesen. Nun solltet ihr euch Ruhe gönnen.«

»Aber …«

»Übermüdet bist du eine Gefahr für die gesamte Gilde, Cadan«, sagte der Maester nachdrücklich. »Du magst dich für unbesiegbar halten, doch das bist du nicht.«

»Ean und Isla werden mich begleiten. Ean ist stark und Isla bewegt sich lautlos«, sagte Tyriq. Mit einem Nicken erteilte der Maester ihm die Erlaubnis. Zufriedenheit zeichnete sein Gesicht, als er erhobenen Hauptes an mir vorbeilief, um sich auf seine Aufgabe vorzubereiten.

»Und ihr ruht euch aus«, sagte der Maester und wies mit dem Zeigefinger, an dem noch immer das Zeichen der Gilde in Form eines Siegelringes steckte, auf Cadan und mich. »Das ist keine Strafe, sondern ein Befehl!«

Cadan machte keine Anstalten, sich zu bewegen. Aber ich wusste, wann man eine Schlacht verloren geben musste. Ich zog ihn mit sanfter Gewalt hinter mir her. Wir liefen durch die Arkaden. Der Alchemist hockte am Fuße einer Statue, eine Traube von Raben um sich herum, die ihm eifrig Fragen zu den Fläschchen stellte, die er nacheinander aus seinem Umhang zauberte. Manche von ihnen beinhalteten faszinierende Flüssigkeiten. Sie schimmerten in der Dunkelheit, als hätte Alastair Träume eingefangen.

»Sosehr ich ihn auch verabscheue«, murmelte Cadan, »so sehr bewundere ich ihn für das Blendwerk, das er um seinen Thron herum erschaffen hat.«

»Ich fürchte, er hat dich im Spiel der Manipulation geschlagen«, meinte ich.

Cadan lachte. »Es mag seltsam klingen, doch ich empfinde das nicht als Niederlage.«

»Das ist es auch nicht.« Wir suchten Zuflucht in einer der bemalten Nischen und ließen uns auf ein paar Kissen nieder, die jemand dort zurückgelassen hatte. Ich lehnte den Kopf gegen die kühle Wand und zog die Beine an, indes Cadan sich ausstreckte. »Erst die Taten eines Menschen offenbaren seinen wahren Charakter. Der König manipuliert willentlich und mit allen ihm zur Verfügung stehenden Mitteln ein ganzes Land, während dir deine eigene Gabe zuwider ist. Man muss kein Genie sein, um zu erkennen, wer siegreich sein wird.«

»Dorchadas hat sein Lügennetz all die Jahre unbehelligt gesponnen. Ich fürchte, dass er ungeschoren davonkommen könnte.«

»Das lassen wir nicht zu«, versprach ich Cadan, aber auch mir. Noch immer schwelte die Erinnerung an Alastairs Angst in meiner

Brust. Wenn ich an Dorchadas – oder Filipas – dachte, zog sich etwas in mir zusammen und Grauen überkam mich. Die fremde Angst, die ich erspürte, wurde immer mehr zu meiner eigenen, obgleich ich dagegen ankämpfte. Und auch wenn ich Dorchadas den Triumph über mich nicht gönnte, fühlte ich mich in Anbetracht seiner Macht hilflos.

Eine Weile herrschte einvernehmliches Schweigen zwischen Cadan und mir. Wir beobachten das hektische Treiben um uns herum, ohne Teil davon zu sein. Tyriq, Ean und Isla machten sich aufbruchbereit, ein paar Raben versammelten sich, um sich von ihnen zu verabschieden. Emma bellte und die hohen Decken und Wände wiederholten das Geräusch, bis es vollkommen verklang.

Cadan zog ein Knie an, legte den Ellbogen darauf ab und begann, mit dem Daumen über seine Lippe zu streichen. Bald merkte ich, dass er nicht länger die Raben, sondern mich musterte.

»Du gefällst mir mit hellem Haar«, sagte er, als ich seinen Blick erwiderte.

Ich zupfte an den blonden Strähnen, die kaum merklich dunkler wurden. Oder lag es an den Halbschatten in der Nische? »Soll ich Alastair um einen Trank bitten?«, scherzte ich, aber Cadans Miene blieb ernst.

»Das habe ich nicht gemeint.« Ein Hauch von Röte huschte über seine Wangen. Als ich genauer hinsah, war sie fort und ich hatte das trügerische Licht der Kerzen in Verdacht, mir einen Streich gespielt zu haben. Die Male, in denen mir Cadan mit Schamesröte auf den Wangen begegnet war, konnte ich an einer Hand abzählen. »Du gefällst mir auch mit dunklen Haaren. Du gefällst mir immer.«

Ich erinnerte mich an das, was er mir im Haus seiner Eltern gesagt hatte, und gab mich dem wohligen Gefühl hin, das in meinem Bauch kribbelte.

Cadans Augen flackerten. In die fast farblosen Iriden mischte sich der goldene Schimmer der Kerzen. Sein Blick durchdrang mich, und obwohl zwischen uns ein angemessener Abstand lag, war die Wärme, die von ihm ausging und mich in Wellen überkam, übermächtig. Ich sehnte mich danach, dichter an ihn heranzurücken, ihn zu spüren, doch ich war wie erstarrt und unfähig, mich zu bewegen. Selbst das Atmen fiel mir schwer. Ich beugte mich vor, eine Strähne umspielte mein Gesicht und ich bemerkte, dass sich ihre Farbe veränderte. Mein Haar wurde dunkler.

Cadan strich mit dem Finger über meine Wange. Die Berührung war so zart, dass ich mich fragen musste, ob ich sie mir nicht eingebildet hatte. Dennoch glitt mir ein Seufzen über die Lippen und verriet meine Sehnsucht. Cadan lachte leise und als sein Atem mich streifte, wusste ich, dass dieser Moment echt war. Denn er senkte seinen Mund auf meinen Hals und küsste meine empfindliche Haut. Langsam und sorgfältig. Bis ich vergaß, wie man atmete, und keuchend um Luft rang. Cadan fuhr mir mit den Händen über den Rücken, zog mich näher und vergrub dann seine Finger in meinem Haar. Sie waren überall, als wollte er alles an mir berühren. Und ich zerfloss in seiner Umarmung und in dem Strudel aus Gefühlen, der über mich hereinbrach und mir den Boden unter den Füßen nahm.

Und als er seinen Mund auf meinen legte, verlor ich mich endgültig zwischen dem Versprechen seiner Lippen, das so süß und zugleich so trügerisch anmuten mochte, und meinem Verlangen, das wie ein Feuer in mir loderte. Sein Kuss verwandelte sich und die sehnsüchtige Leichtigkeit wurde zu brennender Leidenschaft. Ich entwickelte einen Mut, der mich selbst überraschte, denn ich tastete mich mit den Händen am Bund seiner Hose entlang und folgte der Wölbung seines Gesäßes. Cadan stöhnte und als er sich mir entgegendrängte, spürte ich seine Begierde. Mein Körper antwortete darauf mit einem Pochen, das stärker wurde, je intensiver er mich küsste.

Die Geheimnisse, die zwischen uns gestanden hatten, schmolzen. Und jene schrecklichen Tage, in denen wir uns entzweit hatten, verblassten. Das Gefühl seiner Zunge in meinem Mund schuf neue Erinnerungen, an die ich mich fortan in Dunkelheit und Einsamkeit klammern würde. Er lockte mich, spielte mit meiner Zunge, ehe er sich zurückzog und mit dem Daumen über die Linie meines Kiefers strich. Aus halb gesenkten Lidern sah er mich an und lächelte mit feuchten Lippen, ehe er sich schwer atmend von mir löste.

»Ich will mehr von dir, Aeryn. Alles, was du zu geben bereit bist«, keuchte er und sein Brustkorb hob und senkte sich, als wäre er gerannt. »Aber das hier ist weder die richtige Zeit noch der richtige Ort.« Er legte eine Hand in meinen Nacken und zog mich an sich, bis er mir einen sanften Kuss zwischen die Brauen drückte. »Ich will dich für mich allein.« Er wischte sich über die Lippen, aber es war nicht mein Kuss, von dem er sich befreien wollte, sondern das Verlangen, das seinen Blick dunkel färbte.

Es war kein Geheimnis, dass Cadan stärker war als ich. Er widerstand der Versuchung durch seine Gabe, den König und durch mich. So einfach würde ich es ihm nicht machen. Denn ich war schwach und wollte in diesem Moment nur eines: seine Wärme an meiner Haut spüren.

»Das Leben ist eine Aneinanderreihung verpasster Gelegenheiten. Ich will nicht als alte Frau darauf zurückschauen und mich fragen: Was wäre, wenn?«

Als Cadan zu einer Antwort ansetzte, versiegelte ich seinen Mund mit meinen Lippen und liebkoste ihn. Er schmeckte nach Freiheit, und obgleich es falsch sein mochte, konnte ich nicht anders, als mich an ihn zu verlieren. Und in seinen Augen sah ich, dass es ihm ähnlich erging.

Der Moment der Zerstreuung währte nur kurz, denn natürlich hatte Cadan recht. Dies war nicht die richtige Zeit und auch nicht der richtige Ort. Dabei war es verlockend, in seinen Armen der Wahrheit und der Last unseres Schicksals zu entkommen.

Ein paar Stunden verstrichen, in denen wir auf Nachricht von Tyriq warteten. Cadans Kopf ruhte an meiner Schulter, die Müdigkeit hatte ihren Tribut gefordert. Im Tempel herrschte eine angespannte Stille, als würde das, was gerade im Palast geschah, über unser Leben entscheiden. Mór geisterte ruhelos durch die Halle, Emma folgte ihr mit eingeklemmtem Schwanz, als könnte sie wahrnehmen, dass etwas vor sich ging. Später brachten meine Eltern Cadan und mir ein Stück Brot. Der Blick meiner Mutter ruhte lange auf ihm, doch es stand ihr nicht zu, über unsere Beziehung zu urteilen. Das Recht, über mich zu bestimmen, hatte sie verwirkt, als sie mich der Gilde übergeben hatte. Und nun saß ich hier und wartete auf Neuigkeiten von Tyriq.

Irgendwann schien sich die Zeit zu weigern, fortzuschreiten. Die immerwährende Dunkelheit lastete auf mir und die Ungewissheit zehrte an meinen Kräften. Als endlich das Geräusch einer schweren Tür ertönte, die über polierten Marmor kratzte, erwachten wir alle wie aus einem Traum.

Cadan sprang auf, reichte mir eine Hand und zog mich auf die Beine. Die Tür lag auf der anderen Seite der Halle, aber ich konnte gerade noch beobachten, wie Ean und Isla nach Tyriq eintraten. Während schwere Schritte die jungen Männer ankündigten, bewegte sich Isla dank ihrer Gabe lautlos, als würden ihre Sohlen knapp über dem Boden schweben.

Fast gleichzeitig trafen wir uns mit dem Maester und Deirdre in der Mitte der Halle, wo Aryanwen uns bereits erwartete. Die anderen Raben bildeten einen geschlossenen Kreis um uns. Es war totenstill.

Zuerst fiel mir auf, dass Staub und Schmutz die Gesichter von Tyriq, Ean und Isla grau färbten. Auf den ersten Blick schienen sie unverletzt. Etwas in meiner Brust löste sich und ich konnte freier atmen. Da begriff ich, wie groß meine Sorge um Tyriq gewesen war.

»Ich bin froh, euch wohlbehalten wiederzusehen«, sprach der Maester meine Gedanken aus und schenkte den drei ein erleichtertes Lächeln.

»Das sind wir auch«, stimmte Tyriq ihm zu. »Es war knapp.« Sein Blick zuckte zu mir, dann über die anderen Raben, die sich neugierig um uns scharten.

Die Linien auf dem Gesicht des Maesters verwandelten sich in tiefe Furchen. »Was ist geschehen?«

»Jemand ist uns zuvorgekommen und hat die Aufzeichnungen über den Unfall aus der Bibliothek entfernt, ehe wir sie an uns bringen konnten«, antwortete Isla mit fester, klarer Stimme. In der Vergangenheit hatte ich sie für eine Klatschbase gehalten. Nun machte sie den Eindruck einer gestandenen Kriegerin auf mich und ich bereute, sie vorschnell verurteilt zu haben.

»Hat euch jemand gesehen?«, fragte ich Tyriq und überwand die Distanz zwischen uns, bis ich meinen Kopf in den Nacken legen musste, um ihn anzusehen.

»Ja, sie haben uns erwischt«, gab er zerknirscht zu und hob einen Arm, von dem die Fetzen des Ärmels lose herabhingen. Ein tiefer Schnitt zog sich durch seine Haut. Blut tropfte auf den Boden.

»Wo ist Mairead? Warum hat sie sich noch nicht darum gekümmert?«, fragte ich alarmiert und nahm vorsichtig Tyriqs Hand in meine.

»Ich weiß nicht, wo Mai steckt«, brummte Tyriq und entzog sich mir. »Es sieht übler aus, als es ist. Viel schlimmer ist die Tatsache, dass sie wussten, wonach wir suchen würden, und wir vergebens ihre Aufmerksamkeit auf uns gezogen haben.«

»Als vergebens würde ich euren Auftrag nicht bezeichnen«, sagte Aryanwen leise. »Denn er deutet uns den Weg, der vor uns liegt.« Ihr Blick fuhr zu Tyriq und verdunkelte sich, weil sie vor uns wusste, was er sagen würde.

»Wer sollte die Aufzeichnungen über den Unfall aus der Bibliothek entfernen?«, fragte Tyriq.

»Jemand, der einen Nutzen daraus zieht«, sagte Cadan finster. »Jemand, der nicht will, dass die Wahrheit über den Jagdunfall ans Licht kommt. Fällt euch jemand ein?«

»Dorchadas«, murmelte ich. »Oder wie immer er in Wirklichkeit heißen mag.«

Der Maester erhob sich und begann, auf und ab zu gehen. Tiefe Schatten lagen unter seinen Augen und ließen ihn um Jahre altern. »Dann ist es entschieden. Wir werden kämpfen.«

In den Geschichten unseres Volkes wären die Soldaten an dieser Stelle in Jubel ausgebrochen. Wir hingegen schwiegen. Es war keine leichte Entscheidung, das sah ich dem Maester an. Sie würde Tote fordern. Feinde. Raben. Unschuldige. Sie würden alle fallen.

Unauffällig sah ich mich im Tempel um und fragte mich, wem der Tod bereits auf den Fersen war. Es war egoistisch und doch betete ich in diesem Moment zu den mir unbekannten Göttern, dass sie mir niemanden nehmen mochten, der mir nahestand.

KAPITEL 29

ZERKNITTERTE PERGAMENTBÖGEN, LOSE Steine und der Königliche Stammbaum, den ich dem Maester überlassen hatte, stellten Beryll, die Raben und den Palast dar. Sie breiteten sich zwischen Ean und Mór aus, deren Miene immer angespannter wurde. Seit Stunden erarbeiteten sie eine Strategie zur Eroberung der Stadt. Immer wieder gesellten sich andere Raben zu ihnen, aber die wenigsten hielten es länger als ein paar Augenblicke aus.

Ean mahlte mit den Kiefern, dann beugte er sich über die dreidimensionale Landkarte und verschob die Hälfte der Steine. »Und jetzt?«

Mór antwortete nicht. Stattdessen wischte sie sich zum wiederholten Male das Blut aus dem Gesicht, das inzwischen schon ihre Kleidung befleckte. Dann sprang sie auf und floh in den Schutz der Arkaden. Ean starrte ihr mit offenem Mund nach.

»Lass sie«, sagte Tyriq und nahm den Platz seiner Schwester ein. »Ihre Gabe funktioniert nicht.« Emma schoss vor, schnappte sich einen der Steine und tollte mit ihrer Beute um die beiden Männer herum. Als keiner von ihnen die Einladung zum Spielen annahm, ließ sie sich neben Tyriq plumpsen und nagte schwanzwedelnd an dem Stein.

Ich hatte hinter einer der Säulen gestanden und meine Freunde verstohlen beobachtet. Jetzt löste ich mich aus ihrer Obhut und eilte Mór hinterher, die hinter einem stillgelegten Brunnen Zuflucht gesucht hatte. Sie kauerte auf dem Boden, die Beine eng an den Körper gezogen, und starrte auf einen Punkt, der mir verborgen blieb.

»Mór«, sagte ich leise, um mich bemerkbar zu machen. Als ich ihre Hand nahm, stellte ich fest, dass ihre Haut eiskalt war. Die Schatten unter ihren Augen waren dunkler geworden. »Wie fühlst du dich?«

»Wie jemand, der nicht ich ist«, sagte sie verschnupft. »Es scheint mir, als hätte diese neue Welt keinen Platz mehr für mich.«

»Das ist Unsinn und das weißt du!« Ich rückte dichter an sie heran. Aber die Mauer aus Einsamkeit, die sie um sich herum errichtet hatte, schien unüberwindbar.

»Ich habe den Maester gebeten, mich meines Eides zu entbinden«, gestand sie schließlich.

Ihre Worte trafen mich so hart, als hätte sie mir einen Dolch in die Brust gerammt. Ich keuchte auf, unfähig, eine passende Antwort zu finden.

Doch das war nicht nötig, denn Mór fuhr mit einer ruhigen Stimme fort: »Die begnadetsten Menschen unserer Zeit dienen der Gilde. Ich jedoch zähle nicht länger zu ihnen. Meine Gabe hat mich im Stich gelassen. Ich bin nahezu blind, kann nicht einmal das Ende dieses Krieges sehen.« Sie stieß ein freudloses Lachen hervor und ballte die Hände in ihrem Schoß, als kostete es sie alle Kraft, diese Maskerade aufrechtzuerhalten. »Ich werde nach Lyncurion reisen.«

Lyncurion. Dieser Ort verhieß Frieden, denn er würde all jene von uns willkommen heißen, die dem Kampf entsagten. Meine Eltern hatten diese Option ins Spiel gebracht und versichert, dass es für meine älteste Schwester eine große Ehre wäre, zu helfen. Es erfüllte mich mit Stolz, dass auch sie nun ihren Beitrag leisteten, obgleich sie sich im Kreis der Raben stets wie Außenseiter vorgekommen waren.

»Weiß Ty Bescheid?«, fragte ich schließlich.

Mór nickte knapp. »Er wird uns Geleitschutz geben und anschließend nach Beryll zurückkehren.«

Das grenzte an Wahnsinn. Vor einigen Stunden hatte ich einer Versammlung beigewohnt, bei der die Möglichkeiten diskutiert worden waren, wie man die anderen aus der Stadt schmuggeln sollte. Niemand hatte Rat gewusst. Niemand außer Cadan. Aber sein Vorschlag war von vornherein abgelehnt worden.

»Wie will Ty das anstellen?«

Mór hob den Kopf und der Blick ihrer leeren Augen streifte mich. Darin begegnete ich der Angst um ihren Bruder. Einer Angst, die auch meine Kehle zuschnürte, wenn ich daran dachte, was bei diesem waghalsigen Vorhaben alles schiefgehen konnte.

Ich nickte, obgleich Mór das nicht sehen konnte. Dann legte ich ihr eine Hand auf die Schulter und versuchte, eine Ruhe auszustrahlen, die ich nicht empfand. »Ty wird nichts geschehen, das verspreche ich dir!«

In Tyriqs Brust schlugen zwei Herzen: eines für seine Schwester, das andere für die Gilde. Es stand mir nicht zu, ihn zu zwingen, sich für eines davon zu entscheiden. Also konnte ich nichts weiter tun, als dafür zu sorgen, die Risiken so gering wie möglich zu halten.

Ich fand Cadan am anderen Ende des Tempels, wo er in ein Gespräch mit Aryanwen vertieft war. Sie zupfte an einer Efeuranke, die sich wie eine Schlange um den Leib einer Statue wickelte, während sie Cadan hin und wieder mit einem Nicken bedeutete, seinen Ausführungen zu lauschen.

Als ich mich ihnen näherte, hob die Älteste den Kopf und sah mich durchdringend an, denn natürlich wusste sie bereits, dass ich ihre Unterhaltung stören würde.

»Aeryn«, begrüßte Cadan mich und drückte mir einen flüchtigen Kuss auf den Scheitel. Die Wärme, die sich durch diese Geste in mir ausbreitete, erlosch, als ich das unbeteiligte Lächeln auf Aryanwens Gesicht bemerkte. Es konnte nicht über die Neugier in ihrem Blick hinwegtäuschen.

Ihre Mundwinkel zuckten, als sie sagte: »Wann immer etwas endet, findet etwas anderes seinen Anfang.«

Ich errötete, aber Cadan legte mir eine Hand zwischen die Schulterblätter und entgegnete souverän: »Wer sagt, dass es erst jetzt angefangen hat?«

Aryanwen kicherte wie ein junges Mädchen, dann wurde sie auf einen Schlag ernst und richtete sich an mich. »Das ist ein Wagnis.«

Cadan sah aufmerksam zwischen uns hin und her. »Vielleicht ist es dem Zweck dieser Unterhaltung zuträglicher, sie in der Gegenwart, nicht in der Zukunft zu führen.«

Die Älteste presste die Lippen aufeinander und nickte. »Tatsächlich führt Aeryn ein ganz ähnlicher Grund her wie der, der uns zu unserer kleinen Plauderei bewegt hat, Cadan«, stellte sie fest und wandte sich an mich. »Cadan erläuterte mir gerade die Vorzüge eines Bündnisses mit den Rebellen.«

»Du ziehst es also auch in Betracht?« Cadan musterte mich.

»Ich kenne die Rebellen nicht. Aber ich vertraue dir, Cadan. Und wenn du ihnen vertraust, sehe ich keinen Grund, das nicht auch zu tun.« Ein wenig leiser fügte ich hinzu: »Es geht um die Menschen, die ich liebe. Meine Eltern. Mór. Ty. Ich will, dass sie in Sicherheit sind. Und wenn das die einzige Möglichkeit ist, dann bin ich bereit, die Regeln der alten Welt hinter mir zu lassen. Viel ist davon ohnehin nicht mehr übrig.«

Cadan nickte mir zu und in seinen Augen schimmerte etwas, das mich an Stolz erinnerte.

Mit einem Seufzen erinnerte Aryanwen mich an ihre Anwesenheit. »Wie ich schon sagte: ein Wagnis ... Ich rede mit Graeme, doch die Entscheidung liegt bei ihm. Ich kann euch nichts versprechen. Aber seid gewiss, ich werde sehen, was ich bewirken kann.«

Schatten schlängelten sich um meine Arme, meinen Rumpf und die Beine, als ich in der Dämmerung durch Berylls Straßen lief. Cadans Schritte schlossen sich dem gleichmäßigen Takt meines Herzens an. Auch er unterstand dem Schutz des Schattenserums, das Alastair uns zur Verfügung gestellt hatte.

Dass wir die Schutzlosen nach Lyncurion in Sicherheit bringen wollten, darüber waren wir uns alle einig gewesen. Die Stadt mit so vielen unbehelligt zu verlassen war jedoch nur Cadan nicht unmöglich erschienen. Seine Idee war zugegebenermaßen unkonventionell und der Maester hatte ihr erst auf Aryanwens Bitten hin zugestimmt. Sie führte uns in jene Viertel, in der der ärmere Teil der Bevölkerung lebte. Die Bewohner hier hatten nicht den Ruf, den Raben freundlich gesinnt zu sein, hatten wir sie doch viele Leben gekostet. Und so galt es, auf der Hut zu sein.

»Du hast dich übrigens geirrt«, raunte Cadan mir zu und sein Atem streifte mein Ohr.

»Womit?«

»Du *kennst* ein paar der Rebellen.«

Mehr wollte Cadan nicht verraten. Er wählte eine Straße, die mir vage vertraut war: windschiefe Häuser und von Efeu und Moos befallene Fassaden. Ich war schon einmal hier gewesen. Diese Erkenntnis ließ mein Herz schneller schlagen, denn ich wusste, wer uns öffnen würde, als Cadan an eine Tür klopfte. Was ich nicht wusste: Warum es ausgerechnet diese war.

»Caoimhe«, brachte ich hervor, als sich ein vom Alter gezeichnetes Gesicht in den Türspalt schob.

Die alte Frau runzelte die Stirn und die Linien darauf vertieften sich. Sie starrte uns an und gleichzeitig durch uns hindurch, als wären wir unsichtbar. Cadan umfasste meinen Arm und schob mich an der alten Frau vorbei ins Haus. Erst im Licht einer Kerze lösten sich die Schatten von uns. Caoimhes Lippen öffneten sich zu einem stummen O, mit der faltigen Hand fasste sie sich an die Brust.

»Beim Himmel, dem Mond und den Sternen, Aeryn!«, stieß sie schließlich hervor. Sie trat hinaus und spähte die dunkle Straße entlang, ehe sie die Tür hinter uns schloss. Dann blieb ihr Blick an Cadan hängen, der ihn mit undurchschaubarer Miene erwiderte. »Cadan, mein Junge.« Ihre Stimme verlor sich in einem Flüstern und sie schüttelte ungläubig den Kopf. »Ich hätte nicht gedacht, einen von euch so schnell wiederzusehen.«

»Ihr kennt euch?«, fragte ich überflüssigerweise. Aber der Schock über diese Erkenntnis beraubte mich der Fähigkeit, klar zu denken.

Ein Lächeln, dessen Bedeutung mir verborgen blieb, zupfte an Cadans Mundwinkeln und Caoimhe lachte, als hätte ich mir einen Scherz erlaubt.

»Wer ist da?«, hörte ich Carsons dröhnende Stimme rufen. Etwas rumpelte, dann gackerte ein Huhn empört. Ich nahm an, dass es Bridget war, Carsons liebstes Huhn. Kurz darauf erschien Caoimhes riesenhafter Sohn hinter ihr. Er trug einen Umhang aus einem Stoff, gröber als Sackleinen, und unter seinem Arm zappelte Bridget und pickte nach seinem borstigen Bart. Carson verzog das Gesicht, als er uns entdeckte.

»Ihr!«, brummte er und seufzte schwer, als wäre unsere Begegnung ähnlich einem Schlechtwettertag.

»Ich freue mich auch, dich zu sehen!«, erwiderte ich mit einem schmallippigen Grinsen.

»Ich hatte gehofft, euch nach dieser waghalsigen Rettungsmission nie wiederzusehen!«, erklärte er. Der Unmut stand ihm deutlich ins Gesicht geschrieben.

»Rettungsmission?«, wiederholte ich langsam, weil sich mir zusammen mit einer noch nicht allzu entfernten Erinnerung ein unangenehmes Gefühl aufdrängte.

»Er war mit seinen Leuten dabei, als ich Tyriq und dich aus dem Schlamassel geholt habe«, bestätigte Cadan meinen Verdacht.

»Oh.« Also hatten Zufall oder Schicksal mich nach meiner Flucht vor dem Befehl des Königs ausgerechnet in das Haus einer Rebellin geführt. Einer Rebellin, die Cadan nahestand.

»Ich war in Sorge um euch«, sagte Caoimhe. »Nach dem Kampf wart ihr verschwunden. Ich fürchtete schon, dass man euch doch noch geschnappt hätte.«

Cadan schüttelte den Kopf. »Wir sind die Schatten in der Dämmerung.«

Die alte Frau schluchzte und fasste sich an die Brust, ehe sie mich in die Arme zog. Der Duft nach Stroh und frisch gebackenem Brot hüllte mich ein und erinnerte mich an eine Nacht, in der ich in ihrem Heim Zuflucht gefunden hatte. Mein Herz wurde schwer, als ich an die Gefahr dachte, in die wir sie mit unserem Besuch brachten.

Caoimhe ließ von mir ab und wandte sich an Cadan. Die flache Hand legte sie an seine Wange und sah ihn mit einem sanften, aber prüfenden Ausdruck in den Augen an. »Es ist ein Geschenk der Götter, dass euch nichts geschehen ist.«

Ein Geschenk der Götter.

Mein Blick wanderte von der alten Frau zu dem jungen Mann, der sich leicht zu ihr beugte und eine Hand auf ihre legte.

»Das ist Hochverrat«, murmelte ich mehr zu mir selbst als zu den anderen. In dem Moment verstand ich. Ich sah von Caoimhe zu Cadan.

Dieser löste sich von der Alten und hob amüsiert eine Braue. »Du hast recht, wir sollten es dem König melden.«

Ich ging nicht auf ihn ein, sondern sagte: »Ich hätte die Rebellion nicht in diesem Haus erwartet.«

»Rebellion ist ein großes Wort dafür, dass die meisten ihrer Teilnehmer niemals die Deckung aufgeben«, bemerkte Cadan.

»Das sind keine Dinge, die laut ausgesprochen gehören«, murmelte Caoimhe mit einem Blick durch die Fenster. Draußen spannte sich eine friedliche Nacht über Beryll. Es gab kein Anzeichen, dass die Königstreuen überhaupt existierten, und die Dunkelheit ließ den Palast verschwinden.

»Caoimhe ist eine alte Freundin meines Großvaters. Carson und meine Eltern wuchsen zusammen auf«, erklärte Cadan endlich. »Ich gehöre den Rebellen nicht an, aber ich arbeite hin und wieder mit ihnen zusammen. Und deshalb sind wir hier.« Mit einem bedeutungsschweren Blick wandte er sich an Caoimhe, die uns in die Stube bat.

Bridget gackerte, als wir eintraten. Ein kleines Feuer loderte in der Mitte des Raumes und erfüllte ihn mit wohliger Wärme. Die alte Frau bedeutete uns, Platz zu nehmen, während sie uns Tee einschenkte. Aus den Augenwinkeln beobachtete sie uns. Ich erinnerte mich daran, wie sensibel sie für die Stimmungen anderer Menschen war.

»Ein bestimmter Grund hat euch hergeführt«, stellte sie fest und ließ sich auf einem Schemel nieder.

Fragend sah ich Cadan an, der langsam nickte. »Ein paar der Raben müssen die Stadt verlassen und ich erbitte dafür erneut die Hilfe der Rebellen.«

»Es wird zu gefährlich. Du weißt, was das letzte Mal geschehen ist«, knurrte Carson. Als er den Blick seiner Mutter auffing, grummelte er: »Zumindest sind wir keine Idioten. Wenn wir dir helfen, könnte uns das Kopf und Kragen kosten.«

»Ich weiß, dass es viel verlangt ist …«

»Zu viel!«, sagte Carson scharf. Bridget gackerte, als wollte sie ihm zustimmen. Sie breitete die Flügel aus und sprang unbeholfen auf eine niedrige Kommode, von wo aus sie sich der Schachtel mit Gebäck näherte. Ehe sie sich darüber hermachen konnte, scheuchte

Caoimhe sie zurück auf den Boden. Ihr Sohn fuhr ungehalten fort: »Beim letzten Mal hat Luca einen Arm verloren. Was geschieht, wenn wir dir erneut helfen? Womöglich verliert einer von uns sein Leben!«

Jemand hatte wegen meines Leichtsinns einen Arm verloren? Ich räusperte mich. »Cadan, das können wir nicht von ihnen verlangen!«

Er schenkte mir keine Beachtung und spöttelte stattdessen: »Ich wusste nicht, dass die Rebellen Angst vor dem Tod haben!«

»Das haben wir nicht, aber es nützt uns nichts, dabei zu sterben, wenn wir dir einen Gefallen erweisen«, hielt Carson dagegen.

»Es geht um mehr als nur um Flucht«, sagte ich leise und spürte, wie sich alle Augenpaare auf mich richteten. Ich ignorierte Cadans stummes Kopfschütteln und beschloss, Caoimhe und Carson die Wahrheit zu sagen. Wenn wir sie darum baten, ihr Leben zu riskieren, so hatten sie ein Anrecht darauf, zu erfahren, wofür sie sterben könnten. Also erzählte ich ihnen von dem nahenden Krieg, unserem Verdacht und einem König, der der Krone nicht würdig war.

»Wie sieht der Gefallen aus, den ihr von uns erbittet?«, fragte Caoimhe schließlich und ignorierte ihren wutschnaubenden Sohn.

»Kaufleute erregen weniger Aufsehen, wenn sie mit einem Karren die Stadt verlassen«, murmelte Cadan. In dem dämmrigen Licht des Zimmers blitzten seine Augen auf.

»Sie kontrollieren die Wagen«, knurrte Carson, beide Hände zu Fäusten geballt. »Wenn sie euch mit uns in Verbindung bringen, landen wir auf dem Schafott.«

»Das werden sie nicht«, widersprach Cadan mit fester Stimme. Und dann erzählte er Caoimhe, Carson und mir von seinem Plan.

»Aeryn.« Die sanfte Stimme entfesselte einen Strom an Erinnerungen in meinem Innern. Ich fuhr herum und sah mich meiner Mutter gegenüber. Ein zaghaftes Lächeln zupfte an ihren Mundwinkeln.

»Ich setze den Maester über die Hilfsbereitschaft meiner Freunde in Kenntnis«, sagte Cadan und neigte eine Verbeugung an, ehe er sich entfernte und uns allein ließ.

»Ein höflicher junger Mann«, bemerkte meine Mutter. Ihre Worte lösten ein Gefühl von Stolz in meiner Brust aus. Dann nahm ich ihre

Hand, die sie mir entgegenhielt, und ließ mich von ihr in den Schutz einer Säule ziehen.

»Was geht hier vor sich?«, fragte sie. Erst jetzt fiel mir die Ruhelosigkeit in ihrem Blick auf. Ich hatte meine Eltern aus ihrer gewohnten Umgebung gerissen und in eine Welt geführt, in der ich sie sich selbst überlassen hatte. Diese Erkenntnis war niederschmetternd. Ich drückte ihre Hand fester.

»Hast du es nicht gehört?«

»Es wird Krieg geben«, flüsterte meine Mutter.

»Die Gilde wird kämpfen«, bestätigte ich ihr. Es gab keine Worte, die diesen Umstand schonend beschrieben hätten. »Aber sorg dich nicht. Vorher werden diejenigen in Sicherheit gebracht, die nicht kämpfen wollen. Cadan und ich haben eine Möglichkeit gefunden, wie ihr die Stadt unbehelligt verlassen könnt.«

»Was ist mit dir?«

»Mit mir? Ich werde kämpfen.« Ich sagte es wie selbstverständlich, obgleich ich nicht darüber nachgedacht hatte. Die Bedeutung dieser Entscheidung war so erschreckend, dass ich sie von mir schob. Ich durfte mich nicht von meiner Angst kontrollieren lassen.

»Aeryn.« Mein Name war nur ein Flüstern auf den Lippen meiner Mutter. »Begleite uns.«

Das war eine Bitte, die mich tief erschütterte. Denn sie hatte nicht das Recht, sie zu stellen. Ailis mochte meine Mutter sein, meine Familie waren die Raben.

Ich öffnete den Mund für eine Antwort, aber meine Mutter schnitt mir mit einer Geste das Wort ab. »Ich weiß, das ist viel verlangt. Versprich mir nur, dass du darüber nachdenkst. *Wirklich* nachdenkst. Es könnte für uns alle einen Neuanfang bedeuten.«

Neuanfang. Das Wort hallte verführerisch in meinem Geist. Und ehe seine Bedeutung meinen Verstand vergiften konnte, dachte ich an Cadan und an das Band zwischen uns, das enger geworden war.

Wenn mich der König dazu gezwungen hatte, unsägliche Dinge zu tun, hatte ich oft von Freiheit geträumt. Davon und meiner Gabe für immer zu entsagen. Ich hatte mich nach einem anderen Leben gesehnt. Mit offenen Augen geträumt. Mich in meiner möglichen Zukunft verloren.

Aber der Eid hatte mich an mein Schicksal gefesselt – und nun waren die Ketten gesprengt.

Nach dem Gespräch mit meiner Mutter hatte ich mich in eine der Nischen zurückgezogen. Nun kauerte ich neben der makellosen Statue einer Göttin und beobachtete das Spiel des Lichts einer Kerze, als könnte ich meinen verräterischen Gedanken auf diese Weise entkommen. Doch sie hafteten an mir wie Schatten, umschlängelten meine Fesseln, tänzelten an mir empor.

Die Bitte meiner Mutter war wie eine Hand, die mich aus der Dunkelheit zu führen vermochte. Es erschreckte mich, denn ich spielte mit dem Gedanken, sie zu ergreifen. Aber das Gewicht der Verantwortung, die mit meiner Gabe einhergingen, lastete schwer auf mir. Schritte näherten sich und der Moment der Einsamkeit verblasste, als Cadan über mir auftauchte. Das Lächeln auf seinen Lippen erstarb.

»Aeryn, ist etwas passiert?«

An meinen Wimpern hingen keine Tränen und ich fragte mich, wie Cadan es jedes Mal binnen Sekunden schaffte, meine Stimmung zu erfassen. Er sank neben mir zu Boden und zog mich in seinen Arm. Sein vertrauter Duft überwältigte mich, und schließlich löste sich doch noch eine Träne aus meinem Augenwinkel. Ich drehte den Kopf und verbarg sie vor ihm.

»Ich frage mich, wie es wäre, Beryll zu verlassen.«

Cadan seufzte leise und hauchte mir einen Kuss auf die Schläfe. »Es ist die richtige Entscheidung. In Lyncurion werden sie in Sicherheit sein.«

»Das weiß ich.«

Stirnrunzelnd sah er mich an und erkannte in meinem Blick, was ich nicht aussprechen konnte. »Du willst sie begleiten.« Seine Worte waren nicht mehr als ein Flüstern. Er rückte nicht von mir ab, doch ich spürte, dass zwischen uns eine Distanz entstand, die zuvor nicht da gewesen war. Ich drängte mich an ihn und legte den Kopf in seine Halsbeuge, um dem entgegenzuwirken.

Eine Weile schwiegen wir, lauschten dem Atem des jeweils anderen und hielten uns aneinander fest.

»Wir könnten frei von alldem sein.«

»Wir?« Cadan neben mir erstarrte.

»Du könntest mitkommen«, schlug ich zaghaft vor. Nie hatte sich eine Stille zwischen uns so schwer angefühlt. Bevor Cadan sprach, wusste ich, wie seine Antwort lautete: Nein.

»Für mich gibt es nichts Schöneres als die Vorstellung, mit dir irgendwo weit weg von der Gilde und dem König ein neues Leben anzufangen.« Seine Worte verloren sich in meinem Haar, in das er sprach. »Aber meine Gabe verpflichtet mich dazu, den Raben zu dienen.«

»Was, wenn sie das nicht täte?« Ein Anflug von Wagemut überkam mich und während Cadans Blick mich fesselte, tastete ich mit einer Hand in den Ausschnitt meiner Tunika und zog die Phiole hervor, die ich an einer Kette über meinem Herz trug.

Eine schmale Falte erschien zwischen Cadans Brauen und ich widerstand dem Impuls, sie ihm mit dem Daumen fortzustreichen. »Was ist das?«, fragte er kaum hörbar.

»Das ist der Weg in unsere Freiheit«, sagte ich und betrachtete die bernsteinfarbene Flüssigkeit in ihrem Innern. Die Falte zwischen Cadans Brauen vertiefte sich. Jetzt konnte ich nicht länger an mich halten, berührte sie mit der Kuppe meines Daumens und glättete sie. »Dieses Elixier nimmt uns unsere Gaben.«

Cadan schwieg, der Ausdruck auf seinem Gesicht war unleserlich. Schließlich seufzte er und löste sich von mir. »Es kostet mich meine gesamte Willenskraft, dir das Elixier nicht aus den Händen zu reißen und es meine Kehle hinunterzuspülen.« Sein Blick zuckte zu der Phiole. »Woher hast du es?«

»Erinnerst du dich an den Tag, da ich dir von Dobrin Emnerun erzählte?«

Cadan nickte knapp. »Es fühlt sich an, als läge er eine Ewigkeit zurück, dabei ist es noch gar nicht lange her. An dem Tag fing alles an.«

»Dobrin wollte seinem Sohn die Gabe nehmen.« Ich hob die Phiole hoch. »Das Elixier ging verloren, aber der Alchemist hatte noch mehr davon.«

»Du hast es gestohlen?« Cadans Mundwinkel zuckten in einem Anflug von Heiterkeit, ehe sein Blick erneut an der Flüssigkeit hängen blieb.

Ich zuckte die Achseln.

Cadan nickte, dann schloss er meine Hand um die Phiole zur Faust. »Ich täte nichts lieber, als all dem ein Ende zu bereiten. Aber ich kann die anderen nicht im Stich lassen.«

»Zu was für einem Menschen macht es mich, dass ich es in Erwägung ziehe?«

»Zu einem Menschen, der für seine Familie alles tut. Geh mit ihnen und pass auf sie auf.«

»Aber …«

Cadan legte einen Finger auf meine Lippen und schüttelte den Kopf. »Caoimhe und Carson können dafür sorgen, dass sie der Stadt entkommen. Doch du kannst sie beschützen. Die jüngsten Novizen wissen kaum, wie man mit einem Schwert umgeht. Sie brauchen jemanden wie dich. Und ich könnte besonnener in den Kampf ziehen, wenn ich wüsste, dass du wohlauf bist.«

Ich fühlte mich wie betäubt, hatte sich unser Gespräch in einen Abschied verwandelt. Wie von selbst fanden meine Lippen Cadans Mund und flehten ihn stumm an, sich mir anzuschließen. Mich nicht allein zu lassen. Jeder einzelne seiner Küsse war zugleich Abschied und Versprechen. Und mit einem letzten löste er sich von mir und verschwand in der lauernden Dunkelheit des Tempels. Ich hätte schwören können, dass seine Augen ebenso feucht waren wie meine. Nun blieb mir nichts anderes, als dafür zu beten, dass er zu mir zurückkehrte. Und weil es mich allzu viel gekostet hatte, den König anzubeten, würde ich es mit den alten Göttern versuchen. Mochten sie sich unserer erbarmen.

Aus Schatten, Staub und jenen Zutaten, die er aus seiner Apotheke mitgenommen hatte, stellte der Alchemist einen neuen Vorrat des Schattenserums her, unter dessen Schutz die wenigen, die die Stadt verlassen würden, fliehen konnten.

Wir teilten uns in zwei Gruppen auf, die an verschiedenen Tunnelenden abgeholt werden würden. Cadan geleitete meine Eltern,

Alastair, Mór, Tyriq und mich schweigend durch die Dunkelheit. Emma folgte uns leise hechelnd. Ean würde ein paar der jüngsten Novizen in die Obhut der Rebellen übergeben, dann aber wie Cadan in den Tempel zurückkehren, um sich auf den Kampf vorzubereiten. Tyriq würde sich erst auf den Rückweg machen, nachdem wir Lyncurion erreicht hätten.

Die bloße Vorstellung, mich von Cadan zu verabschieden, unwissend, ob wir uns je wiedersehen würden, war wie ein Stich zwischen die Rippen. Es schmerzte mit jedem Schritt, den wir uns unweigerlich auf den Abschied zubewegten.

Als in weiter Ferne schwaches Tageslicht vor uns auftauchte und immer größer wurde, wuchs mein Unbehagen. Seit meinem miserablen Versuch, Cadan zu töten, waren wir ständig beisammen gewesen. Und meine Gefühle, die ich im Angesicht seiner Reserviertheit verloren geglaubt hatte, waren allmählich zurückgekehrt. Ich wusste nicht, ob mein Herz stark genug war, eine erneute Trennung zu überstehen. Eine, die womöglich von Dauer war.

Niemand sagte ein Wort, aber ich hörte den angespannten Atem meiner Gefährten. Cadan schob sich an die Spitze, als wir den Ausgang erreichten. Die Waffe hatte er hoch erhoben und auf den hellen Fleck gerichtet, der Freiheit versprach. Frische Luft wehte mir entgegen. Hatte ich sie kürzlich noch begierig aufgesogen, ließ sie mich nun erschaudern.

Draußen näherte sich ein mit Tuch bespannter Wagen, dessen Räder gemächlich knirschten, während hinter mir scharrende Schritte erklangen. Ich fuhr herum und suchte in der Dunkelheit nach einem der Raben, der uns gefolgt war. Nichts.

»Das ist Carson«, bemerkte Cadan, als ich das schräge Pfeifen eines Wiegenliedes vernahm.

Scharfkantige Felsen dominierten diesen Teil der Stadt. Die wenig befahrene Straße, in die der Tunnel mündete, führte durch eine Schlucht aus hoch aufragendem Gestein, die uns Deckung bot.

»Los jetzt!«, zischte Cadan und winkte uns nacheinander aus dem Tunnel in die Freiheit. Der Alchemist hielt seinen Leib umklammert, um das Klappern der unzähligen Phiolen in seinem Umhang zu ersticken, während er in geduckter Haltung auf den Wagen zulief. Dann folgten meine Eltern Hand in Hand.

Draußen schlenderte Carson leise summend um den Wagen, als bekäme er nicht mit, was vor sich ging. Die beiden Esel, die er vorgespannt hatte, kauten genüsslich auf einer Karotte und verteilten orangefarbene Krümel und Spucke auf staubigen Boden.

Als Tyriq Mór am Arm nahm, um sie nach draußen zu führen, umfasste Cadan seine Schulter und sah ihn eindringlich an. »Schwöre mir, dass du auf sie aufpasst.«

Tyriqs Blick zuckte kurz zu mir, ehe er nickte und sich zum Gehen wandte. Emma folgte ihm. Im hellen Tageslicht schimmerte ihr Fell wie flüssiges Silber, dessen Anblick mich blendete. Mit einer fließenden Bewegung sprang sie in den Wagen. Ich blinzelte, als die Dunkelheit über mich hereinbrach.

Cadan und ich waren allein. Er sah mir nicht in die Augen, sondern fixierte einen Punkt oberhalb meiner Schläfe. Tausende Gedanken stürzten auf mich ein, aber ich war nicht in der Lage, auch nur einen davon in Worte zu fassen. Cadan schien es ähnlich zu ergehen, denn er öffnete den Mund, dann schloss er ihn wieder.

Als wären wir Fremde, nickte ich ihm zu, bevor ich mich aus seinem Bann löste. Und während ich auf den Wagen zueilte, erkannte ich, dass meine Furcht, von den Königstreuen entdeckt zu werden, weitaus weniger wog als jene, die mit der Aussicht auf ein Leben ohne Cadan einherging.

Meine Schritte verlangsamten sich und ich blieb schutzlos zwischen Tunnel und Wagen stehen. Ringsum erhob sich graues Gestein, über mir erstreckte sich ein Streifen des blauen Himmels. Vor mir lag die Freiheit. Und hinter mir …

Ich wandte mich um. Fing den Blick heller, nahezu farbloser Augen auf.

»Aeryn, Liebes! Komm!«, rief meine Mutter hinter mir. Cadan sagte nichts. Er sah mich einfach an, die Miene unergründlich.

»Willst du hier etwa Wurzeln schlagen, Mädchen?«, knurrte Carson und schirmte mich mit seiner massigen Gestalt von der Biegung der Straße ab, von der leise Geräusche der Stadt zu uns hinüberwehten.

Ich riss mich aus meiner Starre und spürte, wie das Band zwischen Cadan und mir zerriss. Dann ergriff ich Carsons große Hand und ließ mir von ihm in den Wagen helfen. Caoimhe, die auf dem Kutschbock saß, nickte mir kaum merklich zu.

»Wenn meiner Mutter etwas geschieht, dann liefere ich euch mit Freuden dem König aus«, knurrte Carson, ehe ich meinen Platz zwischen hoch gestapelten Kisten einnehmen konnte. Ich spürte die Blicke der anderen auf mir, aber ich wagte es nicht, auch nur einen einzigen davon zu erwidern.

Seitdem sich der Wagen in Bewegung gesetzt hatte, rollten wir unwiderruflich auf das Stadttor zu. Von draußen drangen die Geräusche Berylls zu uns herein. Eine Mutter keifte, als ihr Sohn auf die Straße lief, um Carsons Esel zu streicheln, und der Takt vieler Schritte auf Kopfsteinpflaster vermischte sich mit dem Vibrieren der Wagenräder. Im Innern war es heiß und stickig. Der Stoff meiner Tunika klebte mir binnen kürzester Zeit am Rücken, doch es mochte auch die Angst sein, die mich schwitzen ließ.

»Warum muss ausgerechnet dieses Federvieh mitkommen?«, knurrte Tyriq, der bäuchlings in dem Karren lag. Neben seinem Kopf stand Bridgets Käfig. Die Henne war wenig begeistert, dass Carson sie eingesperrt hatte, und schlug unaufhörlich mit den Flügeln gegen die Stäbe. Federn und Vogelmist flogen durch die Luft. Mehr als einmal hatte Tyriq niesen müssen, aber das knarzende Geräusch der Wagenräder übertönte ihn. Emma wachte mit ausgestreckten Pfoten vor dem Käfig und antwortete auf Bridgets Wutanfälle mit einem Bellen. Jedes Mal schoss Tyriq vor, um ihr das Maul zuzuhalten. Dann versuchte sie, sich aus seinem Griff zu entwinden und ihm die Finger abzulecken.

Carson, der auf dem Kutschbock saß, drehte sich zu uns herum und kommentierte Emmas Spiel durch einen schmalen Spalt in der Plane: »Und ich frage mich, was der Hund hier verloren hat!«

Als der Wagen langsamer wurde, beschleunigte sich der Schlag meines Herzens. Von fern hörte ich die rauen Befehle der Soldaten an der Stadtmauer.

»Wir sind gleich da«, raunte Carsons Stimme uns zu. »Verhaltet euch also still!«

Cadan hatte mit Caoimhe und Carson vereinbart, dass an diesem Morgen die Rebellen das Stadttor kontrollieren sollten. Tatsächlich reichte der Widerstand gegen den König tiefer, als ich mir je hätte vorstellen können. Nun hämmerte mein Herz und ich betete, dass unser Plan aufging.

Carson nahm erneut leise summend sein Lied auf, das bis zu uns durchdrang. Ich lauschte, während die Rufe der Soldaten lauter wurden und der Wagen in immer unregelmäßigeren Abständen zum Stehen kam.

»Wohin?«, hörte ich kurz darauf eine barsche Stimme.

»Eldorn«, sagte Carson zögerlich. Etwas an seinem Tonfall beunruhigte mich.

»Was führt dich dorthin?«

Als Carson nicht antwortete und das Schweigen zwischen ihm und dem Soldaten unerträglich wurde, hob ich den Blick. In Tyriqs Miene begegnete ich der Erkenntnis, die auch mich getroffen hatte: Etwas verlief nicht nach Plan.

»Wo ist Gilroy?«, fragte Carson schließlich. »Sollte er heute Morgen nicht Dienst haben?« Anspannung troff von jedem seiner Worte.

»Was weißt du schon über unseren Dienstplan?«, knurrte der Soldat. Meine Mutter zuckte zusammen, als hätte man diese Frage an sie gerichtet. Ich hob den Finger zu den Lippen und bedeutete ihr, still zu sein. Angst breitete sich wie schleichender Nebel im Innern des Wagens aus, kroch über meine Arme und Beine und suchte sich ein Weg in mein Herz. An den bleichen Gesichtern der anderen erkannte ich, dass es ihnen ähnlich erging.

»Nichts, ich meine, er hat mir gestern Abend bei einem Bier davon erzählt…« Carsons dunkle Stimme wurde um eine Nuance heller. Jemandem, der ihn nicht kannte, würde das verborgen bleiben. Aber ich wusste es besser: Er hatte Angst.

»Also, was führt dich nach Eldorn?«, wiederholte der Soldat ungeduldig.

»Wir … wir bieten auf dem Markt unsere Eier zum Verkauf.«

»Haben die in Eldorn keine eigenen Hühner?«

Wie um den Soldaten zu tadeln, gackerte Bridget laut auf.

»Zumindest nicht dieses«, meinte Carson und ich hörte trotz der Anspannung den Stolz in seiner Stimme.

»Na schön«, brummte der Soldat. Ungläubige Erleichterung überkam mich, als sich seine Schritte vom Karren entfernten. Doch in diesem Moment schlug Bridget erneut mit den Flügeln aus. Körner und Staub stoben auf. Tyriq presste sich beide Hände aufs Gesicht, um das Niesen zu unterdrücken, aber Emma bellte auf.

Meine Mutter riss den Mund zu einem stummen Schrei auf. Dann herrschte Stille, die kurz darauf von sich nähernden Schritten durchbrochen wurden. »Wen versteckst du da drin?«, knurrte der Soldat.

»Das ist nur mein Hund.«

»Dein Hund? Ich habe mehr gehört als einen Hund! Im Namen des Königs – aufmachen!«

Am liebsten hätte ich ausgeholt und Tyriq in die Seite geknufft. Er zog Emma in seine Arme und versiegelte ihr mit einer Hand das Maul. Ich machte mich auf meinem Platz zwischen den Eierkisten so klein wie möglich und hielt den Atem an. Meine Mutter wimmerte und ich hörte, wie mein Vater ein leises *Scht* in ihr Haar raunte. Mór war wie erstarrt. Sie dränge sich an Tyriq, der ein Messer aus dem Gürtel zog. Im Halbdunkel des Wagens blitzte die Klinge auf. Bereit, zuzustechen.

»Wenn Euch zwei Dutzend Kisten Eier, meine beste Henne und mein Hund so brennend interessieren«, brummte Carson fahrig. Ich betete, dass er aufhörte zu reden, aber er fuhr fort: »Mein Hund ist Fremden gegenüber nicht sonderlich freundlich gestimmt, deshalb ist er im Wagen.«

»Interessiert mich nicht. Jetzt beweg deinen fetten Wanst hierher«, knurrte der Soldat, »und mach den Karren auf, ehe ich dir Beine mache!«

Ein Streifen gleißenden Tageslichts fiel durch den Spalt der Planen hinein, als Carson die Schnüre löste. Er erlosch, als ich die Augen zukniff. Alles um mich herum verschwand in Dunkelheit. Die Angst fremder Menschen drängte sich mir auf, jene Ängste, die ich in den vergangenen Wochen erspürt hatte. Ich sah das Gesicht des Königs, das sich zu einer triumphierenden Fratze verwandelte, sobald er erfuhr, dass man uns gefangen genommen hatte. Doch die Geräusche, die ich hörte, passten nicht zu den Szenen, die sich vor meinen geschlossenen Lidern abspielten. Ich blinzelte und beobachtete, wie sich der Spalt erneut schloss.

»Carson?« Die Stimme, die sich nun einmischte, klang freundlich, wenn auch nicht so überrascht, wie sie es vorgab. »Mein Freund, sag mir nicht, du hast den Abend unbeschadet überstanden. Die Wirkung des Alkohols hängt mir noch immer nach … Aiden, entschuldige meine Verspätung. Ich übernehme hier.«

Der Soldat, der auf diesen Namen hörte, knurrte etwas, dann entfernten sich seine Schritte.

»Alles in Ordnung?«, drang es gedämpft durch die Plane ins Innere des Wagens. Es klang, als würden Carson und Gilroy direkt neben mir stehen.

»Du hast es ganz schön spannend gemacht«, brummte Carson.

»Ich wurde aufgehalten«, erwiderte Gilroy.

Ein Zucken durchfuhr den Wagen, als Carson erneut den Kutschbock erklomm.

»Ich wünsche Euch viel Erfolg auf dem Markt von Eldorn«, hörte ich ein letztes Mal Gilroys Stimme, ehe Carson mit der Zunge schnalzte und den Eseln ein Zeichen gab.

Wir warteten und verharrten in Schweigen, ehe sich die Räder erneut in Bewegung setzten. Ihr Knirschen auf dem staubigen Boden verebbte zugunsten eines dumpfen Geräusches von Rädern, die über die hölzerne Zugbrücke rollten.

Wir hatten es geschafft.

Wir waren Beryll entkommen.

KAPITEL 30

Es WAR DAS erste Mal, dass ich Beryll verließ. Mein Leben hatte ich zwischen den moosbewachsenen Mauern um die Stadt verbracht, die Welt, die sich außerhalb erstreckte, war mir fremd. Avendall reichte weit über die Wiesen und Wälder hinaus, die man von Beryll aus sehen konnte, und doch hatte ich nie mehr davon gesehen. Carsons Wagen folgte einem etwas kleineren Modell, in dem sich unsere Novizen versteckten. Auch sie hatten die Grenze der Stadt unbehelligt passieren können, nachdem ihnen einer von Carsons Verbündeten die Erlaubnis erteilt hatte. Wir holperten entlang einer schmalen Straße, die sich in verschlungenen Windungen dem Hang des bewaldeten Berges anpasste. Obwohl wir uns noch immer im Halbdunkel des Wagens verbargen, beobachtete ich durch einen Schlitz zwischen den Planen, wie die Sonne durch das entfernte Blätterdach drang und goldene Lichtbündel zum Boden schickte. Mücken und Schmetterlinge tanzten darin und in den Ästen raschelten die Vögel, die ein Lied anstimmten, sobald sie uns nicht mehr als Gefahr betrachteten. Mein ganzes Leben lang waren die Gebäude Berylls um mich herum aufgeragt. Dass es nun Baumriesen waren, die links und rechts neben der Straße in den Himmel wuchsen, erschien mir unfassbar. Zwei Stunden musste ich zwischen den Kisten ausharren, während Tyriq in regelmäßigen Abständen stöhnte und über seinen steifen Rücken klagte, bis Carson den Wagen auf einer Lichtung zum Stehen brachte und uns eine kurze Pause gönnte. Die Novizen waren bereits ausgestiegen und betrachteten leise tuschelnd ihre neue Umgebung.

Vermutlich erging es ihnen wie mir und sie befanden sich zum ersten Mal in ihrem Leben außerhalb der Mauern Berylls.

Emma sprang bellend nach draußen und machte lange Sätze über die Waldwiese. Bienen und Schmetterlinge stoben in alle Richtungen, als die Hündin ihre friedliche Ruhe störte und durch das hüfthohe Gras tollte. Der Novize Padraig warf ein Stöckchen für sie. Begeistert stürzte sie sich in das Spiel.

Ich trat an Mórs Seite und beschrieb ihr die Szene vor uns, so gut ich konnte. Sie sprach nicht, aber an ihrer andächtigen Miene erkannte ich, dass sie mir lauschte.

»Hast du Mai vor unserer Abreise noch einmal gesehen?«, fragte ich nach einer Weile einvernehmlichen Schweigens.

Mór zuckte kaum merklich zusammen. Über ihr sonst so gelassenes Gesicht huschten komplexe Emotionen, die ich nicht zu deuten wusste, bevor sie sich mir verschloss. »Sie war mit ihren eigenen Angelegenheiten vollauf beschäftigt«, sagte sie knapp. Nie zuvor hatte ich sie in einem solchen Ton über unsere gemeinsame Freundin sprechen hören. Aber ich erhielt nicht die Gelegenheit, sie zu fragen, was zwischen ihnen vorgefallen war.

Mein Vater räusperte sich und zog damit meine Aufmerksamkeit auf sich. Schütteres Haar klebte in der schweißbedeckten Stirn. »Wie weit ist es noch bis Lyncurion?«

»Nach dem Abstieg ins Tal dauert es eine Stunde, maximal zwei«, sagte Carson, der die Gegend um Beryll besser zu kennen schien, als ich gedacht hatte. Ich sah ihn fragend an und er zuckte die Achseln und fügte hinzu: »Bridgets Eier sind nicht nur in Beryll beliebt.«

Mein Vater gab ein ähnliches Geräusch von sich wie Tyriq und erntete einen scharfen Blick meiner Mutter. »Du solltest dankbar sein, dass diese guten Leute uns helfen!«

»Oh, missversteht das nicht«, brummte Carson. »Ich bin kein guter Mensch. Ich mache das nicht für mein Seelenheil oder dergleichen. Cadan hat mich erpresst.«

Ein einziges Wort und all meine Gefühle brachen durch die Mauer aus Angst, die ich während unserer Flucht um mich herum errichtet hatte. Ich musste einen Laut von mir gegeben haben, denn auf einmal lagen sämtliche Blicke auf mir. Die schmalen Fältchen auf der Stirn meiner Mutter erweckten den Eindruck von Kummer und mein Vater scharrte unruhig mit den Füßen.

»So ein Unsinn!« Caoimhes Knurren durchschnitt die Anspannung zwischen uns wie ein Pfeil. Sie verteilte frisch gebackenes Brot und kaltes Wasser, das sie in einer Flasche aus einem Bach unweit von unserem Rastplatz geschöpft hatte. Das Licht, das durch die Baumkronen fiel, färbte ihr weißes Haar hellgrün. »Aeryn und Cadan haben uns um Hilfe gebeten und wir haben sie ihnen gewährt, weil es unsere Pflicht am avendallschen Volk ist.« Caoimhe hob mit ihrer knochigen Hand mein Kinn an, dann tätschelte sie meine Wange. »Ich bin froh, meinen Teil zu einer neuen Welt beizutragen. Und mag dieser noch so klein sein.«

»Du warst schon immer eine mutige Frau«, bemerkte Elias, der Händler, der den zweiten Wagen fuhr, mit kaum verhohlener Bewunderung, die ich nur teilen konnte.

»Und du ein Schmeichler«, erwiderte Caoimhe. Die blasse Haut ihres welken Gesichtes nahm einen rosafarbenen Ton an.

Bevor Elias darauf eingehen konnte, trat Mór vor. Der Wind zupfte an den hellen Strähnen ihres Haars. Ihre leeren Augen starrten mich an. »Wir sollten aufbrechen. Etwas nähert sich.«

»Du siehst etwas?«, horchte Tyriq auf. Sein Blick streifte suchend über die friedliche Lichtung vor uns. »Ist deine Gabe zurückgekehrt?«

Ein Wind kam auf, ließ die Blätter der Bäume rascheln und Mórs helles Haar tänzeln. »Nicht wirklich. Es ist mehr ein Gefühl«, gab sie zu.

Die gelöste Stimmung kippte. Mór mochte nicht im Vollbesitz ihrer Kräfte sein, doch es wäre töricht gewesen, nicht auf sie zu hören. Anspannung ergriff uns, während wir unsere Spuren auf der Lichtung beseitigten. Tyriq pfiff Emma zurück, die mit angelegten Ohren auf ihn zutrabte.

»Werden sie uns finden?«, fragte ich Mór auf dem Weg zum Planwagen.

Kurz schwieg meine Freundin, dann senkte sie den Kopf. »Das weiß ich nicht.«

Licht und Schatten kreisten die Waldwiese ein, auf der wir Rast gemacht hatten. Die Schatten wurden länger und bevor einer von ihnen sich in eine Bedrohung verwandeln konnte, schoss Emma knurrend aus dem Planwagen und stürmte auf sie zu.

»Emma!«, rief Tyriq ihr nach, aber seine Hündin hatte bereits die Hälfte der Wiese zurückgelegt. Alles ging so schnell. Ihre Nackenhaare richteten sich auf, die Ohren hatte sie angelegt. Sie setzte zum Sprung an. Mit gefletschten Zähnen flog Emma auf die Königstreuen zu, die mit gezückten Waffen aus den Schatten traten. Die Zeit hielt an und zog diesen schrecklichen Moment in die Länge. Emma schwebte in der Luft, die Pfoten ausgestreckt, den wilden Blick auf ihre Gegner geheftet.

Ein schmerzerfülltes Jaulen ließ mir das Blut in den Adern gefrieren. Tyriq schrie etwas, aber Mór hielt ihn auf, ehe er sich blindlings und unbewaffnet auf die Königstreuen stürzen konnte. Als sein Schluchzen über die Lichtung hallte, brach mein Herz. Denn Tyriqs treue Freundin war tot.

Emma lag den Königstreuen leblos zu Füßen, die Pfoten gekrümmt und den Schwanz wie einen Fächer im Gras ausgebreitet. Ein Pfeil ragte aus ihrem Körper.

Ich zog mein Schwert und machte mich für ihren Angriff bereit.

»Du musst jetzt stark sein, wir brauchen dich«, hörte ich Mór Tyriq beschwören. »Kämpfe für sie!«

Es waren mehrere Männer, die die Farbe des Königs trugen und mit gezückten Waffen auf uns zustürmten. Meine Klinge blitzte im Licht, das durch das Blätterdach drang. Sie fing den Angriff des ersten Königstreuen mit einem ohrenbetäubenden Klirren auf. Stahl wirbelte durch die Luft, Schreie gellten gen Himmel.

»Durch Sturm und Tod dem König!«, brüllten die Königstreuen.

Und der friedliche Moment auf der Lichtung verwandelte sich in Chaos und Tod.

Unsere Angreifer waren in der Unterzahl, im Kampf ausgebildet waren allerdings nur die wenigsten von uns. Mór, deren Gabe sie im Stich ließ, kauerte zwischen meinen Eltern und zuckte jedes Mal, wenn Klingen aufeinanderprallten, zusammen. Auch die jungen

Novizen hielten sich im Hintergrund. In ihrer Ausbildung hatten sie bislang nur ein Messer gehalten, um ihr Abendmahl mundgerecht zu zerkleinern. Carson erwies sich jedoch als passabler Kämpfer. Was ihm an kriegerischem Feingefühl mangelte, das machte er mit schierer Kraft wett. Er riss einen der Königstreuen von den Beinen und schleuderte ihn von sich, bis dieser keuchend im Gras liegen blieb. Auch Caoimhe ging trotz ihrer alten Knochen sicher mit einer Waffe um. Und Alastair kämpfte auf eine ihm eigene Weise. Blauer Rauch hüllte ihn ein, als er eine seiner Phiolen entkorkte. Knisterndes Feuer breitete sich um ihn herum aus und suchte nach einem würdigen Gegner. Die Königstreuen wichen vor ihm zurück.

Mein Kurzschwert antwortete unseren Angreifern mit schnellen Hieben. Ich gewann gegenüber einem von ihnen die Oberhand, drängte ihn immer weiter zurück. Doch dann verfing sich mein Fuß in einer Wurzel und brachte mich ins Straucheln. Mein Gegner nutzte den Moment und gleich darauf wirbelte die Lichtung um mich herum. Ich landete auf dem Boden und der Aufprall presste mir die Luft aus der Lunge.

Ein vertrautes Gesicht tauchte über mir auf. Es war Ducan, ausgerechnet jener Königstreue, der mir stets freundlich gesinnt war. Mir stockte der Atem, als die Kälte seiner Klinge, die jener in seinen Augen in nichts nachstand, meinen Hals berührte.

»Ducan!«, würgte ich hervor und suchte in seinem Blick jene Gutmütigkeit, mit der er mir früher begegnet war. Sie war eisigem Hass gewichen.

»Ihr seid zu weit gegangen«, knurrte er und verstärkte den Druck seiner Waffe.

Ich ließ von meiner eigenen ab, die mir in dieser Position ohnehin nicht von Nutzen war, und umklammerte mit beiden Händen Ducans Klinge. Ihre Schärfe schnitt mir in die Haut, aber der Schmerz war weit entfernt.

Dann tauchte Cadan auf und ich glaubte mich bereits im Reich der Toten. Er konnte nicht hier sein. Und doch stürzte er sich mit einem Schrei auf Ducan und riss ihn von den Füßen. Der Druck auf meinen Hals schwand und ich sah mich dem wirbelnden Knäuel aus

Umhängen gegenüber. Cadan stieß den Königstreuen von sich und kam als Erster wieder auf die Beine.

»Cadan«, krächzte ich und zog für einen Moment seinen besorgten Blick auf mich. Ducan sprang auf und griff an, aber Cadan reagierte blitzschnell. Seine Klinge bohrte sich in den Bauch des Königstreuen. Ducan wankte. Die Farbe wich aus seinem Gesicht und er kippte vornüber auf die Knie. Blut sprudelte aus seiner Wunde und tränkte das Gras auf der Lichtung. Obgleich er als mein Gegner starb, berührte mich sein Tod. So hatte er mich doch viele Jahre meines Lebens begleitet.

»Ducan!«, keuchte ich. Ich kroch auf ihn zu und schüttelte ihn. Er war fort. Eine eisige Kälte breitete sich in meinem Körper aus und schnürte mir die Kehle zu.

Hände schlossen sich um meine Oberarme und zogen mich auf die Beine, fort von dem Leichnam. Erst als mich jemand in den Wagen hob, bemerkte ich, dass es Cadan war. Der Kampf war vorüber, die anderen Königstreuen gefallen oder geflohen. Tyriq umklammerte den reglosen Leib seiner Hündin. Tränen rannen über sein blutgesprenkeltes Gesicht.

Eine tödliche Stille senkte sich über die Lichtung, die einzig von unseren hektischen Atemzügen durchbrochen wurde.

»Jemand verletzt?« Cadan war der Erste, der sprach. Wie war das überhaupt möglich? Ich berührte ihn, schloss die Finger fest um sein Handgelenk. Es gab nicht nach. Er war keine Illusion, die mein nahender Tod heraufbeschworen hatte. Er war echt. Die Last der Angst nahm ich erst wahr, als sie von mir abfiel. Ich schmiegte mich an ihn und konnte die Flut an Tränen, die mich letztlich überkam, nicht aufhalten. Ihr Strom riss mich mit sich, die Lichtung verschwamm vor meinen Augen, bis die Lichtpunkte zwischen den Blättern ebenso Reflexe auf einer Wasseroberfläche hätten sein können.

Nachdem Cadan sich vergewissert hatte, dass alle bis auf einige wenige Prellungen und Schnittwunden wohlauf waren, trieb er uns zur Eile an. Seine Geschäftigkeit ließ uns funktionieren. Alastair sammelte einige Phiolen auf, die ihm aus den Taschen seines Umhangs geglitten waren, die Novizen kletterten mit aschfahlen

Gesichtern und zerknitterter Kleidung zurück in ihren Wagen und ich folgte meinen Eltern.

Eine Weile war das gleichmäßige Knirschen der Räder auf dem Waldweg das einzige Geräusch. Aber irgendwann hielt ich es nicht mehr aus. Ich hob den Blick und verlor mich in hellen Augen.

»Warum bist du hier?« Meine ruhige Stimme verbarg den Aufruhr, der in mir tobte.

Cadan blinzelte. Seine Wangen verdunkelten sich und er errötete. Das berührte etwas tief in meinem Innern und löste ein Flattern aus.

Mit einem Räuspern schindete Cadan Zeit. Zeit, in der ich ihn beharrlich musterte. Schließlich fuhr er sich durch die glänzenden Strähnen seines Haars und sagte: »Seit ich dich vor so vielen Jahren zum ersten Mal sah, wusste ich, dass unsere Schicksale untrennbar miteinander verwoben sind. Wo du hingehst, da bin auch ich.«

Ich schluckte hart, denn ich war mir peinlich bewusst, dass seine Worte auch jeder andere in diesem Wagen gehört hatte. Meine Mutter wandte sich meinem Vater zu, gab vor, ihm einen Fleck vom Kragen zu entfernen, der nicht da war. Alastair beschäftigte sich mit seinen Phiolen. Mór starrte vor sich hin, als würde sie nichts wahrnehmen, was um sie herum geschah. Und Tyriq wiegte seine Hündin in den Armen. Tränen malten Spuren auf seinen schmutzigen Wangen. Er war der Einzige, der uns wohl nicht zuhörte.

»Was ist mit den anderen?«, fragte ich vorsichtig.

»Sie haben ihre Entscheidung getroffen und ich die meine«, antwortete Cadan mit gesenkter Stimme. »Doch ich bin überzeugt, dass sie es schaffen werden. Der Maester hat einen guten Plan.«

Ich verzichtete, ihn darauf hinzuweisen, dass sich Pläne durch unvorhersehbare Ereignisse ändern konnten. Dass selbst der beste Plan durch einen Überraschungsmoment des Gegners unwiderruflich zerstört werden konnte. Dass Ducans Leichnam nun auf einer Lichtung zwischen Beryll und Lyncurion lag. Wie ein Hinweisschild, das uns früher oder später an den König verraten würde. Bleierne Sorge lag schwer auf mir. In meinen Gedanken lauerten mir Dorchadas und Ducan auf. Verfolgten mich. Ließen nicht von mir ab.

Ich versuchte sie für den Rest der Fahrt aus meinem Kopf zu verbannen, und konzentrierte mich auf das zarte Gefühl, das Cadans Gegenwart in meinem Bauch kribbeln ließ. Er war hier. Wirklich hier. Ich konnte es kaum glauben. Verstohlen beobachtete ich ihn den Rest der Fahrt hinweg. Erschöpfung zeichnete seine Züge, aber in seinen Augen funkelte etwas, was ich nicht zu deuten vermochte. Hoffnung?

Meinen eigenen Gefühlen wagte ich nicht zu trauen. Sie waren wankelmütig wie das Wetter in den Bergen. Erleichterung durchströmte mich, bis mich die Erinnerung an den Abschied von Cadan überkam, die mir noch immer tief ins Herz stach. Und im nächsten Moment loderte siedend heißer Hass in mir auf. Denn der Tod seiner Freundin hatte etwas in Tyriq zerbrochen. Dorchadas hatte uns alles genommen. Doch das schien ihm nicht genug. Ich betete zu Cadans Göttern und flehte um Gerechtigkeit.

Als wir Lyncurion endlich erreichten, spürte ich sämtliche Knochen in meinem Körper, als hätte ich die vergangenen Stunden nicht in der Enge des Wagens, sondern in der Arena der Gilde verbracht. Die blutgetränkte Tunika klebte an meinem Körper. Ich sehnte mich nach einem Bad und nach erlösender Stille. Das Klirren von Waffen und Emmas schmerzerfülltes Quietschen hallten in meinem Geist wider und ließen nicht von mir ab.

Lyncurion bestand aus weitläufigen Ländereien. Der Gutshof, den Amalie mit ihrer Familie bewohnte, lag in der Senke zwischen zwei sattgrünen Hügeln, auf denen Schafe weideten. Sie blökten, als sie uns bemerkten, und liefen neugierig auf uns zu, bis sie eine Traube um die Wagen bildeten und eine Weiterfahrt verhinderten.

»Aus dem Weg!«, rief Carson und ließ die Peitsche schnalzen, von der er auf der Fahrt kein einziges Mal hatte Gebrauch machen müssen. »Aus dem Weg!«

Cadan öffnete von innen den Planwagen, nacheinander sprangen wir in die wohltuende Kühle der frischen Luft. Nur Tyriq blieb zurück. Inzwischen waren seine Tränen getrocknet, aber noch immer hatte er die Arme um Emma geschlungen und starrte blicklos geradeaus.

»Ty, kommst du?«, fragte Mór sanft.

»Lass mich in Ruhe!«, schnappte Tyriq.

»Ty …« Seine Schwester legte eine Hand auf seine Schulter, aber er schüttelte sie ab.

»Nein! Emma ist tot. Du hättest es mir sagen müssen! Du hättest mich warnen müssen, damit ich sie hätte retten können. Und jetzt ist es zu spät. Du hast Emma im Stich gelassen, hast *mich* im Stich gelassen!«

Mein Herz zog sich bei Tyriqs Worten zusammen. Ich wollte Mórs Hand nehmen, aber sie entzog sich mir. Tränen schimmerten in ihren Augen, als sie sich abwandte. Leise flüsterte sie: »Ich habe es nicht gesehen.« Aber ich war die Einzige, die es hörte.

Über dem Gutshof, einem mehrteiligen Gebäudekomplex mit steingrauen Mauern und dunklem Dach, spannte sich ein strahlend blauer Himmel. Ein Schaf stupste mich an, als ich mich zu dem Haus wandte. Aus der Tür trat eine dunkle Gestalt, ihr folgte eine zweite und sie kamen auf uns zu. Zuerst erkannte ich meine Schwester an dem runden Bauch, dann an dem langen dunklen Haar, das sich unter ihrem Häubchen löste und ihr in einzelnen Stellen um das Gesicht fiel, und schließlich an dem freudigen Ausdruck und an dem Schluchzen, das sie ausstieß, als sie unsere Eltern und mich erkannte. Mit einem Teppichklopfer, den sie wie ein Schwert hielt, scheuchte sie die Schafe beiseite und eilte auf mich zu. Es bedurfte keiner Worte, weinend fielen wir einander um den Hals. Amalie fühlte sich fremd und vertraut zugleich an. Fremd, weil sie seit unserer letzten Begegnung erwachsen geworden war und ein Kind in einer prallen Kugel unter ihrem Herzen trug, vertraut, weil sich ihr Duft nach Rosen, Pergament und Tinte nicht verändert hatte.

»Kann das wahr sein?«, schniefte sie. »Oder fiebere ich?« Sie drehte sich zu ihrem Mann, einem Hünen mit langem blonden Haar und Vollbart. Auf der Wange zeichnete sich ein schmaler roter Striemen ab, als wäre er in wildem Galopp durch die umliegenden Wälder geritten und dabei zu spät einem Ast ausgewichen. Der Blick seiner hellblauen Augen huschte wachsam über die blutbesudelten Menschen, die verstreut zwischen seiner Schafherde standen.

»Ich sehe sie auch«, sagte er, dann formte er das Zeichen des Königs zur Begrüßung. »Mein Name ist Tristan.«

Niemand von uns antwortete, niemand erwiderte das Zeichen. Tristan ließ die Faust sinken und musterte uns mit zusammengekniffenen Augen.

»Was führt euch zu uns?«, fragte Amalie und kehrte an die Seite ihres Mannes zurück, der schützend einen Arm um sie legte. »Wir hörten Gerüchte, nach denen die Gilde der Raben gefallen ist. Und nun tauchst du hier mit Mutter und Vater und diesen Fremden auf, von denen die meisten ebenso zur Gilde zu gehören scheinen.« Ihr Blick wanderte von Cadan zu Mór, die die Blinde mimte und demonstrativ in eine andere Richtung sah, während eines der Schafe am Saum ihres Umhangs kaute, und verweilte auf den Novizen, die kaum mehr als Kinder waren. »Und ihr seid blutverschmiert. Das kann nichts Gutes verheißen.«

»Die Nachrichten, die wir euch bringen, sollten nicht unter freiem Himmel ausgesprochen werden«, sagte unsere Mutter und trat auf ihre älteste Tochter zu. »Hast du einen Platz für uns in deinem Haus?«

»Ihr kommt gerade recht«, sagte Tristan nach einem kurzen Zögern, in dem er zweifelsohne abwog, ob er die Türen seines Heims für ein paar Herumtreiber öffnen sollte, und deutete eine Verneigung vor meiner Mutter an. Den Eltern seiner Frau konnte er unmöglich einen Wunsch ausschlagen, auch wenn sie unangekündigt auftauchten. »Amalie hat gebacken.«

»Geht schon vor«, raunte ich Cadan zu und nickte in Tyriqs Richtung, der noch immer nicht aus dem Planwagen gestiegen war.

»Kommst du zurecht?«, erwiderte er.

Ich nickte stumm, obgleich es mir schwerfiel, mich von ihm zu trennen. Auch wenn es nur für ein paar Augenblicke war. Aber ich konnte Tyriq jetzt nicht zurücklassen. Dabei spielte es keine Rolle, was alles zwischen uns stand.

Nachdem wir die Wagen hinter dem Haus abgestellt und den Knechten die Esel übergeben hatten, setzte ich mich mit dem Rücken zu Tyriq auf die Ladefläche und ließ die Beine baumeln.

»Wie geht es dir, Ty?«, fragte ich sanft. Er antwortete nicht, aber das hatte ich auch nicht erwartet. »Sie war eine unglaubliche Hündin. Sie ist gestorben, um uns zu retten.«

»Sie hätte nicht sterben müssen, wenn Mór mich rechtzeitig gewarnt hätte!« Tyriqs Schmerz färbte seine Stimme kalt wie nie zuvor.

Ich schluckte hart. »Es ist nicht Mórs Schuld«, sagte ich schließlich. »Sie ist geschwächt, sie …«

»Wozu hat sie diese Gabe überhaupt, wenn sie im entscheidenden Moment nicht funktioniert?«, schoss Tyriq. Sein Zorn traf mich hart wie ein Pfeil. Aber ich wich nicht zurück. Es war die Trauer, die aus ihm sprach, nicht die Wahrheit.

Ich antwortete nicht und so verfielen wir in ein Schweigen, das nur von den zwitschernden Vögeln in den Bäumen rings um uns durchbrochen wurde. Nach einer Weile sagte ich: »Wir könnten sie hier begraben. Es würde ihr sicher gut gefallen.«

Ich glaubte, er würde mir eine Antwort schuldig bleiben. Aber endlich stand Tyriq auf und verließ mit Emma den Wagen. Getrocknetes Blut verklebte ihr einst seidiges Fell, das im Tod stumpf wirkte. Ihre Augen waren geschlossen, die Zunge fiel ihr seitlich aus der Schnauze. Fast sah es so aus, als würde sie schlafen.

Fast.

Tyriq und ich fanden eine Stelle unterhalb eines uralten, weit verästelten Baumes, der auf einem Hügel mit sanfter Steigung aufragte. Von hier konnte man über die Schafherde, den Gutshof und die Wiesen blicken. Es war ein schöner Ort, um die Ewigkeit zu verbringen.

Mit bloßen Händen grub Tyriq ein Loch. Scharfkantige Steine schnitten ihm ins Fleisch, bis er blutete, aber er sagte kein Wort und ging seiner Arbeit nach. Ich pflückte ein paar Blumen, die ich zu Emma ins Grab legte, als Tyriq sie unter stummen Tränen darin gebettet hatte.

Eine Weile standen wir so beieinander. Tyriq vergrub das Gesicht an meinem Hals und ich spürte, wie seine Tränen über meine Haut rannen. Seine Schultern zuckten und ich hielt ihn fest. Es dauerte lange, bis er sich beruhigte. Dann wurde er ganz still und ging ohne einen Blick zurück auf das Haus meiner Schwester zu. Er überließ es mir, Emma mit der Erde zu bedecken. Und als sie allmählich verschwand, konnte auch ich die Tränen nicht länger zurückhalten.

»Danke«, sagte ich, brach einen Ast vom Baum und steckte ihn an die Stelle, wo Emma begraben lag. Dann wandte auch ich mich zum Haus und die dunkle Vorahnung, dass dies nicht das letzte Opfer sein würde, das der Tod sich holte, begleitete er mich doch bei jedem Schritt.

KAPITEL 31

Ich hatte geglaubt, das Gefühl von Freiheit würde mich überwältigen, wenn ich die Enge der Stadt erst einmal hinter mir gelassen hatte. Aber der Preis unserer Flucht war hoch gewesen und legte mir neue Fesseln an.

Nachdem ich mich notdürftig an einem Brunnen gewaschen und von dem Blut befreit hatte, erwartete Cadan mich auf der Veranda. Ein warmer Wind wogte durch das hohe Gras und zupfte an seinem Haar. Ein paar seiner Strähnen gaben nach und ich erlaubte mir, sie ihm zurückzustreichen. Cadan fing meine Hand auf und sein intensiver Blick schmolz einen Teil der eisigen Kälte in meinem Innern, während er unsere Finger miteinander verschränkte.

»Kommt er wieder in Ordnung?« Seine Frage barg eine Wärme, die er Tyriq gegenüber nie zuvor gezeigt hatte.

Hilflos zuckte ich die Achseln. »Emma hat einen Teil von ihm mitgenommen.«

Verständnis blitzte in Cadans Augen auf. Er zog mich dicht an seine Brust, vergrub das Gesicht in meinem Haar und legte die Arme um mich. »So hat es sich auch für mich angefühlt, als du gegangen bist.« Der Klang seiner Stimme war mir fremd. Sie barg eine Verletzlichkeit, die ich selbst tief in mir spürte.

Eine neuerliche Böe zog an unserer Kleidung, ließ unsere Umhänge um uns tanzen. Die Zweige eines knorrigen Baumes unweit vom Haus raschelten und mischten sich mit den leisen Klängen eines Windspiels am Giebel über uns. Ich löste mich gerade so weit von Cadan, dass ich sein Gesicht in beide Hände nehmen und ihn zu mir ziehen konnte. Er kam mir entgegen, bis unsere Lippen miteinander verschmolzen und sein Atem zu meinem wurde. Ein sanftes Gefühl erwachte in meinem Innern, das den Schmerz der vergangenen Stunden zwar nicht vergessen machen konnte, aber doch wenigstens lindern.

Erst das Knarren einer Diele entzweite uns. Die hochgewachsene Gestalt meines Schwagers näherte sich, die Miene wie gemeißelt. Er sah zuerst Cadan an, dann mich.

»Die anderen erwarten euch«, sagte er mit einem tiefen Bariton.

»Wir kommen«, erwiderte Cadan, aber Tristan blieb, wo er war, als müsste er die Ehre seiner Schwägerin verteidigen. Ich war ein Rabe. Ehre war etwas, das ich schon lange verloren hatte. Und zwar nicht, indem ich einem Mann meine Zuneigung gezeigt hatte. Aber wenn ich mich mit einem Leben jenseits der Gilde arrangieren wollte, würde ich mich an derlei Gepflogenheiten gewöhnen müssen.

Cadan ließ mir den Vortritt und so folgten wir Tristan schweigend. Ich konnte mir meine älteste Schwester schwer als Hausfrau am Herd vorstellen, die Pasteten zauberte und Kuchen buk. Doch als ich das Haus betrat, hing der herrlich süße Duft von Obstkuchen in der Luft. Tristan führte uns in einen schlichten, aber gemütlichen Salon. Dort warteten bereits die anderen.

»Wo ist Ty?«, fragte Mór, als ich neben ihr stehen blieb und eine Hand auf ihre Schulter legte. Sie griff nach meinen Fingern und drückte sie, als müsste sie sich an mir festhalten.

»Er ist im Stall verschwunden. Ich denke, er sucht Trost bei den Tieren des Hofes.«

»Das sieht ihm ähnlich. Wie geht es ihm?«

Ich zögerte. »Es wird ihm irgendwann besser gehen.«

Mór nickte, denn das wusste sie selbst. Tyriq würde den Verlust seiner geliebten Freundin womöglich nie verschmerzen, aber die Trauer würde eines Tages von ihm ablassen.

»Auf so viele Gäste sind wir nicht vorbereitet«, entschuldigte Amalie sich, während ihr Mann einen weiteren Stuhl für mich brachte. Die Novizen kauerten zusammen auf dem Boden vor dem Kamin, in dem

Holzscheite knackten. Sie tuschelten leise miteinander und sahen sich verstohlen in dem Raum um.

»Wir haben dich überrascht«, winkte meine Mutter mit einem Lächeln ab. »Wo ist mein Enkel?«, fragte sie.

»Er begleitet seinen Großvater in den Wald zum Holzhacken«, antwortete Tristan.

»Ist er dazu nicht noch etwas klein?«, fragte mein Vater mit einer Sorgenfalte auf der Stirn. Sie glättete sich, als sein Schwiegersohn antwortete: »Sie geben vor, Holz zu hacken. Am Ende liegen sie unter den Beerenbüschen und naschen, bis ihnen die Bäuche wehtun!«

Eine Weile tauschten wir belangloses Geplänkel aus. Nach dem Angriff durch die Königstreuen und Emmas Tod empfand ich diese Stunden als angenehme Flucht in eine Wirklichkeit, die nicht mir gehörte, die ich jedoch wenigstens für eine kurze Zeit für mich beanspruchte, bis mich all die Schrecken wieder einholten. Immer wieder fing ich Cadans Blick auf und tauschte kleine Lächeln mit ihm.

Draußen vor den Fenstern tauchten die weiten Wiesen in ein goldenes Licht, ehe sie in Flammen aufgingen und von der Nacht verschluckt wurden. Amalie entzündete ein paar Kerzen, bevor sie mithilfe einer ihrer Mägde das Abendessen servierte. Es gab Lammkeule, süße Karotten und herrlich duftende Kartoffeln, aber mein Magen begehrte gegen das Essen auf und so pickte ich in dem Gemüse herum, bis abgeräumt wurde.

Tyriq weigerte sich, sich uns anzuschließen. Einer der Stallburschen berichtete seinem Herrn, dass er sich um die Esel kümmerte. Tristan ließ ihm einen Teller mit Speisen bringen, beharrte aber nicht darauf, dass Tyriq sich den Regeln der Gastlichkeit fügte. Ich dankte ihm für sein Verständnis.

Nach dem Essen kehrte Stille ein und der Grund unseres Besuches hing schwer wie ein Gewitter in der Luft.

»Die Gilde wurde gestürzt«, sagte ich unvermittelt und zog sämtliche Blicke auf mich. Ich starrte auf meine im Schoß gefalteten Hände, ohne einen davon zu erwidern: »Die Königstreuen haben die Macht an sich gerissen. Wir konnten Mutter und Vater retten, ehe sie sie gefangen nehmen konnten. Die Familien der Raben schwebten eine Zeit lang in großer Gefahr. Die, die nicht geflohen sind, wurden gefangen genommen.« Mich überkam ein schlechtes Gewissen, weil ich meiner Schwester Kummer ins Haus brachte. »Die Gilde plant einen Angriff auf den König. Einige der Raben haben sich diesem Unterfangen angeschlossen. Wir … haben uns entschieden, die Stadt zu verlassen.«

»Wir ahnten bereits, dass etwas im Gange ist«, murmelte Amalie und flocht gedankenverloren eine ihrer losen Strähnen zusammen. Das kannte ich von früher, ihre Finger konnten nie still ruhen; wenn sie Papier und Pergament nicht gerade mit Worten und Skizzen füllte, musste sie ihre Hände anderweitig beschäftigen. Ein Gefühl von Wärme regte sich in meiner Brust, weil meine Schwester mir seit all der Zeit nicht vollkommen fremd geworden war. »Seit einigen Tagen ziehen Königstreue von Hof zu Hof und befragen die braven Bürger. Der Schmied … er ist tot.« Amalie ließ von ihrem Haar ab und die Flechte löste sich auf, bis sich ihr Haar über ihrer Schulter wellte.

»Sie haben ihn gehängt«, fügte Tristan mit gesenktem Blick hinzu.

»Warum? Was hat er getan?«

»Er war ein Freund meiner Eltern, ein unschuldiger Mann. Genau wie alle anderen Bürger Lyncurions. Sie wollten ein Exempel statuieren, zeigen, wie ernst es ihnen ist. Murray war ein Bauernopfer in einem Spiel, an dem niemand von uns teilnehmen wollte.«

Und nun hatten wir meine Schwester und ihren Mann mit hineingezogen.

»Es tut mir leid«, flüsterte ich, aber Tristan unterbrach mich: »Nicht du warst es, die das Übel über unser Land gebracht hat. Du bist hier jederzeit willkommen.« Er sah in die Runde. »Und deine Freunde auch.«

Seine Großzügigkeit wärmte mein Herz und ich schenkte ihm ein dankbares Lächeln.

»Es ist unfassbar, was für ein Monster hinter der Fassade des Königs steckt«, murmelte Amalie und hielt mit beiden Händen ihren Bauch, als wollte sie das Ungeborene vor den Schrecken dieser Welt schützen.

»Wie meinst du das?« Cadan, der das Glas gerade zu seinen Lippen geführt hatte, stellte es zurück und sah Amalie forschend an.

Meine Schwester hob die Brauen und schob sich eine Strähne zurück, die ihrem Häubchen entflohen war. Sie reichte bis zu ihrer Taille und ich wunderte mich, wie lang das Haar sein mochte, das sie unter der Kopfbedeckung verbarg. »Nicht weit von hier lebt ein Mann, der einst sehr vertraut mit dem König war«, sagte sie. Anspannung knisterte in der Luft. Selbst das leise Tuscheln der Novizen erstarb. Angesichts dieser neuen Art von Aufmerksamkeit errötete Amalie. »Er kennt viele Geschichten. Manche von ihnen sind so ungeheuerlich, dass sie unmöglich wahr sein können.«

»Wer ist dieser Mann?«, fragte ich und musste mich zwingen, sitzen zu bleiben. Neugier hatte die Grenzen verwischt, die meine Angst gezogen hatte. Wie ein Lauffeuer breitete sie sich in mir aus.

»Branwick Eagle«, antwortete Tristan. »Er war in jungen Jahren Erzieher der Königssöhne.«

»Bis vor einigen Wochen besuchte er uns und berichtete gelegentlich von seiner Zeit mit den Prinzen. Filipas war in jungen Jahren grausam und verschlagen. Bran erzählte, wie er Tiere quälte, weil es ihm Freude bereitete. Kein Wunder, dass man ihn von der Thronfolge ausschloss. Dorchadas dagegen war liebreizend und höflich, ein Träumer.«

Amalies Beschreibung der Prinzen passte nicht zu dem Bild, das ich mir in all den Jahren von Dorchadas gemacht hatte. Aber sie schien unseren Verdacht, dass Filipas den Platz seines jüngeren Bruders eingenommen hatte, zu bestätigen. Ich wechselte einen Blick mit Cadan und in seinen Augen begegnete ich meinen eigenen Gefühlen.

Er rückte auf seinem Stuhl vor, die Finger um das Glas weiß vor Anspannung. »Wo finden wir ihn?«

»Branwick lebt auf der anderen Seite des Baches in einem Haus, das von dem Gewicht zweier Tannen erstickt zu werden scheint.«

Ich glaubte, ein solches Haus durch den Spalt in der Plane gesehen zu haben, als wir uns dem Hof meiner Schwester und ihres Mannes genähert hatten. Es war nicht weit von hier entfernt. Schmale Falten auf Cadans Stirn erweckten den Eindruck, dass ihm dasselbe im Kopf umging wie mir. Und ich begriff, dass wir erst Freiheit erlangen konnten, wenn wir den König und seine Schrecken endgültig hinter uns ließen. Doch davon trennte uns ein Schleier aus Lügen und Verrat.

In dieser Nacht verweigerte sich mir der wohltuende Schlaf. Meine Gedanken kreisten um Dorchadas' vermeintliche Wahrheit, um Emmas Tod und Tyriqs Trauer und um das Gefühl, die anderen Raben im Stich gelassen zu haben. Mit jeder Minute, die verstrich, wuchs mein schlechtes Gewissen. Irgendwann glaubte ich, in der Enge des Zimmers, das ich mir mit Mór und Caoimhe teilte, zu ersticken, und verließ es auf leisen Sohlen.

Nächtliche Stille lag auf dem Haus meiner Schwester. Die unter meinen Schritten knarrenden Dielen und die Geräusche der Tiere draußen auf dem Hof unterbrachen sie bisweilen. Eine Eule entsandte ihren Ruf der Nacht. Ich lief die breite, mit Teppich gepolsterte Treppe nach unten und schob mich durch einen schmalen Spalt der Haustür nach draußen. Kalte, klare Luft hieß mich willkommen und in dem dünnen Hemd meiner Schwester fröstelte ich.

Über dem in Dunkelheit versunkenen Land hing ein voller, weiß strahlender Mond, der die Spitzen der Bäume und Hügel silbern färbte. Sterne funkelten in der Schwärze und zogen meinen Blick wie magisch an.

»Jenseits der Stadt gibt es so viel mehr Sterne.«

Ich zuckte zusammen, denn ich hatte Cadan nicht kommen hören. Im nächsten Moment überwältigte mich seine Wärme, als er von hinten dicht an mich herantrat, einen Arm um meinen Bauch legte und den anderen um meine Brust. Ich lehnte mich gegen ihn und konnte den kleinen Seufzer nicht unterdrücken, der aus meiner Kehle drang. Sein Atem streifte meinen nackten Hals und mein Körper reagierte mit einer Gänsehaut.

»Kannst du nicht schlafen?«, fragte ich mit heiserer Stimme.

Ich spürte, wie Cadan den Kopf schüttelte. »Und du?«

»Ich auch nicht.«

Er drehte mich behutsam zu sich um, sodass ich mich nicht länger den Sternen am Himmel, sondern jenen in seinen Augen gegenüberfand. Mit beiden Händen nahm er mein Gesicht und musterte mich. »Wie geht es dir, Aeryn?« Mein Name klang weich auf seinen Lippen.

»Ich glaube, es gibt niemanden in meinem Leben, der mir diese Frage so oft gestellt hat wie du«, entgegnete ich mit einem feinen Lächeln und lehnte meine Stirn gegen seine.

»Ich stelle dir diese Frage, weil es für mich nichts Wichtigeres gibt als dein Wohlergehen«, raunte er, ehe er sich von mir löste. Er legte seinen Umhang ab und warf ihn mir über die Schultern. »Begleitest du mich ein Stück?«

Wie selbstverständlich verschränkten sich unsere Finger. Ich zuckte nicht zurück, als mir seine Angst entgegenschwappte. Inzwischen war sie mir vertraut, so oft hatte ich sie gespürt. Es gelang mir, meine Gabe beinahe vollständig zu ignorieren. Umso mehr genoss ich das Gefühl seiner bloßen Hand an meiner. Raue Haut auf weicher. Nie zuvor hatte ich mich einem anderen Menschen näher gefühlt als Cadan in diesem Moment.

Er führte mich über den Hof. Es war dunkel, aber allmählich hatten sich meine Augen daran gewöhnt und die Schwärze gewann verschiedene Nuancen.

Als uns das Gewicht des Schweigens irgendwann niederdrückte, erhob Cadan das Wort. »Was hältst du von der Geschichte deiner Schwester?«, brach er das einvernehmliche Schweigen, als wir über eine Wiese liefen. Das Gras kitzelte meine nackten Füße.

Ich sortierte meine Gedanken, die einzig und allein um die Berührung unserer Hände kreisten. »Du meinst den alten Bran? Es ist ein großer Zufall, dass er ausgerechnet in der Nähe meiner Schwester lebt.«

»Ein Zufall? Oder der Wille der Götter«, meinte Cadan. »Sie sinnen auf Rache. Ich würde es jedenfalls tun, wenn sich ein sterblicher Narr als meinesgleichen ausgeben würde.«

Ich wagte einen Blick in den Sternenhimmel hoch über uns. Doch dort fand ich keine Antwort. Schließlich seufzte ich. »Es spielt keine Rolle, wie viel Abstand wir zwischen Dorchadas und uns bringen. Wenn wir kampflos aufgeben, wird er uns bis in alle Ewigkeit verfolgen.«

Cadan stieß die Luft aus, als hätte er sie angehalten. »Du hast Beryll den Rücken gekehrt, um all das hinter dir zu lassen«, erinnerte er mich sanft.

»Und doch lässt es mich nicht los.« Ich zog Cadans Umhang enger um die Schultern, aber die Kälte rührte nicht vom Wind her. Sie wurzelte in meiner Angst. »Es war nicht der Zufall, der uns herführte. Es war das Schicksal, das uns eine Gelegenheit gibt. Und ich glaube, wir sollten sie ergreifen. Denn auch wenn Dorchadas keine Gaben besitzt, so ist er durch die Königsreligion unglaublich mächtig. Wir sollten alle Waffen, die uns zur Verfügung stehen, gegen ihn richten.«

Cadans Kehlkopf hüpfte auf und ab, als er schwer schluckte. Sein Blick ruhte unverwandt auf mir, auf der Suche nach der Wahrheit hinter meinen Worten. Doch ich verbarg nichts vor ihm, die Mauern zwischen uns waren schon lange gefallen. Angst, falsche Entscheidungen und die Sehnsucht nach Frieden hatten mich zu diesem Moment geführt, in dem das Schicksal mir einen Spiegel vor Augen hielt.

»Heißt das, du bist bereit zu kämpfen?«, fragte Cadan mit rauer Stimme.

Ich zögerte nicht, als ich antwortete: »Nur mit dir an meiner Seite!«

Cadan blieb stehen und das Verlangen, das als Reaktion auf meine Worte in seinen Augen aufblitzte, war schier überwältigend. Das Mondlicht streifte sein helles Haar und ließ es silbern schimmern, ebenso wie seine Augen, die mein Gesicht erkundeten und auf meinen Lippen verweilten. Er zog mich an sich, eine Hand an meiner Taille, die andere in meinem Nacken. Sanft streiften mich seine Lippen, als bäte er mich um Erlaubnis. Als ich meinen Mund öffnete, folgte er der Aufforderung und begrüßte mich mit seiner Zunge. Ich zerfloss unter dieser Liebkosung und die Welt um mich herum hörte auf zu existieren. Da waren nur noch Cadan und seine Hände auf meinem Körper.

»Mach das noch mal«, keuchte er zwischen zwei Küssen.

»Was?«, erwiderte ich atemlos.

»Dieses süße kleine Geräusch, das du gemacht hast, als ich dich vorhin berührt habe!«

Mein Lachen verwandelte sich in ein Gurgeln, als Cadans Hand durch den Spalt seines Umhangs auf meinen Schultern glitt und er meine Brüste umfasste. Mit dem Daumen strich er über die zarten Spitzen, die mich verrieten und sich unter seiner Berührung aufrichteten. Mein Körper stand in Flammen und die Hitze, die sich in meiner Mitte bildete, war übermächtig.

Ich vergrub meine Hände in Cadans Haar, drängte mich ihm entgegen und forderte seine Zunge heraus, die begierig in mich eindrang.

Jene Küsse, die wir damals auf der Lichtung ausgetauscht hatten, waren im Vergleich zu diesen schüchtern und zurückhaltend gewesen. Aber seitdem war viel geschehen. Cadan und ich hatten uns verloren und wiedergefunden. Ich sehnte mich danach, die letzten Mauern zwischen uns niederzureißen und mich ihm endgültig hinzugeben. Keine Geheimnisse mehr. Kein Misstrauen. Nur noch wir.

Cadan verteilte eine Spur heißer Küsse auf meinem Schlüsselbein, ehe sein Umhang von meinen Schultern glitt. Erneut stand ich in dem dünnen Nachthemd vor ihm. Doch die Kälte war einer überwältigenden Hitze gewichen. Ich zog Cadan mit mir zu Boden und er legte sich behutsam auf mich. Seine Erregung spürte ich deutlich an meinem Becken und sog scharf die Luft ein, ehe er meine Lippen mit neuen Küssen versiegelte. Ein paar seiner Strähnen kitzelten mich und ich strich sie zurück hinter sein Ohr. Dann tastete ich nach dem Saum seines Hemdes und malte mit den Fingerspitzen Kreise auf seinen harten Bauch. Cadan stöhnte leise und ich verbiss mir ein Lächeln, als das Geräusch lauter wurde, sobald ich mich dem Bund seiner Hose näherte.

»Zieh sie aus«, befahl ich ihm.

Über mir erstarrte Cadan. »Aeryn, ich …«

Ich unterbrach ihn, indem ich mein Becken gegen ihn drängte und ihn meine Sehnsucht spüren ließ. Cadan fluchte, seine Hände krampften sich neben mir zusammen.

»Zieh sie aus«, wiederholte ich ruhig.

Er zögerte kein zweites Mal, sondern schälte sich unbeholfen aus seiner Hose. Ich selbst entledigte mich des Nachthemdes. Meine nackte Haut schimmerte wie Seide im Mondlicht. Cadans Blicke verschlangen meinen Körper. Als ich meine Schenkel für ihn öffnete, schluckte er so hart, dass sein Kehlkopf hüpfte. Es war eine stumme Einladung, die Cadan zwar nicht ausschlug, aber er beantwortete sie auch nicht gleich. Stattdessen beugte er sich über meinen Bauch, küsste die weiche Haut dort und kratzte dann mit den Stoppeln seines Kinns über die Innenseite meiner Oberschenkel. Als er mit den Lippen meine empfindlichste Stelle berührte, bäumte ich mich auf und entsandte einen stummen Schrei in die Nacht.

Ich umfasste Cadans muskulöse Arme und zog ihn hoch zu mir. Sein Blick war dunkel vor Verlangen, als er mich küsste, während er sich mit einer Hand neben meinem Kopf abstützte und mit der anderen meine Brüste umfing. Die ganze Zeit spürte ich seine heiße Sehnsucht zwischen meinen Beinen. Ich wand mich unter ihm, bis ich ihn an meinem Eingang spürte. Mit einer Hand dirigierte ich ihn, denn es war Zeit, den letzten Abstand zwischen uns zu überwinden. Nichts mehr zwischen uns. Gar nichts.

Cadan erbebte und meine Welt explodierte, als er mit einem sanften Stoß in mich eindrang. In diesem Moment empfand ich keine Angst. Stattdessen überkam mich das Gefühl, gefunden zu haben, was ich, ohne es überhaupt zu wissen, all die Jahre gesucht hatte.

Unsere Körper bewegten sich im Einklang, als wären sie eins. Zuerst langsam und dann schneller, bis mich die Lust auf einen Gipfel trieb. Weder Höhe noch Dunkelheit schreckten mich, als ich mich bereitwillig fallen ließ.

Cadan und ich stöhnten gleichzeitig auf und meine Mitte zuckte, während er in mir erzitterte. Ich grub meine Hände in seinen Rücken, schob mich seinem schwitzenden Körper entgegen und suchte Halt in einem Strudel unbekannter Gefühle. Es war, als hätte ich mich von dem Gipfel direkt in einen reißenden Strom gestürzt. Ich drohte zu ertrinken und gab mir fremde Laute von mir, die Cadan mit einem liebevollen Lachen und sanften Küssen beantwortete.

Als ich die Augen aufschlug, breitete sich über Cadan ein Meer aus Sternen aus, das in dieser Nacht Zeuge unserer Liebe geworden war.

KAPITEL 32

Noch immer spürte ich den Druck von Cadans Körper auf meinem, seine Hand in meiner und ich erschauderte bei der Erinnerung, wie es sich angefühlt hatte, als seine nackte Haut die meine berührt hatte. Nach unserer Begegnung hatte ich mich zurück in das Zimmer geschlichen, das ich mir mit Mór und Caoimhe teilte. Doch bei dem ersten Sonnenstrahl des Tages tauschte ich das Nachthemd gegen meine Tunika, die Hosen und den weichen Umhang.

Mór stöhnte und richtete sich im Halbschlaf auf, als ich mich gerade aus dem Zimmer stehlen wollte. »Aeryn?« Schlaf belegte ihre Stimme, ihr Haar war zerzaust.

Ich lächelte sie an, obgleich sie es nicht sehen, wohl aber in meinen Worten hören konnte. »Ruh dich noch ein bisschen aus, Mór. Cadan und ich machen uns auf den Weg zum alten Bran.«

Sie murmelte etwas in ihr Kissen und drehte sich dann zur Seite. Caoimhe hatte von alldem nichts mitbekommen. Ihr leises Schnarchen erfüllte den Raum und erstarb erst, als ich barfuß und mit meinen Stiefeln in der Hand in den Flur trat.

»Es ist fußläufig erreichbar und liegt in der Richtung, aus der wir gekommen sind«, begrüßte ich Cadan, der mich bereits vollständig angezogen im Salon des Hauses erwartete. Er nahm sich die Zeit, mir einen Kuss auf den Scheitel zu drücken und mit dem Daumen die Linie meines Kinns nachzufahren. Ein Schauer huschte über meinen Körper wie ein leises Echo der letzten Nacht, ehe er mit dem Kinn in Richtung Tür deutete.

»Wohin geht ihr?«

Wir hatten die Eingangshalle halb durchquert, als sich uns eine riesenhafte Gestalt in den Weg schob, ein gackerndes Huhn unter den Arm geklemmt.

»Carson«, sagte ich sanft. »Wir müssen etwas erledigen. Aber wir sind wieder da, ehe du überhaupt bemerkt hast, dass wir fort sind.«

Der Hüne nickte knapp, den Blick durch buschige Brauen verborgen. »Seid vorsichtig«, gab er uns mit auf den Weg, ehe wir das Haus verließen.

Draußen peitschte ein lauer Wind das hohe Gras auf wie Wellen. Während wir hindurchwateten, bemerkte ich etwas: Der Geruch, der in der Luft hing, war gänzlich anders als in der Stadt. Das Gras duftete intensiv, dazu mischten sich die Noten von Nadelgrün und frischem Quellwasser. Bisweilen trug der Wind den Duft von Wildblumen vor sich her, dann wiederum roch es nach dem Mist der Schafe. Auch die Geräusche unterschieden sich von jenen in den engen Straßen der Stadt. Das Gras raschelte im Wind, die Äste hoher Bäume knackten, in der Ferne sprudelte ein Bach. Und ich fragte mich, wie ich Beryll je als schön hatte empfinden können. Um mich herum breiteten sich grüne Wiesen mit bunten Farbtupfern aus, die von bewaldeten Hügeln abgelöst wurden. Über allem erstrahlte der Himmel in einem Blau, das ich nur von den Gemälden im Königspalast kannte. Es schien, als wären wir in eine andere Welt geflohen.

Doch auch hier existierte neben dem friedlichen Leben rohe Gewalt. Ich dachte an Murray, den Schmied, der sein Leben in einem Kampf gelassen hatte, der nicht sein eigener war.

Cadan und ich kletterten über einen windschiefen Holzzaun, der Tristans Ländereien eingrenzte. Obgleich ich sehr wohl in der Lage war, ihn allein zu überwinden, erlaubte ich Cadan, beide Hände um meine Taille zu legen und mich zu heben. Ich genoss den kurzen Moment seiner Nähe und den festen Griff um meinen Körper.

Später tauchten wir in ein kühles Wäldchen ein, auf dessen Boden Sonnenflecken schimmerten. Wenn all das vorüber war, so versprach ich mir, würde ich zurückkehren und Zeit mit meiner

Familie verbringen. Und vielleicht würde Cadan mich begleiten, der sich geschickt durch das Labyrinth der Bäume bewegte und herabhängenden Ästen auswich wie ein junges Rehkitz.

Das Haus des alten Bran befand sich hinter dem Wäldchen. Als wir zwischen den Bäumen auftauchten, war die Sonne bereits hinter den Wipfeln verschwunden. Hüfthoher Farn wucherte in dem Schatten, der sich bis zu dem bescheidenen Gebäude zog. Wie Amalie es beschrieben hatte, wurde das Haus von zwei hohen Tannen flankiert. Efeu kletterte an der Fassade empor und hielt sich an dem roten Dach fest, dem bereits ein paar Ziegel fehlten. Neben der Haustür stand eine Bank, davor ein niedriger Fußhocker. Ich stellte mir vor, wie der alte Herr des Hauses hier saß, eine Pfeife paffte oder an einem Tee nippte. Es war ein guter Ort, um auf den Tod zu warten. Friedlich. Idyllisch. Still.

Ein Vogel begrüßte uns zwitschernd aus der Krone einer der Tannen, als wir Hand in Hand auf das Haus zuhielten. Ich genoss Cadans Berührung, auch wenn ich sie nicht mit der bloßen Haut spürte, sondern nur durch den Stoff meiner rauen Handschuhe.

Kurz vor der Tür bekam die Idylle einen Riss. Sie war angelehnt und ein mulmiges Gefühl beschlich mich. Ein Blick auf Cadan verriet mir, dass er genauso empfand. Er trat vor und klopfte an, dabei öffnete sich die Tür ein weiteres Stück. Sie knarrte, als wollte sie Eindringlinge davon abhalten, einzudringen. Mehr hatte sie uns jedoch nicht entgegenzusetzen.

Dahinter erstreckte sich ein dunkler Eingangsbereich. Die Luft war abgestanden und es roch nach Blut und Tod. Ich fürchtete mich davor, herauszufinden, was das bedeuten mochte. Als wir das Wohnzimmer betraten, zeigte sich uns ein Bild der Zerstörung. Ein Ohrensessel lag mit gebrochenem Rücken am Boden, ein hohes Regal war wie Kaminholz zusammengehackt worden. Überall verstreut lagen Bücher und Pergamentrollen.

»Da ist Blut«, murmelte ich und deutete auf dunkle Flecken auf den Dielen.

Cadan bückte sich und strich mit den Händen darüber. »Es ist noch feucht.«

Wir folgten seiner Spur durch den Raum. Vor einer Treppe hinauf in das obere Stockwerk blieb er stehen und legte einen Finger an die Lippen. Ich nickte zum Zeichen, dass ich verstanden hatte. Dann stiegen wir die Stufen hinauf. Oben waren die Wände durch den Giebel schräg angeschnitten. Cadan duckte sich unter dem Sturz einer Tür hinweg und fluchte.

Branwick Eagle war tot. Er lag in blutverschmierten Laken auf seinem Bett. Ich hob die Hand und bedeckte meinen Mund. Seine leblosen Augen starrten zu einem Punkt an der Decke. Ich kämpfte gegen die Furcht vor Toten an, die ich einst bei einem anderen Raben erspürt hatte, und schloss seine Lider, aber den friedlichen Eindruck eines Schlafenden erweckte er nicht. Ein ausgefranstes Loch klaffte in seiner Bauchdecke und die Adern unter seiner wächsernen Haut traten dunkel hervor. Während ich in den Gesichtern anderer Sterbenden Erlösung gefunden hatte, dominierte in seinen Zügen Zerstörung.

Cadan beugte sich über die Leiche. »Er ist noch nicht lange tot«, bemerkte er und sah sich wachsam um. »Vielleicht sind diejenigen, die das getan haben, längst fort. Vielleicht aber auch nicht. Wir sollten auf der Hut sein.«

»Glaubst du …« Ich hielt inne und trat von der Leiche zurück. »Glaubst du, sein Tod hat mit dem König zu tun?«

»Ich glaube, alles hat mit dem König zu tun«, murmelte Cadan leise.

Wenig später fand ich mich in Brans wildem Garten zwischen herrlich duftenden Rosenbüschen wieder. Cadan und ich hatten es nicht über uns gebracht, den toten Branwick den Fliegen zu überlassen. Abwechselnd gruben wir ein Loch in den Boden.

»Das ist ein guter Ort, um die Ewigkeit zu verbringen«, meinte Cadan.

»Aber ich nehme an, dass er sich in seinem Alter die Reise dorthin anders vorgestellt hat«, seufzte ich. »Nicht so brutal.« Mit dem Ärmel meiner Tunika wischte ich mir den Schweiß von der Stirn. Die Sonne sank immer tiefer, das Licht über der Nische zwischen den Wäldern, in der Brans Haus lag, veränderte sich. Es wurde dunkler, diffuser, während sich die Farbe des Himmels in ein Kobaltblau verwandelte. Erste Sterne leuchteten am Firmament auf und läuteten den Beginn der Nacht ein.

»Am Ende zählt nicht, wie du gestorben bist, sondern wie du gelebt hast«, sagte Cadan mit einem Blick zum Himmel und den Göttern, die er dort vermutete.

Ich fragte mich, ob einer von uns Raben im Himmelreich willkommen geheißen werden würde, nachdem so viel Blut an unseren Händen klebte. Blut, das nicht hätte vergossen werden müssen, wenn wir früher erkannt hätten, dass der König ein Monster war.

Als wir Brans Leichnam in ein Laken gewickelt in das Loch legten und ihn mit den duftenden Blättern seiner Rosen bestreuten, kamen mir die Gedenksprüche meines früheren Lebens in den Sinn, die die Trauernden stets am Grab eines geliebten Menschen aufgesagt hatten. Weder kannte ich Bran noch empfand ich es als angemessen, Zeilen aus dem Königskult zu zitieren, wenn Brans Tod Dorchadas' Handschrift trug. Stattdessen starrte ich in das dunkle Loch, das mir wie ein Symbol der Hoffnungslosigkeit vorkam. Ich fröstelte, als ein kühler Abendwind meinen Nacken streifte und mein Haar zauste.

Cadan räusperte sich. Auf der anderen Seite des Grabes ragte seine Gestalt dunkel auf. Der Saum seines Umhangs tänzelte im Wind und umspielte seine Beine. »Ruhe in Frieden, Bran. Wir sehen uns eines Tages auf der anderen Seite!«

Unsere Blicke trafen sich über der Grube. Cadan nickte mir zu, dann warf er eine Handvoll Erde auf den Toten. Ich folgte seinem Beispiel. Im Schutze der hereinbrechenden Nacht begruben wir einen Mann, der als weiteres Opfer im Spiel des Königs gefallen war. Ich fragte mich, wie Dorchadas' nächster Schachzug aussehen mochte.

»Warum jetzt?«, fragte ich, nachdem ich einen einzigen weißen Stein auf die dunkle Erde gelegt hatte, die sich von dem satten Gras ringsum abhob, um Brans Grab zu markieren. »Warum hat er ihn ausgerechnet jetzt töten lassen? Bran hatte ein ganzes Leben lang Zeit, das Geheimnis des Königs preiszugeben.« Sein Tod erschien mir unnötig, aber in Cadans Augen las ich eine Erkenntnis, die mir bislang verborgen geblieben war.

Er stützte sich auf die Schaufel, die ihren Dienst getan hatte, und seufzte. »Warum waren die Aufzeichnungen des Jagdunfalls in der Bibliothek unauffindbar? Warum ist Bran tot?«

Ich zuckte die Achseln. »Wir wissen nicht, wann die Aufzeichnungen aus der Bibliothek entfernt worden sind. Womöglich hat der König das bereits vor vielen Jahren veranlasst. Und Bran musste sterben, weil Callahans Nachforschungen den König daran erinnert haben, dass es einen Zeugen jener Tage gibt.«

»Oder jemand hat ihn gewarnt«, sagte Cadan düster.

Der Wind wurde stärker und das Geäst der Bäume um uns herum raschelte. Sie verwandelten sich in unheimliche Schatten der Nacht und verschmolzen mit ihrer Finsternis. Auf einmal sehnte ich mich in die Behaglichkeit des Heims meiner Schwester zurück.

»Du meinst, ein Verräter?« Fast erstickte ich an diesen Worten, aber Cadan nickte erbarmungslos. Der Gedanke, dass sich ein Königstreuer in den Reihen der Gilde befand, war ungeheuerlich. Doch es ergab auf grauenerregende Weise Sinn. Der König schien uns einen Schritt voraus. Jedes Mal.

»Wir sollten schnellstmöglich nach Beryll zurückkehren, um den Maester zu warnen. Was, wenn der König längst über den geplanten Angriff Bescheid weiß?«, keuchte ich.

»Dann sind die Raben todgeweiht.«

»Lass uns gehen«, schlug ich mit einem letzten Blick auf Brans Grab vor. Der weiße Stein leuchtete hell im Dunkeln. Ich sehnte mich danach, diesen Ort hinter mir zu lassen, denn um uns herum zog Gefahr wie Nebel in der Dämmerung auf.

Cadan lehnte die Schaufel gegen einen windschiefen Schuppen, der sich an das Haus drängte, dann bedeutete er mir, ihm in den Wald zu folgen. Wir hatten die Baumgrenze noch nicht erreicht, als mich ein mulmiges Gefühl beschlich. Ich schob es auf den Umstand, dass mir Wälder und insbesondere bei Nacht fremd waren und Cadans Verdacht auf mir lastete. Überall in der Dunkelheit glommen Augenpaare auf, deren Blicke an uns klebten. Zweige knackten und irgendwo hoch über uns schuhute eine Eule. Es fühlte sich an, als wären wir nicht länger allein.

Als wir durch den Farn wateten, erstarrte Cadan. Er streckte eine Hand aus und bedeutete mir, zu verharren. Mein Herz pochte laut, während ich mit den Augen die Dunkelheit zu durchdringen versuchte. Aber da waren nichts als Schatten. Schatten, die sich bewegten. Schatten, die auf uns zukamen. Sie umzingelten uns.

»Cadan!« Mein Keuchen wurde von einem rauen Lachen übertönt, das von überall und nirgendwo zu kommen schien.

»Ich hätte nicht gedacht, euch zweien hier zu begegnen«, sagte eine mir nur allzu vertraute Stimme. Einer der Schatten löste sich aus der Reihe der anderen und kam auf uns zu. »Das nennt man wohl eine glückliche Fügung des Schicksals.« Murtagh warf einen nachtschwarzen Umhang von den Schultern und offenbarte die ultramarinblaue Uniform der Königstreuen. Sein Gefolge tat es ihm gleich.

Es war unvorstellbar, dass Murtagh und seine Männer so nah bei dem Gutshof meiner Schwester ausgeharrt hatten. Ich fragte mich, ob sie wussten, dass Amalie und ich verwandt waren. Aber hätten sie uns dann nicht auf dem Gutshof einen unvergesslichen Empfang bereitet? Ich hoffte, dass ihnen dieses Detail meiner Familiengeschichte entgangen war und Amalie, Tristan und die anderen wohlauf waren. Wenn ihnen etwas geschehen war, seitdem wir sie allein zurückgelassen hatten, könnte ich mir das nie verzeihen.

»Möchtest du einen alten Freund denn nicht begrüßen?«, nörgelte Murtagh, als ich immer noch schwieg. Er kam auf mich zu, schlich wie eine Raubkatze um seine Beute.

»Ich wusste nicht, dass ihr Freunde seid«, meinte Cadan im lockeren Plauderton. Ich suchte nach Angst oder zumindest nach einem Hauch von Unruhe in seinen Worten, aber er klang wie jemand, der zufällig einem alten Bekannten begegnet war. Doch die Tonart seiner nächsten Worte verschärfte sich: »Ehrlich gesagt würde es mich wundern, wenn Aeryn sich mit einem Ochsen wie dir abgeben würde.«

»An deiner Stelle würde ich meine Zunge hüten!« Das Weiß von Murtaghs Augen blitzte gefährlich auf, als er den Kopf herumriss und Cadan musterte. »Du bist auch nicht totzukriegen.« Er spuckte auf den Boden vor Cadans Stiefel. »Aber diesmal wirst du ihm nicht entkommen. Du wirst hängen!« Er gab seinen Männern ein Zeichen.

Vier von ihnen lösten sich von ihren Positionen zwischen den Bäumen und kamen auf uns zu. Der Farn raschelte bedrohlich bei jeder ihrer Bewegungen, hatte ihnen jedoch nichts entgegenzusetzen. Ebenso wenig wie Cadan und ich. Hier endete also unser Weg.

Cadan zog sein Schwert. Ich folgte seinem Beispiel, obgleich ich wusste, dass unsere Situation aussichtslos war. Die Königstreuen waren in überwältigender Überzahl.

»Flieh, wenn du kannst«, knurrte Cadan mir aus dem Mundwinkel zu.

»Niemals«, zischte ich zurück und nahm an seiner Seite Haltung an.

Das ohrenbetäubende Klirren von Stahl auf Stahl zerfetzte die Stille der Nacht, als die Königstreuen angriffen. Wie Blitze durchzuckten unsere Klingen die Dunkelheit. Ich war nie eine sonderlich gute Schwertkämpferin gewesen. Aber mit Cadan an meiner Seite schlugen wir drei Königstreue zurück, ehe mir einer von ihnen gefährlich nahe kommen konnte. Cadan beschrieb mit seiner Waffe einen weiten Bogen durch die Luft und schlitzte ihn von der Brust bis zur Hüfte auf. Blut spritzte. In der Dunkelheit sah ich es nicht, aber ich spürte die warmen Tropfen auf meinem Gesicht. Ich hatte keine Zeit, mich davor zu ekeln, denn im nächsten Moment vibrierte mein Körper, als das Schwert eines der Königstreuen auf meines traf.

»Tötet sie nicht«, herrschte Murtaghs Stimme durch das Kampfgeschehen. »Wir brauchen sie lebend!«

Immer mehr Schatten schälten sich aus der Dunkelheit des Waldes. Sie schlossen sich ihren Kameraden an und fielen über uns her, bis meine Hände kaum mehr fähig waren, das Schwert zu halten, und die Muskeln meiner Schultern wie Feuer brannten. Die schiere Übermacht unserer Gegner tat ihr Übriges, mich zu entmutigen. Und dann folgte der erste kraftvolle Schlag eines Königstreuen. Ich hielt dagegen, aber seine Wucht vibrierte in meinem Körper.

»Sorgt dafür, dass er seine Gabe nicht einsetzen kann!«, hörte ich Murtaghs Befehl und beobachtete aus dem Augenwinkel, wie gleich mehrere Königstreue Cadan umzingelten.

Ich holte mit meinem Schwert aus, traf den nächsten von Murtaghs Männern, dann duckte ich mich vor einem weiteren. Neben mir kämpfte Cadan und bekam einen unserer Angreifer zu fassen. Sofort stürzte dieser sich auf einen der seinen. Nun standen wir dieser Übermacht immerhin zu dritt gegenüber. Aber Hoffnung auf einen Sieg hegte ich nicht. Es war mehr der Trotz, nicht kampflos aufzugeben, der mich anstachelte.

Cadan schaffte es, noch zwei weitere Königstreue zu manipulieren. Ihre eigenen Männer gingen härter und unbarmherziger gegen sie vor als gegen Cadan und mich. Uns wollte der König lebend, sie waren nichts weiter als Bauern, die es in diesem Spiel vom Brett zu fegen galt.

»Kommt ihm nicht zu nahe!«, tobte Murtagh irgendwo hinter mir, wo er den Kampf beobachtete, anstatt ihn zu bestreiten. Feigling.

Ich befreite mich von meinen Handschuhen und nutzte meine Gabe, auch wenn sie weniger nützlich war als Cadans. In der Angst eines Königstreuen begegneten mir die glühenden Augen eines Ungeheuers und als er mich in die Enge trieb, schrie ich auf: »Wölfe!« Er ließ sich nicht länger als einen Wimpernschlag ablenken. Doch das reichte mir. Die Spitze meines Schwertes glitt in seinen Bauch. Mit vor Erstaunen aufgerissenen Augen kippte der Kerl um. Zeit, um mich von diesem Zweikampf zu erholen, blieb mir keine. Schon folgte der nächste.

Unbarmherzige Schwerthiebe. Raue Flüche. Eine überwältigende Übermacht an Gegnern.

Cadan bekam einen weiteren Königstreuen zu fassen, doch bevor er ihn manipulieren konnte, tötete ein anderer diesen mit einem einzigen Schlag.

Im nächsten Moment spürte ich eine Klinge an der Kehle. Ich war wie versteinert, als ich Murtaghs verschwitzen Leib in meinem Rücken spürte.

»Waffe fallen lassen«, knurrte er an Cadan gewandt und verstärkte den Druck auf meinen Hals, bis mir ein Japsen entwich. »Oder die Kleine stirbt!«

Cadan erstarrte. Er fixierte die Klinge, die mein Leben mit einer einzigen Bewegung würde beenden können. Dann ließ er seine Waffe sinken.

»Nein«, keuchte ich, als eine Schlinge durch die Luft flog und Cadan zu Boden riss. Sie fesselten ihn, als wäre er ein Tier, und machten ihn vollkommen bewegungsunfähig.

Die Nacht war erfüllt von Flüchen und Keuchen. Aber Cadan und ich waren ganz still. Unsere Niederlage lastete schwer auf uns, bedeutete sie am Ende zweifelsohne den Tod. Wir hatten nicht nur diesen Kampf verloren, sondern auch unsere Freiheit, unser Leben.

Murtaghs Männer fesselten mir die Hände hinter dem Rücken und führten mich ab, während sie Cadan über den Boden zerrten. Unweit des Hauses wartete gut verborgen hinter einem Felsvorsprung ein Gefängniswagen auf uns. Die Pferde, die vorneweg gespannt waren, scharrten unruhig mit den Hufen und warfen die Köpfe in die Höhe. Sie schnaubten, als wir uns näherten.

»Ich fühle mich fast schon geehrt, dass ihr euch die Mühe macht, uns zurück nach Beryll zu bringen«, brummte Cadan, als einer der Königstreuen die Tür öffnete.

»Glaub mir, ich hätte mehr Freude an einer lang anhaltenden Hinrichtung mitten im Wald, wo niemand eure Schreie hört und ich mir alle Zeit der Welt lassen kann.« Murtagh spielte mit einem Messer und pulte sich den Dreck unter den Fingernägeln hervor. »Aber der König hat ein paar Fragen an euch, deren Antworten er wünscht, ehe wir das Vergnügen miteinander haben.« Das Lächeln auf seinen Lippen gewann an Boshaftigkeit.

Eine grobe Hand packte mich im Nacken und stieß mich durch das Loch in den Wagen. Mit der Stirn knallte ich gegen die Wand und sah Sterne. Cadan stolperte hinter mir hinein. Als Murtagh die Tür zuschlug, wurde es so finster wie die Nacht. Ich glaubte, jemanden atmen zu hören, der nicht Cadan war, und spürte überdeutlich die Anwesenheit eines dritten im Wagen. Doch es war kein weiterer Gefangener. Es war der Tod, der darauf lauerte, Cadan und mich in sein Reich zu entführen.

KAPITEL 33

Die Räder des Gefängniswagens knirschten auf dem steinigen Boden. Nachdem er zweimal stecken geblieben war, gab Murtagh auf und befahl, das Nachtlager aufzuschlagen. Ich kauerte in einer Ecke des Wagens, der mit Stroh ausgelegt war, als wären wir Tiere, während Cadan aufrecht stand und durch das schmale, von Gittern gefasste Fenster spähte. Die Angst im Innern des Wagens war übermächtig. Ein Relikt all jener, die man auf diesem Weg zum Schafott gebracht hatte. Ich versuchte, mich nicht auf den muffigen Geruch des Strohs zu konzentrieren, und reckte die Nase, wann immer durch das schmale Fenster eine frische Brise eindrang.

Schließlich wandte sich Cadan von dem, was sich außerhalb des Gefängniswagens abspielte, ab und ließ sich neben mir nieder. Sein Geruch hüllte mich ein und ich hob den Kopf. Er rückte dichter an mich heran, bis sich unsere Oberarme berührten und ein vertrautes Kribbeln meinen Körper erfasste. »Das ist nun schon das zweite Mal innerhalb kürzester Zeit, dass wir gefangen genommen werden.«

»Das sollten wir nicht zur Gewohnheit werden lassen!« Ich lehnte meinen Kopf an seine Schulter und starrte in die Dunkelheit, die mir keine Antworten auf die Frage gab, wie es meiner Familie ergangen war. Auch dem leisen Getuschel der Königstreuen konnte ich keinen Hinweis entnehmen.

»Ich war abgelenkt.« Cadan seufzte, als wäre diese ganze Misere seine Schuld. Getrocknetes Blut klebte auf seiner Haut, von dem ich nicht wusste, ob es sein eigenes war oder das eines der Königstreuen.

»Wie geht es dir, Cadan? Bist du verletzt?«, fragte ich in die kurze Stille, um ihr die Macht zu nehmen, die sie über mich zu gewinnen drohte.

»Mein Stolz hat mehr abbekommen als mein Körper«, knurrte er und entzog sich mir. Dann stand er umständlich auf und kehrte zurück ans Fenster.

Ich verlagerte mein Gewicht. Die Fesseln schnitten in mein Fleisch. Allmählich wurden meine Finger taub. Ich versuchte sie zu lockern, indem ich meine Hände drehte, doch sie schnürten sich nur enger um mich.

»Wir waren hochmütig, indem wir glaubten, dem Geheimnis des Königs auf der Spur zu sein. Dabei war er uns einen Schritt voraus.« Ich gab den Versuch auf, meine Fesseln zu lockern, und kauerte mich zusammen. Der Wind drang kalt und unnachgiebig durch die Ritzen des Gefängniswagens. Und jetzt, da Cadan aufgestanden war, kam er über mich. Ich rückte dichter an ihn heran und flüsterte ihm Worte zu, die auf meiner Seele lasteten. »Ich hoffe, dass die anderen wohlauf sind.«

Das Lagerfeuer, das Murtaghs Männer in einiger Entfernung von unserem Gefängnis entzündet hatten, malte orangefarbene Muster auf Cadans Gesicht. Seine Augen flackerten. Ohne mich anzusehen, murmelte er kaum hörbar zurück: »Denkst du nicht, dass Murtagh uns unter die Nase gerieben hätte, wenn er deine Familie überwältigt hätte? Der Befehl des Königs ist eindeutig, er will uns lebend, aber Murtagh würde nichts davon abhalten, sich auf deine Eltern zu stürzen. Er würde sich an deinem Schmerz ergötzen. Stattdessen verliert er kein Wort über sie. Wenn du mich fragst, waren sie nicht auf dem Gutshof deiner Schwester.«

Ich nickte, weil mir Cadans Überlegungen schlüssig erschienen. Dennoch fürchtete ich, dass wir uns irrten. Den Gedanken, meine Schwester, ihren Sohn und das ungeborene Kind in den Tod geschickt zu haben, ertrug ich nicht.

Im Morgengrauen packten die Königstreuen das Lager zusammen und brachen auf. In den letzten Stunden übte das monotone Schaukeln des Wagens eine hypnotisierende Wirkung auf mich aus. Ich starrte vor mich hin, ohne etwas zu sehen. Je näher wir Beryll kamen, umso mehr schrumpfte meine Hoffnung, dass uns die anderen zu Hilfe kämen. Dass Cadan ähnlich dachte, erkannte ich an seiner Miene, die immer finsterer wurde.

Die Steigung den Berg hinauf drückte uns gegen die Rückwand des Wagens. Das Stroh rutschte über den rauen Boden, der im trüben Tageslicht die Spuren früherer Gefangennahmen offenbarte. Blut, Unrat und Schlimmeres. Ich kauerte mich zusammen und zog die Füße dicht an den Körper.

Einst hatte ich Beryll als Heimat betrachtet. Nun löste der Anblick der hoch aufragenden Mauern und Dächer Grauen in mir aus. Obgleich die Sonne schien, kam mir der Tag eiskalt vor, als würde sich der Tod langsam auf die Stadt herabsenken.

Vor meinen Augen wuchs der Palast zu einem vielköpfigen Ungeheuer. Die Fenster blitzten wie Zähne im hellen Tageslicht, bereit, Cadan und mich zu verschlingen.

Als wir durch die Stadt fuhren, folgten uns die Blicke der Bewohner. Ihre Mienen waren ernst, Sorge stand ihnen ins Gesicht geschrieben, als ahnten sie, dass etwas Unerhörtes in ihrer Stadt vor sich ging. Das Tor zum Palastgelände schwang leise klingend auf, sobald wir uns näherten. Ich erhaschte einen kurzen Blick auf die Rabenhalle, die trotz ihrer Brandwunden noch immer auf dem Hügel thronte, als wollte sie sich dem König nicht beugen. Murtagh bellte einen Befehl und der Wagen setzte sich erneut in Bewegung, bis er mit knarzenden Rädern auf dem Hof vor den Palasttoren zum Stehen kam. Murtaghs grausames Gesicht schob sich mit einem Grinsen, das mich bis ins Mark erschütterte, zwischen das Fenster und den Palast.

»Na, kommen da nostalgische Gefühle auf, jetzt, da ihr endlich wieder zu Hause seid?« Seine kalten blauen Augen blitzten.

Cadan schnaubte und wandte sich ab. Ich jedoch trat an das Fenster und erwiderte das Feixen des Hauptmanns. »All die Menschen in der Stadt haben uns gesehen. Wenn ihr uns tötet, macht ihr uns zu Märtyrern!«

»Wer sagt denn, dass wir euch töten wollen?« Murtagh lachte. Die Tür knarzte leise, als er sie öffnete. »Ich will dich quälen, bis du um deinen Tod winselst. Und wenn ich einen guten Tag habe, gewähre ich ihn dir vielleicht. Wenn nicht …« Er ließ den Satz unbeendet und machte eine Geste, damit wir ausstiegen. Ich zögerte. Auch Cadan regte sich nicht. »Na, macht schon. Es wird nicht besser, wenn ich euch holen muss!«

»Wir wollen den König nicht warten lassen«, knurrte Cadan und warf mir einen Blick zu, der alles und nichts bedeuten konnte: Folge mir. Versteck dich. Sag nichts. Ich trat hinter ihm aus dem Wagen und blinzelte in das gleißende Licht. Am Horizont zogen graue Wolken auf, aber sie waren noch weit entfernt, ehe sie sich vor die Sonne schieben konnten.

»Mach bloß keinen Unsinn«, zischte Murtagh und taxierte Cadan, auf dessen Gesicht sich kalter Hass abzeichnete.

»Und wie sollte ich das anstellen?«, entgegnete dieser. »Mit auf dem Rücken gefesselten Händen?«

Einen Moment lang wähnte Murtagh sich in jener Sicherheit, die Cadan ihm vorgaukelte. Dann riss dieser den Kopf zurück, bevor er vorschnellte und gegen Murtaghs Stirn prallte. Mein Schrei mischte sich mit dem des Königstreuen und übertönte ein Knacken, von dem ich hoffte, dass es nicht Cadans Knochen gewesen waren. Blut tropfte aus Murtaghs Nase, aber Cadan schien bis auf einen roten Abdruck im Gesicht unversehrt. Genugtuung spiegelte sich in seinen Augen. Ich erinnerte mich, dass er sie dem Königstreuen schon einmal gebrochen hatte.

»Das wirst du noch büßen!« Murtagh gab seinen Männern einen Befehl. Cadan kassierte ein paar Schläge, aber er gab keinen Laut von sich, verweigerte den Königstreuen die Genugtuung, die ich ihnen an seiner Stelle vermutlich gegönnt hätte. Dann schraubten sich grobe Hände um meine Arme, dicke Finger schlossen sich um meine Kehle und drückten zu.

»Aeryn!«, rief Cadan. Er machte einen Satz vor, aber die Königstreuen erhoben sich wie eine Mauer zwischen uns.

»Wenn du dich nicht um dein eigenes Wohlergehen scherst, dann vielleicht um ihres!«, knurrte Murtagh. Auf seinen Wink hin verstärkte sich der Druck um meine Kehle. Ich verlor den Boden unter den Füßen, wand mich, konnte mit den auf dem Rücken gefesselten Händen jedoch nichts ausrichten. Dunkle Flecken erschienen vor meinen Augen, mein Brustkorb stand in Flammen. Ich konnte nicht atmen. Panik schwappte in eiskalten Wellen über mich hinweg, ehe der Druck plötzlich nachließ und ich zu Boden stürzte. Der Schmerz, den der Aufprall durch meinen Körper entsandte, war weit entfernt. Denn alles, was ich in diesem Moment wahrnehmen konnte, war die kühle Luft, die erlösend meine Lunge füllte.

»Aeryn«, keuchte Cadan. »Sieh mich an! Es tut mir so leid!«

Ich zwang mir ein Lächeln auf die Lippen, um ihm zu bedeuten, dass alles in Ordnung war. Dann wurden wir vorwärts gestoßen. Kies knirschte unter unseren Füßen, als wir von einer Traube Königstreuer zu dem Portal des Palastes geführt wurden. Drinnen war es dunkel und kalt. Ich blinzelte ein paar Mal, ehe ich mich an das Zwielicht gewöhnt hatte.

Mit dem Ärmel wischte sich Murtagh das Blut aus dem Gesicht. »Der König wird entzückt sein, euch endlich zu sehen.« Er grinste mit boshaft blitzenden Augen.

Weder Cadan noch ich antworteten und so begleitete uns Schweigen und ein Kreis aus Soldaten bis zum Eingang des Thronsaals. Vier von ihnen blieben vor den Türen zurück und bezogen Stellung, die anderen führten uns in den gläsernen Saal.

Mein letzter Besuch im Thronsaal lag noch nicht allzu lange zurück. Trotzdem fühlte es sich an, als wäre inzwischen ein ganzes Leben verstrichen. Damals war ich als königstreue Dienerin vor Dorchadas getreten. Heute war ich … eine Rebellin.

Das Wort schoss mir unwillkürlich in den Sinn. Hatte es mich früher geängstigt, erfüllte es mich jetzt mit neuem Mut. Es bedeutete, dass ich etwas hatte, wofür es sich zu kämpfen lohnte. Cadan. Meine Freunde. Die Raben.

Dorchadas saß auf dem Thron und betrachtete gelangweilt seine Fingernägel, als wir uns näherten.

»Zeigt ein wenig Respekt und verbeugt euch vor eurem König!«, zischte Murtagh hinter uns und schlug mir den Griff seines Schwertes in den Rücken.

»Das ist nicht mein König«, sagte Cadan ruhig. Als Dorchadas den Blick hob, fixierten sie einander. Helle Augen begegneten schieferschwarzen.

»Ich erinnere mich an eine Zeit, da du allzu gern das Knie vor mir beugtest«, sagte der König sanft und strich beinahe zärtlich über die Lehnen seines Throns. »Was ist geschehen?« Seine Frage hallte in der Stille des Saals wider. Draußen näherten sich die dunklen Wolken und trübten das strahlende Blau des Tages.

»Ihr habt Euer wahres Gesicht gezeigt!«, knurrte Cadan.

»Du meinst, dir missfielen meine Befehle?« Der König ließ von den Armlehnen ab und rutschte auf die äußerste Kante seines Throns. Seitlich von ihm quoll der lange dunkelrote Umhang hervor und ergoss sich wie ein blutroter Wasserfall über die Stufen.

Cadan zuckte die Achseln. »Ich kann nicht behaupten, dass es mir gefällt, dass Ihr meinen Tod fordert. Ihr seid zu weit gegangen, *Dorchadas,* als Ihr Euch offen gegen die Gilde gestellt habt.«

Als der König tief seufzte, hallte auch dieses Geräusch durch den Saal. »Du langweilst mich, Cadan!« Er schnippte mit der Hand und Murtagh trat vor wie eine Marionette. Dann holte er aus und schlug Cadan die flache Seite seines Schwertes in die Kniekehlen. Dieser biss die Zähne zusammen und starrte den König mit geblähten Nasenflügeln und stolz gerecktem Kopf an. Ich spürte seinen Zorn, als wäre es mein eigener.

Dorchadas erhob sich mit einer seinem Rang angemessenen fließenden Bewegung. Er glitt über die Stufen, blieb jedoch auf der untersten stehen, sodass er nicht zu Cadan aufschauen musste, der ihn um einen Kopf überragte. »Wo ist er?« Die Sanftheit seiner Stimme täuschte nicht über das Verlangen hinweg, mit der er die Frage gestellt hatte.

»Wer?«, entgegnete ich und machte einen Schritt auf den König zu. Von hinten grub sich eine Hand in mein Haar und riss mich zurück.

»Du bleibst, wo du bist«, knurrte Murtagh dicht in mein Ohr.

Ich kämpfte gegen seinen Griff an, aber er war mir überlegen und verstärkte ihn sogar noch.

»Murtagh«, seufzte der König, »du darfst mit ihnen spielen, sobald sie mir alles gesagt haben. Jetzt brauche ich sie lebend. Und bei Bewusstsein.«

»Sehr wohl, Majestät«, schnurrte Murtagh und verbeugte sich so tief, dass seine Nase beinahe den polierten Boden berührte.

»Gib acht, dass du keinen Blutfleck auf dem Marmor hinterlässt«, raunte ich ihm zu. Murtagh richtete sich auf und trat dicht an mich heran. Seine Nähe war mir zuwider. Ich spürte die vor unterdrückter Wut zuckenden Muskeln seines harten Körpers und wurde Zeuge seiner Kraft. Sobald Dorchadas ihm die Erlaubnis erteilte, würde Murtagh sich in einen Künstler verwandeln, dessen Pinsel ein Messer war und der mit Blut anstatt Farbe malte. Und ich war die Leinwand.

»Das Erste, was ich dir abschneiden werde, ist deine Zunge. Und danach haben wir beide ganz viel Spaß!«, flüsterte Murtagh, ehe er sich von mir entfernte und ich wieder frei atmen konnte.

»Ich stelle eine Frage ungern zweimal«, bemerkte der König, der uns amüsiert beobachtet hatte und nun wieder ernst wurde.

»Ich auch«, gab ich zurück. Aber als ich Murtaghs Uniform hinter mir rascheln hörte, fügte ich hinzu: »Ich weiß nicht, von wem Ihr sprecht.«

Die Mundwinkel des Königs kräuselten sich, doch seine Augen waren eiskalt. »Ich spreche von meinem Freund, dem Alchemisten.«

Cadan antwortete für mich. »Wenn er Euer Freund ist, wisst Ihr mehr über ihn als wir.«

»Er ist verschwunden«, sagte Dorchadas und imitierte Bedauern. Jede seiner Bewegungen schien einstudiert, alles, was er sagte, *wie* er es sagte, war eine Scharade, die er seit Jahren aufrechterhielt. Ich verwünschte mich dafür, dass ich es nicht eher erkannt und als Marionette in seinem perfiden Spiel gedient hatte. »Seit die Gilde fort ist, geschehen in der Stadt sonderbare Dinge. Menschen verschwinden spurlos und ich frage mich, ob das, was von der Gilde noch übrig ist, etwas damit zu tun hat.«

»Was ist Eurer Meinung nach von der Gilde übrig?«, knurrte Cadan.

»Zu viel«, antwortete Dorchadas und stieg die Treppen zu seinem Thron empor, um sich erneut darauf niederzulassen. Er schnippte mit den Fingern und rief: »Herein mit ihr!«

Eine Tür öffnete sich und eine Gestalt trat in den Saal. Mit schnellen Schritten, denen ein Rasseln folgte, und gesenktem Kopf eilte sie auf den Thron zu. Sie trug ein obsidianfarbenes Kleid, das die Blässe ihrer Haut unterstrich. Es war schulterfrei und offenbarte die Sommersprossen, die sich über dem Schlüsselbein sammelten. Ich blinzelte.

Einmal.

Zweimal.

Mairead machte das Zeichen des Königs, raffte ihre Röcke und nahm die Stufen zum Thron, wo sie die Falten des Umhangs auf Dorchadas' Schultern sortierte. Den Blick konzentrierte sie auf ihre Aufgabe, als wären wir für sie unsichtbar.

Mairead. Mairead, die Königstreue. Meine fromme Freundin. Mairead, die sich in den letzten Tagen zurückgezogen hatte. Hatte sie uns verraten?

»Mai«, flüsterte ich ihren Spitznamen, als könnte dieser mir das zurückgeben, was ich verloren glaubte. Stille herrschte in dem Saal, sodass dieses einzelne Wort einem Schrei gleichkam. Mairead riss den Kopf herum, als bemerkte sie uns erst jetzt. Rot geränderte Augen erweckten den Eindruck geweinter Tränen, aber ihre Miene war gefasst.

Nein, das konnte nicht sein. Nicht Mai, die sich um uns alle gekümmert hatte, seit uns das Schicksal zusammengeführt hatte. Unwillkürlich wich ich zurück und stieß erneut gegen Murtagh, dessen grausames Lachen mir wie ein Messer ins Fleisch schnitt. War nicht nur Mór mit Blindheit bestraft worden, sondern auch ich?

Ich sah zu Cadan, über dessen Züge ein Sturm von Gedanken tobte. Sie waren zu komplex, um sie zu durchschauen, aber der letzte war mir allzu vertraut. Angst. Sie verdunkelte seinen Blick.

»Was geht hier vor?«, fragte ich tonlos.

Mairead erstarrte, ihre schlanken Finger schwebten über dem schweren Stoff des königlichen Umhangs.

»Sprich, Mädchen«, knurrte der König. »Oder hast du deine Zunge verschluckt?«

»Ich diene meinem Herrn.« Ihre Stimme brach und der Klang von Verzweiflung traf mich mitten ins Herz. Sie raffte ihre Röcke, eine unauffällige Geste. Dabei entblößte sie ihre Fesseln. Das Klirren, das ihre Bewegungen begleitete, es stammte von den Ketten, die man ihr angelegt hatte wie einem Tier.

Sie war also nicht freiwillig hier. Das Gefühl von Erleichterung währte nur kurz, denn der schale Geschmack, den unsere gegenwärtige Situation in mir hervorrief, war überwältigend.

Dorchadas stand auf und ruinierte damit den von Mairead ordentlich drapierten Umhang. Er stieß sie beiseite und mit einem gepressten Laut stürzte sie die Treppen hinunter. Cadan und ich reagierten gleichzeitig und schossen vor, aber Murtagh hielt uns zurück. Vor der untersten Stufe stemmte Mairead sich hoch. Sie hatte eine Schürfwunde am Ellbogen, abgesehen davon schien sie unversehrt.

»Und wisst ihr, wer sich unserer illustren Runde noch angeschlossen hat?«, fragte Dorchadas in einem lockeren Plauderton, der mir das Blut in den Adern gefrieren ließ. Er schritt um den mächtigen Thron herum und bedeutete uns, ihm zu folgen. Als Cadan und ich keine Anstalten machten, ihm zu gehorchen, drängte sich Murtaghs Klinge durch den Vorhang meiner Haare in die empfindliche Haut über meinem Nacken. Widerwillig umrundete ich den Thron und erstarrte, als ich sah, was uns dahinter erwartete.

Wer uns dahinter erwartete.

Im Schatten des Throns stand ein runder Käfig aus polierten weißen Knochen, der mir erschreckend vertraut war. Darin hatten wir verwundete Raben aufgepäppelt. Aber es war kein Vogel, der zusammengekrümmt und mit tränenüberströmtem Gesicht im Innern hockte. Es war …

»Giordyn«, keuchte ich. In Cadans Blick begegnete mir dasselbe Entsetzen, das auch mich lähmte. Wenn Dorchadas zwei Raben gefangen hatte, was war mit den anderen geschehen?

Der Junge war nicht in der Lage, mir zu antworten. Ein Knebel steckte in seinem Mund.

»Spar dir dein Mitleid«, sagte Dorchadas und schlug mit der flachen Hand gegen die Stäbe des Käfigs. Die hohen Wände der Halle verstärkten den Knall und er donnerte über uns hinweg. Mairead zuckte zusammen und wischte sich verstohlen eine Träne von der Wange.

»Was immer du vorhast, Dorchadas, lass den Jungen gehen!«, sagte Cadan.

»Wenn du wüsstest, was diesen Narren hergeführt hat, würdest du es vermutlich begrüßen, dass ich mich seiner annehme«, meinte Dorchadas und beugte sich mit einem Grinsen, das einem Zähnefletschen gleichkam, über Giordyn. »Nicht wahr, Junge?«

Dieser wimmerte und kroch so weit von Dorchadas weg, wie es der enge Käfig zuließ.

»Er war es.« Meine Worte waren leise und doch wandten sich mir alle zu. Ich erinnerte mich an eine Nacht vor nicht allzu langer Zeit und die mir dennoch ewig her zu sein schien. In dieser Nacht war ich ausgezogen, um den Auftrag des Königs zu erfüllen. In dieser Nacht war mir Giordyn begegnet. »Er hat Euch von unseren Plänen berichtet.«

Ich wartete auf das Gefühl von Hass, aber ich konnte nichts anderes als Verständnis für den Jungen empfinden. Verständnis für den Sohn des Mannes, den ich getötet hatte. Was hätte ich an seiner Stelle unternommen, um Rache an den Menschen zu üben, die meinen Vater getötet hatten?

Dorchadas klatschte in die Hände und deutete eine Verneigung vor meiner Erkenntnis an. »Nach seiner Vereidigung führten Giordyn und ich ein nettes Gespräch. Wir waren beide der Meinung, dass die Gilde zu einem Haufen unlauterer Mörder verkommen war.«

»Weil Ihr es den Raben befohlen habt!« Murtagh bestrafte Cadans Unterbrechung, indem er ihm den Knauf seines Schwertes auf den Kopf schlug. Cadan schnaufte, doch er hielt sich auf den Beinen.

»Zeig ein wenig mehr Respekt!«, knurrte Murtagh, ehe der Mann, der sich König nannte, fortfuhr.

»Giordyn sorgte dafür, dass meine treuen Männer in der Nacht des Gildenfalls ungesehen auf das Gelände gelangten. Bedauerlicherweise ist er dem Maester in die Hände gefallen, ehe er sich in meine Obhut begeben konnte. Bedauerlicherweise. Oder glücklicherweise.« Dorchadas' Lachen war rau und fegte so eisig wie der Bergwind über uns hinweg. »In all den Tagen, in denen ihr von der Bildfläche verschwunden ward, suchte dieser dumme Junge einen Weg, um zu mir zurückzukehren.«

Ich erinnerte mich an Giordyns traurige Augen und den verschlossenen Blick. Er hatte sich von den anderen Novizen distanziert. Immer wieder hatte er mich beobachtet. Hätte ich das kommen sehen müssen? Vielleicht. Doch dass Giordyn ausgerechnet dem Mann sein Vertrauen schenkte, der den Tod seines Vaters befehligt hatte, wäre mir niemals in den Sinn gekommen.

»Als ihr aus der Stadt geflohen seid, ist er euch durch die Tunnel gefolgt.«

Da waren Schritte gewesen, die uns verfolgt hatten. Ich hatte sie gehört und ihnen keine Bedeutung beigemessen, weil all meine Gedanken dem bevorstehenden Abschied von Cadan gegolten hatten.

»Er informierte mich über den Aufenthaltsort der Gilde und dass ein Teil von euch im Begriff war, Beryll zu verlassen.« Nun tätschelte Dorchadas das Dach des Käfigs. »Ich verabscheue Verräter.«

Übelkeit überkam mich und ich kämpfte dagegen an, ihr nachzugeben. Ich wankte und schüttelte den Kopf, um dieser schrecklichen Offenbarung zu entkommen. Die Gilde war gefallen, weil ich das Herz dieses Jungen gebrochen hatte.

»In diesen Minuten beenden meine Männer diese ganze Scharade.« Dorchadas stieg über seinen Umhang und trat an die Fensterfront, unter der sich die Stadt ausbreitete. Ich fürchtete das, was sich dort unten abspielte. Doch von hier oben sah ich nur kleine dunkle Punkte, die zwischen den Häusern umherhuschten, dazwischen das Ultramarinblau der Königstreuen. Es wirkte harmlos, wie einer nach dem anderen aus einem Loch schlüpfte, von dem ich wusste, dass es unmittelbar zu einem der unterirdischen Tempel führte.

Dass ich noch immer Hoffnung gehegt hatte, begriff ich, als etwas in mir zerbrach. Die Dunkelheit, vor der Mór mich gewarnt hatte, kam über mich. Denn als sich die Punkte den Berg hinaufbewegten, wusste ich, dass alles verloren war. Die Raben, die sich dem König verweigerten, würden sterben. Die anderen, die sich ihm aus Angst oder Überzeugung anschlossen, würden ihre Freiheit gegen ein Leben in Gefangenschaft als Königstreue eintauschen.

Ich kehrte dem Fenster den Rücken zu und trat, soweit Murtagh es zuließ, auf den Knochenkäfig zu. Die zusammengekauerte Gestalt regte sich, als mein Schatten sie streifte. »Nicht die Gilde forderte den Tod deines Vaters. Es war dieser Mann, denn er fürchtete, dass Dobrin sein größtes Geheimnis verraten könnte. Er ist nicht der rechtmäßige König!«

Der Schlag, der mich traf, presste mir die Luft aus der Lunge. Ich keuchte und blinzelte einen Moment lang gegen Sterne an, die vor meinen Augen tanzten. Dann spürte ich Murtaghs schalen Atem an meiner Wange, seinen Körper in meinem Rücken. Er nahm meinen Kopf zwischen sich und seiner Waffe gefangen und presste von hinten die flache Klinge gegen meine Kehle. Ich zappelte, Tränen brannten in meinen Augen. Durch den Schleier sah ich Cadan, der gegen seine Fesseln aufbegehrte und von vier Soldaten umkreist wurde, während sich der König und Mairead vor seiner Raserei in Sicherheit brachten.

»Lass von ihr ab, du Ungeheuer!«, tobte Cadan und bäumte sich auf. Das Geschrei lockte weitere Soldaten und zwei Königstreue in den Saal, die ihre Waffen zückten und Cadan umzingelten. Es nutzte nichts. Er beruhigte sich erst, als Murtagh das Messer so dicht an meine Kehle presste, dass ich gurgelte. Ich spürte, wie meine Haut unter der scharfen Klinge nachgab und Blut an meinem Hals entlanglief.

»Du willst doch nicht, dass ich ihr die Kehle durchschneide, nicht wahr?«, schnarrte Murtagh mit einem selbstzufriedenen Grinsen. Ich konnte es nicht sehen, aber ich hörte es seinen Worten an.

Cadans Schultern sackten in sich zusammen, als hätte auch ihn die Ausweglosigkeit unserer Situation erfasst. Er sah mich an. In seinen Augen erkannte ich eine Verzweiflung, die ich nie zuvor an ihm bemerkt hatte. Ich blinzelte ihm zu, versuchte mich an einem Lächeln, um ihn zu beruhigen, aber der Druck auf meine Kehle war zu stark. Schließlich neigte er kaum merklich den Kopf und Murtagh ließ mich los.

»Noch ein Wort gegen den König, unseren Allmächtigen, und ich schneide dir die Zunge heraus«, zischte er mir zu.

Sobald Murtagh sich von mir entfernte, schwankte ich. Mein Blick war verschwommen und ich spürte die Angst wie einen übermächtigen Schatten, der meine Welt verdunkelte.

»Vielleicht fällt euch wieder ein, wo ihr den Alchemisten zurückgelassen habt, wenn ich euch nacheinander die Gliedmaßen abtrennen lasse«, sagte der König ungerührt und wandte sich vom Fenster ab, als hätte er nicht wahrgenommen, was hinter ihm vorgegangen war. »Oder ich befrage das Federvieh, das meine Männer in diesen Momenten festnehmen. Wenn diese Verräter merken, dass jeder stirbt, der schweigt, wird mir früher oder später jemand antworten.«

»Ich kann Euch die Mühe abnehmen«, zischte Cadan.

»Nein!«, rief ich, überrascht und unfähig, meine Zunge zu hüten. Warnend schüttelte ich den Kopf. »Sei still!« Ich fürchtete, Cadan würde das Schicksal meiner Familie besiegeln, indem er Alastairs Aufenthaltsort verriet.

Aber Cadan ignorierte mich. Er trat einen Schritt auf den König zu, die Soldaten folgten ihm mit erhobenen Waffen. »Der Alchemist ist tot.«

KAPITEL 34

Ein Lächeln, das mehr einer Fratze glich, entstellte das Gesicht des Königs. Dann wurde sein Ausdruck so glatt wie ungetrübtes Wasser. Doch in der Tiefe lauerte die Gefahr. Seine Augen spiegelten das, was in ihm tobte.

»Nein«, sagte er, als könnte er damit das, was Cadan gesagt hatte, ungehört machen.

Der Alchemist war tot.

Diese Lüge könnte uns Zeit verschaffen. Oder unsere Hinrichtung beschleunigen.

»Was ist schon ein einzelner Mann, wenn ein ganzes Volk zu Euch betet, Majestät«, sagte Murtagh und presste die Faust fest an die Brust.

»Sprich nicht von Dingen, die du nicht verstehst!«

In dem Moment verschwand der letzte Streifen blauen Himmels hinter einem grauen Wolkenturm und ein Donnern zerfetzte die angespannte Stille über der Stadt. Die gläsernen Wände des Thronsaals knirschten, der Boden bebte unter der Gewalt der Natur, als wollte sie über unser Schicksal richten. Eine feine Linie zog sich über die gläserne Wand wie über einen gefrorenen See. Sie zuckte über uns hinweg und ein Geräusch folgte ihr, dem mein Körper mit einem Schaudern antwortete.

Murtagh gab mir einen Stoß. Er warf sich auf den König, als das Dach einbrach, um ihn vor einer Kaskade aus Scherben zu bewahren, die sich von oben auf uns ergoss. Ich duckte mich unter dem Glas weg, das wie ein Vorbote des Todes auf uns niederging, und riss Mairead mit mir, die wie erstarrt schien. Im Schatten des Thrones suchten wir Schutz, während die Wände des Saals knackten und die Statuen jener Menschen, die Leird versteinert hatte, zersplitterten. Noch immer schränkten die Fesseln meine Bewegungsfreiheit ein. Also rollte ich mich über Mairead und drückte sie mit meinem Gewicht zu Boden, als die Bruchstücke über uns hinwegfegten.

»Was war das?«, piepste sie. Ihr Herz donnerte durch den dünnen Stoff ihres Kleides gegen meine Brust. Ich schüttelte den Kopf und rutschte umständlich von ihr herunter. Sie richtete sich auf. Mit weit aufgerissenen Augen kauerte sie neben mir und zitterte. Blut rann über ihre Wange, wo eine Scherbe ihre Spuren hinterlassen hatte, und das Haar war nicht länger von einem Sonnenuntergangsrot, sondern grau wie ein nebelverhangener Morgen. Ein leises Klirren ertönte, als Scherben aus ihrer Mähne rieselten. Dann kroch sie vor und löste die Fesseln um meine Hände. Eine Mischung aus Erleichterung und Schmerz ließ mich scharf Luft holen. Der Staub in der Luft brachte mich zum Husten.

Suchend sah ich mich nach Cadan um, während ich mir die geschundenen Handgelenke rieb. Als sich der Grauschleier aus Staub und Schmutz lichtete, erkannte ich seine vertraute Statur dicht an den Fenstern. Seine Augen glitzerten, als hätte er einen Kampf gewonnen. Ich verließ in gebückter Haltung den Schutz des Thrones. Meine Schritte begleiteten das Geräusch knackender und knirschender Scherben. Niemand hielt mich auf, obgleich die Soldaten allmählich das Bewusstsein zurückerlangten. Wortlos machte ich mich an Cadans Fesseln zu schaffen. Als der Strick zu Boden fiel, streckte er die Schultern und deutete in die Tiefe unterhalb des Thronsaals. Zwischen den dichten Wolken konnte ich nichts erkennen, was erneut hätte Hoffnung in mir wecken können.

Dann folgte ein zweites Donnern. Leiser, aber näher als das erste. Schreie stoben durch den Thronsaal, als die Decke erneut bebte, erneut Scherben auf uns regneten. Cadan und ich duckten uns, ich verbarg mein Gesicht an seiner Brust, er das seine in meinem Haar. Gemeinsam verweilten wir, bis das Vibrieren des Bodens nachließ. Dann flüsterte Cadan dicht an meinem Ohr: »Das ist der Ruf der

Raben.« Und ich begriff. Es war nicht die Welt, die sich gegen den König auflehnte, sondern die Gilde.

Hinter uns flog die Tür zum Thronsaal auf. Schwarz gekleidete Gestalten strömten mit gezückten Waffen hinein. Die Zukunft, dunkel und endgültig, die ich so dicht vor mir gesehen hatte, obwohl es Mór war, die über diese Gabe verfügte, veränderte sich zu einer Möglichkeit, in der wir überlebten.

Tyriq führte den Angriff an. »Für Emma!«, brüllte er in wilder Entschlossenheit und riss sein Schwert hoch. Hinter ihm brach eine Welle aus Kriegern in den Saal. Einige von ihnen trugen die Kleidung der Gilde, andere die Masken der Rebellen. Funken stoben, als Ean mit der Gabe des Feuers durch die Menge wirbelte und die Uniformen der Königstreuen in Brand steckte. Grauenerregende Schreie mischten sich mit dem Geräusch aufeinanderprallender Klingen und hektischer Befehle. Ich erkannte Aryanwen, die mit geschmeidigen Bewegungen einen Königstreuen herausforderte. Ihre Gabe machte sie ähnlich wie Mór unbesiegbar. Denn wenn ihr Gegner einen Angriff startete, wusste sie bereits, wie er endete. Hinter ihr wirbelte Deirdre hoch über den Köpfen der Kämpfer durch die Luft und ließ einen Hagel aus Pfeilen auf die feindlichen Reihen niedergehen.

Den Rebellen ging eine riesenhafte Gestalt voran. Es war Carson, der mit einem stumpf wirkenden Schwert tiefe Schneisen in die Königstreuen schlug. An seinem Kragen heftete eine Feder, die so rot war wie das Gefieder seiner liebsten Henne. Sein Brüllen erhob sich über die Köpfe.

Der König bellte Befehle, aber niemand gehorchte. Seine Männer waren zu beschäftigt, den überraschenden Angriff abzuwenden. »Durch Sturm und Tod dem König!«, riefen einige von ihnen, andere schrien qualvoll, als die Waffen ihrer Angreifer schneller waren als sie. Die Maske eines der Rebellen verrutschte unter der Wucht eines Schwerthiebs und ich erkannte das Gesicht darunter. Murphy, der Wirt aus dem *Einsamen Ochsen,* kämpfte an Carsons Seite.

Tyriq wirbelte auf uns zu, mähte dabei zwei Königstreue nieder und wischte sich über die schweißbedeckte Stirn, als er vor uns stehen blieb. »Ihr habt ein sagenhaftes Talent, euch in Schwierigkeiten zu bringen!«

»Wie hast du …«, begann ich, aber er unterbrach mich mit einem Grinsen: »Ihr seid nicht zurückgekehrt. Also gab es nur einen Ort, an dem ihr hättet sein können. Carson hat mich begleitet.«

»Und Mór?«

»Ist in Sicherheit.«

Gut. Das war alles, was ich in diesem Moment wissen musste.

Cadan beugte sich über einen leblosen Soldaten und bemächtigte sich seines Schwertes. Mit wenigen wütenden Hieben stürzte er sich auf einen Königstreuen, der mir gefährlich nahe kam, ehe dieser Blut spuckend zusammenbrach. Auch ich schnappte mir eine Waffe, dann hielt ich auf den Thron zu. Der Knochenkäfig hatte den Einsturz des Daches überstanden, auch wenn ein paar der polierten Stäbe gebrochen waren. Giordyn sah mich mit wachsender Panik an, als ich über ihm und mit einem Schwert bewaffnet erschien. Ich ignorierte ihn und stach die flache Klinge durch Rahmen und Tür, dann stemmte ich mich dagegen, bis sie quietschend aufsprang.

»Verschwinde von hier, Giordyn!« Ich griff in den Käfig und entlockte dem Jungen ein Quieken. Er zappelte in meinem Griff, aber ich zerrte ihn durch die schmale Öffnung in die Freiheit. Sein Zustand war erbärmlich, er stank und die Fetzen, die von seiner Kleidung übrig waren, standen vor Schmutz. »Bring dich in Sicherheit!« Er rührte sich noch immer nicht. Starrte mich weiterhin an wie eine Erscheinung. Mit der geballten Faust knuffte ich ihm gegen die Schulter. »Los jetzt!« Dann wandte ich mich um und stellte mich dem Kampf, der um uns herum wütete. Zwei Königstreue trennten mich von Cadan. Mein Schwert wirbelte um mich, zerschnitt Luft, Fleisch und Stoff. Die Angst war wie ein fernes Echo. Aber über den Lärm, der sich in dem zerstörten Thronsaal erhob, konnte ich sie kaum hören.

»Cadan!«, rief ich und fing seinen entschlossenen Blick auf. »Filipas!«

Er nickte zum Zeichen, dass er verstanden hatte, und hob den Kopf. »Dort!«

Mitten in der Schlacht, die im Thronsaal tobte, entdeckte ich den König. Mairead war bei ihm. Er hielt ihr ein Messer an die Kehle. Angst bäumte sich in mir auf. Cadan setzte sich in Bewegung und ich folgte ihm durch die Masse wogender Körper und klirrender Klingen.

In Callahans Geschichtsunterricht hatte ich viel über die Theorie des Krieges gelernt, doch hätte ich ihn mir niemals so hektisch und unübersichtlich vorgestellt. Überall begegneten mir Blut und Tote. Menschen. Es spielte keine Rolle, auf welcher Seite sie gestanden hatten, jetzt waren sie tot. Und weitere würden folgen, denn in dem Meer aus Kriegern konnte man kaum erkennen, wer dem König ergeben war und wer der Gilde diente. Eans Feuer loderte auf, einer der Königstreuen sprang schreiend aus einem der Fenster in die Tiefe. Bryan, Lachlan und Reid, die mit der Gabe übermenschlicher Stärke gesegnet waren, rangen mit jeweils drei Gegnern. Hardin, furchtlos, wie er war, stürzte sich unnachgiebig auf die Königstreuen. Dann erkannte ich Giordyns dunklen Schopf, der sich durch die Kämpfenden bewegte. Er war nicht auf der Flucht. Stattdessen schien er den Verwundeten Schmerz zu nehmen und ihn mit einer verbissenen Grimasse auf die angreifenden Männer des Königs zu schleudern. Ihre Schreie fegten über die Kulisse des Schreckens hinweg.

Auf dem Weg zum König stolperte ich über die versteinerte Gestalt eines seiner Männer. Leirds Handschrift. Er kämpfte in der Nähe mit einer blutverschmierten Klinge und einer ausgestreckten Hand, die jeden tötete, den er mit ihr berührte. Ich duckte mich an ihm vorbei und hielt auf den König zu. Seine Augen waren so schwarz wie die ewige Dunkelheit. Und ebenso unheilvoll. Maireads dagegen waren weit aufgerissen und sie starrte auf einen Punkt hoch über uns. Als er uns entdeckte, fuhr er herum und benutzte sie als menschlichen Schild.

»Ein Schritt näher und sie ist tot!«, rief er.

Cadan lachte und klang wie jemand, der mir fremd war. »Ihr Leben gegen Eures? Ein geringer Preis, den ich gern zu zahlen bereit bin!« Er trat vor und hob das Schwert des toten Soldaten in die Höhe. Mairead keuchte auf.

»Cadan!«, rief ich. Auch wenn ich wusste, dass Cadan niemals dazu fähig war, sie zu töten, so glaubte meine Freundin sich in diesem

Moment dem Tod gegenüber. Cadan hatte sein Geheimnis gut gehütet, denn Dorchadas zögerte, als fürchtete er um den Verlust seiner vermeintlichen Lebensgarantie.

Die Spitze der Waffe durchdrang den Stoff von Maireads Kleid und gab einen Blick auf ihre nackte, von Sommersprossen überzogene Haut frei. Dann drehte Cadan die Klinge, ritzte mit der scharfen Seite in Dorchadas' Hand, der aufschrie und Mairead von sich stieß. Sie taumelte und ich fing sie auf.

»Bring dich in Sicherheit!«, zischte ich in ihr Ohr.

»Was ist mit dir?«, hielt sie dagegen. Ihre Stimme zitterte, aber ihre Miene zeigte Entschlossenheit.

»Ich komme zurecht«, versprach ich ihr und kehrte an Cadans Seite zurück, der seine Waffe auf die Brust des vermeintlichen Königs richtete. Aus dem Augenwinkel beobachtete ich, wie Mairead die Flucht ergriff. Die Angst in mir ließ kaum merklich nach. Sie würde es schaffen.

Und Dorchadas würde büßen. Cadan erhöhte den Druck auf dessen Brust. Mit einem dumpfen *Klonk* fiel ihm die Krone vom Kopf. Staub wirbelte auf, als sie mit einer bedeutungsvollen Endgültigkeit auf dem Boden landete.

»Warum verlangt es Euch nach dem Alchemisten?«, fragte ich, obgleich ich die Antwort wusste. »Fürchtet Ihr, dass ohne sein Zutun Eure Scharade auffliegen könnte?«

Dorchadas schwieg, doch er musste nichts sagen. Ich beugte mich über ihn und packte den Streifen nackter Haut zwischen Hemdsärmel und Handschuhen. Meine eigenen waren zerrissen und so kam die Angst, die die Schwärze seines Blickes nicht preisgab, über mich.

Ich hatte ihn all die Jahre für einen Gott gehalten, aber das war er nicht. Ein Gott fürchtete sich nicht. Ein Gott lehrte zu fürchten. Dorchadas war von Ängsten zerfressen. Der Thronsaal kippte weg, der König und ich waren allein in einer samtenen Dunkelheit. Die Krone auf seinem Haupt begann zu glühen. Dorchadas riss die Hände hoch, um sie sich vom Kopf zu reißen, aber sie brannte sich in Haut und Haar. Dann erwachte der prachtvolle Umhang zum Leben, kroch wie eine Schlange an ihm hoch und schnürte ihn ein, bis er sich kaum mehr bewegen konnte. Er wimmerte, als der Thron, der urplötzlich vor uns auftauchte, Risse erhielt. Die Bruchstücke flogen wie Geschosse auf ihn zu, trafen ihn hart an der Schulter und schleuderten ihn zurück.

Die Dunkelheit veränderte sich und verwandelte sich in das Universum oder in einen Teich, in dem sich die Sterne spiegelten. Licht durchzuckte das satte Blau meiner Umgebung wie Sonne, die von der Wasseroberfläche reflektiert wurde. Ein Gesicht erschien, ausgemergelt und blass. Es war das Gesicht des Königs und doch war es das nicht. Ich glaubte zu wissen, wem es gehörte. Aber bevor ich mehr herausfinden konnte, verebbte der Strom der Angst.

»Ich habe dich durchschaut«, flüsterte ich.

Der Mann, der sich Dorchadas nannte, riss sich von mir los. »Für eure Sünden werdet ihr in den Kerkern verrotten, bis die Ratten sich an euren Eingeweiden laben!«, knurrte er. Zu spät erkannte ich, dass sich die Furcht in seinen Augen in Triumph wandelte. Ein Schatten kam über uns.

»Cadan, pass auf!« Blindlings stach ich mit meinem Schwert nach dem Schatten, der sich als Murtagh entpuppte und wie ein Berserker auf uns losging. Mit zwei, drei heftigen Hieben trieb er Cadan vom König weg und in eine Gruppe kämpfender Soldaten hinein. Einer von ihnen erstarrte, erbleichte. Und dann ging ein Ruck durch seinen Körper und das, was Fleisch, Haut und Muskeln gewesen waren, verwandelte sich in erkalteten Stein.

»Danke, Leird«, keuchte ich und duckte mich unter der ausgestreckten, für alle Zeit in der Bewegung erstarrten Hand des Königstreuen hinweg.

»Gern geschehen.« Leirds Schultern bebten, das braune Haar klebte auf seiner schweißnassen Stirn, trotzdem stürzte er sich auf den nächsten Gegner.

Carson kämpfte nicht weit entfernt. Er bewegte sich schwerfällig, stolperte mit den großen Füßen über die Toten am Boden. Seine Waffe hatte er verloren, aber er packte zwei der Königstreuen und schlug deren Köpfe aneinander, sodass sie aufplatzten wie rohe Eier. Ich wandte mich von dem Anblick ab und konnte gerade noch beobachten, wie Murtagh mit dem König durch die Tür floh, hinter der Mairead verschwunden war. Ich fluchte, konnte ihnen jedoch nicht folgen, da eine Schwertklinge haarscharf an meinem Ohr vorbeisauste und mich ein paar Strähnen meines Haars kostete. Ich duckte mich weg, riss das Schwert herum und konnte den Hieb abwehren, auch wenn Olias die Ausführung sicherlich mit mangelhaft bewertet hätte. Wenigstens lebte ich noch.

Cadan stieß einen Königstreuen von sich, der mit einem klaffenden Loch in der Brust zusammensackte und einen der seinen mit sich riss.

»Carson, geht es dir gut?«, schrie ich, während wir uns zu dritt Rücken an Rücken aufstellten und die Waffen hoben. Meine Tunika klebte an meinem Körper und meine Arme ermüdeten allmählich.

»Alle Gliedmaßen noch dran, was der da nicht von sich behaupten kann!« Er wies auf eine Leiche, aus deren Beinstümpfen Blut sprudelte. Nichts, was Olias mich gelehrt hatte, reichte aus, um in diesem Chaos zu bestehen. Diese Schlacht war weder ehrenhaft noch ruhmreich, wie mein verstorbener Lehrer es stets von uns im Unterricht verlangt hatte. Krieg war gnadenlos. Und zwischen Blut und Tod wurden keine Helden geboren, nein, sie starben hier.

Carson wehrte einen Königstreuen mit einem Tritt ab und schwankte. Ich packte seinen Arm. Doch statt ihm Halt zu geben, riss er mich mit sich. Meine Glieder schmerzten, meine Hände waren taub. Und den anderen schien es ähnlich zu ergehen. Unsere Kräfte schwanden und immer neue Königstreue stürmten in die Ruine des Thronsaals. Sie waren wie ein niemals versiegender Strom. Die Gaben der Raben gegen eine Überzahl an Königstreuen.

»Nicht aufhören. Weitermachen«, skandierte Carson. »Weitermachen.«

Ein Königstreuer schoss auf uns zu. Cadan wehrte ihn mit der Waffe ab, Carson schubste ihn um. Er knallte mit dem Kopf auf den blutbefleckten Marmor und blieb wie ein gefällter Baum liegen. In dieser Schlacht gab es keine Zeit für Gnade. Gegner, die zu Boden gingen, wurden erbarmungslos niedergemetzelt, denn in diesem Moment zählte nur eines: das eigene Überleben. Olias' Worte von ehrenhaften Siegen verblassten in Anbetracht dessen, was sich vor meinen Augen abspielte.

»Kommst du ohne uns zurecht, Carson?«, fragte Cadan.

»Die Frage lautet wohl eher, ob ihr ohne mich zurechtkommt!«

Ein Gefühl von Wärme überkam mich und ich drückte den Arm des grimmigen Hünen. Carson verzog das Gesicht, aber in seinen Augen funkelte es. Ich zwinkerte ihm zu, dann folgte ich Cadan, der auf die Tür am anderen Ende des Thronsaals zuhielt.

Ich hatte vergessen, dass dieser Teil des Palastes auf einer schmalen Felszunge stand, neben der es steil in die Tiefe ging. Hinter der Tür erwartete uns kein schlichter Gang, der auf die Korridore des Palastes führte, sondern eine Brücke, die sich über eine Schlucht in schwindelerregender Höhe spannte. Kalte Böen verbissen sich in unseren Umhängen und peitschten durch meine Haare.

Cadan betrat die Brücke, ohne zu zögern. Als er die Hälfte zurückgelegt hatte, wandte er sich um. »Aeryn, kommst du?«

Sein Blick und das Vertrauen, das er in mich setzte, gaben mir Mut. Ich wagte mich einen Schritt vor, das Holz knarzte unter meinem Gewicht und der Wind zerrte an meinem Umhang.

»Ich kann das nicht!«, rief ich und wich zurück.

»Du bist stärker als deine Angst!«, beschwor Cadan mich und streckte eine Hand nach mir aus. »Den Mut, sie zu überwinden, findest du tief in dir!«

Cadan irrte sich. Die Angst war die Dunkelheit, die Mór mir prophezeit hatte. Nicht der König. Nicht der Krieg. Es war meine eigene Angst. Im Moment größter Not ließ sie mich zurückschrecken. Ich war nicht in der Lage, meinen Freunden beizustehen. Ich war schwach.

Mit beiden Armen umfasste ich meinen Oberkörper und drückte den Rücken gegen die Rückseite der Tür.

»Aeryn«, sagte Cadan eindringlich. »Wir haben dafür keine Zeit. Wir dürfen ihn nicht entkommen lassen!«

Cadan hatte recht. Trotzdem war ich unfähig, mich zu bewegen. Gequält verzog ich das Gesicht und rief, während der Wind an seinen Haaren riss: »Du findest ihn in einem Raum mit blauen Wänden. Geh!«

Einen Moment zögerte er. Einen Moment, in dem ich glaubte, jene Stärke in mir zu finden, die es brauchte, um an seiner Seite zu kämpfen. Der Moment verstrich.

»Pass auf dich auf!«, rief Cadan, ehe er mir den Rücken zuwandte und über die schmale Brücke lief, die unter seinem Gewicht bebte.

Bis ich Cadan nicht mehr sehen konnte, verharrte ich in meiner Position. Dann drehte ich mich um und wollte die Tür öffnen. Etwas blockierte sie auf der anderen Seite. Ich fluchte und trommelte mit beiden Fäusten dagegen, doch der Lärm des Kampfes war ohrenbetäubend, sodass ich das Geräusch selbst kaum hörte.

Als wäre es ein Königstreuer, der mit erhobener Waffe auf mich zukam, starrte ich die Brücke an. Als Kind war ich auf Bäume geklettert oder auf dem Fenstersims im zweiten Stock der Baracke, in der meine Familie damals gehaust hatte, balanciert. Weil ich hatte wissen wollen, wie die Welt unterhalb von Beryll aussah, hatte ich meine Nase über jeden Abgrund der Stadt geschoben. Ich erinnerte mich an das unbeschwerte Gefühl meiner Kindheit, das verschwunden war, sobald meine Gabe erwacht war.

Die Angst war schleichend über mich gekommen, bis ich ihr nichts mehr entgegenzusetzen hatte. Und nun war sie der letzte Feind, der zwischen mir und dem falschen König stand.

Scharfkantige Felsen senkten sich unter der Brücke ab, bis sie sich in einem kahlen Landstrich verloren. Tief würde ich nicht fallen, ehe ich mir an einem davon das Rückgrat brechen und sterben würde.

»Ich muss keine Angst vor der Höhe haben«, sagte ich mir und wagte mich einen Schritt auf die Brücke. Mit beiden Händen klammerte ich mich am Geländer fest, bis meine Knöchel weiß waren wie die Gipfel der Berge hoch über Beryll. Mein Herz schlug schneller und ich rang nach Atem, weil Angst mir meine Brust zuschnürte. Wenn es nicht die Angst vor der Höhe war, war es womöglich die zu sterben, die meine Knie weich werden und meinen Körper verrücktspielen ließ.

»Der Tod ist dein Freund«, erinnerte ich mich. Eines Tages würde er kommen und Frieden über mich bringen. Und dennoch erzitterte ich jedes Mal, wenn ich seinen Atem im Nacken spürte. Meine Gabe machte ihn allgegenwärtig, und solange ich sein Gesicht nicht gesehen hatte, würde ich ihn immer fürchten. Ich wandte mich um, suchte seinen Schatten, doch er war nicht hier. Womöglich hatte er im Thronsaal genug zu tun. Aber wenn er mir nicht auf den Fersen war, musste ich ihn nicht fürchten.

Ich wagte einen weiteren Schritt. Die Brücke ächzte unter der Wucht des Windes. Kurz vergaß ich zu atmen. Noch immer war ich allein. Ich zwang meine Füße zum nächsten Brett und schob mich langsam vorwärts. Je weiter ich kam, umso energischer zerrte der Wind an mir, doch umso mehr schrumpfte auch meine Angst.

Als ich das Ende der Brücke erreichte und in einen trockenen, windgeschützten Gang mit herrlich festem Boden trat, überkamen mich Tränen der Erleichterung und des Stolzes. Ich erlaubte mir kurz, mich ihnen hinzugeben, ehe ich sie mir von den Wangen wischte und in die Dunkelheit des Berges eintauchte. Grob in den Stein geschlagene Stufen führten mich nach oben und mündeten in einem Gang unweit der Küche.

Wenige Wochen nachdem ich meinen Eid abgelegt hatte, hatte Dorchadas die jungen Novizen zu einer Führung durch den Palast eingeladen, zweifelsohne um seine Macht zu demonstrieren. Während ich mich durch den Korridor von der Küche fortbewegte, rief ich mir den Grundriss des Gebäudes ins Gedächtnis.

An der Kreuzung zweier Gänge blieb ich stehen. Wohin Cadan verschwunden war, vermochte ich nicht zu sagen. Für den Fall, dass ich es doch noch über die Brücke schaffte, hatte er mir keinen Hinweis hinterlassen.

Was den König anging, so war ich mir sicher: Er würde um jeden Preis versuchen, sein Geheimnis zu wahren. Ich wusste, wo ich ihn finden würde.

Mir begegneten die prachtvoll geschmückten Korridore wie ausgestorben. Durch die Fenster eines Treppenhauses konnte ich einen Blick auf den Thronsaal erhaschen, der wie ein zertrümmerter Spiegel aussah. Der Wind trug die Geräusche des Kampfes bis zum Palast. Ich wandte mich ab und eilte einen Gang entlang, den riesige

Kristallleuchter krönten. Das trübe Tageslicht brach sich in ihren Lüstern und malte bunte Flecken auf den Boden. Statuen aus purem Gold und solche, die nur mit einer dünnen Schicht überzogen worden waren, die allmählich abblätterte, säumten meinen Weg.

Vor mir breiteten sich die Gänge wie ein Labyrinth aus. Ohne darüber nachzudenken, was mich am Ende erwarten würde, eilte ich geradeaus. Doch irgendwann glich ein Korridor dem anderen und ich fürchtete, mich verlaufen zu haben. Die Statuen sahen alle gleich aus, ebenso die altehrwürdigen Gestalten auf den Porträts. Meine Schritte wurden langsamer, das Pochen meines Herzens lauter. War ich falsch abgebogen? Hier oben war der Kampf kaum noch zu hören. Aber auch sonst waren sämtliche Geräusche verstummt, als hielte der Palast den Atem an. Ich drehte mich um, ließ den Blick über schwere Brokatvorhänge und die rissige Patina unheimlicher Gemälde wandern. Kalter Wind blies mir in den Gängen entgegen. Die Kaminfeuer, die in regelmäßigen Abständen dafür sorgen sollten, die Kälte zurückzudrängen, unterlagen der Kraft der Natur. Niemand begegnete mir, als wären sämtliche Palastwachen in den Thronsaal berufen worden. Meine Schritte klangen dumpf auf dem dicken Teppich, der bis zum Ende des Korridors reichte, wo mich ein rundbogiger Durchgang erwartete. Ich erinnerte mich, schon einmal hier gewesen zu sein. Bei unserem Palastbesuch als Novizen hatte uns einer der Königstreuen an diesem Rundbogen vorbei-, aber nicht hindurchgeführt, weil uns die Besichtigung der Privatgemächer untersagt war. Vor Erleichterung hüpfte mein Herz und ich eilte durch den Gang auf den Bogen zu. Ehe ich ihn erreichte, schälte sich aus dem Schatten eine allzu vertraute Gestalt.

Wie angewurzelt blieb ich stehen, als ich ihn erkannte. Mit grimmiger Miene und gezücktem Schwert stellte sich Murtagh zwischen mich und die Antworten, die ich in den Gemächern des vermeintlichen Königs zu finden hoffte. Ich wusste, dass er diese bis zu seinem Tod schützen würde.

KAPITEL 35

Ich war eine Mörderin. Viele Male hatte ich dabei zugesehen, wie das Licht in den Augen eines Menschen erlosch. Das schlechte Gewissen hatte mich stets heimgesucht wie ein Schreckgespenst, doch meine Gefühle änderten nichts an dem Monster, das in mir wohnte, das der König aus mir gemacht hatte. Ich hatte auf seinen Befehl hin getötet, hatte geglaubt, mit meinen Gräueltaten dem Land zu dienen. In Wahrheit hatte ich dazu beigetragen, es zu knechten. Ich hatte an einem Krieg mitgewirkt, dessen Existenz ich vor mir selbst geleugnet hatte.

Ein letztes Mal würde ich mich zur Mörderin machen müssen, wenn dieser Krieg ein Ende finden sollte. Aber diesmal stand niemand hinter mir und flüsterte mir schändliche Befehle ins Ohr. Ich musste die Entscheidung selbst treffen und würde mich nicht hinter einem Auftrag verstecken können.

»Ich habe gehofft, dich allein zu treffen«, raunte Murtagh. Im Halbdunkel wirkte seine Gestalt eindrucksvoll. Er trug einen Umhang, der bis zum Boden reichte und seine Stiefel umspielte. Der Wind, der durch die Mauerritzen drang, zupfte an dem Saum. Unter der Kapuze schaute sein Gesicht wie ein abnehmender Mond hervor. »Ich muss zugeben, dass ich eifersüchtig auf diesen weißhaarigen Hornochsen war. Aber jetzt haben wir endlich ein wenig Zeit für uns.«

»Ich muss dich enttäuschen«, sagte ich und zwang mich, gegen den Ekel, der mir bei seinen Worten hochgekommen war, anzukämpfen. »Ich habe keine Zeit. Wenn du jetzt beiseitetreten würdest, ich habe zu tun.«

Murtaghs raues Lachen hallte durch den Gang. Obgleich ich gegen die Angst kämpfte, überkam mich ein eiskalter Schauer. »Ich fürchte, du wirst mich töten müssen, wenn du vorbeiwillst.«

Ich war ein Rabe. Olias hatte mich gelehrt zu kämpfen. Ich rief mir seine Unterrichtsstunden ins Gedächtnis. Ermüdende Schwertkämpfe, anspruchsvolle Angriffe durch die Gaben anderer Raben. Ich selbst hatte mich stets geweigert, meine Gabe im Kampf einzusetzen, weil sie mich schwächte, statt mir einen Vorteil zu verschaffen. Cadan hatte mir eingeschärft, sie als Waffe zu nutzen. Und Giordyn hatte genau das getan: seine Gabe gegen die Königstreuen angewandt. Aber ich wusste nicht, ob ich überhaupt dazu in der Lage war. Also packte ich den Griff des Schwertes fester.

Murtagh hatte eine ähnliche Größe wie Carson. Doch während dessen Silhouette einem dicken Baumstamm ähnelte, war der Körper des Königstreuen athletisch und definiert. Wenn ich ihn besiegen wollte, durfte ich nicht auf mein Schwert setzen, denn es würde nicht viel mehr ausrichten als bei einem Kampf mit einem Bären. Es würde ihn einen einzigen Vorstoß und vermutlich keinerlei Anstrengung kosten, es mir aus der Hand zu schlagen. Es musste einen anderen Weg geben.

»Unten tobt der Kampf«, versuchte ich einer direkten Konfrontation zu entgehen. Ich zwang mich, in jeden einzelnen Schritt, den ich auf ihn zu machte, Stärke zu legen. »Es steht schlecht um deine Männer. Willst du sie sterben lassen?«

Murtaghs Lächeln glich dem Zähnefletschen einer der Wildkatzen, die im Gebirge umherstreiften und die der Hunger im Winter über die Grenzen in unsere Stadt trieb, wo sie Perlhühner und anderes Vieh erbeuteten. »Netter Versuch«, bemerkte er, ohne mich dabei aus den Augen zu lassen. Er musterte mich vom Scheitel bis zur Sohle. »Ich verteidige das Leben eines einzigen Mannes.«

»Würden die Soldaten auch noch für dich kämpfen, wenn sie das wüssten?«

Murtagh lachte und wirbelte sein Schwert durch die Luft. Es war eine anmutige Bewegung, die ihn scheinbar keine Kraft kostete. Ich zwang mich, stehen zu bleiben und mir meine Angst nicht anmerken zu lassen.

»Darüber solltest du dir dein hübsches Köpfchen nicht zerbrechen, Aeryn«, knurrte Murtagh.

»Und was ist mit dir? Bist du wirklich bereit, für einen Mann zu sterben, der vorgibt, ein anderer zu sein?«

»Du weißt nicht, wovon du sprichst!«

Ich zuckte die Achseln. »Vielleicht nicht. Aber ich weiß, dass die Königstreuen der Krone dienen und nicht dem Mann, der sie trägt. Wenn dein König stirbt, wirst du seinem Nachfolger die Treue schwören. Ist es nicht so?«

»Wenn der König stirbt, werde ich ihm in die Anderwelt folgen«, entgegnete Murtagh.

Ich hob mein Schwert, das mir neben seinem wie ein Zahnstocher vorkam. »Dann mach dich bereit für deine nächste Reise!«

»Ich werde heute nicht sterben, falls du das meinst.«

»Beweise es mir!«

Vielleicht hatte Murtagh nicht mit dem verzweifelten Wahnsinn gerechnet, der mich antrieb, das falsche Spiel des Königs endlich zu beenden. Vielleicht war er auch dem Irrtum anheimgefallen, mir restlos überlegen zu sein. Er zögerte, als ich einen Satz auf ihn zu machte, das Schwert halb erhoben, meine Rechte jedoch ausgestreckt. Er hatte keine Zeit, mich mit dem Schwert entzweizuteilen, sondern prallte mit dem Rücken gegen den Rundbogen, als ich gegen ihn stieß. Das Erste, was ich zu fassen bekam, war das Revers seiner Uniform.

»Du verdammte Hexe!«, knurrte Murtagh und stieß mich von sich. Die Stufen unter dem Rundbogen brachten mich ins Straucheln und ich fiel rücklings zu Boden. Sofort war Murtagh über mir. Sein schaler Atem streifte mich und ich riss den Kopf zur Seite, um ihm zu entkommen. Aber er war überall. Sein Körper lag schwer auf mir und ich erinnerte mich an eine Nacht zurück, da Cadan an seiner Stelle gewesen war. Damals hatte mich Verlangen überwältigt, heute war es Ekel. Mit dem Knie öffnete Murtagh grob meine Oberschenkel. Er packte meine Handgelenke und fixierte sie über meinem Kopf. Ich stemmte mich gegen ihn, versuchte loszukommen. Mein Schwert hatte ich beim Sturz verloren. Es war nicht weit entfernt, aber unmöglich zu erreichen, solange Murtagh mich festhielt.

Dann packte er mein Kinn und drehte mich, bis seine Lippen über meinen schwebten. »Das wolltest du doch die ganze Zeit«, schnurrte er, ehe er mir seinen nassen Kuss aufzwang und mit seiner Zunge in meinen Mund eindrang. Ich biss zu.

Murtaghs Schrei gellte durch den Gang und er fuhr fluchend zurück. Ich schmeckte Blut.

»Ich bringe dich um!«, keuchte er und spuckte aus. Rot auf weißem Marmor. Dann stürzte er sich auf mich. Ein Raubtier im Sprung. Mein Schwert war unerreichbar. Stattdessen erwartete ich den Aufprall und fasste ihm mit der Rechten, an der die Reste meines zerschnittenen Handschuhs hingen, ins Gesicht.

Die Wucht meiner Gabe riss uns beide aus dem Gang. Wir wurden in eine Finsternis geschleudert, die weder oben noch unten kannte. Wellen aus Hass rollten über mich hinweg. Ich suchte nach der Angst, die in jedem Menschen wurzelte. Doch ich trieb immer weiter ab, verlor mich in den eiskalten und zugleich siedend heißen Gefühlen dieses Ungeheuers. Da war keine Angst, nur eine bodenlose Finsternis, die Murtagh immer weiter in Besitz nahm.

»Ich kriege dich«, hörte ich seine Stimme in dem Nichts. »Und wenn ich dich habe, lasse ich dich leiden, bis du mich um den Tod anflehst!«

Ich kriege dich. Ich kriege dich.

Murtagh war in der Dunkelheit verschwunden, aber ich roch seinen Atem, spürte seinen Körper. Er war nah und zugleich weit entfernt.

Im nächsten Moment füllte gleißendes Licht die Schwärze, bis nichts mehr von ihr übrig war. Ich blinzelte und fand mich auf dem Gang wieder. Kerzenschein und trübes Tageslicht durchdrangen ihn. Aber da war auch etwas anderes, ein gleißendes Licht von Hoffnung, das in meinem Herzen strahlte. Ich spürte Murtaghs Dunkelheit in mir, aber sie überkam mich nicht. Stattdessen empfand ich sie als Gewissheit, diesen Kampf zu überleben, als Stärke. Sie pulsierte in meinen Adern. Strömte auf meine Fingerspitzen zu.

Und dann begriff ich. Die Angst war ein Fluch. Und zugleich war sie meine Gabe. Ich konnte sie als Waffe gebrauchen. Wie Cadan es mir wieder und wieder gesagt hatte. Wie Giordyn es mir vorgemacht hatte.

Obgleich Murtagh noch immer über mir war, fühlte sich meine Brust an, wie von einem schweren Gewicht befreit. Ich konnte atmen. Endlich atmen.

Kaum berührte ich Murtagh, da brach sich eine Flutwelle aus Macht in mir Bahn, die ihn von mir fortriss und durch den Korridor schleuderte. Er schrie auf. Ob vor Schmerz oder im Angesicht seiner Angst, das vermochte ich nicht zu sagen.

Ich wollte aufstehen, um den Kampf zu beenden. Aber ein Schwindelgefühl erfasste mich und drängte mich zu Boden. Jetzt, da Murtaghs Angst von mir abgelassen hatte, fühlte ich mich leer.

Er erholte sich schneller als ich. Der Boden vibrierte, als seine schweren Schritte auf mich zuhielten. Mein Kopf dröhnte. Ich sah doppelt.

Nein, sah ich nicht. Jemand stürzte sich auf Murtagh, ehe dieser mich erreichte. Weißes Haar fiel ihm ins Gesicht, doch ich hätte ihn immer erkannt: Cadan holte aus, aber Murtagh erholte sich schnell von dem überraschenden Angriff. Er wich aus, sodass Cadans Faust auf den Marmor knallte. Etwas knackte und mir stellten sich die Nackenhaare auf, aber Cadan ließ sich nichts anmerken.

Murtagh kroch rücklings über den Boden davon, bis ihn der Sockel einer Statue stoppte. Daran zog er sich hoch und sah hasserfüllt von Cadan zu mir. »Und schon ist er wieder da, dein Held.« Er spuckte aus.

Cadan zog sein Schwert. Kaum merklich zitterte es in seiner Hand und ich wusste, dass es ihm Schmerzen bereitete. Blut tropfte über seine Knöchel und auf den weißen Marmor. »Du willst sie haben?«, fragte er Murtagh herausfordernd. »Komm und hol sie dir!«

Der Kampf zwischen Cadan und Murtagh sah anders aus als jene, die Cadan in der Arena geführt hatte. Ich erinnerte mich an eine Eleganz, die sich durch seine Bewegungen zog, als würde er die Noten eines Liedes mit einem Tanz verbinden. Jetzt waren seine Schwerthiebe von roher Gewalt und Wut geprägt. Die Verletzung seiner Hand ließ ihn an Wendigkeit einbüßen, aber noch immer war jeder Vorstoß von Entschlossenheit und Kraft geprägt.

Cadans Gegner ermüdeten schnell, weil er unbarmherzig auf sie eindrang. Aber Murtagh bot ihm die Stirn, wehrte seine Waffe ab und schlug selbst unerbittlich auf ihn ein. Ich vermochte nicht zu sagen, wer dem anderen überlegen war. Es war ein Kampf auf Leben und Tod, dessen Ausgang ungewiss war. Ich kroch über den Boden, hob mein Schwert auf. Hob die Hand, senkte sie wieder. Ich zitterte, aber nach dem Ausbruch meiner Gabe kehrte die Kraft allmählich zurück in meine Glieder. Cadan und Murtagh wirbelten umeinander. Die Gefahr, Cadan zu verletzen, war zu groß, wenn ich mich einmischte, ebenso die Gefahr, von der Waffe einer der Männer aufgespießt zu werden. Ich umklammerte den Schaft der Klinge fester, bereit, einzugreifen.

Der Kampf erfuhr eine abrupte Unterbrechung, als das Geräusch von Stahl ertönte, das Haut, Muskeln und Sehnen durchtrennte. Ich hielt die Luft an, als Cadan taumelte. Der Boden unter meinen Füßen wankte, obwohl *er* verletzt worden war. Mit der freien Hand berührte er die Wunde in seinem Bauch. Blut quoll daraus hervor. Nicht viel, aber unablässig.

Cadan.

Ich brachte nicht die Kraft auf, seinen Namen laut auszusprechen. Mein Herz zerriss in meiner Brust, als er keuchte. Schweiß perlte auf seiner Stirn. Murtaghs nächstem Angriff hielt er nur mit Mühe stand. Ich machte einen Satz auf ihn zu, bremste mich sogleich wieder. Cadan holte aus. Er war entschlossen, den Kampf zu beenden. Sein Schwert donnerte auf Murtagh nieder und entwaffnete ihn. Scheppernd fiel dessen Klinge zu Boden. Gleich darauf stürzte Cadan sich auf ihn. Seine Fäuste schlugen auf das Gesicht des Königstreuen ein. Blut spritzte, Knochen knackten. Murtagh versuchte Cadan zu packen, aber der Zorn verwandelte diesen in einen Berserker. Nie zuvor hatte ich ihn in einem ähnlichen Zustand erlebt. Den Kampf galt es stets beherrscht zu begehen. Das, was sich vor meinen Augen abspielte, war kein Kampf mehr. Es war ein Blutbad.

»Cadan!«, schrie ich, überwand den Abstand zwischen uns und hielt seinen Arm, der im Begriff war, ein weiteres Mal zuzuschlagen.

Murtagh rührte sich nicht mehr.

Bei den Göttern, dem Mond und den Sternen, dachte ich, *nein!* Cadan war kein Mörder und doch glänzten seine Fäuste rot. Blut sprenkelte sein Gesicht, den Umhang. Seine Schultern bebten. Er wandte sich ab. Murtagh regte sich nicht mehr.

»Cadan.« Diesmal war meine Stimme sanft. Ich wusste, warum er es getan hatte.

Er stöhnte und stemmte sich unbeholfen auf die Beine. Sein Körper war ein Schlachtfeld, der Umhang zerrissen und blutüberströmt. In seinem Bauch klaffte eine Wunde.

»Cadan«, wiederholte ich, unfähig, etwas anderes zu sagen als seinen Namen. Tränen schossen mir in die Augen, aber ich blinzelte sie fort. Ich hatte kein Recht zu weinen. Cadan hatte mir das Leben gerettet und war dabei schwer verletzt worden.

Er schnitt eine Grimasse und legte eine Hand auf die Bauchwunde. »Es ist nicht tief«, sagte er. »Aber wir müssen die Blutung stoppen.«

Ich nickte und versuchte mich an das zu erinnern, was ich im Unterricht der Gilde über Wundversorgung gelernt hatte. Druck. Druck stoppte Blutungen. Ich riss einen Streifen meines Umhangs ab und wickelte ihn stramm um die Wunde. »Ich weiß nicht, was ich da tue«, gab ich zu. »Ich habe im Unterricht kaum aufgepasst, weil ich dachte, Mairead würde für immer und ewig meine Wunden heilen.«

»Für den Moment reicht es«, sagte Cadan. Wir sahen einander an, dann schmiegte ich mich an seine Brust und atmete den Duft seines Schweißes ein, um den von Murtagh zu vergessen. Zuerst erwiderte Cadan die Umarmung zögerlich, dann drückte er mich fester an sich und vergrub das Gesicht in meinem Haar. Einen winzigen Augenblick lang vergaßen wir, welchen Weg wir beschritten hatten und was noch vor uns lag. In diesem Moment gab es nur uns. Cadans Lippen fanden meine und er füllte meinen Mund und mein Herz mit Wärme.

»Du hast es getan«, murmelte er dicht an meiner Haut. »Du hast seine Angst gegen ihn genutzt.«

»Ich habe es bei Giordyn beobachtet und wusste auf einmal, dass ich es auch schaffen könnte.« Stolz mischte sich zu all den Gefühlen, die mich aufrührten. Stolz. Entschlossenheit.

Sorge. Vor allem Sorge.

Ich beobachtete jede von Cadans Bewegungen, aber er ließ sich nicht anmerken, ob er Schmerzen hatte. Er ging langsam, aber seine

Augen waren zu Schlitzen verengt und sein Blick wanderte aufmerksam durch den Gang. Goldene Statuen standen auf Sockeln in Nischen links und rechts. Wir kamen an zwei unscheinbaren verschlossenen Türen vorbei, die es der Dienerschaft vermutlich ermöglichten, sich diskret und rasch um die Wünsche des Königs zu kümmern. Der Vorraum zu den herrschaftlichen Gemächern war prunkvoll. Roter Samt, goldene Stühle, ein niedriger Teetisch und Gemälde an den Wänden, die die Landschaft um Beryll zeigten. An diesen Raum schloss sich ein weiterer Korridor an, an den Arbeitszimmer und Privaträume angrenzten. Es herrschte eine Stille, als wäre schon lange niemand mehr durch diese Zimmer gewandelt.

»Blau«, sagte ich, »der Raum, den wir suchen, ist blau.« Doch sämtliche Wände in den Gemächern waren rot und mit goldenen Ornamenten verkleidet. Vom König gab es keine Spur.

»Was finden wir in dem Raum?«, fragte Cadan und trat in das Schlafzimmer, in dessen Mitte ein imposantes Himmelbett stand, das über und über mit Kissen bedeckt war.

»Das konnte ich nicht sehen, aber eines weiß ich: Murtagh war nicht ohne Grund hier. Er wollte den König schützen. Oder sein Geheimnis.«

»Dann sollten wir uns beeilen«, bemerkte Cadan. »Ich war zwei Stockwerke unter dir und habe mich in der Bibliothek verlaufen, als ich euer Geschrei hörte. Es war kaum zu überhören. Ich bin sicher, dass wir in absehbarer Zeit mit weiteren Königstreuen rechnen können, die hier nach dem Rechten sehen wollen. Zum Glück war ich nicht weit entfernt.« Er fuhr sich durch das Haar und färbte es mit dem Blut, das an seinen Händen klebte, rosa.

»Zum Glück«, wiederholte ich und streckte meine Hand nach ihm aus. Mit dem Daumen wischte ich ihm ein paar Tropfen Blut aus dem Mundwinkel. Meine Haut berührte seine und ich erspürte ein Echo seiner Angst. Es war gegenwärtig, aber nicht überwältigend, sodass ich mit beiden Beinen in der Wirklichkeit blieb. Ich sah mich selbst, blutüberströmt, und lächelte.

»Das wird nicht geschehen«, versicherte ich ihm.

Cadan zog mich an sich und presste seine Stirn gegen meine. »Ich könnte es nicht ertragen.«

Wir verschränkten die Hände ineinander und blieben eine Weile so stehen. Seine Angst schwappte wie die sanften Wellen eines Flusses über das Ufer, berührte meine Füße und zog sich zurück. Es war ein fremdartiges Gefühl, sie zu spüren, ihr aber nicht zu verfallen.

Ein dumpfes Klopfen ertönte.

»Hast du das gehört?«, fragte Cadan. Der Sanftheit seiner Miene war Wachsamkeit gewichen. Er kniff die Augen zusammen und machte einen Schritt vor, blieb stehen, wandte sich um.

Ich hatte es auch gehört. Zum zweiten Mal.

»Was ist das?«, wollte ich wissen. Ein Schrank fing meinen Blick auf und ich erstarrte. Er war dunkelblau, Schlüsselloch und Scharniere glänzten silbern. »Dieser Schrank«, murmelte ich und ging darauf zu. Auf einmal nahm das, was mir in der Angst des Königs begegnet war, Gestalt an. »Es ist kein Raum. Es ist dieser Schrank.« Ich strich mit den Fingerkuppen über seine polierte Oberfläche und blieb an den silbernen Verzierungen hängen. Wie Licht, das von einer blau schimmernden Wasseroberfläche reflektiert wurde. Mich überkam ein mulmiges Gefühl, das zur Angst wurde, als ich den Schlüssel im Schloss drehte. Ich wusste, dass es nicht meine eigene Angst war. Es war die des Königs, weil wir seinem Geheimnis dicht auf der Spur waren.

Knarrend schwangen die Türen auf. Der Schrank war leer. Aber auf seiner Rückseite befand sich eine weitere Tür. Die Geräusche, die wir gehört hatten, kamen von dort.

Cadan. Ich formte seinen Namen stumm mit den Lippen und nickte mit dem Kinn zu der geheimen Tür. Mein Herz hämmerte und mir schwindelte. Vor Angst und zugleich vor Triumph.

Cadan kletterte geräuschlos in den Schrank. Mit erhobener Waffe positionierte er sich vor der Tür und suchte meinen Blick. Auch ich hob mein Schwert und nickte ihm zu. Dann öffnete er die Tür zu einer Wahrheit, die der König seit Jahren gut verborgen hatte.

Ein Streifen goldenen Lichts war das Erste, was mir auf der anderen Seite des Schrankes auffiel. Cadan schlüpfte durch die niedrige Tür und verbarg mit seinen breiten Schultern, was dahinter lag. Ich hielt mein Schwert umklammert, mein Blick wanderte von der geheimen Tür im Schrank durch den Raum. Es war still. Wir waren allein. Und doch glaubte ich, fremde Blicke auf mir zu spüren. Ich betrachtete die Porträts von Menschen, deren Rang vermutlich der einzige Grund war, warum man sie für die Ewigkeit auf eine Leinwand gebannt hatte. Sie sahen zurück wie lauernde Wölfe. Ich packte mein Schwert fester, fand Trost in der Schärfe seiner Klinge.

»Aeryn«, sprach Cadan meinen Namen. Durch den Schrank klang seine Stimme gedämpft. Ich kletterte hinter ihm hinein und zog vorsichtshalber die Türen hinter mir zu. Die Dunkelheit hieß mich willkommen und breitete schützend ihren Mantel über mir aus. Cadan stand bereits auf der anderen Seite. Ich zögerte, ihm zu folgen, schob schließlich ein Bein durch die Tür, dann das andere und duckte mich unter der niedrigen Tür hinweg.

Der Raum auf der anderen Seite erinnerte mich an einen der Eingangsräume des unterirdischen Tempels. Es gab keine Fenster, ewige Nacht war zwischen den Boden, die Decke und die Wände gebannt. Kerzen hingen in gleichmäßigen Abständen und warfen ein flackerndes Licht in den Raum. Unter ihnen bildeten sich Stalagmiten aus Wachs, als hätte jemand sie Tag um Tag erneuert, sodass sie ewig brannten. Die Luft war heiß und stickig. Ohne Fenster stand sie. Die einzige Bewegung der Kerzen hatte der Moment gebracht, da ich durch die geöffnete Geheimtür geschlüpft war. Inzwischen reckten sich die Flammen fadengerade nach oben. Bis auf ein Sofa mit abgenutzten Polstern und einer weiteren Tür war der Raum leer.

»Ich kann mir nicht helfen, aber auf mich macht das den Eindruck eines menschengroßen Grabes.«

Cadans Worte erschütterten mich. Ich sah mich nicht in der Lage, etwas darauf zu erwidern. Stattdessen ging ich auf die Tür zu, die einladend und abschreckend zugleich wirkte. Ein Riegel sorgte dafür, dass man den dahinter liegenden Raum betreten, wohl aber nicht verlassen konnte. Beklommen schob ich ihn zurück. In dem Moment ertönte es wieder, ein dumpfes Klopfen, das von hier viel lauter klang, weil es von der anderen Seite kam. Cadan und ich tauschten einen Blick, Aufregung pulsierte in meinen Adern.

Die Türklinke war eiskalt. Als ich sie nach unten drückte, quietschte das Schloss leise, aber es klang in meinen Ohren wie ein Donnergrollen. Ich zuckte zurück und versuchte es noch einmal. Cadan nickte mir aufmunternd zu. Mit ihm im Rücken fühlte ich mich stärker. Ich drückte die Klinke erneut und die Tür schwang auf.

Das Klopfen verstummte.

»Du gehst rein«, sagte Cadan. »Ich bleibe hier.« Er deutete mit dem Kinn auf den Riegel, gleichzeitig hielt er sich den Bauch. Schweiß perlte auf seiner Stirn. Er rang um seine letzten Kräfte. Ich sagte nichts, nickte nur. Dann trat ich durch die Tür und das Klopfen verstummte.

Die Stille dröhnte in meinen Ohren. Auch dieser Raum musste tief in den Eingeweiden des Palastes liegen, denn es gab keine Fenster. Die einzige Lichtquelle war ein Kerzenständer, dessen Schein sich irgendwo in der Dunkelheit verlor. Ich blinzelte und versuchte, sie zu durchdringen.

Die rauen Wände, die der Kreis der Kerzen streifte, waren mit Worten aus Kreide beschrieben. Es waren Phrasen aus Gutenachtgeschichten, die mir aus meiner fernen Kindheit bekannt vorkamen. Ich streckte den Daumen aus, strich behutsam darüber, als ein Kratzen ertönte.

Ich fuhr herum, aber die Dunkelheit verhüllte noch immer das, was die Geräusche machte. »Wer ist da?«, fragte ich und nahm eine der Kerzen aus dem Ständer. Der Raum, der jenseits der Reichweite der Kerzen lag, war kaum größer. Raue Wände und ewige Nacht erinnerten mich an die unterirdischen Tunnel, obgleich wir uns in einem der oberen Stockwerke des Palastes und somit in luftiger Höhe befanden. An einer der Wände stand ein schmales Bett, auf dem ein paar mottenzerfressene Laken lagen. In der Ecke war eine Latrine, von der ein unangenehmer Geruch ausging. Beißend hing er in der Luft. Dazwischen kauerte eine ausgemergelte Gestalt. Ein Mann mit eingefallenen Wangen und Augen in tiefen, umschatteten Höhlen sah zu mir auf. Er blinzelte, als wäre ich eine Erscheinung. Und womöglich war ich das für ihn, lebte er hier wie ein Tier in einem vergessenen Käfig. Als das Licht das fahle, von grauen Strähnen durchsetzte Haar streifte und es golden leuchtete, gelangte ich zu einer bitteren Erkenntnis. Dorchadas, der echte Dorchadas lebte.

»Aeryn.« Eine Warnung lag in Cadans Stimme. Ich fuhr herum, sah das Blitzen der Klinge und das Zittern der Hand, die sie führte. Die geheime Schranktür öffnete sich, ungelenk und schnaufend glitt eine Gestalt in den Raum. Sie war bis zur Unkenntlichkeit entstellt und trotzdem erkannte ich sie.

Murtagh.

KAPITEL 36

»Du willst wohl einfach keinen Fuß über die Schwelle der Anderwelt setzen«, seufzte Cadan.

»Nicht, ohne euch alle mitzunehmen.« Murtaghs Stimme klang belegt. Er spuckte Blut und offenbarte mit dem Zucken seines Mundes scharfe, abgebrochene Zahnstummel.

Ich stellte mich zwischen die Tür und den am Boden kauernden Mann, obgleich es mir nicht behagte, ihm den Rücken zuzukehren. Murtagh hielt ich jedoch für das schlimmere Übel, also pirschte ich mich mit gezückter Waffe durch den Raum auf ihn zu.

»Ich würde ja sagen, schön, dass du noch lebst, aber das wäre gelogen«, zischte ich.

Murtagh zog eine Spur aus Blut und Schlimmerem hinter sich her. Er stand bereits zwischen der Welt der Lebenden und jener der Toten, ob er es wahrhaben wollte oder nicht. Sein Leben hing am seidenen Faden. Er musste nur endgültig durchtrennt werden.

Cadan trat vor, die Waffe in der zitternden Hand. Schweiß perlte auf seiner Stirn. Und dann bemerkte ich, dass der Blutfleck auf seinem Hemd gewachsen war. Inzwischen blühte er wie eine Rose. Eine Art von Angst ergriff mich, die mir bislang unbekannt gewesen war. Sie wurzelte in meinem Herzen und ließ die Ränder meiner Welt ausfransen, bis einzig Cadan übrig war – und unweigerlich Murtagh, der in dem Moment mit einem martialischen Schrei vorschoss.

Die Welt wurde langsamer. Alles wurde langsamer. In der Luft wogten winzige Staubpartikel, die auseinanderstoben, als Murtagh sich näherte. Es ging so schnell und doch schien die Zeit gleichzeitig stehen zu bleiben. Wie aus weiter Ferne beobachtete ich die Szenerie, obgleich ich mich mittendrin befand. Alles um mich herum nahm ich überdeutlich wahr. Der raue Griff meiner Waffe. Der salzige Geruch von Schweiß. Der orangefarbene Fackelschein. Und dann die Schatten dahinter, die wie die Zukunft waren: undurchdringlich.

Überwältigend.

Unheimlich.

Mein Herz pumpte, das Blut rauschte in meinen Ohren. Mit erhobenem Schwert sprang ich auf Murtagh zu, der mich nicht einmal wahrzunehmen schien. Die Klinge in seinen blutverschmierten Händen galt Cadan, ebenso sein hasserfüllter Blick. Ich war unsichtbar.

Und dann prallten wir aufeinander.

Stahl bohrte sich durch Haut, traf auf Knochen. Blut spritzte und ging auf mich nieder wie Regen. Murtagh schlug mit brachialer Endgültigkeit auf dem Boden auf. In einer scheußlichen Grimasse riss er den Mund auf. Blut quoll daraus hervor. So viel, dass er dem Tod nicht länger würde entkommen können. Ich spürte seine Gegenwart bereits, seine eisige Kälte, die sich auf den Raum hinter dem Schrank herabsenkte. Sie drängte die Hitze der Kerzen zurück, brachte sie zum Flackern.

Und dann brach ein grauenerregendes Geräusch meine Welt in tausend Teile.

Murtagh war tot. Seine Augen blickten starr auf einen Punkt, den kein Sterblicher zu sehen vermochte. Cadan war neben ihm zusammengebrochen. Eine zweite Rose aus Blut blühte auf seinem Hemd, grauenhafter als die erste. Sein Brustkorb bebte. Ein Zittern ging durch seinen ganzen Körper. Unter ihm breitete sich eine rote Pfütze aus, in der sich der Kerzenschein spiegelte. Ich ließ meine Waffe fallen, stürzte neben ihm auf die Knie und nahm sein Gesicht in beide Hände. Seine Haut war eiskalt, obwohl Schweiß seine Haare tränkte.

»Cadan!«, schrie ich. Seine Lider flatterten, die Augen rollten suchend in den Höhlen, bis sein Blick mich fand.

»Aeryn«, keuchte er. Es hatte mir jedes Mal einen wohligen Schauer bereitet, wenn er meinen Namen laut ausgesprochen hatte. Jetzt erfüllte das Rasseln seines Atems mich mit Grauen. Er hob eine zitternde Hand und berührte meine Wange.

»Cadan!« Ich schluchzte.

»Bring … bring den König in Sicherheit!«, würgte er hervor.

Aber ich schüttelte den Kopf. »Ich will bei dir bleiben!« Heiße Tränen stiegen mir in die Augen, und ehe ich sie aufhalten konnte, versengten sie meine Wangen. Mit dem Daumen fing Cadan eine davon auf und lächelte traurig.

»Wenn du nicht gehst, werde ich es tun!«

Eine Welle aus Angst und Trauer überrollte mich. Der Schmerz machte mich blind und ich sank auf Cadans Brust zusammen. Sein Puls war nicht mehr als eine weit entfernte Melodie. Wie die Töne eines allmählich verklingenden Liedes.

Ich spürte seine Hand in meinem Haar und hob den Kopf, bis mich sein schwacher Atem streifte. Einen Moment lang verlor ich mich in seinem hellen Blick. Dann senkte ich die Lippen auf seinen Mund und versuchte, meinen Atem mit ihm zu teilen. Ihm ein bisschen Leben einzuhauchen. Cadan erwiderte meinen Kuss, der sich wie ein Abschied anfühlte. Und als ich mich zurückzog, war er fort.

Mein Brustkorb hob und senkte sich, während Cadans wie erstarrt war. Ein Mantel aus Trauer legte sich schwer auf meine Schultern, aber er vermochte mich nicht zu wärmen. Eisige Kälte breitete sich in mir aus und ließ mein Herz gefrieren.

Meine Hose war von all dem Blut durchnässt. Eine Weile verharrte ich so, verlor mich in der Leere meiner Brust. Die Feuchtigkeit drang bis zu meiner Haut vor. Ich spürte es nicht. Ich spürte gar nichts mehr. Cadan war fort und alles, was mich ausgemacht hatte, hatte er mitgenommen.

Die Zeit hatte ihre Bedeutung verloren. Minuten wandelten sich in Stunden. Aber vielleicht waren es auch Tage oder Wochen. Irgendwann stand ich auf und stellte fest, dass die Zeit keine Rücksicht darauf nehmen würde, dass Cadan ihr nicht unterworfen war. Ich tat ein paar schwankende Schritte, erinnerte mich daran, was mich hergeführt hatte.

Dann trat ich auf das geheime Gefängnis zu. Inzwischen war der Mann näher gekommen. Der Ausdruck auf seinem Gesicht erinnerte mich an ein wildes Tier. Er zuckte, als er mich bemerkte. Und ich konnte es ihm nicht verdenken. Ich musste schlimmer aussehen als er. Wir sahen einander an, maßen uns mit leeren Blicken, wie es Menschen taten, in denen etwas unwiderruflich gebrochen war.

»Ich bin Aeryn«, sagte ich tonlos. »Wer seid Ihr?«

Der Mann blinzelte. Strähnen fettigen Haars fielen über seine Schulter und verdeckten sein Gesicht vor meinem Blick. Seine Augen waren weit aufgerissen.

»Ich bin hier, um Euch zu befreien«, fuhr ich fort. Und das würde ich tun. Denn der Preis für seine Freiheit war hoch. Zu hoch. Cadan sollte ihn nicht umsonst bezahlt haben.

Der Mann wich zurück.

Ich hob die Hände, wollte ihn beruhigen. Dann wies ich auf die Sätze, die sich wie eine Banderole über die Wände spannten. »Das ist die Geschichte des Kindes, das in einen Brunnen fiel und vom Wind gerettet wurde, nicht wahr? Meine Mutter hat sie mir erzählt, als ich noch jung war. *So lauschet dem Wispern des Windes. Lauter als jeder Gedanke, leiser als jedes Wort*«, zitierte ich die ersten Zeilen jener Geschichte.

»Nur diejenigen imstande, es zu hören, die offen der Welt begegnen«, fuhr der Mann mit einer Stimme fort, die lange nicht benutzt worden war. Sie klang wie Holz, das unter dem Gewicht seines Alters knarzte. »Malen mit Worten und tanzen mit Schweigen. Den Glauben tief im Herzen.«

»Wer seid Ihr?«, versuchte ich es erneut.

»Niemand«, antwortete der Mann und blinzelte. »Ich bin niemand.«

»Jeder ist jemand«, widersprach ich.

»Einst war ich Dorchadas, ehe man mir meinen Namen raubte und das Leben, das zu führen ich bestimmt war.«

Ich nickte, dann machte ich eine Verbeugung. Die Bewegung fühlte sich fremd und ungelenk vor diesem Mann an. Aber dass sich jemand das letzte Mal vor ihm verbeugt hatte, musste eine Ewigkeit her sein. Vermutlich wusste er nicht einmal mehr, welche Bedeutung diese Geste hatte. »Wir …« Ich sog scharf die Luft ein. »Ich bin gekommen, um Euch zu retten, Eure Majestät.«

Dorchadas sah mich mit einem Hauch von Interesse an. Dann blinzelte er und wandte sich ab. »Ihr wart oft hier, um mich zu retten. Aber jedes Mal, wenn ich durch die Tür treten wollte, habt Ihr Euch als Hirngespinste entpuppt.« Er zog sich in die Dunkelheit zurück.

»Ich diene der Gilde der Raben, jener Gilde, die geschworen hat, Euch zu schützen. Wir haben versagt, weil wir den Schwindel Eures Bruders nicht erkannten. Aber jetzt sind wir hier. Verzeiht, Eure Majestät, dass es so lange gedauert hat.«

»Ihr seid nicht echt. Ihr seid in meinem Kopf.«

Ich streckte meine Hand nach ihm aus. »Überzeugt Euch davon, dass ich in Fleisch und Blut vor Euch stehe, Eure Majestät!« Es war befremdlich, dieses halbwilde Wesen mit dem Titel des Königs anzusprechen. Aber ich glaubte, dass er ihn an das Leben band, das sein Bruder ihm geraubt hatte.

Dorchadas blähte die Nase und schnupperte. Dann kroch er in geduckter Haltung auf mich zu. Die Ängste eines Mannes, der mehr als die Hälfte seines Lebens in Dunkelheit gesperrt worden war, hätten mich früher zurückschrecken lassen. Doch ich fürchtete mich nicht mehr vor dem, was mich erwartete, denn die schrecklichste aller Ängste hatte sich in Wahrheit verwandelt. Cadan hatte mich verlassen. Ich war allein und er an einem Ort, an den ich ihm nicht folgen konnte.

Die Ängste des echten Königs überkamen mich, als er mit seinen rauen Fingern meine Hand berührte. Aber sie fühlten sich anders an als bei anderen Menschen. Sie bestanden aus Farben, Stimmen und Licht. Dorchadas fürchtete das Licht. Ich konnte nachempfinden, worin diese Angst wurzelte. Jedes Mal, wenn sich die Tür seines Verlieses geöffnet hatte, war ein Lichtstreifen wie eine Schlange über den Boden auf ihn zugekrochen und hatte seinen grausamen Bruder angekündigt. Mir wurde übel bei dem Gedanken, übermannen konnte er mich jedoch nicht.

»Ihr seid echt«, murmelte Dorchadas und das Misstrauen, das in seiner Angst wurzelte, schrumpfte.

»Das bin ich«, bestätigte ich. »Wollt Ihr mich in Eure Freiheit begleiten?«

Dorchadas' Blick huschte von mir zu der Tür. Ich vermochte nicht zu sagen, was ihn erwartete, wenn er einen Schritt nach draußen wagte. Niemand bei klarem Verstand würde diesem Schatten eines Mannes die Krone über Avendall überlassen. Er war noch ein Kind gewesen, als sein Bruder ihn gefangen genommen hatte. Er wusste nichts über das Land, das sich am Fuße des Berges erstreckte, und über die Menschen, die es bewohnten. Aber die Welt außerhalb dieses von Dunkelheit erfüllten Raumes war allemal besser als das Leben, das er bisher geführt hatte.

»Wohin?«, wollte Dorchadas wissen, als müsste er sich genau überlegen, ob er seine Rolle als Gefangener aufgeben sollte.

»Wie wäre es mit ein bisschen frischer Luft?«, schlug ich vor. »Die könnte ich gut vertragen. Ihr sicher auch.«

Als Dorchadas sich langsam erhob, zeichneten sich spitze Knochen unter seinen Lumpen ab. Er sah aus wie der Sohn des Gesteins, auf dem sein Palast errichtet worden war. Mit schleppenden Schritten, als könnte er die plötzliche Wendung in seinem Leben noch immer nicht begreifen, schlich er auf die Tür zu. Vor der Schwelle blieb er stehen. »Und es ist echt?«

Ich schluckte hart und mied den Blick auf Cadan. Alles in mir schrie, wünschte sich, dass es das nicht wäre. Doch ich antwortete mit ruhiger Stimme: »Das ist es.«

Ein scheues Lächeln schob den schweren Schleier der Einsamkeit beiseite und ließ mich einen Blick auf den Mann erhaschen, der mein König hätte werden sollen. Auch wenn Verzweiflung und Wahnsinn über ihn hergefallen waren, erkannte ich, wer er hätte sein können. Ich schluckte und trauerte um die Zukunft, um die das Land gebracht worden war.

Dorchadas trat durch die Tür. Beinahe erstaunt wandte er sich noch einmal um und sah durch den Rahmen zurück auf sein Leben in Gefangenschaft. Dann kehrte er ihm den Rücken zu und näherte sich mit großen Augen der geheimen Tür im Wandschrank. Auf halbem Wege blieb er stehen, betrachtete mit schräg gelegtem Kopf die leblosen Körper zu seinen Füßen.

»Es sieht unbequem aus, wie sie da liegen«, stellte er mit der pragmatischen Miene eines Kindes fest, das die Welt entdeckt.

Ich lief weiter. Denn ich wusste, würde ich Cadan nur noch ein einziges Mal ansehen, würde ich zusammenbrechen. Doch ich musste stark sein. Für den König. Für die Gilde. Für Avendall.

Für Cadan.

Wir benötigten eine Ewigkeit für den Weg ins Erdgeschoss. Dorchadas blieb ständig stehen, um sich Gemälde anzusehen oder Rüstungen das Visier zu öffnen und zu schließen. Von den Fenstern hielt er sich fern, die Augen kniff er zumeist zusammen, als würde ihm das grelle Licht Kopfschmerzen bereiten. Ich konnte es ihm nicht verdenken. Nach vielen Jahren in der Dunkelheit würde ihm der Tag draußen vor den Fenstern zweifelsohne zu schaffen machen. Bei dem Gedanken schämte ich mich dafür, dass mir die ewige Nacht im unterirdischen Tempel zugesetzt hatte.

Noch immer drangen Schreie und das Geräusch von aufeinanderprallenden Klingen aufeinander. Ich fragte mich, wie lange wir fortgewesen waren und wer seitdem die Führung des Kampfes übernommen hatte. Als wir den Thronsaal verlassen hatten, hatte das Überraschungsmoment die Raben begünstigt, wenn auch die Königstreuen sich neu formiert hatten.

»Warum schlafen die Menschen auf dem Gang?«, fragte Dorchadas und betrachtete mit beinahe kindlicher Naivität einen blau uniformierten Königstreuen, der mit dem Gesicht auf dem Boden lag.

Mein Herz zog sich bei dem Gedanken an das zusammen, was ihn erwarten würde. Er war der rechtmäßige König und doch war er wie das Kind, das er einst gewesen war, als sein Bruder ihn überwältigt hatte.

»Möchtest du dich zu ihnen legen?« Eine erschreckende Mischung aus Kälte und Sanftheit lag in der Stimme, die durch den leeren Korridor zu uns schwebte. Aus dem Schatten einer

Marmorstatue trat Filipas. Dorchadas gab ein Wimmern von sich und ich verlagerte mein Gewicht, sodass ich zwischen den beiden Männern stand.

Der falsche König schnalzte missbilligend mit der Zunge, ehe er eine schimmernde Waffe mit juwelenbesetztem Knauf auf mich richtete. »Tritt beiseite!«

»Nein!« Gegenwehr war alles, was mir geblieben war. Das und der Hass, der in meiner Brust loderte, als ich mich diesem Monster gegenübersah. Er war für Cadans Tod verantwortlich. Dafür musste er büßen.

Auch ich hob meine Waffe. Diesmal durchströmte mich Freude bei dem Gedanken, sie in weiches Fleisch zu rammen, bis ich auf den Widerstand seiner Knochen stieß. Aber der falsche König erweckte nicht den Eindruck, den ersten Schritt wagen zu wollen. Stattdessen machte er erneut von seiner Stimme Gebrauch und ich begriff, dass sie viel gefährlicher war als jeglicher Stahl, den er in Händen hielt.

»Dorchadas«, sprach er seinen Bruder an. Aus dem Augenwinkel bemerkte ich das Zucken, das durch den Körper des wahren Königs ging. Er stöhnte. Ein Laut voller Hilflosigkeit und Sehnsucht. Filipas hatte ihn gebrochen. Er hatte ihm die Wahrheit geraubt und ihm seine eigene aufgezwungen. Ich wusste es in dem Moment, da sich der gebrechlich wirkende Mann auf mich warf. Er liebte Filipas, ganz gleich, was dieser ihm angetan hatte. Und mit dieser schrecklichen Erkenntnis landete ich auf dem harten Boden. Ein scharfer Schmerz blitzte in meinem Kopf auf und durchzuckte meinen Körper, den Dorchadas unter sich begrub. Dann legte er weiche Finger um meine Kehle, denen beängstigend viel Kraft innewohnte. Er drückte zu, schnürte mir alles, was ich ihm entgegenzusetzen hatte, ab. Was nutzte es schon, gegen den Tod zu kämpfen? Mein Leben war vorbei. Selbst wenn ich überlebte. Cadan war fort und nichts würde so sein, wie es einmal gewesen war.

Ich ließ es geschehen, hieß den Druck auf meine Kehle willkommen.

»Töte sie!« Filipas' Worte waren wie eine schmeichelhafte Berührung. Schlangenzunge. Trotzdem ließen sie Dorchadas für die Dauer eines Wimpernschlags innehalten. Sein Blick traf mich. Verwirrung begegnete meiner Gleichgültigkeit.

»Töte mich«, würgte ich hervor. Doch der Druck auf meinen Hals lockerte sich.

»Du bist ein guter Mensch«, bemerkte Dorchadas mit Erstaunen.

»Nein, das bin ich nicht«, entgegnete ich.

»Töte sie, Dorchadas!«

Der wahre König schüttelte den Kopf, als würde er den Befehl seines Bruders wie eine Fliege verscheuchen. »Du hast einen Spaziergang mit mir gemacht.« Als könnte die simple Tatsache, dass ich ihn aus seinem Gefängnis geholt hatte, all die scheußlichen Taten aufwiegen, die meine Hände mit Blut beschmutzten.

»Ich tat es nicht um deinetwillen«, sagte ich.

»Du hast deinen Freund zurückgelassen, um mit mir spazieren zu gehen«, beharrte Dorchadas.

Das Bild, wie Cadan in seinem eigenen Blut gelegen hatte, tauchte vor mir auf. Ungewollte Tränen traten mir in die Augen und ich blinzelte. Sie gewannen den Kampf gegen mich und rannen mir siedend heiß über die Wangen. Als Dorchadas eine davon auffing und neugierig betrachtete, zuckte ich zusammen.

»Töte. Sie.« Die schneidende Stimme seines Bruders weckte erneut seine Aufmerksamkeit und er trocknete die Träne auf seinen Fingerkuppen an dem schmuddeligen Hemd.

»Nein«, sagte Dorchadas. Das Gewicht seines Körpers verschwand von meiner Brust, als er sich erhob.

Das Schwert in Filipas' Hand zitterte, die Ader an seiner Schläfe pochte. Zorn verschleierte seinen Blick. Er kam einen Schritt näher. Die Spitze der Klinge huschte zwischen Dorchadas und mir hin und her. »Ihr werdet sterben!«, zischte er.

Am Ende des Korridors tauchten mehrere Schatten auf. Bevor ich erkennen konnte, wer es war, sprang Filipas auf uns zu. Meine Waffe lag vergessen am Boden. Ich hatte seinem Angriff nichts entgegenzusetzen als meinen Körper. Zu sterben, um einen anderen Menschen zu schützen, war eine gute Art zu gehen. Ehrenvoll. Ich machte mich bereit, Cadan auf seinem Weg in die ewige Dunkelheit zu folgen, als ein ohrenzerfetzendes Klirren ertönte. Stahl traf auf Stahl.

Tyriq fletschte die Zähne, als er Filipas' Waffe zurückschlug. Der falsche König taumelte und die hasserfüllte Entschlossenheit auf seinem Gesicht wich Angst vor dem Ende, das ihm unmittelbar bevorstand.

Hinter den Kämpfenden entdeckte ich Mairead, die mit schreckensstarrer Miene zwischen dem falschen und dem rechtmäßigen König hin und her sah. Sie zuckte zusammen, als die Waffen von Tyriq und Filipas erneut aufeinanderschepperten.

Ich bückte mich, hob mein Schwert vom Boden auf und drängte den wimmernden Dorchadas zurück, ein Mantra aus Beruhigungen murmelnd.

Schweiß stand auf Tyriqs Stirn, der zerrissene Stoff seiner Hose, der einen Streifen zerschundener Haut entblößte, zeugte von einem harten Kampf. Aber seine Bewegungen waren mühelos. Wie die eines Mannes, der sich über die Unzulänglichkeiten seines Körpers hinweggesetzt hatte, um zu funktionieren. Und das tat er. Hieb um Hieb drängte er Filipas zurück. Olias wäre stolz auf ihn gewesen.

Mit einer banalen Endgültigkeit beendete Tyriq den unausgeglichenen Kampf. Filipas fiel, sein Schwert landete scheppernd neben ihm. Eine zweite Gestalt bewegte sich flink auf den falschen König zu. Obgleich sie die ganze Zeit zwischen den Rüstungen gelauert hatte, bemerkte ich sie erst jetzt. Lange, feingliedrige Finger schnappten sich die Waffe und entrissen sie Filipas' Reichweite.

Giordyn. In dem Blick des Jungen lag eine Entschlossenheit, die ich nie zuvor an ihm gesehen hatte. Er presste die scharfe Klinge des königlichen Schwertes gegen Filipas' Kehle und ritzte in die Haut. Ein einsamer Blutstropfen quoll hervor und rann wie eine Träne über seinen Hals, bis sie in dem kostbaren Stoff seiner Tunika versiegte.

»Giordyn«, krächzte Filipas, aber es gab keine Worte, die seinen Verrat an dem Jungen hätten beschönigen können. Ich sah es in Giordyns Augen, in denen eine Dunkelheit aufzog, die von seiner Macht kündete.

»Keine Sorge«, raunte ihm der Junge beinahe sanft zu. »Ich werde dir nicht die Kehle aufschlitzen.« Ein Lächeln formte seine Lippen. Er ließ von der Klinge ab und legte die Hände an Filipas' Schläfen.

Bevor ich begreifen konnte, was Giordyn tat, schrie der falsche König auf. Wut, aber vor allem Schmerz toste über uns hinweg. Sein

Gesicht verdunkelte sich. Die Augen traten aus dem Kopf hervor. Ein Speichelfaden, der sich zwischen seine Lippen spannte, riss, als Filipas den Mund noch weiter aufriss. Die Knöchel seiner Hände, mit denen er sich an den Boden klammerte, färbten sich erst rot, dann weiß. Sein Körper verkrampfte. Zuckte. Die Schreie wurden heiserer.

All den Schmerz, den Giordyn tief in sich aufgenommen hatte, projizierte er nun auf Filipas. Ließ den Mann fühlen, was er anderen angetan hatte. Und dem erhobenen Mundwinkel nach zu urteilen, genoss er es.

Manche Gaben mochten grausam sein. Aber keine von ihnen war ein Fluch. Dessen wurde ich mir in diesem Moment endgültig bewusst, da Giordyn sie gegen seinen Peiniger richtete. Gegen den Mann, der verantwortlich war für den Tod seines Vaters und so vieler anderer.

Tyriq legte eine Hand auf Giordyns Schulter. »Du tötest ihn«, sagte er behutsam.

Der Junge schnitt eine Grimasse und verstärkte seinen Griff.

»Soll er doch«, würgte Mairead mit tränenverschmiertem Gesicht hervor.

»Wir brauchen die Wahrheit.« Tyriqs Stimme barg eine Warnung. »Giordyn, lass von ihm ab!«

Die Entschlossenheit in den Augen des Jungen flackerte wie die Flamme einer Kerze, ehe sie erlosch. Anspannung wich aus seinen Gliedern und er ließ die Hände sinken. Filipas rang rasselnd um Atem, die Lider halb gesenkt.

Giordyn machte Tyriq Platz, der weiterhin ein Schwert auf den falschen König gerichtet hielt. Sein Blick glitt zu mir. »Geht es dir gut, Aeryn?«

Erst jetzt wurde mir bewusst, dass ich über und über mit Blut bespritzt war. Ich nickte knapp, denn mein Körper war unversehrt. Und dass Filipas und Murtagh meine Seele zerstört hatten, wagte ich nicht laut auszusprechen. Dann würde sich dieser Albtraum in Wirklichkeit verwandeln.

»Wo ist Cadan?«, wollte Mairead wissen und sah sich im Korridor um, als bemerkte sie erst jetzt, dass er fehlte.

Ich öffnete den Mund. Die Wahrheit brannte in Form von Tränen in meinen Augen. Ich blinzelte, drängte sie zurück. »Oben«, war alles, was ich herausbrachte.

Mairead gab Giordyn ein stummes Zeichen. Eine Geste, die ich nicht zu deuten wusste. Seit wann waren die beiden Freunde? Der Junge nickte und sah ein letztes Mal zu Filipas. Wenn Blicke hätten töten können, so hätte er den falschen König in diesem Moment erdolcht. Doch er wandte sich ab und eilte den Korridor entlang davon.

Die Stille, die nach den verklungenen Schritten folgte, riss Mairead aus einer Starre. Ihr Kopf zuckte in Richtung des Mannes, dem ihre Gebete all die Jahre hätten gelten müssen.

»Eure Majestät«, hauchte sie.

Die leisen, ängstlichen Laute, die Dorchadas von sich gegeben hatte, erstarben. Er musterte meine Freundin. »Ich mag die Punkte in deinem Gesicht.« Ein zaghaftes Lächeln breitete sich auf seinen Lippen aus.

Tränen schwammen in Maireads Augen, aber ich schüttelte den Kopf. »Er versteht es nicht, Mai«, raunte ich ihr zu und ergriff ihre Hand. »Er hat mehr als die Hälfte seines Lebens in Gefangenschaft verbracht.«

»Warum?« Maireads Stimme war nicht mehr als das Wispern des Windes in weit entfernten Baumkronen.

Tyriq fuhr sich mit der freien Hand durch das Haar, ehe er sich über Filipas beugte. »Lass es uns herausfinden.« Er legte sein Schwert auf den Boden, dann krempelte er sich die Ärmel hoch. Das Zittern seiner Finger konnte er nicht verbergen.

»Das ist Wahnsinn! Du weißt genau, was auf dem Spiel steht!« Die Eindringlichkeit meiner Worte prallte an Tyriq ab. Er berührte den falschen König, wie Giordyn es zuvor getan hatte. Dieser gab ein leises Stöhnen von sich, als bewegte er sich zwischen der Welt der Lebenden und jener der Toten.

»Meine Gabe war seit jeher nutzlos«, fauchte er. »Lasst mich unserem Land diesen Dienst erweisen!«

»Zu welchem Preis?«, flüsterte Mairead und legte eine Hand zwischen Tyriqs Schulterblätter. »Mór wird es uns nie verzeihen, wenn wir dich das tun lassen!«

Er schüttelte sie ab, und bevor wir ihn von dem falschen König wegreißen konnten, aktivierte er seine Gabe und tauchte durch die Vergangenheit dieses Mannes zu jenem Tag, da die Königsfamilie zur Jagd aufbrach und nur einer von ihnen zurückkehrte.

Tyriq schnitt eine Grimasse. Seine Schultern bebten, während er immer tiefer in die Gedanken des falschen Königs vordrang – und immer mehr von sich selbst preisgab. Seine eigenen Erinnerungen aufgab. Ein Zucken durchfuhr seinen Körper, seine Augen verdrehten sich, bis sie weiß waren.

Mairead unterdrückte ein Schluchzen, indem sie sich die Faust gegen die Lippen presste. Mein Herz geriet ins Stocken, je gequälter der Ausdruck auf Tyriqs Zügen wurde. Seine Schultern bebten. Das, was sich Tyriq nun offenbarte, konnte ich nicht sehen, aber in der Zelle, in der Filipas seinen Bruder wie ein Tier gehalten hatte, hatte ich einen Vorgeschmack darauf bekommen.

»Monster!« Das Wort zerriss die angespannte Stille. Tyriq löste sich von Filipas und wich rücklings vor ihm zurück, als wäre das Grauen dieser fremden Vergangenheit hinter ihm her. Seine Haut war kreidebleich. Er presste sich die Faust vor den Mund und würgte hervor: »Ich hoffe, Ihr bekommt zurück, was Ihr Eurem Bruder angetan habt!« Dann taumelte er und übergab sich. Das war das einzige Geräusch im Korridor.

»Was hast du gesehen?«, fragte Mairead behutsam, sobald Tyriq sich aufgerichtet hatte.

Mit dem Handrücken wischte dieser sich über die Lippen. Seine Augen zuckten von Filipas, der sich am Boden krümmte, zu Mairead, die ihm mit festem Blick begegnete.

»Ich sah die Abscheu des alten Königs gegenüber dem Thronfolger und dessen … Unarten.« Tyriqs Worte beschworen unheimliche Bilder vor meinen Augen. Ich erinnerte mich an Amalies Beschreibung der Prinzen, der eine liebreizend und höflich, der andere grausam und verschlagen.

In jungen Jahren quälte Filipas mutwillig Tiere. Später reichte ihm diese Befriedigung nicht mehr und er verging sich auch an den Kindern der Bediensteten. Einen der Stallburschen jagte er zu Tode.

Es war sein Geburtsrecht, den Thron eines Tages zu besteigen, aber in den Augen seines Vaters machte ihn diese grausame Neigung der Krone unwürdig. In einem offiziellen Verfahren ließ er die Thronfolge ändern und ernannte Dorchadas, den jüngeren, sehr viel sanftmütigeren Sohn zu seinem Nachfolger. Filipas fühlte sich um sein Recht betrogen und versuchte mehrmals, seinen Vater umzustimmen.

Monate verstrichen, in denen der rechtmäßige Thronfolger dabei zusehen musste, wie sein jüngerer Bruder auf sein Erbe vorbereitet wurde. Filipas sah in einem Jagdausflug die letzte Möglichkeit, dem König seinen Wert zu beweisen, und jagte den weißen Hirsch, den zu töten einer Legende nach nur ein wahrer Herrscher imstande war.

Tatsächlich gelang es ihm, das Tier im Wald ausfindig zu machen. Doch es verletzte Dorchadas schwer, der seinen Bruder vor einer Attacke des Hirsches schützen wollte. Dann tötete Filipas das Tier. Aber anstatt die Leistungen seines Ältesten zu honorieren, sah der alte König nur das Monster, das in seinem Erstgeborenen wohnte. Mit einem Pfeil ermordete Filipas seine Eltern. Er ließ es wie einen Unfall aussehen und floh in den Wald. Unter den Königstreuen erzählte man sich, die Waldtiere hätten sich dafür an ihm gerächt, dass er ihnen das Oberhaupt genommen hatte. Niemand glaubte daran, dass er überlebt haben könnte. Ein paar Tage hielt Filipas sich versteckt, ehe er nach Beryll zurückkehrte und den Alchemisten Eagor Mallan dazu zwang, ihm einen Dienst zu erweisen. Noch in derselben Nacht drang Filipas in die Gemächer seines Bruders ein und nahm dessen Platz ein. Aus Filipas wurde Dorchadas. Und das verdammte Dorchadas zu einem Leben in Abgeschiedenheit und ewiger Finsternis. Denn für jeden einzelnen Trank benötigte der Alchemist eine Haarsträhne von dem Mann, dessen Gestalt Filipas einnehmen wollte. Jahrzehnte der Grausamkeit spannten sich von Filipas' Verbrechen bis in die Gegenwart.

Mairead hielt sich den Bauch, als hätte auch sie mit Übelkeit zu kämpfen. Hinter ihr drängte sich Dorchadas gegen die Fensterscheiben und beobachtete eine Formation von Raben, die mit weit ausgebreiteten Schwingen über den Palast hinwegzogen.

»Ty«, zerriss ich die Stille, die sich seit dem Ende seiner Erzählung über uns gelegt hatte. Ich zog mir den Handschuh aus und streckte die bloße Hand nach ihm aus. »Was musstest du für die Wahrheit opfern?«

Eine schmale Falte vertiefte sich zwischen Tyriqs Brauen. Er schüttelte den Kopf. »Ich weiß es nicht.«

Bevor ich Tyriq berührte, tauschten Mairead und ich einen Blick. Angst stand ihr ins Gesicht geschrieben. Eine Angst, die auch ich empfand. Dann schloss ich die Finger um seinen Arm. Der Korridor um mich herum löste sich auf und die allzu vertrauten Bilder von Tyriqs Ängsten tauchten vor mir auf. Da waren wir, lachend und unbeschwert, ehe uns das Nichts verschlang.

Aber wir waren nicht vollzählig.

Eine von uns fehlte.

Emma.

Mit einem Ruck kehrte ich in die Gegenwart zurück. War es ihr Tod, der sie Tyriqs Ängsten entrissen hatte? Oder war es das Nichts, das sein Gedächtnis verschlang? Tyriqs Maske an Gelassenheit bekam Risse, als er mich ansah. »Was?«, fragte er tonlos. »Was ist es?«

»Emma«, keuchte ich. »Sie ist fort. Als hätte es sie nie gegeben!«

Obgleich Mairead sich häufig über die nasskalte Hundenase beklagt hatte, entwich ihr nun ein Laut der Trauer. Sie wandte sich von uns ab, das Gesicht in den Händen verborgen.

»Wer ist Emma?« Tyriq musterte uns angespannt. Wartete auf die Wahrheit, die ihm ohnehin nichts bedeuten würde. Vielleicht war das gut. Die Schattenseite seiner Gabe hatte ihn von der Trauer befreit. Aber Emma war seine beste Freundin gewesen. Sie hatte seine liebevolle Seite zum Vorschein gebracht. Wer würde Tyriq sein, wenn ihm diese besondere Erinnerung, die sein ganzes Wesen geprägt hatte, verloren gegangen war?

Ich suchte nach Worten, wo nur Angst und Finsternis herrschten. Eine Bewegung aus dem Augenwinkel lenkte mich ab. Ich sah, ohne zu verstehen. Alles ging so unfassbar schnell.

Ein Arm, der sich ausstreckte. Finger, die sich um Tyriqs vergessene Waffe schlossen. Ein Umhang, der flatterte. Stahl, das im Licht blitzte. Und dann brach meine Welt vollends entzwei. Denn Filipas unternahm seinen letzten, verheerendsten Versuch, einem unausweichlichen Schicksal zu entkommen. Er stürzte sich auf Tyriq, aber Mairead warf sich vor ihn. Beschützte ihn. Mit ihrem eigenen Leben. Und die Klinge, die unserem Freund gegolten hatte, drang mit einem abscheulichen Geräusch in ihre Brust ein. Knochen barsten und Mairead riss die Lippen zu einem Schrei auf, der für immer ungehört blieb.

Blut spritzte. Mairead taumelte, das Licht in ihren Augen flackerte. Die Beine knickten unter ihrem Körper weg. Tyriq fing sie auf. Und in seinen Armen erlosch ihr Licht.

»Nein, Mai!« Er stieß einen gequälten Laut aus, der sich unwiderruflich in mein Gedächtnis brannte. Ich hob den Kopf. Der falsche König hielt noch immer das Schwert in den Händen. Abgrundtiefer Hass verzerrte seine Züge und weckte meinen Zorn. Er wallte in mir auf, weckte meine Gabe. Die Dunkelheit, die all die Ängste in mir geweckt hatte, umhüllte mich, ich rief sie, spielte mit ihr. Dann riss ich die Hände nach oben und schleuderte Filipas alles entgegen, wovor er sich fürchtete. Und noch mehr. Ich entfesselte die Ängste, die mich seit Erwachen meiner Gabe gegeißelt hatten, und schleuderte sie ihm entgegen. Die Wucht warf ihn zurück. Seine Schreie hallten durch den Korridor, während Mairead stumm blieb.

Ich umfasste den Knauf der Waffe und folgte dem falschen König, der sich auf dem polierten Marmor krümmte. Mein Schatten ließ ihn innehalten. Er hob den Kopf und das Letzte, was er sah, war das Schwert, das auf ihn niedersauste.

Nie war mir ein Mord so leicht von der Hand gegangen.

KAPITEL 37

WIR HATTEN EINE Schlacht für uns entschieden, aber es fühlte sich für mich an, als hätten wir alles verloren. Heute lag der Sturz des Königs fünf Tage zurück. Seit vier Tagen hatte ich nicht mehr geschlafen. Sobald ich die Augen schloss, sah ich unsere Toten vor mir. Die Erinnerungen an jenen schrecklichen Tag verfolgten mich wie Schatten, die abzuwimmeln ich nicht imstande war. Und so floh ich jede Nacht vor den Träumen, indem ich durch Berylls Straßen wanderte und auf die allmorgendliche Dämmerung wartete. Denn während die Zeit für jene, die dem Kampf zum Opfer gefallen waren, endgültig angehalten hatte, ging sie für die Verbliebenen erbarmungslos weiter.

Die letzten Tage hatten ihren Tribut gefordert. Inzwischen war meine Haut blass, die Augen dunkel umschattet. Ich fühlte mich nicht wie ich selbst, sondern wie mein eigenes Abbild, das mit wässrigen Pinselstrichen auf eine Leinwand gemalt worden war. Ein Teil von mir war mit den anderen Todesopfern in jenem Kampf gestorben.

Das Gewand der Raben hatte ich vor Tagen abgelegt. Eine Robe aus dunkelblauem Samt floss um meinen abgemagerten Körper und verbarg, dass ich die letzten Tage kein Essen hatte bei mir behalten können. Darüber trug ich einen schwarzen Mantel mit Pelzbesatz, der mich vor den kalten Winden in den Bergen schützte. Caoimhe hatte ihn mir geliehen, damit ich der Abschiedszeremonie beiwohnen konnte, ohne krank zu werden. In Wahrheit spielte es keine Rolle, ob mich dieser Mantel warm hielt. Tief in meinem Innern war ich wie erfroren.

An diesem Tag waren die Palastgärten von dunklen Flecken gesprenkelt. Die Überlebenden der Schlacht hatten sich versammelt, um gemeinsam die Toten zu bestatten. Einige wenige der Königstreuen hatte der Maester in die Kerker verbannt, weil sie nicht dem Thron Berylls, sondern dem Mann, der uns alle zum Narren gehalten hatte, dienten. Die übrigen hatten der Interimsherrschaft des Maesters das Knie gebeugt, bis sich herausstellte, wer den Thron besteigen würde. Dorchadas war nicht stabil genug.

Das Gras raschelte unter meinen Sohlen, als ich mir einen Weg durch die Anwesenden bahnte. Ich mied es, ihnen ins Gesicht zu sehen, denn auf keinen Fall wollte ich mit jemandem sprechen.

Der Maester hatte angeordnet, mehrere Scheiterhaufen zu errichten. In weißen, mit Blumen geschmückten Tüchern lagen die Toten der Schlacht obenauf. Es war eine Tradition vergangener Tage, aber niemand aus der Gilde hegte das Bedürfnis, sich der Königsreligion erneut zu fügen. Vielleicht waren wir in der Obhut der alten Götter besser aufgehoben als in der eines einzigen Mannes.

Die Scheiterhaufen ragten unmittelbar vor dem Abgrund auf, dahinter erstreckte sich das beeindruckende Bergmassiv, dessen Gipfel weiß erstrahlten. Es war ein guter Ort, um der Anderwelt übergeben zu werden, dessen war ich mir sicher. Und trotzdem zog sich mein Herz zusammen, als Ean, Lorcan und Fraser mit ihren Gaben die Fackeln entzündeten und die Scheiterhaufen in Brand steckten. Stumme Tränen rannen über meine Wangen, aber ich erlaubte mir nicht, mich abzuwenden. Diese Menschen waren für uns in den Tod gegangen. Sie hatten es verdient, dass ich ihrer letzten Reise beiwohnte. Ich straffte die Schultern und hob das Kinn, während die Flammen in einem orangeroten Schauspiel die Überreste der Toten verschlangen. Rauchsäulen trugen ihre Seelen hoch zur Anderwelt, die sich irgendwo zwischen den Wolken verbarg.

Als auch der Horizont Feuer fing und die Sonne als glühender Ball hinter dem Bergmassiv verschwand, kehrte ich den Scheiterhaufen den Rücken zu. Es gab eine letzte Seele, bei deren Übergang ins ewige Leben ich zugegen sein musste.

Mairead wurde nicht wie die anderen verbrannt. Sie hatte ihr Leben in den Dienst des Throns gestellt. In der Anderwelt der alten

Götter wäre sie vermutlich verloren, deshalb wurde sie im Königshain begraben, an dem Ort, an dem die der Krone ergebensten Diener die letzte Ruhe fanden. Hohe Fichten rahmten die Stätte ein. Aus dem Augenwinkel nahm ich eine Bewegung der Zweige wahr und entdeckte den schwarz gefiederten, zerzausten Körper eines Raben, der die Flügel ausbreitete und mich mit schräg gelegtem Kopf betrachtete. Ein Lächeln zupfte an meinen Mundwinkeln, als ich Corvus erkannte, der einst im Rabenturm der Gilde gelebt hatte. Wenn er dem Angriff der Königstreuen entkommen war, so hatten es vermutlich auch die anderen Raben geschafft. Ein Gefühl der Erleichterung durchströmte mich. Ich dachte an Theonia, die Rabengöttin, und fragte mich, ob Corvus einer der Gesandten der Göttin war, die uns einst beschenkt hatte, und ob sie mich in diesem Moment beobachtete. In stiller Ehrerbietung nickte ich dem Raben zu, ehe ich meinen Weg fortsetzte.

Mór und Tyriq standen bereits vor dem frisch ausgehobenen Grab. Ein scharfkantiger Stein, in dessen Oberfläche Maireads Name gemeißelt worden war, ragte darüber auf. Kurz hob Tyriq den Kopf, als ich mich näherte, Mór schenkte mir keine Beachtung. Sie kniete sich vor das Grab und warf ein paar Blumen auf die Erde, die es bedeckte. Tränen strömten unaufhörlich über ihr Gesicht, sammelten sich an der Linie ihres Kiefers und tropften dann von ihrem Kinn zu Boden. Statt Blumen gab Tyriq unserer Freundin eine Handvoll weißer, geschliffener Steine mit auf den Weg ins ewige Leben. Er war blass und noch immer zeichneten die Spuren des Kampfes sein Gesicht. Inzwischen bedeckte Schorf die Schnittwunden, die sich über seine Wangen zogen.

Kaum merklich nickte er mir zu, als ich die beiden erreichte. Aber ich war nicht in der Lage, die Geste zu erwidern. Der Anblick des Grabes und der Umstand, dass ein Haufen Erde meine Freundin begrub, lähmten mich.

Seit Maireads Tod lag eine Schicht aus Eis auf meinem Herzen. Wir hatten uns ein Zimmer geteilt von dem Tag an, da wir den Eid abgelegt hatten. Sie war ein Teil von mir und ich konnte nicht glauben, dass sie nun für immer fort war.

Und dann tauchte ihr Lächeln in meinem Geiste auf, ich sah ihre Sommersprossen vor mir und spürte die Leichtigkeit, mit der sie ihr Leben geführt hatte. Dutzende Male hatte sie meine Wunden geheilt, hatte meine Tränen getrocknet und mich mit liebevollen Worten getröstet.

Heiße Tränen versengten meine Wangen, als ich eine Blume auf Maireads Grab legte. Mein Herz pochte laut und ich rezitierte das Totenlied, das unsere Verstorbenen verabschiedete. Ich wusste, dass Mairead diese Geste gewürdigt hätte, obwohl sie mir nichts mehr bedeutete.

Mór stieß ein Geräusch aus, das halb Gurgeln, halb Schluchzen war. Tränen glitzerten in ihren hellen Wimpern, als sie sich mir zuwandte und an meinen Arm klammerte. »Ich wünschte mir, ich hätte es sehen können«, würgte sie hervor. »Vielleicht hätte ich sie retten können. Sie und die anderen.«

»Deine Gabe ist nicht wieder zurückgekehrt?«, fragte ich behutsam.

»Mai hat mit diesem Trank wirklich ganze Arbeit geleistet«, seufzte Tyriq und warf dem Grab unserer Freundin einen scharfen Blick zu. »Sie hätte Mór töten können.«

»Das war nie ihre Absicht«, beschwichtigte Mór ihn.

»Trank?«, horchte ich auf. »Wovon sprecht ihr?«

Betretenes Schweigen senkte sich über uns. Tyriq scharrte mit den Füßen, Mór machte Anstalten, sich abzuwenden. Ich packte ihren Arm und wiederholte mich. »Wovon sprecht ihr?«

»Erinnerst du dich, als du mich auf dem Weg nach Lyncurion nach Mai gefragt hast?« Mórs Stimme klang gepresst.

»Natürlich. Ihr habt euch im Streit getrennt, nicht wahr?«

Mór nickte. »Kurz zuvor hatte Mai mir gestanden, heimlich eine Tinktur in mein Essen gemischt zu haben. Deshalb habe ich meine Gabe verloren.«

Der Schock über ihre Worte breitete sich in eiskalten Wellen in meinem Körper aus. »Was? Warum sollte sie so etwas tun?« Ich konnte nicht glauben, was Mór da sagte. Wollte es nicht glauben.

Tränen rannen über Mórs Gesicht und tropften von ihrem Kinn. Sie hinterließen dunkle Spuren auf ihrem weinroten Mantel. Auch sie hatte das Gewand der Gilde abgelegt. Was das bedeuten mochte, wagte ich nicht zu fragen. Ich wusste es selbst nicht, ob ich es je wieder anlegen würde. »Mai hegte mehr als freundschaftliche Gefühle für mich.« Ihre Stimme brach, ein Schluchzen schüttelte sie. Auch Tyriqs Augen glänzten feucht, als er seine Schwester fest an sich zog.

»Ich war zu freizügig mit meiner Gabe«, fuhr sie fort, nachdem sie sich beruhigt hatte. »Sie hat mich aufgefressen, hat mir mehr und mehr abverlangt. Schon seit Monaten redete Mai auf mich ein, versuchte mich davon zu überzeugen, in der Gegenwart zu verweilen. Ich konnte nicht. Diese Gabe war wie eine Sucht. Ich konnte ihrer Macht nicht widerstehen und gab mich ihr bereitwillig hin. Mai fürchtete um mein Leben. In der Nacht, als die Königstreuen uns angriffen, war sie heimlich in der Stadt und hat bei dem Alchemisten einen Trank erworben. Sie tat es aus Liebe, nicht aus Bosheit. Aber in dem Moment, da sie es mir gestand, habe ich sie gehasst. Das waren meine letzten Worte an sie: Ich hasse dich!«

»O Mór!« Mitleid und Trauer überwältigten mich. Ich schlang die Arme um meine Freunde und weinte in Mórs weiches Haar. Halt suchend drückte sie sich an mich, gab leise Laute des Leids von sich, während Tyriqs Körper dicht an meinem bebte. Viele Jahre hatte ich mich so sehr im Selbstmitleid gesuhlt, dass ich für die Bürden anderer Menschen keine Beachtung fand. Wenn ich geglaubt hatte, dass Mórs Schicksal mehr Gabe als Fluch war, so hatte ich mich geirrt. Ich hatte ihre kleinen Unzulänglichkeiten beobachtet, wann immer sie sich der Zukunft zugewandt hatte. Doch ich hatte ihnen keine Bedeutung beigemessen.

Eine Weile verharrten wir so, teilten den Verlust unserer Freundin, der uns allen ins Herz schnitt.

Schließlich löste ich mich von den beiden und nahm Mórs Gesicht in beide Hände. »Sie wusste, dass du sie nicht hasst. Euch verband so viel mehr, als ein Streit hätte zerstören können. Lade dir diese Schuld nicht auf, Mór!«

Meine Worte waren in diesem Moment bedeutungslos. Zu tief saß der Schmerz. Aber vielleicht würde Mór mir eines Tages Glauben schenken. Erneut senkte sich das Gewicht der Stille auf uns. Sie erstickte mich beinahe und Tyriq erschien es ähnlich zu ergehen, denn alsbald unterbrach er sie und wandte sich leise, aber nachdrücklich an mich: »Wie kommst du zurecht, Aeryn?«

Tyriqs Frage war berechtigt, war ich ihm und Mór die letzten Tage aus dem Weg gegangen. Oder vielmehr hatte ich jeglichen Kontakt zu anderen Menschen gemieden. Ich war kaum fähig, die Achseln zu zucken, denn das Gewicht der Trauer drückte sie nieder.

»Gut«, war alles, was ich über meine trockenen Lippen brachte.

Tyriq hob eine Braue. Er durchschaute meine Lüge als solche sofort. Natürlich tat er das. Unser Streit hatte das Band zwischen uns nicht zerstören können. »Ich weiß nicht, wem du etwas vormachst. Dir selbst oder uns?«, sagte er mit rauer Stimme. »Niemandem von uns geht es gut.«

Ich war dankbar, dass die Verachtung, die mir bisweilen in seinem Blick begegnet war, verschwunden war. Nur ein paar Mal hatte ich *beinahe* sterben müssen, um ihn versöhnlich zu stimmen. Ich kam zu dem Schluss, mich nie wieder mit meinem Freund streiten zu wollen.

»Mein Herz schlägt, ich atme, ich lebe«, sagte ich leise. »Es geht mir wohl besser als jenen, die in der Schlacht für uns gefallen sind. Immerzu frage ich mich, warum ich noch lebe und die anderen tot sind.«

»Weil deine Zeit noch kommt, Aeryn«, sagte Mór sanft. Ihre Stimme klang belegt, aber sie straffte ihre Schultern. »Ich muss nicht in die Zukunft schauen können, um das zu wissen. Vor dir liegt ein langes, gutes Leben.«

Ich beugte mich vor und hauchte ihr einen sanften Kuss auf die salzige Wange, ehe ich mich zurückzog. Hinter den hohen Bäumen, die den Königshain umsäumten, näherten sich mehrere Gestalten. Und eine unter ihnen brachte mein Herz zum Stehen.

Cadan. Der Mann, den ich einst geliebt hatte und den zu töten ich beauftragt worden war. Seitdem waren wenige Wochen verstrichen, doch es fühlte sich an, als wäre es in einem anderen Leben geschehen.

Als Giordyn Cadan im oberen Teil des Palastes fand, schlug sein Herz noch schwach. Dass ich ihn lebend, aber schwer verwundet zurückgelassen hatte, würde ich mir wohl nie verzeihen. Giordyn nahm ihm die Schmerzen und stoppte die Blutung.

Danach wurde Cadan mit den anderen Überlebenden ins Haus der Heilung gebracht. Als ich erfuhr, dass er dem Tod entronnen war, brachen auch die letzten verbliebenen Splitter meines Herzens. Denn dem Glück, das ich empfand, haftete eine nahezu grenzenlose Trauer an. Ohne Maireads Gabe mussten seine Wunden auf natürlichem Wege heilen. Alastair kehrte nach Beryll zurück und unterstützte die Heilerinnen mit seinen Tränken und Tinkturen. Ich harrte viele Stunden an Cadans Seite aus, aber die meiste Zeit über schlief er. Und als er sich wieder selbst auf den Beinen halten konnte, beanspruchte der Maester ihn für sich. Die Momente, die wir seit der Schlacht miteinander geteilt hatten, waren rar.

Als Cadan mich an der Seite meiner Freunde bemerkte, legte er eine Hand auf Graemes Schulter und raunte ihm etwas zu. Der Maester hob den Blick und sah in unsere Richtung. Dann nickte er. Cadan entfernte sich von ihm, kam auf uns zu. Humpelnd und auf einen Stock gestützt, denn noch immer heilten die schrecklichen Spuren der Schlacht auf seinem Körper.

»Aeryn.« Ein feines Lächeln zeigte sich auf seinen Lippen, sobald er uns erreicht hatte. Es weckte ein warm glühendes Gefühl in meinem Innern, das ein wenig von dem Eis in meinem Herzen schmelzen ließ.

Cadan wandte sich an meine Freunde. »Mór, Tyriq!«

»Wie geht es dir?«, fragte Mór, wobei ihre Augen auf einen unsichtbaren Punkt geradeaus gerichtet waren und nicht auf Cadan.

Dessen Lächeln wurde breiter, obgleich es ihr verborgen blieb. Er sagte: »Fast fühle ich mich wieder wie ich selbst. Wie ist es euch ergangen?«

»Wir haben die letzten Tage überstanden«, sagte Tyriq und seine Stimme klang anders als zuvor, wenn er mit Cadan gesprochen hatte. Womöglich bildete ich es mir nur ein, aber in meinen Ohren wirkte sie versöhnlicher. »Wie steht es um Dorchadas?«

Niemand nannte ihn den König. Es war unklar, ob er nach all den Jahren des Leids fähig war, die Krone zu tragen. Trotzdem wurde sein Name mit Ehrfurcht ausgesprochen, denn er war der einzige Mann, der den falschen König überlebt hatte. Was Tyriq in Filipas'

Vergangenheit gesehen hatte, erzählte ein Lied von Demütigungen, Gewalt und Hass. Machtgier und das verzweifelte Verlangen, sein Geheimnis für alle Zeiten zu bewahren, hatten ihn der Welt immer fremder, seine Befehle immer abscheulicher gemacht.

Mit der freien Hand fuhr Cadan sich durch das fast weiße Haar, mit der anderen stützte er sich auf dem Stock ab. Eine Weile schwieg er, ehe er schließlich seufzte. »Die Jahre der Gefangenschaft haben tiefe Narben auf seiner Seele hinterlassen. Es ist ungewiss, ob sie je heilen werden.«

Tyriq nickte. Es gab Wunden, die heilten nie. Ich dachte an Emma: der Verlust von Tyriqs Erinnerung an seine treueste Freundin. Und an Mairead: der Tod eines geliebten Menschen. Mein Blick fiel auf ihr Grab und erneut zog mein Herz sich zusammen. Ob es je leichter werden würde?

»Erlaubt ihr mir, Aeryn allein zu sprechen?« Es gab keinen Grund, warum Cadan Mór oder Tyriq um Erlaubnis bitten müsste. Das wusste er so gut wie ich. Dennoch tat er es.

Das Schweigen, das seiner Frage folgte, war unbehaglich. Ich befürchtete, dass Tyriq ablehnte, obwohl es ihm nicht zustand. Das würde zweifelsohne einen neuen Streit zwischen uns beschwören und ich sah mich nicht in der Lage, diesen auszufechten. Der Kampf hatte mir alles abverlangt.

»Wir wollten ohnehin aufbrechen«, sagte Tyriq nach einer gefühlten Ewigkeit, in der mein Herz laut hämmernd gegen meine Brust geschlagen hatte. »Es ist spät und meine Schwester hat sich noch nicht von den Strapazen der letzten Tage erholt.« Mórs Gesundheit war gewiss ein Vorwand, aber niemand von uns wagte, ihn richtigzustellen. Selbst Mór schwieg. Zum Abschied zog sie mich in die Arme und ich atmete den Duft ihrer Haare ein, der mich an eine Zeit erinnerte, in der alles noch normal gewesen war. Eine Zeit, in der Mairead noch gelebt hatte.

Nachdem sie sich von mir gelöst hatte, trat Tyriq auf mich zu. Er hob mein Kinn mit einem Finger an und zwang mich, ihm in die Augen zu sehen, die mir endlich wieder mit Wärme begegneten. »Pass auf dich auf«, flüsterte er, ehe er mir einen sanften Kuss auf die

Stirn hauchte, Mór am Arm nahm und sie in die Dunkelheit des hereinbrechenden Abends führte. Die Zweige der Fichte raschelten und Corvus erhob sich in den Himmel, als wollte er Cadan und mich dem Moment der Zweisamkeit überlassen.

»Das Kleid steht dir ausgesprochen gut«, murmelte Cadan, sobald wir allein waren. Ich spürte, wie sein Blick über mich glitt und erlaubte mir, die Hitze zu genießen, die in mir aufstieg.

»Ich glaubte, du würdest mich in der Kleidung der Raben bevorzugen«, entgegnete ich.

Cadan lachte und legte mir die freie Hand um die Taille. Dort, wo er mich berührte, reagierte mein Körper mit einem Prickeln. »Wenn es danach geht, bevorzuge ich dich ohne Gewand.«

Jetzt stimmte ich in sein Lachen ein und es fühlte sich an, als würde ein weiterer Teil meines Herzens schmelzen. Vielleicht würde ich eines Tages über diesen schrecklichen Schmerz hinwegkommen. Und wenn er doch nicht gänzlich von mir abließ, dann würde er wohl immerhin verblassen.

Ich lehnte meinen Kopf in die Mulde zwischen seinem Hals und der Schulter. Er schlang die Arme um mich. Mit einem dumpfen Geräusch fiel seine Krücke ins Gras. Eine Weile standen wir so da, atmeten den Atem des anderen, lauschten unseren Herzen, die im Gleichklang schlugen. Die Wärme, die er ausstrahlte, vertrieb die abendliche Kälte und jene des Gebirgswindes.

Schließlich löste Cadan sich von mir, nur um mir seinen Arm darzubieten. Ich reichte ihm den Gehstock und gemeinsam schlenderten wir über die Ländereien des Palastes. Die Nacht hing bereits tief über den Wiesen, aber die Feuer trotzten der Dunkelheit. Ihre Flammen schlugen so hoch, dass orangefarbene Schatten über jene Klippen huschten, auf denen einst der prächtige Thronsaal gestanden hatte. Er war der Schlacht zum Opfer gefallen. In den letzten Tagen hatten einige Männer die letzten Kostbarkeiten aus den Überresten geborgen, ehe sie das Gebäudeskelett abgerissen hatten. Vor einem schmiedeeisernen Geländer, hinter dem der Fels steil abfiel, blieben Cadan und ich stehen. Beryll versank in Finsternis, aber die entfernten Flammen erhellten unsere Gesichter.

»Der Maester verlangt viel von dir«, sagte ich so leise, dass Cadan vorgeben konnte, mich nicht gehört zu haben. Aber er seufzte tief und richtete den Blick dorthin, wo die ersten Sterne funkelten.

»Diese Zeiten verlangen uns allen viel ab«, sagte er schließlich ausweichend.

»Nicht alle von uns verfügen über eine Gabe, die ganze Länder unterwerfen könnte«, gab ich zurück.

»Ich träume von einem Leben jenseits dieser Stadt und nicht von ihrem Thron.«

»Das weiß ich, Cadan.« Ich streifte meine Handschuhe ab und legte meine Hand auf seine, mit der er das Geländer umschloss. Cadans Angst flüsterte mir zu, aber inzwischen war ich geschickt darin, sie zu überhören. Stattdessen genoss ich das Gefühl seiner Haut unter meinen Fingerkuppen. Ich lernte, mit meiner Gabe zu leben. Aber für Cadan würde sie immer eine Gefahr darstellen. Also griff ich in den Ausschnitt meines Kleides und zog mit einem bitteren Gedanken an Mairead und Mór die Kette hervor, an der noch immer die Phiole mit dem Gegenmittel baumelte. Zwischen Cadans Brauen erschien eine Falte. Diesmal erlaubte ich mir, sie mit dem bloßen Daumen zu glätten. Er lächelte und mein Herz antwortete mit einem freudigen Satz. Ich überwand den Abstand zwischen uns und hauchte ihm einen Kuss auf die Lippen. Als ich mich zurückziehen wollte, hielt er mich auf. Ich tauchte in seine Umarmung und gab mich dem Sehnen seines Mundes hin. Zwischen unseren Küssen flüsterte ich: »Wir können alles sein. Wir müssen uns nur für einen Weg entscheiden.«

ENDE

GLOSSAR

Die Gilde der Raben

Der Maester
Graeme [Grei-am] – Gabe der Amnesie

Die Ältesten
Aryanwen [Arian-wen] – Gabe der kurzfristigen Zukunft
Callahan [Kelle-hen] – Gabe des Wissens
Deirdre [Dir-dri] – Gabe der Sprungkraft
Olias [Oli-es] – Gabe der Stärke

Die Raben
Aeryn [E-rin] – Gabe (oder Fluch) der Angst
Cadan [Kei-den] – Gabe der Manipulation
Ean [I-en] – Gabe des Feuers
Leird [Le-rd] – Gabe der Versteinerung
Mairead [Maeh-red] – Gabe der Heilung
Mór [Moor] – Gabe der Vorsehung
Tyriq [Tai-rik] – Gabe der Vergangenheit
Isla [Ai-la] – Gabe der Lautlosigkeit
Hardin [Har-din] – Gabe der Furchtlosigkeit
Und andere.

Die Novizen
Bonnie [Bon-nie] – Gabe der Weitsicht
Fiona [Fi-ona] – Gabe des Windes
Giordyn [Djior-den] – Gabe des Schmerzes
Ninian [Nin-ien] – Gabe des Hörens
Padraig [Ped-rig] – Gabe der Beweglichkeit
Und andere.

Der König Avendalls
Dorchadas [Dorke-des]

Die Königstreuen
Elric [El-ric]
Murtagh [Moer-tag]
Ducan [Du-cen]
Und andere.

Berylls Bürger
Alastair [Eles-ter] – Alchemist
Caoihme [Kie-fa] – Carsons Mutter
Carson [Ka-sen] – Händler
Coinneach [Ken-neth] – Cadans Großvater
Dobrin [Do-brin] – Protokollant des Königs
Murphy [Moer-fi] – Wirt des *Einsamen Ochsen*
Und andere.

Aeryns Familie
Agatha [Ae-geta] – Aeryns zweitälteste Schwester
Ailis [Ai-lis] – Aeryns Mutter
Amalie [Ama-lie] – Aeryns älteste Schwester
Angus [Aen-ges] – Aeryns Vater
Tristan [Tris-ten] – Amalies Ehemann

Special Guests
Bridget [Bri-jit] – in Erinnerung an mein Huhn Tante Sebastian
Corvus [Kor-ves]
Emma [Em-ma] – in Anlehnung an meine erste Protagonistin

DANK

Als Autor beantwortet man viele Fragen. Eine der meist gestellten lautet: Wie viel steckt eigentlich von Dir in dem Buch? Nun, das lässt sich bei einigen Projekten einfacher beantworten, bei anderen ist es etwas schwieriger. Ich bin kein Rabe, getötet habe ich bisher nur Mücken und einige Protagonisten (ja, ich gebe es zu) und mit meiner Gabe diene ich einzig und allein meinen Leserinnen und Lesern.

Trotzdem habe ich auch *Cursed Wings* einen Teil meiner Seele überlassen. Jenen Teil, der sich fürchtet (vor allem vor Mäusen und vor Spinnen!), aber auch jenen, der imstande ist, diese Angst zu überwinden. Dieses Buch erzählt eine Geschichte von Freundschaft und Liebe, von Gefahr und dem Mut, über sich hinauszuwachsen. Dinge, die in meinem Leben eine große Bedeutung haben.

Ach ja, und dann ist da natürlich noch das Huhn Tante Sebastian, das die Vorlage für Bridget geliefert hat. Mit David, meinem besten Freund aus Kindertagen, habe ich versucht, ihr das Fliegen beizubringen. Nun, fliegen konnte sie am Ende nicht, aber so wie Bridget hat sie ihre Meinung äußerst gerne kundgetan.

Meine Bücher spiegeln also meine eigenen Gefühle, aber auch Dämonen wider. Und in ihnen stecken viele Erinnerungen. Nicht zu vergessen ist das Herzblut all jener Menschen, die dazu beitragen, dass ich meinen Traum leben darf:

ALEX – ohne Dich hätte es *Cursed Wings* vermutlich nicht in dieser Form gegeben. Du hast dem Buch nicht nur ein grandioses Cover gezaubert, Du hast auch den Kontakt zu Astrid hergestellt. Danke Dir dafür! Und weil wir nun schon so viele Jahre zusammenarbeiten und ich in jeder Danksagung Worte suche, die nicht annähernd beschreiben können, wie glücklich ich darüber bin, mache ich mein Versprechen in diesem Buch wahr: Dein Cameo auf S. 287!!

Astrid – uns verbindet nicht nur die Liebe zu Büchern, jede Menge Kreativität, sondern auch die Liebe zu Cinzel (zum Glück haben wir diese Dinge gleich zu Beginn geklärt). Ich bewundere Dich für alles, was Du unter dem Drachenmond aufgebaut hast. Es ist mir eine riesige Ehre, meine Geschichte in Deinem Verlag erzählen zu dürfen. Danke für Dein Vertrauen!

Stephan – ich mochte diese Geschichte sehr, als ich sie Dir gab, aber Du hast dafür gesorgt, dass ich sie ABGÖTTISCH LIEBE!!!! Mit Deinen brillanten Anmerkungen und Deinen sehr humorvollen Kommentaren hast Du alles aus *Cursed Wings* herausgeholt, bis es zu dem Buch wurde, das ich immer schreiben wollte. Danke Dir für Deine Kreativität, Deine Mühe, aber auch für Deine Geduld! Ich verspreche auch, Dich in Zukunft nicht mehr mit Augen zu bewerfen!

Michaela – danke, dass Du *Cursed Wing*s den letzten Schliff verpasst hast. Danke Dir für Deine Geduld, für sämtliche Erklärungen und die Möglichkeit, von Dir zu lernen. Ich kann nicht versprechen, dass ich eingefleischte Fehler niemals wiederholen werde, aber in Zukunft wird mir manche Phrase leichterfallen.

Und natürlich ein grosses Dankeschön an das gesamte Drachenmond-Team hinter den Kulissen – danke, dass Ihr Euch mit so viel Herzblut um alles kümmert, danke, dass Ihr dabei helft, aus einer Idee ein Buch zu machen, danke, dass Ihr die Bücher so liebevoll in glückliche Leserhände übergebt.

Annika und Lisa – Ihr ward nicht nur die ersten, die *Cursed Wings* gelesen haben, Ihr begleitet mich nun auch schon seit vielen Jahren und teilt meine Leidenschaft. Sei es auf Instagram, auf Buchmessen oder im Buchhandel. Danke für all Eure lieben Worte, für jedes Lob und natürlich jede Kritik!

Und Lisa, wie böse bist Du mir jetzt wegen des Endes?

Mami und Astrid – Ihr lest meine Geschichten seit vielen Jahren, übt Kritik, leistet Hilfestellung. Ohne Euch wäre ich nie so weit gekommen. Danke, dass Ihr mich auf dieser fantastischen Reise begleitet. Ich hab Euch lieb!

Meine lieben Leserinnen und Leser – all diesen Menschen, die an diesem Buch gearbeitet haben, kann ich noch so sehr danken, aber ohne Euch wäre kein einziges Wort von *Cursed Wings* zustande gekommen. Ihr begleitet mich seit Stunde eins, feuert mich an und feiert meine Bücher. Danke für jedes einzelne Lachen und alle Tränen. Ich hoffe, ich darf Euch noch viele weitere Male das Herz brechen (und vielleicht auch wieder zusammensetzen, vielleicht).

Mein grösster Dank gilt meinem Mann – Es ist nicht immer einfach, mit einem kreativen Geist wie mir zusammenzuleben. Es gibt Zeiten, da verabschiede ich mich in meine Buchwelten und vergesse alles andere um mich herum. Ohne meinen Mann würde ich vermutlich auch nicht mehr essen oder schlafen. Ich danke Dir, dass Du mich in diesen Phasen erträgst und Dich um mich kümmerst – und für Deine Ideen, die Du zu all meinen Büchern beisteuerst. Ich liebe Dich!